btb

Buch
Frühjahr 1999: Das Hochwasser in Donau und Bodensee schwemmt nicht nur totes Holz mit sich. Es überflutet auch einen Neubau, in dessen Keller eine Mauer zu viel steht. Hinter ihr lagen die Überreste eines Menschen verborgen: Gehören sie zu dem verschwundenen Justizangestellten, der zu feige war, die Vergewaltigung seiner Freundin zu verhindern? Doch diese Frage bleibt vorerst unbeantwortet, denn eigentlich ermitteln Berndorf und Kommissarin Tamar Wegenast wegen eines Brandanschlags auf Wohncontainer. Zunächst deutet alles auf einen Anschlag rechtsradikaler Glatzen auf eine italienische Baufirma hin. Die verhafteten Skins werden wegen Mangels an Beweisen freigesprochen, doch zumindest einer von ihnen kann seine Freiheit nicht lange genießen. Eines Nachts liegt seine Leiche vor dem Ulmer Justizgebäude. Die Handschrift der Mafia? Das mag Berndorf nicht so recht glauben. Er schaut sich in den Kreisen der großen Ulmer Bauunternehmen um, und plötzlich geht es nicht mehr um gewalttätige Fanatiker, sondern um gutbürgerliches Machtstreben, um Gelder, Gefälligkeiten, Großaufträge. Ein gefährliches Terrain, wie auch Kommissar Berndorf bald am eigenen Leib erfahren muss ...
»Dieser Berndorf ist ein Kommissar ganz nach meinem Geschmack: kantig, nachdenklich, leicht melancholisch und literarisch gebildet. Wieder ist der Text ausgefeilt konstruiert, die Story spannend, der Stoff von aktueller Brisanz.«
Sächsische Zeitung

Autor
Ulrich Ritzel, Jahrgang 1940, geboren in Pforzheim, verbrachte Kindheit und Jugend auf der Schwäbischen Alb und lebt heute in Ulm. Nach dem Studium schrieb er für verschiedene Zeitungen und wurde 1981 mit dem begehrten Wächter-Preis ausgezeichnet. Sein Erstling, »Der Schatten des Schwans«, wurde zum Überraschungserfolg. Für »Schwemmholz« bekam der Autor den deutschen Krimipreis verliehen.

Ulrich Ritzel bei btb
Der Schatten des Schwans. Roman (72800)

Ulrich Ritzel

Schwemmholz
Roman

btb

Umwelthinweis:
Alle bedruckten Materialien dieses Taschenbuches
sind chlorfrei und umweltschonend.

btb Taschenbücher erscheinen im Goldmann Verlag,
einem Unternehmen der Verlagsgruppe Random House GmbH.

2. Auflage
Taschenbuchausgabe November 2002
Copyright © 2000 by Libelle Verlag, Lengwil am Bodensee
Umschlaggestaltung: Design Team München
Umschlagfoto: Wolf Huber
Satz: IBV Satz- und Datentechnik GmbH, Berlin
TH · Herstellung: Augustin Wiesbeck
Made in Germany
ISBN 3-442-72801-0
www.btb-verlag.de

Freitag, 18. September 1998

Es war später Abend. An einem Klapptisch saß ein einzelner Mann, ein leeres Glas vor sich. Im Fernsehen lief ein Boxkampf. Der Empfang war schlecht im Wohncontainer, draußen auf der Baustelle liefen die Starkstromkabel zu nah vorbei. Auf dem Bildschirm bekämpften sich wolkige Ungeheuer.

Der Mann stand auf und ging zu dem Gerät, das auf einem Rollschrank stand. Er verschob die Antenne. Der Ton brach ab, Waschbrettlinien liefen über den Bildschirm. Schemenhaft tauchten die Ungeheuer wieder auf. Plötzlich war auch der Ton da und das Bild scharf. Der Mann ging zur Holzbank hinter dem Klapptisch zurück und setzte sich wieder.

Ein untersetzter blonder Bursche, den geröteten Kopf geduckt, die Fäuste hochgezogen, schob sich durch den Ring, drang auf seinen Gegner ein oder versuchte es wenigstens. Aber der hoch gewachsene Russe hielt ihn auf Abstand, linke Geraden durchschlugen die Deckung des Blonden und warfen ihn ein ums andere Mal zurück. Es war erst die zweite Runde, und der Russe hatte noch kaum mit seiner Rechten zugeschlagen.

Wenn er es tut, ist es aus, dachte der Mann. Ungleicher Kampf. Ein Gong ertönte, die beiden Boxer gingen in ihre Ecken. Auf dem Bildschirm sah man eine Frau beim Haarewaschen. Strahlend hielt sie eine Plastikflasche in die Kamera, als habe sie das Glück gefunden. Offenbar hatte sie Schuppen.

Der Mann warf einen Blick auf sein leeres Glas. Er zögerte kurz, dann stand er auf, ging in die enge Küche und holte aus seinem Spind eine Flasche Rotwein. Aus der Schublade des Küchentisches kramte er unter Schlüsseln und schartigen Küchenmessern den Korkenzieher hervor. Von draußen hörte er das ratschende Geräusch, mit dem die Gittertür im Bauzaun geöffnet wurde. Na also, dachte er. Die Disco war ein Reinfall gewesen. So schnell lief das mit den deutschen Mädchen nicht. Er hätte es den anderen gleich sagen können. Er zog den Korken aus der Flasche, goss sich das Glas voll und stellte die Flasche eilig in den Spind zurück.

Mit dem vollen Glas ging er wieder zum Tisch zurück. Die dritte Runde hatte bereits begonnen, und der Russe machte Ernst. Er setzte die Rechte ein und trieb den Blonden mit wuchtigen Schlägen durch den Ring. Die anderen würden sich beeilen müssen, dachte der Mann.

Der Russe hatte seinen Gegner an den Seilen gestellt und schlug auf ihn ein wie auf einen Sandsack. Den anderen entging wirklich das Beste. Der Blonde rettete sich zur Seite. Der Russe setzte nach. Draußen zischte etwas, als wäre es ein Feuerwerkskörper. Der Blonde fiel um und lag auf dem Rücken wie ein hilfloser Käfer. Es musste ein rechter Haken gewesen sein, dachte der Mann. Der Schlag war so schnell gekommen, dass man es nicht hatte sehen können. Sie werden ihn in der Zeitlupe noch einmal zeigen. Der Russe hob lässig seine beiden Fäuste. Er hatte seinen Job getan.

Der Mann nahm einen Schluck aus dem Glas. Als er das Glas absetzte, fiel sein Blick auf das viereckige Fenster über dem Fernseher. Das Fenster war rot erleuchtet, als spiegle sich der Sonnenuntergang darin.

Aber es war spät in der Nacht.

Erst jetzt hörte er das Prasseln. Er sprang auf und stürzte zur Tür. Die kleine rautenförmige Glasscheibe zersprang vor ihm in Augenhöhe. Flammen schlugen herein, eine Qualmwolke zur Decke hoch. Der Mann wich zurück und lief in die Küche zur zweiten Außentür.

Er riss an der Klinke. Die Tür klemmte. Er warf sich dagegen. Nichts rührte sich. Abends war die Küchentür abgeschlossen. Er hechtete zum Küchentisch und zog hastig die Schublade auf. Sie rutschte aus der Halterung und fiel krachend zu Boden. Das Prasseln wurde stärker. Der Mann kniete auf dem Boden und suchte mit zitternden Fingern unter herausgefallenem Besteck nach dem Schlüssel für die Küchentür. Einer mit verrostetem Bart an einem blank gescheuerten Ring.

Es waren drei oder vier Schlüssel. Alle waren angerostet. Aus dem Wohnraum hörte er ein Splittern. Plötzlich hatte er den richtigen in der Hand. Er sprang auf und stürzte zur Tür. Das Deckenlicht erlosch. Im Widerschein der Flammen tastete seine Hand nach dem Schlüsselloch, schließlich fand er es, der Riegel schnappte zurück. Er stieß die Tür auf und musste die Arme vors Gesicht reißen. Eine Feuerwand. Er prallte zurück und hastete in den engen Korridor, der zu den Schlafkojen führte. Er stolperte über einen Koffer, raffte sich auf, erreichte das Fenster am Ende des Ganges und riss den Aluminiumgriff zu sich her.

Das Fenster kippte schräg und verharrte.

Er musste das Fenster zurückstoßen und den Griff umlegen. Auch hier schlug eine funkensprühende Lohe an der Außenwand hoch. Er wandte sich um. Durch die geöffnete Tür am Ende des dunklen Korridors sah er den Aufenthaltsraum im Flammenwirbel. Ein Luftzug schlug ihm beißenden Rauch ins Gesicht. Der Mann sprang am Fenster hoch. Es war klein und quadratisch. Die Arme voraus zwängte er seinen Oberkörper durch die Öffnung. Für einen endlosen Augenblick hing er auf der Fensterkante. Ein blendender Schmerz schlug ihm ins Gesicht. Er schrie. Dann fiel er kopfüber nach unten und kroch dem Dunkel zu.

Die Nacht war sternklar. Von dem verkohlten Balkenwerk stiegen Rauchsäulen in den dunklen Himmel. Auf einem niedergetretenen Brachfeld leuchteten Scheinwerfer den Landeplatz eines Hubschraubers aus. Der Rotor drehte sich mit gedrosselter Geschwindigkeit, zwei Sanitäter trugen geduckt eine Bahre zu dem Laderaum. Neben ihnen lief ein Notarzt und hielt eine Infusionsflasche hoch.

Zwei Männer sahen ihnen zu. Der eine trug Helm und Schutzkleidung der Feuerwehr. Die Sanitäter schoben die Bahre in den Hubschrauber und stiegen dann selbst ein. Der Notarzt folgte ihnen. Bretternd beschleunigte der Rotor. Langsam löste sich der Hubschrauber vom Boden, nahm Fahrt auf und drehte nach Nordwesten ab.

»Sie bringen ihn nach Ludwigshafen«, sagte der Mann mit dem Helm. »Aber ich glaube nicht, dass er durchkommt.«

»Wo habt ihr ihn gefunden?«, fragte der andere. Er war unrasiert und trug einen zerknitterten grauen Anzug.

»Da hinten. An der Baustelle«, antwortete der Feuerwehrmann und deutete auf einen lang gestreckten Rohbau mit einem seitlichen Turm. »Ich glaube, er wollte noch zu der Wasserleitung dort.«

Ein Wagen näherte sich und hielt. Eine junge hoch gewachsene Frau stieg aus. Der Mann in dem grauen Anzug nickte seinem Gesprächspartner zu und ging der Frau entgegen.

»Wir haben einen Zeugen, Chef«, sagte sie. »Ich habe mit dem Nachtwächter von diesem Möbelcenter da unten an der Kreuzung gesprochen. Er hat heute am Abend einen Wagen gesehen, der hier zur Baustelle gefahren ist.«

Der Mann wartete.

»Das Nummernschild konnte er nicht sehen«, fuhr sie fort. »Er glaubt, sie haben es verhängt oder zugeklebt. Aber in einem ist er sich sicher. In dem Wagen saßen zwei Männer. Einer von ihnen war ein Glatzkopf.«

Sie warf einen Blick auf den Feuerwehrmann. Der hatte sich abgewandt und stocherte im Brandschutt.

»Ich habe einen Kollegen vom Staatsschutz herausgeklingelt«, sagte sie dann. »Einer seiner Neonazis ist hier aus dem Dorf. Veihle heißt der Mann, Axel Veihle.«

Der Mann schwieg noch immer. »Wir sehen ihn uns an«, sagte er schließlich. »Obwohl mir das fast zu glatt geht.«

Dienstag, 13. April 1999

Durch die Stores an der Fensterfront des lang gestreckten Saals drang das Licht eines trüben Vormittags und vermischte sich mit dem der Deckenstrahler, die tief über den Tischen des Gerichts hingen. Von seinem erhöhten Platz aus konnte Kugler die Kronen der Kastanien vor dem Portal des Justizgebäudes sehen. Noch immer wurde geredet, Kugler musste sich Mühe geben, dem Gemurmel zu folgen. In der Schule war das so gewesen, wenn sich die Stimme des Lehrers anhörte, als sei sie ins Ferne abgedriftet. Etwas unterhalb von ihm saß Stefan Rodek, straff, aufrecht, die schwarzen Haare akkurat geschnitten, Nacken und Ohren frei, die Hände auf dem Tisch, als befände er sich auf einem Lehrgang für Stabsunteroffiziere. Rechts neben Rodek hockte Axel Veihle. Glatzköpfig. Ein Mehlsack, der es fertig gebracht hatte, dumm zu grinsen, als der medizinische Sachverständige Dias von den Brandwunden gezeigt hatte.

Kugler zwang sich, dem Experten des Landeskriminalamtes zuzuhören, der am Tisch unterhalb der Staatsanwältin Meulenfeld saß. Der Mann trug einen struppigen grauen Bart und blickte ergeben auf das Gericht, als habe er schon lange die Hoffnung aufgegeben, einem Juristen naturwissenschaftliche Grundbegriffe verständlich machen zu können. Schließlich stand er auf, ging zum Richtertisch und legte dem Vorsitzenden mehrere Diagramme vor. Kopien davon brachte er der Staatsanwältin und den beiden Anwälten.

Die Diagramme zeigten scharf gezackte, dann unterschiedlich auslaufende Kurven. Kugler ließ die Blätter vor sich liegen. Neben ihm beugte sich Rosdorfer beflissen darüber.

»Wenn ich das zusammenfassen darf«, sagte der Vorsitzende Richter Hagenberg, »dann ist dem Brand des Wohncontainers, in dem sich der Nebenkläger Casaroli befand, durch einen Brandbeschleuniger nachgeholfen worden?«

»Man kann das so nennen«, antwortete der Sachverständige. »Wir haben vor beiden Türen und unterhalb der Fenster Rückstände von Mineralöl gefunden, außerdem Überreste von verbranntem textilem Gewebe. Das deutet darauf hin, dass an den Außenwänden des Containers Öl ausgeschüttet und mit brennenden Stofflappen angezündet wurde.«

»Das verstehe ich nicht«, sagte Rosdorfer. »Wieso das? Benzin entzündet sich doch sofort, da brauchen Sie nur eine brennende Zigarettenkippe hineinzuwerfen.«

Mit resignierter Geste wies der Experte auf die Diagramme. »Es ist kein Kraftstoff für Ottomotoren verwendet worden, sondern Mineralöl mit wesentlich höherem Flammpunkt. Es war also kein Benzin, wohl aber Dieselkraftstoff oder Heizöl. Deswegen wurden zusätzlich Zünder benötigt.«

»Habe ich das vorhin richtig verstanden«, meldete sich einer der beisitzenden Richter zu Wort, »die Rauchspuren, die am Hemd und im Gesicht des Angeklagten Veihle gefunden wurden, rühren ebenfalls von Mineralöl her?«

»Das ist richtig.«

»Können Sie das nicht näher eingrenzen?«, schaltete sich Hagenberg ein. »War das nun Dieselkraftstoff oder Heizöl? Soviel ich weiß, wird Heizöl mit Zusatzstoffen markiert, weil der Fiskus sonst nicht die Leute überführen kann, die damit ihren Daimler auftanken.«

»Auch das ist richtig. Furfurol ist ein solcher Zusatz. Aber die uns vorliegenden Proben reichen nicht aus, um solche Zusätze nachzuweisen. Oder sie auszuschließen.«

Hagenberg überlegte. »Gilt das sowohl für die Proben vom Brandschutt wie für die Rauchpartikel, die beim Angeklagten Veihle gefunden wurden?«

»Exakt. In beiden Fällen kann Heizöl im Spiel gewesen sein, aber auch Dieselkraftstoff.«

Im Spiel ist gut, dachte Kugler.

Rosdorfer bedankte sich und bat, die Antwort ins Protokoll aufzunehmen. Der Protokollführer war ein blasser unauffälliger Mann, der auf der Richterbank links von den drei Richtern und den beiden Schöffen saß, fast auf gleicher Höhe mit den Anwälten. Rodek drehte den Kopf und warf Kugler einen kurzen Blick zu. Kugler verzog nur kurz einen Mundwinkel. Er war Rodeks Anwalt. An diesem Morgen musste er nicht viel tun, um sein Geld zu verdienen.

Veihle feixte. Kugler schüttelte unwillig den Kopf. Rosdorfer hat seinen Mandanten nicht im Griff, dachte er. Aber es hatte keinen Zweck, dem Kollegen Ratschläge zu geben. Der war seit dreißig Jahren im Geschäft und hielt sich für einen Starverteidiger, seit er einmal einen Mann freipaukte, der – wie jeder zu wissen glaubte – die eigene Frau ersäuft hatte.

Besorgt warf er einen Blick auf das Gericht. Hagenberg und die beiden anderen Berufsrichter steckten die Köpfe zusammen, die beiden Schöffen starrten leer vor sich hin. An Veihle schien niemand Anstoß genommen zu haben. An der Fensterseite des Saales, Kugler gegenüber, saß Casaroli in seinem Rollstuhl, die Wollmütze über dem Schädel, die Hände in Handschuhen verpackt. Seine Gesichtshaut war weißfleckig, und statt des Mundes hatte er eine Art Querspalt.

Kugler vermied es, länger hinzusehen. Sein Blick ging weiter, glitt bemüht gleichgültig über den dunkelhaarigen Mann auf dem Fensterplatz in der dritten Reihe, der seinen beigen Kamelhaarmantel über die Lehne des Vordersitzes gelegt hatte. Noch ein Spaghetti, hätte Veihle gesagt. Kugler erinnerte sich an die ersten Gespräche mit Rodek. »Den Ausdruck Spaghetti will ich von Ihnen nicht mehr hören. Nicht während der Verhandlung.«

In der Verhandlungspause hatte ihn Rodek auf den Mann am Fenster angesprochen. Ob man herausfinden könne, wer das sei? Kugler hatte sich gewundert. Es schien das erste Mal, dass Rodek beunruhigt war. Angst vor der Mafia? Oder wäre da wohl eher die N'drangheta zuständig? Es war albern, aber Kugler hatte trotzdem einen früheren Kommilitonen angerufen, der jetzt Abteilungsleiter beim Landeskriminalamt Stuttgart war, und ihm eine Beschreibung durchgegeben.

Vor ihm schnaufte Veihle auf. Ein mittelgroßer, grauer Mann von aufrechter Haltung hatte den Saal betreten und dem Protokollführer seine Personalien diktiert: »... ladungsfähige Anschrift: Polizeidirektion Ulm, Neuer Bau; mit den Angeklagten nicht verwandt oder verschwägert, wegen Eidesverletzung nicht vorbestraft.«

Plötzlich war Kugler hellwach. Der Graue war Kriminalhauptkommissar Berndorf.

»Wir haben Sie hergebeten«, sagte der Vorsitzende Richter Hagenberg, »weil die Verteidigung noch einige Fragen zum Geständnis des Herrn Veihle hat.« Noch ehe Kugler protestieren konnte, fügte der Richter eilig hinzu. »Zu Veihles widerrufenem Geständnis.«

Rosdorfer begann damit, dass die Polizei seinen Mandanten Veihle in der Tatnacht aufgespürt habe. Ob der Herr Veihle denn vernehmungsfähig gewesen sei?

»Ja«, sagte Berndorf knapp.

»Könnten Sie das etwas genauer darlegen«, hakte Rosdorfer nach. »Hat Herr Veihle die Fragen verstanden, die Sie ihm gestellt haben? Hat er zusammenhängende Antworten geben können?«

»Er hat die Fragen verstanden, und er hat geantwortet.«

»Es muss Ihnen doch aufgefallen sein, dass mein Mandant ziemlich einen – nun ja, einen gehoben hatte, also ich meine: dass er sternhagelvoll betrunken war?«

»Dass er getrunken hatte, war zu riechen«, sagte Berndorf. »Wir haben deshalb auch die Entnahme einer Blutprobe veranlasst.«

»Und trotzdem haben Sie ihn vernommen?«

»Wir hatten, Herr Anwalt, einen – Brandanschlag auf eine Wohnunterkunft aufzuklären, ein Kapitalverbrechen also«, antwortete Berndorf, »mit einem Opfer in akuter Lebensgefahr, wir hatten Zeugenaussagen, die auf zwei Täter hinwiesen, und wir hatten einen Tatverdächtigen. Hätten wir Ihrer Ansicht nach warten sollen, bis der zweite Mann über alle Berge war?«

»Die Fragen wollen Sie bitte mich stellen lassen, Herr Zeuge«, antwortete Rosdorfer pikiert. Aber dann fiel ihm keine mehr ein. »Für den Augenblick nicht.«

Kugler schaltete sich ein: »Haben Sie nachgeholfen, dass der Herr Veihle hat vernommen werden können?«

Berndorf sah ihn reglos an. »Ich verstehe Ihre Frage nicht.«

»Stimmt es, dass Sie ihm den Kopf unter den Wasserhahn gehalten und das kalte Wasser aufgedreht haben? Dass sie ihm heißen Kaffee eingeflößt haben?«

»Es war nachts. Wenn ein Beschuldigter während der Vernehmung einen Kaffee will, bekommt er einen. Heiß war er sicher nicht. Aus den Automaten im Neuen Bau gibt es nur lauwarmen.« Im Saal kicherten Zuhörer.

»Vielleicht sollte ich Ihnen sagen, Herr Zeuge«, sagte Kugler bissig, »dass wir uns hier nicht zum Scherzen versammelt haben. Haben Sie nun dem Herrn Veihle den Kopf unter den Wasserhahn gehalten oder nicht?«

»Es ist richtig, dass sich Herr Veihle erfrischen wollte. Selbstverständlich haben wir ihm das erlaubt. Wir haben es nicht als unsere Aufgabe betrachtet, ihm dabei den Kopf zu halten.«

Abrupt, mit einer zornigen Geste drehte sich Rodek zu Kugler um. Der Protokollführer zuckte erschrocken zusammen. »Der verscheißert uns«, flüsterte Rodek. Kugler hob beruhigend die Hand. Rodek warf einen Blick auf den Protokollführer, dann wandte er sich wieder dem Saal zu.

»Der lügt wie gedruckt«, sagte Veihle laut. »Fast erstickt bin ich.« Berndorf sah Veihle an. »Wenn das so war, hat man bei Ihrer Aufnahme in die U-Haft sicherlich Blutergüsse oder ähnliche Verletzungen festgestellt. War dem so?«

»Nun machen Sie mal einen Punkt«, warf Kugler ein. »Da

genügt doch ein Wort von Ihnen, und nichts dergleichen wird festgestellt.«

»Wenn ich das richtig verstehe, werfen Sie nicht nur mir, sondern auch den Verantwortlichen der Haftanstalt pflichtwidriges Verhalten vor. Aber das müssen Sie schon mit diesen selbst diskutieren. Ich kann Ihnen zu den Vorgängen in der U-Haft keine Angaben machen.«

Vielleicht hat es doch etwas gebracht, sagte sich Kugler, als er nach dem Ende der Vormittagsverhandlung mit raschen Schritten vom Justizgebäude über das Hafenbad zur »Walser Post« ging. Dass Berndorf ihm den Gefallen getan und ihn abgebürstet hatte, war doch mehr, als man hatte erhoffen können. So war dem Gericht wieder einmal in Erinnerung gerufen, warum der Kommissar als arrogant galt. Kein Richter mag einen arroganten Zeugen.

Zum Meeting kam er wieder einmal zu spät. Im Nebenzimmer der »Walser Post« saßen die Rotarier bereits bei einer Lauchcreme-Suppe. Für Kugler fand sich noch ein Platz an der Schmalseite des Tisches zwischen dem »Tagblatt«-Chefredakteur Dompfaff auf der einen und dem Architekten Welf auf der anderen Seite. Die beiden waren in ein angeregtes Gespräch vertieft, dessen Gegenstand – ein Mann mit kurz geschorenem Haar und einem blassen, vollen Gesicht – neben Dompfaff saß. »Wir versuchen gerade, den Geruch der Heiligkeit an ihm festzustellen«, erklärte Welf. »Aber er will nicht an sich schnuppern lassen.«

»Vielleicht hat er sich seit Rom nicht mehr gewaschen«, meinte Dompfaff. »Damit es eine Weile hält.«

Eugen S. Kaufferle, der Mann mit dem ausdruckslosen Gesicht, war Leiter der Ulmer Niederlassung einer der Frankfurter Großbanken. Mit anderen Mitgliedern des Wirtschaftsrates der Staatspartei war er in der vergangenen Woche in Rom gewesen und auch im Vatikan empfangen worden. Jetzt löffelte er ungerührt seine Suppe, von Zeit zu Zeit einen scheinbar unbeteiligten Blick auf Welf und Dompfaff werfend.

»Wie ist das eigentlich mit den guten Werken?«, bohrte Dompfaff nach: »Für den Segen des Heiligen Vaters werden Sie ja nicht nur einen Hosenknopf in den Klingelbeutel geworfen haben. Geht die milde Gabe auf Spesen?«

Kaufferle schwieg eisern.

»Meine Herren«, sagte Kugler und faltete die Serviette auseinander, »Sie sprechen von einer Materie, deren diskrete Behandlung Kirchen und Banken gleichermaßen heilig ist.«

»Sehr aufschlussreich.« Unerwartet hatte Kaufferle sein Schweigen gebrochen. »Dass sich ein Anwalt über Diskretion lustig macht, sollte zu denken geben.« Er warf Kugler einen warnenden Blick zu. Dann legte er seinen Löffel in den Teller und lehnte sich zurück. Er fixierte den Anwalt. »Wollen Sie uns nicht lieber erzählen, welchen Halsumdreher Sie heute schon wieder auf die Menschheit losgelassen haben?«

Plumpes Ablenkungsmanöver, dachte Kugler. »Lieber Herr Kaufferle«, antwortete er, »glauben Sie einem kleinen Strafverteidiger: Die wirklichen Halsumdreher kommen erst gar nicht zu mir. Die finden Sie auch nicht auf der Anklagebank vor dem Ulmer Landgericht. Die sind viel weiter oben, in ganz anderen Etagen.«

»So viele Stockwerke hat das Justizgebäude doch gar nicht«, meinte Kaufferle.

»Ich hab das ganz gut verstanden«, sagte Welf. »Kugler meint: hoch oben in gewissen Frankfurter Glastürmen zum Beispiel. Was für Halsumdreher man dort findet, müssten Sie doch selbst am besten wissen, Kaufferle.« Welf grinste vergnügt und funkelte Kugler von der Seite her an. Sie waren beide Anfang dreißig, ab und zu spielten sie miteinander Tennis, auch wenn Kugler dabei nie eine Chance hatte.

»Ja, die Bauunternehmer«, seufzte Kaufferle gekränkt. »Die halten es bereits für eine Majestätsbeleidigung, wenn man sie nur zaghaft nach Sicherheiten zu fragen wagt.«

Welf war nicht nur Architekt, sondern hatte vor zwei Jahren auch das Baugeschäft seines Schwiegervaters Haun übernommen.

»Wenn die Banker doch nur nach Sicherheiten fragen würden, und zwar dort, wo es angebracht ist«, gab Welf zurück.

Dompfaff fand es an der Zeit, wieder zur Konversation beizutragen. »Sie hatten doch heute Verhandlung in dieser Sache mit dem Brandanschlag?«, fragte er Kugler. »Es ging wohl um rüde Vernehmungsmethoden der Polizei, wenn ich meinen Gerichtsreporter richtig verstanden habe.«

»Oh«, sagte Kugler, »Ihr Reporter war wirklich da und ist auch gar nicht eingeschlafen? Da darf ich aber gespannt sein.«

Dompfaff legte den Kopf schief. »Das klingt ja nicht nach besonders guten Erfahrungen«, sagte er beiläufig.

»Auch nicht nach schlechten«, antwortete Kugler. »Bisher muss ich immer in einer anderen Verhandlung gewesen sein, wenn das Tagblatt über einen Prozess berichtet hat.«

Der Hauptgang, gedünsteter Waller im Wurzelsud, kam und half Dompfaff über die Verlegenheit hinweg, eine Antwort zu finden. Aber dann fing Welf wieder an. »Was ist mit diesem Brandanschlag?«

Kugler, dem der Waller zu fett war, legte das Besteck zur Seite. »Mitte September ist draußen in dem Industriegebiet zwischen Wiesbrunn und Ulm-Nord der Wohncontainer einer italienischen Baufirma angezündet worden. Zum Glück war nur ein Arbeiter drin, der aber ziemlich schwer verletzt worden ist. Kein schöner Anblick, wirklich nicht.« Kugler verzog das Gesicht. »Ja, und der Nachtwächter von einem Möbelmarkt nebenan will in der Tatnacht zwei Skinheads gesehen haben, und an der Wiesbrunner Esso-Tankstelle hatte ein Glatzköpfiger am Tag zuvor einen Kanister Dieselöl abfüllen lassen. Die Polizei ist dann zu den üblichen Verdächtigen gefahren und hat tatsächlich einen der Skins bei sich zu Hause vorgefunden, schwer betrunken.«

»Und das ist dein Mandant?«, fragte Welf.

»Eben nicht«, sagte Kugler. »Dieser Polizeikommissar Berndorf hat den Betrunkenen in die Mangel genommen, bis der alles gestanden hat, was ihm von Berndorf in den Mund gelegt worden ist. Und weil Berndorf einen zweiten Tatbeteiligten haben wollte, hat der Glatzkopf ihm einen seiner Kumpel genannt. Angeblich sei das auch der Anstifter gewesen.«

»Sehr merkwürdige Ermittlungsmethoden«, sagte Dompfaff, um sich wieder ins Gespräch zu bringen.

»Das können Sie ruhig auch in Ihrer Zeitung schreiben lassen«, meinte Kugler.« Wobei merkwürdig noch ein schwacher Ausdruck ist. Berndorf ist ein Überzeugungstäter. Einer, der von seinen vorgefassten Meinungen nicht mehr abzubringen ist.«

»Du zündest doch nicht einfach ein Haus an«, sagte Welf. »Da bleiben doch Spuren, du hast Rauch und Ruß an den Händen und im Haar.«

»Was heißt Haare? Ich denke, Sie reden von einem Glatzkopf«, warf Dompfaff ein.

»Schon recht«, sagte Kugler. »Die Spuren sind wirklich wichtig. Nun ist mein Mandant ein reinlicher Mensch und hatte sich zufällig frisch geduscht, bevor die Polizei zu ihm kam. Außerdem hat er ja angeblich nicht selbst gezündet. Sondern nur die Gesamtleitung innegehabt, sozusagen. Der andere allerdings muss wohl ziemlich eingesaut gewesen sein, voller Rauch und Ruß. Und in der Abfalltonne war eine angesengte Jacke.«

»Na also«, sagte Dompfaff. »Eine verfolgte Unschuld sieht anders aus.«

»Sachte«, antwortete Kugler. »Der junge Mann wohnt mit einer Frau in einem Austragshaus auf der Alb. Wissen Sie, wie solche Häuser geheizt werden? Dieses hat fast neuzeitlichen Komfort. Es verfügt über Ölöfen. Mein Großvater hatte so einen. Wenn er ihn anheizen wollte, warf er einen Zünder hinein. Einen und nochmals einen...«

»Jaja, als Großvaters Bart noch rot war«, warf Welf ein. »Und irgendwann hat es einen Schlag getan und der Opa hat ausgesehen wie der Kaminfeger.«

»Genau«, sagte Kugler. »Der junge Mann hat sich ausnahmsweise mal nützlich machen und den Badeofen in Gang setzen wollen. Sein Mädchen wird es bestätigen.«

Zum Dessert gab es einen Obstsalat, den Dompfaff aber zurückgehen ließ. Er müsse in die Redaktion, sagte er, weil er einen Anruf von Innenstaatssekretär Schlauff erwarte. »Der fragliche Klingelbeutel ist leider nicht so diskret gehandhabt worden, wie Freund Kaufferle das anzunehmen scheint«, sagte er noch und ging. Das Gesicht des Bankers blieb unbewegt. Dompfaffs Weggang löste einen allgemeinen Aufbruch aus. Auch Kugler musste ins Justizgebäude zurück, denn die Verhandlung wurde am Nachmittag fortgesetzt. An der Garderobe hielt ihn der Gynäkologe Freyberg auf und machte Anstalten, ihm über die jüngste Verbesserung des Freyberg'schen Golf-Handicaps zu berichten. Einlochen müsstest du inzwischen nun wirklich können, dachte Kugler und kam mit Mühe los. Als er auf die Straße trat, sah er Welf und Kaufferle vor sich, der Banker in altmodischem Dunkelblau, untersetzt und plump, der Architekt im hellen Übergangsmantel, schlank und gut einen Kopf größer. Trautes Gespräch? Kaum, dachte Kugler. Jörg Welf ging es nicht besonders gut. Der ganzen Baubranche nicht. Er wandte sich nach rechts.

»Wir sollten uns noch über das Projekt Ostbahnhof unterhalten«, sagte Kaufferle.

»Sind Sie sicher, dass das hier der richtige Platz dafür ist?«, fragte Welf zurück. »Im Übrigen sehe ich keinen Klärungsbedarf. Die Planungen sind abgeschlossen, wir werden beginnen können, sobald die letzten Mieter ausgezogen sind.«

»Sie sind es aber nicht«, bemerkte Kaufferle. »Außerdem heißt es in der Stadt, in Ihre Häuser würde es hineinregnen. Morgen sind Sie deshalb doch beim Landgericht?«

»Die Schäden sind bereits behoben«, antwortete Welf. »Das andere sind Peanuts – so heißt das doch in Ihrer Sprache?«

Kaufferle runzelte die Stirn. »Auch für Peanuts braucht man einen großen Beutel. Gerade für Peanuts.«

»Wo ist das Problem?«, fragte Welf.

»Sehen Sie«, sagte Kaufferle, »das Baugeschäft Haun war

früher ein kleiner, seriöser Handwerksbetrieb. Ihr Herr Schwiegervater hat mal da ein Einfamilienhaus gebaut und mal dort eines. Und wenn man eine Garage aufgemauert haben wollte, ging man zum Haun. Tempi passati. Sie hingegen machen große Architektur. Bauhaus-Stil in Ulm-Söflingen. Villenanlage am bayerischen Donau-Ufer. Neue Akzente im Städtebau. Heute Nachmittag sind Sie im Rathaus wegen der neuen Sporthalle. Das ist ein mächtig großes Rad, das Sie drehen...«

Kaufferle blieb stehen. »Es sollte nirgends hineinregnen, Welf. Nicht, wenn man eine Großsporthalle bauen will.«

Welf sah ihn starr an. »Ich weiß immer noch nicht, worauf Sie hinauswollen.«

»Das habe ich bereits gemerkt«, antwortete Kaufferle. »Lassen Sie mich es so sagen: Unsere Bank ist in sehr erheblichem Umfang bei Ihnen engagiert. Ich wünsche mir und Ihnen, dass wir das nie bedauern müssen.«

»Jetzt verstehe ich Sie überhaupt nicht mehr«, erwiderte Welf. »Wir haben bisher alle Kredite pünktlich bedient.«

»Gewiss«, antwortete Kaufferle: »Pourvu que ça dure. Soll Napoleons Mutter einmal gesagt haben.« Er lüftete kurz seinen Hut und schlug den Weg zum Münsterplatz ein, wo seine Bank in einem unauffälligen Eckhaus residierte.

Langsam senkten sich die Jalousien an der Fensterwand des quadratischen Saals und verdunkelten ihn. Die Deckenbeleuchtung flammte auf. Hinter dem Tisch des Baudezernenten war eine Leinwand aufgebaut; Baubürgermeister Klotzbach hatte seinen Platz geräumt und sich, die Arme verschränkt, neben Welf gesetzt. Die beiden unterhielten sich halblaut. An den hufeisenförmig angeordneten Tischen der Stadträte und in den Zuhörerreihen löste sich die Stimmung.

Judith Norden sah sich unauffällig um. Das Publikum kam ihr vor wie eine naturbelassene Auswahl des besseren Ulmer Bürgertums, die männlichen Exemplare zumeist mittleren Alters, den Teint vom Skifahren im Montafon oder der regelmäßigen Ruderpartie auf der Donau nachgedunkelt. Auch einige Frauen waren darunter; sie trugen Kostüme von handgewebter Eleganz und sahen aus, als ob sie sich morgens kalt duschten. Zwischen allen aber, Judith schaute lieber erst gar nicht hin, thronte rosenwangig und großbusig und Wagenrad-behütet Ellinor Welf, Witwe, Mutter, vermutlich auch Ehrengauleiterin der Turnerinnen und als solche jedenfalls berechtigt, zu was auch immer. Judiths Blick glitt durch den Saal und blieb an dem massigen Mann hängen, der seitlich von Ellinor Welf saß, unmittelbar hinter dem Pressetisch. Er hatte eisgraues Haar und eine wulstige Stirn. Sein Gesicht war gerötet, als ob er an Bluthochdruck leide. Jakob Gföllner in Person. Sieh an, dachte Judith. Sie kannte den Bauunternehmer von einem Empfang der Industrie- und Handelskammer, deren Vizepräsident Gföllner war. Neben ihm hockte ein jüngerer Mann, noch vierschrötiger als jener, den Kopf gesenkt, als ob er ihn zwischen seinen massigen Schultern sichern müsse.

Die Leute hier pflegen einen ausgeprägten Familiensinn, dachte Judith. Trotzdem wunderte es sie, dass Vater und Sohn Gföllner gekommen waren. Welf wirkte aber nicht beunruhigt. Offenbar vertraute er auf seine Absprachen mit Klotzbach und den Sportfunktionären im Publikum. Nicht einmal das Aufkreuzen seiner Mutter-Fregatte hatte ihn irritiert.

Welf, der schräg vor ihr saß, schien ihren Blick gespürt zu haben. Er wandte sich zu ihr um und nickte ihr zu. Wie immer, hatte er sie auch hier als seine Assistentin vorgestellt.

Sie löschte das Licht und startete das Abspielgerät. Für einige Augenblicke versank der Kleine Sitzungssaal des Ulmer Rathauses in Dunkelheit. Dann flammte auf der Leinwand am Kopfende der Sternenhimmel auf. In scheinbar rasender Fahrt stürzte die Kamera auf einen der Sterne zu, holte ihn ins Blickfeld, es war die Erde, wolkenweiß und wasserblau, dem Betrachter flog Europa entgegen, die Donau und die Alb und Ulm mit dem grünen Park der Friedrichsau, aus der eine kreisrunde Keksdose aus Stahl und Glas ins Auge sprang. Unversehens fanden sich die Zuschauer in einer Basketballhalle mit riesigen Rängen wieder. Die Musik, eine verfremdete Aufnahme von Beethovens Neunter, klang aus, auf der Leinwand wurde eine Großaufnahme des Ulmer Basketball-Stars Lewis Robinson eingeblendet: »Willkommen, welcome, bienvenu in Ulm«, sagte Robinsons sonore Stimme mit dem angenehmen amerikanischen Akzent.

Keinem achtjährigen Kind hätte man mit einer solch ausgelutschten Computer-Animation kommen dürfen, dachte Judith. Aber im Ulmer Rathaus mochte es noch angehen. Und Pläne konnten die Leute schon lange nicht mehr lesen.

Die Kamera begann, Gänge und Umkleideräume, Foyer und VIP-Lounges abzufahren, Robinsons Stimme gab kurze Erklärungen und leitete über zu Basketballern und Eishockey-Cracks, deren Spielszenen so montiert waren, als seien sie in der Halle aufgenommen, die es noch gar nicht gab. Dazwischen wurden Schwenks mit jubelnden Fans eingeblendet.

»Ich hoffe, unsere neue Halle gefällt auch Ihnen«, sagte die Stimme zum Schluss. »Wir müssen sie jetzt nur noch bauen. Helfen Sie uns dabei.«

Das Licht ging wieder an. Klotzbach nickte Welf zu, so, als ob er wirklich beeindruckt sei. Natürlich kannte er die Animation bereits. Judith wagte ein kurzes Lächeln, das kess und anmutig aussah unter ihren kurz geschnittenen schwarzen Haaren. Die Stadträte schwiegen. Einer von ihnen, ein rundlicher älterer Mann mit einem grauen Schnauzbart, putzte sorgsam seine Brille. Aus den Augenwinkeln sah Judith, dass Gföllner unbewegt auf seinem Stuhl unter den Zuhörern saß, so, als ginge ihn das alles nichts an. Neben ihm hockte sein Sohn und betrachtete seine großen roten Hände.

»Also ich hab immer darauf gewartet, wann der Commander Kirk auftritt«, sagte ein junger Mann mit einem runden Gesicht und flinken Augen hinter runden Brillengläsern. Er war von den Grünen und zählte also nicht. Welf lächelte großzügig und hob beide Hände in einer entschuldigenden Geste.

»Das hier ist ein ernsthaftes Thema«, meldete sich ein Mann, dessen halsloser Kopf aus einem zu engen Jackett herauswuchs. Er war Obmann der Staatspartei und hatte sich schon vor der Sitzung speckig an Judith herangedrückt. Vorsichtshalber hatte sie ihm das kleine Lächeln geschenkt, mit dem frau die fetteren Kanarienvögel in Verwirrung stürzt, denn er war ein wichtiger Mann. Jetzt machte er einen spitzen Mund, sprach von ansprechendem Konzept, von bürgerschaftlichem Engagement, von Bausteinen, die von der Stadt und dem Verein verkauft werden könnten und – »um im Bild zu bleiben« – von einer Sternstunde für den Ulmer Sport.

»Erst mal hätte ich lieber etwas über die Folgekosten von dem Ding da gewusst. Und über die Energiebilanz«, sagte sein Gegenüber von den Grünen.

An der linken Tischseite ergriff ein nicht mehr ganz junger Mann mit bereits ergrauter Haartolle das Wort. Durch Judiths Ohren krochen »Events von überregionaler Akzeptanz, unverzichtbare Innovationen und erfolgsorientiertes Standort-Marketing«. Während der Mann sprach, blickte er prüfend zum Pressetisch, ob die Sätze dort auch im Wortlaut notiert würden. Welf nickte zustimmend, fast begeistert. Glaubt er diesen Stuss womöglich auch, überlegte Judith und sah verstohlen zu Gföllner. Der verzog noch immer keine Miene.

Er wolle daran erinnern, sagte der Baudezernent Klotzbach, dass der Grundsatzbeschluss über den Bau der Halle bereits gefasst worden sei: »Wir müssen jetzt wissen, wie es weitergehen soll. Ob wir Herrn Welf nicht nur als Planer, sondern auch als Generalunternehmer beauftragen sollen.«

Wir wollen doch »Nägel mit Köpfen« machen, meinte der Specknacken von der Staatspartei. Von links wurde mit einem »positiven Motivations-Impuls« assistiert. Der Mann mit dem grauen Schnauzbart begutachtete seine Brille. Es war Pfeiffle, von dem Judith wusste, dass er seit grauer Vorzeit Fraktionssprecher des Bürgerblocks war.

Umständlich setzte er die Brille auf. »Net so schnell«, sagte er ruhig. »Der Herr Welf hat da ja einen schönen Plan gemacht. Aber freihändig können wir das ja gar nicht vergeben. Oder meinen die Herren vom Rechtsamt etwas anderes?«

Am Tisch der Mitarbeiter des Baudezernats stand ein weißhaariger Mann auf und verbeugte sich leicht. »Wenn die Halle in städtischer Trägerschaft errichtet wird, müssen wir die Arbeiten sogar ausschreiben. Wir bekommen sonst die größten Schwierigkeiten mit dem Regierungspräsidium.«

Der Mann mit dem Schnauzbart nickte. »Also machen wir es so wie immer. Bisher hat's uns auch nirgends hineingeregnet.« Judith blickte auf Welf. Er bemühte sich, keine Reaktion zu zeigen.

In der Nachmittagsverhandlung war Axel Veihles Freundin Sonja Biesinger als Zeugin geladen. Rosdorfer hatte ihr gesagt, sie solle etwas Dunkles anziehen. Nun saß sie da und sah aus, als sei sie auf einer Beerdigung. Kugler fiel auf, wie dick ihr Bauch bereits war. Dass Veihle für das Balg würde aufkommen müssen, hatte ihm vermutlich gerade noch gefehlt. Jedenfalls versuchte er angestrengt, an seiner Verlobten und ihrem Bauch vorbeizusehen. Aber alles hat seine zwei Seiten. Wer sperrt so ohne weiteres einen werdenden Vater ein? Und wenn Veihle davonkam, dann war auch sein Mandant Rodek draußen, dachte Kugler und machte stellvertretend für den werdenden Vater ein verantwortungsvolles Gesicht.

Die Biesinger machte ihre Sache gut. Ja, sie habe baden wollen, erklärte sie dem Gericht. »Aber der alte Badeofen ist nicht angegangen. Dann hat Axel es versucht, aber plötzlich hat es einen Schlag getan und er war ganz schwarz verschmiert. Irgendwie sah er richtig komisch aus.« Der Vorsitzende Richter hörte andächtig zu. »Und – haben Sie baden können?«

»Ja«, sagte die Zeugin, »der Ofen hat dann getan.« Und weil sie einmal dabei war, erzählte sie, wie kalt es in dem alten Haus immer gewesen sei, und wie dankbar sie Axel damals für das warme Bad war. »Aber seine Windjacke war ganz ruiniert. Ich hab sie deswegen gleich in den Mülleimer getan.«

Kugler beugte sich zu Rodek vor. »Sie soll nicht überziehen«, flüsterte der Anwalt. Rodek nickte. Als Veihles Freundin zu ihm hersah, senkte er unmerklich den Kopf.

Marie-Luise Welf brachte Solveig zur Türe und dankte ihr. »Aber ich mache es doch gern«, sagte die 18-Jährige, winkte zum Abschied und lief über den Kiesweg zu ihrem Elternhaus hinüber. Sie war wohlerzogen und von einer unerschütterlichen Fröhlichkeit, für die Marie-Luise manchmal dankbar war und die sie manchmal kaum ertragen konnte.

An diesem Abend war Marie-Luise vor allem froh, dass sie die Türe hinter sich schließen konnte. Sie hatte mit Georgie heute einen Termin in einer Reutlinger Praxis gehabt. Es war nicht einfach, einen Augenarzt zu finden, der sich auf die Probleme von Kindern mit Downsyndrom versteht und die Geduld und Umsicht besitzt, einen quirligen Vierjährigen im Behandlungsstuhl still zu halten. Als sie mit Georgie zurückkam, war sie so erledigt gewesen, dass sie sich erst einmal hinlegen musste. Zum Glück hatte Solveig Zeit, sich um das Kind zu kümmern. Noch immer fühlte sie sich wie zerschlagen. Als sie durch die Garderobe zurückging, vermied sie es, in den Spiegel zu sehen. Sie wusste auch so, was sie gesehen hätte – eine Frau mit einem müden Gesicht und glanzlosem, flachsfarbenem Haar. Sie schob die Tür zum Wintergarten auf, schaltete die indirekte Beleuchtung aus und setzte sich in einen Korbsessel. Dunkelheit senkte sich um sie und über die großblättrigen Pflanzen im Atrium. Georgie schlief, und im Haus herrschte Stille.

Marie-Luise überließ sich dem Glück, an nichts zu denken. Dann klingelte das Telefon. Jetzt nicht, dachte Marie-Luise. Das Telefon hörte nicht auf. Mechanisch stand Marie-Luise auf und ging zu der Konsole, auf der der Nebenapparat stand. »Ja?«

»Marie-Luise?« Es war Ellinor. Sie bat um Entschuldigung, ihr Anruf komme jetzt sicher ungelegen. »Aber ich wollte Jörg gratulieren. Er hat einen sehr überzeugenden Auftritt gehabt. Sein Vater wäre stolz auf ihn gewesen.«

Sie machte eine Pause. Marie-Luise schwieg.

»Aber das konnte ich ihm doch nicht im Rathaus sagen, vor all den Leuten«, fuhr die Stimme fort. »Er wollte ja nicht einmal, dass ich zu der Sitzung komme. Aber das kann er von mir nun wirklich nicht verlangen, findest du nicht? Schade übrigens, dass du nicht da warst. Jörg hätte sich sicher gefreut.«

Marie-Luise erklärte, wo sie statt dessen gewesen war.

»Aber doch nicht bei diesem Augenarzt in Reutlingen?«, fragte Ellinor. Ihre Stimme klang entsetzt. »Das ist aber schade. Ich hatte dir doch die Adresse dieses anthroposophischen Augenarztes besorgt. Weißt du, solche Ärzte haben einen ganz anderen Zugang zu Kindern mit diesem Problem.«

Zu *Kindern mit diesem Problem,* dachte Marie-Luise. »Dieser Augenarzt hat seine Praxis in Traunstein«, sagte sie laut. »Das sind mindestens vier Stunden Fahrt, und Georgie wäre die ganze Zeit auf den Kindersitz geschnallt.«

»Entschuldige«, antwortete Ellinor. »Ich bin eine dumme alte Frau. Immer vergesse ich, wie behindert der arme Junge ist.« Nein, dachte Marie-Luise erbittert. *Das* vergisst du nie.

In seiner kleinen Wohnung oberhalb der Donautal-Bahnlinie zog Kommissar Berndorf die Schuhe aus, schlüpfte in Lederpantoffeln und goss sich einen doppelten Whisky ein. Fast automatisch begann er, auf seinem abgegriffenen schwarzen Telefon die Berliner Vorwahl zu drehen. Dann brach er ab und schaltete den Fernseher an. Im Regionalprogramm kamen Landesnachrichten, die Kamera zeigte Bagger, die für den Ausbau des Flughafens Stuttgart-Echterdingen die fette schwere Erde der Fildern aufrissen. Als Nächstes rückte der Festungsbau des Stuttgarter Landgerichts ins Bild und dazu ein Mensch, der sich eine Aktentasche vors Gesicht hielt. Der Mensch war der Bauamtsleiter einer nordwürttembergischen Kleinstadt und soeben wegen Bestechlichkeit zu vier Jahren Haft verurteilt worden. Ein mitangeklagter Bauunternehmer kam mit zwei Jahren davon, in seinem Geständnis hatte er sich bitter darüber beklagt, er habe für jeden städtischen Auftrag Geld über den Tisch schieben müssen. Schließlich kehrte die Kamera ins Studio zurück, wo der Moderator von einem Nachspiel raunte, das es zu einer Rom-Visite baden-württembergischer Wirtschaftsführer gegeben habe.

Das Telefon läutete. Berndorf nahm ab und meldete sich, nachdem er den Ton des Fernsehers leise gestellt hatte. Es war Barbara. Berndorf richtete sich auf.

»Wie klingst du?«, fragte Barbara.

»Erleichtert. Glücklich«, antwortete Berndorf. »Du bist heute der erste Mensch, dessen Stimme mir nicht mürrisch, nörgelnd oder einfach nur dumm in den Ohren klingt.«

Auf dem Bildschirm erschien das von einem Bart eingerahmte Gesicht des Wirtschaftsministers, tonlos bewegten sich seine Lippen, stumm und empört wie das Maul eines Goldfisches.

Ein leichtes Tappen klang durch die Dunkelheit. Es war das Geräusch des sich öffnenden Garagentors. Dann hörte sie den BMW. So früh, dachte Marie-Luise. Dabei wusste sie nicht einmal, wie viel Uhr es war. Warum kam er überhaupt? Hatte die kleine Assistentin ihre Tage?

Die Tür zum Atrium öffnete sich, Licht flammte auf. Marie-Luise hielt sich die Hand vor die Augen.

»Entschuldige«, sagte Welf und dimmte das Licht. Er klang ärgerlich und angespannt. »Du hast wieder einen schlimmen Tag gehabt.«

Wieder, dachte sie. Es nervt ihn nur. »Es ging«, antwortete sie gleichgültig. »Georgie war sehr lieb und tapfer. Und er hat eine neue Brille.« Dann stand sie aus ihrem Korbsessel auf. »Du willst sicher etwas zum Essen.«

Zusammen gingen sie in die Küche. Sie holte Käse und Aufschnitt aus dem Kühlschrank, Welf öffnete sich ein Bier.

»Übrigens hat deine Mutter angerufen.« Marie-Luise stand vor der Anrichte und wandte ihm den Rücken zu. Sie hielt sich schlecht, und ihre Schultern hingen herab.

»Sie wollte dir gratulieren. Sie sagte, sie sei im Rathaus dabei gewesen.«

»Ich hätte sie umbringen können«, sagte Welf. »Aber so ist sie nun einmal.«

»Außerdem hatte sie einen anthroposophischen Augenarzt

ausfindig gemacht«, fuhr Marie-Luise fort. »Einen in Traunstein. Jetzt ist sie eingeschnappt, weil ich bei dem Reutlinger Arzt war.«

Welf trank das Glas aus und wischte sich den Schaum vom Mund ab. »Vergiss es. Was die anderen tun, genügt nie. Ist nie das Richtige. Und immer weiß sie es besser.«

Marie-Luise drehte sich um und stellte ihm wortlos eine kleine Platte mit belegten Broten auf den Tisch. Dann lehnte sie sich gegen die Anrichte. »Und du hast also deinen großen Auftritt gehabt?«

»Ich weiß es nicht so recht«, sagte Welf. »Im Rathaus lief es ganz gut. Ich denke, sie werden die Halle bauen.«

»Und du kriegst den Auftrag?«

Welf zögerte. »Unser Angebot steht«, sagte er schließlich. »Ob sie es annehmen, müssen die im Rathaus wissen.«

Marie-Luise betrachtete ihn forschend. »Dir ist klar, dass solche Sachen noch niemals an Gföllner vorbeigelaufen sind? Vater hat immer einen großen Bogen um ihn gemacht.«

»Ich weiß.« Welf schenkte sich wieder ein. »Aber inzwischen haben wir eine neue Zeit. Wir brauchen neue Ideen. Neue Konzepte. Gföllner hat die nicht. Wir haben sie.«

»Freut mich für dich«, sagte Marie-Luise.

Mittwoch, 14. April

Es gibt Dinge, die niemand vorhersehen kann. An diesem Morgen hatte das Tiefbauamt die Baustelle in der Syrlinstraße wieder aufgehoben, sodass Kugler bereits einige Minuten vor neun Uhr im Justizgebäude war. Vor dem Schwurgerichtssaal wartete die knappe Hand voll Rentner und Arbeitslose, die das Stammpublikum der Ulmer Justiz bilden, Kugler schüttelte einem schwergewichtigen Mann die Hand.

»Sie krieget die Kerle heut frei«, sagte der Mann schnaufend.

»Den Überblick hent Sie«, antwortete Kugler. Das Schwergewicht, ein Fernfahrer in der Frührente, hatte seit Jahren keinen der großen Prozesse in Ulm oder Stuttgart ausgelassen.

Der Anwalt ging zu seinem Platz und holte das »Tagblatt« aus der Aktentasche. Kosovo-Krise, Der Westen im Zugzwang, Streit um die Gesundheitsreform, beim Neubau ausgerechnet eines Arbeitsamtes hatte die Baufirma Schwarzarbeiter aus Weißrussland beschäftigt, in Stuttgart war einer der baden-württembergischen Landesminister ins Gerede gekommen, weil er die Spende für eine Papst-Audienz schwäbischer Wirtschaftsbosse von eben jenem landeseigenen Unternehmen hatte bezahlen lassen, dessen Aufsichtsratsvorsitzender er war.

Kugler stellte sich das Gesicht vor, das der fromme Banker Kaufferle bei der Lektüre machen würde, und blätterte weiter, vergnügt grinsend. »Skinhead-Prozess auf der Kippe«, hatte der »Tagblatt«-Gerichtsreporter Frentzel getextet. Es war nur die halbe Wahrheit, dachte Kugler ärgerlich. Rodek war kein Skinhead, wie oft musste er es Frentzel noch sagen? Der Gerichtsbericht war ein kleiner Zweispalter. Aufgemacht hatte die Lokalredaktion mit der Sitzung des Technischen Ausschusses, »Grünes Licht für Großsporthalle« lautete die Schlagzeile, darüber war als Blickfang eine Aufnahme des Welf'schen Modellentwurfs platziert, das Ding sieht wahrhaftig aus wie eine Keksschachtel, ging es Kugler durch den Kopf. Im Artikel selbst war ein kleineres Bild von Welf und seiner Assistentin Judith Norden eingeblockt, Kugler zog die Augenbrauen hoch. Das Bild zeigte Welf, dozierend, und neben ihm Judith, ihn anlächelnd. Kess. Wissend. Selbstgewiss. Es war ein Lächeln, das Marie-Luise ganz gewiss nicht entgehen würde. Das kann Folgen haben, dachte der Anwalt. Der alte Haun hat sein Baugeschäft auf seine Tochter überschrieben, nicht auf den Schwiegersohn.

Plötzlich verzog er das Gesicht. Eine Duftwolke »Tosca for men« hüllte ihn ein. Rosdorfer ließ sich auf dem Verteidigerplatz neben ihm nieder.

»Gute Presse heute, Kollege, wie?«

»Ich verstehe das nicht«, sagte Kriminaldirektor Englin und tippte vorwurfsvoll mit dem Zeigefinger auf die Zeitung, die vor ihm lag. »Wieso kann das ›Tagblatt‹ behaupten, der Skinhead-Prozess sei am Kippen?«

»Vermutlich, weil er das auch ist«, antwortete Berndorf. »Es sieht so aus, als ob das Gericht dem Alibi glauben wird, das die Freundin des Hauptangeklagten gestern aufgetischt hat.«

»Und wir können dieses Alibi nicht widerlegen?«, fragte Englin ungläubig. Die Kommissarin Tamar Wegenast warf ihm einen raschen Blick zu. Englins linkes Augenlid zuckte synkopisch.

»Nein«, sagte Berndorf, »können wir nicht.«

Englin schaute in die Runde. Tamar spürte, wie sich an dem lang gestreckten Konferenztisch Erleichterung breit machte: Heute hatte es das Dezernat Kapitalverbrechen erwischt.

»Darf ich höflich fragen, wie Ihr Dezernat darauf reagieren wird?« Englin wartete kurz auf eine Antwort. Dann setzte er nach: »Verstehen Sie, wenn es zu einem Freispruch kommt, dann können wir nicht dasitzen und Däumchen drehen. Dann werden Fragen gestellt werden, und wir werden Antworten geben müssen. Sie, Kollege Berndorf, werden es tun müssen.«

»Für mich stehen die Täter fest«, brummte Berndorf.

»Vielleicht ist gerade das der Fehler, Kollege«, sagte Blocher vom Rauschgiftdezernat und faltete seine dicken Hände.

Du hast uns gerade noch gefehlt, dachte Tamar.

Berndorf raffte sich zu einer Antwort auf. »Im Augenblick können wir nur das Urteil abwarten. Kommt es zu einem Freispruch, müssen wir weitere Schritte mit der Staatsanwaltschaft klären.« Er lehnte sich in seinem Konferenzstuhl zurück und verschränkte die Arme vor der Brust. Er hat keine Lust mehr, dachte Tamar.

»Nun gut«, sagte Englin. »Es wäre jedenfalls sehr unbefriedigend, wenn dieser Brandanschlag nicht aufgeklärt wird. Äußerst unbefriedigend. Die Öffentlichkeit würde das nicht verstehen.«

Einen Dreck interessiert sich die Öffentlichkeit für einen halb verbrannten Gastarbeiter, dachte Tamar. Das Innenministerium wird sauer sein, und das ist es, was dich juckt.

Der Kriminaldirektor wandte seinen Blick von Berndorf ab, das Gesicht noch immer missbilligend in Falten gelegt. »Es gibt da noch ein zweites Problem. Ich habe heute Morgen Informationen vom Landeskriminalamt bekommen, wonach ein Mitglied der kalabresischen Mafia hier im Ulmer Justizgebäude gesehen worden sein soll, und zwar unter den Zuhörern im Schwurgerichtssaal.« Er zögerte, als komme ihm die Mitteilung des LKA nun doch etwas kühn vor. »Jedenfalls könnte die Beschreibung eines Mannes, der dort gesehen worden ist, auf Salvatore Bertone zutreffen«, fuhr er schließlich fort. »Dem Mann werden mehrere Morde angelastet.« Aus einem Umschlag holte Englin eine Serie von Polizeifotos, die das unauffällige Gesicht eines dunkelhaarigen Mannes zeigten, und reichte sie Berndorf, der sie nachdenklich betrachtete. Der Mann trug einen Drei-Tage-Bart und sah verdrossen in die Kamera.

»Das ist eine merkwürdige Information und eine merkwürdige Geschichte«, sagte Berndorf schließlich. »Wenn dieser Mann im Schwurgerichtssaal gesehen wurde – warum kommt diese Information dann über Stuttgart zu uns? Aber egal. Casaroli, das Opfer des Brandanschlags, kommt tatsächlich aus Kalabrien. Nur würde es mich wundern, wenn die dortige Mafia wegen eines solchen Falles einen Killer schickt. Das sind ja nicht gerade die Rächer der Enterbten.« Er machte eine Pause. Irgendwas geht ihm im Kopf herum, dachte Tamar.

Berndorf wandte sich an Markert, den Chef der uniformierten Polizei. »Wir brauchen deine Leute, um den Sitzungssaal zu sichern. Vorsichtshalber.« Er stand auf. »Ich rufe den Landgerichtspräsidenten an. Er hat ja das Hausrecht.«

Der Aushang mit der Tagesordnung der Vierten Zivilkammer war mit Terminen voll gestopft. Irgendwo dazwischen war auch die Klage dreier Hauseigentümer gegen die Baufirma Haun & Nachfolger aufgeführt. Die Verhandlung hätte um zehn Uhr beginnen sollen, doch im Sitzungssaal ging es gerade um eine defekte Melkanlage und darum, welche Schäden die Huftritte missgelaunter Kühe anrichten.

»Es ist immer das Gleiche mit dieser Kammer, sie haben ihren Terminplan noch niemals eingehalten und werden es auch in alle Ewigkeit nicht tun«, sagte Rechtsanwalt Simpfendörfer zu seinem Mandanten Jörg Welf. Simpfendörfer trug eine silberfarbene Juristen-Krawatte zu einem karierten Jackett von leicht verblichener Eleganz. »Unser Fall wird frühestens in anderthalb Stunden aufgerufen.«

Welf betrachtete die Krawatte. »Da hätten Sie mich aber vorwarnen können«, sagte er. »Ich hasse es, zu warten.« Sie standen auf dem Flur, der am östlichen Treppenhaus vorbeiführte. Einige Meter entfernt von ihnen steckte die Gegenpartei die Köpfe zusammen, zwei Ehepaare und eine einzelne ältere Frau mit ihren Anwälten. Sie sprachen halblaut, und immer wieder sah eine der Frauen zu ihnen herüber.

Simpfendörfer breitete entschuldigend die Hände aus. »Vor Gericht und auf hoher See ist man in Gottes Hand.«

»Das ist leider genau der Vergleich, der mir gerade noch gefehlt hat. Auf hoher See wird mir nämlich übel«, erwiderte Welf. »Außerdem stören mich diese Leute da drüben. Diese eine Frau starrt mich an, als ob ich ihr die Tochter geschändet hätte. Habe ich eigentlich diesen Leuten das Flachdach aufgeredet oder war es im Bebauungsplan so vorgeschrieben? Warum verklagt diese Frau nicht einfach die Stadt?«

Simpfendörfer schwieg vorsichtshalber.

»Jedenfalls halte ich mich im Augenblick für entbehrlich, Teuerster«, fuhr Welf entschlossen fort. »Rufen Sie mich übers Handy an, wenn ich gebraucht werde.«

Er hob grüßend die Hand und ging über den Korridor zum Westausgang, wurde aber unversehens aufgehalten. An der Stelle, an der sich der Korridor zur Vorhalle des Schwurgerichtssaales weitet, hatten Polizisten eine Sperre errichtet. Zuhörer drängten sich davor, und die Türen zum – leeren – Sitzungssaal standen offen.

»Wenn Sie zuhören wollen, müssen Sie sich ausweisen«, sagte einer der Beamten. Er wolle nur an der Absperrung vorbei, antwortete Welf, aber der Beamte meinte, dass das jetzt leider nicht gehe, Sicherheitsgründe, Anweisung des Herrn Landgerichtspräsidenten: »Haben Sie bitte Verständnis.«

In diesem Augenblick kam Kugler aus dem Sitzungssaal. Als er Welf an der Sperre sah, ging er auf ihn zu und begrüßte ihn. »Was für Terroristen verteidigst du eigentlich, dass es hier einen solchen Zirkus gibt?«, wollte Welf wissen.

»Mich darfst du nicht fragen«, antwortete Kugler. »Mein Mandant ist ein gesetzestreuer Bürger. Alle meine Mandanten sind das. Nur hat irgendein Idiot aufgebracht, dass die Mafia einen Killer hierher geschickt haben soll.«

Welf schlug vor, dass Kugler auf ein Glas mit ihm kommen solle. Der Anwalt zögerte kurz und wandte sich dann an einen jüngeren Mann in schwarzem Talar, der vor dem Beratungszimmer des Schwurgerichts wartete. »Könnten Sie beim Vorsitzenden nachfragen, wann es frühestens weitergeht?« Der Mann in dem Talar schaute fast erschrocken auf Kugler. »Einen Augenblick«, sagte er, klopfte an der Tür des Beratungszimmers und ging hinein. Nach einer kurzen Weile erschien er wieder. »Es dauert noch mindestens eine halbe Stunde. Der Herr Vorsitzende hat angeordnet, dass der Saal durchsucht werden muss.« Er blickte von Kugler zu Welf und wieder zurück. »Vielleicht ist ja eine Bombe versteckt«, fügte er hinzu und lächelte gezwungen.

Kugler fand, dass sie Zeit genug für ein Gläschen hätten, und geleitete Welf durch die Absperrung zum Westausgang. »Du hast schließlich einen auszugeben«, sagte er zu Welf. »Jedenfalls hab ich das dem ›Tagblatt‹ entnommen.«

»Noch kein Anlass zum Feiern«, wehrte Welf ab. »Ich will ja nicht meinen Entwurf verkaufen, sondern das Ding auch bauen, und zwar allein. Ohne den faulen Zauber einer Arbeitsgemeinschaft mit Leuten wie Gföllner, nur weil die hier schon immer und überall ihre Finger drin haben.« Gemeinsam gingen sie die Treppe zum Ausgang hinab, überquerten das gekieste Rondell vor der Westseite des Justizgebäudes und traten in Tonios kleines italienisches Café.

»Niedliches Bild von euch«, sagte Kugler, als sie bestellt hatten. Welf blickte fragend. »Ich meine das im ›Tagblatt‹. Judith und ihr Meister.« Sie tranken sich zu. Welf ließ Kuglers Bemerkung unbeantwortet. Beide schwiegen, aber bevor das Schweigen peinlich wurde, unterbrach es Welf und wollte wissen, wie es denn mit Kuglers Skinhead weitergehe. Das Foto ist ihm peinlich, dachte Kugler. »Das ist kein Skin«, antwortete er. »Schlag dir das aus dem Kopf. Irgendwelche Glatzen hätten den gerne angeheuert, aber das ist auch schon alles. Außerdem wird er freigesprochen werden. Der letzte Zeuge, ein Tankwart, hat keinen der Angeklagten identifizieren können.«

Welf nickte. »Dieser Mensch im Talar, den du vorhin hast fragen lassen – war das ein Richter?«

»Nein«, antwortete Kugler, »wie kommst du darauf? Das war der Protokollführer.« Er trank aus und schaute auf die Uhr. »Ich muss zurück. Danke für den Drink.«

Nachdenklich schob sich Tamar durch die Tür zu Berndorfs Büro. In ihren Jeans und der weiten Tweedjacke sah sie aus wie Artemis, die sich in einer schwachen Minute in einen Second-Hand-Shop für Designerklamotten verirrt hatte. Sie lehnte sich an einen Aktenschrank und betrachtete skeptisch ihren Chef. Er hatte seinen Sessel nach hinten gekippt und hielt einen Aktenordner in den Händen. Tamar hielt es für gut möglich, dass er darin ein Buch versteckt hielt. Vermutlich sogar einen Band aus der angestaubten Lichtenberg-Gesamtausgabe, die er vor einigen Tagen angeschleppt hatte.

»Ich frage mich, ob wir in dieser Skinhead-Geschichte nicht doch Fehler gemacht haben«, sagte sie unvermittelt.

Du raubtiergleiche Schöne! Wetz deine Krallen nicht an mir, dachte Berndorf. »Blocher meint das auch«, antwortete er kühl. »Schön, dass Sie mit diesem bedeutenden Kriminalisten einer Meinung sind.«

Tamar schüttelte ärgerlich den Kopf. »Blocher ist ein Dummkopf. Sie sind es nicht. Aber kritikfähiger sollten Sie sein.«

Das Telefon summte und enthob Berndorf fürs Erste einer Antwort. Es meldete sich die Staatsanwältin Meulenfeld. Es gibt Stimmen, dachte Berndorf, die nur einen Tonfall haben: den für Kümmernisse und Fehlschläge.

»Das Gericht hat leider beide freigesprochen«, jammerte die Stimme.

»Das war zu erwarten«, sagte Berndorf. »Gehen Sie in die Revision?«

Das müsse sie erst mit Desarts klären, klagte die Stimme sorgenvoll. »Erklären Sie ihm, dass wir keinerlei anderen Ansatzpunkte haben«, sagte Berndorf. »Die beiden waren es, ohne jeden Zweifel.«

Dann legte er auf. »Das war die Meulenfeld?«, fragte Tamar. »Die haben es also fertig gebracht.«

Berndorf warf ihr einen müden Blick zu. »Was erwarten Sie von unseren Gerichten? Die Urteile gegen rechte Gewalttäter sind so grotesk mild, dass man die Kerle genauso gut gleich freisprechen kann.«

Tamar schüttelte den Kopf. »Ganz so ist es nicht, Chef, und Sie wissen es auch. In diesem Fall lag es auch daran, dass wir dem Gericht zu wenig anzubieten hatten.«

»Jetzt verstehe ich Sie wirklich nicht.« Er klingt richtig beleidigt, dachte Tamar.

»Wir haben sehr wenig über diese Skinhead-Gruppe erfahren«, sagte sie dann. »Wir hätten zum Beispiel nicht erklären können, warum Rodek sich auf eine solche Dumpfbacke wie Veihle als Partner einlässt.«

»Vermutlich war es ihm zu mühsam, einen intelligenten Skin zu finden.«

»Sie machen es sich zu einfach«, antwortete Tamar. »Diese beiden Typen sind freigesprochen worden. Also waren sie schlau genug, uns hereinzulegen.«

»Das weiß ich auch«, räumte Berndorf ein. »Aber es ist

auch nicht so, dass wir gar nichts über diese Skinhead-Gruppe wüssten. Es ist eine Hand voll junger Männer von der Alb, die meisten haben Arbeit, sind Heizungsbauer, Monteure oder schaffen beim Magirus. Als Anführer hätte sich gerne dieser Veihle gesehen, aber er ist nicht für voll genommen worden. Deswegen hat er sich an den Rodek herangemacht, als der vor einem halben Jahr in Ulm aufgetaucht ist. Das ist ja einer, der sich nicht erst mit Springerstiefeln kostümieren muss. Der war richtig Fallschirmjäger gewesen, bis er bei der Bundeswehr rausflog.«

»Was hat der Bund gegen solche Leute?«

»Eigentlich nichts«, sagte Berndorf und klopfte auf den Aktenordner, in dem doch kein Lichtenberg-Band steckte. »Rodek war Stabsfeldwebel bei den Fallschirmjägern. Sehr gute Beurteilungen. Nur hat er irgendwann einen der Offiziere krankenhausreif geschlagen.«

»Im Suff?«

»Durchaus nicht«, sagte Berndorf. »Der Offizier hatte seiner Vermutung Ausdruck gegeben, Rodeks Mutter werde seinerzeit für einen Katzelmacher die Beine breit gemacht haben.«

Tamar runzelte die Stirn. »Versteh ich nicht.«

»Katzelmacher ist ein abschätziger Ausdruck für Italiener«, erklärte Berndorf. »Wie Spaghetti. Oder Krauts für uns.«

»Und warum rastet er deswegen aus?«

»Rodek ist in einem Heim in Stuttgart aufgewachsen«, sagte Berndorf. »Vermutlich weiß er nicht, wer sein Vater ist.«

Tamar verzog das Gesicht. »Das Leben besteht aus ziemlich vielen Klischees«, sagte sie nach einer Weile.

Berndorf zuckte mit den Schultern. »Als junger Mann war Rodek Amateurboxer gewesen, einer, der nach oben wollte. Der hart austeilt. Aber ich glaube, er kann nicht einstecken. Nach dem Rausschmiss beim Bund war's auch mit dem Boxen vorbei. Er hat sich dann mit allen möglichen Jobs durchgeschlagen, als Bodyguard und einige Zeit als Trainer in einer Kampfsportschule.«

»Aber keine Vorstrafen ...«

»Nein, keine Vorstrafen«, sagte Berndorf. »Nur die Geschichte in Nagold. Vier Monate. Zur Bewährung.«

»Aber warum zündet er eine italienische Bauarbeiterhütte an? Nur um sich zu beweisen, dass er kein halber Spaghetti ist?«

Berndorf breitete seine Hände aus, mit einer Geste, die eher ratlos als zweifelnd war. »Selbsthass ist schon immer ein starkes Motiv gewesen«, sagte er schließlich. »Auf der anderen Seite haben Sie wahrscheinlich doch Recht. Bei der Schlägerei in Nagold war er provoziert worden. Etwas Ähnliches hat es in Wiesbrunn nicht gegeben. Jedenfalls wissen wir es nicht.«

Na also, dachte Tamar. *Wir wissen es nicht.* »Aber wir wissen, dass Veihle den Container angezündet hat. Und dass Rodek dabei war. Das heißt, ich weiß es.« Sie sah Berndorf kurz in die Augen. Dann wandte sie den Blick wieder ab.

Und ich weiß, warum du es weißt, dachte Berndorf. Es war Tamar gewesen, die Veihle den Kopf unter den Wasserhahn gehalten hatte. Berndorf hatte in jener Nacht das Büro für eine halbe Stunde verlassen. Als er zurückkam, war Veihle, schwer atmend, plötzlich bereit, eine Aussage zu machen.

»Wenn aber Rodek dabei war, dann ist das nicht bloß eine Lumperei betrunkener Skinheads«, fuhr sie fort. »Es steckt mehr dahinter. Wir hätten uns nicht von Desarts unter Druck setzen lassen sollen.«

Die Ermittlungen waren von Oberstaatsanwalt Desarts geleitet worden, und dem saß die Landesregierung im Nacken. Stuttgart wollte einen kurzen Prozess, um zu zeigen, dass das Land auch gegen rechtsradikale Straftäter durchgreift.

Jemand klopfte an die Tür und öffnete sie. Es war Markert. Ohne weitere Umstände ließ er sich in den Besuchersessel fallen. Der Sessel sah plötzlich klein und zerbrechlich aus. »Entschuldigt, dass ich so hereinplatze«, sagte Markert, »aber ich brauche dringend einen Schnaps.«

Aus einem Schreibtischfach holte Berndorf einen Plastikbecher und eine grüne Flasche mit handbeschriftetem Etikett heraus. In der Flasche war Zwetschgenwasser, das sein Ravensburger Kollege Kastner gebrannt hatte. Er goss zwei Fingerbreit hoch in den Becher und schob ihn Markert hin.

»Gott! Brennt das«, brachte Markert heraus, nachdem er einen Schluck genommen hatte. »Ich war bei Englin«, sagte er dann. Berndorf und Tamar nickten teilnehmend.

»Der Sauna-Club ist jetzt vollkommen übergeschnappt.« Einige der leitenden Beamten der Direktion trafen sich regelmäßig zu Sauna-Abenden. Markert gehörte nicht dazu. »Englin hat angeordnet, dass die Telefone von fünf oder sechs italienischen Kneipen überwacht werden. Er bildet sich ein, dass er so den Mafioso schnappt, den das LKA angekündigt hat.«

»Nach welchen Gesichtspunkten hat er die Kneipen denn ausgesucht?«, wollte Tamar wissen.

»Das hab ich ihn auch gefragt. Dann hat er mich darüber belehrt, es seien solche, die potentielle OK-Kontakte hätten«, antwortete Markert und zwinkerte mit dem linken Auge.

»Schutzgeld müssen die doch alle zahlen. Also haben sie alle Kontakt, wenn auch unfreiwilligen.«

»Die Liste hat ihm Blocher aufgestellt. Sie überwachen überall dort, wo das Rauschgiftdezernat schon einmal einen Dealer gesehen hat.«

»Gott befohlen«, meinte Berndorf. »Und wer hört das alles ab und übersetzt es womöglich?«

»Das ist es ja«, sagte Markert. »Er hat eine Rundfrage losgelassen, wer alles Italienisch kann. Und wisst ihr, wer sich gemeldet hat?« Markert machte eine Pause und sah Berndorf und Tamar aufmunternd an. Ratlos schauten die beiden zurück.

»Krauser hat sich gemeldet«, sagte er schließlich.

»Krauser? Von Krauß und Krauser?«, fragte Tamar.

»Richtig. Krauser vom Duo infernale«, antwortete Markert. »Im Urlaub fährt er nämlich immer an die Adria. Und bei der Volkshochschule hat er den Fortgeschrittenen-Kurs in italienischer Konversation und Landeskunde absolviert. Gibst du mir noch einen Schnaps?«

Berndorf schenkte ihm ein. Dann stand er schwerfällig auf.

»Ihr entschuldigt mich«, sagte er dann. »Ich geh ein bisschen in die Stadt. Einem alten Kiberer wie mir tut die Schreibtischhockerei nicht gut.«

Er ging zur Schrankwand, öffnete das Garderobenfach, zog seinen Übergangsmantel an und setzte den breitkrempigen beigen Hut auf. Barbara hatte das Ding bei einem Hutmacher im siebten Arrondissement ausgesucht. Das war erst vor wenigen Wochen gewesen, und der Hut – oder vielmehr: dass er ihn sich hatte von Barbara aussuchen lassen – war das Versöhnungsgeschenk nach einem kurzen, aber heftig aufgeflammten Streit, der sich wie immer an der Frage entzündet hatte, warum Berndorf nicht endlich seinen Dienst quittieren wolle.

»Fröhliches Abhören allerseits«, sagte er noch und ging.

»Vergiss nicht, dass du morgen früh Training auf dem Schießstand hast«, rief ihm Markert nach. »Vergiss es nicht schon wieder.«

Berndorf hob kurz die Hand, als ob er den Effenberger zeigen wollte. Dann ließ er es bleiben und zog mit einem unwilligen Kopfschütteln die Tür hinter sich zu.

»Was hat er?«, fragte Markert, den Plastikbecher mit dem Schnaps behutsam in der Hand haltend.

»Es ist die Skinhead-Geschichte«, sagte Tamar. »Er verträgt Niederlagen nicht mehr so gut.«

Im Raum hinter der Pförtnerloge des Justizgebäudes saß Justizhauptwachtmeister Siebeneichler und beugte sich über die Fotos, die das Landeskriminalamt geschickt hatte.

»Nein«, sagte er schließlich. »Hab ich hier noch nie gesehen. Nicht im Haus. Und sonst auch nirgends.«

»Aber ja doch«, widersprach der Hausmeister Kuderke. »Im Schwurgerichtssaal saß er hinten drin. Am Fenster. Als gegen die Brandstifter verhandelt wurde.«

So ist das mit Zeugen, dachte sich Berndorf. Er selbst war ja nicht besser. Auch ihm war der Mann am Fenster aufgefallen. Nach seiner Vernehmung, bei der er sich auf so ärgerliche

Weise hatte provozieren lassen, war er wütend aus dem Saal gegangen. Und doch hatte er den dunkelhaarigen Mann registriert, der in der zweiten oder dritten Zuhörerreihe saß. Aber er hätte beim besten Willen nicht sagen können, ob der Dunkelhaarige mehr als nur eine entfernte Ähnlichkeit mit dem Mann auf den Polizeifotos aufwies.

»Du meinst den in dem Kamelhaarmantel«, sagte Siebeneichler. »Niemals. Der war viel schmaler im Gesicht als der hier auf den Fotos. Kultivierter, wenn du verstehst, was ich meine.«

Wirklich, dachte Berndorf, wer sieht schon kultiviert aus auf einem Fahndungsfoto? »Ich darf doch mal«, sagte er zu Siebeneichler, zog sich dessen Diensttelefon heran und wählte die Nummer von Krummholtz, der im Frauengraben eine Außenstelle des Knastes leitete.

Berndorf wollte wissen, ob Veihle und Rodek bereits entlassen seien.

»Wir sind gerade dabei«, antwortete Krummholtz. »Die Herren haben es ein wenig pressant. Das haben sie es immer.«

»Ich muss kurz mit ihnen sprechen«, sagte Berndorf. »Ich bin gleich bei euch. So lange werden sie es wohl noch aushalten.« Der Kommissar verließ das Justizgebäude durch den rückwärtigen Eingang und überquerte den Frauengraben. Der Trakt für die Untersuchungsgefangenen liegt dem Justizgebäude gegenüber. Berndorf meldete sich an der Pforte und passierte den mit Stahlgittern gesicherten Eingangsbereich. In der Geschäftsstelle kam ihm Krummholtz entgegen. Vor einem Schalter warteten Veihle und Rodek, beide hatten bereits die gepackten Taschen neben sich stehen. Berndorf und Krummholtz schüttelten sich die Hände. Dann ging Berndorf auf die beiden Männer zu. Rodek war einen halben Kopf größer als er, und auch nach den Monaten in der Untersuchungshaft sah er noch immer fit und durchtrainiert aus.

»Falls Sie sich entschuldigen wollen«, sagte Rodek, »dann ist das zwecklos. Sie werden bezahlen.« Veihle grinste beifällig.

»Wie Sie meinen«, antwortete Berndorf. »Aber ich bin wegen etwas anderem gekommen. Ich muss Sie beide davon in Kenntnis setzen, dass ein Mann in Ulm aufgetaucht sein soll, der der kalabresischen Mafia angehört. Dieser Mann gilt als gefährlich.« Er machte eine Pause.

»Was hat das mit uns zu tun?«, wollte Rodek wissen.

»Der Mann gilt als gefährlich«, wiederholte Berndorf. »Vielleicht sollte ich sagen: Er ist ein Killer. Es ist nicht auszuschließen, dass er sich während Ihrer Verhandlung im Schwurgerichtssaal aufgehalten hat. Sie werden besser wissen als ich, warum er sich für Sie interessiert. Verständigen Sie uns, wenn Sie sich beobachtet fühlen.« Er tippte kurz an seinen Hut. »Schönen Tag auch.« Dann wandte er sich zum Gehen. »So also ist das«, hörte er Rodek in seinem Rücken. »Die Mafia sitzt im Gerichtssaal, und die Polizei dreht Däumchen. Hauptsache, den Spaghettis wird kein Haar gekrümmt.«

Berndorf ging über den Frauengraben zurück und durchquerte das Justizgebäude. Als er aus dem Gerichtsportal hinaustrat, trieb ihm eine Windböe den Nieselregen ins Gesicht. Er schlug den Mantelkragen hoch.

Ein unauffälliger jüngerer Mann in einem Lodencape trat an ihm vorbei auf die Treppe und grüßte ihn. Berndorf grüßte zurück und überlegte sich, woher er den anderen kannte. Ein Rechtspfleger? Dann fiel es ihm ein. Es war der Protokollführer der Schwurgerichtskammer. Er hatte ihn bisher nur im Talar gesehen. Der Jüngere zog sich die Kapuze über das flachsfarbene Haar. Dann wandte er sich Berndorf zu.

»Ein Sauwetter ist das«, sagte Berndorf.

»Ja, allerdings«, antwortete der Mann in dem Lodencape. Er zögerte. Dann entschied er sich anders.

»Ich wünsche Ihnen einen schönen Tag, trotzdem«, sagte er und ging die Treppe hinunter.

Misslaunig äugten die steinernen Löwen neben dem Gerichtsportal in das Aprilwetter. Noch immer waren die Lefzen des einen rot verschmiert. Seit dem Golfkrieg war das so. Diese Farbsprays hielten verdammt lange.

Mittwoch, 14. April, kurz nach 16 Uhr

Dröhnend zog der Zug wieder an und entließ eine Fahne Dieselruß in den grauen Himmel. Mit kleinen vorsichtigen Schritten wich der alte Mann den Pfützen auf dem gekiesten Bahnsteig aus. »Schlagt die Faschisten, wo ihr sie trefft«, stand grün auf der Seitenwand des eingeschossigen Bahnhofsgebäudes mit dem abblätternden Verputz. Und, rosafarben und krakelig: »Endstation Sehnsucht«. Über den Platz vor der Station trieb der Wind Papierfetzen vor sich her.

Außer Erwin Skrowonek war noch eine junge Frau ausgestiegen. Sie war dunkel gekleidet und sah sich um, als sei sie noch nie hier gewesen. Es werden immer weniger, die hierher kommen, dachte Skrowonek. Die Griffe der Plastikbeutel mit den Ravioli-Dosen und den zwei Flaschen Valpolicella schnitten ihm in die Hand. Beim Vorbeigehen warf er einen Blick auf den Bahnhofskiosk mit den heruntergelassenen Jalousien. In einem eingeschlagenen Glaskasten vergilbte eine Getränkekarte mit Preisen, wie es sie seit Jahren nicht mehr gab.

Er ging die Straße hinab, an dem Eckhaus mit der Gastwirtschaft vorbei. Früher hatten sie manchmal dort gegessen. Aber jetzt verkehrten junge Leute dort, manche mit blau oder grün gefärbten Haaren, und die Mädchen hatten sich Eisenringe durch den Nasenflügel gezogen, ganz unmöglich sei das, sagte seine Maria. Wie die Negerfrauen.

Im Block daneben schloss er die Haustüre auf. Durch das Treppenhaus vibrierte das Wummern der Stereoanlage, die die Leute vom zweiten Stock mitgebracht hatten. Vor drei Tagen waren sie in die Wohnung der Witwe Siefert eingezogen, die ins Altersheim gegangen war. Der alte Siefert lag schon lange auf dem Hauptfriedhof.

Die Sieferts waren noch ganz ordentliche Leute gewesen, dachte Skrowonek. Keine Türken und keine Russen, die erst gekommen waren, als es mit dem Viertel abwärts ging. Jetzt zogen hier Asylbewerber ein und andere Leute, die das Sozialamt einwies. Oder der feine Herr Welf. Mühsam stieg der alte Mann die Treppe hoch und hielt schnaufend auf dem Treppenabsatz inne. Oben öffnete sich eine Tür, mit schweren Schritten kam jemand die Treppe herab. Es war einer der neuen Mieter. Er steckte in einer abgetragenen Lederkluft, und die Haare hingen ihm bis auf die Schultern. Unter dem offenen Hemd war er bis zum Halsansatz tätowiert.

»Mach dich dünne, Opa«, sagte der Tätowierte und stieß ihn zur Seite. Skrowonek hob abwehrend die Hand, und die Einkaufstüte fiel klirrend auf den Boden. Über dem Treppenabsatz breitete sich eine rote Weinlache aus.

»Schaut den alten Suffkopf an. Versaut die ganze Treppe.«

Skrowonek öffnete zornig den Mund. Mit seinem Krankenkassen-Gebiss sah er aus wie ein seltsam knochiger Fisch, der nach Luft schnappt. Ein zweiter Mann kam die Treppe herunter. Er war untersetzt und trug Jeans und einen speckigen Pullover. »Hat sich der Opa erschreckt?«, fragte er und stemmte die Arme in die Seiten. »Hat was fallen lassen? Ist schon ganz tappig im Hirn vom vielen Süffeln?«

»Entschuldigung«, brachte Skrowonek heraus. »Er hat mich gestoßen.«

»Ich hör wohl nicht recht«, sagte der Tätowierte und packte den alten Mann am Revers seiner grauen Jacke. »Niemand stößt hier einen Opa. Für Opas ist das Stoßen schon lange rum.«

Er zog Skrowonek zu sich her und starrte dem Alten in die wässerigen Augen, bis er die Angst darin sah. »Ich seh, du verstehst mich.« Dann stieß er ihn zurück. »Und jetzt putzt du die Sauerei da auf. Wir sind hier nicht bei den Kanaken.«

»Ja, entschuldigen Sie bitte«, sagte Skrowonek. »Sicher putz ich es auf. Gleich. Ich muss nur einen Lappen holen, und einen Eimer.« Er zitterte.

»Was ist mit Ihnen? Kann ich Ihnen helfen?« Eine helle Stimme drang zu ihm durch. Sie gehörte einer jungen Frau. Es war die Frau, die mit Skrowonek an der Station ausgestiegen war.

»Vorsicht, Schnepfe«, sagte der Tätowierte. »Misch dich da nicht ein. Verpiss dich.«

»Sind Sie belästigt worden? Soll ich die Polizei rufen?«, fragte die junge Frau und sah Skrowonek in die Augen.

»Du sollst dich verpissen«, wiederholte der Tätowierte und packte die Frau am Arm. Sie schien zu erstarren. »Was für eine magere Portion«, sagte der Mann zu seinem Kumpel, der noch auf der Treppe stand. »Lohnt nicht ...« Er grinste.

Plötzlich riss sich die Frau von ihm los und rammte ihm das Knie in den Unterleib. Dann begann sie, gellend um Hilfe zu rufen. Der Tätowierte sank zusammen und krümmte sich vor Schmerz. Sein Kumpel sprang auf den Treppenabsatz hinab und kam auf die Frau zu. »So nicht«, sagte er. Skrowonek drückte sich an die Wand und ließ ihn vorbei.

Die junge Frau schrie noch immer. »Scheiße, mach sie fertig«, ächzte der Tätowierte. Eine alte Frau mit schütteren grauen Haaren kam die Treppe herunter. Es war Maria Skrowonek. In der Hand hielt sie einen Schürhaken. Auch im Stockwerk unter ihnen hatte sich die Tür geöffnet, und ein stämmiger dunkelhaariger Mann, dessen Oberarmmuskeln ein schmuddeliges T-Shirt spannten, stieg bedächtig die Treppe hoch.

»Is ja gut«, sagte der Untersetzte und blieb stehen. Dann drehte er sich zu dem Dunkelhaarigen um und hob beschwichtigend beide Hände. Maria Skrowonek war hinter ihm auf der Treppe. Sie holte aus und schlug ihm den Schürhaken auf den Schädel. Es gab ein hässliches, fettes Geräusch. Der Untersetzte knickte in den Kniekehlen ein. Dann griff er sich an den Kopf.

Die junge Frau hatte aufgehört zu schreien und schaute auf den Mann herab, der vor ihr kniete und entsetzt auf seine Hände starrte. Sie waren über und über blutverschmiert.

Die junge Frau lächelte Maria Skrowonek an. »Bingo.«

Das Rathaus der Gemeinde Wiesbrunn war in den siebziger Jahren von einem Architekten erbaut worden, der dafür einen zweiten Preis der deutschen Baustoffindustrie erhalten hatte. Im Vorzimmer des Bürgermeisters wurde Berndorf von einer grauhaarigen Sekretärin gebeten, Platz zu nehmen: »Der Herr Bürgermeister empfängt Sie gleich.« Das Vorzimmer war groß und hell, auf dem Lesetisch für die Besucher lagen das Landwirtschaftliche Wochenblatt und eine Zeitschrift für Kommunalpolitik aus. Berndorf überlegte, ob er sich einen Aufsatz über die Praxis der Verdingungsordnung unter Berücksichtigung begrenzter Ausschreibung zumuten sollte. Dann ließ er es doch bleiben.

Eine Tür öffnete sich, und ein Mann, der ihn über eine Lesebrille hinweg ins Auge nahm, kam auf ihn zu und gab ihm die Hand. Er hatte einen soliden, kräftigen Händedruck. Zu einem karierten Anzug trug er ein blaues Hemd und eine gelbe Krawatte mit einem grünroten Wappenmuster, das eine stilisierte Waldrebe zeigte. Berndorf betrachtete es beunruhigt.

»Hübsch, nicht?«, sagte der Bürgermeister. »Das ist unser Gemeindewappen. Ein Geschenk des Gesangvereins.«

Das Amtszimmer war kaum weniger groß als das des Ulmer Oberbürgermeisters. Berndorf erklärte, dass er wegen des Anschlags auf den italienischen Bauarbeiter gekommen sei. Nach dem Freispruch müsse neu ermittelt werden.

»In welche Richtung?«

»Vielleicht ging es gar nicht um den Arbeiter, sondern um die Firma. Wieso baut eigentlich eine italienische Baufirma für eine schwäbische Feuerwehr?«

»Es handelt sich um ein Feuerwehrgerätehaus«, antwortete der Bürgermeister. »Neuester Stand der Technik. Der Bauherr war natürlich die Gemeinde. Wir haben dafür sogar Zuschüsse aus Brüssel bekommen.« Er machte eine Pause, als wartete er auf Applaus oder ein beifälliges Murmeln. »Selbstverständlich müssen solche Projekte dann auch in der ganzen Europäischen Union ausgeschrieben werden. Und das Angebot der Edim SA, Mailand, ist das günstigste gewesen. Vermutlich, weil sie auf den deutschen Markt wollen.«

»Und das hat keine Probleme im Gemeinderat gegeben?«

»Wir sind ein sehr aufgeschlossenes Gremium«, antwortete der Bürgermeister würdig. »Aber wenn ich ehrlich sein soll, ist das natürlich nicht so einfach gewesen.« Plötzlich feixte er. »Einer der Herren Kollegen hat sogar gemeint, es dürfe unserer Feuerwehr nicht so gehen wie dem Schumacher mit seinem Ferrari. Dass sie in Runde eins liegen bleibt.«

»Und was sagt man als Schultes zu so etwas?«

»Nicht viel«, sagte der Bürgermeister und machte einen spitzen Mund. »Ich hab den Kollegen nur gefragt, ob er das auch seinen Wählern erzählt, die beim Magirus arbeiten.« Berndorf nickte. Magirus, noch immer der größte Arbeitgeber der Ulmer Region, gehört zu einem italienischen Konzern.

»Hat es eigentlich örtliche Mitbewerber gegeben?«

»Sicher. Gföllner zum Beispiel. Sehr renommiertes Ulmer Unternehmen. Aber das brauch ich Ihnen ja nicht zu sagen.« Er zögerte und warf unter seinen buschigen Augenbrauen einen prüfenden Blick auf Berndorf. »Ich glaube, der Herr Gföllner hat uns die Entscheidung ziemlich übel genommen. Er ist so etwas nicht gewohnt.«

»Versteh ich Sie recht«, fragte Berndorf, »in Ulm wäre sein Angebot nicht unter den Tisch gefallen?«

»Lassen Sie es mich so sagen«, antwortete der Bürgermeister, »die Ulmer haben einen mächtig großen Kirchturm. Sie sind etwas Besonderes im Land. Wie soll es ihnen da jemand recht machen können, der kein Ulmer ist?«

Wo er Recht hat, hat er Recht, dachte Berndorf, als er über den Zubringer auf die Autobahn einbog. Über Rodek hatte der Bürgermeister nur gewusst, dass dieser vor kurzem zugezogen war. »Und den Axel Veihle – ach Gott, ich will das ja nicht verharmlosen. Aber er ist einfach ein dummer Mensch. Hier in der Gemeinde hat ihn niemand für voll genommen.«

Schon jetzt sah es auf der Autobahn aus, als würden sich die ersten Feierabendstaus aufbauen. Die Lastwagen, die den Erdaushub vom Ausbau des Stuttgarter Flughafens auf die Ulmer Erd- und Bauschuttdeponie Lettenbühl brachten, scherten auf der Rückfahrt mit leerer Ladefläche ungerührt auf die Überholspur, sodass sich auf beiden Fahrspuren dichte Kolonnen bildeten. Auf der Alb zog Nebel hoch, das Unterland verschwand im Dunst. Berndorf nahm die Ausfahrt Flughafen und stellte seinen Wagen im Parkhaus in Stuttgart-Degerloch ab. Dort stieg er in die U-Bahn zum Stadtzentrum.

Die Edim SA hatte ihr Büro im Stuttgarter Westen. Auf dem Weg dorthin kam er am Feuersee und an der Kirche vorbei, die in ihn hineingebaut ist. Für einen Augenblick hielt er inne und sah den Schwänen zu und versuchte, sich an den Kakao-Geruch zu erinnern, der früher zu bestimmten Zeiten von einer nahen Schokoladenfabrik geweht war.

Die Edim SA residierte im dritten Stock eines unauffälligen Baus gegenüber der Kirche. Ein altmodischer enger Fahrstuhl brachte ihn nach oben, wo er in helle und großzügige Büroräume gelangte. Zwischen Designermöbeln residierte eine kühl-elegante Blondine mit bemerkenswert spitzem Busen. Als Berndorf seinen Namen nannte, drückte sie sofort auf eine Sprechanlage und meldete ihn an. Aus einem Nebenzimmer kam ein schlanker grauhaariger Mann und bat Berndorf zu sich. Er hieß Carlo Lettner. Vor allem aber war er nicht der Mann im Kamelhaarmantel. Natürlich nicht.

Dann erklärte Berndorf, warum er gekommen war.

»Wir haben von dem Freispruch gehört«, sagte Lettner zurückhaltend. Sein Deutsch war nahezu akzentfrei. »Die Entscheidungen der Gerichte sind manchmal etwas unberechenbar, das ist bei Ihnen nicht anders als bei uns. Mir tut es Leid um den Herrn Casaroli. Ich glaube, er kann das alles nicht verstehen.« Berndorf schwieg. Was sollte er auch sagen, überlegte er, dass er selbst den Fall vergeigt hatte? Weil er zu schlampig ermittelt und zu patzig vor Gericht geantwortet hatte?

»Ich hätte gerne gewusst, ob es in Wiesbrunn Drohungen gegen Ihre Firma gegeben hat«, sagte er schließlich.

Lettner zögerte. »Drohungen? Nein. Nichts, was ich belegen könnte. Aber merkwürdig ist es schon. Jahrhundertelang sind italienische Architekten und Bauleute nach Deutschland geholt worden. Heute, wo es selbstverständliches europäisches Recht ist, dass ein Dachdecker aus Sizilien sich um die Eindeckung des Rathauses von Kopenhagen bewerben darf – ausgerechnet heute verstehen manche Ihrer Landsleute die Europäische Union als Einbahnstraße. Die Autos baut Deutschland, Italien liefert die Pizza und die Stöckelschuhe für die Damen.« Lettner lächelte. »Man wird sich in Deutschland an eine neue Offenheit gewöhnen müssen.«

Das mochte alles so sein, dachte Berndorf. »Es hat also keine Drohungen gegeben, die Sie belegen können. Was gab es sonst? Andeutungen? Pannen? Zwischenfälle, bei denen jemand nachgeholfen haben könnte?«

Lettner beugte sich über seine Sprechanlage und gab eine kurze Anweisung auf Italienisch. »Unsere Baustellen sind gut gesichert«, sagte er dann. »Aber ein paar Seltsamkeiten hat es in Wiesbrunn schon gegeben.« Die Blondine kam herein und brachte einen Aktenordner. Berndorf konnte nicht anders und verfolgte gebannt das sanfte Wippen ihrer Brüste.

Lettner schlug den Ordner auf. »Baubeginn war am 15. Juni 1998. Keine besonderen Vorkommnisse. 18. Juni: Zerstochene Reifen an einem Baustellenfahrzeug. Na ja. 22. Juni, ein Montag: Die Absperrung ist während des Wochenendes mit einer Drahtschere oder einem Bolzenschneider aufgeschnitten worden, Unbekannte hatten versucht, einen Radlader kurzzuschließen. Vermutlich in der Nacht zum Samstag davor.« Lettner zuckte die Schultern und sah den Ordner weiter durch.

»Ach ja«, sagte er dann. »24. Juni: Transport mit Erdaushub an der Deponie zurückgewiesen. Angeblich keine Berechtigung. Nach Beschwerde beim Tiefbauamt der Stadt Ulm Zusage, dass die Anlieferungen angenommen würden. 30. Juni: Erneut Transport abgewiesen, Material angeblich kontaminiert ... 6. Juli: Durchsuchung durch den Wirtschaftskontrolldienst. Überprüft wird, ob Arbeiter ohne Erlaubnis beschäftigt sind.« Lettner sah auf: »Übrigens waren alle Papiere in Ordnung. Das hat die Beamten nicht gehindert, im Juli und

September weitere Kontrollen vorzunehmen. Ich frage Sie nicht, ob deutsche Baustellen ebenso häufig und ebenso sorgfältig visitiert werden wie wir. Ganz gewiss ist das so.«

Er ließ den Ordner sinken. »Sie sind überhaupt sehr aufmerksam zu uns gewesen. Wiederholt hatten wir Besuch von Ihren Rauschgiftfahndern. Diese Beamten treten sehr energisch auf. So, wie wir es in Italien gut in Erinnerung haben.« Er lächelte nicht mehr. »Nur, als unser Wohncontainer angesteckt wurde, da waren Ihre Beamten leider nicht zur Stelle.«

Berndorf sah ihn ruhig an. Statt einer Antwort zog er die beiden Aufnahmen hervor, die das Landeskriminalamt geschickt hatte. »Kennen Sie diesen Mann?«

Lettner betrachtete die Fotos. Dann wurde sein Gesicht ausdruckslos. »Das sind Polizeifotos, nicht wahr?«

Statt einer Antwort wiederholte Berndorf seine Frage: »Kennen Sie ihn?«

»Nein«, antwortete Lettner. »Das Gesicht sagt mir nichts.«

»Bei dem Mann soll es sich um einen Salvatore Bertoni handeln«, erklärte Berndorf. »Sagt Ihnen auch der Name nichts?«

»Nein«, wiederholte Lettner, plötzlich sehr vorsichtig und kühl wirkend. »Der Name ist mir nicht bekannt. In welche Richtung ermitteln Sie eigentlich, Commissario?«

Das Gefühl, sich wie ein brunzdummer Bulle aufgeführt zu haben, verließ Berndorf erst, als er wieder auf der Autobahn war. Er glaubte zwar nicht daran, dass der Killer Bertoni – wenn es ihn denn überhaupt gab – von der Edim SA bestellt worden war. Sollte es aber doch so gewesen sein, dachte er, dann wissen sie jetzt wenigstens, dass wir es wissen.

Die Tafelberge der Alb zeichneten sich nachtblau vor der Dämmerung ab. Sein Wagen trieb mit in der Lichterkette des abendlichen Verkehrsstroms. Er hatte es nicht eilig. Sein Büro lockte ihn nicht, und auch nicht seine leere Wohnung.

Es war einer der Nachmittage, an denen Tamar ihren Beruf verwünschte. Polizisten dürfen nicht parteiisch sein. Manchmal war das nicht einfach. Besonders nicht in diesem Fall, den

Tamar jetzt an die Staatsanwaltschaft abgeben sollte. Ein Mädchen war seit seinem zwölften Lebensjahr von seinem Vater missbraucht worden. Wenn es nicht gefügig war, schlug er es. Eines Abends, die junge Frau war schon 19, legte sie sich ein Tranchiermesser in der Anrichte bereit und wartete. Sie wartete, bis der Vater seine sechs Bier getrunken hatte und ins Bett schlurfte. Dann hielt sie ihm mit der linken Hand die Wohnzimmertür auf und rammte ihm, als er an ihr vorbeischwankte, mit der rechten das Messer in den Rücken.

Der Vater war fast auf der Stelle tot. Gute Arbeit, dachte Tamar. Nur hatte das Mädchen jetzt ein Problem mit den Juristen. Es hatte sich den Rausch des Alten zunutze gemacht. Juristen nennen das: die Arg- und Wehrlosigkeit des Opfers ausnützen. Und das wiederum reicht aus, um aus einem Totschlag einen Mord zu machen. Tamar hatte sich alle Mühe gegeben, der jungen Frau eine gefälligere Version in den Mund zu legen. Aber die hatte darauf bestanden, dass alles genau so ins Protokoll geschrieben werden müsse, wie es gewesen war: »Ich hab mir die ganze Zeit gesagt, sein Bier soll er noch haben.«

Das Telefon summte und schreckte die Kommissarin aus ihrem Brüten hoch. Polaczek meldete sich, der Schichtführer des Innenstadt-Reviers, das im Erdgeschoss untergebracht war.

»Kollegin, könnten Sie uns kurz behilflich sein?«, fragte er. »Wir haben hier eine Frau Thalmann. Sie hat keine Papiere bei sich, aber sie sagt, Sie könnten sie identifizieren.«

Tamar runzelte die Stirn. Was hatte die Wache mit Hannah zu tun? Sie schlüpfte in ihre Jacke und sprang in langen Sätzen die Steintreppe ins Erdgeschoss hinunter. Schon auf dem Treppenabsatz hörte sie Gezeter.

Sie stieß die Tür zum Wachraum auf. Polizeihauptmeister Polaczek, ein hoch aufgeschossener blonder Mensch, hielt sich erschrocken an seinem Schreibtisch fest. Vor ihm stand eine alte Frau mit wirren grauen Haaren, die einen langen knochendürren Zeigefinger anklagend auf zwei Männer richtete. Die Männer hockten auf der Bank gegenüber dem Schreibtisch und versuchten so zu tun, als ginge sie das alles nichts an, was die Grauhaarige an Vorwürfen herausschleuderte. Der eine der beiden war bis zum Halsansatz tätowiert, der andere trug einen Turbanverband auf dem Kopf. Ein dritter Mann stand hilflos neben der Grauhaarigen.

Mit gekreuzten Armen lehnte eine junge, dunkel gekleidete Frau an der Wand. Ihre Augen, die ungleich groß schienen, leuchteten spöttisch in einem blassen schmalen Gesicht. Sie wechselte einen kurzen intensiven Blick mit Tamar.

»Den Lärm, Herr Wachtmeister, Sie glauben nicht, was für einen infernalischen Lärm diese Leute machen, mit Absicht machen sie es, kein Auge habe ich in der letzten Nacht mehr zugemacht, sie wollen uns aus der Wohnung haben, nur darum hat der Herr Welf sie ins Haus gesetzt ...«

Als er Tamar sah, raffte sich Polaczek auf. »Gut, dass Sie kommen«, sagte er. »Es hat da eine Auseinandersetzung gegeben, mit gegenseitigen Strafanzeigen, ich seh da nicht so recht durch. Aber wir brauchen die Personalien, und die Dame hier hat keine Papiere dabei.« Er wies auf Hannah. »Sie hat gesagt, dass Sie sie kennen.«

»Das ist richtig so«, antwortete Tamar. »Der Name ist Hannah Thalmann.« Sie nannte die Adresse. »Sie können es nachprüfen«, fügte sie hinzu. »Wir sind beide dort gemeldet.« Polaczek runzelte etwas ratlos die Stirn.

»Frau Thalmann ist meine Lebensgefährtin«, sagte Tamar und blickte Polaczek nachdrücklich in die Augen.

»Äh«, antwortete Polaczek. »Sehr wohl. Ich glaube, dass das fürs Erste genügt.«

Die Grauhaarige drängte sich wieder vor. »Ich habe es Ihnen doch gesagt! Es ist die kleine Hannah, die Tochter vom Patenkind der alten Frau Siefert, sie hat nicht gewusst, dass die Siefert ins Altenheim gegangen ist, dabei ist es kein Wunder, der Welf schikaniert uns alle heraus ...«

Polizeihauptwachtmeister Alfred Krauser warf einen prüfenden Blick über das Balkonzimmer seiner Neubauwohnung.

Der Esstisch war für zwei Personen gedeckt, zwei Kerzenleuchter in der Mitte. Der Prosecco war kalt gestellt. Zum Essen – Kalbsmedaillons mit Tagliatelle, Rucolasalat mit einem Hauch Knoblauch – würde es einen leichten Roten geben.

Schließlich gab es etwas zu feiern. Wenn alles gut ging, wenn er nur etwas Erfolg haben würde: Dann war ein für alle Mal Schluss mit der Plackerei. Mit den immer gleichen Betrunkenen, die freitagabends ihre Frauen verdroschen. Mit den jungen Männern, deren Überreste man nachts von den Alleebäumen kratzen musste.

Wenn alles gut ging, würde er von der Kriminalpolizei übernommen. Würde dort stehen, wo die Besten stehen. Im Kampf gegen das Verbrechen. Gegen die Mafia. Gegen den internationalen Rauschgifthandel. Vielleicht würde er schon heute Abend einen großen Schritt vorankommen. Vielleicht war auf den Tonbändern bereits der entscheidende Hinweis verborgen und musste nur entschlüsselt werden. Bloß: Bisher hatte er nur Pizza verstanden. Doch Claudia würde ihm helfen. Sie hatte es ihm versprochen.

Es klingelte. Krauser schreckte hoch. Noch einmal sah er sich um und prüfte, ob der Seidenschal in seinem Sporthemd auch richtig saß. Dann ging er zur Sprechanlage.

Langsam stieg die kleine dunkelhaarige Frau die Treppe hoch. Claudia Lehmann stammte aus dem Veneto und war in den Siebzigerjahren nach Deutschland gekommen. In der Auslandsabteilung der Magirus-Werke hatte sie ihren Mann kennen gelernt. Aber der war nun schon sechs Jahre tot. Geblieben war ihr die Witwenrente, dazu kam das bisschen Honorar für die Italienisch-Kurse bei der Volkshochschule.

Schlimm war das Alleinsein, dachte Claudia und strich sich eine Haarlocke aus dem Gesicht. Warum also nicht der gute Alfred? Das Pulver hatte er nicht erfunden, wie man hier sagte. Aber Männer, hatte ihre Tante gemeint, müssen nicht unbedingt intelligent sein. Die Tante hatte Onkel Tommaso aus Rovereto geheiratet. Der war so intelligent gewesen und hatte es fertig gebracht, noch 1943 bei den Faschisten einzutreten.

Das Hochsträß ist eine Hochfläche westlich von Ulm, zwischen Donau- und Blautal gelegen. In einem der Dörfer hatten Tamar und Hannah von einer verwitweten Frau ein kleines Bauernhaus gemietet. Die dazugehörigen Äcker waren schon lange verpachtet und die Bäuerin ins Clarissen-Altenheim in Söflingen gezogen. Zu dem Häuschen gehörte ein verwilderter Bauerngarten mit einem alten Birnbaum.

Tamar stoppte den alten Golf vor der Einfahrt zur Scheune; Hannah stieg aus und öffnete die beiden Tore. Tamar fuhr den Wagen hinein. Eine Stalllampe tauchte die Stützbalken und Bühnen der Scheune in ein ungefähres Licht. Tamar zog den Zündschlüssel ab. Dann blieb sie noch einen Augenblick hinter dem Steuer sitzen. Ohne dass es ihr bewusst wurde, begann sie, mit der rechten Hand ihre Hemdbluse aufzuknöpfen.

»Lässt du das wohl bleiben«, sagte Hannah. Sie hatte die Fahrertür geöffnet und lächelte sie aus dunklen ungleichen Augen an. »Das ist mein Job.«

Das Viertel nördlich des Münsterplatzes wird von kleinen Gassen durchzogen, in denen sich neben den Handwerkern in den letzten Jahren Galerien, Antiquariate und Läden für thailändische Küche, für indische Gewürze und deutschen Krimskrams niedergelassen haben. Anders als im Fischerviertel gibt es in den Kneipen dort kaum Touristen.

Es war schon spät, und in der kleinen Trattoria mit den kaum zwanzig Stühlen saßen nur drei Frauen und steckten ihre Köpfe zusammen, von Zigarettenqualm eingenebelt. Der Wirt stand dösend am Tresen. Aus zwei Lautsprechern tropften die Akkorde eines Jazzpianisten, nachdenklich und schräg; es klang nach Thelonius Monk. Auf der Tür zur Damentoilette hing der Farbdruck einer Madonna mit blutendem Herzen.

Als Berndorf den Vorhang zur Seite schob und eintrat, schien der Wirt, ein mittelgroßer Mann mit einem runden Kopf und einer Drahtbrille, auf einen Schlag hellwach. Er begrüßte den Kommissar mit gemessener Höflichkeit und bot ihm einen Tisch abseits der Rauchschwaden an. Er kannte Berndorf seit der Geschichte mit der Kosovo-Gang, die versucht hatte, von den Italienern Schutzgeld zu erpressen.

Selbstverständlich könne der Signore noch zu essen bekommen, sagte der Wirt und empfahl Lammkoteletts. Berndorf wollte aber nur einen Teller Spaghetti al pesto. Nach einigem Zögern bestellte er einen halben Liter Barolo dazu. Eigentlich wollte er vom Alkohol die Finger lassen. Wenigstens für eine Weile. Aber irgendwie fehlte der letzte Anstoß dazu. Und in einer solchen Kneipe und zu Thelonius Monk konnte man nun wirklich keinen Apfelsaft trinken.

Nach seiner Rückkehr aus Stuttgart war er noch kurz in seiner Wohnung gewesen und hatte versucht, Barbara in Berlin anzurufen. Aber sie war wohl noch in ihrem Institut. Die stillen Tage im vorfrühlingshaft durchwehten Paris waren schön gewesen und wehmütig zugleich. Sie kannten sich seit vielen Jahren, man konnte sagen, sie waren ein Paar. Aber es war nie ein Thema gewesen, dass Barbara ihre Universitätskarriere aufgeben sollte. Und Berndorf hatte kein Lust, nach Berlin zu gehen. Nicht als Hausmann, und erst recht nicht zur dortigen, von Seilschaften aus Ost und West durchsetzten Kripo.

Eines Nachmittags, in einem Café auf dem Rive gauche, hatte Berndorf gefragt, ob sich Barbara nicht um eine Professur an einer der Pariser Universitäten bewerben könne.

»Ich kauf mir dann ein Haus irgendwo draußen, vielleicht an der Loire, und hol dich freitags ab, wenn du mit dem TGV aus Paris kommst.«

Barbara hatte gelacht. »In der akademischen Welt bewirbt man sich nicht. Man wird gerufen. Leider ist eine deutsche Politologin in Frankreich mit einer Vorliebe für US-Themen kaum sehr gefragt.«

Die Pasta war al dente, und vor allem war die Basilikum-Sauce nicht zu fett. Nach dem Essen bestellte Berndorf einen Espresso und einen Grappa. »Für Sie auch«, fügte er hinzu. »Wenn ich Sie dazu einladen darf.«

Der Wirt nickte höflich. »Es ist mir eine Ehre.« Er setzte die Espressomaschine in Gang und schenkte den Grappa ein. Dann kam er mit den Tassen und Gläsern auf einem Tablett an Berndorfs Tisch und setzte sich. Die beiden Männer hoben die Gläser und tranken sich zu.

»Ich habe erst heute von Ihnen sprechen gehört, Commissario.« Die Augen hinter der runden Brille richteten sich behutsam auf Berndorf.

»Das wird kein Loblied gewesen sein.« Berndorf setzte das Glas ab und gab den Blick zurück. »Manchmal gewinnen wir, und manchmal verlieren wir.« Er riss das Papiertütchen mit dem Zucker auf und schüttete ihn in seinen Espresso.

»Die Menschen reden zu viel«, stellte der Wirt weise fest. »Vor allem Menschen, die nicht wissen, was wirklich die Sache ist.«

»Sie haben Recht«, sagte Berndorf und rührte seinen Espresso um. »Und besonders am Telefon.« Er unterbrach sich und blickte den Wirt an. Der nickte höflich mit dem Kopf.

»Da gibt es zum Beispiel Leute«, fuhr Berndorf fort, »die haben gehört, dass jemand hierher gekommen ist. Jemand, sagen wir einmal, aus Kalabrien. Sie glauben es nicht, was diesen Leuten dazu alles einfällt.« Er schüttelte den Kopf und nahm vorsichtig einen Schluck Espresso. Dann schob er dem Wirt die beiden Fotos zu, die das Landeskriminalamt geschickt hatte.

»Die meisten Menschen denken immer das Schlechte«, antwortete der Wirt. Dann nahm er seine Brille ab und betrachtete die beiden Bilder mit ausgestrecktem Arm.

»Aber wenn es kein Feuer gibt, gibt es auch keinen Rauch«, orakelte Berndorf und trank seinen Espresso aus. Dann bat er um die Rechnung.

»Espresso und Grappa gehen auf Kosten des Hauses«, stellte der Wirt klar. »Die Bilder von Ihrem Freund da sind sehr gut fotografiert«, fügte er hinzu und schob die beiden Fotos zurück. »Man kann ihn gut erkennen. Aber er war nicht sehr fröhlich, als man ihn fotografiert hat, nicht wahr?«

Berndorf meinte, manchmal sei das so.

»Ich glaube nicht, dass Sie ihn in Ulm sehen werden«, sagte der Wirt. »Irgendwie glaube ich das nicht.«

Berndorf steckte die Fotos ein und trat in die Nacht hinaus. Mit der Ehrenwerten Gesellschaft sollten wir vorerst kein Problem haben. Falls ich mich nicht wieder täusche.

Auf dem Bild an der sonst kahlen Wand zuckten blaue und grüne Flammen um eine große nackte Frau, die zurückgelehnt in einem Sessel saß.

Die junge Frau, die für das Bild Modell gesessen hatte, lag lang hingestreckt auf einem breiten Bett, die Hände unter ihrem Kopf gekreuzt. Wieder war sie nackt, und an ihrer Brust spielte die Hand einer anderen Frau.

»Wie du heute in diese Polizeiwache gefegt bist, da hat mich das schon unglaublich angemacht«, sagte die andere Frau. »Aber als du diesem Bullen gesagt hast, ich sei deine Lebensgefährtin, war es absolut nicht mehr auszuhalten. Es war wie ein Coming-out mitten im Mai.«

»Polizisten sind keine Bullen«, stellte Tamar klar. »Bin ich vielleicht eine Kuh?«

»Aber ja doch«, zischelte ihr Hannah ins Ohr. »Du bist die größte, wildeste und stärkste Hirschkuh, die mir je in meinem Leben über die Bettdecke getrampelt ist.«

Donnerstag, 15. April

Widerwillig lud Berndorf die Walther P5 durch, nahm die Waffe hoch, die linke Hand auf das rechte Handgelenk gelegt, und zielte auf die rechte Schulter der schwarzen Silhouette. Er versuchte, die Pistole ruhig zu halten, seine Hände zitterten. Er kniff die Augen zusammen und schoss.

Markert, der neben ihm stand, nahm den Ohrenschutz ab und bemühte sich, nicht den Kopf zu schütteln. Von den Schüssen hatte einer die Schulter des Pappkameraden getroffen und ein zweiter den Oberarm. Die anderen waren Fahrkarten gewesen. »Im Ernstfall wärst du tot, und nicht der andere«, sagte Markert. Mein Job ist es nicht, Leute totzuschießen, dachte Berndorf. Dann fiel ihm der Stuttgarter Amokläufer ein, der mit einem Bajonettmesser zwei Polizisten erstochen und drei schwer verletzt hatte. Einer der Beamten hatte den Mann im Todeskampf erschossen. Sonst hätte es noch mehr tote Polizisten gegeben.

»Vermutlich wäre das so«, gab er Markert zurück. »Aber das hätte ich dir gleich sagen können. Ich mag diese Waffe nicht. Ich mag Waffen überhaupt nicht.«

»Ist das wirklich so?«, fragte Markert. »Du bist doch ein rationaler Mensch. Du solltest dir nichts vormachen. Du hast kein Problem mit der Waffe, sondern mit dir selbst.«

Berndorf blickte Markert prüfend an. Bisher war es seinem alten Freund noch nie eingefallen, ihm psychotherapeutisch zu kommen. »Erklär mir das!«, forderte er ihn auf.

»Du stehst nicht richtig«, antwortete Markert und schaute verlegen zur Seite. »Der Schütze muss mit beiden Füßen fest auf dem Boden stehen. Er muss – entschuldige, wenn das blöd klingt – in sich selbst ruhen. Sich selbst vertrauen. Nur dann bringt er die Konzentration und die Anspannung auf, die er im entscheidenden Augenblick braucht.« Er richtete den Blick wieder auf Berndorf. »Vielleicht ist das aber zu viel verlangt von Leuten, die von Berufs wegen Zweifel haben müssen.«

Berndorf überlegte. »Kann schon sein.«

Zur Dienstbesprechung kam Berndorf einige Minuten zu spät. In dem dunklen altfränkischen Konferenzraum empfing ihn unheilvolles Schweigen. Tamar warf ihm einen warnenden Blick zu. Englin war über das »Tagblatt« gebeugt, Blocher sah ihm zu, zurückgelehnt und selbstgefällig die Arme vor der Brust gekreuzt. Neben Blocher saß Tautka, der Leiter des Dezernats Wirtschaftskriminalität, eines seiner vorquellenden blassblauen Augen war abwartend auf den Konferenztisch gerichtet, das andere plierte zur Seite, als müsse es auf eine imaginäre Fliege achten.

»Schön, dass Sie auch kommen«, unterbrach Englin seine Lektüre und sah zu Berndorf auf. Sein linkes Lid zuckte gereizt.

»Bitte die Verspätung zu entschuldigen«, sagte Berndorf und setzte sich, Blocher gegenüber. »Guten Tag auch allerseits.«

»Dies ist *kein* guter Tag«, antwortete Englin. »Kein guter Tag für Sie, und leider auch kein guter Tag für uns. Sie haben offenbar diese Zeitung da noch nicht gelesen.« Anklagend wies er auf das »Tagblatt«, Aufmacher und Kommentar waren dick rot und gelb unterstrichen.

Berndorf kannte die Artikel bereits. Der Gerichtsreporter des »Tagblatts«, Frentzel, hatte ihn gestern noch am späten Abend angerufen und ihn vorgewarnt. Der Chefredakteur Dompfaff hatte angeordnet, dass »diesem Kommissar« einmal die Meinung gegeigt werden müsse.

»Hier«, sagte Englin. »Ich les Ihnen nur die knackigeren Sachen vor. Da steht zum Beispiel: ›Zwischen den Zeilen übte der Gerichtsvorsitzende Hagenberg unverhohlen Kritik an der Arbeit der Kriminalpolizei, die keine anderen möglichen Tatverdächtigen überprüft habe.‹ Hinter den Spiegel werden Sie sich das nicht stecken, Kollege Berndorf, oder?«

»Ich frage mich, wie der Richter Hagenberg in einer mündlichen Urteilsbegründung etwas zwischen den Zeilen, aber unverhohlen zum Ausdruck bringen kann«, antwortete Berndorf. »Und was die anderen Tatverdächtigen angeht: da weiß Hagenberg oder das ›Tagblatt‹ mehr als ich. Es hat keine anderen Verdächtigen gegeben.«

»Bitte«, antwortete Englin erregt. »Hier steht etwas anderes.« Er hob die Stimme und las aus Frentzels Kommentar vor: »Insbesondere ist es für Prozessbeobachter unerklärlich, warum Kommissar Berndorf nicht der nahe liegenden Möglichkeit nachgegangen ist, dass der Anschlag auf die italienische Baufirma im Zusammenhang mit einer fehlgeschlagenen Schutzgelderpressung zu sehen ist. Es müsste sich auch im Neuen Bau herumgesprochen haben, dass die Mafia inzwischen ihre Krakenarme bis an die Donau ausgestreckt hat. Zitat Ende. Gefällt Ihnen das stilistisch besser? Werden Sie das auch wegstecken, als ob es keine Bedeutung hat, wie die Polizei in der Öffentlichkeit dasteht?«

»Der Hinweis auf die Mafia kann nur jemandem einfallen, der wirklich keine Ahnung hat«, gab Berndorf zurück. »Ich kann mir keine italienische Baufirma vorstellen, die das Schutzgeld nicht vorab geregelt hat. Und zwar so, dass es keinen Ärger gibt. Was den Hinweis auf Mafia-Aktivitäten in Ulm angeht, so ist das entweder ein alter Hut, oder das ›Tagblatt‹ ist über den angeblichen Killer aus Kalabrien informiert worden, von dem Sie selbst uns erst gestern berichtet haben.«

Englin versuchte, ihn starr anzusehen. »Wenn ich Sie recht verstehe, wollen Sie also diese Vorwürfe« – er klopfte auf die Zeitung – »auf sich beruhen lassen?«

»Wo sonst?«, fragte Berndorf zurück. Er legt es auf einen richtigen Krach an, dachte Tamar.

Englin überlegte kurz. Dann zog er sich auf die Anweisung zurück, Berndorf solle in einer schriftlichen Erklärung zu den Vorwürfen des »Tagblatts« Stellung nehmen.

Es ist wie bei den Pavianen, dachte Tamar. Wer dem anderen eine Aktennotiz abverlangen kann, ist der Oberaffe.

»Außerdem«, fügte Englin hinzu, »wüsste ich gerne, ob und in welche Richtung Ihr Dezernat in der fraglichen Angelegenheit weiterermittelt. Nachdem Sie den Hinweis auf die Mafia ja offenbar als unerheblich ansehen.«

»Es gibt Hinweise, dass der Baufirma erhebliche Schwierigkeiten gemacht worden sind«, sagte Berndorf.

»Also doch die Mafia?«

»Nein«, sagte Berndorf. »Die Schwierigkeiten sind von anderer Seite gemacht worden.«

Er wandte sich an Blocher. »Ihr Dezernat hat mehrfach die Unterkunft der italienischen Bauarbeiter überprüft. Hatten Sie denn einen konkreten Anlass?«

Blocher legte die massigen Hände auf den Konferenztisch und beugte sich zu Berndorf hinüber. »Wie bitte?«

Berndorf wiederholte seine Frage. Blocher wandte sich an Englin. »Ich glaube nicht, dass ich meine Arbeit hier rechtfertigen muss. Schon gar nicht vor einem Kollegen, der eindeutig von eigenem Versagen ablenken will.«

Tautka löste eines seiner beiden Augen von der imaginären Fliege über dem Konferenztisch und begann, Berndorf zu fixieren. »Ich muss auch sagen«, bemerkte er mit leiser, raschelnder Stimme, »dass ich die Frage des Kollegen Berndorf merkwürdig finde. Gelinde gesagt.«

Englin gab sich einen Ruck, um die Initiative zurückzugewinnen. »Der Kollege Berndorf wird uns sicher erklären können, warum er das wissen will.«

»Ich muss wissen, ob jemand gezielt Aktionen gegen die italienische Baufirma ausgelöst hat.« Er wandte sich an Tautka. »Das gilt auch für Ihr Dezernat. Sie haben dort mehrfach Kontrollen angesetzt. Welchen Anlass gab es dazu?«

Das kalkige Gesicht blieb ungerührt. »Das wird immer toller.« Er sagte es halblaut, als ob er mit sich selbst spräche.

»Kann ich jetzt Auskunft bekommen oder nicht?«

»Ich werde in den Akten nachsehen«, antwortete Tautka und hielt wieder nach einer Fliege Ausschau. Seine linke Hand lag auf dem Konferenztisch. Auch die Hand war kalkfarben. Der Mittelfinger klopfte einen unhörbaren Takt. Am Ringfinger trug er einen Goldring mit einem großen blauen Stein.

Berndorf sah zu Blocher. Dessen Kinnmuskeln arbeiteten. »Bitte sehr«, sagte er schließlich. »Wenn der Kollege gewährleistet, dass meine Informanten nicht verbrannt werden. Ich werde ihn dafür haftbar machen.«

Berndorf schüttelte unwillig den Kopf. Eilig erklärte Englin, dass Berndorf die erbetenen Auskünfte erhalten werde. »Aber ich möchte Sie doch auch bitten«, fügte er hinzu, »der italienischen Spur ernsthaft nachzugehen.«

Die übrigen Punkte der Besprechung betrafen Routinefälle, davon abgesehen, dass Blocher Verzögerungen ankündigte, die es bei einer von seinem Dezernat geplanten Aktion geben werde. »Nichts von Bedeutung«, fügte er teigig hinzu.

Tamar horchte auf. Du hast doch was vergeigt, dachte sie. Englin beendete die Konferenz, bat dann aber Berndorf, noch einen Augenblick zu bleiben. Als sie allein waren, saßen sich die beiden Männer einen Augenblick lang schweigend gegenüber.

»Ich glaube nicht, dass Sie sich klug verhalten«, brach Englin schließlich das Schweigen. »Sie wissen, dass es Vorbehalte gegen Sie gibt. Sie sollten sie nicht mutwillig verstärken.« Berndorf sah ihn aufmerksam an, blieb aber schweigsam.

»Nun gut«, meinte Englin. »Es gibt da noch einen anderen Punkt. Eine Sache, über die wir vertraulich reden sollten.«

Geht es um Tamar, überlegte sich Berndorf.

»Es geht um Ihre Kollegin Wegenast.« Das Augenlid zuckte heftig. »Mir ist zu Ohren gekommen, dass sie – äh –« Er blickte Berndorf hilfesuchend an. Der schwieg anhaltend.

»Also dass sie mit einer anderen Frau zusammenlebt«, brachte Englin entschlossen heraus. »Und zwar nicht einfach nur so.«

»Sondern?«

»Sie wissen schon«, erklärte Englin. »Sie soll selbst gesagt haben, die andere Frau sei ihre Lebensgefährtin. So etwas, also eine – eh – lesbische Beziehung ist das ja wohl, also so etwas ist in dem hoch sensiblen Bereich Ihres Dezernats höchst problematisch.« Er atmete durch. Vor dem Wort *lesbisch* hatte er kurz die Schultern gestrafft.

»Ich will der Kollegin nichts unterstellen«, fuhr er erleichtert fort, »aber denken Sie doch nur an die vielen Beziehungsdelikte, die Sie zu bearbeiten haben. Da kann sehr leicht behauptet werden, es sei nicht unparteiisch ermittelt worden. Sie wissen doch selbst am besten, wie die Anwälte heutzutage sind.«

Berndorf sah Englin ruhig in die Augen. »Ich glaube nicht, dass es mich irgendetwas angeht, mit wem meine Mitarbeiterin eine gemeinsame Wohnung hat. Vorausgesetzt, diese Person ist unbescholten. Gegen die junge Frau, von der Sie zu sprechen scheinen, liegt nichts vor, sie hat ganz im Gegenteil in einer sehr kritischen Situation der Polizei einen außerordentlich wichtigen Dienst geleistet. Im Übrigen darf ich Sie darauf hinweisen, dass es in Deutschland ein Diskriminierungsverbot gibt. Es gilt auch für die Verwaltung.«

In seinem Büro wartete Tamar. »Das war ja eine muntere Beißerei. Darf ich fragen, was der Alte von Ihnen wollte?«

»Er hat mir ins Gewissen geredet«, antwortete Berndorf. »Ich soll nicht noch mehr Kollegen gegen mich aufbringen.«

Das RD, das Rauschgiftdezernat, war im Dachgeschoss untergebracht. Auf der Bank vor Blochers Büro hockte ein junger Mensch mit Pickeln im Gesicht und Flaum am Kinn. Er trug Handschellen, ein uniformierter Beamter saß neben ihm. Berndorf klopfte und öffnete die Tür. Blocher saß an seinem Schreibtisch, in ein Protokoll vertieft. Ohne aufzusehen, wies er mit einer Handbewegung auf den Besucherstuhl.

Berndorf setzte sich und sah sich um. Das kleine Büro mit den schrägen Außenwänden und dem Mansardenfenster war mit den Aufklärungsplakaten voll gehängt, auf denen das Landeskriminalamt Haschisch und Heroin, Kokain und Ecstasy in einen Topf warf: »Keine Macht den Drogen!« In einer Glasvitrine standen die Pokale, die die Faustballmannschaft der Polizeidirektion vor Jahren gewonnen hatte.

»Es hat mehrere Hinweise auf die italienische Unterkunft gegeben«, sagte Blocher abrupt. »Vertrauliche Hinweise.«

Er will die Informanten nicht nennen, dachte Berndorf. Falls er überhaupt welche gehabt hat. »Tut mir Leid, Kollege. Ich muss trotzdem mit Ihren Informanten sprechen. Vertraulich.«

Blocher reckte das Kinn vor. »Sagen Sie mir Ihre Fragen. Ich werde mit dem Mann reden.«

Jetzt ist es also nur einer, dachte Berndorf. Er schüttelte den Kopf: »Es ist unser Fall. Wir sind es, die vernehmen müssen.« Blochers Kopf rötete sich. Was hat er, fragte sich Berndorf.

»Trotzdem ist das nicht möglich«, sagte Blocher plötzlich. »Es handelt sich um unseren Informanten Grün II. Er hat sich abgesetzt. Wir nehmen an, er ist in den Niederlanden.« Davon hat er in den Konferenzen aber nichts erzählt, dachte Berndorf. »Lassen Sie nach ihm fahnden?«

»Wir suchen nach ihm«, antwortete Blocher ausweichend.

Berndorf verabschiedete sich. Draußen hockte noch immer der Kleindealer.

Tautkas Büro befand sich in einem anderen Trakt des Neuen Baus, mit einem weiten Blick auf das Fischerviertel. Als Berndorf eintrat, stand Tautka auf und bot ihm einen Platz am Besuchertisch an, wo ein Aktenordner bereitgelegt war.

»Es wird das Beste sein, Sie machen sich selbst kundig.« Dann setzte er sich wieder hinter seinen Schreibtisch, einen unbeweglichen Blick auf Berndorf gerichtet.

»Fakt ist«, raschelte seine Stimme, »der erste Hinweis kam von der hiesigen Industrie- und Handelskammer.«

Er hatte den Ordner an der Stelle aufgeschlagen, an der ein Schreiben der IHK vom Juni vergangenen Jahres abgeheftet war. In dem Brief bat der Justitiar der Kammer – »vertraulich!« – um eine Überprüfung der Baustelle der Edim SA. Das Gespräch mit dem Wiesbrunner Bürgermeister kam Berndorf in den Sinn. Wer war noch der verärgerte Ulmer Unternehmer gewesen? Gföllner natürlich. Wie klein die Ulmer Welt doch ist. Gföllner war Vizepräsident der IHK.

»Aber lesen Sie ruhig weiter«, flüsterte Tautka.

Berndorf schlug ein zweites Schreiben auf. Im Briefkopf sprang ihm das Landeswappen und die Dienstanschrift des Innenministeriums entgegen. Wenige Wochen nach dem Brief der IHK hatte sich Staatssekretär Schlauff veranlasst gesehen, »die zuständigen Dienststellen auf die Zunahme illegaler Beschäftigung insbesondere in der Region Ulm hinzuweisen«. Nicht zuletzt ausländische Baufirmen seien dazu übergegangen, Beschäftigte ohne Arbeitsgenehmigung einzusetzen.

Eines von Tautkas blassblauen Augen richtete sich auf Berndorf. »Ich weiß nicht, Kollege, ob Sie jetzt gegen den Herrn Staatssekretär ermitteln wollen.«

Gleich muss er kichern, dachte Berndorf. Dann stand er auf und sah sich kurz in Tautkas Büro um. Es war sehr viel größer als das seine. An der Wand über dem Besuchertisch hing ein großes, gerahmtes Farbfoto. In einem grünen Garten lächelten zahnlückig zwei magerknochige, weißhäutige Kinder vor einem Swimmingpool. Dahinter sah man die Gartenfront eines großzügig angelegten Walmdachhauses.

»Nette Kinder haben Sie«, sagte er höflich.

Auf dem Rückweg sah Berndorf bei Tamar vorbei. Sie war gerade dabei, stenografische Notizen in ihren Computer einzugeben. Als er eintrat, sah sie hoch und lächelte ihn an. »Es gibt merkwürdige Wohltäter in dieser Stadt.«

Berndorf sah fragend zurück, nahm sich den Besucherstuhl und setzte sich rittlings. »Sie erklären es mir?«

Sie erzählte ihm von dem Ärger, den Hannah bekommen hatte, und wie sich der Ärger auf dem Revier unten fortgesetzt hatte, bis der Kollege Polaczek sie – Tamar – zu Hilfe rief. Berndorf begann zu ahnen, was Englin zu seinem Vier-Augen-Gespräch veranlasst hatte.

»Ich habe das Strafregister der beiden Männer überprüft, die den alten Mann fertig machen wollten«, fuhr Tamar fort. »Beide saßen hier in der JVA Thalfinger Straße, der eine wegen räuberischer Erpressung, der andere wegen Brandstiftung. Er hatte ein denkmalgeschütztes Haus abgefackelt, in einem Dorf auf der Alb. Angeblich hat er das nur so getan. Im Suff. Um es warm zu haben.« Sie machte eine Pause und sah Berndorf an. Der Kommissar hatte ganz leicht die Stirne gerunzelt.

»Ich weiß, Chef«, sagte Tamar. »Von Sachen, in die meine Partnerin verwickelt ist, soll ich die Finger lassen. Aber Hannah hat nur ganz am Rande damit zu tun. Und wer weiß? Vielleicht brennt nächstens auch das Haus am Ostbahnhof.«

Berndorf schüttelte den Kopf. »So plump läuft das hier nicht. Trotzdem – wer ist denn nun der Wohltäter, der die beiden Knaben da aufgenommen hat?«

»Welf«, antwortete Tamar. »Jörg Welf. Bauunternehmer und Architekt. Der, der die Großsporthalle bauen will.« Berndorf erinnerte sich an den Artikel im »Tagblatt« und auch an das Bild, auf dem Welf aussah wie einer dieser ausgebufften, zupackenden jungen Männer, die jetzt nach vorne drängten.

»Vor allem aber will er am Ostbahnhof eine neue Wohn- und Geschäftsanlage hochziehen«, fuhr Tamar fort. »Irgendetwas Weißes mit gläsernen Erkern und schniekem Schnickschnack, postmodern eben. Es muss ihn mächtig ärgern, dass da noch Leute wohnen und partout nicht weggehen wollen. Sie wollen es aus dem einfachen Grund nicht, weil sie da schon immer gelebt haben. Jemand wie Welf kann das nicht verstehen.«

»Vielleicht geh ich mal bei ihm vorbei«, sagte Berndorf. »Nur zur Sicherheit. Damit er weiß, dass wir Bescheid wissen.« Dann erzählte er von den Gesprächen mit Blocher und Tautka.

»Schlauff steckt da drin«, kommentierte Tamar. »Das wird nicht so lustig. Aber die Geschichte von Blochers entsprungenem Informanten ist gut. Jetzt weiß ich endlich, warum man den RD-Spitzel Hugler nirgends mehr sieht.«

Am Nachmittag rief Berndorf bei der Fahrbereitschaft an. Aber es stand nur ein alter Daimler zur Verfügung. Also nahm er doch seinen Citroën.

Die Erd- und Bauschuttdeponie Ulm liegt auf der Gemarkung der früheren Gemeinde Lettenbühl, auf der südlichen Seite des Flusses, wo der karstige Untergrund der Alb von der Moränenlandschaft Oberschwabens abgelöst wird. Schon auf der Anfahrt über die Bundesstraße stieß der Kommissar wieder auf die Lastwagen der »Arge Echterdingen«, voll geladen mit Aushub. Es regnete noch immer, und die Regenwischer kämpften sich durch milchige Schmiere. Vor der Einfahrt auf die Deponie standen drei von ihnen, und die Fahrer warteten darauf, dass sie eingewiesen würden.

Berndorf parkte seinen Wagen vor der Baracke der Deponie-Aufsicht und ging hinein. Er trat in ein geräumiges, überheiztes Büro. Vor einem PC saß ein Mann mittleren Alters und überwachte die Daten der Lastwagen, die vor der Einfahrt in die Deponie und dann wieder bei der Rückfahrt eine Waage passieren mussten. Der Mann hatte schütteres, nach hinten gekämmtes Haar, ein großporiges Gesicht und trug einen grauen Arbeitsmantel. Als Berndorf grüßte und seinen Hut abnahm, verharrte der Mann schweigend vor dem Bildschirm. Schließlich wurde er dann doch auf den Besucher aufmerksam, zog eine Brille aus der Brusttasche und setzte sie auf.

»Was welletse?« Die mürrische Begrüßung klang nach einem echten Ulmer.

»Grüß Gott«, wiederholte Berndorf. Dann zeigte er seinen Dienstausweis. »Ich habe einige Fragen.«

Fleckige Röte überzog das Gesicht des Mannes. »Das geht net, ich darf Ihnen keine Auskunft geben«, brachte er schließlich heraus. »Ich meine, ich bin nicht befugt. Sie müssen meine Vorgesetzten im Tiefbauamt fragen.« Vor Anstrengung, hochdeutsch zu sprechen, bekam er einen ganz spitzen Mund.

»Ich kann Sie mitnehmen und im Neuen Bau vernehmen.«

»Sie haben sie ja nicht alle«, begehrte der Mann auf. »Der Betrieb hier muss weitergehen.«

»Umso schlimmer für Sie, wenn er geschlossen werden muss, weil Sie keine Auskunft geben wollen.«

Der Mann im grauen Kittel starrte ihn eine Weile wortlos an, dann blickte er zur Seite. Berndorf ließ sich die Personalien geben. Der Mann hieß Brauchle, Karl-Heinz, und war Angestellter der städtischen Entsorgungsgesellschaft. Auf die Frage, warum es mit den Anlieferungen der Edim SA Probleme gegeben habe, stand Brauchle widerstrebend auf, ging zu einem Aktenschrank und begann dort zu suchen.

»An welchen Tagen soll das noch einmal gewesen sein?« Geduldig wiederholte Berndorf die Daten.

»Also da haben wir keinen Vorgang«, sagte Brauchle.

»Sie haben also eine Anlieferung abgelehnt, und das ist nicht dokumentiert?«

Brauchle stellte sich quer. »Was sollen wir aufschreiben, wenn nichts war?«

Berndorf fixierte ihn. »Also, wenn ich mich recht erinnere«, sagte Brauchle schließlich, »haben wir damals gedacht, das geht uns nichts an. Da können doch nicht einfach Italiener daherkommen und ihren Dreck abladen.«

»Sie haben dann einen Rüffel bekommen.«

»Wie kommen Sie da drauf? Die Firma hat das mit dem Tiefbauamt geklärt. Bloß waren dann ein paar Transporte von denen kontaminiert, jedenfalls hatten wir den Eindruck, dass da Öl und solcher Dreck drin war.«

»Und das hat sich dann auch geklärt?«

»Ja, das hat dann keinen Ärger mehr gegeben«, antwortete Brauchle. Plötzlich lächelte der Kommissar.

»Wie viel haben Sie denn dafür bekommen, dass Sie die Transporte behindert haben?« Der Mann duckte sich, als habe ihn ein Schlag getroffen. Dann wurde sein Gesicht mit einem Schlag blass. »Das dürfen Sie nicht. Das ist ...« er suchte nach Worten. »Also ungeheuerlich ist das. Ich sag kein Wort mehr. Von mir aus nehmen Sie mich mit. Machen Sie den Betrieb dicht. Sie werden sich wundern, was dann alles passiert.«

Berndorf betrachtete ihn noch immer. Er überlegte, ob er Brauchle wirklich mitnehmen solle.

Mal sehen, dachte er dann, was dieser Mensch jetzt tut. Zu wem er rennt. Von wem eine Beschwerde kommt.

Tamar hatte sich in der Stadt mit Hannah zum Mittagessen getroffen, in einem Café, dessen Inneneinrichtung an die heroischen Zeiten der Ulmer Neuen Sachlichkeit erinnerte, und Hannah hatte von dem ausführlichen Gespräch mit einem Galeristen berichtet, der ihr vielleicht doch eine eigene Ausstellung ermöglichen würde. Nach einem innigen und keineswegs verstohlenen Kuss hatten sie sich getrennt, und Tamar war so vergnügt in den Neuen Bau zurückgekehrt, dass sie sogar Englins Assistenten Kuttler auf dem Flur ein strahlendes Lächeln schenkte.

Kuttler war ein bebrillter jüngerer Mann mit einer noch immer anhaltenden Neigung zu Akne. Seit dem Vortag war auf seinem linken Nasenflügel ein prachtvoller Pickel – Gelb in Rot – aufgeblüht.

»Ich wollte gerade zu Ihnen«, sagte er. »Wir haben erste Ergebnisse der Telefonüberwachung in dieser italienischen Sache, Sie wissen schon. Es hat alles sehr gut geklappt, und die Berichte sind auch sehr gut übersetzt ...« Er war sich unschlüssig, wie er fortfahren sollte.

»Aber irgendwie weiß ich nicht, was davon einen Hinweis ergeben soll.« Fragt er mich jetzt um Rat, überlegte Tamar, oder soll das eine Anmache sein? Der junge Mann war so grün, dass er womöglich nicht einmal mitbekommen hatte, was vom Flurfunk längst in allen mutmaßlichen Details mitgeteilt und ausgebreitet worden war.

Sie ging dann mit ihm in sein Büro, und Kuttler zeigte ihr die Niederschriften. Zwei beim Gericht zugelassene Dolmetscher hatten den größeren Teil der Gespräche übersetzt, den Rest hatte Polizeihauptmeister Krauser beigesteuert.

Es waren über dreißig DIN-A4-Seiten, eine komplette Mitschrift der Telefongespräche, die am Vorabend in verschiedenen italienischen Restaurants geführt worden waren. Tamar blätterte sie durch und überlegte. Dann sah sie Kuttler an.

»Wenn ich das richtig sehe, führt ganz klar Quattro Stagione.«

»Ja«, antwortete Kuttler, »aber Pescatore liegt auch nicht schlecht. Ich weiß bloß nicht, ob ich das meinem Chef so vorlegen soll. Er bekommt so leicht diesen Blick, Sie wissen schon.«

»Moment«, sagte Tamar und deutete auf eine Gesprächspassage. »Das hier klingt doch viel versprechend.« Sie las vor:

»Trattoria Schäfflergasse, Anruf 23.10 Uhr. Am Apparat meldet sich eine Männerstimme.

Teilnehmer 1: ›Hallo.‹

Teilnehmer 2, ebenfalls eine Männerstimme: ›Grüß dich. Giovane hier. Geht es gut?‹

Teilnehmer 1: ›Grüß dich. Es geht.‹
Teilnehmer 2: ›Wie ist das Wetter bei euch?‹
Teilnehmer 1: ›Es ist ein Elend. Die Luft ist nicht gut.‹
Teilnehmer 2 macht eine Pause. Dann: ›Ach so.‹
Teilnehmer 1: ›Das mit dem Hund geht nicht in Ordnung. Ein Jäger war da. Er hat gesagt, der Hund hat Flöhe.‹
Teilnehmer 2 macht wieder eine Pause. Dann: ›Flöhe, ja? Du meinst, ich soll es Toto sagen?‹
Teilnehmer 1: ›Ich denke schon.‹
Teilnehmer 2: ›Mach ich. Also dann. Ciao!‹
Teilnehmer 1: ›Ciao!‹«

Tamar sah Kuttler ermutigend an. »Das ist doch was. Ein klarer, einfacher, tiefer Text.« Sie blätterte zurück, um nachzusehen, von wem die Übersetzung stammte. »Da schau her. Krauser hat es übersetzt. Einfach kongenial. Der Hund hat Flöhe. Ein Satz, wie in Marmor gemeißelt.«

Kuttler wiegte bedenklich den Kopf. »Der Englin dreht hohl. Er wird mich rausschmeißen. Ganz bestimmt.«

Berndorf war über Mittag in seine kleine Wohnung gefahren und hatte sich zwei Eier in die Pfanne geschlagen. Der kulinarische Zugewinn gegenüber dem Essen in einer der Kantinen, in denen die Angehörigen des öffentlichen Dienstes abgefüttert werden, war eher bescheiden. Aber es war Donnerstag, und donnerstags hatte Professorin Barbara Stein ihren Seminarabend, weshalb sie in den Mittagsstunden noch zu Hause war und Berndorf sie ungestört anrufen konnte.

Sie hatten über Paris gesprochen, über Spiegeleier und darüber, wie sie in einer Neuköllner Eckkneipe serviert werden, waren wieder auf Paris gekommen und auf ein Zwischenspiel im Hotel, das sich an den Besuch einer Ausstellung über polynesische Fruchtbarkeitsriten angeschlossen hatte. Und irgendwann war ihr Gespräch bei dem Versuch angelangt, die Übelkrähe zu vertreiben, die auf den Namen Tristesse hörte und sich in den Zeiten des Alleinseins bei ihnen einzunisten versuchte. Der Versuch war nicht sehr erfolgreich gewesen.

Inzwischen war Berndorf in sein Büro zurückgekehrt und hatte sich darangemacht, den von Englin angeforderten Bericht zu schreiben. Vor einigen Jahren hatte auch er einen PC bekommen und bediente ihn inzwischen, wie er fand, mit gemessener Gewandtheit. Unterm Schreiben – er sah wieder die Lastwagen der Arge Echterdingen vor sich – stieg in seinem Kopf die Erinnerung an eine Zeitungsnotiz hoch. Er nahm sein Telefon und rief einen Kollegen im Stuttgarter Polizeipräsidium an. Er hatte Glück, Pfullinger meldete sich.

»Was willst du schon wieder, Ganef?«, sagte er zur Begrüßung.

»Was soll ich dich anrufen, ausgerechnet dich, wenn ich nichts wollte?«

»Warum hört man von dir auf eine Frage niemals etwas anderes als eine Gegenfrage?«

»Warum, bitte, soll ich keine Gegenfragen stellen?« Schließlich kam Berndorf zur Sache. »Hast du einen schlauen Fiffi, der mir raussuchen kann, wer an der Arge Echterdingen beteiligt ist? Das sind die Leute, die uns die Landschaft mit dem Aushub von eurem bescheuerten Flughafen zuschütten.«

»Dieser bescheuerte Flughafen«, antwortete Pfullinger mit würdiger Stimme, »ist nichts Geringeres als das Tor Baden-Württembergs zur Welt des 21. Jahrhunderts. Originalton unseres Ministerpräsidenten. Ich ruf dich zurück.«

Berndorf wandte sich wieder seinem Text zu. Es klopfte und Tamar kam herein, und es schien, als bringe sie den Abglanz einer Welt mit, in der die Übelkrähen noch nicht einmal mehr auf der roten Liste standen, so ausgestorben waren sie.

»Wie war Ihr Mittagessen mit Hannah?«

Sie zog die Augenbrauen hoch. »Woher wissen Sie?«

»Man sieht es Ihnen an.«

»Das höre ich gern«, antwortete sie vergnügt. »Außerdem ist es nicht nur ein schöner Tag, sondern auch ein lustiger.« Sie erzählte ihm von ihrem Gespräch mit Kuttler und von dem Dialog, den Krauser übersetzt hatte. »Der Hund hat Flöhe. Ich nehme an, Englin lässt die Abschrift ans LKA schicken, damit sie es dort dechiffrieren.« Berndorf sah sie nachdenklich an. »Das Gespräch, von dem Sie mir erzählen, ist von dieser Trattoria in der Schäfflergasse aus geführt worden?«

»Ich wusste nicht, dass Sie die Protokolle schon gesehen haben«, meinte Tamar ein wenig enttäuscht.

»Hab ich nicht. Ich hab es mir nur ausgerechnet.«

Tamar neigte ihren Kopf ein wenig. »Yeah, Mr. Holmes.«

Das Telefon flötete. Berndorf nahm ab und meldete sich.

»Ich hätte es mir gleich denken können«, sagte Pfullinger.

»Jetzt kann ich dir aber gerade nicht folgen«, meinte Berndorf.

»Tu nicht so. Du bist doch wieder dabei, eine größere Scheiße anzurühren. Höre: Teilhaber der Arge Echterdingen sind erstens die Firma Gföllner, Ulm und zweitens die Firma Schwellien & Partner, Tuttlingen. Was sagst du nun?«

»Erst mal nichts. Die Ulmer Firma ist mir dem Namen nach bekannt, die andere nicht.«

»Ach Gott«, sagte Pfullinger. »Wie weit hinter dem Mond seid ihr eigentlich in Ulm? Bei Schwellien & Partner handelt es sich um eine Straßenbaufirma, bestens mit allerhand Vorfinanzierungen im Geschäft, wobei es den Herrn Schwellien schon lange nicht mehr gibt, wohl aber den Partner, einen Herrn Ströhle, und wenn du nicht weißt, dass das der Schwager des Herrn Ministerpräsidenten ist, dann ist dir auch nicht zu helfen. Und nun ermittle mal schön!« Pfullinger legte auf.

Berndorf warf einen nachdenklichen Blick auf das Telefon. »Es ist wirklich ein lustiger Tag«, sagte er schließlich.

Eine Stunde später hatte Berndorf seinen Bericht fertig. Er las ihn noch einmal durch, und mit besonderer Sorgfalt den letzten Absatz. »Die Schwierigkeiten, denen die Firma Edim SA ausgesetzt war, lassen sich nur schwer als eine Häufung unglücklicher Zufälle erklären. Auf jeden Fall ist diese Häufung so auffällig, dass eine Aufklärung des Brandanschlags nur dann möglich sein wird, wenn zugleich beantwortet werden kann, ob der Anschlag im Zusammenhang mit den vorhergegangenen Schwierigkeiten der Edim SA steht oder nicht.«

Ob Englin das versteht, überlegte Berndorf. Wenn er es tut, wird er im Viereck springen.

Das Telefon meldete sich. Es war Englin. »Kommen Sie bitte in mein Büro. Sofort. Ich muss Sie dringend sprechen.« Seine Stimme klang noch panischer als sonst. Berndorf ließ seinen Bericht ausdrucken. Es waren vier Seiten, er unterschrieb auf der letzten und machte sich auf den Weg in das Chefbüro.

Englin blickte ihm strafend entgegen. Chamäleonesk hockte Tautka neben ihm. »Ich hatte um Ihr sofortiges Erscheinen gebeten«, sagte der Kriminaloberrat.

»Ich habe Ihnen noch meinen Bericht ausdrucken lassen«, antwortete Berndorf und legte ihm die Blätter auf den Tisch.

»Das hat jetzt keine Bedeutung«, antwortete Englin. »Sie haben heute auf der Deponie Lettenbühl ermittelt?« Berndorf nickte. »Ist Ihnen eigentlich klar, dass solche Ermittlungen in die Kompetenz des Kollegen Tautka fallen?« Berndorf sah seinen Kollegen an. Eines von dessen Augen blickte zurück, als ob es Berndorfs Tauglichkeit zum Verzehr prüfen wollte.

»Aber das nur nebenbei.« Englin war noch nicht fertig. »Außerdem liegt eine massive Beschwerde gegen Sie vor. Der Herr Baudezernent Klotzbach hat sich auf das Schärfste dagegen verwahrt, dass Sie sich ohne Rücksprache mit den Verantwortlichen Zugang auf das Deponiegelände verschafft und einen der Mitarbeiter dort mit völlig grundlosen, aber äußerst schwerwiegenden Vorwürfen überzogen haben. Der Mann hat sich inzwischen krankschreiben lassen müssen. Klotzbach droht mit Strafanzeige wegen falscher Anschuldigung. Außerdem wird er sich an Staatssekretär Schlauff wenden.«

Was ging das eigentlich diesen Klotzbach an, überlegte Berndorf. Richtig: Der Baudezernent war gleichzeitig Aufsichtsratsvorsitzender der städtischen Entsorgungsgesellschaft. Der Aufseher Brauchle war gleich zum Schmied gegangen.

Berndorf richtete seine Augen auf Englin. »Ich ermittle in einem Kapitalverbrechen. Ich glaube nicht, dass mir der Herr Klotzbach vorzuschreiben hat, wo ich wen wonach frage. Das

Weitere wollen Sie in meinem Bericht nachlesen.« Er stand auf. Ein blassblaues Auge fing ihn ein. »Sie sollten besser noch eine Sekunde bleiben«, raschelte Tautka. Berndorf blieb stehen.

»Sie haben den Vorwurf der Edim SA aufgegriffen, sie sei behindert, ja schikaniert worden«, fuhr Tautka fort. »Fakt ist, dass diese Dinge mein Dezernat ebenfalls interessieren. Und wenn auf dieser Deponie irgendetwas irregulär abgelaufen sein sollte, können das am ehesten wir nachprüfen.«

Berndorf stand noch immer. »Dann klären Sie bitte, warum Transporte der Edim SA abgewiesen wurden. Warum das in mindestens einem Fall nicht dokumentiert worden ist. Und klären Sie, wer den Herrn Brauchle – das ist der Mann, der sich krankgemeldet hat – dafür bezahlt, sich so zu verhalten, wie er es tut.«

»Sie unterstellen etwas, was erst herausgefunden werden muss«, kam es über blutleere Lippen. Es klang fast verbindlich. »Ich hatte sowieso vor, den Herrn Klotzbach aufzusuchen«, antwortete Berndorf. »Wir können das Gespräch ja gemeinsam führen.«

Englin verschaffte sich das Wort. »Was ist mit dieser Beschwerde an den Staatssekretär? Wir müssen das ernst nehmen.«

Ich weiß schon warum, dachte Berndorf. Klotzbach ist auf dem Ticket der Staatspartei verbucht. Sie wollen ihn als OB-Kandidaten aufbauen. Vom Herrn Schwager des Herrn Ministerpräsidenten ganz zu schweigen.

»Schicken Sie dem Staatssekretär eine Kopie meines Berichts«, sagte er und ging.

Am Abend hatte der Regen aufgehört, und von Westen her brachte eine leichte Brise den Geruch von Erde und Frühling in die Stadt. Auf die knospenden Bäume im Alten Friedhof war eine Horde dunkler Vögel mit schwarz schimmerndem Gefieder und grauen Schnäbeln eingefallen, vermutlich waren es Saat- und keine Übelkrähen ...

Alles war schön an diesem einzigen Abend, ma sœur
Nachher nie wieder und nie zuvor –
Freilich: mir blieben nur mehr die großen Vögel
Die abends im dunklen Himmel Hunger haben.

Barbara hatte diese Brecht-Zeilen zitiert, eines Abends, als sie sich auf dem Heidelberger Hauptbahnhof verabschiedet hatten. Immerhin hatte es ein »Nachher« gegeben.

Am Nachmittag hatte er seinen Citroën in der Tiefgarage seines Appartementblocks gelassen. Und so schritt er nun durch den Vorfrühlingsabend – ja was nun? Fürbass schritt er, das war das Wort.

In seiner Wohnung zog er als Erstes seine Schuhe aus, mit großer Erleichterung, als könne er sich mit ihnen den Staub der Polizeiakten von Füßen und Seele streifen. In der Küche richtete er sich auf einem Tablett ein Vesper mit Brot, Tomaten und Käse her.

Nach kurzem Zögern stellte er die Bierflasche, die er schon aus dem Kühlschrank geholt hatte, wieder zurück und nahm dafür eine Flasche Mineralwasser.

Er trug das Tablett ins Wohnzimmer und stellte es auf seinem Schachtisch ab. Dann schaltete er die Stehlampe und den Fernseher ein und suchte eine Nachrichtensendung. Während auf dem Bildschirm Anzugträger wichtig aus ihren Limousinen stiegen, schnitt er sich die Tomaten zurecht.

Wieder einmal schob sich das von einem Bart eingerahmte Ministergesicht auf den Bildschirm und hatte sich nichts vorzuwerfen. Die Kamera schwenkte zur nächsten Staatskarosse, Berndorf schaltete den Fernseher ab, stand auf und legte eine alte LP von Miles Davis auf. Dann ging er zu seinem Schreibtisch, holte sich den Band mit Georg Christoph Lichtenbergs Sudelblättern, setzte sich wieder, biss in das Käsebrot und begann zu lesen. Der Abend fängt ganz gut an, dachte er.

»Hass« hämmerte »Folks Zorn« über die Stereoanlage der Vorstadtkneipe. Es war die entschärfte Version, denn der Wirt hatte ohnehin schon Ärger mit dem Ordnungsamt. In einer Ecke saßen zwei Rentner. Sie hockten immer dort. Am Stammtisch spielten vier junge Männer Karten. Wenn man sie gefragt hätte, was das für ein Spiel sei, hätten sie erklärt, es sei »66 mit Jagen«.

Einer der vier hielt nur mit Mühe seine Augen offen. Seit gestern hatte Axel Veihle auf seinen Freispruch getrunken. Außerdem hatte er keine Lust, zu Hause Sonjas dicken Bauch anzustieren.

Im Pot lagen schon mehrere Zwanzigmarkscheine. Einer der Spieler stieg aus, Veihle kaufte zwei Karten dazu, dann legte er einen Fünfziger in den Einsatz. Vor seinen Augen schwammen vier Damen in seiner Hand. Der Typ mit dem bandagierten Schädel winkte ab. Nun waren sie nur noch zu zweit: Veihle und Tanko, der ihm gegenübersaß. Tanko steckte in einer speckigen Lederweste. Darunter trug er kein Hemd, sondern war tätowiert. Er zog drei Fünfziger aus einer Brieftasche und fächerte sie auf, als seien sie etwas Besonderes. Veihle stierte durch den Zigarettenrauch und zwinkerte mit den Augen. Dann grinste er, griff in die Brusttasche seiner Lederjacke und zog zwei Hundertmarkscheine heraus. Der Wirt wurde aufmerksam und trat an den Tisch. Er hatte spärliche schmutzig-dunkle Haare und ein aufgeschwemmtes Gesicht.

In dem Atrium-Haus auf der Lindenhöhe saß Marie-Luise Welf vor dem Bett mit den Gitterstäben und erzählte Georgie, was er heute mit seiner Puppe Dodscha gespielt und wie schön Dodscha das gefunden hatte. Georgie hörte zu, und es schien ihr, dass er glücklich war. Dass ihr Mann nicht da war, störte die blasse Frau nicht. Jörg war meistens nicht da. An diesem Abend hatte er gesagt, er sei zu einem Arbeitsessen mit dem Fraktionsvorsitzenden Pfeiffle gebeten worden, dem Mann, ohne den nichts ging in dieser Stadt. Das mochte so sein oder auch nicht. Marie-Luise war es gleichgültig. Vermutlich war es gelogen, und Jörg schlief mit der dunkelhaarigen Assistentin. Oder es war nicht gelogen, dann vögelte er sie eben nach dem Essen.

Bei einem Verbrechen ist das was die Welt das Verbrechen nennt selten das was die Strafe verdient, sondern da ist es, wo unter der langen Reihe von Handlungen womit es sich gleichsam als mit Wurzeln in unser Leben hinein erstreckt diejenige ist, die am meisten von unserm Willen dependierte, und die wir am allerleichtesten hätten nicht tun können.

Plötzlich war es Berndorf, als stiege ihm der Geruch von Kohleofen, Desinfektionsmitteln und filterlosen Reval-Zigaretten in die Nase. Am Nebentisch saß sein alter Kollege Misera aus der Polizeiwache Stuttgart-Heslach, mit gekrümmten Fingern über die Dienstschreibmaschine gebeugt, von der er hartnäckig behauptete, ihr sei die Komma-Taste abgebrochen. Dann verschwand die Erscheinung, Misera kehrte in das Grab zurück, in das ihn ein betrunkener Sportschütze befördert hatte, und Berndorf fand sich in seiner Wohnung wieder.

Die Handlung, *die wir am allerleichtesten hätten nicht tun können.* Kriminalisten denken anders. Platter. *Cui bono?* Wem nützt die Tat, wer hat den Gewinn davon? Dabei müssten wir doch wissen, dachte Berndorf, dass die meisten Täter Gefangene sind, verheddert im Wurzelwerk von Ursachen, Wirkung und Gegenwirkung. Wie die Schnittstelle finden, die unauffällige, winzige Abzweigung, die Verbrechen erst entstehen lässt?

So besonders gut bekam das Mineralwasser seinem Kopf doch nicht. Er stand auf, um sich einen Whisky einzuschenken. Hat Lichtenberg Recht, dachte er, dann sollten wir nicht so sehr nach vordergründigen Motiven suchen, nach einem vermeintlichen Nutzen. Sondern wir müssten das Wurzelwerk so weit zurückverfolgen, bis wir an jene eine Stelle kommen, für die es – so unauffällig sie auch scheinen mag – selbst keine Erklärung mehr gibt. Die die zweckfreie Niedertracht bloßlegt, das Böse, das aus sich heraus Unheil stiftet.

Berndorf nahm einen Schluck und verzog das Gesicht. Es

liegt nicht am Mineralwasser, und nicht am Whisky. Es liegt an meinem Kopf. *Bye bye blackbird,* spielte Miles Davis. Die großen schwarzen Vögel.

Fahl und flimmrig fiel das Licht der Neonlampen auf die fünf Männer, die um den einzig gedeckten Tisch in dem quadratischen Nebenzimmer des Vereinsheims saßen. Mit unterdrücktem Abscheu betrachtete Welf das tellergroße panierte Schnitzel und den Berg eingeweichter Pommesfrites, die eine schiefhüftige Bedienung ihm auf den Tisch gestellt hatte.

»Glaubet Sie mir«, versicherte Pfeiffle, »in ganz Ulm krieget Sie kein solches Schnitzel net wie hier.« Er hatte sich die Serviette in den Kragen gesteckt, rückte sich die Lesebrille auf der Nase zurecht und fing an, das Fleisch auf seinem Teller klein zu schneiden.

»Von ›nouvelle cuisine‹ hat der Wirt ja noch nichts gehört«, meinte Klotzbach und schüttelte sich eine graue Haartolle aus der Stirn. »Zum Glück nicht.« Er lachte blechern. Schief sträubte sich an seinem Hals eine blaue, rot gepunktete Fliege.

Jakob Gföllner hatte sich getraut und einen Salatteller bestellt. Zur Strafe häufte sich ein Berg geraspelter Gelbrüben vor ihm, die in dem Deckenlicht aussahen wie aus einem Eimer voll Konservierungsstoffen herausgefischt. »Der Doktor besteht darauf«, hatte er erklärt. Sein Sohn, anderthalb oder zwei Köpfe größer als er, saß neben ihm und schaufelte die unter der Panade fasrig-weißlichen Fleischstücke in sich hinein. Nur manchmal warf er einen Blick um sich, aber seine Augen wirkten dumpf und gleichgültig, nicht – wie die des Vaters – wachsam und jederzeit auf der Hut, ob es nicht irgendwo einen Grund gebe, beleidigt zu sein.

»Glaubet Sie ihm net«, sagte Pfeiffle roh und deutete mit dem Messergriff auf Jakob Gföllner. »Reine Berechnung. Er denkt, die Leut werden recht mitleidig, wenn sie ihn mit seinem Salat sehen.« Ein kurzes Aufflammen trat in Gföllners kleine helle Augen, wie ein tückischer, rachsüchtiger Funke.

»Ich will sehen«, sagte Tanko. Dann legte er zwei Zehnen auf den Tisch.

Veihle zuckte mit den Achseln, fingerte nach zweien seiner Damen und zeigte sie. Tanko legte eine dritte Zehn auf den Tisch.

»Ach, das ist mir doch zu blöd«, sagte er plötzlich und deckte seine beiden anderen Karten auf. Es waren zwei Asse.

Auch Veihle deckte auf. »Du hast'n schönes Full-house«, brachte er heraus. »Aber vier Damen sind vier Damen.«

»Da hast du schon Recht«, sagte Shortie langsam. »Aber was da liegt, das ist ein Siebner. Drei Damen. Und der Herzbub.«

Veihle kniff die Augen zusammen. Für einen Augenblick dämmerte ihm, dass er jetzt besser wieder nüchtern wäre.

»Es soll Leute geben, die als Dame einen Herzbuben haben«, fuhr Shortie fort. »Die kommen aber sonst nicht hierher.« Er sah zum Wirt hoch. Der verzog nur die Oberlippe.

»Das is Betrug«, sagte Veihle. »Ein Trick. Ihr habt mir das« – er suchte nach dem richtigen Wort – »ausgetauscht. Das ist es. Irgendwie habt ihr das ausgetauscht.«

Tanko beugte sich über den Tisch und sah Veihle in die Augen. »Sag das noch mal.« Seine Stimme wurde ganz sanft. »Sag Tanko, dass er betrogen hat. Sag ihm, wie er es gemacht hat.«

Pfeiffle bestellte eine Runde Jägermeister und lehnte sich zufrieden zurück. Über die Brille hinweg machte sein Blick nachdenklich die Runde und blieb schließlich an Welf hängen.

Die schiefhüftige Bedienung brachte Likörgläser.

»Es ist so, Herr Welf«, sagte Pfeiffle, als die Kellnerin wieder gegangen war, »wir regeln das immer einvernehmlich. Bürgerschaftlich. Das Geld, das aus der Stadt kommt, bleibt in der Stadt. Aber dazu gehört, dass ein Ausgleich gefunden wird. Ein Ausgleich zwischen allen Beteiligten.«

Welf nickte höflich mit dem Kopf.

»Sie gehören jetzt ja auch dazu«, fuhr Pfeiffle fort. »Und wir haben alle verstanden, dass Sie einen größeren Rahmen brauchen als Ihr Herr Schwiegervater selig. Auch der Herr Gföllner wird das verstehen.« Welf schaute zu Gföllner. Aber der blickte nur zerknittert in sein Glas.

»Nur müssen auch Sie etwas verstehen.« Das war wieder Pfeiffle. »Sie müssen teilen. Das Teilen lernen. Hat vor Jahren der Lafontaine gesagt. War gar nicht so dumm. Zum Wohl.« Er hob das Likörglas und kippte die braune Brühe in sich hinein. Die anderen folgten. Auch Welf.

»Ein Hennessy ist das ja nicht«, sagte Klotzbach und wischte sich mit dem Handrücken über den Mund. Nun wandte auch er sich an Welf. »Ich erkläre Ihnen das aus der Sicht der Stadt. Bei einem so wichtigen Projekt wie der künftigen Donausporthalle hätten wir gerne die maßgeblichen Firmen mit im Boot. Auch aus politischen Gründen. Wir würden es deshalb sehr begrüßen, wenn Sie und der Herr Gföllner sich über die Bildung einer Arbeitsgemeinschaft einigen könnten.«

»Das ist eine Frage der Konditionen«, wich Welf aus.

»Wir müssten uns halt zusammensetzen«, sagte Gföllner. Es war der erste zusammenhängende Satz, den er an diesem Abend von sich gegeben hatte. »Der Herr Welf zeigt uns seine Pläne, und dann sehen wir einmal, wer was machen kann.«

Welf blickte verdrossen auf das Schnapsglas. Ein brauner Rest klebte ölig auf dem Boden des Glases. »Das würde bedeuten, dass ich meine Pläne aus der Hand geben müsste«, sagte er langsam. Er sah hoch und blickte in Pfeiffles Augen. Sie beobachteten ihn aufmerksam und reglos.

»Ich glaube nicht, dass ich das will«, fuhr Welf fort, den Blick schon wieder gesenkt. »Schließlich muss ich es auch nicht. Mein Angebot liegt auf dem Tisch. Ich bewerbe mich als Generalunternehmer, ich plane und baue die Halle – sofern die Stadt das will. Wenn sie es nicht will – na gut, dann pack ich meine Pläne eben wieder ein.«

Pfeiffle wiegte bedächtig den Kopf. »Wisset Sie, Herr Welf«, sagte er und lächelte ihn zutraulich an, »ich glaub, dass Sie sich das gar net leisten können.«

Freitag, 16. April

Es war gegen drei Uhr morgens, als Erwin Kubanczyk auf den kleinen Vorplatz vor dem Justizgebäude einbog. Er arbeitete beim Wach- und Schließdienst Donau. Es war sein zweiter Rundgang, die Nacht war ruhig und trocken gewesen. Eine auffrischende Brise fuhr durch die Kastanienbäume.

Er überprüfte den Seiteneingang des Justizgebäudes und ging dann zum Hauptportal. Die Gestalt lag auf dem Treppenabsatz vor dem Portal, den Kopf dem östlichen der beiden steinernen Löwen zugewandt. Ein Betrunkener, dachte Kubanczyk und stieg die Treppe hoch. Die Gestalt lag seltsam verkrampft auf dem Bauch. Kubanczyk tastete nach der Halsschlagader. Kein Puls. Kubanczyk holte sein Funksprechgerät heraus.

Die Sonne schien, und ein sanft fließender Strom ließ das Floß durch eine Landschaft mit Wäldern und grünen Wiesen treiben. Tamar wusste, dass Hannah neben ihr war. »Sieh doch«, wollte sie zu ihr sagen. Irgendwie brachte sie es nicht heraus. Eine kreischende Elster verdunkelte den Himmel.

»Nimm doch mal das Telefon ab«, murmelte Hannah neben ihr. Schlaftrunken tastete Tamar in der Dunkelheit nach dem Hörer. Unwirsch brachte sie ein »Wegenast« heraus.

»Tut mir Leid«, hörte sie Berndorfs Stimme. »Könnten Sie zum Justizgebäude kommen? Wir haben hier einen Toten.«

»Ich beeil mich.« Tamar legte auf, küsste Hannah auf den Mund, der nach Schlaf schmeckte, und schwang sich aus dem Bett. Hannah wollte wissen, ob das Münster eingefallen sei.

»Nein«, sagte Tamar, »aber vor dem Justizgebäude haben sie eine Leiche gefunden.«

»Sie wird gedacht haben, da ist sie richtig«, meinte Hannah. »Kommst du zum Frühstück?«

»Weiß nicht«, antwortete Tamar und nahm einen neuen Anlauf, um ihre Beine in die Jeans einzufädeln.

Im Licht der Scheinwerfer, die für den Polizeifotografen aufgestellt waren, sah der Tote fast friedlich aus. Als hätte er sich mit dem Blut abgefunden, das ihm aus Nase und der aufgeschlagenen Augenbraue gelaufen war. Das Blut war getrocknet, fast wie die Farbe an der Schnauze des steinernen Löwen über ihm. Tamar betrachtete den Kopf des Toten. Der Schädel war glatt rasiert gewesen, aber das Haar hatte nachzuwachsen begonnen. Sie blickte zu Berndorf.

»So hat es Veihle also doch erwischt«, stellte sie fest. »Sie hatten ihn gewarnt, nicht wahr?«

»Ja«, antwortete Berndorf. »Ich hatte ihn gewarnt.« Er klang resigniert. Vielleicht war er einfach müde. In der rechten Hand, über die er einen Plastikhandschuh gezogen hatte, hielt er einen bräunlichen Briefumschlag. Mit dem Daumen schob er das Umschlagblatt auf und zeigte ihr den Inhalt.

»Er hatte es dabei. Ausgeraubt hat man ihn also nicht. Ich frage mich ...« Er ließ den Satz unvollendet. Auch so war klar, was er sagen wollte, dachte Tamar. Wie kommt ein eben entlassener Untersuchungsgefangener zu zwei Riesen? So schnell wird eine Haftentschädigung hierzulande nicht ausgezahlt.

Tamar sah zu der steinernen Justitia hoch, die über dem Portal ihre Waage in die Morgendämmerung hielt, die freie Hand schützend auf ein halb nacktes Waisenkind gelegt. Bei diesem Knaben da hast du dir ja nicht besonders viel Mühe gegeben, dachte Tamar. Oder eben doch? Der Anschlag auf den italienischen Bauarbeiter, der fragwürdige Freispruch Veihles, sein gewaltsamer Tod, die Leiche, die man ausgerechnet vor dem Standbild der Gerechtigkeit deponiert hatte: das alles hing zusammen, klebte aneinander wie der überbackene Käse auf einer Pizza Margherita.

»Und trotzdem glaube ich nicht, dass es die Ehrenwerten waren«, sagte Berndorf.

Tamar sah ihn schief an. »Wer hat ihn gefunden?«

»Ein Mann vom Wach- und Schließdienst.«

Ein kleiner dunkelhaariger Mann in einem weißen Kittel

trat auf den Kommissar zu. »Stranguliert«, sagte er. »Professionelle Arbeit. Ich nehme mal an, man hat eine Nylonschnur benutzt. Sehr praktisch.«

»Und die Verletzungen im Gesicht?«

Der Arzt blickte zu Berndorf auf. »Kein zwangsläufiger Zusammenhang mit seinem Tod. Vielleicht hat man ihn vorher bewusstlos geschlagen. Vielleicht auch nicht.«

Ein strahlend blauer Tag zog auf, und von den Anhöhen über Ulm sah man fern im Süden das zarte Zackenband der Alpen. In den Cafés überlegten sich die Wirte, ob sie schon Stühle und Tische draußen aufstellen sollten.

Auf der Baustelle für einen neuen Kindergarten im Stadtteil Wiblingen stand der Polier Eisermann kopfschüttelnd und entrüstet vor der leeren Zufahrt. Er nahm sein Handy, wählte die Firmenleitung an und verlangte den Chef.

»Eisermann hier«, sagte er dann. »Ich bin in Wiblingen draußen. Der Siebentonner ist weg. Wir hatten ihn hier draußen gelassen, weil wir ihn gleich heute Morgen gebraucht hätten.«

»Hast du's der Polizei gemeldet?«, fragte Gföllner zurück. Er lässt sich den Ärger nicht anmerken, dachte Eisermann. Nie tut er das. Aber das dicke Ende kommt immer.

»Nein«, sagte Eisermann. »Ich wollt' es erst Ihnen sagen.«

»Dann mach das. Ich sag draußen Bescheid, dass du einen Ersatz brauchst.«

An der Zufahrt zur Pauluskirche entluden Johannes Rübsam und sein Gemeindeältester Vogler dessen Daimler-Caravan. Sie hatten in einem Großmarkt Spenden für die Vesperkirche abgeholt, die am Nachmittag eröffnet werden sollte und zu der die Kirchengemeinde einlud, wer immer obdachlos, hungrig und durstig war.

»Verhebe Sie sich net«, sagte Vogler besorgt, als Rübsam einen Kasten Mineralwasser zum Kirchenportal schleppte. Rübsam lächelte und sagte, als Student habe er früher bei einem Bierfahrer ausgeholfen. »Man möcht's nicht denken«, meinte der pensionierte Schreinermeister Vogler und warf einen bedenklichen Blick auf die schmächtige Statur des Paulus-Pfarrers. »An sich würd' es ja unseren Herren Obdachlosen auch nicht schaden, wenn sie ein bissle mithelfen täten.«

»Vielleicht kommen sie noch irgendwann von selber drauf«, antwortete Rübsam freundlich.

Die Fahrstraße führte an den steinigen Äckern der Alb vorbei. Der Weiler, in dem Axel Veihle gewohnt hatte, lag zwei Kilometer außerhalb von Wiesbrunn, versteckt zwischen karg bewaldeten Hügeln.

Tamar bog auf eine Zufahrt ab, die vor einem eingeschossigen, spitzgiebligen Haus endete. Früher wohnte der Austragsbauer dort, wenn er den Hof übergeben hatte. Das Häuschen wirkte baufällig, und an den Fensterrahmen war die Farbe schon lange abgeblättert. Auf dem betonierten Vorplatz stand ein rostfleckiger Toyota ohne Nummernschild. Tamar parkte ihren Wagen daneben und ging zu der rissigen Haustür. Sie klingelte, einmal, mehrmals. Schließlich öffnete eine Frau in einem schmuddeligen Morgenrock. Sie hatte ein fleckiges Gesicht, und sie war schwanger.

Tamar stellte sich vor. »Sie sind Frau Biesinger, Sonja Biesinger?« Die Frau nickte.

»Ich hätte Sie gerne gesprochen. Kann ich zu Ihnen hereinkommen?« Widerstrebend trat die Frau zur Seite und ließ sie herein. Dann ging sie ihr in eine unaufgeräumte Wohnküche voran, die von einem elektrischen Heizstrahler dürftig erwärmt war. Die beiden Frauen setzten sich an den Küchentisch, auf dem noch die Reste des Frühstücks standen. Tamars Blick fiel auf eine angebrochene Ecke Streichkäse und eine braungraue Mettwurst-Pelle.

»Ich komme wegen Ihrem« – sie zögerte – »wegen Ihrem Verlobten, Axel Veihle. Er ist doch Ihr Verlobter?«

Die Frau sah misstrauisch hoch. Tamar sagte ihr, dass Veihle tot war. Sie sagte es, wie sie es für solche Fälle gelernt hatte.

Ernsthaft, ruhig, Anteil nehmend. Sei froh, Mädchen, dachte sie dabei beschwörend, dass du den Scheißkerl los bist.

Eine Weile lang blieb das fleckige Gesicht unbewegt. Dann verzog es sich. Plötzlich heulte die Frau hemmungslos. Unterm Heulen redete sie. Tamar hatte Mühe, es zu verstehen. »Nichts mehr ist drauf« war alles, was sie verstand.

Im Konferenzraum des Neuen Baus war es düster wie eh und je. Verunsichert zuckte Englins linkes Augenlid, und in Blochers breitflächiges Gesicht war erstmals seit Wochen wieder ein Anflug hämischer Zufriedenheit zurückgekehrt.

»Ich verstehe das nicht, Kollege Berndorf«, sagte Englin. »Sie hatten gestern ausgeschlossen, dass die Mafia in diese Sache involviert sei. Definitiv ausgeschlossen hatten sie es.« Er machte eine Pause. »Nun das.« Zweite Pause. »Dieser Leichenfund, also das ist ja wie diese Geschichte an der ...«

»Wie diese Geschichte an der Blackfriars Bridge in London?«, fragte Berndorf hilfreich zurück. An der Brücke der Schwarzen Brüder hatte man vor Jahren einen Menschen erhängt gefunden, der einmal als der Bankier des Vatikans gegolten hatte. »Das mein' ich ja«, fuhr Englin ärgerlich fort. »Also das trägt doch die Handschrift der Mafia, glasklar.«

»Wir hatten gestern über den Brandanschlag in Wiesbrunn gesprochen«, antwortete Berndorf. »Nur darüber. Es ist unverändert meine Meinung, dass dort keine Italiener als Täter oder Auftraggeber beteiligt waren. Auch bei dem Todesfall Veihle habe ich Zweifel. Das sieht so demonstrativ nach einem Racheakt aus, dass es genau das nicht sein wird.«

»Sie liegen falsch«, sagte Blocher. »Beidesmal. Das war in Wiesbrunn die Mafia, und den toten Glatzkopf hat sie auch umgebracht, damit es aussieht, als sei er der Brandstifter gewesen.« Berndorf verzog keine Miene. »Das ergibt nun leider überhaupt keinen Sinn. Wenn die Mafia für den Anschlag auf die Unterkunft verantwortlich gewesen wäre, dann hätte sie auch gewollt, dass man das weiß. Es wäre eine Demonstration ihrer Macht gewesen. Sie hätte das nicht vertuscht.«

Tautka räusperte sich. »Das ist uns ein bisschen zu fein gesponnen, Kollege. Fakt ist, Sie haben diesen jungen Mann auf die Anklagebank gebracht, er wurde freigesprochen, und trotz warnender Hinweise auf einen Mafia-Killer ist er jetzt tot.« Tautkas raschelnde Stimme wurde leise, fast unhörbar. »Man könnte sagen, Kollege, diesen jungen Mann haben Sie auf dem Gewissen. Gelinde gesagt.«

Berndorfs Gesicht versteinerte. »Sie wissen nicht, wer diesen Mann getötet hat. Sie wissen nicht, wie und warum dies geschehen ist. Aber Sie wissen, dass ich dafür verantwortlich bin.« Er versuchte, Tautka in die Augen zu sehen. Doch das eine starrte unbeeindruckt zurück, und das andere bewachte die Tür. »Offenbar fühlen Sie sich von meinen Ermittlungen nach den Auftraggebern dieser Verbrechen irritiert. Ich beginne mich zu fragen, warum das so ist.«

Ein sanfter Rosenfarbenton ergoss sich über Tautkas bleiches Gesicht.

»Unglaublich«, schnaufte Blocher auf.

»Kollege Berndorf, ich untersage Ihnen diesen Ton«, schnappte Englin.

»Ihr Ordnungsruf kommt ein bisschen spät, finden Sie nicht?«, gab Berndorf zurück.

»Könnten wir jetzt bitte über die Fahndung sprechen?« Unerwartet schaltete sich Markert ein. »Ich würde gerne wissen, wie viel Mann ich dazu abstellen muss.«

Dafür kriegst du einen doppelten Schnaps, dachte Berndorf. Und wenn ich ihn selber brennen muss.

Langsam fuhr Tamar durch die Hauptstraße von Wiesbrunn, wütend und um einen Hunderter ärmer. In einer absolut unprofessionellen Aufwallung von Mitleid oder sonst was hatte sie den Schein Veihles heulender Hinterbliebenen zugesteckt. Der Verblichene hatte nämlich in der Zeit zwischen seiner Freilassung und seinem Hinscheiden rasch noch das gemeinsame Konto bis zur Kreditlinie abgeräumt.

Schließlich fand sie am Ortsende das Haus, unter dessen

Adresse Rodek zuletzt gemeldet gewesen war. Es war ein von der Straße zurückgesetztes, lang gestrecktes Gebäude, wie sie in den späten vierziger Jahren eilig hochgezogen worden waren, als man die Flüchtlinge unterbringen musste.

An der Hausecke hämmerte ein Mann in einem Overall an einer rostigen Regenrinne. Am Klingelbrett waren acht Namensschilder angebracht, auf einem davon war in linksgeneigter Kugelschreiberschrift *S. Rodek* gekritzelt. Sie drückte auf die Klingel, die zu dem Namen gehörte. Während sie wartete, sah sie sich die anderen Namensschilder an. Auf einem davon stand in gestanzten Druckbuchstaben *W. Hugler*. Auch nach dem dritten Läuten rührte sich nichts.

Der Mann im Overall ließ das Hämmern sein und näherte sich. Er war unrasiert und äugte sie aus rot geädertem Säufergesicht an. Sie suche den Herrn Rodek, Stefan Rodek, sagte Tamar rasch, ehe der Mann so nahe kam, dass sie seinen Atem hätte riechen müssen.

Der Mann schüttelte leicht den Kopf. Was sie denn vom Stefan wolle, fragte er und bleckte ein kariöses Gebiss. Tamar hielt ihm ihren Polizeiausweis vors Gesicht.

»Ja so«, sagte der Mann, »ihr schon wieder! Aber da habt ihr Pech gehabt. Er ist gestern weggefahren. Er will in Stuttgart Arbeit suchen.«

»Das Namensschild ist aber noch da.«

»Das Zimmer behält er. Er hat es ja auch behalten, als er in euerm Luftkurort war. Dem mit der gesiebten Luft.«

»Wie der Herr Hugler?«

Der Mann sah sie misstrauisch an. »Der hat keinen Ärger mit euch. Noch nie nicht. Auf Montage ist der.«

Tamar dankte und ging wieder zu ihrem Wagen. Als sie auf die Hauptstraße einbiegen wollte, sah sie, dass am Ortseingang eine Bushaltestelle war. Sie hielt den Wagen an, stieg aus und studierte die Abfahrts- und Ankunftszeiten, die in einem kleinen Aushang verzeichnet waren.

»Einen Kaffee?«, fragte Dr. Roman Kovacz und ging zu der Kaffeemaschine, die auf einem Seitenregal zwischen Aktenstößen und Stapeln von Fachliteratur vor sich hin glomm.

»Gerne«, antwortete Berndorf und nahm im Besucherstuhl Platz. Der Blick vom zweiten Stock des Gerichtsmedizinischen Instituts fiel auf die Baumwipfel des Alten Friedhofs und weiter auf die Turmkuppeln der Pauluskirche. Kovacz reichte Berndorf einen voll gefüllten heißen Porzellanbecher. Auf dem Becher stand »Susi«, mit einem Herzchen auf dem »i«. Wenigstens etwas war, wie es sein sollte, dachte Berndorf.

»Ärger?«, fragte Kovacz.

»Den üblichen.«

»Ich dachte nur.« Kovacz, Pathologe und Gerichtsmediziner, nahm hinter seinem Schreibtisch Platz. »Sie kommen wegen Veihle, Axel. Das Gericht hätte ihn vielleicht besser doch im Knast behalten.«

»Auch da kann das Leben ungesund sein.«

»Seiner Gesundheit sind Veihles letzte Stunden jedenfalls nicht besonders gut bekommen«, gab Kovacz zurück und studierte die Notizen, die vor ihm lagen. »Komisch. Bei meinen Klienten ist das irgendwie immer so.« Er trank einen Schluck Kaffee und verzog das Gesicht, denn er nahm ihn neuerdings ungesüßt. »Dieser da hat sich katzendick besäbelt. Um nicht zu sagen pudelhageldick. ›He is to lange up der Döeßke wesen‹, falls ich das richtig ausspreche.«

»Eh?«, machte Berndorf.

»Das war Lichtenberg, Ihr derzeitiger Lieblingsautor, wie Sie mir neulich sagten«, erklärte Kovacz. »Eine kleine Auswahl aus seinem Patriotischen Beitrag über den Reichtum, mit dem die deutsche Sprache den Zustand der Illuminierung beschreibt. Ich will sagen, zum Zeitpunkt seines Todes hatte unser Klient etwa 2,7 Promille Alkohol im Blut.«

»Pudelhageldick, ja?«, fragte Berndorf zweifelnd. »Der Mann war geübter Kampftrinker.«

»Nicht mehr unbedingt«, schränkte Kovacz ein. »Wenn ich das richtig sehe, hat er zuvor mehrere Monate in U-Haft verbracht. Größere Besäufnisse sind da nicht so leicht möglich. Er war also aus der Übung. Die 2,7 Promille hat er gestern mit Sicherheit nicht so leicht weggesteckt.«

»Und die Prügel, die er sich eingefangen hat?«

Kovacz zögerte. »Nasenbein angebrochen, ein Schneidezahn eingeschlagen, Platzwunde an der Augenbraue. Nette kleine Schlägerei. Ich glaube aber, für Leute wie Axel Veihle nichts Besonderes. Er ist ja auch nicht daran gestorben.«

»Keine gezielten Misshandlungen?« Berndorf fragte, weil er bereits die Schlagzeile vom gefolterten und erdrosselten Mafia-Opfer vor sich sah. Wenn das »Tagblatt« nicht darauf kam, so doch sicher die »Bild«-Zeitung.

»Nein«, stellte Kovacz klar. »Keine gebrochenen Finger, keine Verletzungen im Genitalbereich.« Er trank noch einen Schluck. »Er ist auch nicht etwa bewusstlos geschlagen worden, damit man ihn dann erdrosseln konnte.«

Berndorf hätte jetzt fragen sollen, woher Kovacz das wisse. Das gehörte zum Ritual zwischen ihnen. Damit Kovacz sein Kaninchen aus dem Zylinder holen konnte, so klein es auch immer sein mochte. Aber heute Morgen hatte Berndorf keine Lust. »Die Leute, die ihn umgebracht haben, hatten das gar nicht nötig«, fuhr Kovacz schließlich fort. »Das waren Profis. Das heißt, es kann einer allein gewesen sein. Er tritt von hinten an Veihle heran – der ist ja betrunken genug, dass er das nicht merkt –, wirft ihm eine Nylonschnur um den Hals und zieht ruckartig zu. Wenn die Halsschlagader abgeklemmt wird, gibt das einen sehr schnellen Exitus.«

»Und das war wann?«

»Gegen ein Uhr morgens.«

Berndorf nickte. »Und die Verletzungen im Gesicht?«

»So, wie die Stirnwunde verkrustet war, hat er die Schläge vorher bezogen. Eine oder anderthalb Stunden davor.«

Berndorf fragte, ob er von Kovacz' Apparat aus telefonieren könne. Der Pathologe schob ihm das Telefon in Griffweite. Der Kommissar wählte Tamars Anschluss im Neuen Bau. Fast sofort meldete sie sich.

Ihre Stimme klang aufgekratzt. Berndorf berichtete, was ihm Kovacz gesagt hatte.

»Es lag ja nahe, dass Veihle nicht vor dem Justizgebäude umgebracht worden ist«, fügte er hinzu. »Das hat sich jetzt bestätigt. Der Mann von der Wach-und Schließgesellschaft hat Veihle erst auf seiner zweiten Runde gefunden, kurz nach drei Uhr morgens. Bei seinem ersten Rundgang, um halb zwei, lag die Leiche noch nicht auf der Treppe. Veihle war aber zu diesem Zeitpunkt bereits tot.«

»Schon klar, Chef«, sagte Tamar. Es klang etwas ungeduldig.

»Da ist noch etwas«, fuhr Berndorf fort. »Die Schlägerei, in die er geraten ist, hat einige Zeit vorher stattgefunden, gegen Mitternacht vermutlich. Außerdem war er schwer betrunken. Ich denke, dass er sich in einer Kneipe hat voll laufen lassen, bis man ihm dort eine Abreibung verpasst und hinausgeworfen hat. Er ist also gegen Mitternacht oder kurz danach in der Stadt unterwegs gewesen – ein betrunkener, blutverschmierter Skinhead, selbst um diese Zeit eine auffällige Erscheinung.«

»Mhm«, machte Tamar.

»Ich glaube zwar nicht, dass ein Taxifahrer so jemanden einsteigen lässt. Veihle kann es trotzdem versucht haben. Jedenfalls würde sich der Fahrer erinnern. Er könnte natürlich auch mit einem der letzten Busse gefahren sein.«

»Bingo«, sagte Tamar. »Es war der Bus ab Hauptbahnhof 23.58, an Wiesbrunn 0.27 Uhr. Zum Hauptbahnhof war Veihle mit der Straßenbahn gefahren, und zwar ist er am Westplatz eingestiegen. Im Umkreis dort gibt es drei oder vier Lokale, die in Frage kommen. Die Kollegen vom Revier West sind schon unterwegs. Eigentlich sollten wir in einer halben Stunde wissen, in welcher Kneipe er gewesen ist. Außerdem würde ich gerne die Hundeführer bitten, die Strecke zwischen der Bushaltestelle in Wiesbrunn und Veihles Wohnung abzusuchen. Vielleicht finden wir so die Stelle, wo er umgebracht wurde. Sind Sie noch da, Chef?«

»Yeah, Miss Marple«, antwortete Berndorf. »Machen Sie das. Aber wie haben Sie das alles herausgefunden?«

»Ich hab bei den Verkehrsbetrieben angerufen und mir die Telefonnummern der Fahrer geben lassen, die gestern Spätschicht hatten«, sagte Tamar. »Der Busfahrer auf der Strecke nach Wiesbrunn hat sich sofort erinnert. Er hatte den Mann zunächst nicht einsteigen lassen wollen, weil der wirklich schlimm ausgesehen habe, mit dem ganzen Blut im Gesicht. Aber Veihle hatte einen gültigen Umsteigefahrschein, und zwar vom Automaten am Westplatz. Und er ist dann auch ganz friedlich bis Wiesbrunn sitzen geblieben und dort in der Ortsmitte ausgestiegen.«

Tamar unterbrach sich, als wartete sie auf eine Reaktion. Berndorf schwieg, und sie sprach weiter.

»Ich habe dann auch noch den Straßenbahnfahrer erreicht, und der hat mir die Geschichte bestätigt. Veihle ist ihm am Westplatz in die Tram gestolpert. Der Mann sei so fertig gewesen, sagt der Fahrer, dass er dachte, der stellt nichts mehr an.«

Berndorf rang sich ein anerkennendes Brummen ab.

»Da ist noch etwas.« Tamar war nicht aufzuhalten. »Veihle hat vor seinem Tod noch das gemeinsame Konto abgeräumt, das er mit seiner Verlobten gehabt hat. Es waren aber nur noch drei- oder vierhundert Mark drauf. Ich frage mich, wer ihm die zweimal zwei hässlichen Männer gegeben hat. Und wann.«

»Auch das werden Sie noch herausfinden«, meinte Berndorf ergeben und legte auf. »Die braucht mich nicht mehr«, sagte er zu seinem Gegenüber.

»Seien Sie doch froh«, antwortete Kovacz.

Auf seinem Weg zurück in den Neuen Bau kehrte Berndorf in einem türkischen Schnellimbiss ein und bestellte einen Döner. Tamar hatte also die letzten Stationen von Veihles Lebensweg herausgefunden. Die vorletzte fehlte noch. Noch kannten sie den Mann nicht, der sich aus dem Dunkel an Veihle herangemacht hatte. Vielleicht würden sie ihn erst finden, wenn sie

Klarheit über seinen Auftraggeber bekämen. Der Mörder war gar nicht so wichtig. Er war nur ein Handlanger.

Auch Veihle war nichts anderes gewesen, sagte er sich und betrachtete im Wandspiegel missvergnügt einen älteren angegrauten Mann, der sich über einen Döner mit Yoghurt-Sauce hermachte. Unterm Kauen stieg Unmut in ihm hoch. Dass Veihle eine Marionette gewesen sei – war das nicht eine verdächtig bequeme Ausrede? Hatte Tautkas krötengiftiger Vorwurf, er – Berndorf – sei schuld an Veihles viehischem Tod, womöglich einen wahren Kern?

Er ermahnte sich. Finde heraus, was gewesen ist. Für Selbstvorwürfe hast du danach jede Zeit der Welt. Wenn das dann noch wichtig ist. Aufmunternd nickte er dem Mann im Spiegel zu. Der nickte zurück. Aber es sah nicht sehr überzeugend aus. Berndorf zahlte und ging. Er überquerte die Frauenstraße und ging durch die Hafengasse in das Viertel nördlich des Münsters. Vor den Cafés in der Fußgängerzone sonnten sich die Gäste, die zum ersten Male in diesem Jahr draußen sitzen konnten. Aus schierer Gewohnheit blickte Berndorf nach den jungen Frauen. Mit der Frühjahrskollektion waren hübsche Vorhänge hereingekommen. Aber es wurde nicht gespielt. Es war nach ein Uhr mittags, und in der kleinen Trattoria waren die meisten Gäste bereits wieder gegangen. Er ignorierte die Einladung des Wirts, sich an einen Tisch zu setzen, blieb am Tresen stehen und bestellte einen Espresso.

Der Wirt nickte mit gemessener Höflichkeit und ließ die Espressomaschine arbeiten. Dann blickte er Berndorf an. »Ein so schönes Wetter«, sagte er, »und ein so hässlicher Tag.«

Er stellte die kleine Espressotasse vor Berndorf. »Wenn es wahr ist, was man mir erzählt hat.«

»Was ist Wahrheit?«, fragte Berndorf. »Vielleicht zählt nur, was die Leute glauben. Und das ist vielleicht noch hässlicher.«

»Sie haben mir von Ihrem Freund erzählt«, sagte der Wirt bedächtig. »Es war heute jemand da, und der kennt jemanden, der Ihren Freund kennt. Er sagt, Ihr Freund ist fortgefahren. Gestern früh schon.«

Für einen kurzen Moment sahen sich die beiden Männer in die Augen. Berndorf trank aus und zahlte.

Die Ehrenwerte Gesellschaft will also mit dem Mord an Veihle nichts zu tun haben, dachte er, als er am Münster vorbei zum Neuen Bau ging. Berndorf hatte auch nichts anderes angenommen. Nur – wenn es einem die Mafia ausdrücklich ausrichten lässt, dann kann man es glauben oder auch nicht.

Durch die hohen Jugendstilfenster der Pauluskirche fiel buntes Licht auf die mit weißem Papier gedeckten Tische vor dem Chorraum. Die Kaffeemaschinen waren angeschlossen, ebenso die beiden Kühlschränke und auch die kleinen Elektroherde für die Nudel- und die Erbsensuppe. Selbstverständlich würde es kein Einweggeschirr geben, und so hatten sich die Mädchen der Jugendgruppe zum Spülen eingeteilt. Der Dritte-Welt-Laden würde Darjeeling aus Plantagen ohne Kinderarbeit anbieten, und der Friseurmeister, der seinen Salon am Michelsberg schon vor Jahren geschlossen hatte, wollte kostenlos die Haare schneiden, wer immer dessen bedürftig war.

Der Vorsitzende des Kirchengemeinderats, Vogler, hatte die Plakatwände aufgestellt, auf denen der Ökumenische Arbeitskreis für eine gerechte Stadt die Zahlen aus dem jüngsten Armutsbericht aufbereitet hatte. Zu seiner Überraschung hatte Vogler bei der Montage der Plakatwände Helfer gefunden, zwei anstellige Männer aus dem Übernachtungsheim, mit denen er jetzt in der Ecke auf umgekippten Sprudelkästen saß und ein Bier trank. Nur eines? Es konnten auch mehr werden. Vogler hatte mit seinen beiden Helfern rasch noch ein paar Kästen aus der Brauerei geholt. Wenn der Kirchenvorsteher Vogler bat, gaben die Leute gerne.

Johannes Rübsam sah sich um und war zufrieden. Er war ein praktischer Mensch und neigte nicht zu Illusionen. Vor allem hatte er eine Vorstellung davon, was es bedeutet, wenn jede siebte Familie kein sicheres Einkommen mehr hat. Mit Nudelsuppe und ein paar erbettelten Kästen Bier half man der Armut nicht ab. Aber das hätte man damals von den fünf Broten und den zwei Fischen auch sagen können. Und vielleicht brachte die Vesperkirche den einen oder anderen dazu, die Not im Haus nebenan wahrzunehmen.

Auf dem Weg in sein Büro schaute Berndorf bei Tamar vorbei. Der Kunde, der vor ihrem Schreibtisch hockte, hatte schütteres, nach hinten gekämmtes Haar und die flattrigen Hände des harten Säufers, der seinen Normalpegel noch nicht erreicht hat. Tamar winkte ihn herein. »Wir haben hier den Herrn Koblach, den Wirt aus dem ›Deutschen Kaiser‹, passender Name finde ich, hat auch schon bessere Zeiten erlebt«, sagte sie und wies mit der Hand auf ihren Besucher. Der blickte gequält zu Berndorf hoch und nickte. Berndorf grüßte zurück. Der Wirt war nicht zum ersten Mal im Neuen Bau.

»Der Herr Koblach hat Veihle identifiziert«, fuhr Tamar fort. »Nach einigem Zögern. Aber immerhin.« Koblach nickte verlegen. »Veihle war bei ihm. Hat mit drei anderen Männern Karten gespielt. Der Wirt meint, es sei Skat gewesen. Oder eine Art 66. So genau hat er nicht hingesehen, als Wirt hat man anderes zu tun, nicht wahr?«

»Also wenn es Skat war«, sagte Koblach mit einem Anflug unverhoffter Aufrichtigkeit, »dann ist es nicht um Zehntelpfennige gegangen. Sie wissen, wie das ist.« Tamar und Berndorf nickten weise. »Als es am Schluss Krach gab, lagen zwei oder drei Hunderter im Pot.«

»Poker also«, sagte Tamar. »Ein paar Schluckspechte haben um ihre Stütze gezockt. Juckt uns nicht. Was war mit dem Krach?«

»Der Glatzkopf war hackedicht zu und hat die Karten nicht mehr auseinander gehalten«, sagte Koblach. »Plötzlich schreit er, die anderen hätten ihn gelinkt. Und da haben die ihn mal kurz auseinander genommen.« Er schaute die beiden Polizisten an. »Das ging in null Komma nix, bis ich dazwischenging, hatte er schon die Augenbraue aufgeschlagen.«

»Und da haben Sie ihn rausgeschmissen?«, fragte Tamar.

»Was soll ich tun? Die hätten ihn sonst alle gemacht.«

»Die anderen kannten den Glatzkopf? Oder haben die sich erst bei Ihnen gefunden?« Das war Berndorf.

»Die kamen zusammen. Klar, die kannten sich.«

»Aus dem Knast?«

»Würde mich nicht wundern.«

Berndorf nickte Tamar zu und ging wieder. Eines ist jedenfalls klar, dachte er. Den Umschlag mit den zwei Riesen hat Veihle im »Deutschen Kaiser« nicht bei sich gehabt. Das Geld hätten jetzt andere. Also war ihm der Umschlag danach zugesteckt worden. Und da gab es nur eine Möglichkeit. Der Mörder hatte es ihm gegeben.

Von seinem Büro aus rief Berndorf in der Stadtverwaltung an und verlangte den Baudezernenten Klotzbach. Er wurde mit einer Sekretärin verbunden, die ihm in schnippischem Schwäbisch erklärte, der Herr Baudezernent sei in einer Besprechung, und um welche Angelegenheit es sich überhaupt handle.

Berndorf wiederholte seinen Namen und seinen Dienstrang. »Holen Sie mir bitte Herrn Klotzbach an den Apparat. Es ist eine vertrauliche Angelegenheit, und sie ist dringend.«

Eine Männerstimme meldet sich: »Klotzbach.« Die Stimme war scharf, geladen, als bebe sie vor unterdrückter Wut.

Berndorf stellte sich vor. »Ich ermittle wegen des Brandanschlags auf die Baufirma Edim SA. In diesem Zusammenhang haben sich Hinweise ergeben, dass Anlieferungen dieser Firma auf die Deponie Lettenbühl behindert worden sind. Ich hätte gerne mit Ihnen darüber gesprochen.«

Klotzbach atmete durch. »Berndorf war Ihr Name, richtig? Schön, dass Sie nun auch mit mir reden. Zutritt zu unserer Anlage haben Sie sich ja bereits verschafft, und zwar« – Klotzbach hob die Stimme – »unter grober Verletzung unseres Hausrechts.« Er machte eine kurze Pause. Unvermittelt begann er zu brüllen. »Die Stadt Ulm lässt sich von Ihnen nicht wie ein Taschendieb behandeln, glauben Sie mir das ...«

Berndorf wartete, bis Klotzbach Atem holen musste. »Sie

irren. Ich ermittle nicht wegen eines Taschendiebstahls, sondern in einem Mordfall.« Die Stimme am anderen Ende blieb stumm. »Haben Sie bitte Verständnis dafür, dass unsere Ermittlungen keinen Aufschub dulden. Ich wäre Ihnen dankbar, wenn Sie mir einen Termin nennen wollten, an dem ich morgen Einblick in sämtliche Unterlagen der Deponie nehmen kann.«

Klotzbach schwieg.

»Wir können uns diese Unterlagen auch mit einer richterlich angeordneten Hausdurchsuchung beschaffen.«

»Was soll diese Drohung?«, fragte Klotzbach. Seine Stimme war plötzlich sehr viel leiser geworden. »Selbstverständlich erhalten Sie alle erforderlichen Auskünfte, so absurd es auch ist, die Arbeitsabläufe auf unserer Deponie in einen Zusammenhang mit einem Mordfall bringen zu wollen. Aber bitte. Wir sind kooperativ. Und wenn Sie sich sofort an mich gewandt hätten, lägen Ihnen alle Informationen bereits vor.«

Berndorf erklärte, dass er sich am nächsten Vormittag gegen 11 Uhr im Technischen Rathaus einfinden werde.

»Die Unterlagen werden bereitliegen«, kündigte Klotzbach an. »Überdies werde ich Ihnen bis 12 Uhr für nähere Auskünfte zur Verfügung stehen. Aber glauben Sie bitte nicht, dass der Vorgang damit aus unserer Sicht abgeschlossen sein wird.«

Berndorf holte das Ulmer Telefonbuch aus seiner Schreibtischschublade und suchte die Nummer der Baufirma Haun & Nachfolger heraus. Er wählte, und es meldete sich eine jung und liebenswürdig klingende Frauenstimme. Berndorf erklärte, er hätte gerne Herrn Welf gesprochen. Er wurde verbunden. Es meldete sich eine zweite Frau.

»Ich bin Judith Norden«, sagte sie, »Herrn Welfs Mitarbeiterin. Er müsste jeden Augenblick hier sein. Kommen Sie doch einfach her, ich lass Ihnen schon einmal einen Kaffee aufsetzen. Oder mögen Sie Tee lieber?«

Berndorf meinte, ein Tee wäre ihm sehr recht, und war auf dem Weg, ehe er es sich recht versehen hatte.

Das Büro von Haun & Nachfolger lag in der Neustadt, an der Westseite des Karlsplatzes. Der Nachmittag war noch immer von der Aprilsonne aufgewärmt, und so ging Berndorf zu Fuß, über den Münsterplatz und durch die Platzgasse am Justizgebäude und dem gegenüberliegenden Hochhaus vorbei, in dem die Staatsanwaltschaft untergebracht ist. Durch die Syrlinstraße, die zu seiner Verwunderung keine Baustelle mehr war, gelangte er in die Neustadt. Das Viertel außerhalb des alten Wallgrabens war früher kleinbürgerlich gewesen, jetzt wohnten vor allem türkische Familien dort, dazwischen hielten sich kleinere Gewerbebetriebe. Unter den Bäumen des Karlsplatzes spielten Halbwüchsige Basketball, und um ein Freiluftschach standen Rentner und schauten sachkundig. Berndorf warf einen Blick auf die Stellung. Muntere Partie, dachte er, aber der weiße König steht mächtig unter Druck. Erst dann fiel ihm auf, dass einer der Spieler eine ältere stämmige Frau mit Kopftuch war. Sie hatte Schwarz.

Die meisten der Häuser, die den nahezu quadratischen Platz säumten, waren in den ersten Nachkriegsjahren wieder aufgebaut worden. Zwischen sie drängte sich ein Neubau aus Glas, Stahl und unverputztem Beton. Es sah aus wie ein Designer-Stuhl, den es in die Bahnhofsmission verschlagen hat. Am Eingang hingen zwei Firmenschilder aus poliertem Edelstahl, »haun & nachf., hochbau« stand auf dem einen, »jörg welf, architekt« auf dem andern. Berndorf trat durch eine Glastür in eine Empfangshalle. Die gläserne Außenfront hatte ihn einen lichtdurchfluteten Raum erwarten lassen. Aber über allen Schreibtischen waren Deckenleuchten eingeschaltet. Der Raum schien ihm überheizt.

Er wandte sich an eine Frau in einer Strickjacke, die an einem Schreibtisch mit einer Telefonanlage saß. Sie antwortete mit der Jungmädchenstimme, die ihm am Telefon aufgefallen war, und schickte ihn nach oben. Berndorf ging eine freischwingende Treppe hoch und überlegte sich, warum die Telefonistin in dem überheizten Büro eine Strickjacke trug. Die erste Etage war in einzelne Büros aufgeteilt; Berndorf klopfte an der ersten Tür rechts und wurde hereingebeten. Er kam in ein helles Büro, mit einer Fensterfront zum Karlsplatz. An einem großflächigen Arbeitstisch saß eine junge Frau mit dunklen kurzgeschnittenen Haaren und einer Stupsnase; auf dem Tisch vor ihr lagen Entwürfe mit Aufrissen und Bauzeichnungen. Sie trug, dem Frühling um einiges vorgreifend, ein lindgrünes T-Shirt, warm genug dazu war es in dem Zimmer. An einer Stellwand hinter ihr hingen Pläne einer Wohnanlage Donau-Ufer, wie es in der Bildlegende hieß, die Pläne zeigten einen mehrgeschossigen Bau, dessen Balkone und Terrassen die Baumasse gliederten und zurücknahmen.

Die junge Frau rauchte, während sie die Entwürfe durchsah; sie hielt die Zigarette zwischen Daumen und Zeigefinger. Neben einem Aschenbecher lag eine Packung filterloser Gauloises. Als Berndorf eingetreten war, sah sie hoch, ließ ein kurzes Lächeln aufleuchten und drückte die Zigarette aus. Eine Ulmerin ist sie nicht, dachte Berndorf. Die Frau stand auf, ging um den Arbeitstisch und stellte sich vor. Der Kommissar erinnerte sich an das Zeitungsfoto, auf dem Judith Norden ihren Chef so hingebungsvoll angestrahlt hatte. In Natur sah sie aus wie ein kluger, wachsamer, weiblicher Clown.

Sie reichte ihm eine kleine feste Hand. »Herr Kommissar Berndorf?« Wieder lächelte sie. »Herr Welf erwartet sie bereits.« Sie ging ihm voran in ein zweites, größeres Büro. Vor einer breiten Fensterfront stand ein ausladender Schreibtisch mit einer freitragenden Glasplatte, die blank geputzt war und leer bis auf ein schnurloses Telefon und einen Laptop.

Ein Mann erhob sich von dem Tisch und wandte sich Berndorf zu. Er wirkte jung, war einen halben Kopf größer als der Kommissar und bewegte sich mit der ungezwungenen Sicherheit jener hoch gewachsenen Menschen, die nichts dabei finden, wenn andere Leute kleiner sind als sie selbst.

Jörg Welf hatte ein schmales Gesicht mit einer energischen Nase und einer ausgeprägten Kinnpartie; das Kinn wies ein Grübchen auf. Eine Drahtbrille gab ihm einen Anflug von Nachdenklichkeit. Berndorf registrierte braune Wildlederschuhe, helle Jeans und darüber ein Sporthemd mit offenem Kragen.

Auf einer Baustelle warst du nicht.

Sie tauschten einen Händedruck, dann bat Welf den Kommissar an einen Besuchertisch, auf dem ein Teeservice aus einfachem braunem Ton stand, und schenkte ihm ein. Die junge Frau war in ihr Büro zurückgegangen. Aus einer Schale nahm Berndorf etwas braunen Kandiszucker. Während er umrührte, blickte er auf ein großformatiges Acrylbild, eine nahezu abstrakte Komposition aus eisblauen, meergrünen und weißen Farbtönen mit einem fliehenden schwarzen Tupfer darin. Beim zweiten Hinsehen erkannte er, dass das Bild eine Seelandschaft vor einem Alpengebirge zeigte.

»Der Reiter und der Bodensee«, sagte Welf. »Eine Hommage an Langenargen. Wir haben ein Bootshaus dort. Mein Vater – er ist schon tot – war passionierter Segler. Mein Sport ist es nicht. Schon aus Zeitgründen.«

Berndorf nickte. Er nahm einen Schluck von dem Tee, der heiß und kräftig war.

Dann stellte er die Schale ab, zog aus einer Jackentasche die beiden Fahndungsfotos, die das LKA geschickt hatte, und legte sie vor Welf auf den Tisch. »Wir suchen diesen Mann im Zusammenhang mit einem Mordfall. Um es genauer zu sagen: im Zusammenhang mit dem Fall eines Mannes, den man erdrosselt und dann vor das Portal des Justizgebäudes gelegt hat.«

Welf nickte. »Ich habe davon gehört. In den Mittagsnachrichten kam etwas darüber. Aber ich verstehe nicht ...«

»Der Mordfall hat möglicherweise mit Auseinandersetzungen in der Baubranche zu tun«, fuhr Berndorf fort. »Es könnte sein, dass dieser Mann« – er deutete auf die Fotos – »versucht hat, bei hiesigen Baufirmen Arbeit zu finden.«

»Wenn es so wäre, wäre es ja nicht unbedingt verwerflich«, meinte Welf.

»Sicher nicht. Deswegen habe ich Sie auch vertraulich sprechen wollen. Noch einmal: Der Mann ist Ihnen nicht begegnet? Auf Arbeitssuche? Oder auf Suche nach einer Wohnung?

Ihnen gehören doch Wohnblocks am Ostbahnhof. Es heißt, man könne dort kurzfristig unterkommen.«

»So? Heißt es das?«, fragte Welf kühl zurück. »Richtig ist, dass diese Häuser abgebrochen werden sollen. Das dauert aber noch. So lange vermiete ich kurzfristig. Es gibt Leute, denen ich damit helfen kann.« Er setzte die Brille ab und nahm die Fotos vom Tisch auf, um sie aus der Nähe zu betrachten. Ohne die Brille sahen seine Augen klein und eng stehend aus.

»Nein«, sagte er dann, »diesen Mann da habe ich nie gesehen.«

»Haben Sie einen Überblick, wen Ihre – eh – kurzfristigen Mieter sonst noch aufnehmen?«

Welf runzelte die Stirn. »Es ist ein bisschen viel verlangt, dass ich mich darum kümmern sollte.« Er setzte die Brille wieder auf. »Warum reden Sie eigentlich nicht Klartext mit mir?«

Berndorf blickte fragend.

»Wir alle wissen, dass es diesen Anschlag auf die italienische Baustelle gegeben hat,« sagte Welf. »Und dass der Mann, der das möglicherweise gemacht hat, freigesprochen worden ist. Wenn er jetzt tot vor dem Justizgebäude liegt, dann sieht das verdammt nach Mafia aus. Aber warum kommen Sie dann zu mir? Ich habe mich um den Bau von diesem Feuerwehrhaus nicht beworben, diese Kragenweite ist mir ein bisschen eng geworden. Also – was habe ich damit zu tun?«

»Wer hat Ihrer Ansicht nach denn dann damit zu tun?«

Welf blickte den Kommissar unwillig an. »Dass Gföllner der Mitbewerber der Edim SA gewesen ist, werden Sie ja wohl inzwischen wissen. Und damit Sie das nicht falsch verstehen: Jakob Gföllner, der Jockl, wie wir ihn nennen, ist ein eigenwilliger Geschäftspartner. Aber wenn er sich gegen Dumpingpreise wehrt, hat er meine volle Sympathie. Ich unterstütze es auch, dass er die Kammer eingeschaltet hat. Wir müssen die italienischen Mitbewerber durchaus nicht mit offenen Armen aufnehmen. Glauben Sie denn, ich oder Gföllner bekämen in Mailand einen Fuß auf den Boden?«

Berndorf wartete.

»Aber dass Gföllner etwas mit dem Brandanschlag in Wiesbrunn zu tun haben könnte – das kann nur jemandem einfallen, der wirklich keine Ahnung hat!« Sein Blick war zu dem Fenster gewandert, aus dem man einen Pulk weißer Wolken sah. Dann kehrte der Blick zurück. »Ich sagte Ihnen schon, dass Gföllner eigenwillig ist. Konservativ. Abweisend. Ulmisch eben. In seinem Büro verwenden sie noch immer die braunen Billigumschläge wie aus der Zeit vor der Währungsreform, irgendwann muss Vater Gföllner damals zu einem größeren Posten gekommen sein. Aber sowenig Jockl Gföllner einen anderen Briefumschlag benutzt als der Vater, sowenig heuert er einen Brandstifter an. Denn der Alte hätte so etwas niemals getan, jeder Ulmer kann Ihnen das versichern.«

»Und die nächste Generation?«

Welf runzelte die Stirn. »Markus Gföllner? Merkwürdige Frage. Ich kann Ihnen zu diesem jungen Mann nichts sagen. Ich weiß nicht einmal, ob der überhaupt etwas in die Hand nimmt, bevor es ihm sein Vater zweimal gesagt hat.«

Berndorf betrachtete den Architekten. *Der Alte hätte so etwas niemals getan.* Heißt es nicht, die Zeiten ändern sich, und wir uns mit ihnen? Egal. Hauptsache, die *kleinen braunen Umschläge* gehen nicht aus.

Zwischen seine Gedanken drängte sich das Wimmern seines Handys. Es klang wie ein Martinshorn für Wichtelmänner. Irgendwo hatte er gelesen, dass es inzwischen Handys gab, die – wenn ein Anruf auflief – still blieben und nur vibrierten.

»Entschuldigen Sie«, sagte er zu Welf. Er zog das Handy heraus, klappte es auf und meldete sich.

»Könnten Sie kurz nach Wiesbrunn herauskommen, Chef?«, hörte er Tamars Stimme. »Wir glauben, wir haben den Tatort gefunden. Er liegt an der Verbindungsstraße zu dem Weiler, in dem Veihle gewohnt hat.«

»Ich werde ein Taxi nehmen«, sagte Berndorf. Dann stand er auf und wandte sich an Welf. »Danke für den Tee.«

Welf quittierte es mit einem angedeuteten Kopfnicken. »Ich hoffe, ich habe Ihnen behilflich sein können.«

»Ich denke, doch«, antwortete Berndorf. Sie tauschten einen Händedruck, und der Kommissar wandte sich zum Gehen. Vor der Tür drehte er sich noch einmal um. »Dass ich es nicht vergesse. Es wäre gut, wenn Sie doch ein Auge darauf hätten, wer sich in den Wohnblocks am Ostbahnhof einquartiert. Manchmal gibt es Leute, die haben ein notorisches Ungeschick mit ihren Feuerzeugen. Immer, wenn sie in der Nähe sind, brennt es irgendwann.«

Er sah Welf in die Augen. Oder vielmehr in die Gläser seiner Drahtbrille. »Vielleicht genügt es, wenn man diesen Leuten einfach sagt, sie sollen das bleiben lassen.«

Dann ging er wirklich.

Auf dem Rückweg kam er noch einmal durch das Büro von Judith Norden. »Danke für den Tee«, sagte er, und sie antwortete, dass er immer einen bekommen könne, wenn er sie besuche. Berndorf blieb stehen und betrachtete ihre nackten schlanken Arme.

»Sie haben gut geheizt hier.«

Judith Norden lächelte verlegen. »Unsere Heizungsanlage ist leider eine Schwachstelle. Unten ist es noch schlimmer, und es hilft gar nichts, wenn meine Kolleginnen lüften. Erstens zieht es dann, dass unsere Telefonistin davon schon richtig krank geworden ist. Und weil die Thermostaten auf die Kaltluft ansprechen, dreht die Heizung erst recht auf.« Sie zuckte mit den Schultern. »Moderne Haustechnik. Irgendwann werde ich mir ein Lehmhaus bauen. Da braucht es das alles nicht.«

Die Straße führte in einer Linkskurve um einen mit Wacholderbüschen bewachsenen Hügel. Der Taxifahrer nahm die Kurve und bremste scharf ab. Vor ihnen standen zwei Streifenwagen und der VW-Bus der Spurensicherung. Die Fahrzeuge waren halb auf der Böschung geparkt. Weiter vorne sah Berndorf ein viertes Auto.

Der Kommissar bezahlte den Taxifahrer. Als er ausstieg, kam Tamar auf ihn zu. »Es muss hier gewesen sein«, sagte sie und führte ihn am linken Fahrbahnrand zu einem mit Plastikfolien abgesteckten Teil der Böschung. Das wintergraue Gras innerhalb der Folien war niedergedrückt. Einige Schritte davor begann eine Reifenspur. Neben der Markierung stand einer der Hundeführer. Gelbäugig beobachtete ein Schäferhund den Kommissar.

Der Hundeführer grüßte lässig mit der rechten Hand. »Die Spur führt von der Dorfmitte bis hierher«, sagte er dann. »Danach nichts mehr.« Gegenüber der markierten Stelle, auf der anderen Seite des Straßengrabens, stand ein Wacholderbusch. Weiter vorne verlor sich der Hügel in einer Senke.

Der Mörder, dachte Berndorf, hatte oben auf der Kuppe gewartet, bis er Veihle kommen sah. Danach brauchte er nur noch den Abhang hinunterzugehen und sich hinter dem Busch bereitzuhalten, bis sein Opfer um die Biegung kam.

Tamar deutete in Richtung des Weilers, auf einen Feldweg, der von links auf die Straße einmündete. Zwei Beamte waren dabei, auf dem Weg Spuren zu vermessen. »Wir nehmen an, der Mörder hat seinen Wagen dort geparkt«, sagte sie. »Er hat Veihle hier abgepasst und erledigt. Dann hat er den Wagen geholt und die Leiche verstaut. Und danach ist er mit dem Toten zum Justizgebäude gefahren.«

Sie sah Berndorf an. »Das heißt, es müssen zwei gewesen sein. Es sei denn, der Mörder ist ausnehmend kräftig.«

»Auch dann waren es zwei«, antwortete Berndorf. »Einer hat sich vergewissert, dass niemand in der Nähe des Justizgebäudes unterwegs ist. Dann erst hat der andere den Wagen bis zur Haupttreppe fahren und die Leiche ausladen können.«

Tamar und Berndorf stiegen vorsichtig den Hügel hinauf, bis sie zu einer Holzbank kamen. Von oben sah man Äcker und Hügel, den Kirchturm von Wiesbrunn und die Straße. Auch das Gras unterhalb der Bank war niedergetreten. Aber es lagen keine Kippen umher und auch keine aufgerissene Bierdose, und nirgends klebte Kaugummi.

»Unser Mörder ist ein disziplinierter Mann«, sagte Berndorf. »Einer, der Warten gelernt hat.«

Die Jazz-Gruppe des Posaunenchors hatte »Sometime I feel like a motherless child« intoniert, die Mädchengruppe sprach Fürbitten für die hungernden Kinder und die vielen Tiere in Not, die Vertreterin des Sozialdezernenten richtete die Grüße der Stadt aus und überreichte einen Scheck über 500 Mark, die Nudelsuppe war gefragt, die Erbsensuppe weniger, für die Männer aus dem Übernachtungsheim gab es Kaffee oder – wenn sie es beim Kirchenältesten Vogler versuchten – auch ein Bier, Johannes Rübsam hielt keine Predigt und las auch keine Zahlen aus dem Armutsbericht vor, sondern hieß einfach alle Besucher willkommen, die Jazz-Bläser gingen zu »Roll Jordan, roll« über, und wenn die Bläser nicht bliesen, sondern sich ein Bier genehmigten, diskutierte Vogler mit einer der Kirchengemeinderätinnen, einer Zahnarztgattin, darüber, was der Herr Jesus wohl zu diesem Vesper-Gottesdienst gemeint hätte. Rübsam hörte es nur mit halbem Ohr, doch leicht besorgt. »Das ist ja alles ganz nett«, sagte die Kirchengemeinderätin, »aber glauben Sie wirklich, dass wir im Haus Gottes nun auch Bier ausschenken müssen?«

»Sie vergesset«, sagte Vogler und untermalte seinen Gedanken mit dem Zeigefinger, »Sie vergesset, dass der Herr Jesus beim Abendmahl ja auch kein Apfelsaftschorle und schon gar keinen Malventee ausgeschenkt hat, obwohl man es nicht glauben möcht', wenn man bei der Evangelischen Akademie in Bad Boll eingeladen ist.«

Es war Abend geworden, als Tamar mit Berndorf in den Neuen Bau zurückkam. Auf der Bank in der Revierwache hockten mürrisch zwei Männer, von denen der eine einen schmutzigen Verband auf dem Kopf hatte und der andere unter seiner Lederweste bis zum Hals tätowiert war.

»Eine Streife hat die beiden Herren vorhin gebracht«, sagte der Schichtführer zu Tamar. »Die Kollegen haben sie in einer Kneipe in der Oststadt aufgesammelt. Ich glaube, sie sollten zu Ihnen gebracht werden.«

»Ach ja«, sagte Tamar und wandte sich Berndorf zu. »Das

sind Shortie und Tanko. Sie wissen, die beiden Herren haben gestern im ›Deutschen Kaiser‹ Mau-Mau gespielt. Oder 66. Und dann hat es ein wenig Zoff gegeben.« Sie sprach wieder zu den beiden Männern. »Wir kennen uns ja. Seit der Sache mit der alten Frau, die plötzlich die beiden Herren überfallen hat. Die alte Frau die Herren, nicht umgekehrt.«

Ein kleiner wieseliger Mann mit einer Weste, wie sie Daimler für die Kunden der A-Klasse ausgegeben hat, drängte sich in die Wache und blieb neben Berndorf stehen. Es war Wehlich vom Raub- und Diebstahlsdezernat. Er deutete auf Shortie.

»Den schönen Turban da – seit wann hat er den?«

Tamar sah auf. »Seit vorgestern. Seit ihn die alte Frau überfallen hat. 77 ist die Dame, und richtet junge Männer so zu.«

»Wenn ihr mit ihnen fertig seid, schickt ihr mir die beiden?«, fragte Wehlich. »Es liegt eine Beschreibung vor, die auf sie passt, vom Turban mal abgesehen. Aber da hatte er ihn noch nicht. Außerdem ist es auch eine Geschichte mit einer alten Dame. Sie haben ihr am Dienstag die Handtasche mit ein paar Hundert Mark abgenommen. Komisch. Dabei war die erst 75.«

»Damit hab ich nichts zu tun«, begehrte Tanko auf.

»Jedenfalls wissen wir jetzt, wo das Geld für den Vorstadt-Poker herkam«, sagte Tamar.

»Ich glaube, ihr macht das allein«, sagte Berndorf. »Für einen alten Mann wie mich war die Nacht zu kurz.«

Tanko und Shortie hatten Veihle nicht umgebracht. Der Kommissar war sich sicher. Auch wenn es zwei Leute gebraucht hatte, um die Leiche der Justitia zu Füßen zu legen. Ein Profi, mindestens, war dabei gewesen. Einer, der sich aufs Töten verstand. Tanko und Shortie verstanden sich darauf, einer alten Frau die Handtasche abzunehmen oder ein leeres Haus abzufackeln. Auf nichts sonst.

In der Pauluskirche waren die leeren Flaschen aufgeräumt und das Suppengeschirr gespült. Was von den Kuchen übrig geblieben war, hatte der Mütterkreis in den Kühlschränken verstaut, zusammen mit den Saitenwürsten für den morgigen Erbseneintopf. Die Bläser hatten ihre Noten eingesammelt, und der Abfall war zusammengekehrt. Es war, soweit Rübsam es überblicken konnte, alles an seinem Platz.

Mit einer Ausnahme.

Der Vorsitzende des Kirchengemeinderats schlummerte entrückt in einer hinteren Kirchenbank. Dort konnte er schlecht bleiben. Rübsam weckte ihn sanft, aber mit Nachdruck.

»Wir fahren jetzt nach Haus, Herr Vogler«, sagte er. »Das heißt, ich fahr. Morgen bring ich Ihnen dann Ihren Daimler wieder.«

Berndorf startete seinen Citroën und fädelte sich auf der Neuen Straße ein. Über den Bismarckring fuhr er zum Blaubeurer Kreisel und von dort über die Erhardbrücke. Im Radio kamen Nachrichten. In Rheinland-Pfalz hatte der Ministerpräsident vorgeschlagen, die Arbeitnehmer sollten in den nächsten beiden Jahren auf Lohnerhöhungen verzichten, und Daimler stellte ein neues Sportcoupé der extrateuren Sonderklasse vor, irgendetwas mit Flügeltüren. In Stuttgart stand eine Kabinettsumbildung an. Der Minister, der die Spende für eine Papst-Audienz aus der Portokasse genommen hatte, würde wohl seinen Hut nehmen müssen.

Berndorf schob die nächstbeste Kassette in den Recorder. Der Nachrichtensprecherin schnappte der Ton weg. »I'm an easy rider« schluchzte Johnny Cash aus den Lautsprechern. Berndorf verließ die Karlstraße, fuhr durch die Unterführung der Heidenheimer Eisenbahnlinie und zog den Citroën scharf nach links auf die Straße, die zu seiner Wohnanlage führte.

Er freute sich auf einen stillen Abend, auf ein Telefonat mit Barbara, auf Lesevergnügen mit Lichtenberg.

Als er den Kühler des Lastwagens hoch über sich sah, war es schon zu spät. Berndorf spürte einen harten, kurzen Schlag. Glas splitterte, der Citroën rutschte zum Straßenrand, wurde immer weiter weggeschoben. Krachend verbog sich Blech, die Seitentür knickte nach innen. Berndorf hing im Sicherheitsgurt. Das Blech schob sich auf ihn zu.

Das Handschuhfach war aufgesprungen. Der Lastwagen setzte zurück. Im Handschuhfach lag Berndorfs P5, er hatte sie nach dem Schießtraining dort gelassen. Der Motor des Lastwagens heulte auf, Berndorf lud durch, stieß mit dem linken Ellbogen die Glassplitter weg, die vom Seitenfenster geblieben waren, riss die Waffe hoch und schoss blindlings auf das Fahrerhaus.

Blinkend und lichthupend schob sich ein Daimler vor den Citroën, oder was davon übrig geblieben war. Der Lastwagen drehte ab und röhrte mit aufheulendem Motor stadtauswärts. Johannes Rübsam fuhr den Daimler zur Seite. Dann stieg er aus und ging zu dem Citroën. Die Fahrertür ließ sich nicht öffnen.

»Können Sie mich verstehen?«, sagte er zu dem Mann, der – den Kopf zurückgelehnt – mit geschlossenen Augen am Steuer saß. Langsam öffneten sich die Augen. Der Mann hatte eine Pistole in der Hand, die er vorsichtig neben sich legte. Dann holte er mühsam ein Handy aus seiner Jackentasche und reichte es Rübsam.

»Wählen Sie 110.« Langsam kippte sein Kopf nach vorne auf das Lenkrad.

Samstag, 17. April

Schaffranek nahm den Topf mit dem gekochten Pansen vom Herd und ging damit zur Küchentür. Er öffnete sie mit dem Ellbogen und scheuchte die beiden Hunde von der Schwelle, die schweifwedelnd dort gewartet hatten. Dann trug er den Topf über den asphaltierten Hof zum Fressplatz. Ajax und Türk folgten ihm. Er füllte die beiden Futternäpfe, zuerst für Ajax, dann für Türk. Es waren zwei Schäferhund-Mischlinge, der Chef hatte sie angeschafft, seit die Disco zwei Querstraßen weiter das Gesindel anzog. Die Pächter wechselten, der Name der Disco auch, mal hieß sie »69«, jetzt nannte sie sich »Fragezeichen«, aber das Gesindel war immer das gleiche.

Es war ein frischer Morgen. Schaffranek ging über den weiträumigen Bauhof zurück, vorbei an den Hallen, in denen die Lastwagen und die Baumaschinen abgestellt waren. Aus dem Firmenbriefkasten holte er die Zeitungen und die Post und trug den Stapel in das Hausmeisterbüro, um das Werbematerial auszusortieren. Gföllners Daimler war bereits vor dem Chefbüro geparkt. Wenn die Hunde frei liefen, ließen sie nur den Chef und seinen Sohn auf das Firmengelände. Sonst war samstags niemand auf dem Bauhof, nicht in diesen Zeiten.

Das »Tagblatt« schrieb von einem Toten, den man vor dem Justizgebäude gefunden hatte. Es war einer von den Glatzköpfigen, eben jener, der angeblich die italienische Baustelle angezündet hatte. Stirnrunzelnd las Schaffranek einen Artikel, der eingerahmt war und in dem etwas von einem Racheakt der

Mafia stand, die ihre Krakenarme nun schon bis an das Portal des Ulmer Justizgebäudes ausstrecke.

Schaffranek hielt das alles für übertrieben. Die Italiener sollten sich nicht so haben. Der arme Teufel von einem Gastarbeiter wird einem Mädchen in Wiesbrunn schöne Augen gemacht haben, und das hat deren Freund nicht gefallen. Er nahm die Werbeprospekte heraus, faltete das »Tagblatt« wieder zusammen und trug den Stapel über den Korridor ins Chefbüro.

Klopfen musste er nicht. Er trat ein. »Morgen, Chef.«

Jakob Gföllner jun. – das *jun.* hatte er beibehalten, seit er vor 35 Jahren das Unternehmen von seinem Vater übernommen hatte – war allein. Er folgte auf einem Bildschirm den Rubriken eines Kalkulationsprogramms und gab, ohne hochzusehen, den Gruß zurück. In dem kleinen Transistorradio neben dem Computer klimperte eine bayerische Stub'nmusi.

»Der Junior nicht da?« Der Sohn von Gföllner jun. war vor anderthalb Jahren in die Firmenleitung eingetreten.

»Ich hab ihn weggeschickt«, sagte Gföllner. »Er soll sich umschauen. Wir müssen mit der Zeit gehen.«

Schaffranek nickte. »Es ist aber nicht alles gut, was die Zeit so bringt«, meinte er dann. »Da haben sie jetzt vor dem Gerichtsportal einen Toten gefunden. Das ›Tagblatt‹ schreibt, es wäre die Mafia gewesen.«

»Unsinn«, sagte Gföllner. Schaffranek nickte wieder. »Also dann«, sagte er und ging zurück in sein Büro. Durch das Fenster sah er, dass ein Polizeiwagen vor der Einfahrt hielt. Eine schlanke und groß gewachsene Frau stieg aus, kam zur Eingangstür und klingelte. Ein Polizist in Uniform folgte ihr. Schaffranek meldete sich über die Sprechanlage. Die Frau nannte einen Namen, den er nicht verstand. Sie wolle Herrn Gföllner sprechen. Schaffranek bat sie, einen Augenblick zu warten, und rief Gföllner an.

»Chef, da ist jemand von der Polizei. Sie wollen zu Ihnen.« Es wird wieder wegen der Disco sein, dachte er.

Gföllner zögerte kurz. »Lass sie rein. Und pass auf die Hunde auf.« Schaffranek trat auf den Hof. Die beiden Rüden waren bereits auf die Besucher aufmerksam geworden und hatten sich vor dem Stahlgitter des Eingangstors eingefunden. Ajax stellte das Fell, Türk knurrte. Schaffranek schickte die Hunde, die nur widerstrebend folgten, zu ihrem Schlafplatz und ließ die Frau und den Polizisten herein. Der Polizist war zwei Köpfe kleiner als die Frau, die Jeans trug und ein Jackett. Schaffranek glaubte nicht, dass Ordnungshüter so aussehen sollten. Er führte sie in das Verwaltungsgebäude und über den Korridor zu Gföllners Büro. Der Chef stand schwerfällig auf und sah misstrauisch zu der Frau hoch.

»Mein Name ist Wegenast, ich bin Kriminalkommissarin. Dies ist Polizeihauptmeister Leissle«, sagte die Frau. Schaffranek ging in sein Büro zurück.

Tamar wartete, bis der Hausmeister die Tür hinter sich geschlossen hatte. »Ich hätte gerne etwas über den Verbleib eines Lastwagens gewusst, der auf Ihre Firma zugelassen ist«, sagte sie unvermittelt und nannte das Kennzeichen.

Gföllner antwortete nicht sofort, sondern bat die beiden Beamten, auf den Holzstühlen vor seinem Schreibtisch Platz zu nehmen. Dann setzte er sich selbst, zog eine Mappe mit Schriftstücken zu sich her und schlug sie auf.

»Ich dachte es mir schon«, sagte er dann und schaute kurz zu Tamar hoch. »Es ist ein Siebentonner, und eigentlich haben wir gedacht, es wäre die Polizei, die uns sagen kann, was damit los ist.« Er machte eine kurze Pause. »Der Lastwagen ist uns in der Nacht zu gestern gestohlen worden, und wir haben das auch sofort der Polizei gemeldet.«

»Das wissen wir«, sagte Tamar. »Aber wir verstehen nicht, wie man einen Lastwagen von Ihrem Gelände stehlen kann. Das ist ja besser bewacht als die Staatskanzlei.«

»Der Lkw war die Nacht über auf unserer Baustelle«, antwortete Gföllner. »Normal hätte der Polier ihn in den Bauhof zurückgebracht. Aber er braucht den Wagen gleich morgens früh. Deswegen lässt er ihn die Nacht über draußen, wenn er nicht sowieso aufgetankt werden muss. In unserer Branche kann man sich keine überflüssigen Fahrten leisten.«

»Kommt das öfter vor, dass ein Lastwagen verschwindet?«
»Zum Glück nicht.«

»Ist von Ihnen oder Ihren Mitarbeitern in letzter Zeit jemand beobachtet worden, der sich in der Nähe Ihres Firmengeländes oder ihrer Baustellen zu schaffen gemacht hat?«

»Nein«, antwortete Gföllner. »Wir haben auf so etwas ein Auge. Seit dieser Geschichte in Wiesbrunn erst recht.«

Tamar sah sich in dem Büro um. Wäre nicht der Computer gewesen, hätte man meinen können, seit Jahrzehnten sei hier nichts mehr verändert worden. An den Wänden standen Rollschränke aus braungelb verfärbtem Fichtenholz. Über einem von ihnen hingen Porträtfotografien in Rahmen aus schwarzem Holz. Die größte von ihnen zeigte einen rundgesichtigen Mann in der Tracht eines Zimmermanns. Die Aufnahme schien aus den Vierzigerjahren zu stammen. Eine zweite Fotografie zeigte den heutigen Firmenchef bei einem Richtfest. Neben ihm stand, mit verschlossenem Gesicht und gut einen Kopf größer, ein junger Mann mit geduckter Körperhaltung.

»Ihr Sohn?«, fragte Tamar.

»Wer?«, entgegnete Gföllner. Tamar deutete auf die Fotografie. »Ach das«, sagte der Unternehmer. »Ja, das ist Markus. Mein Sohn. Warum fragen Sie?«

»Ich dachte nur«, sagte Tamar. »Eigentlich wollte ich Sie bitten, mir das Briefpapier zu zeigen, und die Briefumschläge auch, die Sie in der Firma benutzen.«

Gföllner runzelte die Stirn. Dann warf er Tamar einen Blick zu, in dem Zorn und Unwillen aufglommen, und erhob sich. Schlurfend ging er zu einem der Rollschränke und öffnete ihn. In den Fächern standen Kartons mit Briefbögen, Rechnungsformularen, Arbeitszetteln und Briefumschlägen.

Auch Tamar war aufgestanden und ihm gefolgt. Ohne weitere Umstände griff sie in den Karton mit den Umschlägen und holte sich einen heraus. Er war kleinformatig, ohne Sichtfenster und aus bräunlichem Billigpapier, dessen oberer Rand vom Lichteinfall verfärbt war.

»Das sind die Briefumschläge, die Sie benützen?«

»Ja«, antwortete Gföllner, »sind sie Ihnen nicht fein genug? Wissen Sie, wir sind Maurer. Uns genügt das so.«

Tamar sah ihn ruhig an. »Wir ermitteln in einem Mordfall. Deshalb muss ich Sie auch bitten, mit uns in die Polizeidirektion zu kommen.« Leissle, der Beamte in Uniform, der die ganze Zeit das Gespräch schweigend verfolgt hatte, trat unauffällig neben Gföllner.

Der Flur führte an einer Fensterfront mit grün gestrichenen Metallstreben vorbei. Es roch nach professionell organisierter Sauberkeit und jener Trübsal, zu deren Aufhellung das Personal in weiße Dienstkleidung gesteckt werden musste.

Die Frau, die den Gang herabschritt, war mittelgroß. Sie hatte kurz geschnittenes braunes Haar mit einer grauen Strähne darin und trug ein Kostüm in braunen Farbtönen. Sie hatte die Nacht erst am Telefon und dann auf dem Flughafen verbracht; wer genau hinsah, konnte ihre Anspannung an den Fältchen ablesen, die sich um ihre grünen Augen abzeichneten. Barbara Stein war noch am Abend zuvor von Tamar verständigt worden. Berndorf habe einen Unfall gehabt und sei ins Krankenhaus gebracht worden, hatte Tamar am Telefon gesagt und eilends hinzugefügt, es bestehe keine Lebensgefahr. Barbara war sofort der Unterton von Besorgnis und Ratlosigkeit aufgefallen, der in Tamars Stimme durchklang, und hatte dann rasch herausbekommen, dass es sehr wahrscheinlich ein vorsätzlich herbeigeführter Unfall gewesen war.

Vor einem der Krankenzimmer saß ein uniformierter Polizist. Das wird immer unheimlicher, dachte sie. Ihr fiel die Geschichte von neulich ein. Berndorf hatte für einen altersschwachen Staatsanwalt Polizeischutz angeordnet, aber der Mann, vor dem der Staatsanwalt geschützt werden sollte, zog einen Talar an und marschierte freundlich grüßend am Wachhabenden vorbei zu dem Alten ins Zimmer, um ihm sein Rasiermesser anzusetzen. Daran werde ich Berndorf jetzt besser nicht erinnern, dachte sie und trat auf den Polizisten zu, der sofort aufstand. Sie zeigte ihren Reisepass. »In Ordnung«, sagte der Polizist, »man hat mir gesagt, dass Sie kommen werden.«

Das Zimmer war hell und roch süßlich. Es standen zwei Krankenbetten darin, das eine war leer, in dem anderen lag etwas, das nach einem hochgestellten Bein in einer Gipsschale aussah. Zu dem Bein gehörte ein Mann, der ihr langsam den Kopf zudrehte. »Träume ich?«, fragte Berndorf.

Barbara trat zu ihm und küsste ihn zart auf den Mund. »*Ich habe dich nie je so geliebt...*«. Für einen kurzen Augenblick ließ sie ihre Wange auf der seinen ruhen. Dann richtete sie sich wieder auf. »Deine Kollegin mit der klaren Stimme hat mich angerufen, ich habe einen Flieger genommen und in Echterdingen einen Leihwagen, es gab zwar nur ein Opel-Cabriolet, rasend peinlich, aber was tu ich nicht alles für dich!«

»Eigentlich ist es mir nicht recht. Wenn du kommst, will ich meine Gliedmaßen bewegen können.«

Barbara zuckte die Achseln. »Man muss eben nehmen, was man hat. Erzählst du mir jetzt, was passiert ist?«

Berndorf versuchte es. Barbaras Augen wurden groß.

»Was hast du?«, fragte sie zum Schluss. »Du hast auf den geschossen? Richtig aus dem zerquetschten Auto heraus?«

Berndorf nickte beschämt.

»Ich beginne, dich mit anderen Augen zu sehen. Du kommst mir vor wie John Wayne in Alamo.«

»Du sollst mich nicht zum Lachen bringen wollen. Das tut mir in den Rippen weh.« Er lächelte sie schief an. »Außerdem hatten sie in Alamo keine Autos dabei. Davon abgesehen bin ich der lausigste Schütze. Die Pistole hatte ich nur aus Vergesslichkeit noch im Wagen.«

»Mein lieber Freund, du hast damit einen Killer in die Flucht geschlagen. Kampfunfähig hast du ihn geschossen.«

»Hab ich nicht. Der Pfarrer von der Pauluskirche hat ihn verjagt. Er hat einen Daimler dazwischengestellt. Sonst hätte ich jenes größte Geheimnis erfahren, von dem Lichtenberg sagt, dass es noch keiner ausgeplaudert hat. *Die Empfindung, wenn einem der Kopf abgehauen wird.*«

»Kommen Sie herein«, sagte Oberstaatsanwalt Desarts und bat Tamar an seinen Besprechungstisch. Mit einem kurzen Kopfnicken begrüßte Tamar die beiden Männer, die schon dort saßen. Es waren Kriminalrat Englin und der Chef des Dezernats Wirtschaftskriminalität Tautka. Englins linkes Augenlid antwortete mit einem zweimaligen Zucken. Eins von Tautkas Augen blieb auf die Schale aus Kristallglas fixiert, die in der Mitte des Tischs prangte und mit Karamell-Sahnebonbons gefüllt war. Desarts war überzeugt, dass es kein besseres Mittel gebe, um einen verstockten Kunden zum Reden zu bringen.

Kein Wunder, dachte Tamar, dass er es auf dem Magen hat.

»Schlimme Geschichte, das«, sagte Desarts. »Wie geht es Berndorf?«

Tamar berichtete, was ihr die Ärzte gesagt hatten. »Neben kleineren Verletzungen und Prellungen hat er ein Schleudertrauma, und – vor allem – einen komplizierten Bruch des linken Schien- und Wadenbeins.«

»In unserer derzeitigen personellen Situation hat uns das gerade noch gefehlt«, klagte Englin. Tamar schaute ihn strafend an. »Dazu kommt«, fügte er beflissen hinzu, »dass der Vorfall unsere Kollegen außerordentlich beunruhigt. Es deutet ja einiges darauf hin, dass es sich um einen Anschlag gehandelt hat.« Tautkas zweites Auge richtete sich auf Englin. »Was wir wirklich wissen, ist: Es hat einen Unfall gegeben. Und dass Kollege Berndorf auf den zweiten beteiligten Fahrer das Feuer eröffnet hat. Man kann das alles auch anders interpretieren.«

Wut kroch in Tamar hoch. »Warum unterschlagen Sie, dass es einen Zeugen gegeben hat? Einen Zeugen, der gesehen hat, wie Berndorfs Wagen gerammt und immer weiter zur Seite gedrückt wurde. Und der seinen Wagen dazwischengesetzt hat, als der Lastwagenfahrer erneut rammen wollte?«

Tautkas bleiches Gesicht wandte sich ihr zu. »Warum erregen Sie sich? Ich weise nur darauf hin, welche Interpretationen auch möglich sind.«

Tamar fühlte sich nur noch ohnmächtig.

»Aber nehmen Sie sich doch bitte eines«, sagte Desarts eifrig. Tautka riss sein Auge von der Bonbonniere und hob ablehnend beide Hände.

Englin ergriff die Initiative. »Nun sind wir aber hier, um über einen Haftbefehl gegen Herrn Gföllner zu sprechen. Offen gesagt, möchte ich deutlich machen, dass die Ermittlungsbehörden entschlossen jedem Verdacht nachgehen werden, Berndorf sei das Opfer eines Anschlags geworden.«

Was redest du da, dachte Tamar. Es war ein Anschlag. Es ist nicht bloß ein Verdacht.

»Auf der anderen Seite ist mir äußerst unwohl, was die Verdachtsgründe gegen Herrn Gföllner betrifft«, fuhr der Kriminalrat fort. Sein Augenlid zuckte besorgt.

Unwohl ist ihm, dachte Tamar. In was für ein Tantenkränzchen bin ich da geraten! »Erstens«, sagte sie entschlossen, »gibt es Hinweise, dass die Firma Gföllner Schikanen gegen das italienische Bauunternehmen Edim SA in Auftrag gegeben hat.« Sie schaute entschlossen in das bleiche Gesicht Tautkas. Eines der Augen gab den Blick eisblau zurück. »Zweitens ist bei der Leiche des Axel Veihle ein Briefumschlag mit einer erheblichen Summe gefunden worden. Es handelt sich um einen Briefumschlag, wie er im Geschäftsleben längst unüblich geworden ist. Solche Briefumschläge werden aber von der Firma Gföllner noch benutzt. Der Umschlag, den wir bei Veihles Leiche gefunden haben, ist an seinem oberen Rand ausgebleicht. So, als ob er längere Zeit in einem offenen Karton aufbewahrt worden und dem Lichteinfall ausgesetzt gewesen sei.« Die Gesichter der drei Männer neben ihr ließen keine Reaktion erkennen.

»Genau solche Umschläge finden sich in Gföllners Büro. Ich habe einen davon hier.« Sie zog den Briefumschlag heraus, den sie mitgenommen hatte, und reichte ihn Desarts. »Außerdem ist der Anschlag auf unseren Kollegen Berndorf mit einem Lastwagen aus dem Fuhrpark Gföllners verübt worden. Angeblich ist dieser Lastwagen gestohlen worden. Das ist schon deswegen merkwürdig, weil die Firma einen eigenen, von scharfen Hunden bewachten Bauhof hat. Gföllner behauptet, es sei ein Fehler des Poliers gewesen, den Lastwagen draußen stehen zu lassen. Man wird sehen, was dieser Polier dazu sagt. Vielleicht ist es überflüssig anzumerken, dass sich in der Ablage des Lastwagens ebenfalls einer von diesen braunen Umschlägen gefunden hat. Unbeschriftet und leer.«

Desarts blickte auf. »Ein brauner Umschlag, der am oberen Rand verblasst ist, ein gestohlener Lastwagen, der zuvor nicht in den Bauhof zurückgefahren worden war: ein bisschen dünn, finden Sie nicht? Bei der letzten Personalratswahl hatten wir auch solche Umschläge für den Stimmzettel. Irgendwie braun, aber verblasst. Was hätte denn Gföllners Motiv sein sollen?«

»Mein Kollege Berndorf wollte sich heute beim Baudezernenten Klotzbach die Unterlagen für die Deponie Lettenbühl zeigen lassen. Die Firma Edim ist auch dort Schikanen ausgesetzt gewesen. Ich nehme an, Berndorf war im Begriff, schwerwiegende Unregelmäßigkeiten beim Betrieb der Deponie aufzudecken. Das musste verhindert werden. Wie es sich fügt, ist die Firma Gföllner einer der wichtigsten Anlieferer dort.«

Tautkas zweites Auge zielte auf Tamar. »Sie sprechen da große Worte sehr gelassen aus, Frau Kollegin. Die Firma Gföllner ist in der Tat einer der wichtigsten Anlieferer. Aber nicht allein. Zusammen mit einer Firma, die dem Schwager des Ministerpräsidenten gehört. Nur beeindruckt das unsere junge Kollegin vermutlich kaum.«

»Sie meinen, wenn die Verwandtschaft des Ministerpräsidenten beteiligt ist, darf ruhig ein Polizist über den Jordan gehen?«

»Mäßigen Sie sich«, fuhr Englin entrüstet hoch.

»Das meine ich durchaus nicht«, zischelte Tautkas Stimme. »Niemand darf ruhig über den Jordan gehen, wie Sie sich ausdrücken. Nur habe ich mir die Unterlagen angesehen, die Herr Klotzbach uns entgegenkommenderweise zur Verfügung gestellt hat. Und ich kann Ihnen verbindlich sagen, dass es keinerlei Hinweise auf Unregelmäßigkeiten gibt.«

»Und die italienische Firma ist korrekt und einwandfrei behandelt worden, ja?«, warf Tamar höhnisch ein.

»Herr Klotzbach räumt ein, dass es da Missverständnisse gegeben hat«, raschelte Tautka verbindlich. »Der Aufseher hat wohl Schwierigkeiten mit dem Fahrer der Edim SA gehabt. Sie kennen doch unsere Ulmer. Wenn man mit Ihnen noch nicht bekannt geworden ist, können sie sehr abweisend sein. Klotzbach wird dem Aufseher dazu noch das Nötige sagen.«

Desarts sah bedauernd zu Tamar. »Tut mir Leid. Die Indizien tragen wirklich nicht sehr weit, und ein Motiv ist nach dem, was Herr Tautka sagt, nicht mehr erkennbar.«

»Eben deshalb wurde Berndorf aus dem Verkehr gezogen«, sagte Tamar kühl. »Damit nichts herausgefunden wird.«

»Sie gehen schon wieder zu weit.« Strafend tackerte Englins Augenlid.

Das lippenstiftfarbene Opel-Cabrio bog von der Bahnunterführung auf die Straße ab, die zu dem Appartementblock mit Berndorfs Wohnung führte. Auf der Fahrbahn sah Barbara Kreidemarkierungen, sie hielt an und stieg aus. Auf der Höhe der Markierungen war die rechte Straßenseite von einem schmalen Gehsteig und einer Stützmauer begrenzt; darüber befanden sich Vorgärten. An der gegenüberliegenden Straßenseite erhob sich der Bahndamm. Auf dem von Unkraut überzogenen Bankett zwischen Fahrbahn und Damm waren einzelne Autos und Campingwagen geparkt.

Allmählich bekam sie eine Vorstellung von dem, was passiert war. Der Lastwagen war auf dem Bankett nicht aufgefallen, der Fahrer hatte also in Ruhe abwarten können, bis Berndorfs Citroën aus der Unterführung kam. Dann hatte er den Gang eingelegt und den Citroën auf der Fahrerseite gerammt.

Barbara atmete tief durch. Dann fuhr sie den Opel auf Berndorfs Parkplatz in der Tiefgarage, brachte ihr Gepäck in seine

Wohnung und stellte sich erst einmal unter die Dusche. Danach suchte sie heraus, was Berndorf in den nächsten Tagen brauchen würde und packte es in seine schwarze abgetragene Reisetasche, an der noch die Gepäckscheine der Air France hingen. Kurz überlegte sie, ob sie das Rasierzeug weglassen solle, damit er sich einen Bart wachsen lassen müsste. Schließlich fiel ihr ein, dass das Ergebnis ungewiss sein würde, und so packte sie den Rasierer dann doch noch ein.

Nach einigem Suchen fand sie ein Reiseschach und einen CD-Player mit Kopfhörer, zu dem sie CDs mit Aufnahmen von Buddy Holly, Miles Davis und Fats Domino legte, dazu einige Streichquartette von Mozart. Das war sehr auf das Ungefähre herausgesucht, aber Barbara hatte es schon lange aufgegeben, sich in Berndorfs Musikgeschmack hineinzuhören. Außerdem nahm sie die Lichtenberg-Ausgabe mit und aufs Geratewohl einen Stapel von fünf oder sechs von Simenons Maigret-Romanen. Im Krankenhaus hatte sie ihn noch gefragt, ob sie ihm einen Flachmann Whisky besorgen solle, aber er hatte abgelehnt.

»Ich glaube nicht, dass die das hier gerne sehen. Außerdem: Wenn ich hier schon eine Weile liege, kann ich mir das Zeug gleich mit abgewöhnen. In einem Aufwasch.«

Es hat ihn wirklich mitgenommen, dachte sie. Es war Zeit für einen neuen Anfang. Er wusste es selbst.

Die Klinik, in die Berndorf eingeliefert worden war, lag so nahe an seiner Wohnung, dass Barbara – wäre nicht die voll gepackte Reisetasche gewesen – auch zu Fuß hätte gehen können. Zu spät stellte sie fest, dass Hauptbesuchszeit war. Kein Parkplatz war frei. Schließlich fand sie doch einen, musste aber die Tasche einen ziemlichen Weg zurückschleppen.

Als sie auf die Klinik zuging, schoss ein Wagen die Zufahrt hoch und wurde kurz vor dem Klinikeingang scharf abgebremst. Der Fahrer stellte den Wagen im Parkverbot und halb auf dem Gehsteig ab, stieg aus und warf die Wagentür zu.

Es war eine hoch gewachsene schlanke Frau in Jeans und einer Tweedjacke. Sie war jung, und als sie sich umsah, fiel Barbara ein schmales, fast herbes Gesicht unter dunklen Haaren ins Auge. Eine Pantherin, eine Amazone auf Kriegspfad, dachte Barbara. Klar doch. Seit wann scheren sich Pantherinnen um Parkverbote!

Die Amazone blieb unerwartet stehen und sah Barbara an. »Entschuldigen Sie – sind Sie Professorin Stein?«

Die Stimme klang ein wenig anders als am Telefon, der leichte Anklang des Schwäbischen schien verschwunden. Das also war Tamar. Barbara stellte die Tasche ab, und die beiden Frauen begrüßten sich. Tamars Augen waren wach, angestrengt, ernsthaft.

Woran hat sie mich erkannt, überlegte Barbara. Er zeigt doch keine Fotos herum.

»Sie haben seine Reisetasche dabei«, erklärte Tamar.

Barbara lächelte zustimmend. Beiläufig registrierte sie, dass Tamar mit Berndorf doch sehr vertraut schien. Sie gingen durch die Eingangshalle zu den Fahrstühlen.

»Ist das wahr«, fragte Barbara, »dass er im letzten Moment noch auf diesen Fahrer geschossen hat? Ich kann ihn mir mit einer Pistole gar nicht vorstellen.«

»Ich eigentlich auch nicht«, antwortete Tamar und drückte auf den Kopf für den Fahrstuhl. »Aber wir haben heute Morgen den Lastwagen gefunden, und zwar auf dem Parkplatz am städtischen Friedhof.« Sie sah Barbara entschuldigend an. »Das ist nicht makaber. Das war einfach der nächste Platz, wo man den Lastwagen abstellen und mit einem zweiten Wagen verschwinden konnte. Der Lastwagen hatte in der Frontscheibe drei Einschüsse.«

»Aber den Fahrer hat er nicht getroffen?«

»Ich denke doch«, sagte Tamar. Der Fahrstuhl war gekommen, und sie stiegen ein. Sie waren allein. »Die Einschüsse waren sogar recht gut platziert, wenn man die Situation bedenkt. Und es gibt Blutspuren, sowohl auf dem Fahrersitz wie auch an der Tür. Zumindest wird der Fahrer einen Streifschuss an Schulter oder Oberarm abbekommen haben.«

Das alles war kein Kino. Wieder musste Barbara es sich in

Erinnerung rufen. B. hatte nicht mit Platzpatronen geschossen, sein Citroën war wirklich zu Schrott gefahren worden, und es war um Tod oder Leben gegangen, um den richtigen Tod. Der Fahrstuhl hielt, und sie stiegen aus.

»Dieser Polizist vor dem Krankenzimmer!«, sagte sie plötzlich und blieb stehen. »Sie hätten ihn dort nicht postiert, wenn Berndorf nicht in Gefahr wäre. Ich will Ihrem Kollegen nicht zu nahe treten. Aber reicht das aus? Es braucht nur jemand eine weiße Schürze anzuziehen...«

Tamar sah sie aufmerksam an. Der Uniformierte, der trübsinnig vor dem Krankenzimmer hockte, das »Tagblatt« mit dem offenbar bereits gelösten Kreuzworträtsel zu seinen Füßen, würde einen entschlossenen Mörder wohl wirklich nicht sehr beeindrucken. »Ich glaube nicht, dass im Augenblick eine konkrete Gefahr besteht«, antwortete sie vorsichtig. »Trotzdem ist es richtig, dass der Kollege hier ein Auge auf die Besucher hat.« Hat er das wirklich, dachte sie dabei.

Der Mann, von dem die Rede war, grüßte sie und öffnete ihnen die Tür. Als sie ins Zimmer traten, stand ein mittelgroßer Mann an Berndorfs Bett auf und begrüßte sie mit einer höflichen Verbeugung. Er wirkte jung, obwohl sich die dunklen Haare über der Stirn bereits deutlich gelichtet hatten.

»Herr Rübsam ist Pfarrer an der Pauluskirche«, erklärte Berndorf vom Bett aus. »Als solcher hätte er mich zu beerdigen gehabt. Nur hat er gestern dafür gesorgt, dass das im Augenblick noch nicht ansteht.«

Barbara behielt Rübsams Hand in der ihren und sah ihm tief und grün in die Augen. »Wir stehen in Ihrer Schuld.«

»Ach!«, sagte Rübsam, »es ist nicht der Rede wert. Und es war nicht einmal mein Wagen. Eigentlich war es auch nur wegen dieses Streitgesprächs.« Barbara blickte ratlos.

»Unser Kirchenvorsteher hat nämlich einer unserer Kirchengemeinderätinnen das Abendmahl erklärt«, fuhr Rübsam fort. »Dass dabei ganz gewiss kein Apfelsaft ausgeschenkt worden sei. Exegetisch ist das sicher nicht zu beanstanden. Nur hat er das alles sehr wörtlich genommen, und so war es besser, dass ich ihn nach Hause gefahren habe. Auf dem Rückweg habe ich dann diese Geschichte gesehen.«

»Was haben Sie gesehen?«, fragte Barbara, die Augen noch immer wie gebannt auf Rübsam gerichtet.

»Einen Lastwagen, der mit aufheulendem Motor einen Citroën zur Seite schob. Ich habe die Hand auf der Hupe gehalten, aber der Fahrer hat nicht reagiert. Dass er maskiert war, hatte ich zunächst gar nicht wahrgenommen. Auch nicht, dass geschossen wurde. Dann ist der Lastwagenfahrer zurückgestoßen, und ich dachte, er will noch einmal rammen. Da bin ich mit dem Caravan unseres Kirchenvorstehers dazwischen, und der Lastwagen hat abgedreht.« Er lächelte freundlich. »Ein wenig ist es wie mit Bileams Eselin und dem Engel des Herrn. Ich werde unserem Kirchenvorsteher erklären, dass sein Caravan die Rolle des Engels übernommen hat. Ihm wird das gefallen.« Schweigen senkte sich über die Runde. Schon klar, wer der Engel ist, dachte Barbara. Und wer sich den Fuß an der Mauer eingeklemmt hat. Aber, weiß der Himmel, wer will Bileam Berndorf von welchem Weg abbringen?

»Da fällt mir noch etwas ein«, fuhr Rübsam fort und wandte sich an Tamar. »Haben Sie den Lastwagen gefunden?« Tamar nickte. »Ich habe noch ein Bild davon, wie der Mann in dem Fahrerhaus gesessen hat. Ich meine, wenn sich einige Ihrer Kollegen unterschiedlicher Größe zur Verfügung stellen und sich ins Fahrerhaus setzen, könnte ich ungefähr sagen, wie groß der Fahrer gewesen ist.« Er wirkte plötzlich verlegen. »Ich meine, weil ich ja sonst keine Hinweise geben kann.«

Der Spieler mit der Nummer zehn auf dem violetten Trikot täuschte links an und zog den Ball dann rechts an seinem Gegenspieler vorbei, lief noch einige Schritte und schlug einen präzisen Pass nach innen. Ein zweiter Spieler war mitgelaufen, für einen Augenblick war er frei, der Ball flog ihm vor den Fuß, die gut 18 000 Zuschauer im Rund des Donaustadions hielten den Atem an. »Jetzt!«, sagte Pfeiffle, der zweite Spieler brauchte nur noch den Fuß hinzuhalten, aber er holte aus und jagte den Ball hoch über das Tor der Gäste aus Norddeutschland.

»Meine Frau«, sagte Pfeiffle, »meine Frau macht den rein. Unterm Kartoffelschälen.«

»Es ist heute aber auch wie verhext«, meinte der specknackige Mann neben ihm. »Manchmal frag ich mich, ob das gut tut. Die vielen Ausländer, meine ich, die wir in der Mannschaft haben.«

»Der Kunstschütz' da kommt aus Krauchenwies«, gab Pfeiffle zurück.

»Und er bessert sich. Vorhin hat er nur ein Loch in den Rasen getreten«, sagte Klotzbach und lachte blechern.

»Typisch«, sagte Pfeiffle, »Ihnen fällt auch nur auf, was der Stadt Arbeit macht.«

Mein Gott, dachte Kugler. Wozu verbring ich meinen Nachmittag unter diesen Dummköpfen. Er stieß Welf an. Sie saßen nebeneinander in der dritten Reihe der VIP-Tribüne.

»Ist dir eigentlich aufgefallen, dass der gute Jockl Gföllner heute nicht zu sehen ist?«

»Er wird wieder mit dem Schwager vom Ministerpräsident kungeln«, meinte Welf missmutig.

»Tut er nicht«, gab Kugler selbstzufrieden zurück. Welf blickte hoch. »Wie kommst du darauf?«

»Gestern ist der Polizeikommissar Berndorf angefahren worden, dieser notorische Amokläufer«, berichtete Kugler. »Und jetzt glauben sie im Neuen Bau, oder wenigstens einige dort glauben es, dass der gute Jockl etwas damit zu tun hat.«

Auf dem Spielfeld schlug einer der grün gestreiften Norddeutschen einen weiten Pass, der Ball kam zu einem stämmigen dunkelhäutigen Kerl, der zwei Ulmer stehen ließ und den Ball krachend an die Querlatte schoss.

»Sie haben Gföllner heute Vormittag in den Neuen Bau gebracht«, fuhr Kugler fort. »Ein Vöglein hat es mir erzählt. Natürlich mussten sie ihn wieder laufen lassen. Lustig ist es aber trotzdem. Und für dich ungemein nützlich. Semper aliquid haeret.« Auf dem Spielfeld gab es einen Eckball für die Ulmer, und dann gleich noch einen. Beide brachten nichts ein. »Das wird heut nix«, sagte Pfeiffle.

»Nein«, meinte Berndorf. »Desarts' Entscheidung geht in Ordnung. Ich glaube zwar nach wie vor, dass mit dieser Deponie da draußen etwas faul ist. Ich bin auch fast sicher, dass Gföllner etwas damit zu tun hat. Dass er aber diese Sache gestern in Auftrag gegeben hat, will ich noch nicht glauben.«

»Das verstehe ich nicht«, widersprach Barbara. Als Rübsam gegangen war, hatte Tamar von der Besprechung in der Staatsanwaltschaft berichtet. Sie hatte das ganz ungeniert getan, so, als ob sie selbstverständlich voraussetzte, dass Berndorf ohnehin mit Barbara darüber sprechen werde. Ihren Wortwechsel mit Tautka hatte sie allerdings verschwiegen.

»Gföllner hat andere Möglichkeiten«, erklärte Berndorf. »Er würde versuchen, mich über Stuttgart abzublocken. Beziehungen hat er ja genug. Es ist nicht die ulmische Art, jemanden mit der direkten Methode herauszukegeln.«

Tamar betrachtete ihn zweifelnd. »Einen Augenblick, Chef. Wenn Gföllner so viele Beziehungen hat – was wollten Sie mit dem Gespräch bei Klotzbach dann überhaupt erreichen?«

»Einen Stein ins trübe Wasser werfen«, antwortete Berndorf. »Und dann gucken, was für Tiere auftauchen.«

»Eines ist ja auch zum Vorschein gekommen«, sagte Barbara. »Es war ein mächtig großer Hecht. Nur war es nicht so, dass du ihn an der Angel gehabt hättest. Er hatte dich. Es war schon aus und vorbei mit dir. Mit dem kleinen Pfarrer und seinem berauschten Kirchenvorsteher hat niemand rechnen können.« Tamar warf ihr einen schiefen Blick zu. Barbara ignorierte es. »Da ist noch etwas«, sagte sie. »Ich habe mir die Stelle angesehen, an der das passiert ist, das Straßenstück nach der Bahnunterführung. Ich glaube nicht, dass der Lastwagenfahrer dort zwei Stunden mit laufendem Motor gewartet hat, bis du mit deinem Citroën um die Ecke kommst. Er muss einen Helfer gehabt haben. Jemand, der die Bahnunterführung beobachtet und ein Zeichen gegeben hat, sobald er deinen Citroën gesehen hat.« Sie machte eine Pause. »Es gibt natürlich noch eine andere Möglichkeit. Jemand hat gesehen, wie du losgefahren bist, und hat dich übers Handy angekündigt.«

»Er ist vom Neuen Bau aus losgefahren«, sagte Tamar nachdenklich.

»Dieser Helfer, wo immer er gestanden hat, ist nicht angeschossen«, fuhr Barbara fort. »Er ist uneingeschränkt handlungsfähig. Und Skrupel hat er auch nicht.«

»Sie haben vollkommen Recht«, sagte Tamar rasch. »Es ist nur so ...« Sie zögerte. »Die Leute, von denen der Anschlag in Auftrag gegeben wurde, haben vorerst ihr Ziel erreicht. Für den Termin, den mein Chef heute Morgen wahrnehmen wollte, ist er ausgefallen. Und der Kollege, der an seiner Stelle geschickt wurde, hat nichts gefunden.« Sie hob ihre Hände, die Handflächen nach oben gekehrt. »Ich sollte Ihnen das nicht sagen, aber so ist es nun einmal.«

Barbaras grüne Augen richteten sich erstaunt auf die junge Frau. Eine kleine Stadt in Deutschland, mit einem wunderlich großen Kirchturm, eine Stadt, um das Fliegen zu erfinden oder eine neue Methode, die Welt zu berechnen – aber was für merkwürdige Dinge taten sie stattdessen!

Wenig später hatte sich Tamar verabschiedet. Barbara blickte ihr nach, mit zwiespältigen Empfindungen. Da haben wir aber Glück gehabt, dachte sie, er und ich, dass diese Amazone keinem Achill erliegen wird. Auch wenn B. nur sehr entfernte Ähnlichkeit mit einem solchen hat – es ist besser so. Sonst könnte es sein, dass seine stillen Tage mit altem Jazz und noch älteren Schriftstellern und mit seinen Telefonaten nach Berlin schneller vorbei wären, als wir es uns träumen lassen wollen.

Tamars Golf röhrte durch die Dorfstraße, als wäre sie auf einer Rallye. Einer Rallye von Ulm nach Miami. In Tamars Sichtfeld rieselte Müdigkeit. Sie hatte in den letzten 48 Stunden keine vier Stunden Schlaf gehabt. Ich will jetzt zu Hause sein, dachte sie. Ich will nichts als ins Bett. Oder in ein heißes

Bad. Wunschträume. In dem alten Bauernhaus gab es zwar eine Badewanne, die stand in der Waschküche, wo sonst. Und der Badeofen musste mit Holz befeuert werden. Vier oder fünf Stunden vorher, damit es auch wirklich heißes Wasser gab.

Sie steuerte den Golf durch die Scheunentore, stellte den Motor ab und überlegte, wie sie aus dem Auto herauskommen solle. Am besten würde sie sich einfach auf den Vordersitzen zusammenrollen und schlafen.

Es wurde dunkel. Irgendjemand schloss die Scheunentore. Tamar schüttelte sich den Kopf noch einmal wach und stieg aus. Die Stalllaterne ging an. Jemand mit einem Kopftuch und einem Malerkittel lächelte sie an. Hannah. Irgendwie sah sie durchweicht aus. Wie eine verzauberte Putzfrau aus einem römisch-irischen Dampfbad.

»Ich hab dieses verdammte Bad in Gang gebracht«, sagte sie. »Wir haben genug heißes Wasser, um eine ganze Akademie von Polizistinnen damit sauber zu kriegen.«

Im Herd garte ein Rehkeule; Krauser hatte sie vom Jagdpächter des Reviers am Hochsträss bekommen. Am Nachmittag hatte er selbst gemachte Spätzle vorbereitet, so, wie es ihm noch seine Mutter beigebracht hatte. Es war als Abwechslung zur Pasta gedacht, Preiselbeeren würde es dazu geben und Blattsalate und einen Großbottwarer Trollinger, den er von einer weitläufigen Cousine hatte.

Claudia saß an seinem Arbeitstisch ihm gegenüber. Mit den Kopfhörern sah sie aus wie eine richtige Dolmetscherin, ernsthaft und konzentriert. Sie hörte ab, übersetzte und diktierte in einem Zug, dass er auf seinem Laptop kaum nachkam. Die Tippfehler würde er während der Dienstzeit überarbeiten.

»Der nächste Anrufer ist eine Frau, eine Deutsche, zweimal Pescadora, einmal mit Artischocken, sie will es um 20.30 Uhr abholen und redet wie die Leute aus dem Ruhrgebiet, hast Du das? Jetzt ist es wieder eine italienische Stimme, ach ja, es ist seine Mutter, er sagt, ich küsse dich, Mutter, und sie sagt, ich küsse dich auch, und denk nur, deine Tante Sophia ist im

Krankenhaus in Bari, hast du das, es ist eine Geschichte mit dem Unterleib, du brauchst es nicht so genau zu wissen ...«

»Doch«, wandte Krauser ein, »ich muss das alles aufschreiben.«

»Ach«, antwortete Claudia, »das hab doch nicht ich gesagt. Die Mutter sagt es. Der Sohn muss es nicht so genau wissen.«

Es sei ein Birnbaum gewesen, erklärte der alte Mann. Er sprach langsam und stand noch unter den Nachwirkungen der Narkose. »Ein Oberösterreicher. Mostbirnen sagt man bei uns dazu. Weißt, es gibt ein ganz ein rares Aroma. Wir mischet ihn.« Er hatte das rot gegerbte, listige Gesicht der Bauern aus dem Oberschwäbischen, und seine siebzig Jahre dazu auf dem krumm geschafften Buckel. Mit dem Schaffen war es jetzt für eine Weile vorbei, die rechte Schulter samt dem Oberarm steckte in Verbänden und Schienen, mit denen ein offenbar ziemlich komplizierter Bruch gerichtet werden musste.

Genau besehen war nicht der Oberösterreicher schuld, sondern »dui Hurenleiter«. Deren Sprossen waren genau in dem Augenblick gebrochen, als Eugen Vochezer ganz oben angelangt war, um den hochstämmigen Baum zu beschneiden. »Gut 30 Jahr' alt ist er, aber er traget no alleweil. Du musst ihn nur sauber ausschneiden.«

Er duzte Berndorf ganz selbstverständlich. Als Vochezer vor drei Jahren im Erholungsheim des Bauernverbandes gewesen war, wäre er schließlich auch nicht auf den Gedanken gekommen, zu seinem Zimmergenossen »Sie« zu sagen. Man hatte ihn am Vormittag ins Krankenhaus gebracht und später, nach der Operation, in Berndorfs Zimmer verlegt. Der Polizist, der dort Wache geschoben hatte, war zuvor auf Berndorfs kategorische Anweisung hin wieder abgezogen worden. Um den alten Vochezer kümmerte sich sein Sohn Wilhelm und seine Schwiegertochter, eine hübsche dunkelhaarige Frau, die auf Berndorf aber bedrückt und verschüchtert wirkte, als ob sie sich Vorwürfe machen müsse. Vochezers Sohn sah aus, als ob er selbst kein Landwirt mehr sei. Er hatte etwas von der trachtengewandeten Verbindlichkeit eines Menschen, der es zum Filialleiter der Raiffeisenbank gebracht hat.

Jetzt ist aber Schluss, dachte Berndorf. Was weißt du schon von den Leuten auf dem Land! Eine Krankenschwester mit blauen Porzellanaugen hatte ihm irgendwelche grünlichen Beruhigungstabletten gegeben. Langsam begannen sie zu wirken.

Die Rehkeule war fast gar. Gleich würden sie zum angenehmeren Teil des Abends übergehen, einem Abend mit – wer weiß? – open end, dachte Krauser und spürte ein angenehmes Kribbeln.

»Es sind nur noch zwei Anrufe drauf«, rief Claudia. Krauser eilte wieder an den Laptop.

»Bist du so weit? 22.35 Uhr: Eine weibliche Stimme fragt auf Deutsch: ›Kann ich noch etwas bestellen?‹ Der Teilnehmer zwo: ›Aber ja, Signora.‹ Teilnehmerin eins: ›Dann bitte zweimal Quattro Stagione. Aber mit kräftig Knoblauch.‹ Hast du das?«

»Ja«, sagte Krauser und las vor: »Aber mit kräftig Knoblauch. Hast du das?«

»Aber nein«, rief Claudia. »Nur mit kräftig Knoblauch! Letzter Anruf ist um 23.12 Uhr. Männliche Stimme, Italiener, südlicher Akzent.

Teilnehmer eins: ›Grüß dich‹.

Teilnehmer zwo: ›Ich grüße dich auch.‹

Eins: ›Das Wetter ist noch immer nicht gut bei euch?‹ Mach ein Fragezeichen dazu. Es ist eine Frage.

Zwo: ›Mhm...‹«

Krauser hielt inne. »Ja?«

»Nichts«, sagte Claudia und hielt das Band an. »Er sagt: ›Mmh‹. Nichts weiter.« Dann ließ sie das Band wieder weiterlaufen. »Eins sagt jetzt: – schreibst du mit? – ›Toto findet, es riecht nicht gut. Gar nicht gut...‹«

»Um Gottes willen!«, schrie Krauser auf. »Die Rehkeule...«

Es war heiß. Heiß und trocken. Von der weißen Decke platzte die Farbe ab, Deckenfetzen segelten in weiten Bögen auf ihn herab wie Drachen im Herbst, aber es waren gar keine Drachen. Es waren Moskitos. Die Decke war keine Decke. Die Decke war der Himmel. Ein Himmel, kaum zu ahnen über dem hohen Felsgestein. Berndorf hatte Angst. Er war wieder der kleine Junge, über den sich die Felsen neigen und zusammenstürzen und ihn begraben würden. Er war lebendig begraben in einem Sarg aus Stein, nein, in einem Sarg aus Stahl und Blech, und das Felsgestein drückte den Sarg ein, scharfrandig klappte die Decke, stieß auf ihn nieder, er versuchte zu schreien, aber er brachte keinen Ton heraus.

Vom Fenster her kam graues Zwielicht. Es war noch früh am Morgen. Berndorf erinnerte sich. Er war 58 Jahre alt, und er lag im Krankenhaus.

Sonntag, 18. April

In den Jahren, als es in den Straßenbahnen noch überall die reservierten Sitzplätze für die Kriegsbeschädigten gegeben hatte, unterrichtete an Berndorfs Gymnasium ein einbeiniger Studienrat. Er lief auf zwei Krücken, das heißt, er lief nicht eigentlich, sondern schwang sich mithilfe dieser Krücken und des verbliebenen Beines hurtig die Korridore und zwischen den Bankreihen entlang, das sorgfältig gebügelte leere Hosenbein hochgefaltet und mithilfe einer Sicherheitsnadel unterhalb der Hüfte befestigt. Er unterrichtete Deutsch und Erdkunde, und gefürchtet war er nicht zuletzt deshalb, weil er aus dem Stand heraus mit einer der Krücken zuschlagen konnte, wie denn der ganze Mann überhaupt etwas von einer artistisch anmutenden Geschicklichkeit an sich hatte, so, als fehle ihm das Bein nur der sportlichen Herausforderung wegen.

Als Berndorf diese Erinnerung kam, versuchte er gerade, erstmals ohne Hilfe eines Rollstuhls auf die Toilette zu gelangen. Den linken Fuß angezogen, hing er wie ein nasser Mehlsack an den Krücken, mühsam um sein Gleichgewicht kämpfend. Eine Krankengymnastin hatte ihm erklärt, wie er gehen müsse; der verletzte Fuß sollte mit den Krücken schwingen, so hatte sie gesagt, aber mit zwei gesunden Füßen sagt sich das leicht. Schließlich schaffte er es, und als Barbara eine Stunde später kam, konnte er bereits recht gewandt mit ihr in die Cafeteria hinken. Das Bein legte er auf einen freien Stuhl. In zwei oder drei Tagen würde er das Krankenhaus verlassen können.

»Ich hol dich ab und bring dich nach Berlin«, sagte Barbara spontan. »Dann kannst du das ganze Ulm hinter dir lassen. Das braucht dein Kopf so notwendig wie dein Bein seine Schiene.«

Berndorf sah sie an. »Du weißt, dass ich das nicht will. Ich käme mir lästig vor. Und du hast genug am Hals.«

Barbara schwieg. Ich hätte es mir denken können. Um Gottes Willen nicht abhängig sein. Schade.

»Schade«, wiederholte sie laut. »Aber du musst selbst wissen, was für dich richtig ist. Ich fliege dann heute Abend zurück.«

Der Arzt hatte die Wunde gesäubert und versorgt. Es war ein Streifschuss gewesen, aber die Kugel hatte doch einiges von dem Muskelgewebe des Oberarms aufgerissen. Der Patient, groß gewachsen und stämmig, hatte während der Behandlung keinen Mucks gemacht. Ein merkwürdiger Bursche, und ein merkwürdiger Jagdunfall. Der Arzt betrieb eine kleine Allgemeinpraxis im vierten Stock eines Miethauses in einem Augsburger Vorort, man hätte meinen können, Wunden zu versorgen sei nun wirklich nicht sein Geschäft. Aber da er sein Medizinstudium bei der Bundeswehr absolviert hatte und bis zu einer unangenehmen Geschichte mit der Tochter eines Kameraden Feldarzt gewesen war, musste er sich wohl oder übel darauf verstehen. Das heißt, so übel verstand er sich gar nicht dabei. Er liquidierte privat, und bei seinen besonderen Patienten – wie eben dem Kerl, der ihn an diesem Sonntagvormittag herausgeklingelt hatte – brutto für netto.

»Den Verband lassen Sie sich in drei Tagen erneuern«, sagte er, »wenn es Komplikationen gibt, kommen Sie früher. Halten Sie den Arm ruhig, aber versuchen Sie, ob Sie sich selber anziehen können.« Der Patient stand auf und nickte. Der Arzt ging an das Handwaschbecken und säuberte sich die Hände. »Ich will ja gar nicht wissen, was da passiert ist«, fuhr er in vertraulichem Ton fort und schrubbte seine Fingernägel, »aber das Kaliber würde mich schon interessieren. Irgendwie sieht mir die Wunde nicht nach einer Jagdwaffe aus. Was jagt man denn überhaupt um diese Zeit?«

»Es war kein Jagdunfall«, sagte der Mann. »Es war meine Freundin. Sie ist mir auf eine Geschichte gekommen, mit einer anderen. Dumme Sache, es war auch nichts weiter. Aber sie ist ausgerastet und hat sich meinen Revolver gegriffen. Deswegen muss man keine Polizei holen, finde ich.«

Na ja, dachte der Arzt. Ich frag mal lieber nicht, ob du einen Waffenschein hast. »Eine Frauengeschichte also, keine Jagdgeschichte«, sagte er. »Kein großer Unterschied.«

Der Bursche guckte fragend.

»Bei beiden trifft's ab und an den Falschen. Und bei beiden fällt meistens für irgendjemanden ein Gehörn ab.« Der Arzt grinste säuerlich. Der Bursche hatte ihn schon wieder angelogen.

Du hast eine nette Frau, hatte Vochezer gemeint. Das war, für die Verhältnisse eines oberschwäbischen Bauern, eine listige Gesprächseröffnung. Sohn und Schwiegertochter waren da gewesen, mit Kaffee in der Thermoskanne und selbst gebackenem Käsekuchen, der Sohn hatte sich als Geschäftsführer des Landmaschinenrings herausgestellt, und die Schwiegertochter war wieder mit dem Gesicht dagesessen, als sei sie an allem schuld. Inzwischen waren sie allein, und Eugen Vochezer erwartete, dass ihm nun das Nötige über Berndorfs Stand, Herkommen und Familienverhältnisse mitgeteilt würde.

Sie ist nicht meine Frau, sagte Berndorf. Aber was war sie dann? Dass sie seine Lebensgefährtin sei, konnte er an einen

70-jährigen Bauern nun wirklich nicht hinreden. »Sie ist meine Freundin«, sagte er. »Es ist wegen des Berufs, dass wir nicht geheiratet haben. Sie hat ihren, und ich hab den meinen.« Vochezer dachte nach. Dann fiel ihm die Geschichte vom Pfarrer aus dem Nachbarort und der jungen Frau vom katholischen Kreisbildungswerk ein. Bei denen war es auch der Beruf gewesen, dass sie nie hatten heiraten können.

Das alles sei aber eine halbe Sache, sagte er nach einer Weile. Er müsse es wissen, denn seit seine Frau tot sei, habe er keine rechte Freude mehr am Leben. Sie sei vor drei Jahren gestorben. Am Krebs. »Dabei hat sie sich so auf Enkele gefreut.«

Aber das war wohl nichts, dachte Berndorf. Vielleicht sah die Schwiegertochter deshalb so bekümmert aus.

Tamar bog auf den Zubringer ein, der zur Autobahn A7 führte, und beschleunigte. Hannah saß neben ihr, die Hände im Schoß. Manchmal lief ein Zucken über ihren Mund, als ob sie etwas sagen oder zornig widersprechen wolle.

Hannah hatte ihren Vater in Mariazell besucht, und Tamar hatte darauf bestanden, sie hinzufahren. Vielleicht war es ein Fehler gewesen, überlegte sie. Es ist Hannahs Biographie.

»Ich bin froh, dass du mich gefahren hast«, sagte Hannah in das Schweigen. »Ich würd' jetzt nicht allein sein wollen.«

Tamar atmete tief durch. »Magst du erzählen?«

Dann brach es aus Hannah heraus. Das Verfahren gegen ihren Vater schleppte sich hin; die Justiz hatte wenig Lust, eine Hauptverhandlung vorzubereiten, in der unvermeidlich ein eigenes Fehlurteil zur Sprache kommen müsste. Ohnehin hatte man Wolfgang Thalmann sicher hinter Gittern, zweimal lebenslange Freiheitsstrafe hatte er ja schon.

»Er wird erst entlassen werden, wenn er ein Greis ist. Oder todkrank. Also wird er auch nie mehr lernen, für etwas einzustehen. Für das, was er meiner Mutter angetan hat. Und den anderen, die er umgebracht hat.«

»Und für das, was er dir angetan hat«, warf Tamar ein.

»Davon reden wir jetzt nicht«, antwortete Hannah streng.

»Er hockt da, in dem grauenvollen Sprechzimmer, mit einem Gesichtsausdruck, als ob er mir sagen wolle, da schau nur, was sie mir antun.« Sie unterbrach sich. »Erklär mir mal, warum es eigentlich in diesen Sprechzimmern so bestialisch nach kaltem Zigarettenrauch stinken muss.«

»Unsere Gesellschaft sperrt fast ausschließlich Leute aus der Unterschicht ein«, sagte Tamar und ordnete sich auf die Auffahrtspur zur Autobahn ein. »Die Unterschicht raucht.«

Der Mann in dem Versace-Anzug beugte sich über den Tresen der Rezeption. Er hatte schwarzes Haar und einen olivfarbenen Teint. In seinem Mundwinkel steckte eine dünne Zigarre, aus der ein feiner Rauchfaden aufstieg. »Varsalone«, sagte er, ohne die Zigarre aus dem Mund zu nehmen.

»Sehr wohl«, sagte der Portier und suchte in seinem Computer nach der Voranmeldung. Reserviert war für Varsalone, Mario aus Bari, Italien.

Der Portier reichte ihm den Anmeldezettel und den Zimmerschlüssel. Dann winkte er einem Pagen. Doch Varsalone winkte ab. Seine beiden Vuitton-Koffer trug er selbst.

Montag, 19. April

Kuttler stieß die Tür des Bauwagens auf. Drei Arbeiter saßen um einen Tisch beim zweiten Frühstück. Einer von ihnen musste in der nahe gelegenen Metzgerei gewesen sein und warmen Leberkäs geholt haben. Dazu tranken sie Bier.

»Guten Appetit auch allerseits«, sagte Kuttler. »Wer wär' denn hier der Polier?« Ein magerer langer Mann sah zu ihm hoch.

»Kriminalpolizei«, sagte Kuttler und zeigte seinen Ausweis. »Ich komme wegen dem Lastwagen, der bei Ihnen weggekommen ist.«

Da seien aber schon Kollegen von ihm dagewesen, wandte der Polier ein.

»Schon recht. Aber es haben sich neue Gesichtspunkte ergeben.« Die Männer beim Bier nickten beeindruckt.

Kuttler registrierte es befriedigt. Er hatte immer die Angst, dass alles, was er sagte, blöd herauskam. Jedenfalls gab ihm Englin das Gefühl. Oder Englins Augenlid, was auf dasselbe hinauslief. Kuttler hatte Englin schließlich vorgeschlagen, er könne doch die Kollegin Wegenast unterstützen, nachdem Berndorf ausgefallen war. Das heißt, genau das hatte er eben nicht vorgeschlagen. Das wäre abgelehnt worden.

»Herr Kriminalrat«, hatte er gesagt, »im Dezernat eins heißt es, sie bräuchten Unterstützung. Ich versteh das gar nicht, die Kollegin Wegenast tritt doch immer so auf, als ob ihr keiner das Wasser reichen könnte.« Das Augenlid hatte sofort zu zucken begonnen. »Also deshalb wäre mir das gar nicht recht, wenn ich dort aushelfen müsste.« Drei Stunden später war Kuttler ins Dezernat eins abgeordnet.

»Ja dann«, meinte der Polier. Was der Herr Kommissar denn wissen wolle?

»In den Bauwagen hier ist nicht eingebrochen worden? Vielleicht, dass der Täter die Fahrzeugschlüssel gesucht hat.«

»Die hab ich bei mir gehabt«, antwortete der Polier. »Der Lump hat den Karren kurzgeschlossen.«

Kuttler sah sich um. An der fensterlosen Wand des Bauwagens war ein Regal befestigt mit einer Schreibplatte. Auf der Schreibplatte lagen Pläne und ein Arbeitsbuch. In dem Regal waren Fächer mit Formularen und Notizblöcken. Und mit braunen Briefumschlägen. Kuttler deutete auf die Umschläge. »Könnten Sie mir zwei oder drei davon geben? Ich brauch's für die Beweissicherung.«

Der Polier sagte, er solle sich ruhig bedienen. Die Umschläge waren am oberen Rand leicht abgeblasst. »Sagen Sie – hat in letzter Zeit jemand um einen dieser Umschläge gebeten, so wie ich gerade? Oder einfach einen genommen?«

»Nein«, sagte der Polier. »Das heißt, gebeten hat mich keiner.

Und wenn da einer einen Umschlag einsteckt, fällt das keinem auf, die Dinger kosten vielleicht anderthalb Pfennig das Stück, der Herr Gföllner wird es noch verkraften.«

Kuttler verließ den Bauwagen. Die drei Umschläge hatte er eingesteckt. Vorsichtshalber schielte er auf seinen Nasenflügel. Von dem Pickel war fast nichts mehr zu sehen. Auch das hatte er sauber hingekriegt. Als er zu seinem Wagen ging, warf er noch einen Blick auf die Baustelle. In einer Ecke hockten und standen vier oder fünf Männer um ein kleines Feuer und frühstückten. Die Männer hatten struppige Schnauzbärte und trugen eine abgerissene Arbeitskluft.

Polen? Ukrainer?, überlegte Kuttler. Jedenfalls keine Kollegen, die Gföllners Polier zum Vesper in den Bauwagen lässt.

»Na denn«, sagte Leissle und zog sich die Pudelmütze mit den Sehschlitzen über den Kopf. Die Mütze hatten sie aus der Asservatenkammer geholt. »Wie schau ich aus?«

»Furchterregend«, antwortete Tamar. »Direkt wie der Bös-Schlumpf auf Bankraub.« Leissle, genannt Orrie, war 1,65 Meter groß. Auf Absätzen. Niemand wusste genau, wie er es geschafft hatte, in den Polizeidienst zu kommen.

»Wenn du wüsstest, wie groß ich woanders bin«, sagte Orrie, kletterte in den Truck und schlug die Fahrertür zu. Plötzlich war er Tamars Blicken entzogen. »So geht das nicht«, hörte sie ihn. »Habt ihr mir ein Kissen? Moment, den Sitz kann man verstellen.« Es dauerte, dann tauchte Orries schwarz bemützte obere Kopfhälfte im Seitenfenster auf.

»Schöne Sicht von hier oben«, sagte er. Tamar drehte sich zu Rübsam um. Der Pfarrer saß im Daimler seines Kirchenvorstehers. Der Wagen war ungefähr an der Stelle abgestellt, von der aus er den Unfall beobachtet hatte. Rübsam schüttelte den Kopf: »Der Fahrer war entschieden größer.«

Orrie kletterte beleidigt aus dem Führerhaus. Mit nichts konnte man ihn so beleidigen wie mit der Behauptung, er sei für irgendetwas zu klein. Er zog die Mütze herunter und gab sie Heilbronner. Der hatte gute Mittelgröße. Als Heilbronner im Fahrerhaus saß und den Sitz wieder auf etwas unter Normal heruntergekurbelt hatte, zögerte Rübsam. »Es kann die besondere Situation gewesen sein«, sagte er zu Tamar. »Verstehen Sie, vielleicht kam er mir größer vor, weil ich ihn als so bedrohlich empfunden habe.«

»Wir machen noch einen Versuch«, meinte Tamar. Polaczek, Basketball-Center der Polizeiauswahl, schlängelte sich groß und dünn das Fahrerhaus hinauf.

»Das ist es«, sagte Rübsam. »Dieser Kollege von Ihnen hat ziemlich genau die Größe. Nur nicht in den Schultern. Der Fahrer war irgendwie massiver. Athletischer.« Rübsam duckte seinen Akademikerkopf zwischen schmächtige Schultern, ein sehr vergeblicher Versuch, dachte Tamar, sich das Aussehen eines Rugby-Spielers zu geben.

Auf dem Krankenhausflur kam ihr Berndorf entgegengehumpelt; Tamar sah es erleichtert und gerührt. Erleichtert, weil sie befürchtet hatte, sie würde ihn beim Essen stören. Warum sie gerührt war, hätte sie allerdings nicht sagen können.

Berndorf lächelte schief.

»Auf lange Krücken schief herabgebückt
und schwatzend kriechen auf dem Feld zwei Lahme.
Zitat Ende. Der Dichter ist ein Alfred Lichtenstein. Hier kriecht allerdings nur einer.«

Tamar lächelte. »Sie gefallen mir schon sehr viel besser.« Sie stellten sich an ein Fenster, und Tamar berichtete, was der Ortstermin gebracht hatte.

»Aber das ist noch nicht alles. In der Fahrerkabine war Blut, ziemlich viel. Sie haben ihm ordentlich eine verpasst. Blutgruppe 0 übrigens. Wissen Sie, wer die auch hat?«

Berndorf schüttelte den Kopf.

»Stefan Rodek hat Blutgruppe 0, sagt die Bundeswehr.«

»Blutgruppe 0 haben viele. Wenn es aber wirklich Rodek war und wirklich ein Racheakt von ihm, dann sind auch Sie in Gefahr. Wir waren es beide, die ihn in den Knast gebracht haben.«

»Mag sein«, antwortete Tamar. »Aber fürs Erste hat er genug.«

»Das kann sich ändern.«

»Sollen wir nach ihm fahnden? Angeblich hält er sich in Stuttgart auf. Und irgendwo muss er sich verarzten lassen.«

Berndorf schaute sie nachdenklich an. »Keine Fahndung. Jetzt noch nicht. Vielleicht können wir die Stuttgarter Kollegen bitten, dass sie unauffällig nach ihm schauen. Wenn er dort irgendwo auftaucht und ihm auch nichts fehlt, hat sich die Sache sowieso erledigt.«

»Verstehe ich recht – Sie wollen, dass das vertraulich läuft?«

»Ja«, sagte Berndorf. »Im Neuen Bau muss das sonst niemand wissen.« Er kniff zweimal das linke Auge zu.

Tamar schüttelte den Kopf. »So nicht. Sie werden nie Kriminalrat.«

»Wir suchen also einen Mann, der mindestens 1,85 Meter groß und athletisch ist und der eine Schusswunde hat«, berichtete Tamar. Sie war vom Krankenhaus in den Neuen Bau zurückgefahren, wo sie in ihrem Büro den Kollegen Kuttler antraf. Englin hatte ihn ihr als Unterstützung zugeteilt. Oder vielleicht eher doch als Aufpasser. Es war ihr egal. »Außerdem hat der Mann die Neigung, die Briefumschläge der Firma Gföllner zu hinterlassen, als wären es Visitenkarten.«

»Vorausgesetzt«, wandte Kuttler ein, »er ist wirklich derselbe, der auch den Skinhead abgemurkst hat. Im Übrigen« – er griff in seine Jackentasche – »war ich heute Morgen auf der Baustelle, wo der Lastwagen geklaut worden ist.«

Er holte die drei Briefumschläge heraus und legte sie aufgefächert auf Tamars Schreibtisch.

»Ich hab sie mir von dem Polier geben lassen. Es war überhaupt nichts dabei. Wahrscheinlich kann man sie sich auf jeder Baustelle der Firma besorgen.«

Tamar betrachtete ihn missvergnügt. Seinen Pickel hatte er sich selbst ausgedrückt. Und die Briefumschläge bedeuteten also nichts. Irgendwie weigerte sie sich, das einzusehen.

»Ich hab noch was, worüber ich mit Ihnen reden wollte«, fuhr Kuttler fort. »Die Telefonüberwachung wegen dieses Mafioso – oder ist Mafiosi der richtige Genitiv? – läuft noch immer weiter, und da haben wir wieder so ein merkwürdiges Protokoll bekommen. Und wieder ist es ein Telefonat mit dieser Pizzeria in der Schäfflergasse.« Er zeigte ihr die Abschrift. Einer der Sätze war rot angestrichen.

Tamar las: »*Das Wetter ist noch immer nicht gut bei euch. Mach ein Fragezeichen dazu. Es ist eine Frage.*«

»Das ist doch ein Code«, sagte Kuttler. »Eine chiffrierte Botschaft, finden Sie nicht auch? Bitte sagen Sie mir, dass es eine ist. Sonst kriegt Englin wieder diesen Blick. Dabei kann ich gar nichts dafür, ich versteh doch gar kein Italienisch.«

Tamar schaute ihn nachdenklich an. »Sagen Sie – hat das vielleicht auch der Kollege Krauser übersetzt?«

Kuttler blätterte das Protokoll durch, bis er die Unterschrift fand.

»Stimmt. Woher wussten Sie?«

Tamar lächelte knapp. »Ich hab es mir ausgerechnet.«

Den Nachmittag hatte Berndorf in der Cafeteria verbracht, das geschiente und mit einer Metallplatte zusammengeschraubte linke Bein auf einem Stuhl abgelegt, was sich freilich nur eine begrenzte Zeit aushalten ließ. Dazwischen hatte er Humpelversuche auf seinen Krücken unternommen, um sich dann, wenn das Sitzen wieder erträglich schien, an sein Tischchen zurückzubegeben und Lichtenberg zu lesen.

Oben im Zimmer empfing Vochezer. Den Auftakt hatte der Ortsvorsteher gemacht, danach war rotgesichtig der Vorstand der Feuerwehr erschienen, in Begleitung des Kommandanten, der zu diesem Behuf seine Uniform angelegt hatte.

Vochezer war aus Gauggenried, und dort wusste man noch, was sich gehört. Auf der Landkarte der Kriminalstatistik war der Ort in den fünfziger Jahren noch mit einer überdurchschnittlichen Häufung von Kindstötungen verzeichnet gewesen. Seitdem auch die jungen katholischen Frauen die Pille nahmen, war es damit vorbei. Manchmal kam es noch vor, dass ein Bauer seine Frau erschlug oder sich erhängte. Manche taten auch beides, erst das eine und dann das andere. Die Frauen wiederum benutzten kein Rattengift mehr, wenn sie ihren Alten loswerden wollten. Das Nötige fand sich meist in der Hausapotheke.

Berndorf verwies sich seine Unterstellungen und wandte sich wieder Lichtenberg zu. Sein Auge blieb an einer der Notizen aus den »Vermischten Schriften« hängen:

Die Augen eines Frauenzimmers sind bei mir ein so wesentliches Stück, ich sehe oft darnach, denke mir so vielerlei dabei, dass, wenn ich nur ein bloßer Kopf wäre, die Mädchen meinetwegen nichts als Augen sein könnten.

Er legte den Band auf den Tisch und schloss die Augen. Ein ovales, blasses Gesicht, das Gebrüll der Megaphone und das Scheppern der Polizeilautsprecher, vorrückende Bereitschaftspolizisten, Tränengas-Schwaden ziehen über den Platz vor der Alten Universität, ein Polizist will zuschlagen und ein anderer reißt ihm den Arm zurück, ein Blick aus funkelnden grünen Augen ... *Und er erkannte sie.* Das erste Lächeln, der erste Blick. Das Lächeln kann täuschen. Die Augen tun es nicht. Vielleicht ist das ein Relikt aus den ganz frühen Zeiten. Man musste an den Augen erkennen, ob das Gegenüber einen fressen wird oder vor einem davonlaufen. Aber haben wir es nicht gerade von der Liebe? Vielleicht geht es auch in der Liebe nur ums Dableiben oder Davonlaufen.

Eine Stimme schreckte ihn hoch. Jemand fragte ihn, ob der dritte Stuhl an seinem Tisch noch frei sei. Berndorf schaute auf und sah in die dunklen Kummeraugen der Vochezer-Schwiegertochter. Berndorf machte eine einladende Handbewegung und sie setzte sich artig, eine Tasse Kaffee in der Hand haltend. »Bei meinem Schwiegervater ist grad der Herr Pfarrer mit dem Vorstand vom Kirchenchor«, erklärte sie. Das ist nun allerdings Grund genug, das Weite zu suchen, dachte Berndorf. Zum ersten Mal sah er sich die junge Frau genauer an. Sie konnte nicht viel über dreißig sein, und sie hatte ein hübsches Gesicht mit runden Wangen. Oder vielmehr, sie hätte ein hübsches Gesicht gehabt, wenn sich um den Mund nicht ein Zug von Bitterkeit, Resignation eingegraben hätte. »Ihr Herr Schwiegervater ist eine Respektsperson«, stellte er fest.

»Wenn eines krank ist, dann besucht man es. Die Leute auf dem Land kennen es nicht anders«, sagte sie ausweichend. »Für die Zugezogenen im neuen Wohngebiet gilt das schon nicht mehr.«

Sie war keine Bäuerin, dachte Berndorf, und auch keine Bauerntochter. Sie sprach mit einer kaum wahrnehmbaren Dialektfärbung, die aber nicht nach Oberschwaben klang.

»Sie kommen aus Ulm?« Sie sah erschrocken hoch. »Nein«, sagte sie abwehrend, »das heißt, vor meiner Heirat hab ich in Ulm gearbeitet.« Sie trank ihren Kaffee in hastigen Schlucken aus und stand auf und verabschiedete sich.

Die Straße führte zu Wiesen und bewaldeten Hügeln hinab. In der Ferne lag blaugrau der Bodensee. Vor einer Baustelle schaltete Judith Norden herunter und bremste den Alfa Romeo Spider mit dem Motor ab. Auf der Baustelle arbeitete niemand. Judith beschleunigte wieder. Der Alfa röhrte auf. Der Mann neben ihr lehnte sich im Beifahrersitz zurück. Um seine Beine unterzubringen, hatte er den Sitz so weit zurückgeschoben, wie es ging. Sie wusste schon, dass er nicht viel redete. Es würden einsilbige Tage werden.

Tage, in denen sie mit four letter words auskommen würde.

»Deine Karre läuft nicht rund«, sagte der Mann plötzlich. »Itaker-Schrott. Es würd' mich wundern, wenn du damit wieder nach Ulm kommst.«

Du weißt nicht, was ein gutes Auto ist, dachte Judith. Sie kamen an einer weiträumigen Anlage mit Wohn- und Wirtschaftsgebäuden vorbei. »Behinderte queren« stand auf einem Warnschild. Judith nahm den Fuß vom Gaspedal.

»Was'n das?«, fragte der Mann belustigt. »Tun sie's auf allen vieren?«

»Wenn du über eine Straße gehst, querst du sie auch.«

»Quatsch. Wenn ich über eine Straße gehe, gehe ich über eine Straße.«

Judith zuckte die Achseln. Sie passierten das Ortsende und sie beschleunigte.

»Warum bringt eigentlich Jörg seinen kleinen Deppen nicht hierher?«, fragte der Mann.

»Frag ihn selber.« Judith schaltete hoch. »Außerdem kenn ich das Kind nicht. Aber ein kleiner Depp ist es nicht. Es ist ein Kind mit Downsyndrom, die Leute wissen gar nicht, wie einfühlsam und nett diese Kinder sind.«

»Hör mir auf mit dieser Sülze«, sagte der Mann. »Woher willst'n das überhaupt wissen?«

»Ich hab mal in einem Team gearbeitet, das ein solches Heim bauen wollte«, antwortete Judith. »Und da hab ich vorher ein Praktikum gemacht. Verstehst du, wir wollten wissen, worauf es ankommt. Was diese Kinder brauchen.«

»Und? Habt ihr's gebaut?«

»Nein«, sagte Judith. »Unser Entwurf hat nicht den Richtlinien entsprochen.«

»Ihr hättet zu teuer gebaut, wie? Das Geld zum Fenster rausgeschmissen?«

Judith schüttelte den Kopf. »Nein, wir waren nicht zu teuer. Wir waren zu billig. Unser Heim hätte zu wenig gekostet. Der Landeswohlfahrtsverband hätte keine Zuschüsse gegeben.«

Es war Schichtende, und Schaffranek schloss die Stahltore der Einfahrt. Dann ließ er die beiden Hunde aus ihrem Zwinger. Ajax und Türk begrüßten ihn kurz, indem sie sich wedelnd an ihn drückten, dann schossen sie los, dem Drahtzaun entlang, auf dem Weg durch ihr angestammtes Revier. Im Industriegebiet war es noch ruhig. Später würde man das Wummern der Disco hören, und das Kreischen der Mädchen.

Plötzlich schlugen die Hunde an. Sie standen vor der Einfahrt und witterten durch das Gittertor zu einem grauen Lieferwagen auf der anderen Straßenseite. Monteure, dachte

Schaffranek, immer waren hier Monteure unterwegs. Meist kamen sie von den Stadtwerken oder von der Telekom.

Am Steuer des Lieferwagens saß Marciano. Neben ihm rauchte Varsalone, scheinbar gedankenverloren, eine seiner Brasil-Zigarren. Hinten im Lieferwagen kauerte Salvatore. Marciano und Salvatore waren ihm aus Mailand geschickt worden, waren aber Männer aus dem Süden. Varsalone arbeitete nur mit Landsleuten. Wenigstens das hat geklappt, dachte er.

»Scheißköter«, sagte Salvatore.

»Die Hunde sind nicht das Problem«, antwortete Varsalone. »Sie sind es nie. Das Problem ist die Disco.«

»Hast du alles gesehen?«, wollte Marciano wissen.

»Ich denke schon«, antwortete Varsalone. »Fahr zu!«

Marie-Luise und Georgie saßen auf dem großen Teppich im Wohnzimmer, mitten zwischen den Bauklötzen und dem Plüsch-Pandabären und der großen Giraffe. Als sein Vater in das Zimmer trat, stand Georgie auf und lief auf ihn zu und hielt sich an seinen Beinen fest.

Marie-Luise bemühte sich, Welf ein Lächeln zu zeigen. »Entschuldige, dass es nicht aufgeräumt ist«, sagte sie. »Ich hatte nicht mit dir gerechnet.«

»Das macht nichts«, sagte Welf und warf ihr einen vorsichtigen Blick zu. Dann ließ er sich neben Georgie auf den Boden nieder. Der Junge kletterte ihm auf die Schultern und raufte ihm mit beiden Händen durch die Haare.

»Hat Judith heute etwas anderes vor?«

Als sie es gesagt hatte, hätte sie sich am liebsten auf die Zunge gebissen. So verdarb sie ja auch Georgie den Abend. Es war ja nicht so, dass der Junge nichts mitbekam. Ganz genau merkte er es, wenn etwas nicht in Ordnung war. Nur war es nicht ihre Schuld, dass nichts mehr stimmte. Sie konnte nicht so tun, als seien sie die glückliche Familie, abends beim Spiel. Welf schien erstarrt. »Ich weiß nicht, was du meinst«, antwortete er schließlich. Es sollte gleichgültig klingen. »Judith macht für ein paar Tage Urlaub am Bodensee. Mit einem Freund.« Er zögerte kurz. »Ich hab Ihnen die Schlüssel für unser Bootshaus gegeben. Es ist besser, wenn es nicht so lange leer steht.«

»Sicher«, antwortete Marie-Luise. »Wie gut, dass du mich bei all diesen Sachen gar nicht erst zu fragen brauchst.«

Welf blickte sie ratlos an. Er begriff nicht, dachte sie, dass er jedem Menschen auf der Welt den Schlüssel geben durfte. Nur nicht dieser Frau.

»Dass ich es nicht vergesse«, sagte sie. »Bei der Post war ein Brief für dich dabei. Es stand ›persönlich‹ darauf. Ich habe ihn dir auf deinen Schreibtisch gelegt.«

Sie stand auf. Das Gespräch war für sie beendet. Als ob er verstanden hätte, krabbelte Georgie von Welf herunter und sammelte Bauklötze ein. Sein Mund stand offen. »Mund zu, Georgie«, sagte sie mechanisch.

Auch Welf stand auf. »Entschuldige mich.« Er ging in die Küche, holte sich ein Bier aus dem Kühlschrank und öffnete es. Er trank einen Schluck aus der Flasche und ging in sein Arbeitszimmer, die Bierflasche in der Hand.

Der Brief, den sie am Morgen in der Post zwischen Rechnungen und einer Einladung des Rotary Clubs zum Frühlingsfest gefunden hatte, sah aus wie ein Geschäftsbrief. Auch deshalb war ihr der Vermerk »Persönlich« im Sichtfenster aufgefallen.

Dienstag, 20. April

In der Dienstbesprechung hatte Tamar ihre bisherigen Ermittlungsergebnisse vorgetragen. Sie hatte es mit fester Stimme getan. Den Namen Rodek erwähnte sie nicht. Dass die Ergebnisse äußerst dürftig waren, musste man ihr nicht auch noch anhören.

Als sie fertig war, blieb Englins Gesicht unbewegt. Tautka räusperte sich. Eines seiner Augen irrte durch den Raum und hielt sich an Tamar fest. »Sie haben also den Fahrer, der den Unfall mit Berndorf hatte, nicht gefunden?«

»Sie meinen den Fahrer, der Berndorf angegriffen hat«, stellte Tamar klar. »Nein, wir haben ihn nicht gefunden.«

»Vielleicht ist das auch besser so«. Häme raschelte in Tautkas Stimme. »So brauchen wir vorerst nicht nachzufragen, warum Kollege Berndorf das Feuer eröffnet hat.«

»Sie wissen genau, warum er das getan hat«, schnappte Tamar. »Es gibt nichts nachzufragen. Höchstens, was Sie betrifft. Warum Sie solche Unterstellungen in die Welt setzen.«

»Ich unterstelle nichts«, gab Tautka zurück. »In der Stadt wird über die Schießerei gesprochen. Und was man zu hören bekommt, ist nicht freundlich für die Polizei.«

»Lassen wir das jetzt«, meinte Englin. Das Augenlid zuckte zweimal, als sei die Anstrengung zu groß gewesen, es ruhig zu halten. Dann kam er auf die Telefonüberwachung zu sprechen. »Die Auswertung der Protokolle hat ergeben, dass bei unseren italienischen Freunden etwas im Gange ist. Es gibt deutliche Hinweise, dass die Mafia irritiert ist. Sie bereitet etwas vor. Die Aktion läuft – Moment – unter dem verschlüsselten Namen ›Fragezeichen‹.«

Blocher, die Hände vor dem Bauch gefaltet, sah hoch. Sein Gesicht verzog sich ungläubig. Aber er sagte nichts.

In der »Walser Post« gab es Wildentenbrust mit Reis und Gemüse, und Kugler unterhielt die Gesellschaft mit den Details über die polizeiliche Einvernahme des Bauunternehmers Gföllner. Im »Tagblatt« hatte bisher nichts davon gestanden.

»Übrigens«, fuhr Kugler fort und wandte sich spitzzüngig an Chefredakteur Dompfaff, der neben ihm im Gedünsteten stocherte, »weiß Ihre Zeitung nicht nur nicht, dass Gföllner einvernommen wurde. Sie weiß auch nicht, dass es wegen des Unfalls war, in den einer der Kommissare aus dem Neuen Bau verwickelt wurde, und schon gar nicht weiß Ihre Zeitung, dass dieser Kommissar dabei zur Schusswaffe gegriffen und das Feuer auf den anderen Fahrer eröffnet hat.«

Dompfaff schwieg. Kaufferle schaute ungläubig auf Kugler. »Das ist ja wohl nicht wahr?«

»Wohl wahr«, erwiderte Kugler und deutete unerbittlich auf Dompfaff. »Wenn Ihre Redakteure zur Abwechslung mal recherchieren wollten, statt die deutsche Sprache zu misshandeln, brächten sogar sie es heraus. Der wackere Schütze ist der Leiter des Dezernats Kapitalverbrechen höchstselbst.«

»Du meinst Berndorf, nicht wahr?«, fragte Welf. »Ich habe ihn kennen gelernt. Mir kam er ganz zurechnungsfähig vor. In Maßen, aber doch so weit ganz klar.«

»Ich hab ihn immer für einen Amokläufer gehalten«, antwortete Kugler. »Und das hat sich jetzt bestätigt. Wenn das Schule macht, sollte man um autofahrende Polizisten einen weiten Bogen machen.«

Er verstehe nicht, sagte Kaufferle, was das alles mit Gföllner zu tun habe.

»Da gibt es wohl eine paar dumme Zufälle«, meinte Kugler. »Der Lastwagen, der an dem Unfall beteiligt war, gehört Gföllner und war gestohlen worden. Deswegen auch hat der Fahrer nach der Schießerei das Weite gesucht.«

»Und es gibt keine Zeugen?«, wollte Welf wissen.

»Ein Pfarrer hat es angeblich gesehen«, antwortete Kugler. »Angeblich bestätigt er Berndorfs Version. Pfarrer haben eben einen Hang zu übersinnlicher Wahrnehmung.«

»Noch mal zu Gföllner«, insistierte Kaufferle. »Wie ernst ist der Ärger, den er hat?«

»Kann ich wirklich nicht beurteilen«, meinte Kugler. »Wenn diese Vorwürfe von Berndorf kommen, dann bin ich überzeugt, dass nichts dran ist. Außerdem muss Gföllner nur in Stuttgart anrufen, und die im Neuen Bau präsentieren das Gewehr. Eigentlich traurig, dass es so ist. Aber so ist es.«

»Weiß ich nicht«, widersprach Kaufferle halblaut. »Es soll dort Leute geben, die scheuen neuerdings den bösen Anschein wie der Teufel das Weihwasser.«

Kugler sah belustigt auf. »Seit Ihrer Rom-Visite verstehen Sie sich auf das Thema, wie?«

Dompfaff wagte sich wieder aus der Deckung. »Nur kein Spott. Unser Banker liegt nicht ganz falsch. Durchaus nicht.«

Welf runzelte die Stirn und warf einen fragenden Blick auf Kaufferle. Der Banker senkte ganz leicht die Augen.

Beim Kaffee kam Dompfaff auf den Kosovo-Krieg zu sprechen und dass er gezeigt habe, wie wenig kampfbereit die NATO wirklich sei. »Zum Glück haben wir das jetzt gesehen. Jetzt können wir daran noch etwas ändern.«

»Dass das ganze Scheibenschießen nichts weiter als ein Testlauf für die Rüstungsindustrie war, weiß sowieso jedes Kind«, warf Welf ein.

»So kann man das natürlich nicht sagen«, antwortete Dompfaff staatstragend. »Selbstverständlich steht der humanitäre Gesichtspunkt im Vordergrund.«

Welf bestellte sich einen Espresso und sah Kaufferle an. Der hatte die Hände gefaltet und starrte geduldig an die Decke. Dompfaff hatte seinen morgigen Zeitungsartikel vorgetragen und verabschiedete sich. Kugler folgte ihm. Wenig später waren Welf und Kaufferle allein.

»Ich sehe Ihre Lage unverändert als schwierig an«, begann Kaufferle. »Als sehr, sehr schwierig. Und wenn ich jetzt, in diesem Augenblick, zum Ergebnis kommen sollte, wir müssen die Kredite kündigen, dann ist das Baugeschäft Haun & Nachfolger heute Nachmittag im Konkurs. Unweigerlich.«

»Und? Kommen Sie zu diesem Ergebnis?« Welf gab sich ungerührt.

»Warten Sie es ab«, sagte Kaufferle und sah ihn wässerig an. »Ich verstehe nicht, wie es zugehen kann«, fuhr er fort. »Aber Sie haben Glück. An dieser merkwürdigen Geschichte mit Gföllner ist vermutlich nichts. Aber darauf kommt es auch gar nicht an. Wichtig ist, dass er Ärger hat. Für uns genügt das. Für die Herren in Stuttgart auch. Da hat niemand Lust, in irgendetwas verwickelt zu werden, womöglich noch mit der Mafia. Da soll es Leute geben, die springen im Viereck, wenn sie etwas Italienisches hören.«

Kaufferle machte eine Pause und betrachtete einen rotbraunen Saucenfleck auf dem Tischtuch vor ihm. »Ich glaube nicht, dass die Stadt die Sporthalle von Gföllner bauen lässt, solange diese Geschichte nicht geklärt ist«, fuhr er fort. »Wir wiederum sind an diesem Projekt sehr interessiert. Wenn Sie den Auftrag bekommen, ist es gut für Sie und gut für uns.«

»Na also«, sagte Welf.

»Da ist noch eine Kleinigkeit«, sagte Kaufferle. »Sorgen Sie dafür, dass das Projekt Ostbahnhof in die Gänge kommt. Ein weiterer Zeitverlust lässt sich nicht finanzieren.«

Es war Abend geworden. Berndorf war noch immer oder schon wieder in der Cafeteria. Morgen würde er entlassen werden und musste von da an zusehen, wie er in seiner Wohnung zurechtkam, in der ersten Zeit vielleicht sogar mithilfe eines Rollstuhls. In einigen Wochen würde man ihm einen Teil des Metalls entfernen, das sein linkes Bein zusammenhielt, Anfang des nächsten Jahres den Rest. Nachdenkliche Tage warteten auf ihn, was bedeutete, dass ihm die Decke auf den Kopf fallen würde. Sobald es mit der Humpelei besser ging, würde er vielleicht doch nach Berlin fliegen.

Nur war damit keines seiner Probleme gelöst. Er wusste weder, wer den Brandanschlag auf den italicnischen Wohncontainer in Auftrag gegeben hatte, noch hatte er eine Vorstellung davon, wer Veihle umgebracht hatte und warum. An den Kerl, der seinen Citroën – und um ein Haar ihn selbst auch – zu Schrott gefahren hatte, wollte er erst gar nicht denken.

Vor allem aber wusste er nicht, wie sein eigenes Leben weitergehen sollte. Zu Bruch gegangen war nicht nur sein Bein. Irgendetwas hatte sich verändert. Was genau es war, blieb im Dunkeln. Als er zu keinem Ergebnis kam, ließ er das Grübeln bleiben und wandte sich wieder Lichtenberg zu.

»Wir wissen von unserer Seele wenig und sind sie selbst. Für wen gehört es denn, sie zu kennen, mehr als uns selbst, oder warum ist noch etwas in ihr da, das wir selbst nicht wissen? Dieser letztere Umstand ist, dünkt mich, ein sicherer Beweis, dass wir noch zu andern uns unbekannten Absichten dienen.

Wäre es die einzige Bestimmung unseres Daseins, uns von unseren Nebensubstanzen kitzeln oder quälen zu lassen, so sehe ich nicht ab, warum wir uns unbekannt bleiben mussten.«

Berndorf lehnte sich zurück. Sein Bein juckte. Wenn wir etwas zu erkennen vermögen, dann vor allem uns selbst. Sagt Montaigne. Dieser da dreht es um. Es ist nicht die Selbsterkenntnis, sondern der blinde Fleck in uns, der über uns hinausweist. Ein Gottesbeweis? Oder die Einsicht, dass Einsicht nur möglich ist unter Berücksichtigung einer prinzipiellen Unschärfe?

Jemand stand neben seinem Tisch. »Ich wollte Sie nicht stören«, sagte Rübsam artig. »Aber der Herr Vochezer sagte mir, dass Sie vermutlich hier seien.«

Berndorf lud ihn ein, Platz zu nehmen. Rübsam setzte sich und warf einen unbefangenen Blick auf den Lichtenberg-Band.

»Er handelt gerade von den letzten Dingen«, sagte Berndorf. »Wenn ich es recht verstanden habe, beweist er Gott aus unserem Nichtwissen über die Seele. Ich fürchte nur, dass Lichtenbergs Gott am Ende wie Sigmund Freud aussieht.«

»Das fände ich aber sehr konventionell«, antwortete Rübsam. »Ich dachte immer, *she is black*.«

In seinem kleinen Büro hatte Blocher die Männer des RD, des Rauschgiftdezernats, um sich versammelt.

»Diese Disco da draußen im Industriegebiet, Sixty-Nine hieß das bis vor ein paar Monaten – die heißt doch jetzt ›Fragezeichen‹, richtig?«

Sein Assistent Delavigne nickte. »Dem neuen Pächter ist kein Name eingefallen. Bisher war der Laden aber einigermaßen sauber.«

Blocher wischte den Einwand mit einer Bewegung seines dicken Kopfes weg. »Von diesen Discos ist keine sauber. Und das ›Fragezeichen‹ schon gar nicht. Ein Vöglein hat es mir gezwitschert.« Mehr mussten seine Männer nicht wissen. »Wir werden es aufmischen. Aber Vorsicht! Es ist ein heißer Job. Das heißt: Schutzwesten für alle.«

Kübler runzelte die Stirn. »Etwas mehr müssten wir schon wissen, Chef.«

Blocher duckte seinen Kopf und stierte ihn an wie eine kampfbereite Bulldogge. »Mafia«, sagte er dann.

Schaffranek hatte seinen Rundgang gemacht und setzte sich nun mit einer Flasche Bier vor den Fernseher. Sein Wohnschlafzimmer lag ebenerdig und hatte ein Fenster, von dem aus er die Einfahrt und einen Teil des Innenhofs überblicken konnte. Die Hunde draußen waren unruhig, seit gestern ging das so, als diese Monteure sich herumgedrückt hatten.

Im Fernsehen kam ein Warenquiz, Schaffranek zappte weiter zu einem Tennismatch zweier Spieler, die er nicht kannte. Schließlich fand er einen Wettbewerb im Baumstammsägen. Zufrieden lehnte er sich zurück und öffnete die Bierflasche.

Draußen blaffte einer der Hunde. Einer der Baumstammsäger rutschte aus und landete mit seinem Hintern im Sägemehl. Schaffranek verzog das Gesicht. Ein Lichtschein strich über das Wohnzimmerfenster.

Schaffranek stellte die Bierflasche weg, stand auf und ging ans Fenster. Ein Lichtkegel tastete sich über den Hof. Plötzlich erfasste der Lichtkegel einen der Hunde. Es war Türk. Schaffranek sah, dass der Hund die Lefzen fletschte und in das Dunkel knurrte. Schaffranek wollte das Fenster öffnen. Aber die Fensterbank stand voll mit Kakteen. Also ging er zur Außentür und schaltete die Hofbeleuchtung an. Als er die Tür öffnete, hörte er ein dumpfes Ploppen.

Erst eines, dann ein zweites.

Er ging auf den Hof hinaus. Vor ihm lag Türk, lang hingestreckt, als ob er schliefe. Von der anderen Hofseite, wo die Baufahrzeuge geparkt waren, schnürte Ajax. Sein Fell war gesträubt. Schaffranek hörte wieder das Ploppen, und im Laufen rutschten Ajax die Vorderpfoten weg. Er jaulte auf, dann knickte auch das Hinterteil ein. »Mörder!«, schrie Schaffranek. »Maul halten, du«, hörte er eine Stimme vom Hofeingang her. Schaffranek blickte hoch und sah zwei Männer. Sie hatten Masken über dem Gesicht, und einer von ihnen hielt ein Ding auf Schaffranek, das hässlich nach einem Gewehr aussah.

»Herkommen, du!«, sagte der Mann.

»Haben Sie das gehört, Chef?«, fragte Kübler. Er saß am Steuer des blauen Zivil-Toyotas. Der Toyota war am Straßenrand abgestellt, der Motor ausgeschaltet. Kübler versuchte, in der nur notdürftig beleuchteten Straße etwas zu erkennen. Aber er sah nur die Markierung, die »rechts vor links« anzeigte. Dann warf er einen Blick auf Blocher, der neben ihm saß. Blocher zeigte keine Reaktion.

»Ich finde, das hat verdammt nach Schüssen aus einer Waffe mit Schalldämpfer geklungen«, setzte Kübler nach. Blocher schüttelte unwillig den Kopf.

Im Funksprechgerät meldete sich Delavigne. »Alles nach Plan. Uniformierte Polizei bezieht Stellung.«

Kübler sah auf die Uhr. Es war 20.54 Uhr. Irgendjemand schrie. Der Schrei brach ab. Kübler blickte noch einmal auf Blocher. Er sitzt da, dachte Kübler, na ja wie ein Ölgötze eben.

Berndorf konnte nicht einschlafen. Das Schlafmittel, das ihm die puppenäugige Schwester angeboten hatte, wollte er nicht nehmen. Er zog seinen Morgenmantel an und humpelte zum Fahrstuhl. Die Nachtschwester wollte ihn aufhalten.

»Ich will oben ein bisschen Luft schnappen«, erklärte er. »Vielleicht kann ich dann einschlafen.« Oben auf der lang gestreckten Dachterrasse konnte man über die Stadt bis hin zum Münster blicken. Im Schein seiner Lichter sah Ulm aufgeräumt aus und mit sich selbst zufrieden.

Der Uhrzeiger rückte auf 21.20 Uhr. Kübler startete. »Okay«, sagte Blocher. Die Scheinwerfer des Toyota flammten auf. Kübler legte den Gang ein und fuhr los. Im Rückspiegel sah er, dass der Wagen des kleinen Hummayer folgte.

Mit quietschenden Reifen bog ein Lieferwagen von rechts ein. Sind die verrückt geworden, dachte Kübler. Die Zeit blieb stehen. Der Kühler des Lieferwagens stand hoch über dem Toyota. Dann lief die Zeit wieder an. Sachte bog sich die Frontseite des Lieferwagens um die Motorhaube des Toyota. Glas splitterte. Blocher flog in den Sicherheitsgurt.

Wieso nimmt der mir die Vorfahrt, dachte Kübler. Ganz klar hat er mir die genommen. Das wird teuer. Verdammt teuer wird das für den. Warum wird es da vorne so hell?

Jemand öffnete die Tür. »Alles okay mit euch?«

»Der Scheißkerl hat mir die Vorfahrt genommen«, sagte Kübler. Er blickte auf den Zweieinhalb-Zentner-Sack neben ihm. Blocher hatte ein Taschentuch in der Hand, mit dem er sich über das Gesicht gefahren war. Das Taschentuch färbte sich dunkel. Rechts vorne, auf der Seite, von der der Lieferwagen gekommen war, breitete sich eine ganze Lichterwand aus, rot und gelb leuchtend.

Aus dem Lieferwagen stieg ein Mann. Ein zweiter folgte, dann ein dritter.

Hummayer holte seinen Dienstausweis aus der Brusttasche und ging auf die Männer zu. »Polizei«, sagte er.

Kübler löste seinen Sicherheitsgurt und wollte aussteigen. Dann ließ er es bleiben. Vor ihm hob Hummayer beide Hände. Einer der Männer aus dem Lieferwagen hielt ihm einen Revolver an den Hals. Ein zweiter hatte ein Gewehr in der Hand. Kübler stellte fest, dass es auf ihn gerichtet war. Neben ihm zog Blocher seine Walther aus dem Schulterhalfter. Kübler schlug ihm die Hand mit der Waffe herunter.

»Der Schlüssel steckt, bitte sehr«, sagte Hummayer und deutete mit dem Kopf auf seinen Wagen, der schräg hinter Küblers Toyota stand.

Die Luft auf der Dachterrasse war frisch und roch nach Regen. Das Münster schwebte hoch und rätselhaft grünstichig über dem Lichterdunst. Fern im Südwesten ahnte Berndorf die sanfte Hügellandschaft Oberschwabens. Davor war ein

Lichtschein, den Berndorf dort noch nie gesehen hatte. Der Lichtschein war rötlich und breitete sich aus zu einer weithin sichtbaren Flammenwand. Unten in der Stadt jaulte ein Martinshorn auf. Ein zweites und drittes folgte, dann setzte ein ganzes Konzert ein.

Von der Terrasse aus verfolgte Berndorf, wie sich die Kette der blauen blinkenden Lichter auf die Ausfallstraße Westen einfädelte, wie sie über die Ludwig-Erhard-Brücke vorrückte und von dort auf den Zubringer zur Autobahn ins Allgäu. Das Jaulen der Martinshörner hörte sich ganz hoch an, so, als ob nur die höheren Frequenzen in die Weite trügen.

Es muss im Industriegebiet sein, dachte Berndorf.

Mittwoch, 21. April

Schweigen hatte sich im Konferenzraum eingenistet und hing über den Köpfen wie ein unheildrohender Himmel.

Einem war er schon auf den Kopf gefallen, dachte Tamar und betrachtete den mächtigen Mullverband, der sich um Blochers Stirne zog. Die andern vermieden beflissen jeden Blickkontakt, Englins Augenlid zuckte in einer Art *valse triste,* ta-ta-taam, Tamar war versucht, den Takt dazu mit ihrem Schreibstift zu klopfen.

»Ja also«, sagte Englin, »ich darf zunächst, auch im Namen aller, unserem Kollegen Blocher für seinen entschlossenen Einsatz danken. Trotz seiner schweren Verletzung besteht er darauf, an der Koordinierung der weiteren Fahndung teilzunehmen. Wir alle dürfen ihm dies hoch anrechnen.«

Ein artiges Beifallsklopfen zog sich rund um den Konferenztisch. Tamar hielt entschlossen ihre Arme gekreuzt.

»Nun ist die gestrige Aktion nur bedingt ein Erfolg gewesen«, wand sich Englin. »Staatssekretär Schlauff hat bereits angerufen, der Ablauf ist ihm, äh, noch nicht ganz nachvollziehbar.«

»Das verstehe wer will«, sagte Blocher. »Die Stuttgarter

wollten doch, dass wir diese Mafiosi finden. Und? Um ein Haar hätten wir sie gehabt. Wenn sie uns nicht die Vorfahrt genommen hätten.«

Englins Augenlid zuckte, unangenehm berührt. »Der Herr Staatssekretär wird sich damit, fürchte ich, nicht zufrieden geben. Man wird diese Erklärung auch schlecht an die Presse geben können.«

»Übrigens haben die nicht euch die Vorfahrt genommen«, warf Markert ein. »Ihr wart es. Da draußen gilt rechts vor links.«

Wenn einer auf dem rechten Auge blind ist, kommt er damit natürlich nicht klar, dachte Tamar.

Nach der Konferenz fuhr Tamar nach Wiesbrunn zu dem Haus, in dem Rodek gewohnt hatte. Nach einigem Suchen fand sie den Trunkenbold, der dort Eigentümer oder Hausmeister war, in einem eingezäunten Garten hinter dem Haus. Es sah so aus, als ob er ein Beet umgraben wolle. Jedenfalls hatte er einen Spaten in der Hand. Weit war er noch nicht gekommen. Dafür waren von den sechs Flaschen in dem am Gartentor abgestellten Biertragl schon drei leer.

»Tag auch«, grüßte Tamar, als sie das Gartentor aufstieß. »Schwerer Boden, was?« Der Hausmeister sah sie misstrauisch an, dann erinnerte er sich an sie.

»Richtig schaffen muss man halt«, antwortete er schließlich und sah Tamar auf den Busen. »Ist was anderes, als Parksünder aufschreiben.«

»Ich hab Sie letzte Woche nach Rodek gefragt«, sagte sie. »Nach Stefan Rodek. Haben Sie seither was von ihm gehört?«

»Gehört nicht, nein«, gab der Hausmeister zurück und starrte ihr auf die Jeans. »Trinken Sie ein Bier mit?« Tamar schüttelte den Kopf.

»Auch recht«, fuhr er fort. »Also gehört hab ich nichts von ihm. Aber geschrieben hat er. Eine Ansichtskarte. Wenn Sie mitkommen, zeige ich sie Ihnen.« Aus irgendeinem unappetitlichen Grund grinste er.

»Nur zu«, meinte Tamar. Sie folgte ihm zum Haus, in eine Wohnung im Erdgeschoss, die nach ungewaschenen Socken roch. Vom Flur aus ging es in ein kleines Büro mit einem von Brandflecken übersäten Schreibtisch und einem Rollschrank. An der Wand hing ein Poster einer Blondine, die sich gerade einen Vibrator zwischen die Schenkel schob.

»Hier ist es schon«, sagte der Mann und zog zwischen Rechnungen und Prospekten eine Ansichtskarte mit dem beleuchteten Straßburger Münster hervor. »Ist gestern gekommen.«

Tamar nahm die Karte und las den Text. »Aus dem schönen Elsaß Urlaubsgrüße an die Kumpel. Arbeitet mal schön. Euer Stefan. PS: Stuttgart ist scheiße.« Tamar sah auf den Poststempel. Die Karte war am Donnerstag aufgegeben worden.

»Die Karte nehme ich mit«, sagte sie dem Hausmeister. »Sie ist Beweismaterial. Wollen Sie eine Quittung?« Der Mann zuckte nur mit den Schultern. Dann wollte sie Rodeks Zimmer sehen. Sie gingen ein Stockwerk hoch, in ein Zimmer, vom dem der Hausmeister behauptete, es sei ein Appartement. Möbliert war es mit einem schmalen Bett, einem Kleiderschrank, einem Raumteiler-Regal und zwei kleinen braunen Cordsesseln, die auf Fernseher und Videorecorder ausgerichtet waren. Hinter einem gemusterten Vorhang befand sich eine Kochnische, eine zweite Tür führte zu Dusche und WC.

Im Kleiderschrank hingen ein Wintermantel, ein dunkler Anzug und eine Motorradkombination. In den Seitenfächern waren, sorgfältig zusammengelegt, mehrere Garnituren olivfarbener Unterwäsche und Boxershorts gestapelt. Die Kochnische wirkte aufgeräumt und weniger verdreckt, als es Tamar in einem Jungmänner-Appartement erwartet hätte. Der Kühlschrank war leer und abgeschaltet. In dem Regal standen nur wenige Bücher, zumeist Bildbände über den Zweiten Weltkrieg und die Vietnam-Kriege, dazwischen Muhammad Alis Memoiren. Auf den unteren Regalbrettern stapelten sich mehrere Stöße einer Boxsport-Illustrierten und eines Hochglanzmagazins, das »Il mercenario« hieß und von Neuheiten auf dem Waffenmarkt handelte.

Das einzige Poster zeigte eine Aufnahme aus der Zeit des Kriegsendes. Vor einer Ruinenlandschaft griff ein Soldat nach einer Frau in einem geblümten Rock. Die Frau versuchte davonzulaufen. Andere Soldaten standen um sie herum und lachten.

Tamar warf noch einen Blick in das winzige Bad. Der Toilettenschrank war leer bis auf ein Päckchen Rasierklingen, ein Mittel zur Desinfektion von Wunden und eine Dose Vaseline. Sie hob leicht die Augenbrauen.

Berndorf schenkte Tee ein, das linke Bein auf dem Schachtisch abgestützt. Kanne, Tassen und Gebäck waren auf einem Teewagen angerichtet. Ein leicht behinderter, aber durchaus auf Formen achtender älterer Herr, dachte Tamar.

Bisher komme er ganz gut zurecht, hatte er berichtet, von ein oder zwei Problemen abgesehen. »Das eine ist die Witwe Fröschle – Barbara hat Rübsam angestiftet, mir eine Haushaltshilfe zu besorgen. Und jetzt sitz ich da. Witwe Fröschle ist in meinem Alter, sehr rüstig und fest entschlossen, meine Wohnung nach ihren Vorstellungen umzugestalten. Glücklicherweise ist sie meinem Whisky nicht abgeneigt. Das trägt zur Entspannung bei, und ich hab einen Abnehmer.«

Na, dachte Tamar, ob die Witwe sich wirklich mit dem Whisky zufrieden gibt? »Sie sprachen von zwei Problemen.«

Berndorf breitete verlegen beide Hände aus. »Ich habe Hemmungen, mich in einem Auto fahren zu lassen. Das heißt – Hemmungen sind es nicht. Es ist eine empörend lächerliche, aber unbezwingbare panische Angst.«

Diese Angst hatte ihn angefallen wie ein wildes Tier. Als er sich in der Klinik verabschiedet hatte – zuerst von Eugen Vochezer, der ihm das Versprechen abnahm, ihn in Gauggenried zu besuchen, dann von den Schwestern –, da hatte er sich noch gelöst und heiter gefühlt, wie von einer schweren Last befreit. Passiert war es, als der Taxifahrer die Reisetasche eingeladen hatte und ihm in den Wagen helfen wollte. Berndorf hatte sich, wie im Krampf, am Türrahmen festgehalten, plötzlich war es wieder Freitag, er saß in seinem Citroën und sah zu, wie sich die Tür nach innen wölbte.

»Ist Ihnen nicht gut?«, hatte der Taxifahrer gefragt. Berndorf hatte durchgeatmet und sich mit gesammelter Willenskraft eingeredet, dass es zu seiner Wohnung keine fünf Minuten Fahrzeit seien. Dass es keinen Grund gebe, irgendetwas zu befürchten, keine Gefahr, nirgends.

Der Taxifahrer brauchte drei Minuten. Berndorf war schweißgebadet, als der Wagen vor seiner Wohnung hielt.

»Ich finde, das ist eine ganz natürliche und verständliche Reaktion«, sagte Tamar. »Sie müssen die Angst ernst nehmen, die Sie erlebt haben.«

Berndorf warf ihr einen etwas unsicheren Blick zu. Waren sie hier bei »Lämmle live«? »Ich glaube, was ich nehmen muss, ist vor allem die Straßenbahn. Vorerst.«

Tamar schluckte kurz. Dann berichtete sie von dem Großbrand, dem Blocher'schen Debakel und der Aufarbeitung der ganzen Angelegenheit in der morgendlichen Konferenz. »Gföllners gesamter Fuhrpark und dazu seine Lagerhalle sind abgebrannt, ein Millionenschaden. Seinen Hausmeister hat man gefesselt und geknebelt in dem gestohlenen Lieferwagen gefunden, in den Blochers schnelle Truppe hineingerast war. Jetzt überlegen sie im Neuen Bau, ob sie Blochers Aktion lieber verschweigen oder als heroischen, wenn auch leider vergeblichen Einsatz dreier zufällig in der Nähe des Brandorts anwesenden Rauschgiftfahnder darstellen sollen.«

»Von dem Mafia-Kommando hat man keine Spur?«

»Doch. Das heißt nein«, antwortete Tamar. »Sie hatten dem kleinen Hummayer einen Revolver unters Kinn gehalten und ihm den Dienstwagen abgenommen. Den hat man heute Morgen auf dem Parkplatz am Hauptbahnhof gefunden. Leer. Und die Personenbeschreibungen sind nahezu unbrauchbar. Drei Männer von südländischem Typus, das ist alles.«

»In den Nachrichten zitierten sie einen ungenannten Polizeisprecher, der einen Racheakt nicht ausschließen wollte. Mich hat das gewundert«, meinte Berndorf. »Genauso gut könnten wir gleich mitteilen, dass der Ulmer Bauunternehmer Gföllner sich in einen Bandenkrieg mit der Mafia hat verstricken lassen. Der Mann ist doch erledigt.«

Tamars Augen funkelten vergnügt. Dann kniff sie das linke Auge zu. »Englin war es. Höchstpersönlich. Er hat es so angeordnet. Wenn Sie mir noch einen Tee einschenken, erzähle ich es Ihnen.« Ach ja, dachte Berndorf, als er nach der Kanne griff. Sie will, dass ich den Gastgeber spielen kann.

»Danke«, sagte Tamar. »Es ist nämlich so, dass sich der Wind gedreht hat. Kuttler hat es mir erklärt. Erinnern Sie sich noch an den Minister, der sich die Spende für eine Audienz beim Papst von dem Landesunternehmen bezahlen ließ, bei dem er im Aufsichtsrat sitzt? Das war sogar dem Ministerpräsidenten so peinlich, dass der fromme Mann gehen musste. Nur – der Gute ist weiterhin Chef der Staatspartei in Südwürttemberg, und dort sinnt man jetzt auf Rache. Alles klar?«

Alles klar, dachte Berndorf. Innenstaatssekretär Schlauff kam aus Saulgau, also aus Südwürttemberg. Wenn ihn seine Parteifreunde nicht wieder für den Landtag nominierten, würde Schlauff in das ärmliche Dienstzimmer eines Polizeihauptkommissars zurückkehren müssen. Keine schöne Perspektive. Wie es sich fügte, war einer von Gföllners Geschäftspartnern der Schwager des Ministerpräsidenten. Welch günstige Gelegenheit für Schlauff, sich ohne Ansehen der Person als entschlossener Kämpfer gegen die Mafia zu profilieren. Und Englin hätte seine Großmutter als Dealerin einsperren lassen, um Polizeipräsident zu werden. »Wo hat Ihr neuer Kollege Kuttler eigentlich sein Herrschaftswissen her?«

»Das ist auch so eine blöde Geschichte«, antwortete Tamar. »Kollege Tautka hat vorgestern wieder einen seiner Sauna-Abende für ausgewählte Kollegen gegeben. Als er dazu eingeladen hat, war Kuttler noch Englins Assistent, stand also in der Sonne von Tautkas Wohlwollen und durfte deshalb mit. Nach der Sauna gingen die Herren zu den geistigen Getränken und den politischen Gesprächen über. Kuttler hatte am nächsten Tag ziemlich Kopfweh.«

Donnerstag, 22. April

Anklagend kroch Blochers bandagierter Schädel aus den Spalten des »Tagblatts« dem Leser ins Auge. Unter der Überschrift: »Furchtloser Rauschgiftfahnder stellt sich der Mafia in den Weg« beschrieb das »Tagblatt«, wie Hauptkommissar Blocher das Fluchtfahrzeug der Täter nach dem Brandanschlag auf den Gföllner-Bauhof gestoppt habe, und zwar unter Einsatz des eigenen Lebens. Erst am Ende des Artikels teilte das »Tagblatt« mit, dass die »drei Täter von südländischem Aussehen« leider mit einem »anderen Fahrzeug« entkommen seien.

Berndorf legte die Zeitung weg und schaute auf seine Uhr. Es war kurz vor zehn Uhr, möglicherweise würde er Frentzel um diese Zeit erreichen. Er humpelte zu seinem Schreibtisch, die Zeitung unter den Arm geklemmt, und wählte den Anschluss des Gerichtsreporters.

Frentzels Stimme klang etwas kratzig. »Meinen Glückwunsch«, sagte Berndorf. »Ihr Blatt hat meinen Kollegen Blocher ja sehr ansprechend gewürdigt.«

»Aufrichtigen Dank«, antwortete Frentzel. Es klang so, als wisse er nicht so recht, ob er auf den Arm genommen werden solle. »Gelobt wird unsereins selten oder nie. Aber was verschafft mir die Ehre?«

»Das Bild, freilich, ist etwas krass«, fuhr Berndorf fort. »Wenn die Kinder das sehen, könnten sie Alpträume bekommen. Oder die schwangeren Frauen versehen sich daran.«

»Eh!«, meinte Frentzel und versicherte, dass er für die Bildauswahl nicht zuständig sei.

»Eine Verständnisfrage«, fuhr Berndorf fort. »Sie schreiben, die Brandstiftung sei möglicherweise ein Racheakt, und zwar für den Anschlag auf die Baustelle der Edim SA in Wiesbrunn. Ist das Ihre Interpretation, oder wer hat Ihnen das gesagt?«

»Unter uns katholischen Pfarrerstöchtern: Das habe ich von Ihrem Chef höchstpersönlich«, antwortete Frentzel. »Warum fragen Sie?«

»Weil Sie damit dem Herrn Gföllner eine Täterschaft zuschreiben, bei der ich mich dreimal fragen würde, ob ich das so verantworten kann«, meinte Berndorf.

»Das soll der Herr Gföllner dann aber mit dem Neuen Bau diskutieren, nicht mit mir«, gab Frentzel zurück. »Aber vermutlich hat dieser Herr noch anderen Ärger. Lesen Sie mal die Meldung links neben unserem Bericht.«

Berndorf blickte auf die Zeitung, die er vor sich auf den Schreibtisch gelegt hatte. Unter der Überschrift »Jörg Welf baut Großsporthalle« las er dort:

»Die Entscheidung für den Bau der Großsporthalle ist gefallen. Der Ulmer Architekt und Bauunternehmer Jörg Welf, der schon die Planung für die Halle erstellt hat, wird sie auch als Generalunternehmer schlüsselfertig errichten. Einen entsprechenden Beschluss hat der Technische Ausschuss des Ulmer Gemeinderats gestern in nichtöffentlicher Sitzung gefasst, wie Baudezernent Dionys Klotzbach unserer Zeitung kurz vor Redaktionsschluss bestätigt hat. ›Dies ist ein großer Schritt nach vorn für Ulm und den Ulmer Sport‹, kommentierte Klotzbach die Vergabe.«

So schnell geht das, dachte Berndorf. »Danke für den Hinweis«, sagte er ins Telefon. »Falls Sie übrigens die Sonne Ihrer Güte vollends über einem alten Kiberer aufgehen lassen wollen – könnten Sie mir in Ihrem Archiv heraussuchen, für welche Kapazität und für welche Laufzeit die Deponie Lettenbühl ausgelegt ist?«

»Kein Problem«, antwortete Frentzel. »Nur ist mir der Zusammenhang nicht ganz klar. Wollen Sie dort nach Leichen suchen lassen? Oder haben Sie welche zu entsorgen?«

»Es ist ein rein bürgerschaftliches Interesse an der Frage, wie die Steine in Nachbars Garten kommen. Oder in Nachbars Deponie«, antwortete Berndorf. »A propos. Wenn Sie etwas Spaß haben wollen – fragen Sie doch mal meine Kollegen nach dem anderen Auto, dem, mit dem die Mafiosi entkommen sind. Und wie sie sich das verschafft haben.« Dann legte er auf. Irgendetwas in seinem Kopf wollte sich bewegen. Als wäre in einem Gewirr grauer Fäden ein kleines Fitzelchen aufgetaucht, das er nur zu greifen brauchte, um alles zu entwirren.

Ein aufkreischendes Jaulen zerriss die Stille. Berndorf schrak hoch. Die Witwe! Sie musste den Staubsauger gefunden haben. Berndorf griff sich das »Tagblatt« und hüpfte mit seinen Krücken auf den Balkon.

Aber das Fitzelchen war weg. Nur noch graues Gewirr, und nirgends auch nur das winzigste Ende eines winzigen Bindfadens.

Dienstag, 11. Mai

»Contadina holt auf, Quattro Stagioni weiter in Führung, Frutti di mare halten sich im Windschatten«, sagte Kuttler und sah die Aufzeichnungen durch, die ihm Krauser gebracht hatte. »Und der Tante geht es auch wieder besser, wie schön, diese Unterleibsgeschichten sind kein Honiglecken.« Er machte eine Pause und blickte Krauser bekümmert an. »Sie haben das sehr gewissenhaft übersetzt, Kollege Krauser, ich hätt' das nicht gekonnt, und der Herr Polizeirat Englin ist außerordentlich zufrieden. Ganz außerordentlich.«

Krauser blinzelte misstrauisch. Er wusste aus leidvoller Erfahrung, dass immer ein dickes Ende folgte, wenn jemand so mit ihm sprach.

»Es ist nur so«, fuhr Kuttler fort, »wir haben gerade sehr viel Arbeit. Sie wissen ja, seit die Fußballer um den Aufstieg mitspielen, haben wir jedes zweite Wochenende ein ausverkauftes Stadion, und die ganzen Fans, die man auseinanderhalten muss, damit sie sich nicht die Schädel einschlagen!«

Krauser blickte unglücklich auf den rot-gelblichen Punkt, der sich knapp über Kuttlers Nasenrücken gebildet hatte. Bleiben soll er dir, dachte er. Sie würden ihn wieder in den Schichtdienst stecken, er wusste es, zurück zu den betrunkenen jungen Männern, denen man die abgerissenen Beine aus dem Straßengraben herausklauben musste, zurück zu den heulenden Ehefrauen mit Lockenwicklern und blau geschlagenen Augen. Einer wie er hatte einfach kein Glück. Er hatte ja selbst noch recherchiert, war sogar in der Trattoria gewesen, dabei war das Essen keineswegs besonders gut gewesen, eine ausgetrocknete Seezunge hatte man ihm serviert, ihm wäre das nicht passiert, und am Nebentisch hatte ein Mensch mit einem Drei-Tage-Bart einem anderen Menschen in einem Kenzo-Anzug vorgerechnet, dass russisches Material sich nicht rechne, jedenfalls nicht gegenüber dem polnischen, und das sei auch nicht mehr so billig wie früher.

»Ja also«, sagte Kuttler. »Ich weiß, dass Sie das verstehen. Wir brauchen gerade jetzt draußen jeden Mann ...«

»Aber diese Mafiosi springen doch noch alle frei herum«, wandte Krauser ein. »Dabei wissen wir, wie die Drähte laufen. Wir haben es herausgefunden, ich meine, ich war es, der es herausgefunden hat. Der Herr Polizeirat hat es mir bestätigt. Sie waren es, hat er gesagt.«

»Das wissen wir doch alle«, antwortete Kuttler beruhigend. »Wir werden das auch an höherer Stelle berichten. Aber verstehen Sie, wir kommen im Augenblick bei der Fahndung nicht weiter, und die Überstunden bei der Schutzpolizei sind schon jetzt alarmierend angestiegen.«

Die Stimme klang angespannt, aber doch so, als sei der Anrufer bemüht, jede Aufregung zu unterdrücken.

»Frau Wegenast? Ich glaube wir kennen uns. Mein Name ist Hagenberg, Landgericht Ulm. Ich dachte, ich hätte die Nummer Ihres Kollegen Berndorf gewählt.«

Hagenberg, dachte Tamar. Ach ja! Natürlich kannten sie sich. Tamar hatte schon wiederholt vor der Großen Strafkammer ausgesagt, deren Vorsitzender Hagenberg war. Nicht zuletzt war Hagenberg der Richter gewesen, der im Skinhead-Prozess die Arbeit der Ulmer Kriminalpolizei einer vernichtenden Kritik unterzogen hatte. Und nun wollte er Berndorf sprechen?

»Ich kann Sie leider nicht verbinden«, sagte sie kühl. »Mein Kollege Berndorf ist krank.«

»Eh! Ich meine, das tut mir Leid«, sagte Hagenberg. »Und wer vertritt ihn?«

Tamar sagte es ihm. Und wiederholte ihren Namen. Schließlich kam Hagenberg zur Sache. Ein Beamter seiner Geschäftsstelle, der Justizhauptsekretär Hartmut Sander, unverheiratet, 35 Jahre alt, war seit dem Wochenende nicht mehr zur Arbeit erschienen. Es lag auch keine Nachricht von ihm vor.

»Das ist höchst merkwürdig«, erklärte Hagenberg, »Sander ist ein ungewöhnlich gewissenhafter Mitarbeiter. Ich habe eine Kollegin zu ihm geschickt. Aber auf das Klingeln hat sich niemand gemeldet. Vor der Wohnungstür waren Zeitungen abgelegt. Eine Nachbarin hatte sie aus dem Briefkasten genommen, weil nichts mehr hineinging. Sie wusste aber nichts über den Verbleib unseres Kollegen und konnte nur sagen, dass sie ihn seit Tagen nicht mehr gesehen hatte.«

In der »Walser Post« gab es ein Rinder-Carpaccio mit Frühjahrsgemüse und danach einen Vortrag des Urologen Schnittke über Aphrodisiaka und die Geschichte der erotischen Stärkungsmittel von den alten Griechen bis zur Viagra-Pille. Schnittke schloss mit einem Catull-Zitat:

Weint – Venus und ihre Amoren und all das
Was in einem Mann nach der Lust verlangt –
Meinem Mädchen ist der Spatz verstorben
Spatz – meines Mädchens Spätzchen
den sie mehr liebte als ihre zwei Augen.

Dann verbeugte er sich anmutig und nahm den animierten Beifall seiner Rotary-Freunde entgegen. »Wirklich hübsch«, meinte Kugler und stieß Welf in die Seite.

»Dieses Thema muss ihn in seiner Praxis ja sehr in Atem halten.«

Welf lächelte etwas gezwungen. Er redet über Bettgeschichten nicht gerne, dachte Kugler. Außerdem waren sie im Club eigentlich tabu.

»Dass er schlüpfrige Gedichte auf seine Patienten vorträgt, sollte sich in der Stadt besser nicht herumsprechen«, meinte Kaufferle mürrisch und stocherte in seinem Fruchtdessert.

»Das sollten Sie doch eigentlich nicht so eng sehen«, antwortete Chefredakteur Dompfaff und blickte beifallheischend in die Runde.

»Das Problem ist nicht, dass es für die Viagra-Generation manchmal zu eng wäre«, sagte Kugler. »Im Gegenteil.«

Welf trank seinen Espresso und tat, als ob er nicht zugehört hätte. Unauffällig sah er zu Kaufferle hinüber. Der senkte kurz die Augenlider.

Wenig später verabschiedeten sich die ersten Rotarier. Kaufferle hielt sich noch eine Weile an einem Glas Mineralwasser fest. Dann stand er auf und holte seinen Sommermantel.

Welf blieb sitzen, bis Kaufferle sich den Mantel angezogen hatte. Dann folgte er ihm auf die Straße.

»Es läuft ja alles sehr gut für Sie«, sagte Kaufferle bedächtig. »Die Sache mit der Sporthalle ist unter Dach. Hoffentlich regnet es diesmal nicht durch.«

Welf schwieg.

»Ich weiß, Sie finden mich lästig«, fuhr Kaufferle fort. »Aber diese Halle ist nicht von heute auf morgen gebaut. Keine Sache für Sprinter. Es ist etwas für Leute mit Ausdauer.«

»Ja«, machte Welf.

»Ich hoffe, dass Ihnen die Liquidität nicht ausgeht. Der Verkauf der Appartements an der Uferpromenade stagniert, wie wir leider feststellen mussten. Und am Ostbahnhof tut sich wohl auch nichts?«

Welf blickte ihn verständnislos an. »Sie hatten mir ausdrücklich Rückendeckung für den Fall zugesagt, dass ich den Auftrag für die Großsporthalle bekomme. Ihre Hinweise auf Liquidität und ich weiß nicht was sind mir deshalb schwer nachvollziehbar.«

Kaufferle blieb stehen. »Lassen Sie mich ganz offen zu Ihnen sprechen. Ich habe Druck von Ihnen genommen, als es um die Entscheidung für die Halle ging. Sie hätten den Druck nicht besonders gut vertragen, und ich wollte nicht, dass Sie sich verstolpern. Jetzt ist die Entscheidung da, und wir können uns wieder kühl und nüchtern der finanziellen Situation Ihrer Firma zuwenden. Und die ist nicht gut.« Kaufferle ging langsam weiter. Als ob er dessen Hund sei, folgte ihm Welf.

»Eigentlich ist es ganz einfach«, fuhr Kaufferle fort. »Entweder Sie mobilisieren Rücklagen. Sollten Sie keine haben, müssen wir frisches Kapital beteiligen. Dazu wäre es wichtig, dass Sie einige Positionen begradigen.« Er sah Welf an. »Es ist jetzt wirklich so weit, dass sich am Ostbahnhof etwas tun muss.«

Freitag, 14. Mai, Berlin

»Sie verstehen das nicht«, sagte der junge Mann in dem hochgeschlossenen dunklen Anzug. »Jede Leistung hat ihren Preis. Wenn ich etwas für dich tun soll, musst du mir etwas dafür geben. Das ist ein Grundprinzip der Zivilisation.« Sie hatten im Arbeitszimmer die Spätnachrichten angesehen, abgeschirmt vom Geräusch des Smalltalk im Flur und den übrigen Räumen. In einer Magazin-Sendung war es um Millionenbeträge gegangen, die dem Verkauf eines früheren DDR-Chemiekombinats an einen französischen Ölkonzern den Weg geebnet hatten. Berndorf hatte sich törichterweise die Bemerkung erlaubt, die Berliner Republik werde an der Korruptheit ihrer politischen Klasse ersticken, noch ehe sie recht begonnen habe.

»Was sagen Sie da!«, hatte der junge Mann protestiert, das heißt, so jung war er wohl gar nicht mehr, nach seiner beginnenden Stirnglatze zu schließen. Barbara hatte ihn als den Privatdozenten Dr. Nimmerley vorgestellt. Berndorf hielt ihn für einen der Asteroiden, die am akademischen Abendhimmel ihre Kreise auf der Suche nach einem Lehrstuhl ziehen. Vorerst hatte er sich an Berndorf angedockt.

»Wenn Sie von einer politischen Klasse sprechen, müssten Sie erstens den Begriff Klasse und zweitens die Kriterien definieren, die sie als politische kennzeichnen«, setzte er Berndorf auseinander. »Drittens aber müssten Sie mir erklären, warum diese Klasse – wenn es denn eine ist – nicht korrupt sein soll. Jedermann ist es.«

»Sie sollten Ihren Party-Zynismus nicht übertreiben«, wandte Pfrontner ein und trat zu den beiden. Er war einer der Kollegen Barbaras, etwas älter als Berndorf und steckte in einem ausgebeulten karierten Jackett, zu welchem er ein gestreiftes Hemd trug. »Kein Staat erträgt es, wenn Entscheidungen von solcher Tragweite erkauft werden können.«

»Das ist durch absolut nichts bewiesen«, widersprach Nimmerley. »Ganz im Gegenteil. Denken Sie an Samuel Pepys' Tagebuch, England, 17. Jahrhundert, der Mann ist Beamter im Flottenamt, bereichert sich hemmungslos, während vor seiner Haustür die hungernden Seeleute betteln, die man zum Dienst gepresst und denen man den Sold gestohlen hat. Aber England steigt in jener Zeit zur Weltmacht auf.«

»Genau so hab ich mir die Postmoderne vorgestellt«, sagte Pfrontner und wies mit seinem Cognac-Schwenker anklagend auf Nimmerley. »Zurück zum Manchester-Kapitalismus und zu den Träumen von einer Weltmacht!«

»Ach!«, höhnte Nimmerley. »Mit solchen Sprüchen locken Sie doch keinen einzigen sozialistischen Dackel mehr hinter dem Braunkohleofen vor! Nehmen wir doch das Beispiel Leuna: Ich weiß nicht, was da wirklich passiert ist. Ich weiß nur, dass es absolut unverantwortlich gewesen wäre, an Leute zu verkaufen, die nicht das Potenzial und das Interesse gehabt hätten, für den Erwerb auch zusätzliche Leistungen zu erbringen. Wer nicht in der Lage ist zu schmieren, hat entweder nicht die richtigen Beziehungen oder nicht das notwendige Kleingeld. Weder das eine noch das andere empfiehlt ihn.«

»Sie vergessen«, wandte Pfrontner ein, »dass das notwendige Kleingeld – wie Sie es nennen – letztlich immer von anderen aufgebracht werden muss. Meist sogar ein Mehrfaches davon. In diesem Fall werden vermutlich sowohl die Leuna-Werker als auch die Steuerzahler zur Kasse gebeten.«

»Vielleicht lernt der Steuerzahler auf diese Weise, dass es nicht seine Aufgabe ist, Chemie-Kombinate zu verhökern.

»Ihre Logik ist die des Betrügers«, sagte Pfrontner fast zornig. »Wer die Leute übers Ohr haut, tut ein gutes Werk, weil er sie auf ihre Dummheit aufmerksam macht. Eine Regierung darf das eigene Land ausplündern, weil die Leute dann lernen, was ihnen nicht gut tut.«

»Was wäre dabei? Trial and error. Außerdem, verehrter Professor Pfrontner, was heißt und bedeutet eigentlich Ausplünderung? England hat über Jahrhunderte hinweg Irland ausgebeutet, ein Faktum, ohne das die Weltliteratur auf Jonathan Swift verzichten müsste. Und wenn Sie mir bitte freundlicherweise erklären wollten, ob die gegenwärtigen terms of trade mit irgendeinem anderen Begriff als dem der Ausplünderung auf den Punkt gebracht werden können? Die Leuna-Werker sind, glaube ich, noch ziemlich gut bedient im Vergleich zu den Lohntarifen guatemaltekischer Plantagenarbeiter.«

»Höre ich richtig?«, Pfrontners Gesicht hatte sich leicht gerötet. »Wer ist es denn, der hier sein Süppchen auf dem Braunkohleofen kocht? Offenbar ist es der Fluch der Postmoderne, jedes Fähnchen aufziehen zu müssen, das gerade zur Hand ist. Vermutlich werden die Architekten demnächst die Stalinallee wiederentdecken.«

»Schon passiert«, antwortete Nimmerley.

Berndorf stemmte sich von seinem Sessel hoch, griff nach seinem Krückstock und entfernte sich, noch leicht hinkend, in Richtung Flur. Das hurtige Wort hatte ihm noch nie so recht zur Verfügung gestanden, das Gerede verdross ihn, erst recht, weil er selbst naiv und unbedarft den Anstoß dazu gegeben hatte. Es war leicht, zynisch und sarkastisch über die Gesellschaft zu plaudern, wenn man deren Betriebsunfälle nicht von der Straße kehren musste. Ebenso allerdings verdross ihn der ganze Abend, den Barbara möglicherweise aus dem einzigen Grund gab, um ihn in den Kreis ihrer Bekannten und Kollegen einzuführen und ihn dort so präzis wie rätselhaft mit den Worten vorzustellen: »Und dies ist Berndorf.«

Vor drei Wochen hatte er es mit seinen Krücken und einer

umgeschnallten Reisetasche von seiner Wohnung bis zur Straßenbahn und von dort in einen Nachtzug mit Liegewagen nach Berlin geschafft, nachdem die Witwe Fröschle sich erdreistet hatte, ihm die Fenster putzen und seine Bücher ausstauben zu wollen. Nun war er in Berlin, in Barbaras sorglos mit Bücherregalen, Möbeln vom Sperrmüll und einigen wirklichen Antiquitäten eingerichteter Altbauwohnung. Hier fühlte er sich wohl, jedenfalls dann, wenn er mit Barbara allein war.

Ein Orthopäde in der Siemensstraße hatte ihm inzwischen die behutsame Belastung des linken Beines gestattet, sodass er sich mit einem Krückstock einigermaßen behelfen konnte. Dass er trotz solcher Fortschritte mit sich unzufrieden war, hatte allerdings nicht nur mit Barbaras Gästen zu tun. Es war noch etwas anderes da, ein Stachel, von dem er nicht wusste, wie er ihn aus seinen Gedanken entfernen sollte. Er hatte in Ulm eine Rechnung offen. Nur war ihm nicht klar, aus welchen Einzelposten sie sich zusammensetzte und wo der Strich war, unter dem sie sich addieren ließen.

Er humpelte zwischen den Gruppen von Männern und Frauen hindurch, die sich auf dem Flur und im Wohnzimmer drängten. Sie gehörten fast ohne Ausnahme dem akademischen Milieu an, waren also entweder Professoren oder rechneten damit, es eines hoffentlich nicht zu fernen Tages zu werden. Gemeinsam war ihnen die Sprache, der Tonfall eines vorsätzlich kultivierten Hochdeutsch, ausgenommen bei Pfrontner, dessen bayerische Herkunft noch in der Klangfärbung durchschlug. Während die in der Unangreifbarkeit ihrer C3- oder C4-Planstellen ruhenden Professoren an einer gewissen Wurstigkeit der Sakkos kenntlich waren, steckten die jüngeren Männer zumeist in jenen dunklen Anzügen, die so aussahen, als seien sie um die Brust herum zu eng geschnitten. Bei den Frauen fiel Berndorf hingegen ein Anflug dezent großstädtischer Eleganz auf; vielleicht ein Indiz dafür, vermutete er, dass die noch gesichtslose Berliner Republik im Begriff war, sich ein großbürgerliches Dekor zuzulegen.

Barbara trug ein dezent hochgeschlossenes, in braun-grünen Tönen schimmerndes Kleid aus Rohseide. Es steht ihr wirklich gut, dachte Berndorf zufrieden und freute sich am Anblick der über den kräftigen Hüften noch immer schmalen Taille. Allerdings hatte gerade ein langer Mensch mit vorstehenden Augen und nach vorne gebuckelten Brillengläsern Barbara in Beschlag genommen und redete auf sie ein; Berndorf fürchtete für sie, dass er eine feuchte Aussprache hatte. Fast unwillentlich schnappte er einen Teil des Gesprächs auf. Offenbar ging es um eine in München anstehende Berufung.

»Kahlhuber hat mir vertraulich signalisiert«, sagte der vieräugige Mensch, »dass er der Berufung von Humperdank keine Steine in den Weg legen werde, in keiner Weise...«

»Wie schön, dann ist ja alles klar«, meinte Barbara und wollte sich unter Hinterlassung eines entzückten Blicks von ihm ab- und Berndorf zuwenden.

»Ja, aber warten Sie doch«, fuhr Vierauge unbeirrt fort. »Er hat mir leider auch sagen müssen, dass es in der Fakultät, vor allem aber im Kultusministerium erhebliche Widerstände gebe, die sich freilich deutlich verringern ließen, um nicht zu sagen, sie ließen sich ausräumen...«

»Wenn was wäre?« In Barbaras Stimme klang Wachsamkeit auf.

»Es ist so«, wand sich ihr Gegenüber, »der Neffe des zuständigen Ministerialdirektors würde sich gerne in Tübingen bei Grübner habilitieren, aber Grübner ist derzeit sehr zugeknöpft, eigentlich ganz und gar abweisend, es heißt, er habe private Probleme, verstehen Sie? Aus Gründen, die ich nicht vertiefen will, hat seine Ehefrau Argwohn gegen seine Assistentin gefasst, ob dies begründet ist oder nicht, weiß ich ja nun wirklich nicht, aber Grübner hat im Augenblick nur im Kopf, wie er in dieser Situation eine gewisse Entspannung herbeiführen kann, oder sollte ich besser sagen: eine Entzerrung...«

»Ja?« Die Wachsamkeit in Barbaras Stimme gewann eine gewisse Schärfe.

»Ich habe mir überlegt, liebe Kollegin, ob Sie die vakante

Stelle in Ihrem Institut der jungen Dame anbieten könnten...«

Barbara setzte ein grünäugiges Lächeln auf. »Ich soll also Grübners gebrauchten Betthasen entsorgen, damit dieser im Gegenzug des Ministerialdirektors Neffen habilitiert und der Ministerialdirektor dafür wiederum Ihren Lebensabschnittspartner zum Professor macht?« Sie wandte sich Berndorf zu. »Du wirst es nicht glauben, Lieber, aber wir sind gerade mit wichtigen hochschulpolitischen Fragen beschäftigt...«

»Aber nicht doch!«, rief Vierauge und betrachtete Berndorf mit unverhohlenem Abscheu. »Ein unbedeutendes personelles Problem, nichts weiter, aber die junge Dame« – er wandte sich wieder Barbara zu und entblößte seine gelblichen Zähne zu etwas, das einem Lächeln gleichsehen sollte – »ist durchaus qualifiziert...«

»Wozu bitte ist sie qualifiziert?« Unversehens schien auch Barbaras Kleid schlangenhäutig zu schimmern. »Aber gewiss doch!«, fuhr sie dann fort. »Sie wird dem Herrn Kollegen Grübner eine tragfähige Unterlage bereiten, nicht wahr, aufgeschlossen für dessen Feststellungen, und sollte eine von denselben noch schwankend sein, wird sie ihm hilfreich zur Hand gehen, was gewiss öfter der Fall sein dürfte. Aber sind Sie ganz sicher, lieber Kollege, dass gerade ich solcher Handreichungen bedarf oder überhaupt einen Nutzen davon hätte?«

Berndorf schob sich an ihr vorbei und ging zu dem Tisch mit den Getränken. Er schenkte sich ein Glas Perrier ein und humpelte weiter zu dem Balkon, dessen Sandstein-Balustrade knapp über den Laubkronen der Bäume in der Czymbalski-Allee zu schweben schien. Auf dem Balkon standen rauchend zwei junge Männer, in einer Ecke lehnte eine dunkelhaarige Frau, auch sie mit einer Zigarette in der Hand. Berndorf hielt sich in der Mitte zwischen ihnen, stellte das Glas mit dem Mineralwasser vor sich auf die Balustrade und beschloss, den Bäumen zuzusehen. Vor sich, im Osten, ahnte man den Lichterschein des nächtlichen Großberlin. Würde er hier leben können, oder auch nur wollen? Auf dem Weg zur nächsten U-Bahn-Station wäre er, nur einen Block weiter, an einer Eckkneipe vorbeigekommen; zu einer anderen Zeit hätte er nichts dagegen gehabt, dort einzukehren, sich an den Tresen zu stellen und sich, unbeachtet im Rauschen des Kneipen-Geredes, langsam und gründlich zu betrinken.

»Eine Soiree wird nicht dadurch attraktiver, dass man über sie nachdenkt«, sagte eine Stimme neben ihm. Sie gehörte der Frau mit den langen dunklen Haaren. Sie hielt sich noch immer an ihrer Zigarette fest. »Hofmannsthal«, fügte sie hinzu. »Aus dem Zitatenhandbuch für den gehobenen Partygänger.«

»Ah ja«, sagte Berndorf linkisch.

»Oder sollten Sie gar nicht über diesen Abend sinniert haben?«

»Nicht so ganz.«

»Ich dachte, weil Ihnen all das vermutlich ziemlich öde vorkommt.« Sie zog an ihrer Zigarette. »Barbara hat mir gesagt, Sie sind Polizist. Stellen Sie sich vor, ich habe noch nie einen Polizisten richtig kennen gelernt. Ich meine, mit einzelnen Ihrer Kollegen habe ich durchaus schon Bekanntschaft gemacht, jedenfalls kann man es so nennen, auch wenn die Beziehung etwas einseitiger Natur war, wenn Sie mich verstehen?« Berndorf warf einen Blick in ihr Gesicht. Aber es war zu dunkel, um die Augen zu erkennen.

»Bei der Startbahn West waren Sie nicht dabei?«, fragte die Dunkelhaarige. »Nein«, antwortete Berndorf, »an der Startbahn West nicht.« Die Demonstrationen und Prügeleien um den Frankfurter Flughafenausbau hatten in den späten Siebzigerjahren stattgefunden, da war er schon zu alt und saß im falschen oder doch besser richtigen Dezernat, um noch seinen Kopf hinhalten zu müssen. In den späten Sechzigerjahren war das noch anders gewesen, aber Berndorf hatte keine Lust, über seine Zeit auf der anderen Seite jener Barrikade zu reden. Auch wenn er dort Barbara begegnet war. Aber gerade das ging niemanden etwas an.

»Dass Sie keine Parksünder aufschreiben, ist mir klar«, fuhr die Frau neben ihm fort. »Aber was tun Sie dann? Machen Sie Jagd auf Dealer? Stöbern Sie die Haschisch-Plantage im Wintergarten auf?« Die Dame will ein Spiel spielen, dachte Berndorf. *Bullen verscheißern* heißt das Spiel.

»Ach nein«, sagte sie dann, »wie dumm von mir! Sie jagen Mörder. Barbara hat es mir gesagt. Und das finde ich nun wirklich spannend. Haben Sie schon viele zur Strecke gebracht? Und woran erkennen Sie sie? Haben Mörder ein besonders brutales Kinn, oder kleine Ohrläppchen? Einen unsteten Blick vielleicht?«

»Mörder sind Leute wie Sie und ich«, antwortete Berndorf. »Es gibt nichts, woran Sie sie erkennen können.« Er warf noch einmal einen Blick zu den Augen in der Dunkelheit. »Das hat damit zu tun, dass es unendlich viele Gründe gibt, warum Menschen morden. Die meisten tun es vermutlich, weil es sich so ergeben hat. Wenn Sie es darauf anlegen, könnten Sie – vielleicht – feststellen, dass einige Mörder allerdings etwas Gemeinsames haben. Es sind Menschen, die um sich selbst kreisen. Kain hat nicht ertragen, dass Abel mehr Aufmerksamkeit gefunden hat.« Er wagte ein kurzes Lächeln. »Andererseits ist nicht jeder Mensch, der sein eigener Gott ist, deshalb schon ein potenzieller Mörder. Wir kämen sonst mit unserer Arbeit nicht nach.«

Ein spöttischer Kringel Zigarettenrauch schwebte auf ihn zu. Die Linden rauschten berlinerisch. Hinter Berndorf öffnete sich die Balkontür. Er ahnte Barbaras Parfüm.

»Hier seid ihr«, sagte sie. Die Freudigkeit ihrer Stimme klang etwas belegt. »Du wolltest doch Blaufeld kennen lernen?« Es war an die Adresse der Dunkelhaarigen gerichtet. »Er ist vorhin gekommen. Ich stell dich ihm vor.«

»Das ist reizend von dir«, antwortete die andere. »Aber es eilt nicht, wirklich nicht. Eigentlich will ich ihn auch gar nicht kennen lernen, du hast da etwas falsch verstanden ...«

»Ach, das macht nichts«, erklärte Barbara entschieden. »Er ist sehr interessiert, ich hab ihm von dir erzählt. Nun komm schon ...«

Wenig später stand Berndorf allein auf dem Balkon. Auch recht, dachte er.

Der Abend verging, Mitternacht kam, bald waren die letzten Gäste gegangen und die erste Rate von Gläsern und Tellern in der Spülmaschine verstaut. Barbara hatte vorsichtshalber zwei Aspirin genommen, schien aber nicht beeinträchtigt.

»Ich fürchte, ich habe mich sehr hölzern aufgeführt«, hatte Berndorf während des Aufräumens gemeint.

»Du musst etwas lernen, mein Schatz: Bei mir darfst du dich so hölzern und unbeholfen aufführen, wie immer du magst oder lustig bist«, hatte sie geantwortet. »Nur eines darfst du nicht: dich von irgendwelchen Sammlerinnen anmachen lassen. Sonst fahr ich ganz schnell die Krallen aus.«

Würdig hatte Berndorf erklärt, als älterer Herr werde er sich wohl kaum von einer ihrer Freundinnen anmachen lassen. »Außerdem wollte die Dame, falls es die gleiche ist, die wir meinen, Bullen verscheißern spielen und sonst nichts.«

»Das ist durchaus nicht meine Freundin, jedenfalls nicht, wenn sie in meinem Revier das Sammeln beginnt. Mit welchem Vorwand hat sie dich denn ins Gespräch verstrickt?«

»Sie wollte wissen, woran man Mörder erkennt.«

Inzwischen war Barbara zu Bett gegangen, Berndorf, der noch einen späten Espresso getrunken hatte, war zum Schlafen zu aufgekratzt. Er ging in ihr Arbeitszimmer, setzte sich in den Schaukelstuhl, der für Lese-Gäste bestimmt war, und nahm sich Lichtenbergs Abrechnung mit Lavaters Physiognomik vor. Die Nacht war still geworden, und aus Barbaras Wohnung wichen allmählich der Geruch und der Nachhall des Abends. Seine Streitschrift gegen den Zürcher Pfarrer Johann Kaspar Lavater und dessen »Physiognomische Fragmente zur Beförderung der Menschenkenntnis und Menschenliebe« hatte Lichtenberg 1777/78 veröffentlicht. Einem Schelmen müsse man am Gesicht ablesen können, dass er einer sei, oder Gott habe keine leserliche Handschrift: so hatte, verkürzt, eine der Thesen gelautet, denen Lichtenberg die bescheidene Frage entgegenstellte, ob es denn wirklich die Nase und nicht vielleicht doch die Umstände seien, die aus einem Menschen den Schelmen oder den Ehrenmann machen.

»*Freilich*«, schrieb Lichtenberg, »*wer schöne Spitzbuben, glatte Betrüger und reizende Waisenschinder sehen will, muss sie nicht gerade immer hinter den Hecken und in Dorfkerkern suchen. Er muss hingehen, wo sie aus Silber speisen, wo sie Gesichterkenntnis und Macht über ihre Muskeln haben, wo sie mit einem Achselzucken Familien unglücklich machen und ehrliche Namen und Kredit über den Haufen wispern oder mit affektierter Unschlüssigkeit wegstottern.*«

Berndorf ließ das Buch sinken. Bei manchen der »glatten Betrüger«, die ihm selber begegnet waren, hatte den Kommissar vor allem die Offensichtlichkeit frappiert, mit der ihnen ganz im Gegenteil die Unehrlichkeit ins Gesicht geschrieben war. Es ist ihr Geschäftsinteresse, dass sie so aussehen, dachte er. Wenn ein Geldgeber 48 oder 72 Prozent Jahresrendite erwartet, dann nimmt er nicht nur in Kauf, sondern verlangt geradezu, dass sein neuer Partner einer ist, der die Weihnachtsgänse ausnimmt. Dass der Geldgeber selbst eine davon sein wird, ist der einzige Punkt, der nicht seinen Erwartungen entspricht. Innerhalb ihrer Möglichkeiten sind Betrüger aufrichtige Leute. Mörder hingegen, sinnierte Berndorf vor sich hin, sind einem übermächtigen Druck ausgesetzt, sich zu verstellen. Manche töten sogar aus dem einzigen Grund, weil sonst ihre Maskierung aufgedeckt wird. Die Fähigkeit zur Verstellung wächst nun allerdings mit dem gesellschaftlichen Rang. Wo also musst du suchen, wenn du einen reizenden, einen glattgesichtigen Mörder finden willst?

Unsinn, ermahnte er sich. Geh schlafen.

Samstag, 15. Mai, Berlin

Ob es nun die beiden Aspirin waren oder vielleicht doch die intensive und eindringliche Weise, in der sie sich geweckt hatten: Barbara spürte am nächsten Morgen nicht einmal einen Hauch von Kopfweh. »Fast wundert es mich«, sagte sie. »Ich bekomme sonst regelmäßig eine allergische Reaktion auf meine Kollegen. Und Kolleginnen.«

Von mir aus hättest du dir das nicht antun müssen, dachte Berndorf und warf ihr einen fragenden Blick zu.

»Es war aber richtig«, widersprach Barbara. »Ich habe etwas klarstellen können. Oder deutlich machen.« Sie schaute ihn prüfend an. »Und du hast es auch gut überstanden. Aber ich sehe dir an, dass dir noch etwas im Kopf herumgeht.«

»Ich hab noch ein bisschen geschmökert. Wusstest du, dass Lichtenberg anno Domini 1777 die Chaostheorie angedacht hat?« Er holte den Band aus seiner Jackett-Tasche und las vor: »*Wenn eine Erbse in die Mittelländische See geschossen wird, so könnte ein schärferes Auge als das unsrige, aber noch unendlich stumpfer als das Auge dessen, der alles sieht, die Wirkung auf der chinesischen Küste verspüren.*«

»Das ist hübsch«, meinte Barbara. »Aber es ist nicht das, was du gefunden hast. Du hast etwas für deinen Ulmer Fall gefunden. Ich sehe es dir an der Nasenspitze an.«

»Vielleicht«, sagte Berndorf ausweichend.

Er ist wieder auf der Jagd, dachte Barbara. Eigentlich will ich, dass er hier bleibt. Aber ich kann ihn nicht aufhalten, und ich will es auch nicht versuchen. *Es ist, was es ist.* Sie schenkte sich noch eine Tasse Tee ein und nahm sich die Morgenzeitung vor. »Gibst du mir den Sportteil?«, bat Berndorf.

»Entschuldige.« Barbara nahm sich das Feuilleton heraus und reichte ihm den Rest der Zeitung. Es gibt Rituale der Zweisamkeit, die ich erst wieder lernen muss, dachte sie.

Die Bombardements im Kosovo gingen weiter, und in Deutschland regten sich die Ärzte, die Rentner, die Bauern, der Arbeitgeberverband und die Zeitungsverleger vorbeugend auf, weil jedenfalls sie nicht mit Einbußen belästigt werden wollten, nur weil der Regierung und den sozialen Sicherungssystemen das Geld ausging. Im Radsport wurde gedopt, als sei am Mont Ventoux niemals jemand gestorben, Bayern München war deutscher Fußballmeister und in der Zweiten Liga ging es um die Aufstiegsplätze. Die Sportredaktion stellte die verbliebenen Bewerber vor, etwas verblüfft registrierte Berndorf die Schlagzeile »Sparsamer Spatz auf Höhenflug«, der Bericht handelte von der Fußballbegeisterung, die unversehens über die Münsterstadt an der Donau hereingebrochen war. Ein Bild zeigte jubelnde Ulmer Fans, glatzköpfig und mit den ausgestreckten Armen, die in den deutschen Fußballstadien schon wieder so selbstverständlich waren, dass die Polizei beflissen darüber hinwegsah. Hitlergruß? Ham wir nix von gesehen. Was'n das überhaupt?

»Ich darf mal in Ulm anrufen«, sagte Berndorf und ging ins Arbeitszimmer. Er wählte Tamars Nummer und als sie sich meldete, klang ihre Stimme, als freue sie sich über seinen Anruf: »Sie klingen gut, Chef. Wann kommen Sie zurück?«

»Das weiß ich nicht so genau«, wich Berndorf aus. »Es ist komisch, aber irgendwie hab ich mir meine Sehnsucht nach dem Neuen Bau brennender vorgestellt.« Die Wahrheit war, dass er in den letzten Tagen nicht nur einen Orthopäden, sondern auch einen Neurologen aufgesucht hatte. Und beide hatte er gefragt, ob sie ihm nicht eine dauerhafte Dienstunfähigkeit bescheinigen könnten.

»Wir brauchen Sie aber hier«, sagte Tamar streng. Dann berichtete sie, was sich in den letzten Wochen getan hatte. Sie brauchte nicht lange. Im Fall Veihle gab es keine einzige Spur, und die drei Männer, die den Gföllner-Bauhof angezündet hatten, waren vermutlich längst wieder in Kalabrien oder Sizilien. Die Firma Gföllner war aus der Arge Echterdingen ausgeschieden. Blocher hatte nun doch noch Ärger bekommen, aber nicht einmal Kuttler wusste genau, ob es wegen des Auftritts im Industriegebiet war oder einer anderen Sache wegen.

»Da ist noch etwas«, fuhr sie fort. »Ein Justizbeamter ist verschwunden, weg, in Luft aufgelöst. Der Mann ist unverheiratet, Mitte dreißig, pflichtbewusst bis zum Exzess, ein unscheinbarer Mensch, so unauffällig, dass eigentlich erst sein Fehlen wahrgenommen wird.«

Eine schemenhafte Erinnerung meldete sich in Berndorfs Hinterkopf. »Wo genau arbeitet er?«

»In der Geschäftsstelle der Schwurgerichtskammer. Sie müssten ihn aus dem Gerichtssaal kennen. Er führt das Protokoll. Der Mann heißt Sander, Hartmut Sander.«

»Der Name sagt mir nichts«, meinte Berndorf zögernd. Blass, unscheinbar, unauffällig? Plötzlich sah er die Szene wieder vor sich. Es nieselte, der Mann, der neben ihm aus dem Portal des Justizgebäudes getreten war, zog die Kapuze über das flachsfarbene Haar, sie wechselten ein paar Worte, dann ging der Mann die Stufen zur Straße hinab.

»Doch«, sagte er schließlich, »ich glaube, ich weiß, wer das ist.« Für einen Augenblick hörten beide dem Schweigen zu. Dann fiel es Berndorf wieder ein, warum er angerufen hatte.

»Sagen Sie, der SSV Ulm hat doch bald ein Heimspiel?«

»Soviel ich weiß: ja. Markert hat mir deswegen schon vorgejammert. Ich wusste übrigens nicht, dass Sie auch ein Fan sind.«

»Schau'n mer mal. Aber mir geht es um etwas anderes. Könnten Sie beim nächsten Spiel einen Fotografen hinschicken, der Aufnahmen von den Glatzköpfigen in der Fankurve macht?«

»Ich glaube, das haben wir sowieso vor«, sagte Tamar. »Es gibt inzwischen Ärger mit diesen Knaben. Aber sagen Sie mir auch, was dann mit den Fotos geschehen soll?«

»Bei dem Anschlag auf die Edim SA ist möglicherweise ein weiterer Skinhead beteiligt gewesen«, erklärte Berndorf. »Vielleicht erinnern Sie sich – es hat einen gegeben, der in einer Tankstelle einen Kanister Dieselöl geholt hat. Der Tankwart hat weder Veihle noch Rodek identifiziert. Wir haben es darauf geschoben, dass er sich nicht erinnern wollte. Aber vielleicht war es wirklich keiner von den beiden. Vielleicht war ein dritter Mann beteiligt.«

»Es hat dich wieder«, stellte Barbara fest, als Berndorf an den Frühstückstisch zurückkehrte. Ihre Stimme klang enttäuscht. »Weiß ich nicht«, wehrte Berndorf ab. »Ich lass nur ein Detail nachprüfen. Vielleicht bringt es etwas. Wenn ich diese Sache da in Ulm abschließen will, muss ich tiefer graben.«
»Ich dachte, du wolltest aufhören? Du hast dir doch deswegen diese Arzttermine geben lassen.«
»Ich will nicht mehr in den Neuen Bau zurück«, antwortete Berndorf. »Ich will mir nie mehr diese Konferenzen antun. Nie mehr diese Trunkenbolde verhören, die einen anderen Menschen anzünden, just for fun, oder weil ihnen jemand Geld dafür gegeben hat. Und die fromm verheulten Gesichter der Frauen, die dem alten Tantchen das Insulin gegeben haben, das es gar nicht brauchte: die will ich auch nicht mehr sehen.«
»Aber trotzdem lässt dich diese letzte Geschichte nicht los.«
»Das eine hat mit dem anderen nichts zu tun«, wehrte Berndorf ab. »Mit dem geriatrischen Krückstock und meiner Auto-Phobie kann mich ohnehin niemand brauchen. Aber ein oder zwei Dinge will ich doch noch wissen.«
Dann ließ er sich von Barbara die Seiten mit dem Feuilleton geben. Aber die Worte schimmerten vor seinen Augen wie Neugablonzer Kunsthandwerk. Ein Gesprächsfetzen aus dem Telefonat mit Tamar wehte durch seine Gedanken.
Plötzlich fiel es ihm ein. Sander, der abhanden gekommene Gerichtsschreiber, war nicht einfach die Treppen hinuntergegangen. Er hatte sich ihm zugewandt, als ob er ihm etwas sagen wollte. Aber er hatte sich nicht getraut. Oder es sich anders überlegt. Und erst dann war er zur Straße hinabgegangen.

Dienstag, 25. Mai

Der Tankwart war mittelgroß, hatte aufmerksame, flinke Augen und nach hinten gekämmtes schütteres Haar. Tamar stand von ihrem Schreibtisch auf und begrüßte ihn mit Handschlag. »Nett von Ihnen, dass Sie gekommen sind.«

»Na ja«, antwortete er, »ich hab mich schon gewundert, dass Sie nicht früher angerufen haben.« Tamar schaute ihn fragend an. »Einer musste das Öl ja besorgt haben«, erklärte er. »Und von den beiden, die mir im Gerichtssaal gezeigt wurden, war es keiner gewesen. Also war es jemand anderes. Deswegen hab ich gedacht, ihr werdet euch schon noch einmal melden.«

»Es war also nicht so«, meinte Tamar, »dass Sie sich nicht erinnert hätten. Sie haben, wenn ich das richtig verstehe, sogar eine genaue Vorstellung davon, wie dieser Skinhead ausgesehen hat. Das ist schon einmal wichtig.«

»Wir müssen uns Gesichter merken können. Was glauben Sie, wie viel Leute es gibt, die unsereinen übers Ohr hauen wollen.« Das glaube sie ihm gern, sagte Tamar. Dann stand sie auf und ging mit dem Besucher in den Vorführraum, wo ein Diaprojektor und die Aufnahmen bereitgestellt waren, die der Polizeifotograf am Wochenende im Donaustadion gemacht hatte. Der Tankwart nahm Platz, Tamar schaltete den Projektor an und löschte das Licht. Dann setzte sie sich neben ihn, die Fernbedienung für den Projektor in der Hand. In Großaufnahme erschien auf der Leinwand das von der Sonne ausgeleuchtete Gesicht eines jungen Mannes, es sah aus, als ob er johlte oder schrie. Er hatte einen glatt rasierten Schädel, und – für sich genommen – sah sein Gesicht nicht stumpfer und nicht wacher aus als das anderer junger Männer.

»Nein«, sagte der Tankwart. »Er ist es nicht. Bestimmt nicht.« Die nächste Aufnahme zeigte ein breitflächiges, vom Bier oder der Sonne oder beidem gerötetes Gesicht, den Mund zu einem Grinsen verzogen, sodass man die Zahnlücken im Gebiss sah. »Der auch nicht«, sagte der Mann neben ihr.

Es folgte eine lange Reihe von Aufnahmen junger kahl geschorener Männer, lachend oder schreiend, verbissen oder höhnisch, dumpf oder auch nur betrunken. Der Polizeifotograf musste sich unter die anderen Bildjournalisten gemischt und versucht haben, mit dem Teleobjektiv Gesicht für Gesicht zu erfassen. Tamar stellte fest, dass man die einzelnen Aufnahmen sogar sehr gut auseinanderhalten konnte. Es waren ungeformte, leere Gesichter, auf denen sich der Abglanz von etwas spiegelte, das außerhalb von ihnen lag. Aber es war nicht so, dass die Monotonie oder Stumpfheit ihrer Empfindungen sie verwechselbar gemacht hätte. Jeder dieser jungen Männer hatte seine eigene Vorgeschichte und seine eigene Verantwortung, was immer sie damit anfingen.

Wieder schüttelte der Mann den Kopf. »Auch nicht.« Tamar überlegte, ob ihr Zeuge da vielleicht Anrufe erhalten hatte. Dass es besser sei, sich an nichts zu erinnern. Aber warum hatte er sich dann so bereitwillig gegeben? Damit ihm die Polizei das Nicht-Erinnern auch wirklich abnahm?

Das nächste Dia zeigte einen Burschen mit nur zur Hälfte erkennbarem Gesicht und nach vorne gerecktem rechten Arm. Hinter ihm war ein zweiter Kopf zu erahnen, zu sehen waren Augen und Nase, die Kinnpartie war zum Teil verdeckt. In Puzzlespielen gab es solche Gesichtsfragmente, erinnerte sich Tamar, ein herrenloses Auge starrte einen da an, und erst nach langem Suchen fand man die anderen Teilstücke, mit denen es sich unversehens zu einem Gesicht fügte. Es war ein Spiel für lange verregnete Sonntagnachmittage. »Könnten Sie den dahinten größer machen?«, hörte sie den Tankwart fragen.

»Angst«, sagte der Psychiater, »also Angst. Wer hat die nicht?« Er sah Berndorf an, der auf der anderen Seite des dunkel polierten Schreibtisches saß. »Sie saßen in einem Auto, das zusammengequetscht wurde. Es ist eine vollkommen natürliche Reaktion, wenn Ihr Unterbewusstsein sich weigert, noch einmal eine solche Erfahrung zu machen.«

Dr. Immanuel Goldstein war Teilhaber einer Gemeinschaftspraxis für Psychiatrie und Psychotherapie im vornehmen Teil Zehlendorfs. Er trug einen weißen Kittel, weil das auf viele Patienten beruhigend wirkte, und er hatte den Anteil nehmenden und wissenden Blick jener Menschen, die alles schon viel schlimmer erlebt haben.

»Sehen Sie«, fuhr er fort, »ich habe nachts Angst, mit dem Wagen unterwegs zu sein, weil dann die betrunkenen jungen Männer aus dem Brandenburgischen ihre Wettrennen mit gestohlenen Autos machen. Ich habe aber auch Angst, nachts mit der U-Bahn zu fahren. Was soll ich tun, wenn ich in der U-Bahn sitze und neben mir ein Ausländer zusammengeschlagen wird, weil er ein Farbiger ist? Ich bin nämlich nicht mutig, bin es noch nie gewesen. Muss man das heute sein?«

Berndorf dachte nach. »Nein«, sagte er schließlich. »Niemand muss mutig sein. Aber wenn Ihnen das wirklich einmal passieren sollte – ziehen Sie einfach die Notbremse.«

Dr. Goldstein blickte überrascht. »Ach ja«, meinte er dann. »Aber ich werde vielleicht doch besser das Taxi nehmen. Apropos. Und welche Notbremse könnten *Sie* ziehen?«

Berndorf erklärte es ihm.

Die Wohnung roch nach Bohnerwachs und alten Menschen. Sie war enger, als Hannah es in Erinnerung hatte. Noch immer gab es die braunrote Polstergarnitur, auch wenn die eine oder andere Feder aus Altersschwäche gebrochen war. Maria Skrowonek hantierte in der Küche und wollte einen Tee kochen. Ihr Mann Erwin hockte trübsinnig und unrasiert auf der Couch. Hannah wollte wissen, ob es noch einmal Ärger mit den Burschen aus der unteren Wohnung gegeben habe. Erwin Skrowonek schüttelte den Kopf. »Es ist nur noch einer. Der Tätowierte. Der andere ist zur Kur.«

»Ach Quatsch«, sagte Maria, die mit einem Napfkuchen ins Wohnzimmer kam, »der Döskopp da versteht schon alles falsch. Eingesperrt haben sie den Kerl. Er hat einer alten Frau die Handtasche abgenommen. Jetzt kriegt er die Luft gesiebt.«

»Und der andere benimmt sich?«

»Das ist aber komisch, dass du danach fragst«, sagte Maria Skrowonek und verschränkte die Hände vor ihrer Küchenschürze. »Der ist plötzlich so freundlich. Neulich hat er ihm« – sie deutete mit dem Kopf auf ihren Ehemann – »das Einkaufsnetz hochgetragen. Ich weiß nicht, was ich davon halten soll.« Sie zögerte. »Wir sind jetzt ja allein mit ihm im Haus. Die Albaner sind ausgezogen.«

In der Küche pfiff der Wasserkessel. Seufzend nahm Maria eine blank polierte silbrige Teekanne von der Anrichte und ging damit in die Küche. Sie hielt die Kanne, als könne man sich schon jetzt an ihr die Finger verbrennen.

Hansis winziges Büro war mit Fußball-Postern, Fan-Schals und Tröten voll gehängt, als seien es Jagdtrophäen. Hansi hieß schon immer so und wurde von niemandem anders genannt. Eigentlich gehörte er dem Raubdezernat an, aber vor einigen Jahren hatte man entdeckt, dass er die Gabe besaß, auf zornige Gemüter beruhigend zu wirken, und so war er mit der Betreuung der SSV-Fan-Gruppen beauftragt worden.

»Ich kann das«, hatte er Tamar einmal erklärt, »weil die Leute wissen, ich tu keinem was.« Hansi war knapp unter 1,90 groß, hatte eine Bürstenfrisur, trug Jeans und ein knapp sitzendes T-Shirt, das jederzeit in Gefahr schien, bei einer Anspannung seines Bizeps aus den Nähten zu platzen.

»Komm rein«, sagte er, als Tamar in der Tür erschien. »Willst du einen Kaffee? Ich hol dir einen aus dem Automaten.«

»Um Gottes willen, nein danke«, antwortete Tamar, nahm sich den Besucherstuhl und setzte sich. »Ich will wissen, ob du damit etwas anfangen kannst.« Sie legte die Vergrößerungen des Puzzleteils auf den Tisch, das der Tankwart herausgesucht hatte. Die Vergrößerungen ließen eine Gesichtspartie mit eng stehenden Augen und einer Nase erkennen, die seitlich gebogen war. Der Mann, der dazugehörte, trug kurze Haare, aber keine Glatze.

Hansi nahm sich die Aufnahmen vor und betrachtete sie lange. Dann schaute er hoch. »Was willst du von ihm?«

»Er hat einen Kanister Dieselöl gekauft«, antwortete Tamar. »Es ist schon eine Weile her. Ich fress einen Besen, wenn er es fürs Auto gebraucht hat.«

»Ich kenne diesen Mann«, sagte Hansi. »Achenbach, Manuel. Er gehört zu den Neonazis, die in die Fan-Szene einsickern. Die Glatze hat er sich erst vor ein paar Monaten zuwachsen lassen. Zur Tarnung. Der Staatsschutz müsste einen Vorgang über ihn haben.«

Tamar stand auf. »Sag mir, wenn ich dir einen Stein in den Garten werfen kann.«

Mittwoch, 26. Mai

Die Abflughalle des Flughafens Berlin-Tegel war vom Stimmengewirr der Menschen erfüllt, die sich über Verspätungen aufregten oder an den Schaltern mit ihren »Senator Cards« fuchtelten, um doch noch einen Platz in einem der ausgebuchten Jets zu ergattern.

»In dieser Berliner Republik wird Wilhelm Voigt keine Hauptmannsuniform mehr brauchen«, sagte Berndorf. »Er wird sich einen VIP-Ausweis fälschen.«

Barbara lächelte. Aber es galt nicht Berndorf. Mit angezogenen Knien saß neben ihnen auf dem Boden ein elf- oder zwölfjähriges Mädchen und las, ungerührt von dem Lärm um sich herum, in einem dickleibigen roten Leinenband. Barbara neigte den Kopf, um einen Blick auf den Buchrücken zu erhaschen. Das Mädchen bemerkte es und zeigte ihr den Titel. Das Buch war Fritz Mühlenwegs »In geheimer Mission«.

»Oh«, sagte Barbara. »*In der Eile sind Fehler.*«

»Das ist richtig«, antwortete das Mädchen ernsthaft. »*Es gibt keine Hilfe.*«

Barbara wandte sich wieder Berndorf zu. »Wenn du es als Junge nicht gelesen hast, solltest du es nachholen. Bietet auch für Kriminalisten wichtige Einsichten. *Die Beharrlichkeit hat Gelingen,* nur ein Beispiel.«

Der Flug nach Stuttgart wurde aufgerufen. Barbara sah Berndorf an. Ihre Augen waren groß und grün. »Wann kommst du zurück?«

»Wenn ich ein oder zwei Dinge mehr weiß. Und sobald die in Stuttgart mich in den Ruhestand versetzt haben.«

Eine halbe Stunde später hob sich die Lufthansa-Maschine aus dem Berliner Nieselregen und flog der nächsten Regenfront entgegen.

Das Staatsschutz-Dezernat hatte tatsächlich eine Akte über Manuel Achenbach. Er war wegen Volksverhetzung vorbestraft und galt als Mitläufer von Gruppierungen wie dem Rudolf-Heß-Gedächtniskomitee. Achenbach war Facharbeiter bei Iveco-Magirus, hielt sich dort aber zurück: »Da müssen ihm wohl einige Türken irgendwann einmal die Fresse poliert haben«, vermutete Tamars Kollege vom Staatsschutz.

Bei Iveco-Magirus sagte man Tamar, dass Achenbachs Schicht um 16 Uhr ende. Der Mann vom Staatsschutz hatte ihr abgeraten, ihn allein aufzusuchen. So hatte sie zwei uniformierte Beamte angefordert, bevor sie kurz vor 17 Uhr in den Vorort Wiblingen hinausfuhr. Achenbach wohnte dort in einer der Siedlungen, die nach dem Krieg gebaut worden waren.

»Nicht schon wieder ihr«, sagte Tamar, als sie unten im Hof des Neuen Baus Leissle, genannt Orrie, und Heilbrunner traf.

»Wir können es uns auch nicht aussuchen«, meinte Orrie liebenswürdig und startete den Streifenwagen.

In der Stadt richtete der abendliche Berufsverkehr die ersten Staus an. Orrie schaltete das Blaulicht ein und schlängelte sich auf die Straße nach Wiblingen hinaus. Auf dem Zubringer zur Allgäu-Autobahn sahen sie die Schlange der Lastwagen, die sich durch den Regen nach Süden schob.

»Ich möcht' mal wissen«, sagte Orrie, »wann die Stuttgarter aufhören, ihren Schutt hierher zu karren.« Der Scheibenwischer schmierte durch eine graue Brühe.

Das Häuschen war schmal und spitzgieblig, mit einem Schutzdach aus gelblichem Glas über der Haustür. Vor einer Blechgarage stand ein älteres, schwarz lackiertes Opel-Coupé. Auf dem polierten Lack perlten die Regentropfen. Tamar klingelte an der Tür, nach einer Weile öffnete eine Frau mit strähnigem grauen Haar. Die Großmutter, überlegte Tamar.

Die Frau sah über Tamar hinweg auf die beiden Uniformierten. »Was wollt ihr schon wieder?«

Tamar zeigte ihren Ausweis. »Ich möchte Herrn Michael Achenbach sprechen. Er ist Ihr Enkel, nicht wahr?«

Die Frau streifte sie mit einem Blick. »Ich weiß nicht, wo er ist. Er wird noch arbeiten.« Dann kam ihr ein Gedanke. »Der ist nicht so wie das ausländische Gesindel, das sich hier herumdrückt. Aber die dürfen stehlen und Leute umbringen, das kümmert euch nicht.«

»Lass mal, Oma«, sagte eine Stimme hinter ihr. Ein junger Mann schob sich an der alten Frau vorbei und betrachtete Tamar aus kalten blauen Augen. Seine Nase war seitlich gekrümmt, als hätte er einmal einen Schlag darauf abbekommen. »Sie sind neu«, sagte er. »Unter denen, die bei uns rumschleichen, habe ich Sie noch nie gesehen.«

Tamar wies noch einmal ihren Ausweis vor.

»Ich arbeite im Dezernat Kapitalverbrechen«, sagte sie dann. »Können wir hereinkommen?« Zögernd gab Achenbach den Weg frei. Sie gingen in einen engen Flur und dann eine Treppe hoch. Von dort kamen sie in ein ausgebautes Dachzimmer mit Mansardenfenstern. Den Fenstern gegenüber hing die Reichskriegsflagge. Auf einem Bücherbord war zwischen Kriegsbüchern und einer Ausgabe von Hitlers »Mein Kampf« ein Wehrmachts-Stahlhelm drapiert. An einem Haken hing ein Kopfschutz, wie ihn Amateurboxer tragen, und über dem Regal waren großformatige Bilder aus einem Boxring an die Wand gepinnt. Sie zeigten Kampfszenen von Thai-Boxern. Einer von ihnen hatte eine Nase, die seitlich auffallend gekrümmt war.

Achenbach drehte sich um. »Also?«, fragte er.

Tamar betrachtete ihn kühl. »Wo waren Sie am Nachmittag des 10. September vergangenen Jahres?«

»Was soll der Scheiß?«, fragte Achenbach zurück. »Wenn ich Sie das fragen würde, könnten Sie mir's auch nicht sagen.«

»Ich kann Ihrer Erinnerung nachhelfen«, antwortete Tamar. »Sie haben in der Tankstelle in Wiesbrunn einen Kanister Dieselöl abgefüllt und an der Kasse bezahlt.«

Achenbachs Gesicht wurde noch verschlossener. »Davon weiß ich wirklich nichts. Und wenn es so gewesen wäre, wäre ja wohl nichts dabei.«

»War es so?«

Achenbach sah sie an. »Sind Sie schwer von Begriff? Ich weiß nichts davon, also kann ich auch nichts dazu sagen.«

»Na gut«, meinte Tamar. »Dann kommen Sie mit uns auf die Polizeidirektion. Jemand will Sie da sehen.«

»Es war ein großer, stämmiger Junge«, sagte der Mann in der Wildlederjacke. Er sprach mit kultivierter heller Stimme. Schon die ganze Zeit hielt er sich ein nasses Papiertaschentuch an den Hinterkopf. »Ein Junge?«, fragte der Schichtführer des Bundesgrenzschutzes.

Eigentlich hatte die Bahnhofswache den Ulmer Hauptbahnhof fest im Griff. Trotzdem kam es ab und zu vor, dass einem Reisenden eins über den Kopf gezogen wurde. Meistens in der Bahnhofstoilette, und meist passierte es Männern, von denen danach längst nicht alle zur Bahnhofswache gingen.

»Ja, ein Junge«, sagte der Mann, »nicht was Sie meinen, nicht zwölf oder dreizehn, was denken Sie denn von mir! Ende zwanzig würde ich schätzen, aber ich habe nicht viel von ihm gesehen, da kam dann schon der Schlag und er hat mich in die Toilette geschoben ...«

»Und jetzt fehlt Ihnen die Brieftasche?«

»Ach nein«, widersprach der Mann. »Es ist nur das Handy, sonst ist noch alles da, bitte überzeugen Sie sich!«

Der Schichtführer hob abwehrend eine Hand. »Was war das für ein Gerät?«

Der Mann nannte die Marke. »Es wird mit einer Telefonkarte aufgeladen, Sie brauchen also keine lästige PIN-Nummer, heutzutage müssen Sie sich ja sowieso viel zu viel merken. Und es hat nicht dieses unangenehme Quäken. Wenn ein Anruf aufläuft, vibriert das kleine Dingelchen. Trotzdem verstehe ich nicht, warum die Jungs so scharf auf so etwas sind. Ein Handy bekommen sie heute ja nachgeworfen. Und ich hätte ihn ja auch gerne telefonieren lassen, der Mensch muss ja kommunizieren, ich bin da wirklich nicht kleinlich ...«

Von Westen her zogen immer neue Regenwolken heran. Die Nässe war überall, und auch die Plastikplane, die an dem Haselnussgebüsch unter dem Hang neben der Tankstelle festgemacht war, bot keinen Schutz.

»Scheiße«, sagte der Mann, der bis zum Kinn tätowiert war, und blickte verdrossen auf die Tankstelle. Kein Schwein ließ sich bei diesem Sauwetter den Wagen waschen. Die Tankstelle hatte eine Waschzelle, in die man hineinfahren musste. Manchmal hatten die Leute Probleme damit. Dann konnte man sie dirigieren, und sie gaben einem eine Mark oder 50 Pfennig.

»Aber der Kumpel hier is'n feiner Kerl«, sagte der Alte, der neben ihm auf einem leeren Bierkasten hockte. »Ne Bombe für zwei Mark. Is glatt geschenkt. Wirklich 'n feiner Kerl.«

Der Tätowierte verzog das Gesicht. Er wusste, warum der Tankstellenpächter die Berber auf seinem Gelände duldete. Nachts sollten sie einfach da sein. Damit es bestimmten Leuten nicht so schnell einfällt, in die Tankstelle einzubrechen.

Schon okay, dachte er. Aber der Zwei-Liter-Rotwein war wirklich zum Speien. Der Alte hielt ihm die Flasche hin. »Besser als nichts«, sagte der Tätowierte nach kurzem Zögern, wischte den Flaschenhals ab und nahm einen kräftigen Schluck.

Als er die Flasche absetzte, merkte er, dass jemand neben ihm stand. Noch bevor er zu ihm hochsah, wusste er, wer es war. Es war Staff. Vorsichtshalber setzte er ein verbindliches

Grinsen auf. Man ging Staff besser aus dem Weg. Jeder wusste das. Aber dazu war es nun zu spät.

»Staff, alter Kumpel, wie geht's?«

»Na Tanko, immer durstig, wie?«, sagte der Mann.

Der Tätowierte hielt ihm die Flasche hin: »Magst einen Schluck?«

»Nur zu«, krähte der Alte von seinem Bierkasten. »Wir lassen keinen Kumpel verdursten.«

Staff schüttelte den Kopf. »Ich brauch ein ordentliches Bier und 'ne Bratwurst. Und einen Platz zum Pennen. Hast 'ne Idee?« Er griff in seine Jackentasche und zeigte mit zwei Fingern einen zusammengefalteten Hundertmarkschein.

»Aber sicher« hab ich 'ne Idee, Staff«, sagte Tanko. »Du hätt'st gar kein' Bessern nich finden können als mich.« Richtig Dusel war das, redete er sich ein.

»Es regnet, stimmt«, sagte Hannah. »Aber das ist noch lange kein Grund, dass ihr hier zu Hause hockt. Das ist ein richtig netter Altenkreis, und ihr müsst euch da überhaupt nicht verstecken, da sind viele, die sind noch viel schlechter zu Fuß als ihr. Außerdem gibt es einen schönen Vortrag, und danach Butterbrezeln und einen Malventee.«

»Wir sind aber nie in die Kirche gegangen, und auf meine alten Tage will ich das auch gar nicht erst anfangen«, murrte Maria Skrowonek. »Einen Malventee glaub ich nicht, dass ich mag«, sagte ihr Mann Erwin.

»Genau so hab ich es erwartet«, antwortete Hannah. »Erst habt ihr es mir versprochen, und nun wollt ihr nicht. Aber das mit der Kirche hat überhaupt nichts zu sagen. Da sind viele, die haben mit dem lieben Gott schon lange nichts mehr am Hut. Und du kannst ruhig einmal etwas anderes trinken als deinen Rotwein, frag nur die Maria.«

»Aber da sind doch lauter Weiber, denen der Alte schon über die Wupper ist«, wandte Maria ein. »Ich will nicht, dass die dem Döskopp da schöne Augen machen.«

Hannah warf einen zweifelnden Blick auf Emil Skrowonek.

»Nein, Tantchen«, sagte sie dann, »ich glaube, da brauchst du dir keine großen Sorgen zu machen.«

Hannah hatte am Tag zuvor nach einigen Telefonaten in der Paulus-Gemeinde einen Altenkreis ausfindig gemacht, zu dem sie die beiden bringen konnte. »Wenn man sie sich selbst überlässt, verkommen sie noch völlig in dem leeren Haus«, hatte sie dem Pfarrer der Paulus-Gemeinde erklärt. »Es ist nur so – die beiden waren nie sehr fromm.«

»Bringen Sie sie nur«, hatte Johannes Rübsam geantwortet. »Solche haben wir noch mehr.«

»Wir hören«, sagte Tamar und legte sich ihren Notizblock auf der Schreibplatte zurecht. Achenbach schwieg.

»Vielleicht sollte ich mir was zum Lesen holen«, meinte Kuttler. »So eine Nacht kann lang werden.«

»Gute Idee«, antwortete Tamar, öffnete ihre Schreibtischschublade und zog »Orlando« von Virginia Woolf hervor. Hannah hatte ihr den Roman geschenkt.

Kuttler ging zu dem Schrankfach, das er und Tamar als Garderobe benutzten, und holte aus der Tasche seines Mantels ein zusammengerolltes Rätselmagazin. Dann schob er seinen Schreibtischstuhl vor die Tür, setzte sich und schlug das Magazin auf. Durch das Fenster hörte man den Regen.

In dem kleinen Büro breitete sich Stille aus. Ab und an raschelte leise das Rätselmagazin. Kuttler hatte wieder ein Wort gefunden.

Der Flug war unruhig, die Biscaya-Tiefs schienen sich in diesem Jahr die Gießkanne in die Hand zu geben. Berndorf saß auf einem Fensterplatz, hatte aber trotzdem bisher keinen Anflug klaustrophobischer Panik verspürt. Das heißt, er hatte sich gezwungen, erst gar nicht daran zu denken, dass er einen solchen bekommen könnte.

Ohne es zu wissen, war ihm dabei eine Gruppe von Männern in nadelgestreiften Anzügen behilflich, die um ihn herum ihre Plätze hatten. Es waren Manager und ihre Assistenten, vermutlich aus der PR-Abteilung eines der Großkonzerne, die jetzt ihre Zentrale nach Berlin verlegt hatten. Fast gegen seinen Willen hatte Berndorf dem Smalltalk zuzuhören begonnen, mit dem die Nadelgestreiften ihre Rangordnungs-Rituale zelebrierten. Hauptthema war ein ehemaliger Staatssekretär des Verteidigungsministeriums, der als Firmenrepräsentant nach Singapur gewechselt und vor einigen Wochen mit 3,8 Millionen Mark Schmiergeld im Aktenkoffer untergetaucht war.

»Damit wird er nicht weit kommen«, meinte der Mann, der neben Berndorf saß. »Politiker wissen eben nicht, was richtig Geld ist. Deswegen hat es auch keinen Zweck, sie zu kaufen. Es genügt, sie zu mieten.«

Die Stewardess kam und bot Drinks an. Der Mann neben Berndorf – Kenzo-Anzug mit Weste, Gel im Haar, mittlerer Bluthochdruck – nahm einen Whisky, er selbst ein Mineralwasser.

Der Kommissar knipste die Leselampe an und schlug seinen Lichtenberg-Band auf.

Ich habe einen Müllerknecht gekannt, der niemals die Mütze vor mir abnahm, wenn er nicht einen Esel neben sich gehen hatte. Ich konnte mir das lange nicht erklären. Endlich fand ich, dass er sich diese Gesellschaft für eine Demütigung ansah und um Barmherzigkeit bat; er schien damit der geringsten Vergleichung zwischen ihm und seinem Gefährten ausweichen zu wollen.

Berndorf warf einen entschuldigenden Blick auf seinen Nebenmann, der sich schnaufend die Weste aufknöpfte. Tut mir Leid. Du kannst ja nichts für deine langen Ohren.

Die Dame vorne auf dem Podium trug ein Kostüm mit Faltenrock, außerdem hatte sie einen Stockschnupfen. Das hinderte sie nicht, ein Gedicht vorzutragen:

Fetter grüne, du Laub,
Am Rebengeländer
Hier mein Fenster herauf! Gedrängter quellet,

Zwillingsbeeren, und reifet
Schneller und glänzend voller!

Neben Hannah neigte sich Erwin Skrowonek langsam nach vorne, das Kinn war ihm schon auf die Brust gesunken, gleich würde er zu schnarchen beginnen, doch dann fuhr sein Kopf ruckartig wieder nach oben. Tantchen Maria musste ihm den Ellbogen in die Seite gerammt haben.

Lange halte ich das nicht mehr aus, dachte Hannah. »Mit Goethe durch das Jahr« – warum um alles in der Welt tat sie der alten Maria Skrowonek und ihrem Döskopp etwas an, womit frau sie selbst nur hätte jagen können? Sie kannte die Skrowoneks nicht einmal richtig, sie waren Nebenfiguren vom äußersten Rand ihrer Kindheit, und nur, weil ihr von dieser Kindheit nichts als ein paar Scherben geblieben waren, hing sie an ihnen und suchte zu kitten, was nun wirklich besser sich selbst überlassen bleiben sollte.

Die Dame mit dem Stockschnupfen verließ das Podium, und Pfarrer Rübsam übernahm wieder das Wort. Er komme nun zum Schluss, sagte er, tat das dann aber doch nicht, sondern erzählte von Faust und von Philemon und Baucis, und wie Faust an den beiden Alten schuldig wurde, nur um ein vermeintlich großes Menschenwerk zu vollbringen.

»Am Ende wird Faust verziehen«, fuhr Rübsam fort »*Wer immer strebend sich bemüht, den können wir erlösen,* lässt Goethe die Engel singen, wobei ich eher glaube, dass uns hier die Großmut Gottes gezeigt wird, der die Menschen eben nicht nach ihren Plänen und ihrem Streben beurteilt.«

Dann kam er aber doch noch zum Schluss und dankte allen Mitwirkenden, denn auch diese hätten immer strebend sich bemüht, weshalb nun alle von Goethe erlöst seien. Auch gebe es jetzt Brezeln und den feinen Malventee.

Oh Gott, Herr Pfarrer, dachte Hannah.

Der Mann, der Staff genannt wurde, goss das Zahnputzglas voll mit Inländer-Rum und stellte es vor Tanko. »Runter damit, wenn du mein Kumpel sein willst.«

»Ich glaub, ich muss kotzen«, sagte Tanko.

»Du hast mich Kumpel genannt. Also trink das. Oder ich denk, du willst mich verscheißern.« Staff lächelte. »Das willst du doch nicht? Du weißt, dass mich keiner verscheißert.«

Tanko griff nach dem Glas.

»Lass es einfach runterlaufen«, sagte Staff. »So ist es recht. Kumpel.«

Tanko trank und schüttelte sich. Unsicher stellte er das Glas zurück. Er starrte Staff an, so, als ob er etwas sagen wolle. Dann sank sein Kopf auf den Küchentisch. Staff zündete sich eine Zigarette an. Dann stand er auf und sah sich in der Wohnung um. Die Möblierung bestand aus dem Küchentisch, zwei Holzstühlen, einem Gasherd und zwei schimmeligen Matratzen. Fast überall hing die Tapete in Fetzen von den Wänden. Aber die Fenster waren noch ganz. Staff schloss das eine, das offen war, und kehrte zu Tanko zurück. Er drückte die Zigarette auf dem Tisch aus, packte Tanko unter den Armen und schleppte ihn zu den Schmuddelmatratzen.

Tanko hatte versucht, etwas zu sagen, schlief aber auf der Matratze sofort ein. Aus seinem Mund lief Speichel.

Neben der Matratze lag umgekippt eine Nachttischlampe mit einem vergilbten Schirm voll Fliegendreck. Staff zog den Stecker heraus und ging mit der Lampe in die Küche. Er schob den Küchentisch zur Wand neben den Schüttstein, an der sich die Steckdose befand. Das Kabel riss er aus der Lampe und zog die beiden Leitungsdrähte noch einige Zentimeter weit auseinander. Dann holte er aus seiner Hosentasche ein Stück Leukoplast und klebte das Kabel so auf dem Küchentisch fest, dass die beiden blank liegenden Enden noch frei beweglich waren. Er bog sie so zurecht, dass sich die Drähte fast berührten, nahm aus seiner Jackentasche ein Handy und legte es auf den Küchentisch dicht neben den einen Draht.

Suchend sah er sich um. In einem Wandregal fand er einen dickleibigen verstaubten Versandhauskatalog. Er schob den Katalog hinter das Handy, sodass es nicht von dem Leitungsdraht wegrutschen konnte. Dann warf er noch einmal einen

Blick auf Tanko. Der schlief tief. Staff kehrte in die Küche zurück, ging zum Gasherd und drehte alle Hähne auf, auch den des Backofens. Dann drückte er den Kabelstecker in die Steckdose, löschte das Licht und verließ die Wohnung.

»Is ja doch ein netter Abend geworden«, sagte Erwin Skrowonek, als sie zu dritt vor der Fußgängerampel an der Karlstraße warteten. Er hatte eine Kollegin aus der Eisenwarenhandlung getroffen, in der er Verkäufer gewesen war, Erster Verkäufer, und die Kollegin hatte in der Buchhaltung gearbeitet ...

»Glaub bloß nicht, dass ich nicht gemerkt habe, wie du ihr die ganze Zeit sonst wohin geglotzt hast, der alten Schindmähre«, fuhr ihm seine Ehefrau Maria in die Parade.

»Hab ich nicht«, sagte Erwin matt.

»Hast du doch«, Maria gab nicht nach.

»Hört auf zu streiten«, seufzte Hannah. »Das war ein schöner Abend, und das nächste Mal geht ihr wieder hin. Auch ohne, dass ich euch hinschleppen muss.«

Der Regen war stärker geworden. Kuttler versuchte sich an einem Zahlenrätsel. Deckenlicht fiel auf den Schreibtisch, der zwischen Tamar und Manuel Achenbach stand.

»Scheiße«, brach Achenbach das Schweigen. »Ihr könnt mich nicht festhalten. Ich weiß, was meine Rechte sind. Morgen muss ich arbeiten.«

»Da bin ich nicht so sicher«, erwiderte Kuttler. »Ganz und gar nicht sicher bin ich da. Sie werden heute Nacht dem Haftrichter vorgeführt, ob es Ihnen gefällt oder nicht. Sonst ist nichts, was Sie müssen.«

»Was soll das? Ihr habt nichts gegen mich in der Hand, und das wisst ihr auch ganz genau.« Seine Augen starrten hasserfüllt auf Tamar, die ungerührt in Virginia Woolf las.

»Sie waren es, der den Kanister Dieselöl gekauft hat«, erklärte Kuttler mit sanfter Stimme. »Bei der Gegenüberstellung hat man Sie eindeutig, zweifelsfrei und wasserfest identifiziert. Danken Sie Ihrer Nase.«

»Mir war das Benzin ausgegangen«, antwortete Achenbach. In seine Stimme hatte sich Unsicherheit geschlichen. »Jedem passiert das mal, aber wann das war, weiß ich doch nicht mehr genau, das kann schon auch im September gewesen sein.«

»Das Opel-Coupé, das du da hast, ist ein schönes Auto.« Tamar sprach ganz beiläufig, während sie weiter in ihr Buch vertieft schien. »Du hast es schon im September gehabt. Das weiß ich von der Zulassungsstelle. Kein Coupé wird mit Diesel gefahren.« Dann schlug sie das Buch zu und fasste Achenbach ins Auge. »Du bist Thai-Boxer. Irgendeine der unteren Gewichtsklassen. Ich hab es an den Fotos in deinem Zimmer gesehen. Du kennst die Szene. Also kennst du auch Rodek, Stefan Rodek. Er war Trainer.«

Kuttler rollte das Rätselmagazin zusammen. »Und ihm hast du den Kanister besorgt. Was meinst du, wie schnell sich das herumspricht, dass du jetzt bei uns bist? Vielleicht ist das sogar dein Glück. Denk daran, was mit Veihle passiert ist. Jetzt, wo man weiß, dass du drinsteckst, hast du vielleicht bloß noch uns als Schutzengel.«

Der Airbus aus Berlin war ohne Verspätung gelandet, was nach Ansicht der Nadelgestreiften schon längst nicht mehr selbstverständlich war. Berndorf war ohne Bedauern von ihnen geschieden und in einem überfüllten Bus von Echterdingen zum Stuttgarter Hauptbahnhof gelangt, wo er mit einiger Mühe gerade noch den Anschluss-ICE nach Ulm erreichte. Vom Zug aus hatte er vergeblich nach den Vorbergen der Alb Ausschau gehalten, aber es waren nur die ausfasernden Schleier tief hängender Regenwolken zu sehen.

Am Hauptbahnhof hatte er die Straßenbahn bis zum Willy-Brandt-Platz genommen und war von dort zu seiner Wohnung gehumpelt. Als er aufgeschlossen hatte, nahm er erleichtert seine Reisetasche vom Schultergurt, und drehte den Thermostat der Zentralheizung höher. Auf dem Schachtisch lag ein Stapel Post, hauptsächlich Rechnungen, wie er an den Umschlägen sah, dazwischen die Mai-Ausgaben der »Monatsschrift für Kriminologie« und der »Argumente für ein neues Strafrecht«. Ganz unten lag ein dicker Umschlag mit dem Aufdruck des »Tagblatts«, offenbar das Material, das ihm Frentzel über die Deponie Lettenbühl herausgesucht hatte.

Er sah sich um. Die Wohnung mutete ihn fremd an, ärmlicher, als er sie in Erinnerung hatte. Er überlegte, woran das wohl liegen mochte, da ihm nichts abhanden gekommen war.

Auf einmal wusste er, was anders war. Die Nacht starrte schwarz und regnerisch und unverhüllt in sein Wohnzimmer. Der gnädige Grauschimmer, der für gewöhnlich die Fichtenholzregale und die Ledergarnitur vom Möbel-Discounter weichzeichnete, war weg.

Die Witwe hatte ihm also doch die Fenster geputzt.

Kopfschüttelnd humpelte er zur Balkontür, um nach dem Efeu und der Topfkiefer zu sehen. Er öffnete die Tür. Frische Luft drang herein und roch nach atlantischen Sturmtiefs. Im Lichtschein, der aus der Tür fiel, sahen die Pflanzen aus, als ob ihnen nichts fehle. Berndorf sog die Luft ein.

Von der anderen Seite des Bahndamms schimmerte das Licht der nächtlichen Stadt durch den Regen. Er war wieder in Ulm. Aber er hätte nicht sagen mögen, dass er jetzt zu Hause sei.

Ein krachender Schlag hallte durch die Nacht. Er kam von der anderen Seite des Bahndamms. Der Ostbahnhof lag dort.

Achenbach blickte zu Tamar. Er sah aus, als ob er nachdenke oder etwas zu berechnen versuche. Vielleicht ist er einfach nur müde, dachte Tamar. In der Ferne rollte ein Donnerschlag durch die Nacht. Ein Gewitter?, überlegte Tamar. Komisch.

»Okay«, sagte Achenbach schließlich. »Natürlich hab ich den Kanister nicht für meinen Wagen gebraucht. Vielleicht hab ich damals schon einen in der Krone gehabt und bin mit einem Kumpel von mir mitgefahren, der einen alten Benz hat. Und vielleicht ist dem Benz der Saft ausgegangen, und ich bin mit dem Kanister zur Tankstelle. Und wie ich zurück bin, sagt der Kumpel, er hat sich gleich gedacht, dass es die Zuleitung ist, weil, er hat erst am Nachmittag getankt, und ich soll den Kanister in den Kofferraum legen, weiß man, wozu es gut ist.« Achenbach machte eine Pause und warf einen schnellen Blick auf Kuttler. »Also, wenn es so war, was bringt es mir dann, wenn ich euch sage, wer der Kumpel war?«

Tamar hatte das Buch weggelegt. »Deine Ruhe bringt es dir. Du machst deine Aussage, und wir bringen dich nach Hause in die Heia. Ende. Wenn es aber doch noch ein Problem gibt, können wir über deine Aufnahme ins Zeugenschutzprogramm reden.«

Achenbach überlegte. Erwartungsvolles Schweigen machte sich breit.

Misstönend schrillte das Telefon in die Stille.

Donnerstag, 27. Mai

Der Morgen hatte eine frische Brise gebracht, in der die Absperrungen aus rotweißen Plastikstreifen schaukelten und flatterten. Die Bänder waren um den Schutt gezogen, der den Gehsteig und einen Teil der Fahrbahn mit herausgebrochenen Backsteinen und zerschmetterten Ziegeln bedeckte. Die Explosion hatte die Vorderfront des Hauses weggeblasen und das Dach zum Einsturz gebracht. Das freigelegte Treppenhaus brach im dritten Stockwerk ab. Weiter oben wehten die Fetzen einer gestreiften Tapete im Wind.

Der Experte vom Landeskriminalamt stocherte, einen Schutzhelm auf dem Kopf, mit einer Zwinge in den Trümmern. Er hatte darauf bestanden, dass auch Tamar einen Helm aufsetzen müsse. Der Mann war graubärtig und bewegte sich mit wacher Behutsamkeit.

»Das gefällt mir nicht«, sagte er zu Tamar. »Es gefällt mir überhaupt nicht.«

Tamar sah ihn fragend an.

»Dieser Tote da oben lag nicht da, wo er hätte liegen sollen«, erklärte der LKA-Mann. »Wenn sie es mit Gas machen, dann legen sie den Kopf in den Backofen.« Mit der Zwinge drehte er ein Stück verbogenes, schwarzes Blech um, hob es dann auf und steckte es in einen Plastikbeutel. »Keiner geht in ein anderes Zimmer und wartet es dort ab.« Er stocherte in dem Mörtelstaub, in dem das verbogene Blech gelegen hatte. Dann bückte er sich und hob mit ein kleines Stück grünes Plastik auf und zeigte es Tamar. »Wofür halten Sie das?«

Das Plastikstück ähnelte einer abgerundeten Kante. »Das hat zu einer Art Box gehört«, meinte Tamar. »Irgendwas Rundes, Handliches. Ein Handy?«

»Das denke ich auch«, sagte der Mann vom LKA.

Ein groß gewachsener Mann, der zum Anzug einen Schutzhelm trug, stieg über die Plastikbänder und näherte sich.

»Sie haben hier keinen Zutritt«, sagte Tamar.

Der Mann schaute sie stirnrunzelnd an. »Welf ist mein Name«, sagte er dann, »mir gehört dieses Haus. Eher sollte ich Sie fragen, was Sie hier zu suchen haben.«

»Kriminalpolizei«, antwortete Tamar und zeigte ihm ihren Ausweis. »Ich muss darauf bestehen, dass Sie den abgesperrten Bereich wieder verlassen.«

Entschuldigend hob Welf beide Hände. »Ich bin nicht nur der Eigentümer, sondern auch Architekt, also sozusagen vom Fach. Ich könnte Ihnen behilflich sein. Schließlich weiß ich, welche Mauer stehen bleibt, und welche einfallen kann.«

Der LKA-Mann kniete nieder und hob einen halb zertrümmerten Backstein auf. Von dem Streifenwagen, der vor der Absperrung geparkt war, hatte sich ein uniformierter Polizist genähert. Es war Orrie. Tamar gab ihm ein Zeichen, Orrie hob die Absperrung an und schlüpfte darunter durch.

»Auch wir sind vom Fach«, antwortete Tamar mit kühler Stimme. »Von unserem Fach. Trotzdem ist es freundlich von Ihnen, dass Sie uns helfen wollen. Ich hatte ohnehin vor, einige Punkte mit Ihnen abzuklären. Können Sie es einrichten, um 15 Uhr in der Polizeidirektion zu sein?«

Welf sah auf Orrie hinab, der sich neben ihn gestellt hatte.

Dann wandte er sich wieder Tamar zu. »Wenn Sie Fragen haben, hätte ich eigentlich erwartet, dass Sie zu mir kommen.« Er versuchte ein Lächeln. »Aber bitte. Wenn dein Freund und Helfer ruft.«

»Melden Sie sich an der Pforte im Neuen Bau«, sagte Tamar. »Sie werden dann zu mir gebracht.«

Welf blickte um sich, wie nach einer Antwort suchend. Sein Blick fiel wieder auf Orrie. Der zeigte höflich zur Straße. Der Architekt zuckte mit den Achseln und ging zur Straße zurück. Aus den Augenwinkeln sah er, dass auf der anderen Seite der Absperrung eine Gruppe von Zuschauern stand, unter ihnen ein Mann mit einem Krückstock. Welf stieg in seinen Wagen und startete mit durchdrehenden Reifen.

»Der Eigentümer ist das also«, sagte der LKA-Mann zu Tamar. »Kann das sein, Kollegin, dass die Pläne für den Neubau schon auf dem Tisch liegen?«

Tamar sah ihn schief an. »My dear Watson.« Dann ging sie zu der Absperrung, stieg darüber und begrüßte Berndorf. »Es ist gut, dass Sie zurück sind, Chef«, sagte sie. »Wissen Sie, was passiert ist? Wenn das hier eine halbe Minute später in die Luft geflogen wäre, nur eine halbe Minute – dann wäre Hannah tot, erschlagen unter diesen Trümmern.«

»Hannah? Wieso war sie hier?«

»Sie kümmert sich um diese alten Leute. Sie hat sie in einen Vortrag geschleppt, damit sie einmal etwas anderes erleben als ihre ewig gleichen vier Wände, und wie sie zurückkommen, fallen ihnen diese vier Wände buchstäblich vor die Füße.«

»Ein Erlebnis ist das ja nun allerdings.«

»Sorry, Chef, aber solche Sprüche kann ich gerade nicht brauchen. Wann fangen Sie denn endlich wieder an? Wir kommen allein nicht mehr durch.«

Berndorf schüttelte den Kopf. »Tut mir Leid. Bin weder Chef noch gehe ich in den Neuen Bau zurück.« Verlegen schaute er zur Seite. »Ich habe vorhin meinen Antrag auf Versetzung in den Ruhestand zur Post gebracht.«

Zwischen Tamars Augenbrauen bildete sich eine Zornesfalte. »Im Neuen Bau wird es heißen, dass Sie kneifen.«

Berndorf zuckte mit den Achseln. »Mag sein. Sagen Sie mir lieber, was mit dem verschwundenen Gerichtsschreiber ist.«

Tamar blickte ihn verwundert an. »Er ist bisher noch nicht aufgetaucht. Es sieht so aus, als ob er mit dem Wagen weggefahren sei. Dieser Richter Hagenberg und auch seine Kolleginnen haben mir zwar versichert, dass Sander genau das niemals tun würde – ich meine, einfach so wegfahren, ohne eine Nachricht zu hinterlassen. Aber es sieht fast so aus.«

Berndorf wandte sich zur Seite. »Begleiten Sie mich ein Stück?« Er humpelte zu dem verlassenen Bahnhofsgebäude. Tamar ging neben ihm her.

»Es gibt ein oder zwei Dinge«, sagte Berndorf nach einer Weile, »die ich noch klären will. Eines davon betrifft diesen Hartmut Sander. Ich habe ihn einmal zufällig getroffen, und seither habe ich das dumme Gefühl, dass er mir damals etwas sagen wollte. Vermutlich hätte ich ihn ermutigen sollen, oder ich hätte freundlicher sein müssen. Das war kurz, nachdem Veihle und Rodek freigesprochen wurden.«

»Sie finden sich also doch nicht damit ab«, stellte Tamar fest. »Sind Sie nun im Geschäft oder sind Sie draußen?«

»Ich bin draußen«, antwortete Berndorf. »Aber Sie könnten mich trotzdem auf dem Laufenden halten. Den Skin mit dem Ölkanister habt ihr nicht gefunden?«

»Ich bin eine Kuh«, sagte Tamar. »Ich hätte es Ihnen gleich sagen müssen. Wir haben ihn tatsächlich gefunden. Und wie Sie es geahnt haben, war er mitten im harten Kern der SSV-Fans. Achenbach heißt er. Der Staatsschutz kennt ihn aus der Neonazi-Szene.« Sie waren stehen geblieben. Berndorf betrachtete die Wasserpfützen im Kies. »Außerdem ist Achenbach Thai-Boxer«, fuhr Tamar fort. »Die Wand in seinem Zimmer ist voller Fotos davon. Und Rodek war Trainer in einem Kampfsportstudio, das haben Sie mir selbst gesagt. Die beiden müssen sich kennen. Und heute Nacht hatten wir Achenbach fast so weit, dass er ausgepackt hätte.«

»Und warum hat er nicht?«

»Als er den Mund aufmachen wollte, hat das Telefon geklingelt. Es war der Anruf wegen der Explosion hier.« Tamar zuckte mit den Schultern. »Was soll man machen? Inzwischen hat er die Jalousien wieder heruntergelassen und sagt gar nichts mehr. Desarts hat einen Haftbefehl abgelehnt. Ich hab Achenbach dann noch gesagt, er soll aufpassen, dass es ihm nicht auch so geht wie dem Axel Veihle.«

»Und?«

»Besonders glücklich hat er nicht ausgesehen. Egal. Ich werde mir jetzt dieses Kampfsportstudio ansehen, in dem Rodek gearbeitet hat. Vielleicht finde ich da eine Verbindung.«

Berndorf nickte. »Tun Sie das. Aber eine Bitte habe ich noch. Könnten Sie mir Zutritt zur Wohnung des Gerichtsschreibers verschaffen?«

Hartmut Sander besaß ein Appartement in einer Wohnanlage in Lettenbühl, einem auf der anderen Seite der Donau gelegenen Stadtteil, dem man längst nicht mehr ansah, dass er einmal ein Bauerndorf gewesen war. Der Fußweg von der Bushaltestelle führte zwischen älteren Häusern und danach zwischen Gärten hindurch. Die Gärten waren mit hohen Koniferen gegen den Fußweg abgeschirmt. Berndorf hatte die Gehzeit von der Endhaltestelle zu Sanders Wohnung auf zehn Minuten geschätzt, brauchte aber eine gute Viertelstunde. Die Einladung Tamars, mit ihr zu fahren, hatte er abgelehnt. »Ich kann's noch nicht. Die Sperre ist noch immer da.«

Die Wohnanlage war ein gelb verputzter Bau mit Balkons und einem Vorgarten, in dem Kiefern und Rosensträucher gepflanzt waren. Eine Rampe führte zu einer Tiefgarage hinab. Vor dem Eingang wartete Tamar. »Die Leute kennen sich hier nicht«, sagte sie. »Es ist nur aufgefallen, dass der Platz in der Tiefgarage, wo sonst Sanders Renault stand, seit einiger Zeit leer ist. Unter der Woche stand der Wagen meist dort. Sander fuhr mit dem Bus zum Hauptbahnhof und dann mit der Straßenbahn zum Justizgebäude.« Sie gingen in die Eingangshalle, deren Marmorfliesen weder von Kinderwagen noch von Fahrrädern verschmutzt wurden. Im ersten Stock führte ein Korridor zu mehreren Appartements. Tamar, die sich von der Hausverwaltung einen Schlüssel hatte geben lassen, schloss die Tür zu einem davon auf.

In der Garderobe hing der Trenchcoat, den Berndorf schon einmal gesehen hatte. Er hängte seinen Mantel daneben und folgte Tamar in ein nicht allzu großes, aber helles Wohnzimmer, das im Ikea-Stil der frühen Neunzigerjahre möbliert war. Es gab eine Sitzgruppe, mit dunklem braunen Stoff bezogen, den dazugehörigen Couchtisch und eine Schrankwand mit Bücherregal hinter Glas. In einer Ecke war eine nicht zu teure Stereoanlage aufgebaut, und neben dem Fernseher stand ein Videorecorder. An der mit weißer Rauhfaser tapezierten Wand hingen sorgfältig gerahmte Schwarzweißfotos. Ein Gummibaum ließ gelbe Blätter hängen. Am Fenster warteten kugelige Kakteen auf die Sonne. Als Berndorf näher trat, entdeckte er, dass eine von ihnen eine einsame zarte rote Blüte getrieben hatte. Eine Mammillaria? In dem Zimmer war es warm, die Luft roch trocken und abgestanden.

Berndorf blieb vor dem Bücherregal stehen. Den meisten Platz nahm ein kompletter, in Leder gebundener Brockhaus ein. Daneben standen Hardcover-Ausgaben von John le Carré, Grisham und P. D. James, im untersten Fach eine Reihe von großformatigen Fotobänden. Berndorf zog einen davon heraus, er enthielt Aktaufnahmen, keine Hardcores, nur glatte, desodorierte, weichgespülte Frauenkörper.

»Bei den Videos ist nichts Auffälliges«, sagte Tamar, die neben ihn getreten war und einen eher abfälligen als ärgerlichen Blick auf die Aufnahmen geworfen hatte. »Ein paar Filme, die Monty-Python-Serie, keine Pornos.«

Auch die Wände im angrenzenden Schlafzimmer waren mit gerahmten Schwarzweißfotos dekoriert. »Wenn es stimmt, was mir seine Kolleginnen erzählt haben, ist Sander notorischer Junggeselle,« sagte Tamar und wies etwas ratlos auf ein ehelich anmutendes Doppelbett mit blau-weiß karierten Decken. Berndorf schlug die beiden Betten auf, eines schien völlig frisch bezogen zu sein, das andere sah aus, als ob schon jemand darin geschlafen habe. Flecken, die auf irgendwelche Erregungen hätten hindeuten können, waren nicht zu sehen.

»Für einen Mann einigermaßen reinlich«, stellte Tamar fest. Berndorf öffnete den Kleiderschrank, in dem Anzüge und Kombinationen hingen, von denen der Verkäufer vermutlich behauptet hatte, sie seien modisch, aber preiswert. In den Seitenfächern lag ordentlich gestapelte Unterwäsche, daneben einige sorgsam übereinander gelegte Ziertaschentücher. Wann hatte man so etwas zuletzt getragen?

Ein kleiner, dritter Raum war als Arbeitszimmer hergerichtet. In einem Regal standen eine rote Schönfelder-Gesetzessammlung, ein Palandt-Kommentar zum Bürgerlichen Gesetzbuch und dazu Fachzeitschriften, sorgsam in Schubern geordnet. Der Schreibtisch war leer, auf einem Hocker stand ein Drucker, aber es gab keinen dazugehörigen Computer. Berndorf sah sich nach Disketten um, fand aber keine.

»Komisch«, sagte er und blieb vor dem Schreibtisch stehen. Die Platte aus hellem Fichtenholz war leer bis auf eine Tischlampe, eine Schreibunterlage aus hellbraunem Leder und zwei Bücher. Das eine war ein Duden für die neue Rechtschreibung, das andere hatte einen abgegriffenen Schutzumschlag, auf dem ein adretter junger Mann mit einer Füllfeder in der Hand abgebildet war. Der junge Mann saß vor einem Bogen jungfräulichen Papiers und machte ein lustvolles Gesicht. Der Titel hieß »Mit vorzüglicher Hochachtung – ein Leitfaden für Briefe in allen Lebenslagen«. Berndorf schlug das Buch auf, es war 1973 in Gütersloh erschienen. Er klappte es wieder zu und betrachtete den Schreibtisch. Schließlich beugte er sich über die Schreibunterlage. Deutlich waren vier Druckstellen zu sehen. »Sieht so aus, als ob er einen Laptop benutzt hat«, meinte Tamar. »Er muss ihn mitgenommen haben.«

Der Schreibtisch hatte auf der einen Seite Schubfächer. Berndorf zog sie nacheinander auf, fand aber nur Bedienungsanleitungen, Schreib- und Druckpapier sowie Reiseprospekte. »Ich verstehe nicht, warum er sämtliche Disketten mitgenommen hat«, sagte Berndorf schließlich.

»Vielleicht hat er gar nicht so viele gehabt«, meinte Tamar. »Es soll Leute geben, die brauchen ihre Laptops nur, um Solitair zu spielen.«

Sie setzten ihren Rundgang fort, gingen durch das Wohnzimmer zurück und kamen in eine kleine Küche. Im Spülbecken war das Geschirr eines bescheidenen Frühstücks gestapelt.

Im Kühlschrank fanden sich Butter, etwas Schinken, ein paar Eier und ein Frischkäse, der in seiner Plastikschale eingetrocknet war. Berndorf ging weiter in das hellbeige gefliese Bad. Badewanne und Dusche, WC und Handwaschbecken wirkten so, als seien sie regelmäßig sauber gehalten worden. Auf der Ablage über dem Handwaschbecken lag nur eine Seifenschale, und auch im Spiegelschrank darüber fanden sie weder Zahnbürste noch Rasierzeug.

»Das alles sieht aus, als ob er wirklich verreist sei«, fasste Tamar zusammen. »Aber seine Kolleginnen können sich das überhaupt nicht vorstellen.«

»Ich mir auch nicht«, meinte Berndorf. Tamar schaute ihn fragend an.

»Seit wann reisen die Leute mit den Sicherungsdisketten ihrer Computer durch die Welt?«, wollte Berndorf wissen. »Und das andere ist das Geschirr. Der Mensch, dem diese Wohnung gehört, verreist nicht, ohne das Frühstücksgeschirr abgespült und aufgeräumt zu haben.«

Tamar sah auf ihre Uhr. »Tut mir Leid, Chef, ich bin Ihnen heute keine große Hilfe«, meinte sie und reichte ihm den Schlüssel zu Sanders Wohnung. »Geben Sie ihn nachher in der Hausverwaltung nebenan ab. Ich muss zurück in den Neuen Bau. Um drei erwarte ich Herrn Welf.«

»Ich weiß«, sagte Berndorf. »Lassen Sie ihn nicht allzu deutlich merken, dass Sie bei dieser Gasexplosion nicht an einen Unfall und auch nicht an einen Selbstmord glauben.«

Tamar betrachtete ihn überrascht. »Woher wissen Sie?«
»Als Sie heute Morgen mit Welf gesprochen haben, hat man es in Ihrem Gesicht lesen können wie in einer Anklageschrift.«

Tamar verließ die Wohnung, Berndorf schloss die Tür hinter ihr. In der Küche hatte er eine kleine grüne Gießkanne gesehen.

Er füllte sie und goss als Erstes den vor sich hin kümmernden Gummibaum, dann – sehr viel sparsamer – die Kakteen. Im Arbeitszimmer setzte er sich in den Drehstuhl und sah noch einmal die Schubladen des Schreibtischs durch. In der obersten fand er die Papiertüte eines Fotogeschäfts mit einem entwickelten Film und den Abzügen. Es waren – wie die Fotografien an den Wänden – Schwarzweißaufnahmen mit Alltagsszenen aus der Stadt: überquellende Abfalleimer, Plakatwände, deren oberste Schicht sich im Regen aufzulösen begann, ein Graffiti-Spruch auf der nackten Betonmauer eines Parkhauses: *love is death*.

Berndorf sah sich um. Auch im Arbeitszimmer hingen Vergrößerungen solcher Fotos, auf dem Regal neben ihm lag eine Nikon. Er nahm sie aus ihrem Lederetui und untersuchte sie. Es war kein Film eingelegt.

Komisch, dachte er. Der passionierte Fotograf, der seinen Laptop samt Disketten mit sich nimmt, lässt seine Kamera zu Hause. Aber vermutlich hat er noch andere Apparate. Berndorf wandte sich dem Regal zu. Im untersten Fach standen mehrere Leitzordner. Er zog einen hervor.

Der Ordner enthielt die Gehaltsabrechnungen, Arztrechnungen und die Korrespondenz mit der Besoldungsstelle des Landes. Außerdem waren Sanders Kontoauszüge abgeheftet. Sein Girokonto war mit einigen tausend Mark im Plus. Soweit Berndorf sehen konnte, hatte Sander außer der Umlage für seine Eigentumswohnung, den Kosten für seinen Renault und für einen Solo-Urlaub in Italien, keine besonderen Ausgaben. Vor zwei Jahren hatte er zusätzlich zu seinen sonstigen Ausgaben 2000 Mark abgehoben. Zwei Blätter weiter fand sich eine

Quittung über knapp den gleichen Betrag, ausgestellt von einem Eheanbahnungsinstitut Aurora.

Das Sportstudio lag in der Weststadt, in der Nähe des alten Röhrenwerks. Tamar parkte ihren Wagen unter regennassen Bäumen. Vor ihr erstreckte sich ein altersgrauer Schuppen. Eine Eisentreppe führte zum Eingang hoch. Tamar stieß die Türe auf und kam in einen Gang, der mit Fotos martialischer Muskelmänner voll gehängt war. Die Muskelmänner waren dabei, einander mit den Füßen in die Nieren zu treten oder mit bloßen Händen einen Haufen Ziegel durchzuschlagen. Deckenlicht erhellte einen großen Raum mit Trimmgeräten. Ein schweißglänzender Jungmann arbeitete an einem Sandsack, ein zweiter stemmte Eisen. Weiter hinten war ein Boxring aufgebaut. Daneben stand ein erleuchteter Verschlag.

Tamar ging darauf zu und öffnete die Tür. Vor einem mit Papier, Schachteln, Dosen und einem Laptop voll gestellten Tisch saß ein schlaksiger, hagerer Mann. Er hatte misstrauische Augen und im Gesicht eine lange, rot gezackte Narbe, die von der einen Schläfe bis zum Kinn herablief. Fragend schaute er zu Tamar hoch. Sie stellte sich vor und griff nach ihrem Dienstausweis. Der Mann winkte ab.

»Dass Sie vom Neuen Bau kommen, seh ich auch so.« Er grinste missvergnügt. »In einem früheren Leben war ich mal bei Ihrer Firma. Aber setzen Sie sich doch.« Er wies auf einen Hocker.

Tamar nahm den Hocker und setzte sich. Auch hier war die Wand mit Fotografien voll gehängt. Die Bilder zeigten Kampfszenen und verschwitzte Männer, denen Ringrichter den Arm zum Zeichen des Sieges hochhielten.

»Kolleginnen wie Sie haben wir früher nicht gehabt«, stellte der Mann fest und musterte sie unauffällig. »Zu einem Fitness-Kurs sind Sie nicht hergekommen. Hätten Sie auch nicht nötig. Also?«

»Achenbach«, sagte Tamar. »Manuel Achenbach. Thai-Boxer.«

Der Mann schüttelte den Kopf. »Nein. Kein Thai-Boxer. Einer, der es gern sein möchte. Manchmal trainiert er hier. Aber es reicht nicht. Kein Kämpfer. Nur große Klappe.«

»Hab ich mir fast gedacht«, meinte Tamar. Sie überlegte. »Was ist mit seinem Kumpel Rodek?«

»So nicht, Kollegin«, sagte der Mann. »Ich weiß nicht, bei wem solche Tricks ziehen sollen. Bei mir jedenfalls nicht. Stefan Rodek hat im letzten Jahr hier gearbeitet, ganz regulär, Lohnsteuer und Versicherungen inklusive. Aber wie kommen Sie darauf, dass er Achenbachs Kumpel wäre?« Wieder schüttelte er den Kopf. »Bei denen ist die Kragenweite wirklich zu verschieden.«

Das hätte ich mir allerdings denken können, ging es Tamar durch den Kopf. Dann wollte sie wissen, was Rodek genau im Studio gemacht habe.

»Konditions- und Boxtraining«, antwortete der Mann. »Wir haben hier einen recht gut besuchten Boxkurs für Manager. Ein Kurs im richtigen Boxen. Den eigenen Schweinehund überwinden. Treffen und nicht getroffen werden. Kann jeder gut gebrauchen.«

»Und Rodek hat diesen Kurs betreut?«

»Er war ein guter Amateurboxer«, antwortete der Mann. »Stand auch schon mal in einer Bundeswehr-Staffel.« Er verzog das Gesicht. »Leider kommt sein didaktisches Geschick nicht an seinen linken Jab heran. Vermutlich hat ihn die Bundeswehr als Trainer versaut. Er hat nicht begriffen, dass er nicht bloß befehlen kann. Wir haben uns trennen müssen.«

»Wissen Sie etwas über Freunde oder nähere Bekannte?«

»Ich hab ihn bezahlt. Privatleben anderer interessiert mich nicht. Wenn Sie mehr über Rodek wissen wollen...«, der Mann unterbrach sich und überlegte. »Der Einzige, der mir einfällt, ist sein früherer Trainer.«

Er zog eine Schublade auf und holte ein braunes zerfleddertes Notizbuch heraus. »Der Mann heißt Oettinger und ist noch immer Übungsleiter bei einem Stuttgarter Club. Moment...« Von einem Block mit Vordrucken für die Trainingszeiten riss er einen Zettel ab und notierte auf der Rückseite eine Telefonnummer. Dann gab er den Zettel Tamar. »Aber passen Sie auf. Oettinger hat die Altersgeschwätzigkeit.«

Tamar verabschiedete sich und ging. Der schweißglänzende Jüngling schlug noch immer auf den Sandsack ein. Durch den Regen, der wieder stärker geworden war, fuhr sie zurück in den Neuen Bau.

War wohl nichts, dachte Berndorf und schlug den nächsten Ordner auf. Er enthielt Zeugnisse und Bescheinigungen. Negative und Kontaktabzüge, sorgfältig chronologisch geordnet, füllten die nächsten beiden Faszikel. Im fünften Ordner endlich fand Berndorf private Korrespondenz, ganz oben einen in runder Kinderschrift gefertigten Dankesbrief an den lieben Onkel Hartmut, in dem sich eine Sabine für den schönen Plüsch-Osterhasen Schnuffi bedankte.

Ein weiterer Brief war – mit der Ortsangabe Pliezhausen – von Sanders Mutter geschrieben. Sie freue sich auf seinen Besuch, hieß es darin, und sie werde extra eine Schwarzwälder Kirschtorte backen.

Berndorf stand auf, ging in das Wohnzimmer, wo er ein Telefon gesehen hatte, nahm den Hörer ab, drückte die Kurzwahltaste und dann die Ziffer eins. Die Verbindung baute sich auf. Eine brüchige Stimme meldete sich: »Ja, bitte?« Berndorf nannte seinen Namen und log, er sei ein Kollege von Hartmut Sander. Ob er mit der Mutter spreche?

»Ein Kollege? Er hat mir noch nie von Ihnen erzählt.«

»Ich bin neu am Landgericht«, erklärte Berndorf. »Und ich habe ein Problem, bei dem ich einen Rat von Ihrem Herrn Sohn brauche. Aber nun hat er für ein paar Tage Urlaub genommen. Da dachte ich, er ist vielleicht bei Ihnen und könnte mir kurz Auskunft geben.«

»Ich weiß nichts von einem Urlaub«, sagte die Stimme abweisend. »Er ist nicht bei mir. Aber von Ihnen hab ich noch nie gehört.« Dann legte sie auf.

Berndorf zuckte mit den Schultern und gab über Kurzwahl

die Ziffer zwei ein. Es klingelte einige Male, dann meldete sich eine Kinderstimme.

»Mein Name ist Berndorf«, sagte er, »und ich hätte gerne deinen Onkel Hartmut gesprochen.«

»Der ist doch nicht hier«, antwortete das Kind. »Der ist in Ulm. Beim Gericht in Ulm ist der.«

Welf trat um 15.10 Uhr in das Büro, das sich Tamar nun schon seit einiger Zeit mit Kuttler teilte. In Welfs Begleitung war ein mittelgroßer Mann mit leicht gerötetem Gesicht und Stirnglatze, um die sich ein kurz geschorener grauer Haarkranz zog.

»Simpfendörfer«, stellte sich der Mann vor, »ich bin Herrn Welfs Anwalt und sage Ihnen gleich, dass dies nicht meine einzige Befassung mit dieser Angelegenheit sein wird. Die Art und Weise, in der Sie meinen Mandanten vorgeladen haben, ist dringend klärungsbedürftig.«

»Aber so nehmen Sie doch Platz«, unterbrach ihn Tamar und wies einladend auf die Holzstühle, die auf der Besucherseite ihres Schreibtisches standen. »Ich darf Sie außerdem mit meinem Kollegen bekannt machen, Kriminalkommissar Kuttler. Er wird an diesem Gespräch teilnehmen.« Kuttler stand artig hinter seinem Schreibtisch auf und verbeugte sich leicht.

»Ob es hier zu einem Gespräch kommt, ist noch gar nicht heraus«, erklärte Simpfendörfer, nahm aber trotzdem einen der Stühle und setzte sich. »Wir erwarten zunächst eine Erklärung von Ihnen.«

»Offenkundig hat Ihr Herr Mandant Ihnen nicht gesagt,« antwortete Tamar, »dass bei der Gasexplosion in seinem Haus ein Mensch ums Leben gekommen ist. Dass drei weitere Menschen nur um Haaresbreite dem Tod entkommen sind. Das ist ein Sachverhalt, über den sich nicht so einfach zwischen kaputter Tür und nicht vorhandener Angel plaudern lässt.«

»Da sehen Sie es«, sagte Welf zu Simpfendörfer. »Ich hab es nie glauben wollen, dass man mit der Ulmer Polizei nicht kooperieren kann. Jetzt weiß ich es besser.«

»Wir lassen uns das einfach nicht gefallen«, erklärte Simpfendörfer und stand abrupt wieder auf. »In diesem Ton reden Sie nicht mit mir. Ich werde zu Herrn Kriminalrat Englin gehen, und dann werden wir weitersehen. Vorher geht gar nichts.«

»Da tun Sie ganz recht«, sagte Kuttler und lächelte Simpfendörfer an. »Ich habe erst heute Morgen mit Kriminalrat Englin über den Fall gesprochen. Eine scheußliche Geschichte, findet er. Und es ist auch wirklich zu dumm.« Er öffnete seine Schreibtischschublade und zog eine Zeitung heraus. Zu Tamars Verwunderung war es die »taz«. »Eben erst hat in Berlin ein Prozess gegen einen Hauseigentümer begonnen.« Er wedelte mit der zusammengefalteten Zeitung einladend vor Simpfendörfers Gesicht. »Es ist ein Mordprozess. Der Eigentümer soll jemanden angestiftet haben, ein Mietshaus mit einer Gasexplosion in die Luft zu jagen. Worauf die Menschen nicht alles kommen!« Kuttler schüttelte den Kopf. »Ja, und Kriminalrat Englin fände es ganz entsetzlich, wenn auch nur der Schatten eines Verdachts bliebe, dass sich hier in Ulm Ähnliches abspielen könnte. Wir müssen alles tun, hat er mir gesagt, damit auch nicht ein Fitzelchen Unklarheit bleibt, wie es zu dieser Gasexplosion gekommen ist.« Kuttler lächelte. »Er hat es sogar noch etwas deutlicher ausgedrückt.«

Zögernd nahmen die Besucher wieder Platz. »Ich hätte gerne von Ihnen gewusst, Herr Welf«, fragte Tamar, »wer den Mieter für die Wohnung unter der von Skrowoneks vermittelt hat.«

»Das weiß ich nicht mehr«, antwortete Welf. »Gut möglich, dass der Mann unseren Bauleiter gefragt hat, und mein Büro hat ihm dann einen befristeten Mietvertrag ausgefertigt.«

»Verstehe ich Sie recht: Sie haben sich diesen Mieter nicht angesehen?«

»Die Wohnung ist abgewohnt, wie das ganze Haus. Wozu soll ich mir einen Mieter ansehen, der sowieso nur für die Zeit bis zum Abriss bleibt?«

»Da sind aber noch andere Mieter im Haus gewesen«, hakte

Tamar nach. »Mieter mit einer langen Kündigungsfrist. So schnell hätten Sie das Haus also gar nicht abreißen lassen können. Hätten Sie da nicht ein bisschen darauf achten müssen, welchen Nachbarn Sie Ihren anderen Mietern zumuten?«

»Sie fangen schon wieder an«, sagte Simpfendörfer.

»Hören Sie, da waren nur noch diese alten Leute«, meinte Welf, »und denen habe ich eine großzügige Abfindung angeboten.«

»Und als sie die nicht annehmen wollten, haben Sie den Herrn Tanko – so heißt er in der Szene – ins Haus geholt?«

Welf richtete sich auf. »Ich gebe mir alle Mühe, Ihnen Auskunft zu geben«, sagte er. »Aber offenbar ist es Ihnen nicht möglich, mir ohne Ressentiments gegenüberzutreten.«

»Sie haben meine Frage noch nicht beantwortet.«

Welf nahm die Brille ab und rieb sich mit Daumen und Zeigefinger der rechten Hand die Nasenwurzel. »Also gut. Versuchen wir es noch einmal. Ich bin Architekt und Unternehmer. Es ist für mich eine Überlebensfrage, dass keine Zweifel an meinem Geschäftsgebaren aufkommen. Als ich gehört habe, dass das alte Ehepaar Ärger mit diesem einen Mieter bekommen hat, habe ich den Mann sofort zurechtgewiesen. Ich habe ihm unmissverständlich klargemacht, dass ich ihn hinauswerfe, wenn er zu den alten Leuten nicht höflich ist. Und danach habe ich sogar mein Büro bei dem Ehepaar Skrowonek nachfragen lassen, ob es noch Grund zu Klagen gibt.«

»Und?«

»Da war nichts mehr. Er benehme sich ausgesprochen höflich, hieß es.«

Simpfendörfer meldete sich zu Wort. »Mein Mandant hat ausgesprochen verantwortungsbewusst gehandelt. Er hat einem Menschen zu einer Unterkunft verholfen, der ein Problem mit seiner sozialen Akzeptanz hatte. Das ist verdienstvoll.« Anklagend richtete er einen dicklichen Zeigefinger auf Tamar. »Gerade der Polizei müsste das einleuchten.«

Berndorf stand am Fenster des kleinen Arbeitszimmers und massierte sich den Nacken. Es hatte wieder zu regnen begonnen, über Felder hinweg sah er auf die Bundesstraße 30 und auf die Lastwagen, die sich in dichter Folge durch die Regenschauer schoben, als wollten sie den ganzen mittleren Neckarraum auf die Deponie Lettenbühl verfrachten. Glaubte man den Behörden, dann würde das noch über zwanzig Jahre so gehen. Denn die Deponie war auf eine Laufzeit bis zum Jahre 2020 ausgelegt. So jedenfalls stand es im Planfeststellungsbeschluss.

Auf dem Telefon waren nur die beiden Kurzwahlnummern gespeichert. Hartmut Sander, der langweilige, penible Beamte, war und blieb verschwunden. Er war in nichts verstrickt, was auch nur von ferne nach einem Abenteuer ausgesehen hätte, weder nach einem des Herzens noch einem des Geldes. Aber irgendetwas hatte ihm dieser Mann damals sagen wollen.

Berndorf wandte sich zum Gehen. Sein Blick streifte eines der gerahmten Schwarzweißfotos. Es hing neben dem Schreibtisch an der Wand. Das Bild zeigte ein Mädchen mit wehenden langen Haaren, das an einer Hauswand entlangging, das Gesicht im Halbprofil aufgenommen. Auf die Wand war ein Graffiti gesprüht: *Fürchtet euch, wenn sie euch sagen, es gebe nichts zu fürchten.*

Berndorf erinnerte sich. Das Graffiti war an einer Hauswand in der Nähe der katholischen Stadtpfarrkirche. Vielleicht war es in der Zeit der Menschenkette entstanden, als gegen die Pershing-Raketen demonstriert wurde. Wie lange war das her? 14, 15 Jahre. Noch lange danach hatte man den Spruch dort lesen können.

Wie zum Abschied betrachtete Berndorf das Mädchen auf dem Bild. Es schien, als blicke es ernst, fast abweisend zu dem Fotografen hin; es hatte ein blasses, volles Gesicht. Keine Schönheit, aber anmutend. Berndorf musste an das Brecht-Gedicht von der stillen bleichen Liebe denken:

Die Pflaumenbäume blühn vielleicht noch immer
Und jene Frau hat jetzt vielleicht das siebte Kind ...

Plötzlich atmete er scharf durch. Dann schaute er noch einmal auf die Fotografie. Es gab keinen Zweifel.

Diese Frau hatte kein siebtes Kind.

Sie hatte überhaupt keines.

Und wenn da etwas blühte, waren es Birnbäume. Während er zum Telefon ging, holte er aus seiner Brusttasche sein Notizbuch mit den Adressen und Telefonnummern.

Welf hatte seine Drahtbrille wieder aufgesetzt. Abwartend betrachtete er Tamar.

»Ich verstehe«, sagte die Kommissarin. »Sie setzen sich für Randgruppen ein. Wie schön. Trotzdem hätte ich gerne von Ihnen geklärt, wer Ihnen diesen Mieter vermittelt hat.«

Welf zuckte die Schultern. »Ich werde nachfragen.«

»Moment«, sagte Simpfendörfer. »Ich verstehe nicht, welchen Ermittlungen das dient. Wenn ich alles richtig verstanden habe, hat dieser Mieter die Gashähne aufgedreht. Sehr bedauerlich. Aber seit wann können Sie einen Vermieter für den Selbstmord eines Mieters verantwortlich machen?«

»Woher wissen Sie, dass es dieser Mieter war, der die Gashähne aufgedreht hat?«, fragte Tamar. »Wir wissen das nämlich nicht. Und solange wir das nicht wissen, müssen wir allen Unklarheiten nachgehen.« Sie lächelte Welf scharfzähnig an. »Ich höre also noch von Ihnen.« Achselzuckend stand Welf auf. Simpfendörfer folgte. Beide verabschiedeten sich mit einem knappen Kopfnicken und gingen. Kuttler begleitete sie zur Tür und schloss sie hinter ihnen. Dann sah er Tamar an.

»Aber ganz gewiss hat er diesen Tanko in die Wohnung genommen, um die alten Leute rauszuekeln.«

»Wir müssen mehr über die Explosion wissen, und wie es dazu gekommen ist«, antwortete Tamar. »Übrigens hat mich was anderes gewundert. Wieso will Englin, dass wir diese Sache bis zum letzten Fitzelchen aufklären? Irgendwie sieht ihm das nicht gleich. Nicht bei solchen Leuten wie Welf.«

»Er hat auch kein Wort davon gesagt«, antwortete Kuttler vergnügt. »Aber wenn es ihm einer vorhält, wird er es genau so gesagt haben wollen. Energisch. Zupackend. Durchgreifend.« Und jedes Mal kniff er kurz das Auge zusammen.

»Kuttler«, sagte Tamar und richtete sich auf, »du hast das einfach erfunden?«

»Wer sonst, Chefin?«, antwortete Kuttler und grinste stolz. Sie hatte ihn zum ersten Mal geduzt.

Es klopfte an der Tür, und der Mann vom Landeskriminalamt trat ein. Er hatte seinen Mantel an und wollte sich auch nicht setzen, als ihm Kuttler einen Stuhl anbot. Er fahre jetzt gleich nach Stuttgart zurück, erklärte er. »Ich hab mein Material so weit zusammen, aber es gefällt mir noch immer nicht.«

Dann sah er sich um und griff sich dann doch einen Stuhl. »Sie haben mir gesagt«, – die Frage richtete er an Tamar – »dass dieser Tote ein entlassener Strafgefangener war, aber mehr eine Art Stadtstreicher als ein Krimineller?« Tamar nickte.

»Ich würde einfach zu gerne wissen«, fuhr der Mann fort, »wie ein Penner an ein Handy kommt. Und wozu er es braucht.«

»Moment«, sagte Kuttler. »Da war was mit einem Handy. Und zwar nicht bei uns. Ich hab es auf dem Tagesbericht der Bahnhofswache gelesen. Sie schicken uns immer einen Durchschlag rüber.« Er stand auf. »Ich geh ihn holen. Aber ich bin mir ziemlich sicher. Da ist gestern Nachmittag einem Schwulen auf dem Bahnhofs-Scheißhaus das Handy abgenommen worden.« Er schaute zu Tamar. »Es ist mir gleich aufgefallen. Der Kerl, der es gemacht hat, wollte nicht die Brieftasche und nicht den Geldbeutel. Er wollte nur das Handy.« Kuttler ging.

»An manchen Tankstellen wird darum gebeten, kein Handy zu benutzen oder einzuschalten«, sagte der LKA-Experte zu Tamar. »Sie haben sicher schon einmal ein solches Schild gesehen. Vor allem die Amerikaner sind hier sehr vorsichtig. Und in Labors, in denen die Leute mit hochexplosiven Substanzen arbeiten, dürfen nur besonders gesicherte Telefone benutzt werden. Trotzdem ...« Er schüttelte den Kopf.

Tamar schaute ihn ungläubig an. »Heißt das, dass diese Gasexplosion womöglich durch ein Handy ausgelöst worden ist?«

»Es hat noch nie einen solchen Fall gegeben«, antwortete der Experte. »Jedenfalls habe ich noch von keinem gehört. Ein Gemisch aus Luft und Erdgas entzündet sich auch nicht so ohne weiteres. Und ob ein Handy, bei dem ein Anruf aufläuft, dafür ausreichend Energie abruft, erscheint mir äußerst fraglich. Nur kann ich es auch nicht ausschließen.« Er sah Tamar ratlos an. »Ich sagte Ihnen ja, die Sache gefällt mir nicht, überhaupt nicht.«

Freitag, 28. Mai

Die junge Frau sah sich suchend in der Schalterhalle um, als sei sie zum ersten Mal hier. Die Schalterhalle war erst vor kurzem in jenem Stil umgebaut worden, den die Architekten Service-orientiert nennen. Jetzt gab es nur noch für die Kasse einen eigenen Schalter, und die übrigen Angestellten irrten verloren zwischen den Eingabegeräten herum, an denen die Kunden sich selbst bedienen sollten.

Die Frau trug einen schwarzen Rock und über einer nur ganz leicht durchscheinenden Seidenbluse eine so unauffällige Lederjacke, dass sie schon wieder sehr teuer aussah. Sie hatte kurzes dunkles Haar und ein kluges, waches Gesicht.

Eine der Bankangestellten wurde aufmerksam und kam auf sie zu. Ob sie ihr helfen könne?

»Nein. Ja«, antwortete Judith Norden und lächelte rasch. »Ich wollte ein Konto bei Ihnen eröffnen. Ein Sparguthaben.« Sie holte ihren Reisepass aus der Handtasche und einen Umschlag, in dem sie offenbar das Geld hatte. Die beiden Frauen gingen zu einem der Desks, an denen man im Stehen schreiben oder den Bankcomputer bedienen konnte.

Die Angestellte, eine Frau Mitte dreißig, nahm den Reisepass und übertrug die Angaben in ein Formular.

»Sie sind Architektin?«, fragte sie.

»Ja«, antwortete Judith und sah sich in der Schalterhalle um. »Aber das hier hätte ich nicht so umgebaut.«

»Ach, da bin ich Ihnen direkt dankbar, dass Sie das sagen«, meinte die Angestellte. »Wir finden es auch ganz schrecklich.« Dann fragte sie, wieviel auf das Konto eingezahlt werden sollte. Judith schob ihr den Umschlag hin. Er enthielt acht Tausendmarkscheine.

»Sie sind zum ersten Mal hier bei uns?«

»Ja«, antwortete Judith. »Allerdings habe ich gedacht, ich treffe jemanden, den ich von früher her kenne. Wir waren befreundet, und ich weiß, dass sie hier gearbeitet hat.«

»An den Namen erinnern Sie sich nicht?«

»Sie hieß Vera«, sagte Judith. »Sie hat auch dunkle Haare, ist aber ein bisschen größer als ich. Aber es ist schon über zehn Jahre her. Wir haben uns aus den Augen verloren, weil ich dann zum Studium nach Berlin gegangen bin.«

Die Angestellte sah sie überrascht an. »Ich weiß, wen Sie meinen. Aber sie ist schon vor ein paar Jahren bei uns ausgeschieden. Sie hat geheiratet und lebt irgendwo auf einem Bauernhof in Oberschwaben. Vochezer heißt sie jetzt.«

»Sagen Sie bloß, sie ist eine Bäuerin geworden? Mit Kühen, Kindern und Schweinen? Ich glaub es nicht.«

Die Angestellte sah sie verlegen an. »Kinder hat sie keine. Soviel ich weiß. Aber sie hat auch mit keiner von uns mehr Kontakt. Sie ist sehr abweisend geworden.«

Karl-Heinz Oettinger wohnte in Stuttgart-Degerloch, in einer Straße mit bürgerlich-unauffälligen Häusern und zugewachsenen Gärten in Hanglage nach Süden.

Tamar, die zuvor angerufen und ihr Kommen angekündigt hatte, parkte ihren Wagen entlang des Gartenzauns. Von der Haustür kam ihr ein knapp mittelgroßer, kompakter Mann mit einem kugelrunden kahlen Kopf entgegen und packte ihre Hand. Tamar hatte selbst einen kräftigen Griff, aber diesmal war es ihr, als seien ihre Finger in einen Schraubstock geraten.

Oettinger führte Tamar in das Haus. Die Wände der winzigen Diele und des kaum größeren Wohnzimmers waren dicht behängt mit Fotografien, und die altersdunklen Möbel voll gestellt mit Pokalen und gravierten Silber- oder Zinntellern. Tamars Gastgeber näherte sich der Siebzig. Fotografien und Trophäen ließen ein Leben vorüberziehen, dessen einziger Mittelpunkt der Boxring war.

Der alte Trainer bot Tamar einen Platz auf einem grünen Sofa an, dessen Federn sie tief versinken ließen. Dann ging er in die Küche und kam mit einer Flasche Mineralwasser und zwei Gläsern zurück. Er sah Tamars Blick, mit dem sie Wände, Fotografien und Pokale musterte. »Seit meine Frau tot ist«, sagte er entschuldigend, »hab ich doch gar nichts anderes mehr.«

Es ist genau umgekehrt, dachte Tamar. Die Frau ist gestorben, weil es zwischen all diesem Krempel für sie gar keinen Platz mehr gab. Irgendwann ist sie zwischen all diesen Pokalen und Silbertellern einfach erloschen. Oder verhungert.

Sie sei wegen Stefan Rodek gekommen, sagte sie dann. »Da gibt es eine sehr unschöne Geschichte, und wir wissen immer noch nicht, ob er darin verwickelt ist oder nicht.«

Dass Stefan Ärger bekommen habe, wisse er, meinte Oettinger. »Aber in der Zeitung stand, sie haben ihn freigesprochen.«

»Leider gibt es noch immer offene Fragen«, antwortete Tamar. »Vor allem müssen wir wissen, mit wem Herr Rodek näheren Umgang gehabt hat.«

»Der nähere Umgang also ist das Problem«, sagte Oettinger. »Ich hätt' es mir denken können. Das war bei Stefan schon immer so. Es gab eine Zeit, da hab ich gedacht, der ist es.« Er stand auf, ging zur Wand, nahm ein Bild ab und brachte es Tamar. Es war eines der Fotos, auf dem ein Ringrichter einem drahtigen Kerl den Arm hochhielt. Das unbewegte, fast ebenmäßige Gesicht des jungen Mannes, der gerade zum Sieger erklärt wurde, hatte nicht einmal eine Schwellung davongetragen. Seine dunklen Augen sahen gleichgültig zum Fotografen hin, so, als habe der Kampf, der hinter ihm lag, schon keine Bedeutung mehr. Es war der gleiche Blick, mit dem Rodek den Polizeifotografen betrachtet hatte.

»Vielleicht war gerade das der Fehler. Ich meine, dass wir zu viel erwartet haben. Dass wir ihm zu früh beigebracht haben, er sei etwas Besonderes.« Oettinger nahm das Bild und betrachtete es kopfschüttelnd. »Es gibt keinen härteren Sport als Boxen. Schon das Training stehen die meisten nur durch, wenn sie wirklich von unten kommen und wirklich nach oben wollen. Es ist tödlich, wenn einer glaubt, ihm gehört schon die Welt. Nirgendwo wird einer so schnell auf den Boden zurückgeholt wie im Boxring.«

Er stand wieder auf und hängte das Bild zurück an die Wand. »Aus und vorbei. Bei Stefan waren es die jungen Leute mit Geld, die ihn ruiniert haben. Ich glaube, Groupies sagt man dazu. Männliche Groupies, die dachten, sie hätten da einen neuen Star im Schlepptau. Es hat dann nicht lange gedauert, und er ließ sich nichts mehr sagen. Und ehe er begriff, was passierte, war er schon in der Vorrunde zur deutschen Amateurmeisterschaft rausgeflogen. Ein Leberhaken in der dritten Runde, und die Erde hatte ihn wieder. Aber sie gefiel ihm nicht. Er ist dann zum Bund, und ich hab gehofft, dass sie ihm dort den Kopf wieder gerade rücken. Aber der Schwung war weg. Irgendwann hat es dann in Nagold auch so eine dumme Geschichte gegeben, und Stefan saß auf der Straße.«

Tamar überlegte. Die Zeit, über die Oettinger gesprochen hatte, lag zwölf oder mehr Jahre zurück. Rodeks männliche Groupies müssten jetzt Anfang oder Mitte dreißig sein.

»Können Sie sich erinnern, wer die jungen Männer mit Geld waren?«

Oettinger schüttelte den Kopf. »Alle, die nach Geld riechen, riechen gleich. Da ist der eine wie der andere.«

Ächzend rollte der Regionalexpress in den Laupheimer Bahnhof ein, als sei es ihm selbst peinlich, hier halten zu müssen. Berndorf hatte einige Mühe, die Zugtür gegen die Fahrtrichtung zu öffnen. Der Bahnsteig lag tief unter ihm, eigentlich war es kein Bahnsteig, sondern festgetretener Schotter und Kies. Mühsam ließ er sich hinab. Milliarden verbaut die Bahn, dachte er ärgerlich, schlägt sündteure ICE-Schneisen durch die Landschaft oder vergräbt altehrwürdige Bahnhöfe unter der Erde. Aber für einen Bahnsteig, den man einen solchen nennen kann, fehlt das Geld.

Es war früher Nachmittag, und außer ihm war nur eine alte Frau ausgestiegen. Er durchquerte den Warteraum und trat auf die Straße hinaus.

Auf dem Vorplatz stand ein Bus, der Fahrer hatte den Motor abgestellt und las die Bild-Zeitung. Berndorf löste einen Rückfahrschein nach Gauggenried-Kirchplatz und setzte sich zwei Plätze hinter den Fahrer.

In einem Wohnblock in Wanne-Eickel, so berichtete die Bild-Zeitung, hatte ein Mann seine Frau mit der Elektrosäge in handliche Teile zerlegt, in Plastiktüten eingepackt und in der Tiefkühltruhe im Keller eingelagert. Anschließend war er in den Urlaub nach Mallorca geflogen, und es war alles gut gewesen, bis ein Bagger der Telekom die Hauptstromleitung abriss und das Fleisch in der Tiefkühltruhe durch das ganze Haus zu riechen begann.

Der Busfahrer hatte zu Ende gelesen, faltete die Zeitung zusammen und startete den Motor.

Gestern hatte Berndorf, noch aus Sanders Wohnung, den alten Vochezer angerufen und sich zu einem Kaffee eingeladen; er habe in Biberach zu tun, hatte er gelogen, und würde gerne am Nachmittag nach seinem Leidensgefährten sehen. Vochezer hatte zwar weniger erfreut als vielmehr überrascht geklungen, aber darauf kam es jetzt nicht an.

Worauf kam es denn überhaupt an? Plötzlich fiel er in Trübsal. Sander hatte irgendwann in den Achtzigerjahren und vermutlich aus Zufall und Versehen ein junges Mädchen fotografiert, das er – Berndorf – 12 oder 13 Jahre später wieder zu erkennen glaubte. Was hatte das mit dem Verschwinden Sanders zu tun? Nichts hatte es zu tun, der Langweiler war vermutlich nach Thailand geflogen, um dort Kinder zu ficken, wie das ganze Flugzeugladungen deutscher Touristen auch taten. Und wenn es nicht so war, so hatte es noch immer nichts zu tun mit den Rechnungen, die Berndorf offen hatte, mit dem Brandanschlag in Wiesbrunn, dem Mord an Veihle, dem Anschlag auf ihn selbst.

Aber was hätte er sonst tun sollen? Nach dem Frühstück war er bei einer Krankengymnastin gewesen, die ihm das linke Bein angespannt und hochgedrückt und wieder entspannt hatte. Das war schmerzhaft, hätte sich aber aushalten lassen, wäre nicht das muntere Geplauder der rundlichen Frau gewesen. Als das überstanden war, gähnte ihm ein leeres Wochenende entgegen, begleitet und erhellt allenfalls von Lichtenberg und der Aussicht auf ein Telefongespräch mit Barbara.

Was also sprach dagegen, den alten Vochezer zu besuchen und – wenn es sich nicht umgehen ließ – einen Schnaps mit ihm zu trinken? Nichts sprach dagegen, dachte Berndorf und lehnte sich zurück, die eine Hand auf der Krücke. Frühlingsnass und satt von Grün zog Oberschwabens stille Landschaft an ihm vorbei, zwischen Hügeln mit bewaldeten Kuppen tauchten Zwiebeltürme auf und verschwanden wieder, der Bus hielt vor Gehöften und vor Schulhäusern mit Walmdächern, Frauen mit Einkaufstaschen stiegen ein und wieder aus, in einem Ort, der auf irgendwas und -weiler hörte, schaffte sich ein alter Mann mit einem Stock den Einstieg hoch und nickte grüßend zu Berndorf und seiner Krücke hin.

Gauggenried war ein Bauerndorf mit breit hingelagerten Höfen und einer weiß und rosa und golden angemalten Barockkirche. Berndorf stieg aus und blieb vor der Friedhofsmauer stehen. In einem Schaukasten, der in die Mauer eingelassen war, hing ein Plakat der Staatspartei. Es roch nach nassem Grünschnitt, nach Kuhscheiße und Silage. Vochezer hatte ihm erklärt, dass er nach der Kirche rechts einen kleinen Fußweg nehmen solle. Der Weg führte an sorgsam angelegten Bauerngärten mit Salatbeeten und Beerensträuchern vorbei. Erste Iris ließen regennasse Blüten hängen.

Vochezers Haus war ein Fachwerkbau mit rot gestrichenen Balken und geweißeltem Mauerwerk. Es hatte die hölzernen Fenstersprossen, zu denen die Kreisheimatpfleger den Bauern zuredeten wie einer kranken Kuh. Weiter hinten im Hof stand ein hölzerner Stadel. Über dem halb geöffneten Tor hing ein sorgfältig gemaltes Schild mit weißer Schrift auf blauem Grund: »Obst, Salate, Gemüse aus biologischem Anbau«. Der Hof war gekiest und sah frisch geharkt aus.

Er ging zur Haustür, neben der zwei Klingelschilder angebracht waren: »E. Vochezer« stand auf dem einen, »Wilhelm u. Vera Vochezer« auf dem anderen. Er drückte den zweiten Klingelknopf, und fast sofort hörte er leichte Schritte und die Haustür wurde geöffnet. Ihm gegenüber stand die junge Frau mit den sorgenvollen Augen, Vochezers Schwiegertochter.

»Entschuldigen Sie«, sagte Berndorf, »ich wollte zu Ihrem Herrn Schwiegervater, aber vielleicht hat er sich hingelegt, und da wollte ich erst einmal Sie fragen, ob ich ihn auch nicht störe.« Die Frau mühte sich um ein Lächeln. Sie tat sich nicht leicht damit. »Sie stören nicht, wir erwarten Sie schon.« Sie wollte ihm die Hand geben, dann zog sie sie verlegen zurück. »Entschuldigen Sie, aber ich hab gerade Salat geputzt.«

Sie ging ihm durch einen mit großen Steinplatten ausgelegten Flur voran. Sie ist wirklich das Mädchen auf dem Foto, dachte Berndorf. Er hatte es an ihrem Lächeln gesehen, oder genauer: an der Verlegenheit darin.

Sie kamen in ein Wohnzimmer, das noch wie eine Bauernstube eingerichtet war, mit einem richtigen Tisch und richtigen Stühlen, einer Anrichte und einem Sofa. An der Wand gegenüber der Tür hing ein großes, einfach gerahmtes Landschaftsbild, Hügel und Äcker in schweren erdigen Farben unter einem drückenden dunklen Himmel, Berndorf tippte auf einen ahnungsvollen Kunststudenten des Jahres 1932.

Vom Sofa stemmte sich Eugen Vochezer hoch, den linken Arm mit Hilfe einer Stützschiene angewinkelt. Das sei aber eine Ehre für ihn, sagte er, Berndorf solle sich nur gleich hersetzen, und wie es ihm denn gehe? »Ach, was frag ich dummer

Mensch! Du kannst ja schon wieder laufen wie ein junger Hupfer.« Ihm selber gehe es, »ach Gott, frag mich nicht!« Er wolle ja nicht klagen, das sei nicht recht, aber der Arm sei doch arg steif. »So ein krummer alter Baum wird nimmer grad.«

Dann wollte er wissen, ob ein Schnaps gefällig wäre, und nickte seiner Schwiegertochter zu: »Holst du uns einen? Aber den aus dem hinteren Fach.« Vera Vochezer zögerte und warf einen besorgten Blick auf ihren Schwiegervater, so, als ob er ein wenig zu oft nach der Flasche verlange, sei sie nun aus dem vorderen oder aus dem hinteren Fach. Dann tat sie aber wie geheißen. Es gehört sich nicht, dachte Berndorf, dass man dem Schwiegervater widerspricht, wenn Besuch da ist.

Der Schnaps war wasserhell. Aber aus den kleinen Gläsern, die Vera Vochezer halb voll schenkte, stieg der Geruch von Birnen und Herbst. Berndorf fand, es wäre eine Sünde gewesen, abzulehnen.

Vera war wieder in die Küche gegangen, und der alte Vochezer berichtete, was sich im Krankenhaus getan hatte, nachdem Berndorf entlassen worden war. Zwischen dem Oberarzt und einem der Assistenzärzte hatte es einen Krach gegeben, weil der Assistenzarzt im Operationsplan ein fünfjähriges Kind mit gebrochenem Schienbein mit einer 88-Jährigen verwechselt hatte, die eine neue Hüfte bekommen sollte: »Der Oberarzt hat geschrien, dass man es in der ganzen Station gehört hat.« Und die Blonde mit den porzellanblauen Augen würde ein Kind bekommen, die anderen Schwestern behaupteten, es sei ihr gar nicht recht. Aber so sei das im Leben, »die einen warten auf etwas und bekommen es nie, und den anderen läuft es zu und sie täten es am liebsten gleich wieder weg.«

Die Regenwolken hatten sich verzogen, und die Frühlingssonne lächelte über dem pudelnassen Land. Krauser stand am Fenster seines Wohnzimmers und schaute blind zum Blautal hinab. Hätte man ihn gefragt, ob es regne oder ob die Sonne scheine: er hätte erst nachsehen müssen. Ab Montag würde er wieder in der Revierwache Blaustein Schicht schieben, sich Krauß' hämische Begrüßung anhören müssen, wie es denn gewesen sei bei der Kriminalpolizei und der hochberühmten Sonderkommission, und ob man denn den Kollegen überhaupt noch mit den geplünderten Bienenstöcken des Imkers Hugendubel belästigen dürfe, oder mit der Frau aus dem Block mit den Sozialwohnungen und ihren Kindern, die jeden zweiten Tag im Aldi beim Klauen erwischt werden.

Nein, dachte Krauser. Mit mir nicht mehr. Dafür weiß ich zu viel. Er ging in die Garderobe, zog seinen Trenchcoat an und setzte den breitkrempigen Hut auf, den er sich vor einigen Wochen gekauft hatte. Dann warf er noch einen Blick in den Spiegel, stellte fest, dass der Hut irgendwie falsch saß, und zog ihn ein wenig mehr in die Stirn. Er erinnerte sich an einen Film, in dem Alain Delon auch so vor dem Spiegel stand und sich den Hut zurechtrückte.

Entschlossen verließ er die Wohnung. Mit raschen Schritten ging er die Treppe hinunter und in die Tiefgarage, wo er seinen Ford Mondeo geparkt hatte. Er würde in die Stadt fahren und von dort anrufen. Am besten von der Hauptpost aus. Das war professionell. Er lächelte grimmig. Dann fiel ihm ein, dass Alain Delon niemals lächelt. Nicht in jenem Film.

Die Musik zur Tanzcafé-Stunde brach ab, ohne Übergang hüpfte eine zirkusbunte Melodie aus der Lautsprecheranlage. Es war Sandie Shaw und sie sang »Like a puppet an a string«. Das ist ja bald so alt wie ich, dachte Judith. Früher hatte sie es gemocht, wenn sie es in einer Oldie-Sendung zu hören bekam. Missvergnügt betrachtete sie den Rücken der Frau vor ihr. Sie war eine der langbeinigen falschen Blondinen, die so lange gut aussehen, bis sie um die Hüfte herum ansetzen. Es war schon nach 17 Uhr, aber die Watschelhüftige ließ sich Zeit, als habe sie noch nie von Berufstätigen gehört, denen jede halbe Minute auf den Nägeln brennt. Offenbar konnte sie sich nicht zwischen Parma-Schinken und Bündnerfleisch entscheiden und scheuchte die kleine dunkle Verkäuferin von einer Auslage zur anderen. Warum hat dich dein Kerl nicht längst erwürgt, luftgetrocknet und in Streifen geschnitten, dachte Judith.

Der Feinkostmarkt lag im Untergeschoss eines Jugendstil-Kaufhauses und gehörte zu den besseren Adressen in der Stadt. Judith hatte sich drei Flaschen Champagner in den Einkaufswagen gepackt und 400 Gramm Krabben abwiegen lassen. Nun brauchte sie noch ein paar Sandwiches und vielleicht auch einige Scheiben Roastbeef. Sandie Shaws klare Stimme sang »Love is just like a merry-go-round«, doch die Blonde klebte teigig vor der Theke. Judith sah sich um. Neben der Fleischtheke war ein Stand mit Küchengerät aufgebaut, ihr fiel ein, dass sich in der Wohnung am Donau-Ufer kaum richtiges Besteck befand, ein paar Teelöffel oder Küchenmesser und der Flaschenöffner für das Bier ausgenommen.

Sie schob ihren Einkaufswagen zu dem Stand. Aufgefächert wie das Arbeitsgerät eines Zirkusartisten lag ein Sortiment Küchen- und Tranchiermesser vor ihr.

»Just who's pulling the strings«, kam es aus dem Lautsprecher.

Vochezers Obstbäume trugen gut, trotz des vielen Regens würde die Ernte nicht schlecht werden. Nach dem Begrüßungsschnaps hatte sich Berndorf den Hof zeigen lassen, wie sich das für einen Besucher aus der Stadt so gehört, und vom Hof waren sie in die Obstgärten gegangen. Vochezer hatte ihm den Baumschnitt erklärt und war dabei abwechselnd ganz munter und dann auch wieder bedrückt, weil es so schnell mit seinem Arm und der Arbeit nichts mehr werden würde. Dann waren sie wieder zum Wohnhaus zurückgegangen, wo es noch einen Kaffee geben sollte.

Berndorf ließ sich den Weg zur Toilette zeigen. Aber er verirrte sich in die Küche, wo Vera Vochezer gerade dabei war, den Kaffee aufzubrühen. Ein Tablett mit hübschen altmodischen Porzellantassen und mit Apfelkuchen stand bereit.

»Entschuldigen Sie«, sagte Berndorf. »Ich muss Sie etwas fragen, was sonst niemanden angeht.« Vera sah ihn misstrauisch an. Berndorf holte aus seiner Jackentasche die Fotografie, die er in Sanders Wohnung entdeckt und dort aus dem Rahmen genommen hatte.

»Was können Sie mir über dieses Bild sagen, und über den Mann, der es aufgenommen hat?«

Die junge Frau nahm die Fotografie zögernd in die Hand. Ihr Blick schien zuerst verständnislos. Plötzlich aber lief ein Schatten über ihr Gesicht. Es war, als ließe sie eine Jalousie herab.

Sie hat sich erkannt, dachte Berndorf. Und es ist keine angenehme Erinnerung.

»Warum fragen Sie mich das?«, wollte Vera wissen.

»Das junge Mädchen sind Sie«, sagte Berndorf statt einer Antwort. »Sagen Sie mir, wer der Fotograf war?«

»Wenn Sie das Bild haben, werden Sie ja wohl auch wissen, von wem es ist«, gab Vera zurück. »Ich verstehe nicht, warum Sie herkommen und solche Fragen stellen. Sie sehen ja selbst, dass dieses Bild viele Jahre alt ist. Der Fotograf war ein junger Mann, der mich damals angesprochen hat. Ob er mich vor dieser Wand fotografieren darf. Ich habe gesagt, wenn es sein muss, und bin gleich weitergegangen.«

Sie lügt, dachte Berndorf. »Der Fotograf ist ein Hartmut Sander«, erklärte er. »Ich glaube, dass Sie das wissen. Sander ist seit einigen Tagen verschwunden. Wir müssen wissen, mit wem er Umgang hatte. Was ihn beschäftigt hat.« Er sah Vera Vochezer an. In ihren Augen war Angst zu sehen. Aber da war noch etwas anderes.

»Wir müssen das nicht hier besprechen. Aber es muss auch nicht sein, dass die Polizei Sie vorlädt.« Er gab ihr seine Visitenkarte. »Überlegen Sie sich alles noch einmal. Und dann rufen Sie mich an.« Plötzlich kam ihm ein Gedanke. »Wenn es Ihnen lieber ist, können Sie auch mit meiner Kollegin Wegenast sprechen.« Er versuchte ein Lächeln. »Ich glaube, ich sollte jetzt wieder zu ihrem Herrn Schwiegervater.«

Er ging. Vera sah ihm nach. Dann stellte sie die Kaffeekanne auf das Tablett und folgte ihm.

Das Haus war unverputzt, und die Fundamente waren noch nicht mit Kies abgeschottet. Um zum Eingang zu gelangen, der mit einer Tür aus unbearbeiteten Bohlen versperrt war, musste Judith Norden mit ihren Einkaufstaschen über Bretter balancieren, die über die Baugrube gelegt waren. Sie sperrte das Schloss auf und ging über den zementstaubigen Boden zur Treppe. In den nächsten Wochen sollten hier Fliesen aus Carrara-Marmor verlegt werden. »Ich bin es«, rief sie nach oben und begann, die ungesicherten Betonstufen hochzusteigen.

Früher war hier einmal eine der Villen gestanden, die sich wohlhabende Bürger in den Jahren vor dem Ersten Weltkrieg auf dem bayerischen Donauufer errichtet hatten. Mit einiger Mühe hatte Jörg Welf die Genehmigung erhalten, die alte Villa abzureißen und an ihrer Stelle eine Appartementanlage hochzuziehen. Dabei hatte er das Baufenster ausgenützt, so weit es irgend ging. Doch das Projekt lief nicht so gut, wie Welf es erhofft hatte. Auch in den Unternehmen wurden Arbeitsplätze abgebaut, fast bis hinauf zur Direktionsebene, und die aufstrebenden Young Urban Professionals, denen Welf den Donau-Wohnpark anbieten wollte, mussten sehen, wo sie in München oder Berlin einen neuen Job bekamen.

Welf hatte die oberste Wohnung so weit herrichten lassen, dass sie als Muster gezeigt werden konnte. Es war ein großzügig geschnittenes Appartement mit einer in Chromstahl schimmernden Küche und einer Dachterrasse, von der aus man den Blick auf die Donau und das Ulmer Ufer hatte.

Judith schloss die Wohnungstür auf, trat in die Garderobe und drückte die Tür hinter sich zu. Dabei vermied sie es, in den Garderobenspiegel zu sehen. Sie ging in die Küche, stellte die Einkaufstaschen neben den Kühlschrank und begann, zuerst den Champagner zu verstauen. In der zweiten Tasche waren das Roastbeef und die Sandwiches, die sie dann doch noch bekommen hatte. Und das Küchenmesser, das sie an dem anderen Stand gekauft hatte. Die Verkäuferin hatte es ihr in eine Lage graues Papier eingewickelt, die von der scharf geschliffenen Klinge schon fast zerschlissen war.

Sie spürte, wie ein Schatten in die Küche fiel. Sie räumte weiter ein. Es war besser, sich jetzt nicht umzudrehen.

»Darf ich fragen, warum das so lange gebraucht hat?« Rodeks Stimme klang leise und unbeteiligt.

»Ich musste herausfinden, wo dieses Mädchen lebt, du weißt schon. Und wie sie jetzt heißt. Und dann musste ich noch ein paar Briefe für Jörg schreiben.« Sie wusste, es war das Dümmste, was sie sagen konnte. Aber es hätte nichts geändert, wenn ihr etwas anderes eingefallen wäre. »Die Sache mit der Sporthalle kommt jetzt ins Laufen.«

»Schön«, antwortete Rodek. Aber es klang unangenehm. »Schön für euch, du verdammte Hure.« Er trat einen Schritt heran, packte sie am rechten Arm und riss sie zu sich herum. Dann schlug er ihr mit dem Handrücken ins Gesicht. Judith flog gegen den Kühlschrank, rutschte auf den Boden und riss die eine Einkaufstasche um. Aus ihrer Nase lief Blut.

»Du wirst es noch lernen, ich schwöre es dir«, fuhr Rodek fort. »Ich bin nicht euer Hausl, das Hundchen, dem ihr pfeifen könnt, wenn es mal wieder nicht weitergeht. Ihr werdet lernen, da zu sein, wenn ich es will, und zu tun, was ich will.«

Er öffnete den Gürtel seiner Jeans und zog den Reißverschluss auf. Judith fuhr sich mit der Hand über das Gesicht. Dann sah sie auf ihre blutverschmierte Hand.

»Es gibt keine weitere Einladung«, sagte Rodek.

Judith ließ sich mit dem Rücken auf den gefliesten Boden gleiten. Dabei zog sie sich den Rock hoch. Den Slip hatte sie sich noch auf der Toilette im Büro ausgezogen. Dann spreizte sie die Beine und zog die Knie leicht an. In ihrem Mund schmeckte sie das Blut, das ihr aus der Nase gelaufen war.

Die Telefonzelle roch nach ungewaschenen Menschen. Krauser steckte die Karte ein, die er am Nachmittag gekauft hatte, und wählte. Es meldete sich die Stimme, von der er glaubte, dass er sie inzwischen unter hunderten heraushören würde.

»Mein Name tut nichts zur Sache«, sagte Krauser. »Bleiben Sie am Apparat und hören Sie mir gut zu.«

»Ja bitte, was kann ich für Sie tun?«

»Sie sollen zuhören«, wiederholte Krauser. »Wir wissen, was gespielt wird. Und es gefällt uns nicht. Haben Sie verstanden?«

»Pronto, Signore?« Draußen schepperte die Straßenbahn zur Haltestelle am Hauptbahnhof, zornig einen Autofahrer anklingelnd, dessen Wagen auf den Schienen stand.

»Ich habe gesagt, wir wissen, was gespielt wird.« Krauser hob die Stimme. »Und ich habe auch gesagt, dass es uns nicht gefällt. Wir werden es unterbinden.« Plötzlich kam ihm ein Einfall. Er senkte die Stimme wieder. »Glauben Sie mir – unsere Hunde haben keine Flöhe.«

»Entschuldigen Sie, Signore, aber ich habe jetzt leider keine Zeit. Guten Abend.« Die Verbindung wurde unterbrochen.

Na warte, dachte Krauser. Bevor er die Telefonzelle verließ, zog er sich den Hut etwas tiefer in die Stirn.

Judiths Kopf lag, zur Seite gekehrt, auf den kalten harten Fliesen, unter Rodeks Brust gedrückt. Er hatte sich mit den Ellbogen auf dem Fußboden aufgestützt, die Muskeln seiner Oberarme hielten ihre Schultern wie in einem Schraubstock gefangen, mit angewinkelten Beinen umklammerte sie seine Hüften, aus denen er sie mit harten wuchtigen Stößen fickte. Der hoch geschobene Rock scheuerte in ihrem Rücken.

Mit der rechten Hand tastete sie nach der Einkaufstasche, die sie umgerissen hatte. Rodek begann schneller zu atmen. Das Messer war nach hinten gerutscht. Mit den ausgestreckten Fingerspitzen konnte sie es gerade erreichen. Judith stöhnte, sie wusste, dass Rodek es hören wollte. Das Messer glitt weg. »Nein!«, schrie Judith auf. Rodek rammte sich in ihren Bauch und krachte dabei mit dem Kopf gegen die stählerne Griffleiste des Einbauherds.

»Scheiße«, schnaufte er und schob sich und ihren Körper von dem Herd zurück. Judiths Hand rutschte tief in die Einkaufstasche. Plötzlich war das Messer in ihrer Hand. Aber es war noch immer eingewickelt. Rodeks Stöße wurden schneller. Blind versuchte sie, das Papier aufzurollen. Erst jetzt fiel ihr ein, dass die Verkäuferin das Papier mit einem Tesafilm zusammengeklebt hatte. Damit es sich nicht aufrollt.

Sie packte das Papier an der Spitze und schüttelte es, bis das Messer leise klirrend auf den Boden fiel.

»Du Hure«, keuchte Rodek und hörte mit seinen Rammstößen auf. »Du verdammte Hure.« Sie wusste, dass er jetzt den Kopf und Oberkörper aufgerichtet hatte. Und dass er für diesen einen Augenblick nichts anderes empfand. Ihre Hand tastete das Messer entlang. Rodeks Sperma lief in ihren Körper.

Gleich wird er sich fallen lassen. Jetzt. Ihre rechte Hand hatte den Griff gepackt und stieß zu. Das Tranchiermesser drang unter den Rippen in den Brustraum, tief und immer tiefer.

Der Mann über ihr schien erstarrt. Ein Gurgeln drang aus seinem Mund. Unversehens spannte sich sein Körper wieder, er stemmte sich hoch, Judith ließ das Messer los, sein Schwanz glitt aus ihrem Körper. Langsam hob er die rechte Hand, als ob er sie wieder ins Gesicht schlagen wolle.

Schlag mich, solange du noch kannst, dachte Judith. Er öffnete den Mund. Ein Schwall Blut schoss heraus. Dann kippte er nach vorne. Judith wehrte den Aufprall mit beiden Händen ab, Rodek fiel zur Seite. Von seinem halb erschlafften Glied hing ein weißlicher Faden.

Judith starrte zur Decke der Küche hoch. Unter der Decke hing eine Neonröhre. Eigentlich waren es zwei Neonröhren. Eine davon machte, wenn sie eingeschaltet war, rotes Licht. Wie auf dem Rummelplatz. Oder im Bordell.

Dann fiel ihr die Stille auf. Oben war die Decke, und unten war sie. Nichts mehr passierte. Rodeks kräftiger Körper lag auf ihrem linken Bein. Sie richtete sich auf, stemmte ihren rechten Fuß gegen Rodeks Hüfte und versuchte, rückwärts wegzurutschen. Schließlich konnte sie ihr Bein hervorziehen.

Sie stand schwankend auf und streifte den Rock nach unten. Ihre Bluse war zerrissen und blutverschmiert.

Sie sah auf den Mann hinunter. Er lag noch immer da, wie er gefallen war, halb auf die Seite gekippt.

Mein Gott, dachte sie, wie groß er ist.

Freitag, 28. Mai

Es begann zu dämmern. Draußen im Atrium schalteten sich die Strahler ein und tauchten die Pflanzen in ein unwirkliches Licht, als ob sie in einem Aquarium lebten. Im Fernsehen kam die Landesschau, nach den Regenfällen der vergangenen Wochen näherten sich die Wasserstände am Bodensee, am Neckar und an der Donau den Höchstmarken. Auch in Köln stand das Wasser bis zum Hals, und zwar einem Kommunalpolitiker, der mit den Aktien der Stadtwerke in die eigene Kasse spekuliert hatte. Die Festspiele in Baden-Baden befanden sich vor der Pleite, und auf dem nordbadischen Bezirksparteitag der Staatspartei hielt ein gereizter Mann mit unsteten Augen und fahrigen Gesichtszügen eine aufgeregte Ansprache.

Welf stellte den Ton lauter. Offenbar ging es um den Ausbau des Stuttgarter Flughafens. Er werde veranlassen, sagte der Ministerpräsident, »dass alle Ausschreibungsunterlagen und die eingereichten Angebote offen gelegt werden.« Es werde sich dann nämlich herausstellen, »dass die Arbeitsgemeinschaft, an der mein Schwager beteiligt ist, das bei weitem günstigste Angebot abgegeben hat, ich bitte Sie, muss die Finanzverwaltung des Landes einen teureren Anbieter nehmen, nur weil der billigste Bieter der Schwager des Ministerpräsidenten ist? Wenn sie das täte, da kämen doch die Leute und würden sagen, denen hat man ins Hirn geschissen, mit Verlaub.«

Georgie war Welf auf den Schoß gekrabbelt. »Mund zu«, sagte Welf. Marie-Luise kam herein und sagte, der Tisch sei für das Abendessen gedeckt. »Ich komme gleich«, antwortete Welf. »Was in den letzten Wochen so gelaufen ist, war natürlich nicht immer hilfreich.« Unversehens hatten die Gesichtszüge des Ministerpräsidenten einen leidenden Ausdruck angenommen. »Ich mache da keinen Hehl daraus. Und hilfreich war auch keineswegs, wie manche Vorgänge in der Öffentlichkeit dargestellt wurden. Es darf nicht sein, dass es da Überfälle, Anschläge geben kann, und dann steht das Opfer und nicht der Täter am Pranger. Die Bürger verstehen so etwas nicht, und ich habe das auch im Kabinett sehr deutlich gesagt.«

Georgie kletterte von Welfs Schoß und lief ins Esszimmer. Die Landesschau blendete den Ministerpräsidenten aus und schob einen hamstergesichtigen Moderator ins Bild. »Der Ober sticht den Unter, das ist nicht nur beim Kartenspiel so, sondern auch in der Landespolitik«, mümmelte der Moderator. »Beobachter der Landtagsszene jedenfalls werten die Bemerkung des Ministerpräsidenten als schweren Rüffel für Innenstaatssekretär Schlauff. Der Staatssekretär ist für die Polizei zuständig, und die hat vor kurzem einen Ulmer Unternehmer ganz unverblümt in die Nähe eines Bandenkrieges mit mafiosen Strukturen gerückt. Nun weiß jedermann, dass dieser Unternehmer ein Geschäftspartner der Familie des Ministerpräsidenten ist. Allen Beobachtern war daher seit Wochen klar, dass der Chef in der Villa Reitzenstein eine solche Bloßstellung nicht auf sich beruhen lassen würde. Jetzt, nachdem der Ministerpräsident sich die Unterstützung der anderen Bezirksverbände seiner Partei sichern konnte, hat er auf den Tisch geschlagen.«

Welf drückte die Stand-by-Taste und ging ins Esszimmer. Marie-Luise sah fragend zu ihm hoch. Sie hatte die Lippen geschminkt, mit einem sehr dezenten, kühlen Rot. Trotzdem sah sie blass aus und stumpf. Georgie hatte einen Teller mit einem klein geschnittenen Nutella-Brot vor sich und stopfte eines der Häppchen nach dem anderen in sich hinein.

»Ich hab noch Nachrichten gehört«, erklärte Welf und öffnete die Bierflasche, die Marie-Luise vor sein Gedeck gestellt hatte. Das Bier war so kühl, dass sich die Flasche beschlagen hatte. »In Stuttgart gibt es noch immer Aufregung wegen dieses Feuers auf dem Gföllner-Bauhof. Unser Landesvater will nicht wahrhaben, dass der Geschäftspartner seines Schwagers die Mafia am Hals hat.« Er nahm einen kräftigen Schluck.

Marie-Luise sah ihm wortlos zu. In ihrem Blick lag diese unerträgliche, schweigende Missbilligung, die für Welf inzwischen das Hauptmerkmal ihrer Ehe geworden war.

»Was soll's«, sagte er. »Uns geht das alles nichts an.«

»Wirklich?«

Welf hatte sich ein halbe Scheibe Räucherlachs und dunkles Brot dazu auf den Teller gelegt. Er ließ die Gabel sinken und sah seine Frau stirnrunzelnd an. »Was soll das jetzt schon wieder heißen?« Aber Marie-Luise hatte den Blick schon abgewandt. Sie zuckte nur mit den Schultern und goss Georgies Schnabeltasse nach.

Welf nahm das Bierglas und trank aus. Dann schenkte auch er nach und fing an, lustlos den Räucherlachs auf seinem Brot zu verteilen. Schweigen breitete sich aus. Georgie hörte mit vollem Mund zu kauen auf und sah zu seiner Mutter. Das Telefon wimmerte. Kauend wollte Welf aufstehen. Marie-Luise kam ihm zuvor und ging in die Halle, wo einer der Anschlüsse stand. Fast sofort war sie wieder zurück.

»Für dich.« Ihr Gesicht schien völlig versteinert. »Wirklich bemerkenswert, dass sie jetzt schon hier anruft.«

Welf ging mit vollem Mund an den Apparat, das Gesicht gerötet. Judiths Stimme klang leise und bestimmt. »Du brauchst mir nicht zu sagen, dass ich nicht bei dir anrufen soll. Aber wir haben ein Problem. Ein richtiges Problem.«

»Bisher verstehe ich nur, dass dies ein sinnloser Anruf ist«, sagte Welf wütend, nachdem er mit Mühe den letzten Bissen Räucherlachs hinuntergewürgt hatte. »Es ist Freitagabend, ich bin jetzt bei mir zu Hause, bei meiner Frau und meinem Sohn, und da will ich auch bleiben. Also?«

»Es ist ein Problem mit Stefan. Ich kann das am Telefon nicht erklären. Du musst herkommen und es dir ansehen.«

»Warum, bitte, kann dann nicht Stefan selbst anrufen?«
»Er kann nicht, weil er es nicht kann.«
»Ist er krank? Braucht er einen Arzt?«
»Nein«, sagte Judith langsam, »einen Arzt braucht er nicht.«
»Was willst du also? Du bist bisher mit Stefan klargekommen, und es gibt keinen Grund, warum das jetzt anders sein sollte.«
»Ah ja.« Judiths Stimme klang verändert. »Jetzt verstehe ich. Na gut. Ich werde mit Stefan klarkommen. Aber dann wird es teuer für dich.« Im Hörer war plötzlich nichts mehr.

Er legte auf und ging ins Esszimmer zurück. Georgie ließ sich aus seinem Kinderstuhl gleiten, rannte auf ihn zu und klammerte sich zwischen seinen Beinen fest. Welf versuchte zu lächeln. Marie-Luise starrte auf den leeren Teller, der vor ihr stand. »Du hast Ärger, nicht wahr?«, fragte sie leise. »Du hast gemeint, du kannst sie an deinen Freund abschieben. Deinen Freund, für den deine gebrauchten Spielsachen noch immer gut genug sind.« Plötzlich schaute sie hoch. »Und nun will das Spielzeug nicht? Oder ist es der Freund, der für deine abgelegte Tussi keinen Bedarf hat? Armer Jörg. Dabei willst du doch immer nur das Beste. Das Beste für dich.«

Georgie versuchte, an Welf hochzuklettern. Er bückte sich, nahm ihn hoch und hielt ihn im Arm. »Es gibt ein Problem mit der Villa am Donauufer«, sagte er und bemühte sich, ruhig und verantwortungsvoll zu klingen. »Wenn das Hochwasser weiter steigt, könnte die Tiefgarage überflutet werden.« Womöglich kann das wirklich so passieren, ging es ihm plötzlich durch den Kopf. Jedenfalls war es sehr plausibel. Er streichelte Georgie über die wuscheligen Haare. »Aber wir können jetzt nur zuwarten. Das und nichts anderes habe ich ihr gesagt.« Er wandte sich mit Georgie zur Tür. »Ich bring ihn ins Bett. Und du kannst dir vielleicht einmal überlegen, ob wir alle es nicht etwas leichter haben könnten. Zum Beispiel dann, wenn du mir nicht überall und bei jeder Gelegenheit das Hässlichste unterstellen würdest, das dir in den Sinn kommt.«

Marie-Luise antwortete nicht. Sie sah ihm ins Gesicht, mit einem Blick, als ob sie sich vergewissern wolle, ob er womöglich auch noch glaube, was er gesagt hatte.

Judith hatte sich geduscht und über ihren Rock einen von Rodeks Pullovern angezogen, der ihr viel zu groß war und dessen Ärmel sie aufkrempeln musste. Dann hatte sie in der Küche einen doppelten Espresso getrunken. Als sie über den großen Körper hinwegstieg, der auf dem Küchenboden lag, hatte sie nichts empfunden. Aber sie hätte den Espresso nicht im Wohnzimmer trinken können, nicht mit der nervenkrallenden Furcht, dieses Teil da in der Küche könnte sich hinter ihrem Rücken bewegen und vielleicht aufstehen oder zu ihr gekrochen kommen.

Er sieht noch immer groß aus und schwer, dachte sie, als sie ihn über die Espressotasse hinweg betrachtete. Wenn sie alle ihre Kraft zusammennahm, würde sie ihn vielleicht an den Füßen aus der Wohnung schleppen können. Der Boden in der Küche und im Flur war mit Marmorfliesen ausgelegt, die Blutspuren ließen sich abwaschen. Und draußen? Im Aufzugschacht war ein provisorischer Lastenaufzug eingebaut, aber auf dem Korridor lag noch kein Estrich. Sie würde Plastikplanen unterlegen müssen.

Aber wie sollte sie den Toten im Aufzug verstauen? Rodek war über 1,90 Meter groß gewesen. Dafür war der Aufzug zu klein. Sie würde ihn sozusagen falten müssen, die Füße hochnehmen, falls er nicht vorher steif geworden war.

Sie stellte sich vor, wie sie in dem schwankenden Lastenaufzug nach unten fuhr, Rodeks Beine umklammernd und hochhaltend, und einer von den Armen des Toten würde gegen die Schachtwand baumeln und hängen bleiben und sich verhaken und der Oberkörper käme plötzlich von der abwärts fahrenden Plattform zu ihr hoch ...

Nein, dachte sie, es geht nicht. Entschlossen stellte sie die Tasse ab, ging zu der neben dem Herd eingebauten Arbeitsplatte und zog die Schublade auf. Einige kleinere Küchenmesser lagen darin, darunter auch solche mit einer geriffelten Schneide, wie man sie zum Zerteilen von Tomaten braucht. Das taugt alles nichts, dachte sie. Sie würde zu sich nach Hause fahren müssen und aus ihrer Wohnung holen, was sie brauchte.

Zum dritten oder vierten Mal nahm sie den kleinen Handspiegel und hielt ihn unter Rodeks Gesicht. Er beschlug nicht. Sie griff sich ihre Handtasche und verließ die Küche.

Berndorf war am frühen Abend mit der Regionalbahn durch den Regen nach Ulm zurückgefahren. Vochezer hatte ihn zwar noch zum Abendessen eingeladen. Aber das hätte sich schon nicht mehr gehört. In seinem Briefkasten fand er zwischen den Werbeprospekten einen Brief, der nach Behörde aussah. Er steckte ihn in seine Jackentasche und ging in seine Wohnung. Der Anrufbeantworter flimmerte grün, es hatte also niemand angerufen. Er legte Hut und Mantel ab, zog sich die Schuhe aus und holte sich eine Flasche Mineralwasser. Dann ließ er sich vorsichtig auf die Couch in seinem Wohnzimmer nieder und legte sein linkes Bein hoch.

Das alles war doch noch ein bisschen viel gewesen. Und gebracht hat es wenig. Aber was war dabei, einen alten Bauern zu besuchen und sich von ihm dessen Obstgärten zeigen zu lassen? Für einen Invaliden wie ihn gab es schlechtere Möglichkeiten, den Tag zu verbringen. Er zog den Brief hervor und riss ihn auf.

Der Inhalt war kurz und bündig. Ministerialdirektor Rentz, Personalchef des Innenministeriums, bestätigte den Erhalt von Berndorfs Antrag auf Versetzung in den Ruhestand und bat ihn, am Montag, 31. Mai, bei ihm vorzusprechen.

Berndorf schenkte sich ein Glas Mineralwasser ein. Dass ihn Rentz wegen seines Antrags sprechen wollte, war ungefähr so wahrscheinlich wie ein Eingeständnis der Landesregierung, die Polizisten müssten zu viele Überstunden machen.

Irgendetwas ist faul, dachte er.

Das Telefon meldete sich. Berndorf verschüttete fast das

Mineralwasser, so schnell stellte er das Glas ab, um nach dem Hörer zu greifen. Es war Barbara. »Irgendwie wusste ich, dass du jetzt da bist«, sagte sie.

Als Erstes hatte sich Judith in ihrer Wohnung umgezogen. Rock und Bluse, zerrissen und blutverschmiert, steckten inzwischen in einer Plastiktüte. Bald, sehr bald würde sie das Zeug los sein. Sie zog sich einen Overall an und die Gummistiefel, die sie trug, wenn sie auf einer Baustelle etwas nachsehen musste. Dann ging sie auf ihren Balkon und leerte die Plastikwanne aus, die sie dort aufgestellt hatte, um Regenwasser für ihre Zimmerpflanzen zu sammeln. Sie legte die Plastiktüte in die Wanne und fuhr nach unten in den Keller. Niemand begegnete ihr. Es war Freitagabend, die meisten Mitbewohner waren ins Wochenende gefahren oder downtown.

In ihrem Keller, wo sie ihr Handwerkszeug aufbewahrte, wählte sie ein kleines Handbeil und eine Spannsäge aus und packte sie neben die Plastiktüte. Nach kurzem Zögern legte sie die Sägeblätter aus ihrem Werkzeugkasten dazu, außerdem Maurerkelle, Zollstock, Wasserwaage und – aus reiner Gewohnheit, wie sie fast belustigt feststellte – ihren Schutzhelm. Sie schleppte die Wanne über den Durchgang in die Tiefgarage zu ihrem Alfa Romeo. Doch der Kofferraum des Spiders war für die Wanne mit dem Werkzeug zu klein. Sie musste sie schräg auf den Beifahrersitz schieben. Er war so weit zurückgestellt, wie es nur ging, ihr letzter Beifahrer war Rodek gewesen, auf seiner letzten Fahrt. *Tomorrow you will be gone.*

Sie drehte den Zündschlüssel um, und der Motor sprang stotternd an. Er läuft nicht richtig, schon wieder nicht. Beim Anfahren sah sie im Rückspiegel eine mächtige Qualmwolke. Sie hätte den Wagen schon längst zur Inspektion bringen sollen. Du Scheißding, du wirst mir jetzt nicht verrecken. Nicht jetzt. Am Montag bring ich dich in die Werkstatt, ganz bestimmt, großes Ehrenwort.

Der Wagen schaffte es, qualmend und spuckend, die Ausfahrt hinauf, und Judith bog vom Eselsberg zu der Straße hinab, die sie zum Zubringer für die Kemptener Autobahn und damit auf die bayerische Seite der Donau bringen würde. Bergabwärts stotterte sich der Motor auf Touren. Im Rückspiegel sah Judith, dass ihr ein Wagen folgte. Unten im Tal schaltete sie zurück und gab Gas. Der Motor röhrte auf, für einen Augenblick verschwanden die Lichter des Wagens hinter ihr im Auspuffqualm. Dann nahm der Spider langsam Fahrt auf.

Es geht ja wieder, dachte Judith erleichtert. In ein paar Minuten würde sie bei der Villa sein. Es würde eine lange Nacht werden. Und die Betonmaschine konnte sie erst am Morgen einschalten. Aber morgen Mittag, spätestens, würde nichts mehr zu sehen sein. Sie würde baden und danach schlafen. So lange sie es wollte. So lange, bis alles ausgeheilt war.

Irgendwo zuckte kaltes blaues Licht. Judith warf einen Blick in den Rückspiegel. Kalter Schrecken lief ihr über die Arme. Der Streifenwagen scherte aus und überholte sie. Eine rot leuchtende Kelle signalisierte, dass sie anhalten solle. Judith bremste den Wagen ab und stoppte. Mechanisch holte sie ihre Papiere aus dem Handschuhfach und ließ das Seitenfenster herab. Plötzlich schien ihr alles gleichgültig. Meinetwegen soll alles herauskommen, dachte sie. Wenn es nur rasch geschieht.

Auch der Streifenwagen hielt, ein Polizist stieg aus, die Uniformmütze schräg in den Nacken geschoben. Neben dem Streifenwagen sah er fast klein aus, vermutlich war er kaum größer als sie selbst. Er kam an die Wagentür und tippte lässig an seine Uniformmütze. In der Hand hielt er eine Stablampe.

»Schönen guten Abend auch, die Dame! Schon mal was vom Klimagipfel gehört?«

»Ich verstehe nicht«, antwortete Judith, die Autopapiere in der Hand, und betrachtete ratlos das Namensschild, das schief an der Brusttasche der Lederjacke des Beamten hing. »PHM Leissle« stand darauf.

»Ihr hübsches kleines Auto da macht einen Qualm, damit

können Sie ganz Blaustein vergiften«, erklärte Leissle. »Ist Ihnen das denn nicht aufgefallen?«

»Ich hab nur gemerkt, dass der Motor nicht rund läuft.«

»Das glaub ich Ihnen gern«, sagte Orrie. »Machen Sie mal die Motorhaube auf.«

Sie löste den Griff. Er klappte die Haube hoch und leuchtete in den Motorraum. Judith stieg aus und stellte sich neben ihn. »Halten Sie mal die Lampe«, befahl er. Während sie ihm leuchtete, begann er, den Verschluss des Zündverteilers zu lösen.

Aus dem Streifenwagen kam ein zweiter Beamter. »Was machst'n da, Orrie? Wir sind nicht der Pannendienst.«

»Das ist ein Alfa, weißt du das?«, antwortete Orrie und fummelte an irgendwelchen Kontakten. »Ich möchte den Alfa sehen, den ich nicht zum Laufen bring.«

Der zweite Beamte schnüffelte misstrauisch um den Wagen. »Was haben Sie denn da für Werkzeug geladen?«

Judith hielt noch immer die Stablampe. »Ich wollte zu einer Freundin und ihr am Wochenende helfen. Sie hat sich das Dachgeschoss ausbauen lassen, und die Handwerker haben Pfusch gemacht. Vielleicht kann ich es auf die Reihe bringen.« Sie versuchte ein Lächeln ins Dunkle. »Ich bin Architektin.«

»Eh«, sagte Orrie, »wenn der Wagen jetzt wieder läuft, kommen Sie dann auch zu mir ins Dachgeschoss? Ich hätt' da auch was, was man auf die Reihe bringen kann.«

»Hören Sie nicht auf ihn«, sagte der zweite Beamte. »Seine Frau ist dermaßen eifersüchtig, die geht Ihnen mit dem Tranchiermesser nach.«

Ein kurzes Zucken ließ den Lichtstrahl durch den Motorraum irren. »Ist schon gut«, sagte Orrie. »Versuchen Sie noch mal zu starten. Aber geben Sie nicht zu viel Gas.«

Judith setzte sich ans Steuer. Der Motor sprang schnurrend an. »Na also«, sagte Orrie. »Aber bringen Sie das Wägelchen am Montag in die Werkstatt. Sagen Sie, dass Sie neue Zündkontakte brauchen. Gute Fahrt.«

Lässig tippte er an die Mütze.

Die Rücklichter des Alfa verschwanden in der Dunkelheit. Es begann wieder zu nieseln.

»Irgendwie ist die mir ein bisschen irre vorgekommen«, sagte Heilbronner. »Vielleicht hätten wir sie blasen lassen sollen.«

»Dir vielleicht? Im Übrigen negativ«, sagte Orrie. »Ich hätte sonst was riechen müssen. Die war fickrig darauf, zu ihrer Freundin zu kommen. Weiß der Kuckuck, was die in ihrem Dachgeschoss sägen und hobeln wollen.«

Heilbronner schüttelte den Kopf. »Da liegst du falsch. Hast du nicht gesehen, dass man der eine gescheuert hat? So, wie die ausschaut, war das ein Kerl, der das gemacht hat. Keine Frau.«

»Da bin ich mir nicht so sicher«, wandte Orrie ein. »Denk doch bloß an den Brummer im Dezernat eins. Wenn die sich mit ihrer Freundin zofft ...« Im Streifenwagen quäkte Polizeifunk. »Wir kommen ja schon«, sagte Heilbronner.

Samstag, 29. Mai

Der neue Tag brachte neuen Regen. In den Morgennachrichten hieß es, am Oberrhein seien bereits die Hochwasserpolder geflutet worden, und vom Bodensee würden die höchsten Pegelstände seit Menschengedenken gemeldet. Das »Tagblatt« berichtete von den Querelen in der Stuttgarter Regierungskoalition und dass der Ministerpräsident sich offenbar gegen seine Kritiker aus dem südwürttembergischen Bezirksverband durchgesetzt habe. Der Ulmer Lokalteil beschäftigte sich mit dem Streit um eine zweite Straßenbahnlinie, die das Universitätsgelände mit der Innenstadt und weiter mit dem bayerischen Neu-Ulm verbinden sollte. Ein schöner Plan. Nur reichte das Geld nicht, wenn man dem Finanzdezernenten glauben durfte, der in seinem Haushaltsbericht bitterlich Klage über den begrenzten finanziellen Spielraum der Stadt geführt hatte. Und auf dem Flughafen Erbach, zehn Kilometer außerhalb von Ulm, war ein Flugtag angekündigt, mit Rundflügen für jedermann zum Schnupperpreis.

Berndorf trank seinen Tee aus und suchte die Privatnummer des Gerichtsreporters Frentzel heraus. Dann holte er sein Telefon zu sich her und wählte. Nach längerem Klingeln meldete sich eine ungnädige Stimme mit einem knarzenden »Ja?«.

Berndorf entschuldigte sich für die frühmorgendliche Störung. »Ich möchte mich für die freundliche Zusendung aus Ihrem Archiv bedanken«, sagte er dann.

»Keine Ursache«, antwortete Frentzel. »Jeden Tag eine gute Tat. Und jede Nacht. Es ist doch Nacht, was wir jetzt haben, oder sollte da ich einem Irrtum erlegen sein?«

»Jein«, sagte Berndorf. »Ihr geschätztes Blatt lag jedenfalls bereits in meinem Briefkasten.« Von Frentzel kam ein undeutliches Knurren.

»Ich habe mit Interesse die Wehklagen des Finanzdezernenten gelesen«, fuhr Berndorf fort. »Und nun wüsste ich gerne, ob ich über Sie an diesen Haushaltsbericht kommen könnte.«

»Das ist zwar nicht mein Gärtchen«, sagte Frentzel. »Aber üblicherweise gibt es von diesen Berichten tatsächlich Kopien für die Presse. Sofern vorhanden und auf dem Schreibtisch meines Kollegen auch aufzufinden, werde ich Ihnen eine Kopie von der Kopie ziehen. Da ich am Sonntag Dienst habe, könnten Sie es am Montag bekommen. Reicht Ihnen das?«

Berndorf sagte, dass das seine Erwartungen weit übertreffe, und wünschte einen angenehmen Tag.

»Und ich wünsche Ihnen eine gute Nacht, so viel noch davon übrig ist«, antwortete Frentzel.

Berndorf legte auf und beschloss, schwimmen zu gehen. Es würde noch eine Weile dauern, bis er sich wieder einen Waldlauf abverlangen konnte. Wenn überhaupt. Irgendwie musste er wieder Kondition aufbauen. Er packte Badehose und -mantel in die Sporttasche, die ihm Barbara für einen Algarve-Urlaub gekauft hatte. Auf dem Neu-Ulmer Donauufer war am Jahresbeginn ein neues Hallenbad mit Sauna eröffnet und auf den verheißungsvollen Namen »Atlantis« getauft worden.

Weil er vermutlich den ganzen Vormittag dort verbringen würde, steckte er vorsorglich einen Lichtenberg-Band ein. Später könnte er ja zu diesem Flugtag hinausschauen.

Die Türklingel schlug an. Berndorf ließ die Tasche stehen und humpelte zur Sprechanlage.

»Vochezer«, sagte die Stimme. »Vera Vochezer.«

Schwankend glitt der Lastenaufzug in die dunkle Tiefe hinab. Plastik schrabbte den unverputzten Schacht entlang. Um den Rumpf zu verpacken, hatte Judith unten aus dem Keller Plastikplanen holen müssen. Mit der Plane waren Hohlblocksteine abgedeckt, die für eine Trennwand zwischen Trockenraum und Fahrradkeller bestimmt waren. Außerdem hatte sie im Keller eine Sackkarre gefunden.

Oben hatte sie den Rumpf auf die Plane gewälzt und diese dann zusammengeschlagen und mit Sicherheitsnadeln festgesteckt. Das war nicht einmal so schwierig gewesen und jedenfalls leichter als das, was sie vorher in der Badewanne hatte tun müssen.

Dann hatte es aber doch noch Probleme gegeben. Sie konnte das, was von Stefan Rodek übrig geblieben war, nicht hochkant auf die Sackkarre stellen, weil es sofort wieder gekippt wäre. Sie musste den Rumpf vorsichtig in der Mitte aufnehmen, damit er weder rechts noch links herabrutschen konnte. Das war ihr aber erst beim vierten oder fünften Versuch gelungen, und sie hatte den Rumpf bis vor den Aufzug gebracht.

Doch dann war sie zu weit nach links geraten und hatte mit dem, was einmal Rodeks Hüfte gewesen war, die Mauer gestreift. Der Rumpf war heruntergerutscht und halb auf der Plattform des Aufzugs und halb im Korridor liegen geblieben. In der Maueröffnung war nicht genug Platz, um ihn wieder mit der Sackkarre aufzunehmen. So hatte sie versuchen müssen, den Rumpf vollends in den Aufzug zu zerren, und sie hatte sich gebückt und die Plastikplane gepackt. Aber in ihren Händen waren keine Kraft mehr gewesen.

Erschöpft hatte sie sich wieder aufgerichtet. War es das?

I'm all tied up with you. In diesem Augenblick hatte sie für den toten Rodek noch mehr Hass empfunden als je für den lebenden. Schließlich hatte sie begonnen, sich die Unterarme zu massieren, und es dann noch einmal versucht und ruckweise das Paket auf die Ladefläche gewuchtet.

Der Aufzug setzte auf. Judith wusste, dass die Ladefläche einen knappen Zentimeter unter der Kante des Kellerbodens anhielt. Sie musste deshalb zu Fuß nach oben in die Wohnung zurück und eine Wolldecke holen, um die Kante abzudecken. Sonst hätte sich die Plastikplane daran verhaken und aufreißen können. Trotzdem schien es ihr, als sperre sich der Rumpf dagegen, in den Keller geschleift zu werden. Endlich lag er auf dem Kellerboden.

Judith lehnte sich an den Aufzugschacht und atmete tief durch. Ihre Beine zitterten, und Übelkeit stieg in ihr hoch. Dann begriff sie. Sie hatte einfach Hunger. Tierischen Hunger. Sie sah um sich. In der Nacht hatte sie bei einer der ersten Fuhren auch die Einkaufstasche mit dem Roastbeef und den Sandwiches nach unten gebracht und auf einem umgedrehten leeren Bierkasten abgestellt. Sie nahm die Tasche und ließ sich vorsichtig auf den Bierkasten nieder.

Sie griff in die Tüte und pulte eine Scheibe Roastbeef aus dem Cellophan. Das Roastbeef sah mehr blass als braun-rötlich aus, sie steckte es sich in den Mund und brach kauend ein Stück von einer Baguette ab. Das Weißbrot schmeckte pappig. Egal, dachte sie. Uns geht es jetzt schon besser.

Vor ihr lag die Plastikplane und das, was darin eingeschlagen war. Plötzlich fiel ihr eine Theateraufführung aus ihrer Schulzeit ein, sie war damals 17 gewesen und die Theater-AG hatte eine Moritat inszeniert. Judith hatte eines der Opfer gespielt und war zum Schluss, in einen Teppich eingerollt, über die Bühne getragen worden. Dann verscheuchte sie die Erinnerung. Es gab anderes zu tun. Im frühen Morgenlicht hatte sie einen Blick aus dem Fenster geworfen. Noch nie hatte sie den Fluß so groß, ja gewaltig gesehen. Wenn das Wasser weiter stieg, würde es bald die Dammkrone erreichen.

Und der Keller wäre binnen weniger Minuten überflutet.

Weiter hinten im Keller stand die Plastikwanne. Über das, was unten darin lag, hatte sie Rodeks Klamotten geworfen. Seine Brieftasche behielt sie; es war einiges Geld darin, sie würde es noch brauchen können. Von allem anderen würde man heute Mittag nichts mehr sehen, nichts als eine glatte, sauber gemauerte Wand aus Hohlblocksteinen, eine Mauer, die einen ungenutzten Vorsprung im Fahrradkeller um einen halben Meter verkürzte. Niemandem würde diese Mauer jemals auffallen.

Sie hatte auch den Laptop aus der Wohnung geholt. Der Laptop und die Disketten dazu hatten dem kleinen Gerichtsschreiber gehört. Ihr war nicht ganz klar, warum Rodek dieses Zeug überhaupt behalten hatte. Es durfte so wenig gefunden werden wie das andere Zeug, das in der Wanne lag. Immerhin könnte sie jemand gesehen haben, wie sie mit Rodek zu der Wohnung gegangen war.

Sie nahm noch ein Stück Roastbeef. Dabei musste sie an das hilflose Gesicht des Gerichtsschreibers denken, als sie bei ihm geklingelt hatte. Er hatte sie unter seinem flachsfarbenen Haar so erschrocken angestarrt, als hätte sie ihn beim Onanieren erwischt. Aber sie hatte ihn freundlich angelächelt und ihm erklärt, dass sie neu eingezogen sei und ein Problem mit den elektrischen Leitungen habe. Ob er wisse, wo der Schaltkasten sei? Aber ja, hatte er gesagt, und plötzlich ganz zutraulich zu lächeln begonnen. »Der Schaltkasten ist im Keller, ich zeige es Ihnen!« Und dann hatte er den Wohnungsschlüssel abgezogen und war ihr voraus in den Keller gegangen, und im Keller war Rodek hinter dem Kabelschacht vorgekommen und hatte ihm einen Schlag ins Genick versetzt und der kleine Gerichtsschreiber war lautlos in sich zusammengefallen.

Sie schluckte den Bissen hinunter und überlegte, ob sie eine Zigarette rauchen solle. Dazu haben wir später genug Zeit, sagte sie sich dann und stand mühsam auf. Ihr ganzer Körper schmerzte. Vorsichtig ging sie zu dem Betonmischer, der in der Tiefgarage stand, schnitt mit dem Messer, das sie mitgenommen hatte, einen den Zementsäcke auf, nahm eine Schaufel und begann, den Zement einzufüllen.

Nein danke, sagte Vera Vochezer, sie wolle keinen Tee, und auch keinen Kaffee. Steif und mit zusammengepressten Knien saß sie in einem von Berndorfs Sesseln, so, als gehöre es sich nicht für eine anständige Frau aus dem Oberschwäbischen, einen Mann in seiner Wohnung aufzusuchen. Berndorf stellte ein Glas Mineralwasser auf den Schachtisch vor sie hin und setzte sich dann selbst. Noch wusste er nicht, wie er das Gespräch beginnen sollte. Dass sie zu ihm kommen würde, und das bereits am nächsten Tag, hatte er nicht erwartet. Sie sah noch blasser, noch ernsthafter aus, als er sie am Vortag erlebt hatte. Er sah sie abwartend an.

»Ich weiß nicht, was mit Hartmut Sander ist«, sagte sie schließlich. »Es muss wichtig sein, sonst wären Sie nicht zu uns herausgekommen. Nur kann es mit mir nichts zu tun haben.« Berndorf sagte nichts, sondern neigte nur leicht den Kopf. Plötzlich ist ihr der Name ganz selbstverständlich, dachte er.

»Es war im Winter 1986 auf 87«, fuhr sie fort.»Ich arbeitete damals in der Bank, in der Hartmut Kunde war. Wir kannten uns schon länger. Das heißt, er passte es immer ab, dass ich ihn bedienen konnte. Dabei war er furchtbar schüchtern, und wir haben zuerst immer nur ein paar Worte gewechselt. Irgendwann hat er es dann gewagt und mich zum Kaffee eingeladen, und ich habe angenommen.«

Berndorf wartete darauf, dass sie weitersprach.

»Ich hatte damals gerade eine Beziehung hinter mir, die mich sehr mitgenommen hat«, sagte sie zögernd. »Und das mit Hartmut – das war irgendwie harmlos. Unverfänglich. Wir haben mittags einen Kaffee zusammen getrunken, er hat mir von seinem Hobby erzählt, dem Fotografieren, und hat mir erklärt, warum er nur Schwarzweißbilder macht. Er hat gesagt, wenn man genau hinsehe, hätten sie viel mehr Stimmung. Und in einer von diesen Mittagspausen hat er auch das

Foto aufgenommen, auf dem Sie mich gefunden haben. Das war es dann schon, und wenn die Pause zu Ende war, sind wir beide wieder zur Arbeit.«

Das war es nicht, dachte Berndorf. Er nickte nur kurz und vermied es, ihr in die Augen zu sehen. Es muss von selber kommen. Ich darf sie nicht unter Druck setzen.

Sie trank einen Schluck Mineralwasser und zögerte. »Einmal hab ich ihn dann eingeladen. Zu mir in die Wohnung. Aber das ist nicht gut gelaufen.« Berndorf spürte, wie ihr Blick ihn fixierte. »Der Kontakt ist danach abgebrochen. Er kam auch nicht mehr in unsere Filiale. Und später habe ich ja geheiratet und bin kaum mehr in Ulm gewesen.«

Schweigen senkte sich auf den Schachtisch und breitete seine lähmenden Flügel aus.

»Ja«, sagte Vera, »das war es, was ich Ihnen sagen kann.« Sie griff nach ihrer Handtasche, als wollte sie aufstehen.

Berndorf betrachtete weiter den Schachtisch, als habe er nichts gehört. Auf dem Tisch war eine Partie zwischen Kasparow und Anand aufgebaut, mit einem vertrackten Turm-Bauern-Endspiel. »Nein«, sagte er schließlich. »Das alles hätten Sie mir schon gestern sagen können.« Er sah kurz auf und senkte dann den Blick wieder. »Sie haben nicht gut geschlafen. Man sieht es Ihnen an. Sie sind heute Morgen nach Ulm gefahren, obwohl Sie sonst kaum mehr hierher kommen. Was Sie mir erzählt haben, ist nicht das, was Sie umtreibt.«

Vera schwieg. Sie blieb sitzen, als wollte sie sich an ihrer Handtasche festhalten. Berndorf hörte, wie sie kurz durchatmete. »Ich glaube, ich hätte jetzt doch ganz gerne eine Tasse Kaffee.«

Die Mauer aus Hohlblocksteinen reichte schon knapp zu ihrer Hüfte. Judith setzte die Kelle ab und griff nach der Brusttasche ihres Overalls, um eine Zigarette herauszuholen.

Nein, dachte sie. Erst die Wanne. Sie räumte die Kleider herunter, weil es sonst zu schwer geworden wäre, und legte einen von Rodeks Pullovern griffbereit neben sich. Mit einiger

Anstrengung hob sie die Plastikwanne hoch und kippte den Inhalt über die Mauer. Dorthin, wo schon der Rumpf war. Vorsichtshalber wischte sie den Rand der Wanne mit dem Pullover ab. Dabei stellte sie fest, dass ein kleinerer Plastikbeutel mit blutigem Inhalt in der Wanne zurückgeblieben war. Sie holte den Beutel heraus, hielt ihn einen Augenblick wie abwägend in der Hand, zuckte mit den Schultern und warf ihn zu den anderen Teilen, die sie von Rodek abgeschnitten hatte.

Dann holte sie, was sie von Rodeks Jeans, Jacken, Hemden und Unterwäsche gefunden hatte, und verstaute es über dem Rumpf und den anderen Teilen von Rodeks Leiche. Sein Kopf war in eine Ecke der ausgemauerten Grube gerollt und dort, mit dem Gesicht nach oben, liegen geblieben. Sie hatte ihm die Augen nicht zugedrückt, und nun schimmerten die Augäpfel stumpf und lauernd in dem trüben Licht der Glühbirne, die von der Decke des Kellers herabhing.

Judith nahm die Plastiktüte, die sie aus ihrer eigenen Wohnung mitgebracht hatte, und holte den Rock heraus und die zerrissene Bluse und warf sie über das Gesicht des Toten. »Nun ist ein Weiberrock das letzte, was du zu Gesicht bekommst«, sagte sie. »Down on the ground.« Sie legte die Plastiktüte mit dem Laptop und die Disketten auf den Haufen, der sich hinter der Mauer angesammelt hatte und sah sich prüfend um. Es war nichts mehr zu sehen. Sie griff nach der Schubkarre, um frischen Zement zu holen.

Erwin Skrowonek löffelte fahrig ein halbweiches Ei. Wie gebannt sah ihm Tamar zu. Skrowonek war nicht rasiert und in seien Bartstoppeln verfing sich das verkleckerte Eigelb.

Eigentlich macht es keinen großen Unterschied, tröstete sich Tamar. Wenn er es sich nicht in die Bartstoppeln schmiert, kleckert er es sich auf seine graue Wollweste.

»Warum trinkst du deinen Tee nicht?«, wollte Maria Skrowonek von ihrem Gatten wissen. »Weil er mir nicht schmeckt«, sagte Erwin und betrachtete widerwillig die kleine Tonschale, die neben dem Frühstücksbrett stand.

»Du bist ein unhöflicher alter Sabbergreis, weißt du das?«, stellte Maria fest. »Das ist ein ganz ein feiner Tee, Hannah hat ihn extra für uns gemacht, und du sollst hier nicht herummaulen, sonst müssen wir in die Altenklapse.«

»Lass ihn, Tantchen«, sagte Hannah. »Unten im Dorf ist ein Konsum, da besorgst du nachher den Tee, den er sonst immer gehabt hat. Und das von der Altenklapse will ich überhaupt nicht mehr hören.« Hm, dachte Tamar. Sie selbst hätte es so ganz abwegig nun auch wieder nicht gefunden, die beiden obdachlosen Alten in einem Altersheim unterzubringen. Der Haushalt von Hannah und Tamar war nicht auf die Unterbringung eines alten tütteligen Ehepaares eingerichtet. Nur reichte Skrowoneks kümmerliche Rente fürs Heim nicht aus, sodass also erst das Sozialamt hätte gefragt werden müssen. Hannah hatte das auch versucht, schon allein, um zu klären, ob die Skrowoneks eine Soforthilfe bekommen könnten zum Ersatz für ihre verlorenen Habseligkeiten. Aber bis sie sich an die richtige Stelle durchgefragt hatte, war es Freitagmittag geworden und alle städtischen Behörden hatten geschlossen.

Vorerst hatten sie das Ehepaar in einem Zimmer unten neben der Waschküche einquartieren können. Dort stand sogar ein schweres altes Ehebett, und Maria Skrowonek hatte bereits angekündigt, sie werde neue Vorhänge kaufen gehen, »denn ein bisschen wohnlich, nicht wahr, braucht der Mensch.«

Der Kaffee war durchgelaufen, und Vera nahm ihm das Tablett mit Kanne, Tassen, Zucker und Milch ab. Sie setzten sich wieder an den Schachtisch, Berndorf goss ein, Vera nahm den Kaffee schwarz und ohne Zucker.

»Ich habe ihn im Herbst 1986 kennen gelernt«, sagte sie unvermittelt. Für Berndorf war klar, dass sie nicht von Sander sprach. »Am Schalter stand ein junger Mann, groß, sportlich, mit einem schmalen, energischen Gesicht, und wollte Dollar und Travellerschecks zurücktauschen, die er nicht gebraucht hatte. Er war ein halbes Jahr in den USA gewesen, erzählte er mir, nun sei er wieder zurück, und dann wollte er wissen, was er in der Szene versäumt habe, ausgerechnet von mir wollte er das wissen, und ob er mich am Abend treffen könne.«

Sie trank vorsichtig einen Schluck Kaffee. »Er war Student, und ich wusste, dass er aus einer der besseren Ulmer Familien kommt, ich kannte die Mutter, eine richtige Dame. An meinen fünf Fingern hätte ich es mir abzählen können, dass ich für ihn nicht mehr war als ein dummes Mädchen, mit dem man ein paar Nächte lang seinen Spaß haben kann.« Sie suchte Berndorfs Blick, so, als ob sie unsicher sei, was er von ihr hielt. Berndorf sagte nichts, sondern schaute sie nur aufmerksam an. »Ich habe noch am gleichen Abend mit ihm geschlafen«, sagte sie unvermittelt, und ihr Gesicht rötete sich leicht. »Und in den folgenden Nächten auch. Ich glaube, ich habe damals von Anfang an gewusst, dass es nicht lange gut gehen würde. Aber gleichzeitig wollte ich es nicht wahrhaben. Ich wollte daran glauben, dass er bei mir bleiben würde.« Sie machte eine Pause, als versuchte sie sich genau zu erinnern.

»Lange hat es dann auch nicht gedauert. Es begann damit, dass er am frühen Abend bei mir vorbeikam und mich auf das Bett warf. Als er fertig war, stand er wieder auf und ging. Er sei mit einem Kumpel verabredet, sie wollten zum Squash, sagte er, und ließ mich allein zurück, wie ein benutztes Papiertaschentuch. Ich hätte schon damals Schluss machen müssen.«

Sie trank wieder einen Schluck Kaffee. »An einem der nächsten Tage holte er mich mittags an der Bank ab, er wollte, dass ich mit ihm in ein Café ging. Ich war noch wütend, wollte eigentlich nicht mit, bin aber doch gegangen. In dem Café führte er mich an einen Tisch, an dem ein Typ saß, so groß wie er, aber irgendwie breiter in den Schultern, dunkel, mit diesem blassen Teint, wie ihn Italiener manchmal haben. Das sei sein Freund, sagte er, und ich dachte noch, sie hätten sich zufällig getroffen. Das heißt, ich dachte erst gar nichts, bis die beiden davon sprachen, dass sie am Wochenende an den Bodensee fahren wollten, Jörgs Familie hatte dort ein Bootshaus, und dass ich mitkommen solle.«

Vera Vochezer griff nach der Kaffeetasse und rückte sie auf der Untertasse zurecht, so, als gehöre es sich, dass der Henkel der Tasse parallel zur Tischkante steht. »Jörgs Freund schaute mich mit einem Blick an, der mir zuwider war. Aber ich hatte noch nichts gesagt, und ich hätte auch nicht gewusst, ob ich Nein sagen sollte. Ich wollte Jörg nicht enttäuschen, und vor allem wollte ich nicht, dass er mich für spießig hielt. In diesem Augenblick kam ein Mädchen an den Tisch, ich sehe noch ihre langen dunklen Haare, und sie ging auf Jörgs Freund zu und lächelte ihn an und sagte: ›Da bist du ja.‹ Und Stefan, Jörgs Freund, verdrehte nur die Augen und sagte: ›Die schon wieder.‹ Das Mädchen blieb neben ihm stehen und fragte: ›Was ist denn los, warum bist du vorgestern nicht gekommen?‹ Und Stefan stand auf und packte sie mit der Hand unter dem Kinn,« – Vera versuchte, die Geste mit der Hand anzudeuten – »so, wie es manche Lehrer in der Schule machen, und hob ihr den Kopf hoch und sagte ganz leise, sie solle sich verpissen, und er sage ihr das nur einmal.«

Sie hatte ihre Hand wieder in den Schoß gelegt. »Niemand im Café sagte etwas. Alle hatten aufgehört zu reden und starrten auf das Mädchen. Ich stieß Jörg an, weil ich wollte, dass er etwas zu Stefan sagte. Er sollte ihm sagen, dass es so nicht geht. Dass der Kerl das Mädchen nicht so behandeln darf. Aber Jörg achtete gar nicht auf mich, er sah Stefan mit einem Lächeln zu. Bewundernd war dieses Lächeln, und – vielleicht klingt das komisch – fast geschmeichelt. Das Mädchen hatte sich losgerissen und rannte aus dem Café. Und dann bin ich auch aufgestanden und gegangen. Jörg rief mir etwas nach, aber ich wollte nur noch weg. Ich bin in die Bank zurück und habe dort noch einen Brief geschrieben, dass ich ihn nicht mehr sehen und mit ihm nichts mehr zu tun haben möchte.«

Berndorf betrachtete sie nachdenklich. Jörg und Stefan. Der junge Mann aus gutem Haus, und sein Freund, athletisch, dunkelhaarig und mit dem blassen Teint, wie ihn Italiener manchmal haben. Beide hoch gewachsen. Stefan und Jörg. Plötzlich sah er den Gerichtssaal wieder vor sich, Veihle auf die Anklagebank gelümmelt, Stefan Rodek kerzengerade aufgerichtet, wach und gespannt. Ein zweites Bild schob sich darüber, ein Zeitungsausschnitt, strahlend präsentiert der Architekt und Bauunternehmer Jörg Welf sein Projekt... Berndorf räusperte sich und stellte nun doch eine Frage.

»Sind Sie Jörg und Stefan – Jörg Welf und Stefan Rodek, um die vollen Namen zu nennen – danach noch einmal begegnet?« Vera runzelte die Stirn. »Ich habe Ihnen Jörgs Familiennamen nicht gesagt. Den von Stefan weiß ich auch gar nicht, oder nicht mehr. Aber die beiden sind mir noch einmal begegnet. Allerdings.« Sie richtete ihre dunklen Augen auf Berndorf. »Es war an dem Abend, an dem ich Hartmut zum ersten Mal zu mir eingeladen hatte. Wir saßen auf der Couch, Hartmut zeigte mir die Bilder, die er von mir gemacht hatte, im Herd hatte ich eine Quiche Lorraine, die noch nicht ganz fertig war.«

Sie zwang sich zu einem Lächeln. »In diesem Augenblick klingelte es. Ich ging zur Tür, und an der Sprechanlage meldete sich Jörg. Er wolle mir meinen Schlüssel zurückbringen. Ich sagte ihm, dass er ihn in den Briefkasten werfen soll. Aber das wollte er nicht. ›Das ist nicht mein Stil‹, sagte er. Ich weiß nicht, warum ich nicht alles getan habe, damit er nicht in die Wohnung kommt. Ich hätte es verhindern müssen, und es wäre ein anderes Leben geworden. Aber dann war er schon in der Tür, und hinter ihm kam Stefan, ich wollte ihn nicht hereinlassen, aber er hat mich einfach zur Seite geschoben.«

Ihr Blick blieb an den Schachfiguren hängen. »Hartmut saß noch auf der Couch. Jörg ist auf ihn zu und hat ihm gesagt, er solle verschwinden. Hartmut hat versucht zu widersprechen. ›Das können Sie mit mir nicht machen‹, hat er gesagt. Irgendetwas in der Art. Und Stefan ist zu ihm hin und hat ihn am Arm hochgezogen und zur Tür gedreht, und Hartmut hat sich wegschicken lassen wie ein Schulbub, der nicht zugucken darf, wenn man eine Frau ...« Sie suchte nach einem Wort. »Wenn man sie fertig macht.« Nach einer Pause fuhr sie fort.

»Jörg hat mir dann in seinem freundlichen, ruhigen Ton erklärt, dass er noch eine Rechnung mit mir offen hat, und dass ich sie bezahlen werde. Dass ich sie jetzt bezahlen werde. Weil er sich nämlich von einer billigen kleinen Bankangestellten nicht einfach abservieren lässt.«

Sie machte eine Pause und sah auf ihre Hände herunter, die sie im Schoß gefaltet hatte. Berndorf sah, dass die Knöchel ganz weiß waren. Er schwieg und wartete. Vera sagte nichts mehr. »Sie sind später nicht zur Polizei gegangen«, stellte er fest, als er spürte, dass das Warten keinen Sinn mehr ergab.

»Nein, ich bin nicht zur Polizei«, antwortete sie. »Als sie mit mir fertig waren, haben sie mir erklärt, ich könne sie ruhig anzeigen. Sie warteten sogar darauf. Denn sie hätten jede Menge Kumpel, die kalt lächelnd die Hand heben und schwören würden, dass ich es gegen Geld mit jedem mache. Und dass ich besonders scharf darauf sei, wenn es mehrere mit mir tun. Und dass sie es selbst gehört hätten, wie ich Jörg und Stefan darum angebettelt hätte, dass sie bei mir vorbeikommen.«

Sie griff wieder nach der Tasse und ließ die Hand dann doch sinken. »Ich wusste, dass Jörg solche Freunde hatte. Junge Männer, die er vom Sport oder von der Schule her kannte. Für die wäre es ein Jux gewesen, ein Mädchen wie mich bloßzustellen und für das ganze Leben zu demütigen.«

Tamar hatte sich in den Schaukelstuhl in der Ecke des Zimmers geflüchtet, das früher einmal die gute Stube gewesen war und jetzt als Atelier diente. Sie versuchte, das »Tagblatt« zu lesen, aber außer wichtigtuerischen Geschichten über wichtigtuerische Landespolitiker stand nichts drin.

Sie überlegte, ob sie »Orlando« zu Ende lesen sollte. In der Küche rumorte die alte Marie, die dort nur »eben mal« den Abwasch machen wollte und dabei die nervtötende Intensität all jener Menschen an den Tag legte, die »euch überhaupt nicht stören wollen«.

Der Greis Erwin war mit dem Bus in die Stadt gefahren, weil er in den Trümmern nach Überresten des Skrowonek'schen Hausrates suchen wollte. Beim Frühstück hatte er erzählt, wie sein Elternhaus in Gelsenkirchen-Buer von der Royal Air Force zusammengebombt worden war und wie seine Mutter danach den Schutthaufen durchwühlt und fast das gesamte Besteck herausgeholt hatte. »Fünf silberne Löffel, dafür hat man damals noch die halbe Welt kaufen können.«

Nun gut, dachte Tamar. Wenn Hannah beschlossen hatte, sich erst mal um die beiden Alten zu kümmern, dann soll das wohl so sein.

Trotzdem wusste sie nicht, wie lange sie dies alles aushalten würde. Der unglückliche Oberarzt kam ihr in den Sinn, den sie Knall auf Fall verlassen hatte, unter anderem, weil er es in der Küche zu wichtig gehabt hatte.

Sie sah zu Hannah hinüber, die entschlossen und konzentriert Acrylfarbe auf die Leinwand spachtelte. Tamar konnte das Bild nicht sehen, und solange es nicht fertig war, versuchte sie es auch gar nicht. Hannah konnte es nicht leiden, wenn frau ihr bei der Arbeit zusah.

»Ja?«, machte Hannah.

»Nichts«, sagte Tamar. »In dieser Zeitung steht nichts.«

»Du sollst mir nichts vormachen«, meinte Hannah streng. »Dich nervt das alte Tantchen. Lass sie doch einfach machen. Freue dich daran, dass sie was zu tun hat und uns die Küchenarbeit abnimmt. Und wenn das partout nicht geht, dann lauf fünf oder zehn Kilometer, stemm Hanteln im Fitness-Center oder klär meinetwegen ein paar von deinen Morden auf.«

Tamar hatte das Gefühl, als werde sie abwechselnd rot und wieder blass. »Ach, so ist das! Du brauchst mir es nicht zweimal sagen, wenn ich mich verpissen soll.« Sie stieß sich von dem Schaukelstuhl hoch und stand schlank und zornig in dem niedrigen Zimmer. »Ich bin schneller hier raus, als du denkst.«

»Mach bitte keinen Scheiß«, antwortete Hannah und legte den Spachtel weg. »Was glaubst du wohl, was ich mit dir anstelle, wenn du hier abhauen willst? Trotzdem brauchst du keine Szene zu machen, nur weil es dir langweilig ist und Tantchen draußen in der Küche scheppert. Übrigens ist das wirklich nicht auszuhalten.« Sie ging zur Tür. »Tantchen Marie, bitte nicht die ganze Küche umräumen.«

Aus der Küche hörte man Marie Skrowonek brummeln. »Nein, Tantchen«, antwortete Hannah entschieden, »wir haben keine Kuchenform und wir holen auch keine Kuchenform und wir backen auch keinen Apfelkuchen, sondern wir holen uns heute Nachmittag welchen, aus der Bäckerei unten im Dorf.«

Tamar, die Hände in die Hüfte gestemmt, hörte wortlos zu. Was war das für eine Art, sie erst herunterzuputzen wie Trotzköpfchen im Schullandheim, und sie danach stehen zu lassen wie einen abgenadelten Weihnachtsbaum im Februar?

Ein quäkendes Piepsen drang durch das Zimmer. Tamar ging zu ihrem Handy, das auf der Kommode abgelegt war, und meldete sich. »Tut mir Leid, wenn ich Sie störe.« Berndorfs Stimme klang ernst, fast geschäftsmäßig. Und fast wie früher. »Sie stören nicht«, antwortete Tamar mechanisch. Selten war ihr ein Anruf so willkommen gewesen wie eben jetzt.

»Ich habe hier eine Zeugin, deren Aussage protokolliert werden müsste. Vor allem aber braucht sie Polizeischutz.«

Hannah kam in das Zimmer zurück. »Entschuldige«, sagte sie, »mich hat das vorhin auch nervös gemacht, und weil ich Tantchen nicht anschnauzen wollte, hat es dich getroffen. Noch böse?«

So kommst du mir aber nicht davon, dachte Tamar. »Nöh«, sagte sie, »warum sollte ich böse sein? Ich mach nur, was du vorgeschlagen hast.« Sie steckte das Handy in ihre Jackentasche. »Ich geh ein paar Morde aufklären...«

Der Himmel hatte aufgeklart, aber durch die Gardinen drang nur weißlichgraues Licht, als habe der Aktenstaub die grellen Farben des Lebens ausgefiltert. Das Dienstzimmer des Ersten Staatsanwalts Desarts lag im sechsten Stock des Justizhochhauses, und wären die Gardinen nicht gewesen, hätte man einen freien Blick auf die Hügel im Westen der Stadt gehabt.

Unverrückbar, als sei sie mit ehernen Lettern in der Strafprozessordnung verankert, stand die Bonbonniere mitten auf dem Besprechungstisch. Desarts hatte Tamar unten am Eingang erwartet, neben ihm war Berndorf mit seinem Krückstock gestanden, aber er hatte sich nur noch ganz leicht, fast spielerisch darauf abgestützt. Desarts hatte dann aufgeschlossen und war mit ihnen im Fahrstuhl hochgefahren.

Nun saßen sie wieder um den Tisch, zu dritt in einer informellen Runde, denn Berndorf, noch immer krankgeschrieben, hatte keine dienstliche Funktion. Tamar hatte während der Mittagsstunden die Aussage von Vera Vochezer zu Protokoll genommen und – zunächst gegen Veras heftigen Protest – Personenschutz für sie angefordert. Eine Beamtin der Biberacher Polizei würde sie die nächsten Tage begleiten, und damit niemand dumme Fragen stellte, würde die Beamtin sich als Veras Reutlinger Cousine ausgeben.

Ihr Mann und vor allem ihr Schwiegervater würden ihr das mit der Cousine nicht abnehmen, hatte Vera eingewandt. Tamar hatte das nicht gelten lassen. »Es ist besser, wenn Sie reinen Tisch machen und Ihrem Mann alles erzählen. Wenn Ihre Beziehung das nicht aushält, ist es ohnehin höchste Zeit für Sie, sich zu trennen.«

Vera hatte sie groß angesehen. Seither rumorte in Tamars Hinterkopf die Frage, ob sie da nicht den Mund zu voll genommen hatte. Inzwischen befand sich Vera bereits auf dem Weg nach Hause, begleitet von einem Zivilwagen der Ulmer Polizei, bis in Laupheim die neu entdeckte Cousine zu ihr in den Wagen steigen würde.

Berndorfs Anwesenheit wäre jetzt nicht mehr erforderlich gewesen, aber Desarts wollte ihn bei dem Gespräch dabeihaben. »Eine delikate Geschichte«, sagte er. »Äußerst delikat.«

»Das sehe ich anders«, antwortete Tamar. »Nichts daran ist delikat. Zwei Männer vergewaltigen bestialisch eine junge Frau, nur, weil sie dem einen eine Abfuhr gegeben hat. Sadismus und Niedertracht sind nicht delikat.«

Desarts sah sie erschrocken an. »Ich verstehe Ihre Reaktion. Aber sie ist emotional. Sehen Sie, diese Vergewaltigung ist verjährt. Wir haben keine Handhabe. Und der Versuch, daraus eine Verbindung zwischen Herrn Welf und diesem Rodek zu konstruieren, steht auf sehr schwankendem Boden.«

»Das ist mir nun aber völlig unverständlich«, wandte Tamar ein. »Aus Veras Aussage geht klipp und klar hervor, dass diese beiden Männer bereits damals zusammen waren und bereits damals eine ungehemmte kriminelle Energie an den Tag gelegt haben. Vor allem haben wir endlich die Verbindung, die den Hintergrund für den Brandanschlag in Wiesbrunn offen legt.« Tamar beugte sich vor und versuchte, Desarts Blick festzuhalten. »Rodek wollte es so aussehen lassen, als ob Gföllner der Auftraggeber sei. Er wollte ihm die Mafia auf den Hals hetzen, um ihn als Mitbewerber für Welf auszuschalten.«

»Sachte!« Desarts hob beschwichtigend beide Hände. »Wollen Sie nicht vielleicht ein Bonbon?« Tamar schüttelte empört den Kopf. »Na gut. Aber warum kommt diese Frau erst jetzt mit ihrer Aussage? Es ist doch nicht wahr, dass Vergewaltigungsopfer vor Gericht nicht geschützt würden.«

In welcher Welt lebt dieser Mann, dachte Tamar. Sie warf einen Hilfe suchenden Blick zu Berndorf. Der hatte den Stuhl zurückgeschoben und saß vornübergebeugt. Langsam hob er den Blick. »Im Verfahren gegen Rodek und Veihle hatten Sie die Anweisung, die Angeklagten rasch vor Gericht zu bringen«, sagte er bedächtig. »Bevor wir überhaupt weiterreden, möchte ich wissen, ob es noch weitere Anweisungen aus Stuttgart gegeben hat. Zum Beispiel, wie diese verschiedenen Ulmer Vorkommnisse zu behandeln seien?«

Desarts scharf gekerbte Gesichtszüge schienen für einen Augenblick zu entgleisen. Dann fing er sich wieder. »Falls Sie es vergessen haben, Berndorf, ich bin Erster Staatsanwalt. Ich nehme keine Anweisungen entgegen.« Berndorf sah ihm ausdruckslos in die Augen. Desarts erwiderte den Blick, dann drehte er den Kopf weg.

»Nein, wir haben keine Anweisung«, sagte er schließlich. »Aber Sie müssen mich auch verstehen. Der Herr Welf ist ein aufstrebender Ulmer Architekt und Unternehmer. Er kommt aus einer angesehenen Familie. Sein verstorbener Vater war Gymnasialdirektor und in der Stadt so etwas wie eine Institution. Seine Mutter ist heute noch eine Persönlichkeit des gesellschaftlichen Lebens.« Es klang müde und resigniert. »Ich kann nicht einfach zu Herrn Welf gehen und sagen, Sie haben da vor zwölf Jahren ein Mädchen vergewaltigt, und deswegen können wir Ihnen nachweisen, dass Sie den Brandanschlag in Wiesbrunn in Auftrag gegeben haben. Und den Protokollführer Sander haben Sie auch verschwinden lassen. Lächerlich ist das doch. Welf wird uns erklären, dass er diese Zeugin Vochezer nicht kennt und nie gesehen hat, auch nicht diesen Stefan Rodek und dass nichts an dieser Geschichte wahr sei. Und dann können wir nur mit der Schulter zucken und sagen, wenn das so ist, dann entschuldigen Sie bitte, und nichts für ungut!« Berndorf schüttelte den Kopf. »Kein Richter wischt heute noch die glaubhafte Aussage einer Frau so einfach vom Tisch. Welf kann nicht mehr abstreiten, dass er Rodek kennt.«

»Und was ist damit gewonnen?«, wollte Desarts wissen. »Rodek ist freigesprochen worden. Bringen Sie mir neue Beweise zu seiner Täterschaft, und ich unterschreibe auf der Stelle einen Haftbefehl. Aber wo sind diese Beweise? Da ist dieser Manuel Achenbach, der vielleicht den Kanister Öl gekauft hat, mit dem vielleicht der Brandanschlag auf die Edim verübt worden ist. Sie, verehrte Kollegin, waren sicher, dass wir Achenbach mit Rodek in Verbindung bringen können. Und was haben Sie mir berichtet? Dass Rodek einmal Trainer in einem Studio war, in dem auch Achenbach Hanteln gestemmt hat. Sehr beweiskräftig. Vielleicht sind beide auch schon einmal über den Münsterplatz gelaufen.«

Er unterbrach sich und schaute Tamar an, als ob er um Verständnis bitten wolle. »Bringen Sie mir Rodek«, fuhr er fort. »Bringen Sie mir Beweise gegen ihn. Und erst dann können wir, vielleicht, gegen Welf vorgehen. Wenn Rodek redet. Aber das hat er beim ersten Mal auch nicht getan.«

»Sie brauchen doch gar keinen Haftbefehl gegen Rodek«, antwortete Berndorf. »Sie wollen ihn nur ausfindig machen.

Immerhin gibt es ja diesen Mordfall Veihle. Vielleicht weiß er etwas, vielleicht ist er selbst in Gefahr. Alles Gründe genug, um mit ihm zu reden.«

»Und Welf bleibt natürlich unbehelligt, nicht wahr?«, fragte Tamar bissig.

»Den fragen Sie einfach, ob er Rodek kennt. Sie erzählen ihm weder etwas von dem verschwundenen Justizangestellten Sander noch von der Aussage der Vera Vochezer, sondern lassen sich von ihm ins Gesicht lügen.« Berndorf machte eine Pause. »Und wenn wir wissen, wo Rodek ist und wo der Gerichtsschreiber: dann laden wir ihn noch einmal vor. Und dann wird das Gespräch vielleicht doch etwas anders verlaufen, als die Staatsanwaltschaft heute glaubt.«

Desarts betrachtete ihn nachdenklich. »Sie sagen das so, als ob es ganz selbstverständlich eine Verbindung zwischen dieser Vergewaltigungsgeschichte, dem Verschwinden des Herrn Sander und den Brandanschlägen gebe. Ich bleibe dabei, dass mir das höchst abenteuerlich erscheint. Der Herr Sander hat sich eine Auszeit genommen, diese kleinen Unauffälligen haben es ja manchmal faustdick hinter den Ohren. Und Stefan Rodek – was machen Sie denn, wenn der schon längst nicht mehr in Ulm ist?« Er wandte sich an Tamar. »Wissen wir denn überhaupt, wohin er nach seiner Entlassung aus der Untersuchungshaft gegangen ist?«

Tamar wurde verlegen. »Angeblich ist er nach Stuttgart. Wir haben dort schon nach ihm suchen lassen. Das Ergebnis war negativ. Das Einzige, was uns vorliegt, ist eine Postkarte aus Straßburg. Wenn die Karte nicht getürkt ist, gibt sie ihm ein Alibi, sowohl für den Anschlag auf Berndorf wie für den Mord an Veihle.«

»Aus Straßburg«, echote Desarts. »Schade, dass ich nie wette. Sonst würde ich eine Flasche Whisky gegen eine Schachtel Pralinen setzen, dass Rodek längst in der Fremdenlegion ist. Die nehmen so einen wie ihn doch mit Kusshand.«

Für einen Augenblick trat auf seine vom Justizalltag und zu viel Magensäure gekerbten Gesichtszüge ein Ausdruck grundloser, aber erleichterter Heiterkeit. »Glauben Sie mir, wenn Rodek etwas zu verbergen hat, dann hat er sich längst hinter französischen Kasernenmauern eingegraben.«

Judith schob den letzten Hohlblockstein in die verbliebene Lücke und strich die Fugen glatt. Sie ließ die Kelle sinken und schloss für einen kurzen Augenblick die Augen. Plötzlich hatte sie das Gefühl, sie schwanke, und riss die Augen wieder auf. Vorsichtig stieg sie von der Trittleiter herunter, legte die Kelle auf eine Stufe der Leiter und betrachtete die Mauer. Sie war fachmännisch hochgezogen und verfugt. Niemand würde etwas zu beanstanden haben, und niemandem würde der schmale Hohlraum fehlen, der sich hinter der Mauer verbarg. Und was sich sonst noch dahinter verbirgt, dachte sie, fehlt erst recht keinem. Beton hält dicht. War da überhaupt etwas? Nichts war da gewesen, und wenn der Fahrradkeller erst verputzt war, würde nicht einmal sie mehr etwas von einer Nische oder einem Hohlraum wissen. Der glatte weiße Verputz würde sich über ihre eigene Erinnerung legen, und das war das Beste, was dieser Erinnerung passieren konnte.

Unversehens runzelte sie die Stirn. Würde Rodek wirklich niemandem fehlen? Plötzlich fiel ihr ein, wie sie in der Schule den Trojanischen Krieg behandelt hatten und wie merkwürdig ihr Achills Trauer um den toten Patroklos erschienen war. Würde Jörg um Rodek trauern? Das hängt davon ab, ging es ihr durch den Kopf, dass er erstens erfährt, was aus seinem Freund geworden ist, und zweitens, dass er überhaupt so etwas wie Trauer zu empfinden vermag.

Und das war nicht sehr wahrscheinlich. Wenn Jörg von etwas bekümmert war, dann von seiner strohfarbenen Frau. Er konnte sich nicht von ihr scheiden lassen, weil das Bauunternehmen ihrer Familie gehörte. Und weil er nicht das Zeug hatte, sich allein als Architekt durchzusetzen. Nein, dachte sie dann, von diesem Männerpaar war nicht der Patroklos hinter der Wand verschwunden, sondern Achill. Von einem trauernden Patroklos hatte noch kein Schwein je gelesen.

Ihr Werkzeug hatte sie wieder in der Plastikwanne verstaut. Als sie die Wanne aufnahm und in den Lastenaufzug brachte, fiel ihr auf, dass der Kellerboden nass geworden war. Nun war das Hochwasser also doch gekommen. Sie lächelte. Was für ein Glück sie doch hatte. Das Wasser würde alle Spuren abspülen. Nichts würde zurückbleiben. Erleichtert fuhr sie nach oben. Küche und Bad musste sie noch nass aufwischen, und erst die Plastikwanne und dann die Badewanne mit kaltem Wasser auswaschen. Danach würde sie duschen, lange und ausgiebig, und allen Dreck von sich abspülen.

Und was vorher in der Badewanne gelegen hatte, würde sie so wenig bekümmern wie ein abgeschnittener Fußnagel.

Der Bus kroch über die Brücke, die die Eisenbahnlinie ins Donautal überquert, tastete sich ein enges Sträßchen hinab und hielt vor einer Backsteinmauer. Aus den beiden Bustüren quollen Familien mit kurzhalsigen quengelnden Kindern. Ein älterer Mann mit einem Krückstock folgte ihnen. Ein asphaltierter Vorplatz verband den Hangar, zu dem die Backsteinmauer gehörte, mit einem holzverkleideten Gebäude. Das Bauwerk trug eine Glaskanzel und gab sich große Anstrengungen, nicht wie jene Flugaufsichtsbaracke auszusehen, von der Reinhard Mey gesungen hatte. Kinder drängelten sich vor einer Imbissbude. Schönheiten in lackglänzenden und knapp sitzenden Lederhosen, die Sonnenbrillen ins gefärbte Haar geschoben, palaverten über Einspritzdüsen, und breitärschige Männer liefen wichtig hin und her. Auf der Piste standen zwei Cessnas wie schläfrige Schnaken und hielten Abstand zu einer ehrwürdigen JU 28, die in ihrem wellblechernen Gehäuse auf ein paar spärliche Sonnenstrahlen wartete. Hoch über allem spotzte etwas durch die Luft, das sich nach fliegender Nähmaschine anhörte – ein ULM, ein Ultraleicht-Motorflugzeug.

Ein hoch gewachsener junger Mann, mit einer mächtigen Fotoausrüstung beladen, schob sich durch die Menge und kam lächelnd auf Berndorf zu. Der Fotograf des »Tagblatts« war dem Kommissar erst vor wenigen Monaten mit Abzügen und Vergrößerungen behilflich gewesen, ohne die Berndorf in seinen damaligen Ermittlungen nicht weitergekommen wäre.

»Graben Sie schon wieder etwas aus?«, fragte er. »Nein«, antwortete Berndorf, »ich bin ganz und gar außer Dienst. Und ausgraben will ich schon gar nichts. Höchstens was aus der Luft angucken.«

»Kommen Sie doch einfach mit mir«, schlug der Fotograf vor. »Ich soll ein paar Luftaufnahmen machen, wie es an der Donau und Iller aussieht. Einer der Piloten hat mir einen Rundflug versprochen.« Sie gingen zusammen zu einem wieseligen kleinen Mann mit braunem Schnauz- und Kinnbart, der Berndorf ohne weitere Fragen die Hand schüttelte.

Berndorf musste im Aufsichtsraum seine Personalien angeben und eine Erklärung unterschreiben, dass er auf alle Haftungsansprüche verzichte. »Im Falle eines Falles«, feixte der Pilot beruhigend. »Aber machen Sie sich keine Sorgen. Auf der Straße zu Ihrem Haus ist es gefährlicher.«

»Wem sagen Sie das«, antwortete Berndorf.

Wenig später startete die Maschine auf der holprigen Piste, hob ab und wurde steil hochgezogen. Vor Berndorfs Augen breiteten sich die Hügel, Wälder und Weiden Oberschwabens aus. Und seine Seen.

Berndorf schüttelte den Kopf. Seen? Seit wann gibt es eine oberschwäbische Seenplatte? Der Fotograf stieß ihn in die Seite und deutete nach unten. Ein breiter, graubrauner Strom mäanderte durch die grüne Landschaft. Still, gelassen und mächtig. Nicht mehr das Flüsschen, das einige Dutzend Kilometer oberhalb im Karst versickert war.

Der Pilot drehte nach Osten ab und flog im Sinkflug über die Bundesstraße 30 und die Wälder im Süden des Ulmer Ortsteils Lettenbühl.

Unter ihnen kam die Erddeponie in Sicht, eine Ansammlung von Schrunden in der Erde, manche frisch aufgerissen, andere bereits wieder zugeschüttet. Berndorf nickte dem Fotografen zu.

Die Maschine flog über einen bewaldeten Hügelkamm. Ein

zweiter Fluss kam in Sicht, die Iller, nicht graubraun und behäbig, sondern gelb vom losgespülten Löss. Tief unten sah Berndorf das schmale Band einer Brücke, die einem wirr aufgetürmten Floß aus herandrängenden Baumstämmen standhalten musste. Auwiesen und Waldstreifen entlang der Dämme waren bereits überflutet.

Der Pilot drehte sich zu ihnen um und zog die Mundwinkel nach unten. Es brauchte nichts gesagt zu werden. In Ulm und vor allem im niedriger gelegenen Neu-Ulm standen den Leuten feuchte Tage ins Haus. Und nasse Keller.

Claudia Lehmann stand vor der Arbeitsplatte in Krausers Küche und betrachtete die Wachteln, die sie ausgenommen und für den Backofen vorbereitet hatte. Der Anblick deprimierte sie. Wie schnell es doch ging, und es wurde einem der Hals lang gezogen und das schöne Gefieder gerupft. Krauser stand in der Tür, er hatte seinen Trenchcoat an und den Hut in die Stirn gezogen.

»Ich fahr nur mal kurz in die Stadt«, sagte er. »Nur mal kurz jemanden anrufen.«

»Warum kannst du das nicht von hier aus tun?«, fragte Claudia. »Ich versteh nicht, was mit dir ist. Was für Geheimnisse du hast. Warum du dauernd abends in der Stadt telefonieren musst. Und dann auch noch bei diesem Wetter.«

»Das kannst du auch nicht verstehen«, antwortete Krauser nachsichtig. »Das ist geheime Polizeiarbeit.« Er nahm den Hut ab und küsste sie auf die Wange. »Wir werden bestimmten Leuten eine Falle stellen. Und wenn diese Leute dann mit dem Geld rüberkommen, dann schnappen wir sie.«

Und Krauser wandte sich um und ging.

Der Streifenwagen bog auf den Hof des Anwesens ein und hielt. Polizeihauptmeister Leissle stieg aus, öffnete erst einen Schirm und dann die Tür zum Rücksitz, um einem in eine Decke gehüllten Bündel aus dem Wagen zu helfen. Dann ging er zur Tür und klingelte.

Es dauerte etwas, dann öffnete sich die Tür, und Orrie sah sich zu seiner Überraschung Tamar Wegenast gegenüber, die in einem weiten und etwas angeschmuddelten Sportanzug steckte. »Tag Kollegin«, sagte er gewandt und tippte an die Uniformmütze. »Wir sollten Ihnen das da bringen. Er sagt, er wohnt hier.« Tamar nahm das Bündel in Augenschein. Aus einem staubgrauen Gesicht, in das der Regen einzelne Schmutzbäche gewaschen hatte, sahen ihr die wässerigen Augen Erwin Skrowoneks entgegen.

Eine Frau mit grauen Korkenzieherlocken drängte sich durch die Tür und baute sich vor dem Bündel auf. »Mein Gott«, sagte sie und hob die gefalteten Hände zu den Regenwolken, »sind wir nicht schon geschlagen genug? Musst du alter Döskopp dich nun schon von der Polizei nach Hause bringen lassen? Hast du eine Ahnung, wie du ausschaust? Als ob du in die Müllkippe gefallen wärst.«

In das Bündel kam Bewegung. Unter der Decke kam eine magere Hand zum Vorschein, die Marie Skrowonek ein eingedrücktes Etwas aus Zinn oder Silberblech entgegenhielt. »Da«, sagte Erwin Skrowonek, »unsere Teekanne. Meine Mutter hat sie uns zur Hochzeit geschenkt. Ich hab sie ausgegraben. Jetzt werd ich sie ausbeulen. Dann ist sie so gut wie neu.«

Seine Frau beugte sich vor und starrte ihn an. »Du hast diese Teekanne da ausgegraben, wahrhaftig diese Teekanne?« Dann drehte sie sich um und ging zur Haustür zurück.

Orrie blickte von Skrowonek zu Tamar und schniefte gerührt. »Anwohner hatten uns angerufen, dass der alte Mann in den Trümmern herumgräbt. Und weil das alles einsturzgefährdet ist, haben Heilbronner und ich ihn herausgeholt und ihn in diese Decke gepackt. Er war von unten bis oben voll Dreck und Staub. Aber er bestand darauf, dieses Ding da mitzunehmen.«

»Mein ganzes Leben hat mich seine Mutter kujoniert«, schluchzte Marie Skrowonek und hielt sich am Türpfosten fest. »Vom ersten Tag an, nachdem wir uns verlobt hatten.

Und wenn sie nichts, gar nichts gefunden hatte, worüber sie quengeln konnte, dann war ihr die Teekanne nicht poliert genug.« Sie hielt sich die Hand vors Gesicht. »Es gibt nichts, was ich so gehasst habe wie diese Teekanne. Und jetzt, wo wir alles verloren haben, muss dieser Depp hingehen und mir diese Kanne ausgraben. Ausgerechnet dieses Ding.«

Erwin Skrowonek verharrte ratlos vor der Tür, das zerdrückte Etwas noch immer in der Hand. Am Ärmel seiner Strickjacke hatte sich ein Stück Draht verfangen, Tamar zupfte es vorsichtig heraus. Dann sah sie, dass es kein Draht war, sondern ein abgerissenes Kabel.

»Manchmal haben wir schon einen komischen Beruf«, sagte Orrie, der neben ihr stand. »Erst gestern Nacht zum Beispiel haben wir eine junge Frau angehalten, weil ihr Alfa Spider nur noch auf drei Töpfen lief, und ich hab ihr den Zündverteiler provisorisch hergerichtet.« Er wartete auf Beifall, aber Tamar sah ihn nur ungehalten an. »Und wissen Sie, was die mitten in der Nacht bei sich gehabt hat, auf dem Beifahrersitz von ihrem Alfa?«, fuhr er fort. »Eine Plastikwanne voll Maurerwerkzeug.« Tamar wandte sich zu Marie Skrowonek um und legte ihr tröstend eine Hand auf die magere Schulter. Die alte Frau schniefte. Es klang, als müsse sich der ganze Kummer eines geplagten Lebens Luft verschaffen.

»Was die Leute so alles treiben«, meinte Orrie und ging zum Streifenwagen zurück.

Krauser stellte seinen Wagen auf dem Parkplatz vor dem Hauptbahnhof ab und ging hinüber zu den Telefonzellen im Postamt. Es war Samstagabend, nur noch wenige Passanten strebten zum Bahnhof oder kamen von dort. In einer der Telefonzellen kicherten zwei Mädchen. In einer anderen stand ein untersetzter Mann mit einem breitkrempigen Hut, den er in den Nacken geschoben hatte. Außerdem rauchte er eine dünne Brasil-Zigarre. Krauser richtete sich auf ein längeres Warten ein.

Scheppernd fuhr eine Straßenbahn aus der Haltestelle heraus. Vom Hauptbahnhof plärrten Lautsprecher die neuesten Verspätungen durch die regennasse Nacht. Der Mann mit der Zigarre hängte ein und verließ die Zelle. Für einen kurzen Moment begegneten sich ihre Blicke.

Krauser betrat die Zelle. Wie eine Säule stand in ihr der warme Geruch nach nassen Kleidern, beißendem Tabakrauch und Körperschweiß. Krauser steckte die Telefonkarte in den Apparat und wählte.

Fast sofort meldete sich die Stimme, die er schon kannte. »Pronto?«

Krauser atmete durch. »Sie wissen schon, wer spricht.« Er bemühte sich, seiner Stimme den Klang professioneller Gelassenheit zu geben. »Wir wollten uns heute darüber einigen, wie wir unsere Zusammenarbeit gestalten.«

»Wir akzeptieren«, sagte die Stimme nach einer kurzen Pause. »Sagen Sie Konditionen.«

Krauser musste lächeln. Na also. »50 000 in gebrauchten Scheinen, keine Tausender, keine Fünfhunderter. Übergabe am Montag, 17.30 Uhr, auf dem Ulmer Hauptbahnhof. Ihr Kurier trägt einen gelben Plastikmantel und wartet unten im Durchgang zwischen erstem und zweitem Bahngleis. Er folgt den Anweisungen, die er dann erhält.« Krauser machte eine Pause. Durch das Fenster der Zelle sah er einen Mann, der unter dem Eingangsdach des Postamts Zuflucht vor dem Regen gesucht hatte und jetzt mithilfe eines Handys telefonierte.

»Haben Sie alles verstanden?«, fragte Krauser.

»Jawohl«, sagte die Stimme. »Alles verstanden. Montag, 17.30 Uhr, Durchgang zwischen Bahnsteig eins und zwei.«

Krauser legte auf und rückte seinen Hut in die Stirn. Dann stieß er die Tür der Zelle auf und ging hinüber zu seinem Wagen. Er freute sich auf die Wachteln in Minzsauce und auf einen kühlen Frascati. Morgen würde er Polizeirat Englin verständigen, auch wenn es Sonntag war, und am Montag würde ein Mafia-Kurier mit einem Koffer Geld im Netz zappeln.

Der Mann, der gerade mit dem Handy telefoniert hatte, überquerte vor ihm die Straße. Krauser war an seinem Wagen angelangt und schloss ihn auf. Als er den Schlüssel wieder abzog, spürte er hinter sich eine Bewegung. Er wollte sich umdrehen, aber irgendjemand drückte ihm einen runden Gegenstand hart gegen den Rücken, kurz oberhalb der Hüfte. »Du cool bleibe«, sagte eine Stimme hinter ihm. »Ganz cool. Nix schreie.« Es war eine Männerstimme. Mit ihr schlug Tabakdunst durch den Regen. Ein zweiter Mann drückte sich an der Kühlerhaube von Krausers Wagen vorbei und kam auf ihn zu. Er hielt ihm eine geöffnete Hand hin.

Krauser verstand nicht. Das runde Ding in seinem Rücken stieß schmerzhaft gegen seine Nieren. Schließlich begriff er. Er legte den Autoschlüssel in die offene Hand. Blechern drang vom Hauptbahnhof eine Durchsage zu ihm her.

Plötzlich wusste er, warum sie ihn gefunden hatten.

Das gelbe Wasser strömte talwärts, in rascher zielstrebiger Fahrt, die sich keine Zeit mehr nahm für kleine tückische Strudel oder nicklige Wellenkämme. Was im Wege war, wurde weggespült, mitgerissen, untergraben, kein Aufenthalt, keine Umstände sollte es geben bei der rasenden Schussfahrt von den Bergen und Hügelkämmen des Allgäu zu den fernen Gestaden des Schwarzen Meeres, aber dann gab es ihn doch, diesen Aufenthalt, die gelben Wassermassen der Iller stießen auf den bräunlichen Strom der Donau, die beiden Flüsse vermengten sich, machten sich rauschend und gurgelnd den Platz im gemeinsamen Flußbett streitig, stauten sich zurück, suchten einen Ausweg, strömten in kleine Bäche und kehrten deren Lauf um, oberhalb von Neu-Ulm wurden die Dämme überspült, fast unhörbar bahnten sich erste Rinnsale den Weg in die Gärten des Wohngebiets am linken Donauufer, drangen auf die Gehwege und auf die Straßen vor und vereinigten sich zu Wasserlachen, die sich stetig ausbreiteten.

Judith träumte. Sie war in der grauen Stadt und ging eine endlose Straße entlang, irgendwann würde sie in eines der Häuser eintreten und die Treppen hinaufsteigen, bis zu der Tür, die sie aufschließen musste, obwohl sie wusste, dass die Wohnung dahinter leer war, leer bis auf das Blut, das von der Decke tropfte.

Wie immer wachte sie auf, bevor sie den Schlüssel herumdrehen konnte. Sie starrte in die Dunkelheit. Was für eine dumme Geschichte! Sie musste aufs Klo, deswegen hatte sie vom Regen geträumt. Dann fiel ihr ein, dass der Regen Wirklichkeit war und draußen auf die Terrasse tropfte und dass sie nur wieder einmal ihren Kinderalptraum gehabt hatte.

Trotzdem musste sie auf die Toilette. Mühsam stand sie auf. Erst jetzt merkte sie, dass sich ihr ganzer Körper wie zerschlagen anfühlte. Und dass sie gar nicht in ihrer Wohnung war. Sie war in der Villa am Donauufer, in dem Vorzeige-Appartement, weil sie zu müde gewesen war, heimzufahren.

Die Wischerblätter hatten Mühe, die Wassermassen von der Frontscheibe zu schaffen. Der Mann, der Krauser den Autoschlüssel abgenommen hatte, war über die Adenauerbrücke gefahren und hatte die Abfahrt nach Neu-Ulm genommen. Auf den Straßen waren kaum Autos unterwegs, aber überall hörte man die Sirenen der Feuerwehr und des Technischen Hilfswerks. Obwohl sie langsam fuhren, platschte das von den Reifen aufgewirbelte Wasser gegen den Karrosserieboden.

Krauser saß auf dem Rücksitz, neben ihm der Mann mit der Brasil-Zigarre. Krauser hatte ihm eigentlich sagen wollen, dass in seinem Wagen nicht geraucht werde. Aber dann war ihm eingefallen, dass das komisch geklungen hätte. Und erst da wurde ihm klar, in welcher Situation er sich befand.

»Ich bin Polizeibeamter«, hatte er noch gesagt, als sie ihn gezwungen hatten, in seinen Wagen einzusteigen.

»Du Schnauz halte«, war die einzige Antwort gewesen. Sie war von dem Mann mit der Zigarre gekommen. Eindeutig war er der Kapo. Und er hatte ihm noch einmal den Revolver in den Rücken gestoßen. Oder war es eine Lupara? Nein, der Schaft müsste dann so lang sein, dass er ihn gesehen hätte.

Krauser machte sich keine Illusionen. Es war die Mafia, die ihn geschnappt hatte. Vermutlich war er schon so gut wie tot. In einem Roman hatte er gelesen, dass die Mafia ihre Opfer in einen Kübel mit Zement stellt und so lange dort stehen lässt, bis der Zement fest wird. Und dass sie dann den Kübel mit dem Menschen darin ins Meer wirft. Am Pfuhler Baggersee gibt es eine Stelle, dachte er, wo sie so etwas machen können. Aber vorher gehe ich mit bloßen Händen auf ihn los. Damit er mich erschießen muss.

Vor ihnen flackerte blaues Licht. An einer Absperrung stand ein Polizist und winkte mit einer Signalkelle. Der Mann am Steuer hielt. Krauser tastete nach der Türöffnung. Wieder stieß die Mündung des Revolvers hart gegen seine Hüfte.

Der Polizist machte eine unmissverständliche Handbewegung. Der Fahrer setzte zurück und wendete. Der Kapo gab eine kurze Anweisung. Krauser verstand nichts. Sie fuhren zurück. Es ist die Richtung nach Wiblingen, dachte Krauser. Nicht die zum Pfuhler Baggersee. Das Rauschen des von den Reifen aufgewühlten Wassers wurde stärker. Fast schien es, als schwimme der Wagen. Links und rechts sah man Bäume, aber dazwischen war nur noch eine breite, schwarz schimmernde Wasserfläche. Sie ruinieren meinen Wagen, dachte Krauser, das ist doch kein Amphibienfahrzeug. Der Motor fing an zu stottern. Dann ging er aus. Nur noch trübe funzelten die Scheinwerfer über das Wasser.

»Stopp«, sagte der Kapo. Du weißt nicht, was du redest, dachte Krauser. Da gibt es nichts mehr zu stoppen, siehst du das nicht? Der Fahrer zog den Zündschlüssel ab und öffnete mühsam die Wagentür. Dann fluchte er leise. Wasser schoss herein, umschloss Krausers Knöchel und drang kalt in seine Schuhe. Der Fahrer zog die Tür neben Krauser auf. Er hatte einen Revolver in der Hand und winkte ihn damit heraus.

Krauser stieg aus und versank bis zu den Knien im Wasser. Er schaute sich um. Sie standen an der Einmündung einer kleinen Straße in das, was einmal die Wiblinger Allee gewesen war. Die kleine Straße führte zum Donauufer.

Falls es noch ein Ufer gab.

Sie wateten die Straße hoch. Das Wasser ging Krauser nur noch bis zu den Knöcheln. Hinter Vorgärten, die zum Gehsteig hin abfielen, standen zwei Häuser. Im Obergeschoss des einen brannte Licht. Ein Hund bellte. Als er damit aufhörte, fiel Krauser ein anhaltendes, eigentümliches Geräusch auf, ein dunkles stetiges Brausen und Knacken und Rauschen. Der Kapo sah sich um. Er hat die Orientierung verloren, dachte Krauser. Für einen Augenblick fühlte er sich besser.

Sie standen neben einer Baustelle. Es war ein mehrgeschossiger Komplex, trotz der Dunkelheit ließen sich Terrassen und Vorsprünge erkennen. Ein Brettersteg führte von der Straße zum Eingang. Unterhalb des Stegs schwappte Wasser.

Der Kapo nickte zu der Baustelle hin, und der Fahrer ging auf dem Brettersteg voran. Krauser zögerte. Der Fahrer drehte sich um und winkte ihm mit dem Revolver. Krauser trat auf den Steg. Hinter ihm folgte der Kapo.

Das ist eine Baustelle, dachte Krauser. Auf einer Baustelle gibt es Zement. Plötzlich knickten seine Beine ein. Für einen Moment schwankte er über dem schwärzlich dümpelnden Wasser.

Ein eiserner Griff packte ihn am rechten Oberarm.

Judith drückte auf den Spülknopf, stand auf und zog sich den Slip hoch. Im Mund spürte sie den pappigen Geschmack von Schlaf und Durst und den Geruch eines überheizten, frisch tapezierten Zimmers. Sie ging in die Küche und öffnete den Kühlschrank. Bier war noch da, eine angebrochene Flasche Mineralwasser, und der Moët Chandon, den sie aus dem Feinkostladen mitgebracht hatte. Das war für danach gewesen. Wenn Rodek sie gefickt hatte, trank er Champagner. Er hielt es für weltmännisch. Das heißt, er hatte es dafür gehalten.

Over, dachte sie. Den trink ich allein. Sie holte eine der drei Flaschen heraus und machte sich daran, das Drahtgeflecht des Korkens aufzudrehen.

Plötzlich hielt sie inne. Von irgendwoher kam ein Knacken.

Nein, dachte sie, nicht von irgendwoher. Es kommt von der Tür. Es kann nicht Rodek sein. Rodek ist tot. Portioniert. Begraben unter Kies und Zement. Für alle Zeiten hinter einer soliden, fachmännisch ausgeführten Mauer aufgeräumt. Sie stellte den Champagner auf die Anrichte und drehte sich um. Lautlos schwang die Wohnungstür auf. Judith wollte schreien. Ein untersetzter Mann, einen breitkrempigen Hut in den Nacken geschoben, schlich auf Zehenspitzen in den Flur, füchsisch witternd. In der rechten Hand hielt er einen Revolver. Der Revolver schien schussbereit, denn die linke Hand war auf der rechten aufgelegt, um den Rückstoß aufzufangen.

Was ist das nun schon wieder, dachte Judith. Was immer es war: erschüttern würde es sie nicht. Nichts mehr würde sie jemals erschüttern.

Der Mann sah sie. Er ließ den Revolver sinken und grinste. Judith blickte an sich herunter. Außer dem Slip trug sie eine offene Trainingsjacke. Sonst nichts. Sie griff zu den beiden Enden der Jacke, um den Reißverschluß einzuhaken.

Hinter ihr machte es *plopp*. Der Mann mit dem Hut warf sich längelang auf den Boden und riss den Revolver hoch und schoss. Judith hatte nicht gedacht, dass Revolver einen solch infernalischen Krach machen können. Die Beretta, die Rodek sie im Wald bei Langenargen hatte ausprobieren lassen, war nicht so laut gewesen. Sie presste sich die Hände gegen ihre Ohren. Neben ihr schlugen Kugeln in den Küchenschrank, Modell Bocuse, ein. Die Kugeln rissen nicht nur Löcher, sondern ließen das Furnier splittern. Plötzlich sah der Küchenschrank aus wie das Modell Berlin 1945. Der Moët Chandon schäumte auf die Anrichte.

Der Mann auf dem Boden hörte zu schießen auf und starrte sie ratlos an. Der Hut war zur Seite gerollt und hatte eine Glatze entblößt, die an die Tonsur eines Mönchs erinnerte. Ein entsprungener Franziskaner, überlegte Judith. Vor der Tür sah sie zwei weitere Männer. Der eine hielt den anderen am Kragen gepackt und presste ihm einen Revolver gegen die Schläfe.

Jetzt wird mir alles klar, dachte Judith. Kein Problem, nirgends. Die Welt ist ganz einfach verrückt geworden.

Sonntag, 30. Mai

Berndorf schenkte sich eine weitere Tasse Tee ein und nahm sich das Schachrätsel des »Zeit«-Magazins vor. Die Tasche mit den Badesachen hatte er wieder ausgepackt. Der neue Bade- und Saunatempel Atlantis hatte seinem Namen alle Ehre gemacht und war in den Fluten von Donau und Iller abgesoffen. Feuerwehr und Technisches Hilfswerk standen entlang Donau, Iller und Blau im Großeinsatz, das Jaulen der Martinshörner konnte er bis in seine Wohnung hören. Das Schachrätsel war in dieser Woche insofern ungewöhnlich, als das Diagramm keine Damen zeigte. Zu den Ritualen des Rätsels gehörte es sonst, dass der Gewinnzug ein Damenopfer war.

Öfter mal was Neues, dachte Berndorf. Es klingelte. Er zuckte die Achseln, stand etwas mühsam auf, nahm seinen Krückstock und ging zur Tür.

Die Frau vor der Tür trug einen hellen Sommermantel und darunter ein adrettes, nicht zu feiertägliches Kostüm. Sie hatte ein gleichmäßiges, ovales Gesicht und dunkelkastanienrot getöntes Haar, an dessen Wurzeln man vermutlich das nachwachsende Grau würde feststellen können, wenn man es darauf anlegte. Trotz des Puders, den sie aufgelegt hatte, konnte Berndorf erkennen, dass die Frau eine schlaflose Nacht hinter sich hatte und von Kummer gezeichnet war. Willkommen auf dem Ball der verwundeten Herzen, dachte er.

»Bin ich richtig bei Kommissar Berndorf?«, fragte eine angenehme Stimme, in der ganz ferne die Andeutung eines Akzents mitschwang.

»Mein Name ist Berndorf, das ist richtig«, antwortete er. »Aber treten Sie doch ein.« Was immer sie von ihm wollte, war nicht für eine Unterredung zwischen Tür und Angel bestimmt. Sie begann sich zu entschuldigen, dass sie ihn am

Sonntagmorgen aufsuche und störe. »Aber nein«, unterbrach er, »Sie stören mich nicht.« Er nahm ihr den Mantel ab und hängte ihn in der Garderobe auf. Verlegen folgte sie ihm in sein Zimmer und schaute sich um. Berndorf sah, dass ihr Blick auf das gerahmte Foto fiel, das Barbara zeigte, und irgendwie schien sie das zu beruhigen. Er bot ihr den Sessel auf der anderen Seite des Schachtischs an und fragte, ob sie eine Tasse Tee mit ihm trinken wolle. Sie nahm an. Berndorf holte die zweite Tasse, schenkte ein und setzte sich. Die Besucherin saß im Gegenlicht, die Handtasche im Schoß und die Hände darüber gefaltet.

»Vielleicht sagen Sie mir einfach, wie Sie heißen und wer Sie sind«, sagte er. »Das Weitere findet sich dann.«

»Oh,« antwortete sie, und statt ihren Namen zu sagen, begann sie wieder, sich zu entschuldigen. Berndorf wartete. Plötzlich brachen die Entschuldigungen ab. »Ich heiße Claudia Lehmann, und ich bin wegen Freddie hier.« Freddie, dachte Berndorf. »Freddie ist mein – nein, Verlobter kann man nicht sagen. Aber es ist so etwas Ähnliches. Und er hat mir viel von Ihnen erzählt. Ich glaube, er bewundert Sie. Deswegen bin ich zu Ihnen gekommen.«

Von einem Freddie, dachte Berndorf, will ich aber lieber nicht bewundert werden.

»Es ist so«, sagte Claudia Lehmann, »er ist gestern nicht zurückgekommen. Dabei hatte ich Wachteln in Minzsauce vorbereitet. Ich weiß, dass er sich darauf gefreut hat.« Sie kramte in ihrer Handtasche nach einem Papiertaschentuch.

Berndorf nutzte die Unterbrechung. »Sagen Sie mir, wer Freddie ist?«

»Ach, ich dachte, Sie wüssten es«, sagte sie enttäuscht. »Er hat mir immer erzählt, Sie würden ihn so nennen.«

Das wird ja immer schöner, dachte Berndorf. Gott soll mich schützen, dass ich einen Menschen jemals Freddie nenne.

»Er arbeitet doch für Sie«, fuhr sie fort. »Alfred. Polizeihauptmeister Alfred Krauser.«

Berndorf überkam die heftige Empfindung, er sei gegen einen tief fliegenden Esel gelaufen. Mein Gott, Krauser. Krauser vom Duo infernale. Der uniformierte Schrecken des Blautals. Wie kommt dieser Mensch an so eine adrette und liebe Frau? Selbst im Gegenlicht sah er, dass Claudia am Rande der Verzweiflung war.

»Entschuldigen Sie«, sagte er. »Ich stand auf der Leitung. So früh am Morgen, verstehen Sie. Aber jetzt sagen Sie mir bitte, wohin« – er atmete kurz durch – »wohin Freddie gegangen und wovon er nicht zurückgekommen ist.«

Claudia Lehmann begann zu reden, und allmählich nahm die Geschichte Konturen an. Die Geschichte der verwitweten Frau, die Italienisch-Kurse in der Volkshochschule gibt, um etwas zu tun zu haben und ein bisschen Geld zu verdienen. Die einen der Kursteilnehmer näher kennen lernt. Es ist ein Polizeibeamter, der allein lebt und der – wer hätte es gedacht! – einen Traum hat. Er träumt davon, dass er nicht immerzu diese Schnaps- und Mostleichen von der Straße kehren muss und die verprügelten Ehefrauen vernehmen. Und dass auch er ein wenig Ansehen genießt, ein wenig Respekt, wie er einem richtigen Kriminalpolizisten entgegengebracht wird.

»Wissen Sie«, fuhr Claudia fort, »er wollte kein Kommissar sein wie die Kommissare im Fernsehen oder wie Sie es sind. Das könnte er gar nicht, hat er mir gesagt. Aber er hätte sich nur zu gern nützlich gemacht, still im Hintergrund. Er hat gehofft, dass Sie oder der Herr Polizeidirektor dann und wann erkennen, was man an ihm hat. Und als dann der Auftrag kam, diese Tonbänder zu übersetzen, da hat er fest geglaubt, dass das sein Sechser im Lotto ist, und wir haben uns auch wirklich alle Mühe gegeben, alles richtig zu machen und es genau so aufzuschreiben, wie es diese Leute gesagt haben ...«

»Moment«, sagte Berndorf, »diese Übersetzungen haben Sie gemacht?«

»Ach wissen Sie, Herr Kommissar«, sagte Claudia und errötete, »Fred ist nicht mehr der Jüngste, er hat auch nie so den Kopf zum Lernen gehabt, er versteht aber schon ganz gut Italienisch, ganz bestimmt, nur haben diese Leute im Dialekt geredet, so, wie es die Leute südlich von Neapel tun, da musste ich ihm einfach helfen. Er hätte doch kein Wort davon verstanden, und manches war sogar für mich ziemlich schwierig ...«

Zumindest für diesen Tag hatten sich Donau und Iller zurückgeholt, was ihnen einmal gehört hatte. Durch die tiefer gelegenen Straßen und Wohnviertel auf dem linksseitigen Donauufer marodierte das Wasser wie eine siegreiche Armee in der Hauptstadt des Feindes.

Im Neuen Bau herrschte Ruhe. Der Krisenstab hatte am späten Morgen nach Stuttgart melden können, dass die Schäden zwar erheblich, aber auf der baden-württembergischen Seite doch nicht so katastrophal seien wie auf der bayerischen. Aus einigen Weilern waren – in dieser Reihenfolge – das Vieh und die Menschen evakuiert worden, und in einigen Ortschaften, in denen das Hochwasser bereits wieder zurückging, waren Feuerwehr und Technisches Hilfswerk dabei, Keller auszupumpen und Straßen freizuräumen.

Tamar hatte ihren Bürostuhl so weit vom Schreibtisch zurückgeschoben, dass sie die Füße auf die Tischplatte legen konnte, und las eine Biographie über Vita Sackville-West, jener Frau, die so sehr das Vorbild für Virginias Woolfs »Orlando« gewesen war, dass Vitas Ehemann Harold Nicolson ihr aus den USA berichten konnte: »Eine Frau schreibt, dass sie sich unterbrechen und die Seite küssen muss, wenn sie Orlando liest. Von deiner Rasse, nehme ich an. In den USA steigt der Prozentsatz der Lesbierinnen, alles deinetwegen.«

Die Arme, dachte Tamar. Sie selbst hatte kein Papier küssen müssen. Der Sonntagmorgen war so herzerwärmend gewesen, dass sie noch im Nachhinein ganz allein für sich errötete. Ein Glück, dachte sie, dass die alten Leute unten im Haus nicht mehr so gut hören. Das Telefon klingelte. Tamar betrachtete es voll Abscheu, dann nahm sie widerwillig den Hörer ab. Berndorf meldete sich und wollte wissen, ob es besondere Vorkommnisse gebe. »Nöh«, sagte sie lässig, »alles unter

Kontrolle. Zwar steht halb Neu-Ulm unter Wasser, aber das ist das Problem unserer bayerischen Kollegen.«

»Sehr schön«, sagte Berndorf. »Leider muss ich Sie mit something completely different belästigen.« Er machte eine Pause. »Freddie ist verschwunden.«

»Freddie, ja?«, fragte Tamar zurück. »Haben Sie sich einen Hund zugelegt?«

»Polizeihauptmeister Alfred Krauser«, fuhr Berndorf mit ungerührter Stimme fort, »ist gestern in die Stadt gefahren, angeblich wollte er telefonieren, und seither ist er nicht mehr zurückgekommen.«

»Oh, der Kollege Krauser!«, sagte Tamar. »Das ist allerdings ein sehr ernstes Problem. Lassen Sie mich raten. Er hat etwas gefunden, was er für eine Haschischplantage gehalten hat, und dann ist ihm der Bauer mit der Mistgabel nach und Krauser ist auf der Flucht in eine Baugrube gefallen?«

»Kalt. Krauser war doch in diese Telefonaktion eingeschaltet, mit der Englin die Mafia überwachen wollte?«

»Mach ein Fragezeichen dazu. Es ist eine Frage«, antwortete Tamar. »Allerdings erinnere ich mich daran. Niemals werde ich die Aktion Fragezeichen vergessen. Falls ich je zu Enkelinnen komme, werde ich es ihnen erzählen.«

»Krauser hat auf eigene Faust weiterermittelt«, fuhr Berndorf fort. »Das heißt, ermittelt ist nicht ganz der richtige Ausdruck. Er hat versucht, der Mafia eine Falle zu stellen. Erpressen wollte er sie. Seine Verlobte hat es mir gerade eben gestanden.«

»Verlobt ist er auch noch?«, fragte Tamar. »Die arme Frau.«

»Und nun ist er weg«, fuhr Berndorf fort. »Verschwunden. Wie vom Erdboden verschluckt.«

»Vielleicht haben sie ihn einzementiert und in die Donau geschmissen«, sagte Tamar hoffnungsvoll. »Das heißt, wenn ich was zu sagen hätte, hätte ich den Pfuhler Baggersee vorgeschlagen.« Sie atmete durch. »Offenbar haben wir wirklich ein Problem. Ich muss Englin verständigen.«

Judith hockte auf dem Boden des Badezimmers. Die beiden Verrückten hatten ihr die Hände an den Daumen mit Bindfäden zusammengebunden, es sah harmlos aus, aber es war ganz unmöglich, den Bindfaden zu zerreißen, und wenn sie versucht hätte, den Faden mit den Zähnen durchzubeißen, hätten sie es sofort gemerkt und ihr die Hände auf den Rücken gefesselt, so wie dem Polizeibeamten, den sie mit in die Wohnung gebracht hatten und der jetzt neben ihr kauerte. Ihr Körper schmerzte auch so, jede einzelne Faser fühlte sich an, als sei sie von einer Dreschmaschine durchgewalkt.

Aus dem Wohnzimmer dröhnte Motorenlärm, hohe, auf- und abschwellende Frequenzen, mit überschlagender Stimme kommentierte ein italienischer Reporter. »Formel eins«, hatte der Mann neben ihr gesagt. »Schumacher führt.« Dann versank er wieder in seine Erstarrung. Der entsprungene Franziskaner und sein Gehilfe hatten ihn davor in die Mangel genommen, während sie allein im Badezimmer war und sich ausmalen konnte, was die klatschenden Geräusche und die Schmerzensschreie bedeuten mochten. Als sie schließlich mit ihm fertig waren und ihn wieder ins Bad stießen, sah er ziemlich verbeult aus. Aus einer Platzwunde an der Augenbraue tropfte Blut. Das Badezimmer war es ja gewöhnt.

»Schlimm?«, hatte sie ihn gefragt.

Er hatte nur den Kopf geschüttelt. Dann hatte er sich aufgerafft und geflüstert: »Merken Sie sich meinen Namen. Krauser, Alfred Krauser. Ich bin Polizist.«

Zuerst erschrak sie. Dann fiel ihr ein, dass ihr in diesem Bad niemand willkommener sein konnte als ein Polizist mit einer Platzwunde. Was immer seine Kollegen hier finden konnten, würde Polizistenblut sein und nichts anderes.

Dann kam ihr ein anderer Gedanke, und der gefiel ihr weniger. Wenn die beiden Verrückten einen Polizisten gekidnappt hatten, dann bedeutete das, dass sie sich auf ziemlich viel Ärger eingelassen hatten. Die beiden waren Gangster, die eine Geisel genommen hatten. Und denen eine zweite zugelaufen war.

Ächzend beugte sich der Mann nach vorn und machte Anstalten aufzustehen. Ohne Hilfe der Hände schaffte er es nicht. Dann versuchte er, sich gegen die Badewanne zu stemmen und sich an ihr hochzuschieben. Judith sah ihm interessiert zu. Sie wusste nicht, wie sie ihm hätte helfen können. Die Tür öffnete sich, der Gehilfe schaute herein. »Du noch eins auf Gosche?«

Der Mann sah Hilfe suchend zu ihm hoch. »Ich muss auf die Toilette.« Der Gehilfe grinste, kam herein und zog ihn hoch.

»Da will ich aber nicht zugucken müssen«, sagte Judith. Der Gehilfe zögerte, ging zur Tür zurück und stellte in einer Sprache, die wie ein sehr raues Italienisch klang, eine Frage.

»Okay«, sagte sein Chef und lachte kurz. Der Gehilfe nickte und half auch Judith auf. Sie stolperte ins Wohnzimmer. Die Rolläden waren heruntergelassen, im Fernsehen kurvten rote und silberblaue Boliden über einen Rennkurs. Der Mann, der in dem Sessel vor dem Fernseher saß, hatte wieder seinen Hut aufgesetzt und in den Nacken geschoben.

Judith setzte sich auf die Couch. Der Mann sah zu ihr herüber. »Sie könnten mich eigentlich hier sitzen lassen«, sagte Judith. »Es ist sehr hart auf dem Boden da drinnen.« Sie zeigte mit den gefesselten Händen zum Bad. »Ich lauf Ihnen hier so wenig davon wie da drinnen.« Sie versuchte ein sorgfältig dosiertes Lächeln, zaghaft und nur ein ganz klein wenig kokett.

»Wenn Sie ein bisschen nett zu mir sind, hab ich ja gar keinen Grund wegzulaufen.«

Der Chef – sie hatte beschlossen, ihn so zu nennen – nahm die Zigarre aus dem Mund und begann, Judith langsam und abschätzend zu betrachten. Judith setzte sich aufrecht hin und schlug das eine Bein über das andere. Unter der Jacke des Trainingsanzugs zeichnete sich ihr Busen ab.

Ein Lächeln lief über das Gesicht des Chefs. Dann erstarb es wieder. Aus dem Bad hörte man ein Plätschern.

Irgendwo draußen und in der Ferne klang Motorengeräusch auf. Es kam nicht aus dem Fernseher, und es war auch nicht das hochgedrehte Jaulen der Boliden. Der Lärm kam näher und bretterte über die Dächer, entfernte sich und kam wieder. Eigentlich musste auch den beiden Verrückten klar sein, dachte Judith, was das bedeutete.

Das Brettern blieb über ihnen stehen. Stirnrunzelnd sah der Chef nach oben. Der Lärm schwoll an, dann ging er wieder zurück und klang schließlich aus wie ein fernes Tackern.

Der Blick des Chefs kehrte zu Judith zurück. Langsam hob er die Hand und steckte sich die Zigarre, die er zwischen Daumen und Mittelfinger hielt, in den Mund. Hingebungsvoll saugte er daran. Glut leuchtete am Ende der Brasil auf. Seine Augen vergewisserten sich, dass Judith der obszöne Charakter dieser Geste nicht entgangen war.

Tamar hatte die Suche nach Freddie auf den Weg gebracht, so gut das an diesem Tag möglich war. Falls irgendein Polizeibeamter zwischen Ulm und Miami dazu Zeit hatte, würde er nach dem Polizeihauptmeister Alfred Krauser und seinem dunkelblauen Ford Mondeo Ausschau halten.

Wenn das Hochwasser vorbei ist, lassen wir ein paar Taucher im Pfuhler Baggersee nachsehen, dachte sie herzlos. Auf Vita Sackville-West und ihre Oberklasse-Lesben hatte sie im Augenblick allerdings keine Lust mehr. Sie zog das Telefon heran und wählte die Privatnummer, die ihr der Experte vom Landeskriminalamt gegeben hatte. Wenn sie schon keinen Sonntag hatte ...

»Ich denke, ihr steht alle unter Wasser?«, fragte der Mann zur Begrüßung. Tamar erinnerte ihn daran, dass sich der Ulmer Neue Bau auf einer Anhöhe über der Blau erhebt. »In der Gegend haben schon die Staufer eine Burg hingestellt. Es dauert eine Weile, bis wir hier nasse Füße kriegen.« Dann erklärte sie ihm, was sie an Skrowoneks Jacke gefunden hatte. Der Experte hörte schweigend zu.

»Sie sind sicher, dass dieses Kabelstück vom Explosionsort stammt?«

»Absolut«, sagte Tamar und versuchte, die Unsicherheit in ihrer Stimme zu unterdrücken.

»Na ja. Wir müssen sowieso das Anschlussstück finden. Und das Kabel ist ein Stück weit auseinander gerissen, so dass die Drahtenden Spiel haben?«

Tamar betrachtete noch einmal das Kabel, das sie vor sich auf den Schreibtisch gelegt hatte. »Exakt so«, sagte sie schließlich.

Der Experte bat, das Fundstück per Kurier nach Stuttgart in die Taubenheimstraße zu schicken, dem Sitz des Landeskriminalamts. »Übrigens weiß ich jetzt mehr über das Handy, von dem wir die eine Kante gefunden haben«, sagte er noch. »Es ist eines von denen, bei denen man den Ton abstellen kann, wenn ein Anruf aufläuft.«

»Und was bitte tun sie stattdessen?«

»Die vibrieren. Saublöd, was?«

Ellinor Welf hatte vom Konditor am Münsterplatz eine Platte mit Obstkuchen mitgebracht. »Es ist ja Gift für unsere Figur«, sagte sie in der Küche zu ihrer Schwiegertochter, »aber zu einem Sonntagnachmittag gehört einfach ein Kuchen, findest du nicht auch? Georgie wird sich sicher auch freuen.«

Marie-Luise, die durchaus kein Problem mit ihrer Figur hatte, betrachtete den Kuchen mit gequältem Abscheu. Wenn sie der Ansicht gewesen wäre, zu einem Sonntagnachmittag gehöre ein Kuchen, dann hätte sie einen gebacken.

»Das ist ganz reizend von dir, Mama, aber Kuchen ist für Georgie nicht so günstig«, sagte sie und raffte sich auf, ihre Stimme honigmild zu glätten. »Er bekommt sowieso zu viele Süßigkeiten. Sei bitte nicht böse.«

»Ach!«, sagte Ellinor Welf, »ich bin es, die sich entschuldigen muss. Wie gedankenlos ich doch bin! Ich mache mir einfach keine Vorstellungen, welche Einschränkungen ein behindertes Kind mit sich bringt. Weißt du, Jörg hat sich immer so auf den Kuchen am Sonntagnachmittag gefreut, auch wenn er es nicht zugeben wollte, noch als großer Junge ...«

Das musste so kommen, dachte Marie-Luise. Sie versuchte ein Friedensangebot. »Weißt du was? Den Kuchen gibt es, wenn Georgie ins Bett gegangen ist. Er hat ja noch nichts gemerkt.« Der Junge spielte nebenan mit ihrem Mann, sie bauten etwas aus Holzklötzen und warfen es wieder um, es klang wie Sonntagnachmittag in einer glücklichen Familie.

»Aber er hat doch gesehen, dass ich etwas mitgebracht habe«, protestierte Ellinor Welf. Dann verwandelte sie gnadenlos die unbedachte Vorlage. »Aber vielleicht ist es ganz richtig so. Das Kind soll sich ja ausschließlich auf dich konzentrieren.«

Die Hölle, dachte Marie-Luise, ist ein Sonntagnachmittag mit Schwiegermutter und Apfelkuchen. Schweigend übergoss sie die Teeblätter mit kochendem Wasser. Aus dem Vorratsraum holte sie zwei Orangen, um Saft für Georgie zu pressen. In ihrem Rücken glaubte sie einen Blick zu spüren.

»Wenn wir gerade unter uns sind«, hörte sie Ellinor Welf sagen. Da war es ja schon. »Ich habe neulich im Kulturforum eine ganz reizende Dame kennen gelernt, und stell dir vor, es kam heraus, dass wir beide ein mongoloides Enkelkind haben – ach, entschuldige, du magst diesen Ausdruck ja nicht, aber die Dame hat ihn auch benützt, und sie hat mir erzählt, dass ihre Tochter jetzt ein zweites Kind bekommen hat, und es ist ganz gesund und normal ...«

Im Wohnzimmer juchzte Georgie. Es klang, als werfe er gerade einen Stapel Klötze um. Marie-Luise hatte die Schublade für das Besteck geöffnet, um ein Obstmesser herauszuholen.

»Ja, und wenn ich dir das so sagen darf«, fuhr die Stimme unerbittlich fort, »eine zweite Schwangerschaft würde dir nur gut tun, auch hormonell, glaube mir. Du siehst sehr abgespannt aus in letzter Zeit, irgendwie stumpf, entschuldige bitte, wenn ich das so sage, aber es tut mir richtig Leid für dich. Und für Jörg natürlich auch.«

Marie-Luise starrte das Küchenmesser an. Lieber Gott, dachte sie, warum hab ich nicht die Kraft, eines von diesen Messern da zu nehmen.

Varsalone stand am Fenster und äugte durch die Jalousie, die er ganz leicht angehoben hatte. Der Regen hatte aufgehört, und eine graue Abenddämmerung zog auf. Soviel er sehen konnte, war das Hochwasser nicht zurückgegangen.

Das bedeutete, dass sie festsaßen. Ärgerlich nahm er die Zigarre aus dem Mund. Es war ein Fehler gewesen, diese Aktion nur zu zweit zu machen. Sie hätten mindestens einen dritten Mann gebraucht. Seit oben in der Familie die jungen Leute in den Mailänder Anzügen und mit dem Diplom von der Business School den Ton angaben, ging das Gefühl für den Beruf langsam aber sicher vor die Hunde.

Außerdem hatte niemand daran gedacht, dass dieser Pazzo zur Polizei gehören könnte. Varsalone hatte keine Anweisung für einen solchen Fall. Sicher war nur, dass die Familie kaum sehr erfreut sein würde, wenn sie plötzlich sämtliche deutschen Bullen auf dem Hals hätte. Er hätte dringend telefonieren müssen. Aber solange er festsaß, konnte er das nicht. Vermutlich überwachte die Polizei bereits den Funkverkehr.

In der Küche rumorte die Puttana und wollte ihnen Pasta kochen. Das wird was werden, dachte er und ließ die Jalousie wieder herab.

Tamar fuhr in die Scheune, zog den Zündschlüssel ab und blieb für einen Augenblick im Wagen sitzen. Mit den Fingerspitzen massierte sie sich kurz die Schläfen, dann stieg sie aus, schloss das Tor und ging ins Haus.

In der Küche saßen die beiden Alten. »Das ist schön, dass du kommst«, sagte das Tantchen, »wir haben Kartoffelpuffer und Apfelmus«, und Tamar hörte sich zu ihrer Verwunderung sagen, dass das aber eine Überraschung sei. Trotzdem wolle sie erst zu Hannah. Die sei im Garten, meinte das Tantchen.

Der Garten hinterm Haus war von einem rostigen Drahtzaun eingegrenzt. Die Beete waren grün überwuchert, dazwischen schob sich das Orange der Ringelblumen. In einer Ecke des Gartens stand, krumm gegen den Westwind gelehnt, ein Birnbaum mit braunfleckigen Blättern. Der Regen hatte aufgehört, und von Westen her floss das rötliche Licht des Sonnenuntergangs über den Abendhimmel.

Hannah lehnte an der Hauswand. Tamar trat auf sie zu und küsste sie auf den Mund. Für einen Augenblick verharrten beide.

»Ein schöner Garten«, sagte Hannah. »Ein Glück, dass unsere beiden Alten sich nicht darauf verstehen. Sonst würden sie ihn umgraben wollen.«

Tamar betrachtete den Birnbaum. Plötzlich musste sie an ihre Schulzeit denken und an das hoch aufgeschossene Mädchen, das sie damals war, größer als die anderen, stärker auch und täppischer, und die Deutschlehrerin hatte ausgerechnet sie ausgesucht, in der Feier am Ende des Schuljahres ein Gedicht aufzusagen. Ihr fiel nur noch ein Bruchstück ein:

»*Und die Jahre gehen wohl auf und ab,*
Längst wölbt sich ein Birnbaum über dem Grab,
Und in der goldenen Herbsteszeit
Leuchtet's wieder weit und breit ...«

»Was ist das?«, fragte Hannah erschrocken.

»Fontane. Herr von Ribbeck auf Ribbeck im Havelland. Hab ich in der Schule aufsagen müssen.«

»Dass es von Fontane ist, weiß ich auch«, sagte Hannah. »Aber die Stimme! Du hast plötzlich geklungen, als wärst du 13. Ich bin noch ganz weg.«

»War ich auch. Ich meine, ich war wirklich 13, als ich es aufsagen musste.« Sie wandte sich zur Tür, drehte sich dann aber plötzlich wieder um und warf noch einmal einen Blick auf den Birnbaum.

»*Längst wölbt sich ein Birnbaum über dem Grab.*«

»Was hast du?«, wollte Hannah wissen.

»Nichts«, antwortete Tamar. »Mir ist nur eingefallen, dass ich mir einen Garten ansehen muss. Einen anderen Garten. Ich weiß gar nicht mehr, ob es da auch einen Birnbaum gibt.«

Das Licht fiel hell und nüchtern auf den Küchentisch. Auf einem der Stühle saß eine vierfarbige Katze und putzte sich.

Vera war dabei, für den Nachtisch Äpfel zu schälen. Ihr Mann und ihr Schwiegervater waren im Wohnzimmer und schauten sich im Fernsehen ein Theaterstück in Mundart an. Sylvie Wenger, Kriminalbeamtin aus Biberach, saß Vera gegenüber und sah ihr zu. Sylvie hatte rotblondes Haar, ein rosiges rundliches Gesicht und auch sonst lauter Dinge, die Veras Mann Wilhelm nicht ungern sah. Vera war es recht.

»Sag mal, solltest du deinem Mann nicht allmählich sagen, was Sache ist?« Sylvie und Vera hatten sich von Anfang an duzen müssen, denn Sylvie war ja angeblich eine Cousine zweiten Grades. So hatten sie es Veras Mann und auch im Dorf erklärt. Vera ließ das Obstmesser sinken. »Ich weiß, dass ich es irgendwann einmal tun muss. Aber jetzt gerade mag ich nicht. Es muss auch nicht sein. Die beiden Männer sind ganz zufrieden, dass auch einmal eine andere Frau im Haus ist.«

Sylvie sah sie aus blaugrünen Augen an. Ob mir das recht ist, dachte sie sich, interessiert keinen.

»Gib mir was von dem Obst rüber«, sagte sie. »Zu zweit geht es schneller.«

Die vierfarbige Katze hatte ihre Toilette beendet und legte eine Pfote auf den Küchentisch. »Kusch«, sagte Vera. Die Katze zog die Pfote zurück und blickte Vera rätselhaft an.

Die Tür öffnete sich, und Wilhelm Vochezer kam herein. »Wo bleibt ihr denn?«, fragte er munter. Erst jetzt fiel es Vera auf, dass er nicht die graue Strickjacke trug, sondern die Trainingsjacke vom VfB Gauggenried. Dort war er Schriftführer, und manchmal spielte er bei den Alten Herren mit.

Montag, 31. Mai

Der Mann, der mit fragendem Blick in der Tür zu Tamars Büro stand, trug eine Jacke aus Schlangenleder, ein fliederfarbenes Hemd, helle Jeans und Mokassins. Sein Haar war kurz geschoren. »Entschuldigen Sie, aber ich glaube, Sie wollten mich sprechen«, sagte er mit wohlakzentuierter Stimme.

Tamar, die wegen Krauser zu Englin bestellt war, drückte sich an ihm vorbei. »Mein Kollege wird sich um Sie kümmern«, sagte sie und deutete auf Kuttler.

»Aber bitte sehr«, antwortete der Mann.

Kuttler stand etwas verlegen hinter seinem Schreibtisch auf, wobei er es vermied, auf seinen linken Nasenflügel zu schielen. Irgendetwas war dort wieder erblüht. Vielleicht sollte er doch seine Ernährung umstellen, wie ihm Tamar geraten hatte.

Der Besucher stellte sich vor. Er war der Mann, dem auf dem Bahnhofsklo das Handy abgenommen worden war. Kuttler bat ihn, Platz zu nehmen, und legte ihm dann eine Mappe mit Polizeifotos vor. Die Fotos zeigten eine Auswahl der einschlägig bekannten Klappen-Jünglinge. Mit einer Ausnahme.

Der Mann in der Schlangenlederjacke sah sich die Aufnahmen durch. Einige der Jungens kennt er, dachte Kuttler, der ihn beobachtete.

Plötzlich erstarrte das Gesicht des Mannes. Er sah zu Kuttler hoch. »Hier. Der da war es.« Er drehte die Mappe mit den Fotos so, dass auch Kuttler das Gesicht sehen konnte.

Aber dieser wusste auch so, welches Bild der Besucher herausgesucht hatte. Es war das einzige Foto, das Kuttler nicht aus der Stricher-Kartei genommen hatte.

Kaffee, immerhin, konnte die Puttana kochen. Varsalone zündete sich eine neue Zigarre an. Ärgerlich stellte er fest, dass er nur noch zwei in seinem Etui hatte. Außerdem wurde das Essen knapp. Zum Frühstück hatte es Omelette aus drei Eiern gegeben, für vier Leute.

Varsalone hatte einmal einen amerikanischen Jungen hüten müssen, in den Bergen oberhalb von Paestum, und die Verhandlungen hatten länger gedauert, als die Kapos gedacht hatten, und so waren die Vorräte ausgegangen. Aber dort hatte er Kaninchen schießen können.

Er fasste einen Entschluss. Heute Nacht würden sie das Haus verlassen. Sie waren nicht weit von der Zubringerstraße zur Autobahn nach Kempten. Das Hochwasser war zurückgegangen und die meisten Straßen frei. Wenn er das Fenster öffnete, konnte er den Autolärm hören. Sie brauchten nur bis zu einem Rastplatz zu kommen. Leicht war auch das nicht. Sie mussten die beiden Deutschen mitschleppen. Den Pazzo und die Puttana. Verdrossen sah er sie an. Der Pazzo stierte auf den leeren Teller vor sich, und die Puttana lächelte ihn falsch an. Als ob sie ihm vorlügen wolle, es habe ihr Spaß gemacht.

Nein, dachte er dann. Der Pazzo ist zu auffällig. Wir lassen ihn hier, für die anderen Plattfüße. Dann werden sie ihn erst mal in die Mangel nehmen und haben was zu tun.

Irgendwo piepste ein Handy. Das Piepsen kam von der Anrichte.

»Ach Gott«, sagte Judith, »das ist mein Handy. Ich hab es in die Schublade gelegt.« Sie stand auf. »Stop«, sagte Varsalone, erhob sich, ging zur Anrichte und zog eine Schublade auf. Er holte das Handy heraus und las die Nummer vor, die auf dem Display angezeigt war. »Wer anrufen?«, wollte er wissen. Das Handy piepste noch immer.

»Das ist mein Chef«, sagte Judith. »Es ist besser, du lässt mich mit ihm reden.« Varsalone runzelte die Stirn.

»Ich sag ihm, dass ich hier bin«, fuhr Judith fort, »dass ich nicht weg kann und dass im Augenblick auch niemand ins Haus kann, weil alles voll Wasser ist. Das ist doch okay?«

Varsalone zögerte. Dann gab er ihr das Handy. Judith meldete sich.

»Wo steckst du eigentlich«, fragte Welf.

»Guten Morgen, mein Lieber«, antwortete Judith. »In der Wohnung, wo sonst.«

»In welcher Wohnung?«

»Du bist nicht sehr freundlich, mein Freund«, stellte Judith fest. »Ich bin in *der* Wohnung.«

»Wo ist Stefan?«

»Der ist weg. Fort. Nicht mehr da. Und wenn du ihn sprechen willst, geht das nur über mich. Das ist ein harter Schlag, nicht wahr? Aber wir haben es nun einmal so vereinbart.«

»Das glaub ich nicht.« Welfs Stimme klang plötzlich irritiert. »Außerdem kannst du gar nicht in der Wohnung sein. Die ganze Straße dort steht unter Wasser. Die Arbeiter haben versucht, durchzukommen. Aber es ist alles abgesperrt.«

»Das weiß ich doch«, antwortete Judith. »Ich bin hier, weil ich die ganze Zeit hier war. Und weil ich hier nicht wegkomme. Sobald das Wasser abgelaufen ist, stehe ich dir wieder zur Verfügung. Begrenzt zur Verfügung. Und untersteh dich, diesen Tag von meinem Urlaubskonto abzubuchen.«

Ministerialdirektor Rentz betrachtete Berndorf aus kalten, rot geäderten Augen. Berndorf blickte erwartungsvoll zurück.

»Sie haben die Frühpensionierung beantragt«, sagte Rentz. »Nun ja. Sie schreiben hier, dass Sie sich als Folge eines im Dienst erlittenen Unfalls körperlich und offenbar auch psychisch dauerhaft beeinträchtigt fühlen.«

Psychisch beeinträchtigt: damit musste er nun leben, sagte sich Berndorf. Er nickte höflich, die Hände über dem Krückstock gekreuzt.

Rentz schwieg. An der Wand hinter seinem Rücken hing die Fotografie eines Mannes mit eng stehenden Augen und misstrauischen Gesichtszügen, die sich in einem Zustand latenter Aufgeregtheit befanden. »Sie werden wissen, dass die von Ihnen eingereichten Atteste nicht ausreichen«, fuhr Rentz schließlich fort. »Dennoch sind wir bereit, Ihren Antrag wohlwollend zu bescheiden. Ursprünglich hatten wir ja vereinbart, dass Sie sich für eine andere Dienststelle bewerben wollen.« Er machte eine Pause. Seine Augen sind eigentlich nicht bloß rot geädert, sondern blutunterlaufen, dachte Berndorf.

»Nun ja. Eine anderweitige Verwendung ist inzwischen obsolet geworden, und wenn wir zuwarten, bis Ihre traumatischen Beschwerden abgeklungen sind, haben Sie vermutlich die reguläre Altersgrenze erreicht.«

Da kommt doch noch was, dachte Berndorf.

»Allerdings würden wir es sehr begrüßen, wenn Sie Ihr Dezernat geordnet übergeben könnten.« Da war es.

»Dass ich mein Dezernat nicht ordnungsgemäß geführt habe, weise ich zurück«, antwortete Berndorf.

»Es hat in Ulm mehrere sehr ärgerliche Vorfälle gegeben, die bis heute nicht befriedigend aufgeklärt sind«, sagte Rentz. »Das wissen Sie so gut wie ich. Der Eindruck in der Öffentlichkeit ist verheerend, und dass durch unbedachte Äußerungen – die ich jetzt nicht Ihnen anlasten will – auch noch die Familie des Ministerpräsidenten in Misskredit gebracht wurde, schlägt dem Fass sozusagen die Krone ins Gesicht.«

»Haben Sie das dem Herrn Kriminalrat Englin auch so gesagt?«, erkundigte sich Berndorf.

Rentz zögerte. »Es ist richtig, wir hatten über diese Vorkommnisse und ihre Darstellung in der Öffentlichkeit ein Gespräch. Aber darum geht es jetzt nicht. Wie Sie wissen, ist möglicherweise einer Ihrer Kollegen« – unvermittelt brach er ab. »Entschuldigen Sie, aber die Vorstellung, dass ein Polizeibeamter sich von italienischen Gangstern bei einem Erpressungsversuch ertappen und entführen lässt, ist mir schlechterdings unerträglich. Von Rechts wegen müssten wir eine Sonderkommission nach Ulm schicken. Im Hinblick auf die bereits von mir skizzierten politischen Implikationen verbietet sich das aber. Wir können keine Beamten aus Stuttgart abordnen, weil die Medien das so auslegen würden, als sei es der Auftrag dieser Beamten, die Familie des Ministerpräsidenten und deren Geschäftspartner zu rehabilitieren.«

Berndorf schaute auf das Foto im Rücken seines Gegenübers. »Wir erwarten, dass diese gesamten Ulmer Vorgänge nun auch von Ulmer Seite geklärt werden«, fuhr Rentz fort und richtete seinen Rottweiler-Blick auf Berndorf. »Wir wünschen, dass dies ein Beamter tut, dem jedenfalls keine übertriebene Rücksichtnahme auf den Ministerpräsidenten nachgesagt werden kann. Wir wünschen deshalb, dass Sie ab sofort Ihre Dienstgeschäfte wieder aufnehmen. Sobald die anstehenden Fälle geklärt sind, erhalten Sie Ihre Entlassungsurkunde.«

Du lügst, dachte Berndorf. Du willst, dass ich mir die Finger verbrenne und ihr einen Sündenbock habt. Nicht mit mir.

Meine Antwort ist klar. Ein sauberes, eindeutiges Nein. Er öffnete den Mund. Und schloss ihn wieder.

Möglich, dass Claudia Lehmann schuld war und ihr Blick, mit dem sie ihn durch einen Tränenschleier hindurch angesehen hatte. Vielleicht war es auch die Erinnerung an Vera und an das Bild, das er von ihr gesehen hatte, als sie ein junges Mädchen gewesen war. Oder die Erinnerung an den Bauarbeiter in seinem Rollstuhl und an den Gerichtsschreiber, der ihm etwas hatte sagen wollen und den er abweisend angesehen hatte. Wahrscheinlich war es alles zusammen.

»Sie wissen, dass ich Ihnen nicht traue«, sagte er schließlich. »Sie spielen nicht fair, haben es nie getan.«

Rentz wartete ungerührt.

»Rufen Sie Englin an«, fuhr Berndorf fort. »Sagen Sie ihm, dass ich die Ermittlungen im Fall Krauser übernehme. Und alles, was damit zusammenhängt.«

Rentz zog das Telefon zu sich her. »Könnten Sie das präzisieren? Was alles hängt mit dem Fall Krauser zusammen?«

»Das wird sich herausstellen.«

»Aha«, machte Rentz. »Nur Hexen werden vom Inquisitor verbrannt. Was eine Hexe ist, bestimmt der Inquisitor.«

»Die Inquisition gehört auf Ihre Seite der Barrikade«, antwortete Berndorf.

Die Wiblinger Allee tümpelte schlammig vor sich hin. Die Pegelstände waren seit dem Morgen wieder gesunken, und in den Straßen blieb zurück, was das Wasser von den Hängen und Wiesen des Allgäus in die Stadt gespült hatte.

Missmutig stapften die Polizeihauptmeister Rösner und Kubitschek über den Gehsteig. Sie hatten den Auftrag, liegen gebliebene Autos und sonstige von der Flut auf die Fahrbahn gespülte Hindernisse ausfindig zu machen. Der Untergrund war matschig und schmierig, und mit ihren Gummistiefeln hatten sie keinen sicheren Stand.

Ein Mann mit einem Hund kam ihnen entgegen. Auch der Mann steckte in Gummistiefeln. Der Hund, schwarz und mittelgroß, sprang in hohen Sätzen durch das Wasser auf die Polizisten zu. Dann blieb er vor ihnen stehen, sah sie gelb an und schüttelte sich ausgiebig. Ein Regen schmutzfarbener Wassertropfen ergoss sich über Rösner. Kubitschek lachte dreckig. Rösner hatte Hunde noch nie leiden können.

»Nix für ungut«, sagte der Mann, »ihm gefällt halt das Wasser.« Offenbar meinte er seinen Hund.

Auf der Straße stand, schräg zur Mittellinie verzogen, ein Auto, das aussah, als sei es unter eine Schlammlawine geraten. »Ein Ford Mondeo, Baujahr 97«, sagte Kubitschek und holte sein Sprechfunkgerät heraus.

»Woher willst'n das wissen«, fragte Rösner misstrauisch und betrachtete voll Abscheu die graulehmige Masse, unter der Blech, Reifen und Nummernschilder begraben waren.

»So was sieht man einfach«, sagte Kubitschek. »An der Karosserie seh ich das.«

»Da waren drei Männer drin«, mischte sich der Mann mit dem Hund ein. Der Hund drückte sich an ihn und schnuffelte an der Hosentasche. »Samstagabend war das. Die haben den Wagen einfach stehen lassen und sind raus.«

Rösner ignorierte ihn demonstrativ. »Wenn das wirklich ein Ford Mondeo 97 ist«, erklärte er seinem Kollegen, »müssen wir uns das Nummernschild ansehen. Die Ulmer haben eine Fahndung herausgegeben nach einem Mondeo.«

»Ja, Herrgottssak!«, sagte Kubitschek verbindlich, »warum schaust dann nicht nach?«

Seufzend zog Rösner ein Papiertaschentuch hervor, ging in die Knie und versuchte, das Nummernschild freizuwischen. Freudig sprang ihn der Hund an und versuchte, ihm das Gesicht abzulecken. Rösner scheuchte ihn weg. Plötzlich hielt er inne. »Scheiße«, sagte er und sah zu dem Mann mit dem Hund hoch. »Was war noch mal komisch mit den drei Männern?«

»Ja«, antwortete der Mann, »die sind da zur Donau runter, das tut doch kein vernünftiger Mensch, wenn von dort das Hochwasser kommt. Und dann sind die, glaub ich, in diesen Neubau. Das ist überhaupt ein komischer Neubau, da sind schon die ganze Zeit Leute drin, obwohl der noch gar nicht fertig ist.«

Kuttler stellte seinen Wagen neben dem Tankstellengebäude ab, vor einem Haselnussstrauch, wo die Fahrer sonst die Aschenbecher ausleeren und die Fußmatten ausklopfen, bevor sie das Auto in die Waschanlage fahren. Der Strauch sah trotz des vielen Regens der letzten Tage schmutziggrau aus. Kuttler stieg aus und sah suchend umher.

Ein zahnloser Stadtstreicher humpelte auf ihn zu. »Wagen waschen, der Herr? Ich stell mich schon mal an und besorg Ihnen die Waschkarte.« Kuttler schüttelte den Kopf. Er holte aus seiner Brieftasche den Dienstausweis und zwei Fotografien. Eine davon hielt er, zusammen mit dem Ausweis, dem Stadtstreicher vors Gesicht. »Kennen Sie den da?«

»Oh, halten zu Gnaden, Herr Oberinspektor«, sagte der Mann, »aber das Alter! Die Augen! Immer schlimmer wird das.« Er zog mit dem Zeigefinger sein rechtes unteres Augenlid herunter und hielt Kuttler einladend einen blutunterlaufenen Augapfel vors Gesicht. Eine Fahne säuerlichen Rotweins wehte Kuttler an. »Und glauben Sie, dass irgendein Doktor einem alten armen Berber eine Brille verschreibt? Keine Sau tut das. Schöne Gesundheitsreform, kann ich da nur sagen.«

Kuttler wich zurück und blickte um sich. Niemand beobachtete sie. Verlegen zog er seinen Geldbeutel, suchte einen Zehnmarkschein heraus und hielt ihn zwischen zwei Fingern.

»Mal sehen«, sagte der Alte. »Wenn ich die Augen zusammenkneife, aber schon sehr zusammenkneife, also wenn ich das tue, dann ist das doch unser armer Kumpel, den es in dem Abbruchhaus erwischt hat, ein ganz ein feiner Kerl ...«

Er grapschte sich den Zehnmarkschein. Kuttler entschied, er müsse andere Saiten aufziehen. »Hör mal, das war keine zehn Mark wert. Trotzdem sind wir heute gnädig. Sehr gnädig. Du kriegst, vielleicht, sogar noch mal zehn. Vorausgesetzt, du erzählst mir auch was.« Er hielt ihm das zweite Foto hin.

Das Gesicht des Alten fiel plötzlich ein. »Ich sagte Ihnen doch, dass ich's auf den Augen hab«, jammerte er, »außerdem sieht man so viele Leute, hier in meinem Beruf ...«

Kuttler kam zum Schluss, dass er jetzt die Geduld verliere. »Pass auf. Ich nehm dich jetzt mit auf den Neuen Bau, und dann machst du eine schöne Aussage, und bis du sie gemacht hast, gucken wir mal, ob es nicht irgendwo Leute gibt, die dich gerne mal wieder sehen möchten. Die vielleicht sogar eine schriftliche Einladung für dich haben.«

Der Alte schaute ihn triefig an. »Staff«, sagte er dann plötzlich, »den Mann auf diesem zweiten Foto nennen sie Staff. Das heißt, Tanko hat ihn so genannt. Tanko ist der, der in dem Abbruchhaus über den Jordan ist. Tanko hatte Angst vor Staff. Man merkt das, wenn jemand Angst hat. Man kann es sogar riechen. Trotzdem ist Tanko mit Staff gegangen.«

»Das war an dem Tag, an dem Tanko über den Jordan ist, nicht wahr?«, sagte Kuttler.

»Warum fragen Sie, wenn Sie es wissen?«, fragte der Alte und hielt Kuttler auffordernd die leere Hand hin.

Welf sah die Post durch. Das meiste waren Anfragen von Handwerksfirmen, die sich um einen Auftrag als Subunternehmer für die Großsporthalle rissen. Welf wusste selbst zu gut, dass es der Branche schlecht ging. Aber dass so vielen Betrieben das Wasser bis zum Hals stand, hätte er nicht gedacht. Er lächelte zufrieden. Irgendjemand klopfte hart gegen die Tür und öffnete sie. Welf sah hoch und erstarrte ärgerlich. Nicht schon wieder Tiger-Lily, diese verfolgende Unschuld von der Polizei. Seine Sekretärin stand neben ihr und piepste Protest. »Ich bedaure«, sagte Tamar. »Aber wir brauchen in einem aktuellen Fall Ihre Hilfe.« Welf betrachtete sie kühl.

»Guten Morgen«, sagte er schließlich.

Tamar blieb vor seinem Schreibtisch stehen. »Sie bauen einen Appartementblock am Neu-Ulmer Donauufer?« Es war weniger eine Frage als eine Feststellung. »Wir müssen Sie bitten, uns die Pläne zur Verfügung zu stellen.«

»Ach ja?«, machte Welf.

Tamar betrachtete ihn einen Augenblick. »Falls es Sie interessiert: Wir haben einen Entführungsfall. Die Täter sind Samstagnacht mit ihrem Wagen im Hochwasser stecken geblieben. Und dann haben sie sich mit ihrem Opfer in Ihren Neubau gerettet. Die Kollegen von der bayerischen Polizei wollen sie dort festnehmen. Dazu brauchen sie die Pläne.«

Welf nahm die Brille ab und rieb sich die Augen. Auf einmal sieht er nach nichts mehr aus, dachte Tamar.

»Das kann nicht sein, was Sie da sagen«, widersprach Welf. »Judith ist dort. Judith Norden. Meine Assistentin. Sie kann wegen des Hochwassers dort nicht weg. Wir haben erst vor kurzem telefoniert. Aber ...«

»Offenbar hat sie nichts von einem Besuch gesagt«, schnitt ihm Tamar das Wort ab. »Also wurde sie während des Anrufs bedroht. Was ist das überhaupt für eine Wohnung?«

»Wir haben eine der Wohnungen so weit hergerichtet, dass sich Kaufinteressenten ein Bild machen können«, erklärte Welf. Dann stand er auf. Er hatte die Brille wieder aufgesetzt und wirkte plötzlich verbindlich, fast entgegenkommend. »Judith ist in dieser Wohnung. Die Leute, von denen Sie reden, können natürlich auch in einem der anderen Appartements sein. Selbstverständlich werden wir der Polizei alle Pläne zur Verfügung stellen.«

Er überlegte. »Wenn Sie es für richtig halten, könnte ich meine Assistentin noch einmal anrufen.«

Tamar schüttelte den Kopf. »Überlassen Sie uns das. Aber geben Sie mir die Telefonnummer.«

Der Intercity kroch den Michelsberg zum Ulmer Hauptbahnhof hinab. Berndorf wartete am Ausstieg. Noch immer begriff er nicht ganz, auf was er sich eingelassen hatte.

Nur einmal noch und nie wieder. Allein die Vorstellung, wieder an den Konferenzen teilnehmen und Englin zusehen zu müssen, bereitete ihm fast körperliche Übelkeit.

Stopp, dachte er. Was dir Übelkeit bereitet, ist nicht Englin.

Es ist die Angst davor, sich wieder in ein Auto setzen zu müssen. Du kannst aber diesen Job nicht vom Schreibtisch aus zu Ende bringen. Es geht nicht. Du musst durch die Panik durch. Aber was heißt Panik? Du gehst am Hauptbahnhof zum Taxistand und machst die Tür von einem Wagen auf, der frei ist, und steigst ein und lässt dich zum Neuen Bau fahren, es ist überhaupt nichts dabei und du machst das mit links, ohne einen Gedanken an irgendetwas.

Widerstrebend schlich der Intercity in den Hauptbahnhof und öffnete fauchend seine Waggontüren. Berndorf stieg mühsam aus und ging zur Treppe.

Schlank und groß tauchte neben ihm Tamar auf. Sie ist gekommen, um dich im Genick zu packen als ihre Beute und in einen Streifenwagen zu stecken, dachte Berndorf.

»Tag, Chef«, sagte Tamar. »Orrie wartet vor dem Bahnhof. Wir dachten, wir nehmen einen Bus der Einsatzleitung.«

Die Straße, die von der Wiblinger Allee abzweigt, war abgesperrt. Hinter der Absperrung standen Polizisten mit umgehängten Maschinenpistolen. Einer von ihnen winkte Orrie durch. Der dunkelgrüne VW-Bus pflügte durch das lehmige Wasser. Nach hundert Metern kam eine weitere Sperre.

Berndorf und Tamar, die sich im Bus Gummistiefel angezogen hatten, stiegen vorsichtig aus und stapften zu einer Gruppe Männer. Einer von ihnen beobachtete durch einen Feldstecher das Dachgeschoss eines unverputzten Neubaus. Es war ein breit hingelagertes Bauwerk, dessen obere Stockwerke zurückgesetzt waren, sodass Platz für großzügige Balkonterrassen blieb. Die Fenster waren bereits eingesetzt, aber noch mit Farbe markiert. An der Wohnung, die der Polizist mit dem Feldstecher beobachtete, waren die Jalousien heruntergelassen. Über dem ganzen Komplex kreiste ein Hubschrauber.

Ein Mann mit hagerem Gesicht, dessen Blässe durch einen schwarzen Schnurr- und Kinnbart verstärkt wurde, kam auf Berndorf zu und tippte grüßend mit zwei Fingern an seine Uniformmütze. Auch er trug eine Schutzweste.

»Tag, Jankl«, sagte Berndorf. »Retten Sie mal wieder das Abendland?«

Jankl sah ihn beleidigt an. »Tut mir Leid, Berndorf, aber für Ihre Scherze habe ich keine Zeit.« Er deutete auf das Dachgeschoss. »Nach unseren Informationen sind es zwei Geiseln und zwei Geiselnehmer. Sie haben den Treppenaufgang mit Bauholz verbarrikadiert.« Er wandte sich wieder Berndorf zu. »Eine der Geiseln ist ein Kollege aus Ulm?«

Berndorf nickte mürrisch.

»Wir holen für euch ja gerne die Kartoffeln aus dem Feuer«, fuhr Jankl fort. »Aber ein paar Informationen wären schon hilfreich.«

»Wir wissen selbst kaum etwas«, sagte Berndorf. »Der Kollege hat wahrscheinlich auf eigene Faust ermittelt. Und ist an die Falschen geraten.« Jankl verzog das magere Gesicht zu einem Ausdruck genusssüchtiger Anteilnahme. »Gibt es etwas, worauf wir achten sollten?« Wortlos überreichte ihm Tamar eine Mappe mit den Plänen, die sie von Welf bekommen hatte.

»Sie wollen jetzt Ihren Zugriff machen?«, fragte Berndorf.

»Nicht jetzt. Wir werden die Dunkelheit abwarten«, antwortete Jankl und begann, die Mappe durchzusehen. »Und danach nehmen wir sie im Doppelgriff. Über das Treppenhaus und über die Terrasse. Danke für die Unterlagen.«

Berndorf sah ihn prüfend an. »Kann ich mich darauf verlassen? Zugriff nicht vor Einbruch der Dunkelheit?«

Jankl blickte gekränkt zurück. »Sie trauen mir nicht. Nie trauen Sie mir.«

Berndorf wandte sich zu Tamar. »Im Augenblick stehen wir hier nur herum. Ich muss in Ulm jemand sprechen. Bevor der Kollege wieder Häuserkampf in Stalingrad spielt.«

Sie gingen zu dem VW-Bus zurück. Plötzlich, auf halber Strecke, blieb Tamar stehen. Vor den schlammüberzogenen Umrissen eines kleinen Autos hockte Orrie. Er hatte das Nummernschild abgewischt und notierte sich das Kennzeichen. »Einen Augenblick«, sagte er. Dann stand er auf und stapfte in seinen Gummistiefeln über die Straße.

»Ein Alfa Spider«, sagte er und wies mit dem Daumen zurück auf das Auto. »Das Auto hab ich schon einmal gesehen.«

»Das war die junge Frau, der Motor lief nur noch auf drei Töpfen, es war nachts, und du warst ihr Freund und Helfer«, kürzte Tamar ab. »Du hast es mir schon einmal erzählt.«

»Ja, und sie hatte Handwerkszeug dabei wie ein Maurerpolier«, antwortete Orrie.

»Tut mir Leid«, mischte sich Berndorf ein. »Aber Ihr müsst mich in die Stadt bringen.«

Sie stiegen ein, und Orrie ließ den Motor an. »Zum Neuen Bau?«, wollte er wissen. »Eigentlich nicht«, antwortete Berndorf. »Setzen Sie mich am Münster ab.«

Jankl sah dem VW-Bus der Ulmer Polizei nach. Für einen Augenblick wollte sich so etwas wie ein Lächeln auf seinem Gesicht einnisten. Der VW-Bus verschwand um die Kurve. Jankl sah auf die Uhr. »Mir dauert das hier zu lange«, sagte er zu dem Beamten, der neben ihm stand, einem großen stämmigen Mann. »Wir beenden das jetzt.«

»Ich dachte, Chef, Sie haben dem Ulmer Kollegen versprochen, bis zum Abend zu warten?«, wandte der Stämmige ein.

»Hab ich das?«, fragte Jankl zurück. »Ich kann mich nicht erinnern. Im Übrigen badet der Ulmer Kollege gern lau. Der hat nichts dagegen, wenn wir ihm die heiße Arbeit abnehmen. Der doch nicht.« Er nahm sein Funksprechgerät hoch und rief die Besatzung des Hubschraubers »Edelweiß 5«. Rauschend und quäkend meldete sich eine Stimme.

»Hier Donau 1«, sagte Jankl. »Aktion Sturzflug beginnt.«

Er ließ das Funksprechgerät sinken und nickte dem Mann neben ihm zu. »Stalingrad«, sagte er, »dem werd ich's zeigen.« Aber die letzten Worte waren schon nicht mehr zu verstehen. Ratternd und dröhnend ging »Edelweiß 5« in den Sinkflug und begann, das Dachgeschoss zu umkreisen.

Berndorf schob den Vorhang am Eingang der Trattoria beiseite und trat ein. Tamar folgte ihm. Tränenschwer blickte die

Madonna vom Eingang zum Damenklo auf die leeren Tische. Aus der Stereoanlage krächzte Paolo Contes »Gelato a limon«. Am Tresen stand der Wirt und spülte Gläser. Er erblickte Berndorf und verneigte sich leicht und würdig. »Die Küche ist leider noch geschlossen, Signore«, sagte er bedauernd.

Berndorf und Tamar nahmen an einem runden Tisch Platz, der in der Nähe des Tresens stand. »Wir wollen nur einen Espresso« – er blickte Tamar fragend an – »nein, zwei. Und für Sie bitte auch einen.«

»Keinen Grappa?«, fragte der Wirt.

»Nein«, sagte Berndorf. »Heute ist nicht der Tag dafür.«

Die Espressomaschine zischte gegen Paolo Conte an. Der Wirt brachte das Tablett mit den drei Tässchen und stellte sie auf dem Tisch ab. Mit einer neuerlichen Verbeugung setzte er sich zu den beiden. Berndorf holte seine Taschenuhr hervor, zog sie auf und legte sie dann aufgeklappt auf den Tisch vor sich. »Wir haben noch Zeit, bis es dunkel wird«, sagte er. »Wenn aber das Licht ausgeht, wird es finsterer sein.« Der Wirt nickte. »Ich möchte Ihnen eine Geschichte erzählen«, fuhr Berndorf fort. »Es ist eine Geschichte von einem Hund.«

»Ich liebe Hundegeschichten«, sagte der Wirt. »Hunde sind kluge Tiere.«

»Von dem in meiner Geschichte kann man das nicht unbedingt sagen«, meinte Berndorf. »Eigentlich handelt sie von einem ungewöhnlich dummen Hund. Er hat meinem Freund gehört, und das ganze Dorf hat gewusst, dass es niemals einen so dummen und unnützen Hund gegeben hat wie eben diesen.« Vorsichtig nahm Berndorf einen Schluck Espresso. »Der Hund war so dumm, dass er am hellichten Tag durch das Dorf gerannt ist und die Schweine gescheucht hat.«

Tamar runzelte die Stirn. In deutschen Dörfern konnte man ihres Wissens keine Schweine scheuchen.

»Niemand wusste, warum er das tat«, fuhr Berndorf fort. »Auch mein Freund nicht. Er nahm an, dass irgendjemand dem Hund eingeredet hat, die Schweine seien in Wahrheit Postboten. Egal. Aber eines Tages hat der Schweinezüchter eine Stalltür offen gelassen. Und als der Hund meines Freundes hineingerannt war, hat der Schweinezüchter die Tür zugeworfen, und der Hund war gefangen. Aber irgendjemand hat es gesehen und meinem Freund erzählt. Und plötzlich ist er sehr, sehr zornig geworden.«

Berndorf lehnte sich zurück und sah den Wirt an. »Mein Freund ist zu dem Schweinezüchter gegangen und hat ihm gesagt, der Hund, den du eingesperrt hast, ist vielleicht der dümmste und unnützeste Hund, den es jemals im Dorf gegeben hat. Aber es ist mein Hund. Und wenn er nicht auf der Stelle wieder vor meiner Haustür sitzt, dann wird sich keines von deinen Schweinen jemals mehr auf der Dorfwiese suhlen dürfen. Und du wirst niemals mehr deinen Rausch nach Hause fahren, weil dich vorher die Polizei kassiert. Und du wirst keinen einzigen winzigen Stall mehr bauen können, weil ich dafür sorgen werde, dass ihn dir die Gemeinde nicht genehmigt.« Berndorf trank seinen Espresso aus.

»Ich nehme an, der Hund ist wieder wohlbehalten bei Ihrem Freund?«, fragte der Wirt.

»Ich hoffe es. Ich hoffe es für den Hund, und ich hoffe es für den Schweinezüchter«, sagte Berndorf. Er holte sein Notizbuch heraus, riss einen Zettel heraus und schrieb zwei Telefonnummern darauf. Dann wandte er sich wieder an den Wirt. »Das da ist meine Nummer, und die hier gehört zu dem Handy einer jungen Frau. Die junge Frau ist zufällig in dem Stall gewesen, von dem ich Ihnen erzählt habe.« Er sah auf seine Uhr, klappte sie zu und steckte sie ein. »Noch haben wir Zeit. Aber wenn die Schweinezüchter warten, bis es dunkel ist, wird alles zu spät sein.«

Dann bat er um die Rechnung. Der Wirt schüttelte den Kopf. »Das geht auf das Haus«, sagte er. »Aber ich habe noch eine Frage.« Berndorf sah ihn aufmerksam an.

»Der Schweinezüchter in Ihrer Geschichte hat Ärger gehabt, sehr viel Ärger. Immer kläfft dieser Hund. Immer müssen die armen Schweine sich aufregen, aber wenn sie sich aufregen, werden sie nicht fett.«

Der Wirt legte seine beiden Hände auf den Tisch, mit der leeren Handfläche nach oben. »Ihr Freund muss auch etwas auf den Tisch legen, finden Sie nicht?«

Berndorf stand auf, und auch Tamar erhob sich. »Nein«, sagte Berndorf. »Mein Freund hat ihm nichts auf den Tisch gelegt. Er hat ihm einen Tipp gegeben.« Er zog seinen Mantel an und ging zur Tür. Vor dem Vorhang drehte er sich um. »Er hat ihm gesagt, er soll künftig das richtige Schwein schlachten. Das letzte Mal sei es das falsche gewesen.«

Dann ging er. Auch Tamar nickte dem Wirt zu. Seine Augen sahen nachdenklich aus, und überrascht.

Schwarz gekleidete Polizisten des Einsatzkommandos liefen gebückt das Treppenhaus hinauf. Andere folgten ihnen, die Maschinenpistolen schussbereit im Anschlag. Über dem Dachgeschoss hämmerte der Rotor von »Edelweiß 5«. Die Besatzung warf Strickleitern ab, die sich auf der Terrasse verhakten. Mit wenigen Handgriffen und Beilhieben räumte der Angriffstrupp »Römisch Eins« die Barriere aus Bauholz beiseite, die das Treppenhaus versperrte.

Jankl rannte in die Eingangshalle, das Funksprechgerät in der Hand. Draußen an der Hauswand kletterten die Spezialisten des zweiten Angriffstrupps an den Strickleitern hoch. Sie hatten Blendgranaten dabei und würden sich durch die Fenster Zutritt verschaffen. Wie ein Uhrwerk, dachte Jankl. Perfekt ausgebildete, harte Männer, die sich blind aufeinander verlassen konnten. Nichts und niemand würde ihnen widerstehen. In wenigen Minuten würde der Spuk vorbei sein, und die Ernte harter Ausbildung und entschlossener Führung eingebracht.

Krachend flogen die letzten Balken den Treppenschacht hinunter und schlugen dröhnend auf dem Betonboden vor Jankls Füßen auf. Das Röhren des Hubschraubers schwoll an. Über Sprechfunk meldete sich Truppführer »Römisch Eins«. Jankl hob sich das Gerät ans Ohr. Ein Schwall von Funkstörungen brach über ihn herein. Das Gerät knisterte und spuckte, als entlüden sich drei Sommergewitter über dem Haus.

»Lastenaufzug«, verstand Jankl. Was soll das, dachte er. In seinem Rücken spürte er eine Bewegung. Jankl wollte sich umdrehen, als ihn ein kräftiger Arm von hinten packte. Ein Stück runden, harten Stahls bohrte sich in seinen Hals.

Orrie fädelte sich mit dem Bus auf die Adenauerbrücke ein. Es herrschte dichter Berufsverkehr, aber Berndorf hatte sich Blaulicht und Martinshorn verbeten. »Wir müssen ihnen noch etwas Zeit lassen«, hatte er Tamar erklärt und sich in seinem Sitz zurückgelehnt. Dabei ist er gar nicht ruhig, dachte Tamar. Nicht wirklich. Ein Nadelstich, und er fährt an die Decke.

Mit Blaulicht schoss auf der Gegenfahrbahn ein anderer polizeigrüner Bus an ihnen vorbei. »Die haben es aber eiliger als wir«, sagte Orrie und setzte den Blinker, um nach Neu-Ulm abzubiegen. »Übrigens war das ein Wagen der bayerischen Kollegen«, setzte er nach einem kurzen Seitenblick hinzu.

»Was haben die in dieser Richtung zu suchen?«, fragte Tamar. Berndorf hatte sich aufgerichtet.

»Jankl hat foul gespielt«, sagte er plötzlich. »Ihr werdet es sehen. Aber es ist nicht gut gegangen.«

Wieder blinkte Blaulicht auf der Gegenfahrbahn. Zwei Streifenwagen versuchten, sich wild jaulend durch die Fahrzeugflut zu drängen. Orrie fuhr an der ersten Absperrung vorbei. Noch immer wirbelten die Räder eine Schlammflut auf. An der zweiten Absperrung standen nur noch zwei Uniformierte. Orrie hielt, Tamar und Berndorf stiegen aus und gingen auf die beiden Beamten zu.

Berndorf grüßte und stellte sich vor. »Ich suche den Kollegen Jankl. Irgendwie scheint er nicht mehr hier zu sein.«

»Rösner, Landespolizei-Inspektion Neu-Ulm«, antwortete der kleinere der beiden Uniformierten. »Wo der Herr Polizeirat ist, weiß hier keiner. Und wir, also wir waren auf der anderen Seite.«

»Ja«, bestätigte der größere der beiden, »wir haben die Rückfront gesichert.« Er nahm flüchtig Haltung an. »Kubitschek, Polizeihauptmeister.«

»Es ist nämlich so«, fuhr Rösner fort, »dass die Kollegen die Wohnung gestürmt haben. Es ist gut ausgegangen. Sie haben die Geisel befreit. Unseren Kollegen. Er lebt.«

»Und die Geiselnehmer?«, wollte Tamar wissen.

»Die sind weg«, sagte Kubitschek. »Und zwei neue Geiseln haben sie auch.«

»Die Geiselnehmer hatten nämlich noch eine Frau dabei, und mit der sind sie in den Lastenaufzug und nach unten gefahren«, ergänzte Rösner. »Und dann haben sie den Herrn Polizeirat als weitere Geisel genommen und sind mit ihm und der Frau zum Wagen der Einsatzleitung.«

»Und weg waren sie«, schaltete sich Kubitschek ein. »Wir konnten gar nichts machen. Der Herr Polizeirat hat es uns verboten. Jedenfalls haben wir ihn so verstanden.«

»Wieso?«, fragte Tamar. »War es schwierig, ihn zu verstehen?« Rösner warf ihr einen mitleidigen Blick zu. »Ich weiß ja nicht, wie deutlich Sie reden, wenn Sie eine Walther hier haben.« Und er drückte sich den Zeigefinger unter das Kinn.

»Hören Sie nicht auf ihn«, sagte Kubitschek. »Es war keine Walther. Es war eine Beretta, jedes Kind hat das erkennen können.«

»Wenn das so weitergeht, kann die Mafia nächstens einen Second-Hand-Shop für gebrauchte Polizisten aufmachen«, meinte Tamar, als sie den Flur zu ihrem Büro im Neuen Bau entlanggingen. »Guter Allgemeinzustand, können lesen und telefonieren, bei strenger Führung leicht zu handhaben ...«

Berndorf verzog das Gesicht. Er ist nicht deshalb sauer, ging es Tamar durch den Kopf, weil es Jankl erwischt hat. Er ist sauer, weil sich Jankl nicht an die Vereinbarung gehalten hat, bis zum Abend Ruhe zu halten. Und weil die andere Seite das mitbekommen wird. Die armen Männer! Immer in Sorge, keine bella figura zu machen.

Sie öffneten die Tür. Munter sah ihnen Kuttler entgegen. »Die bayerischen Kollegen haben also mal wieder auf ihre besondere Art zugelangt?«, fragte er zur Begrüßung.

Berndorf blickte ihn verdrossen an und wollte in sein Zimmer weitergehen. Tamar schüttelte nur leicht den Kopf.

»Bitte unangemessene Heiterkeit entschuldigen zu wollen«, sagte Kuttler. »Aber das Leben stickt voller Merkwürdigkeiten. Soll Goethe gesagt haben, oder so ungefähr.« Berndorf blieb stehen.

»Ich habe hier einen Haftbefehl gegen Rodek, Stefan«, berichtete Kuttler. »Außerdem ist der Typ vom LKA wieder da und sucht in der Ruine nach dem Rest von dem Kabel. Er ist sich inzwischen sicher, dass die Gasexplosion vorsätzlich ausgelöst worden ist. Irgendjemand hat das Kabel präpariert und so neben dem Handy befestigt, dass der eine Draht gegen den anderen gedrückt werden musste, sobald das Handy bei einem Anruf vibrieren würde. Wie es sich fügt, haben wir ein Bruchstück von diesem Handy, und zwar ist es eins vom gleichen Typ wie das Gerät, das dem Freier im Hauptbahnhof abgenommen worden ist.« Er lächelte selbstzufrieden.

Lieber Freund, dachte Tamar, fang nicht an, hier den Star zu spielen. »Ich habe mit dem Freier gesprochen und ihm Bilder gezeigt«, fuhr Kuttler fort. »Ohne zu zögern hat er Rodek als Täter identifiziert. Und noch jemand hat das getan. Ein Stadtstreicher, der seinen Standplatz an der Tankstelle in der Karlstraße hat, also in der Nähe des Ostbahnhofs. Am Tag der Explosion war er dort mit einem Kumpel, den er Tanko nannte. Das ist der, der bei der Explosion umgekommen ist. Tanko war dort, bis ein dritter Mann dazukam. Ein großer, stämmiger Kerl, sagt der Stadtstreicher, Tanko hat ihn Staff genannt. Staff suchte einen Platz, wo er übernachten konnte, und Tanko ist mit ihm in seine Wohnung gegangen. Glaubt der Stadtstreicher. Auch er hat Staff auf den Bildern erkannt. Staff ist Rodek. Der frühere Stabsfeldwebel Stefan Rodek.«

»Schön. Wenigstens etwas, das nicht schief gelaufen ist«, meinte Berndorf. »Aber was ist das, was merkwürdig stickt?«

»Dass Desarts lediglich Rodek verhaften lassen will, nicht aber Welf«, antwortete Kuttler. »Die ganze Sache ergibt ja nur einen Sinn, wenn Rodek das im Auftrag von Welf getan hat.«

»Und an Welf wollte Desarts nicht heran?«

»Er war richtig indigniert, als ich ihn darum gebeten habe«, berichtete Kuttler. »Das alles, sagt Desarts, kann ein Streit unter Saufkumpanen gewesen sein, oder auch schierer Zufall. Erst mal glaubt er nicht an die schlaue Vorrichtung mit dem vibrierenden Handy. Dann glaubt er nicht, dass Rodek die Nummer des Handys ganz einfach dadurch herausgefunden haben kann, dass er mit dem Ding zu einem Telefon geht, das ein Display hat, und dort anruft. Außerdem sei es durchaus denkbar, dass Tanko Selbstmord begehen wollte, deswegen das Gas aufgedreht hat und ein zufälliger Anruf auf dem zufällig dort liegen gebliebenen Handy den großen Bang auslöste, einfach so, schließlich gebe es an seiner Tankstelle, sagt Desarts, sogar ein Schild, dass man dort kein Handy benutzen dürfe.«

»Bisschen viel Zufall«, meinte Tamar. »Wieso hat Desarts dann überhaupt einen Haftbefehl ausgestellt?«

»Wegen Verdacht des Raubes«, antwortete Kuttler kleinlaut. »Ich sagte ja, von Mord will Desarts nichts hören.«

»Das hat im Augenblick keine Bedeutung«, entschied Berndorf. »Hauptsache, wir kassieren Rodek. Erst wenn wir ihn haben, kommen wir vielleicht auch an Welf heran.« Er öffnete die Tür zu seinem Zimmer, hängte seinen Mantel in den Teil des Wandschranks, der als Garderobe diente, und nahm zögernd, fast unwillig auf seinem Drehstuhl Platz.

Auch Tamar hatte sich hinter ihren Schreibtisch gesetzt, fest entschlossen, ihrem Kollegen Kuttler aufrichtig und von ganzem Herzen den Erfolg zu gönnen. Trotzdem gefiel ihr die Geschichte nicht. Rodek hatte die Statur und die Blutgruppe des Fahrers, der Berndorf angegriffen hatte. Wenn er es war, hätte er eine Schusswunde haben müssen. Das Ding mit dem Handy aber hatte jemand gefingert, der beide Hände gebrauchen konnte.

Außerdem war da noch die Sache mit dem Gerichtsschreiber. Sie zog das Telefon zu sich her, wählte die Nummer der

Wache und ließ sich mit Polizeihauptmeister Leissle verbinden.

»Du hast doch das Kennzeichen von diesem Alfa überprüft?«, fragte sie ohne weitere Umschweife.

»Ja doch«, antwortete Orrie. »Er gehört einer Judith Norden. Wohnt auf dem Weißen Eselsberg.«

»Sag mir doch nochmal, was die dabeigehabt hat.«

Orrie überlegte kurz. »Die hatte, halb schräg auf den Beifahrersitz gestellt, eine Plastikwanne dabei, und da war ein Handbeil drin und eine Wasserwaage, ein Schutzhelm und anderes Werkzeug. Ich glaub, auch eine Maurerkelle.«

Tamar dankte und legte auf. Judith Norden war die Assistentin Welfs, was immer das bedeuten mochte. Offenbar bedeutete es, dass sie mit einer Maurerkelle umgehen konnte. Die Norden war in dieser Wohnung und also war sie auch die Frau, die als zweite Geisel genommen wurde.

Nur war das noch nicht alles, dachte Tamar. Ein paar Fragen würde sie dieser tüchtigen Frau schon noch stellen wollen. Doch dazu müsste man sie erst mal der Mafia aus dem Rachen reißen. Die Nürnberger hängen keinen ... aber das war eine andere Geschichte. Sie nahm erneut den Hörer ab, wählte Desarts Nummer und erklärte ihm, was sie von ihm haben wollte.

»Sie suchen also noch immer nach diesem entsprungenen Gerichtsschreiber«, sagte Desarts. »Ihre Hartnäckigkeit, liebe Kollegin, ist ja wirklich beeindruckend. Aber ich kann mir nicht helfen. Ich glaube einfach nicht daran, dass dieser Herr Sander einem Komplott zum Opfer gefallen ist. Das ist ein ganz freundlicher unauffälliger Mann, dem tut keiner was. Der hat seine Midlife-Crisis genommen, hat diesen Justizalltag nicht mehr ausgehalten, mein Gott, wer wäre ich, dass ich ihn deswegen tadeln könnte ...«

Die Männer und ihr Selbstmitleid, dachte Tamar. »Es kann ja durchaus sein, dass es so ist, wie Sie sagen«, räumte sie ein. »Aber was wir wirklich wissen, ist nur, dass Hartmut Sander ein disziplinierter und pflichtbewusster Beamter ist, der jedem Abenteuer aus dem Weg geht. Und es gibt nun einmal eine Verbindung zu Stefan Rodek, von dem wir inzwischen wissen, dass er ein Gewalttäter ist. Lassen Sie uns deshalb dort draußen nachschauen. Nur zur Sicherheit.«

»Na gut«, sagte Desarts ergeben. »Ich bekomm sonst ja doch keine Ruhe vor Ihnen.«

Berndorf rief den Leiter der Fahrbereitschaft an und bat um einen Dienstwagen mit Automatikgetriebe. Mit seinem linken Bein könne er keine Kupplung bedienen.

Ein gequältes »Wo denken Sie hin!« entrang sich der Stimme am anderen Ende der Leitung. »Uns werden nicht einmal die dringendsten Ersatzbeschaffungen genehmigt. Die Rechnungsprüfung springt im Viereck, wenn wir auch noch Geld für eine Automatik ausgeben.«

»Schön«, antwortete Berndorf. »Dann mieten Sie eines für mich.«

»Aber das haben wir noch nie gemacht.« Die Stimme klang entsetzt. »Dafür gibt es ja nicht einmal Formulare.«

»Vergessen Sie es«, sagte Berndorf müde und legte auf. Dann rief er eine Autovermietung an und bekam die Zusage, dass für ihn ein Wagen bereitstehe.

Das wird was werden, dachte Berndorf beklommen. Dann öffnete er die beiden DIN-A3-Umschläge, die er am Morgen in seinem Briefkasten gefunden hatte. Der eine enthielt die Luftaufnahmen, die ihm der »Tagblatt«-Fotograf geschickt hatte. Einige Fotos zeigten lange Reihen aufgefüllter Hügel, andere wieder Gräben, die – wie es den Anschein hatte – erst vor kurzem von den Baggern aufgerissen und dann mit Planen ausgelegt worden waren.

Im zweiten Umschlag steckte, auf grauem Recyclingpapier ausgedruckt, der Halbjahresbericht des Finanzdezernenten mit einer Übersicht über die wichtigsten Haushaltsposten. Dabei waren den Einnahmen die Planansätze und die Ergebnisse der ersten sechs Monate des Vorjahres gegenübergestellt. Berndorf schlug den Abschnitt über die städtischen

Wirtschaftseinrichtungen auf. Nach einigem Blättern fand er die Zahlenreihen, die er gesucht hatte. Schließlich nickte er zufrieden und zog den Ordner zu sich her, in dem die wichtigsten dienstlichen Telefonverzeichnisse abgeheftet waren. Er suchte eine Nummer heraus und wählte.

Eine Männerstimme meldete sich. »Pfeiffle.«

Berndorf stellte sich vor. »Ich hätte Sie gerne gesprochen. Es ist ein dienstlicher Anlass, aber meine Frage ist vertraulich. Eine Verständnisfrage sozusagen.«

»Soso«, sagte Pfeiffle. »Also Sie sind das. Unsereins erfährt ja nichts mehr. Ich hab gedacht, Sie seien krankheitshalber schon im Ruhestand?«

»Ich bin wieder im Dienst. Seit heute.«

»Freut mich zu hören«, sagte Pfeiffle. »Und jetzt wollen Sie gleich am ersten Tag mich alten Mann sprechen. Meine Zahnbürste muss ich aber nicht schon einpacken?«

»Ich sag's Ihnen, wenn es so weit ist«, antwortete Berndorf.

»Also gut«, meinte Pfeiffle. »Kommen Sie doch heute Abend ins Clubheim. Sie werden es nicht bereuen. Ein solches Schnitzel, wie Sie da kriegen, das gibt es nirgends sonst mehr.«

Berndorf verabschiedete sich und legte auf. Dann wählte er die Nummer der Neu-Ulmer Polizei-Inspektion und ließ sich mit dem Kollegen verbinden, der anstelle des entführten Jankl die Einsatzleitung übernommen hatte.

»Also dem Kollegen Krauser geht es so weit gut«, gab der Beamte ungefragt Auskunft. »Eine Platzwunde, ein paar Prellungen, vielleicht auch ein Schock. Wir haben ihn vorsichtshalber ins Krankenhaus gebracht ...«

Berndorf unterbrach ihn. »Was hat die Fahndung nach eurem Polizeibus gebracht?«

»Unsere Leute haben den Kontakt zu dem Bus verloren«, kam es kleinlaut durch die Leitung. »Ich glaube, dass die Geiselnehmer auf dem Autobahnzubringer geblieben sind. Das heißt, sie sind jetzt Richtung Stuttgart unterwegs.«

Berndorf dankte und legte auf. Mit Blaulicht kommt ein Polizeifahrzeug auf der Autobahn schnell voran. Aber die Stuttgarter Landespolizeidirektion hatte bereits Hubschrauber losgeschickt. Berndorf selbst hätte nicht die Autobahn genommen. Niemals. Die Autobahn kann eine Mausefalle sein.

Das Telefon auf seinem Schreibtisch surrte. Er nahm den Hörer ab und meldete sich.

»Ich habe einen Gruß an Ihren Freund zu bestellen«, sagte ein Mann.

Berndorf brauchte einen Augenblick, um die Stimme zu erkennen. Das Telefon verstärkte den Akzent. »Ihr Freund hat seinen Hund ja wieder, nicht wahr? Den Rest findet er in der Tiefgarage Rosengasse. Unten, in der untersten Ebene. Es ist noch ein Bòtolo und eine Cagna.« Am anderen Ende wurde der Hörer aufgelegt.

Auch Berndorf legte auf. Dann sah er sich suchend auf seinem Schreibtisch um, zog schließlich die Schublade auf und nahm eine Papierschere heraus, die er sich nach kurzem Überlegen in die Brusttasche steckte. Dann stand er auf.

Es war früher Abend geworden, und selbst in den oberen Parkdecks hatten sich bereits die Reihen der abgestellten Fahrzeuge gelichtet. Orrie steuerte den VW-Bus die Abfahrtskehren hinab, Tamar schien es, als habe er es nicht besonders eilig. Ab dem dritten Parkdeck war kaum ein Wagen mehr zu sehen. »Sind Sie sicher, Kollegin«, sagte Orrie plötzlich, »dass wir keine Sprengstoffexperten brauchen? Ich meine, wenn die da unten einen Wagen haben – da könnte doch auch eine Bombe drin sein statt der Geiseln?«

Tamar sah nach hinten zu Berndorf. »Es kommt darauf an, welches Fahrzeug wir vorfinden«, antwortete er. »Wenn es der Bus der Neu-Ulmer Einsatzleitung ist, besteht keine Gefahr. Sie hätten dann keine Zeit gehabt, ihn zu präparieren.« Er überlegte kurz. »Außerdem spielen die hier nicht Palermo. Für ihr Geschäft wäre es das Dümmste, was sie tun könnten. Sie sind aber nicht dumm.«

Der VW-Bus bog auf die unterste Ebene ein. Eine leere,

durch spärliche Neonröhren dürftig erleuchtete Fläche breitete sich unter der niedrigen Decke vor ihnen aus. Auf den weiß markierten Parkfeldern stand ein einziges Fahrzeug.

Hinter einem Fenster des dunkelgrünen Busses gestikulierte jemand. Wer immer es war, er hatte die Hände erhoben, als ob er mit der einen Hand das Gelenk der anderen hielt.

Berndorf stieg aus und ging auf den Bus zu. Tamar folgte ihm. Berndorf öffnete die Seitentür. Tamar überlegte, ob dies das Letzte war, was sie jemals sehen würde: zwei Busse in einem trüben leeren Parkdeck, eine Gestalt mit zusammengebundenen Händen, der gebückt und schwerfällig die Wagentür öffnende Kommissar. Und wie viel sie noch wahrnehmen würde, wenn die Bombe, beim Öffnen der Tür gezündet, explodierte. Vermutlich würde sie das Licht als Erstes sehen und noch einen Schlag spüren und danach nichts mehr.

Wenn es so kam, hätte sie es sich selbst ausgesucht, dachte sie. Sie hatte darauf bestanden, mit Berndorf zu fahren.

Aus dem Wagen fiel ihnen eine Frau in einem Trainingsanzug entgegen. Von ihrem Gesicht unter dem dunklen kurzen Haar sah man nicht viel mehr als das Klebeband, mit dem ihr Mund verschlossen war. Auf dem Boden bewegte sich ruckhaft eine weitere Gestalt, ein Mann, die Arme auf den Rücken gefesselt und mit den Füßen zusammengebunden.

Berndorf zog die Papierschere aus der Brusttasche und machte sich daran, der Frau die Fesseln aufzuschneiden. Gleich schneidet er ihr in den Daumen, dachte Tamar, nahm ihm die Schere ab und durchtrennte behutsam die Schnur, mit der die Hände der Frau gefesselt waren. Die Hände und vor allem die Nagelränder waren schmutzig, und die Fingernägel abgegriffen wie die einer Bäuerin.

Oder eines Maurers, dachte Tamar.

Der Schankraum war holzgetäfelt, und über dem Stammtisch funzelte eine Lampe mit einem kupfernen Schirm. An der Wand hing gerahmt die Schlusstabelle der Zweiten Fußball-Bundesliga, auf der sich das Ulmer Adler-Wappen auf dem dritten Platz behauptet hatte. Am Stammtisch spielten drei Männer Skat, ein vierter kiebitzte glatzköpfig.

Berndorf ging zum Tresen und bestellte ein Bier. Er blieb stehen und sah den Skatspielern zu. Der Solo-Spieler, ein grauhaariger Mann mit einem Schnauzbart und einer auf die Nasenspitze gerutschten Halbbrille, war Pfeiffle.

Er hatte Kreuz angesagt und spielte mit einer Unterzahl von Trümpfen, denn die der Gegenspieler waren höher und fielen jeweils zusammen. Plötzlich überzog ein sonniges Lächeln sein Gesicht, er warf die letzten beiden Karten auf den Tisch und sagte: »Für euch. Ich hab schon 62. Kreuz ohne sechs.«

Während die anderen die Karten zusammenwarfen, wandte er sich an den Glatzköpfigen. »Übernimm für mich.« Dann stand er auf, kam auf Berndorf zu und reichte ihm die Hand. Der Händedruck war kräftig. »Wir gehen nach nebenan«, sagte er dann. Berndorf nahm sein Bier und folgte ihm in ein Nebenzimmer, wo Milchglasbänder ihr trübsinniges Licht über dem braunen Leinen der Tischtücher ausbreiteten.

Sie setzten sich. »Das Schnitzel sollten Sie sich nicht entgehen lassen«, erinnerte Pfeiffle, und Berndorf antwortete höflich, er müsse leider auf sein Gewicht achten. »Das linke Bein hält noch nicht so recht.«

»Sie sollten nach Isny zur Rehabilitation«, meinte Pfeiffle. Sein Schwiegersohn sei dort gewesen, nach einem schweren Unfall auf der Autobahn, »Waden- und Schienbein doppelt gebrochen, die Kniescheibe zertrümmert, was einem nicht alles passieren kann. Aber heute steht er wieder auf dem Tennisplatz.« Er machte eine Pause. »Man ist nie vorsichtig genug.«

»Wohl wahr«, antwortete Berndorf. »Ich hab auch einiges dazulernen müssen.« Dann zog er den Umschlag mit den Luftbildern aus der Tasche, die er mit sich trug, und fächerte die Fotos vor Pfeiffle auf, als seien auch sie ein Kartenspiel.

»Sie wissen, was das ist«, sagte er dann. »Die Deponie Lettenbühl. Aus der Luft fotografiert.«

»Interessant«, meinte Pfeiffle. »Sie könnten die Bilder vergrößern lassen und aufhängen. Kunst in der Landschaft.«

»Im Planfeststellungsbeschluss steht, dass die Deponie eine Laufzeit bis 2020 hat«, sagte Berndorf. »Wir schreiben das Jahr 1999. Die Deponie ist schon heute nahezu voll. Einen Trümmerberg kann die Stadt nicht aufschütten lassen. Der Planfeststellungsbeschluss schreibt vor, dass das ursprüngliche Landschaftsbild wiederhergestellt werden muss.«

»Na ja«, sagte Pfeiffle. »Ist doch auch nicht schlimm. Die Leute in Lettenbühl werden uns dankbar sein, wenn die Deponie nicht erst in 20 Jahren geschlossen wird. Der Lärm und der Gestank von diesen Lastwagen sind kein Zuckerschlecken.«

»Schön, dass sich das alles so günstig fügt«, sagte Berndorf. »Nur ist manchen Leuten der Lärm egal, den andere aushalten müssen. Die interessieren sich nur fürs Geld. Wenn die Deponie schon jetzt verfüllt werden kann, müsste die Stadt – so könnten sich diese Leute vorrechnen – aus den bisher eingegangenen Gebühren erhebliche Rücklagen gebildet haben. Sie muss dann ja auch Ersatz beschaffen. Ersatz für eine Deponie, die zwanzig Jahre länger hätte halten sollen.« Er sah Pfeiffle an und zog den Zwischenbericht hervor, den ihm Frentzel kopiert hatte. »Ich habe hier die Zahlen der Stadtkämmerei für das laufende Haushaltsjahr. Ich kann darin keine Rücklagen für Lettenbühl finden.«

Pfeiffle nahm seine Brille ab, zog ein Taschentuch heraus und begann, umständlich die Brille zu putzen. »Sie ermitteln in einem Mordfall?«, fragte er langsam.

Berndorf sah ihn nur an.

»Ich bin ein alter Mann«, fuhr Pfeiffle fort. »Ich komm nicht mehr so ganz mit. Mir ist nicht klar, was das eine mit dem anderen zu tun hat, die Rücklagen der Stadt mit einem Mord.«

»Lassen Sie es mich mit einem Beispiel erklären«, antwortete Berndorf. »Ein Mann will nach oben. Der Mann ist jung, ehrgeizig, er ist überzeugt, dass er die besseren Ideen hat. Was kostet die Welt? Er wird sie kaufen. Er wird alles tun, was man tun muss, um Erfolg zu haben. Er wird jeder Kröte die Hand küssen, wenn es hilfreich ist, und sich selbst zum Affen machen, wenn es die anderen Paviane gnädig stimmt. Aber eines

Tages stellt er fest, das alles reicht nicht. Die Welt ist schon verteilt. Die besseren Ideen – ach Gott! Damit ist noch niemand reich geworden, wenn die anderen am längeren Hebel sitzen. Wie der Hase im Märchen rennt und hetzt und hastet unser junger Mann, aber am Ende jeder Furche hockt der Igel. Denn der Igel hat schon immer da gehockt.«

Pfeiffle hatte aufgehört, seine Brille zu putzen. Er setzte sie auf und schaute über die Gläser hinweg auf Berndorf. »Das mag schon so sein. Wenn ich es recht überlege, kenn ich ein paar solcher Hasen in unserer Stadt. Es ist der Lauf der Welt. Nur hat es mit den städtischen Rücklagen nichts zu tun.«

»Warten Sie es ab«, antwortete Berndorf. »In einer dunklen Nacht wird einem der Igel Öl in die schöne Furche geschüttet und angezündet. Da verbrennt sich der Igel ganz fürchterlich, und er ruft nach der Polizei, und die kommt auch und schaut sich die Bescherung an. Und stellt fest, dass da nicht nur ein Igel auf dem Acker hockt. Da hockt in jeder Furche einer. Und da will die Polizei dann schon wissen, warum das so ist, und warum die Igel alle so fett sind. Es ist nämlich ein städtischer Acker, auf dem das alles passiert.«

Berndorf trank sein Bier aus. Dann sammelte er die Fotografien wieder ein und verstaute sie in dem Umschlag. »Im Übrigen haben Sie natürlich vollkommen Recht. Es geht mich nichts an, wer hier alles auf Kosten der Stadt reich wird. Gar nichts geht mich das an. Ich werde diese Fotografien zur Prüfung an die mir zuständig erscheinenden Stellen weitergeben. Das heißt ...« – er unterbrach sich und lächelte Pfeiffle ins Gesicht. »Sie sagten vorhin, man kann nie vorsichtig genug sein. Falls ich noch einmal einen Unfall haben sollte, wird es jemanden geben, der diese Fotografien weiterreicht. An die Kommunalaufsicht im Regierungspräsidium, an den Landesrechnungshof, an die Steuerfahndung. Vielleicht passiert beim Adressieren auch ein Missgeschick, und es erhält jemand die Unterlagen, der gar nichts davon wissen sollte, eine Firma zum Beispiel, die bei der Vergabe der Arbeiten für den Flughafenausbau leer ausgegangen ist.«

Pfeiffle betrachtete ihn starr. »Ich glaube«, sagte er langsam, »wir sollten noch ein Bier zusammen trinken.«

Welf stellte seinen Wagen im Halteverbot vor dem Klinikeingang ab und ging durch die sich automatisch öffnende Glastür in das Foyer. Als er an der Portiersloge vorbeikam, wollte ihn ein Mann in einem Hausmeistermantel mit einer energischen Handbewegung anhalten. Noch bevor der Hausmeister etwas sagen konnte, schob Welf einen Zwanzigmarkschein über den Tresen. »Ich muss nur jemand abholen.«

Welf blickte sich um. Plötzlich stand Judith neben ihm. Sie steckte in einem Trainingsanzug und sah blass und abgespannt aus. Eigentlich sieht sie nach gar nichts aus, dachte Welf. Eine kleine, schmuddelige Frau mit kurzem Haar.

»Du hast dir Zeit gelassen«, sagte sie.

»Ich bin aufgehalten worden«, antwortete Welf.

Judith sah zu ihm hoch und lächelte. Er hat erst seiner Frau absagen müssen, dachte sie. Sie hat ihn zum Abendessen erwartet. Es gibt Frauen, die können Ewigkeiten damit verbringen, verletzt durchs Telefon zu schweigen.

Sie stiegen in den Wagen, und Welf fuhr los. »Wieso um Gottes Willen warst du überhaupt im Krankenhaus?«

»Weißt du überhaupt, was los war?«, fragte sie zurück.

»Irgendwelche Verrückten haben dich als Geisel genommen. Mir tut das alles wirklich Leid. Aber wir sind erwachsene Leute, und mit Gesülze ist dir auch nicht geholfen.«

Judith schwieg.

»Die Polizei hat gesagt, du seist unverletzt«, fuhr er schließlich fort. »Deswegen bin ich – ja, erschrocken bin ich, als du aus dem Krankenhaus angerufen hast.«

»Kaum«, antwortete Judith. »Dass du deswegen erschrocken warst, glaube ich dir wirklich nicht. Im Übrigen ist es das Erste, dass sie einen nach einer solchen Sache ins Krankenhaus bringen. Das haben sie auch mit diesen beiden Polizisten gemacht, den anderen Geiseln. Die standen beide unter Schock, und der eine hatte eine üble Platzwunde im Gesicht.«

Welf fuhr mit dem Wagen auf die Umgehungsstraße, die zum Wohngebiet am Weißen Eselsberg führt. »Du hattest keinen Schock? Aber sowas kann später noch kommen.«

»Nein«, sagte Judith leise. »Kein Schock. Aber bei mir war eine gynäkologische Untersuchung notwendig.«

Welf warf einen unbehaglichen Blick auf sie. »Heißt das, sie haben dich ...«

»Ja«, antwortete Judith. »Sie haben mich. Willst du Details wissen? So was geilt euch doch auf.«

»Red' nicht so«, sagte Welf.

»Eigentlich schade, dass wir nicht mehr zusammen sind. Ich würde dir gerne dabei zusehen, wie du dich windest. Und wie es dir rasend peinlich ist, weil man es mit deiner Freundin gemacht hat. Wie du dein Spielzeug ganz schnell in den Mülleimer wirfst, weil andere Jungs es benutzt haben. Aber du hast das Spielzeug ja schon vorher abserviert.«

»Hör endlich auf«, sagte Welf.

»Ich fange ja erst an«, antwortete Judith. »Wir haben nämlich einiges abzuwickeln. Du, Stefan und ich. Wobei die Verhandlungen nur zwischen uns beiden laufen. Was du mit Stefan noch klären willst, musst du mit mir klären. Viel ist das nicht.«

»Ich verstehe kein Wort«, sagte Welf zornig. »Und was habe ich mit dir über Stefan zu reden? Wo steckt er überhaupt? Ich dachte, er sei in der Wohnung.«

»Da ist er nicht mehr.« Judith lächelte. »Er ist weg. Er hat kalte Füße bekommen. Wenn du wüsstest, was für kalte Füße! Wo er jetzt ist, weiß nur ich. Dumm gelaufen, wie? Du hast mich an Stefan abgeschoben, um mich loszuwerden. Aber jetzt haben wir uns zusammengetan. Er ist nämlich wirklich besser im Bett als du. Und jetzt wollen wir unseren Anteil. Du musst uns auszahlen. Ganz einfach.«

»Du bist verrückt«, erklärte Welf und fuhr zu den weiß und gläsern in den Berghang gebauten Appartementhäusern hinauf. »Du oder meinetwegen ihr wisst genau, dass das ganze Geld in die laufenden Projekte investiert ist.«

»Da seh ich kein Problem«, antwortete Judith. »Du wirst das Geld beschaffen. Bevor ein Brief an die Polizei geht, wird dir ganz sicher etwas Kluges eingefallen sein.«

Welf bremste scharf ab. »Du willst mir drohen? Du bist verrückt. Ihr hängt genauso drin wie ich.«

»Nein, mein Lieber«, antwortete Judith, »tun wir nicht. Stefan ist weg, weit weg. Von dort, wo er ist, holt ihn kein Polizist und kein Staatsanwalt. Und ich bin nur ein dummes Mädchen, das von nichts gewusst hat.« Sie öffnete die Wagentür. »Dass ich es nicht vergesse. Dieses andere Mädchen, das euch Kummer macht – also die heißt Vera Vochezer, ist verheiratet und wohnt in Gauggenried. Das ist irgendwo in der Pampa. Dieses Problem muss du jetzt schon selber lösen. Es gibt keine Drecksarbeit mehr, die dir Stefan abnehmen würde.« Dann stieg sie aus.

Pfeiffle zog behutsam den Bierwärmer aus dem Glas und legte ihn beiseite. »Es ist der Magen«, erklärte er Berndorf. »Ich darf es nicht mehr so kalt trinken.« Berndorf nickte und wartete. »Umsonst gibt es nichts. Nirgends«, fuhr Pfeiffle plötzlich fort, nachdem er einen behutsamen Schluck genommen hatte. »Sie wollen etwas von mir. Sie wollen, dass ich Ihnen diese Bilder da erkläre. Aber ich kann nicht erkennen, was Sie mir dafür geben wollen.«

»24 Stunden«, sagte Berndorf.

»Sie müssen schon entschuldigen, aber das verstehe ich nicht.« Pfeiffle griff nach seiner Brille, als ob er sie putzen wolle. Dann fiel ihm ein, dass er das erst vor einer Viertelstunde getan hatte. So begnügte er sich damit, die Brille zurückzuschieben.

»Der Politiker sind Sie, nicht ich«, antwortete Berndorf. »Aber ich stelle mir vor, dass ein Politiker in 24 Stunden einiges tun kann. Er kann zurückschicken, was er besser nicht entgegengenommen hätte. Er kann von sich aus öffentlich machen, was sich einen Tag später nicht mehr geheim halten lässt.«

Pfeiffles grauer Schnauzbart zuckte misstrauisch. »Welche Sicherheit habe ich, dass Sie sich an eine Vereinbarung halten?«

Berndorf sah ihn offen an. »Keine. Sie brauchen auch keine. Außerdem sind Sie im Irrtum. Ich will gar nichts von Ihnen. Sie brauchen mir auch nichts zu erklären. Sie sollen nur wissen, dass jemand einen Schneeball werfen wird. Und zwar auf einen Hang, auf dem ziemlich viel Schnee liegt.« Er trank sein Bier aus und stand auf. »Ich wünsche Ihnen weiterhin eine glückliche Hand bei den Karten.«

»Moment«, sagte Pfeiffle. »Darf ich fragen, zu wem Sie jetzt gehen?«

Berndorf schüttelte den Kopf. »Vielleicht spiele ich auch ohne sechs? Wenn es so wäre, würde ich es Ihnen nicht sagen.«

Vera saß in dem Verkaufsraum, den sie sich im Stadel eingerichtet hatte, und rechnete die Einnahmen nach. Im Auftrag für einige andere Bäuerinnen verkaufte sie Eier, Kartoffeln und Gemüse. Nur das Obst und die Obstschnäpse lieferte der eigene Hof. Inzwischen hatte sie sich eine Stammkundschaft aufgebaut; vor allem Hausfrauen aus Biberach, die das Geld und die Zeit dafür hatten, kamen zu ihr ins Dorf.

Tagsüber hatte sie sich mit Sylvie abgewechselt. Am Nachmittag war Wilhelm aus dem Büro gekommen, früher als sonst. Er müsse noch die Pferde bewegen, hatte er gesagt. Außerdem habe er Sylvie versprochen, dass sie dabei helfen dürfe.

Ihr Mann und Sylvie waren dann zum Stall gegangen, und Vera hatte gehört, wie Sylvie über eine Bemerkung lachte. Es war ein helles, perlendes Lachen. Wann hatte Wilhelm zuletzt etwas gesagt, überlegte sie, über das man so lachen konnte?

Sie verstaute die größeren Scheine in ihrer Brieftasche und verschloss die Blechkassette mit dem Wechselgeld. Nachher musste sie auf dem Einödhof anrufen, weil sie frischen Salat brauchte. Sie sperrte die Tür zum Verkaufsraum zu und ging über den Hof. Es roch nach frisch gemähtem Gras, und über den schon dunklen Himmel zogen aufgewühlte Wolkenfelder. Im Stall wieherte eines der Pferde.

Vera wollte weitergehen, dann zögerte sie und ging zum Stall. Die Stalltür war nur angelehnt. Sie schob sie vorsichtig auf. Der Geruch nach warmen Körpern schlug ihr entgegen. In der Box neben der Tür scharrte der Fuchswallach unruhig mit dem Huf. Vera griff zum Lichtschalter, zögerte dann aber, das Licht anzuknipsen. Eines der Tiere in den hinteren Boxen schnaufte merkwürdig. Keuchend. Als ob es hecheln würde. Sie runzelte die Stirn. Die Stute der Biberacher Zahnärztin war ihr schon die letzten Tage kränklich vorgekommen.

Angestrengt starrte sie in die Dunkelheit. Die Hand hatte sie vom Lichtschalter zurückgezogen. Allmählich konnte sie auch so die Konturen des Stalls und der Boxen erkennen. Das Geräusch kam nicht aus der Box der Stute.

Es kam aus der leeren Box. Vorsichtig tastete sie sich einige Schritte voran. Die leere Box war nicht leer. Etwas Helles war darin. Es war so hell wie ... Plötzlich wusste sie es. Es war so hell wie die weiße Haut einer rotblonden Frau. Die Rotblonde stand vor dem Trog, leicht nach vorne gebeugt, und hielt sich daran fest. Das Keuchen wurde stärker.

»Entschuldigung«, sagte Vera in die Dunkelheit, »lasst euch nicht stören.«

»Eines verstehe ich nicht«, sagte Barbara. »Warum hast du ausgerechnet die Leute von diesem Bürgerblock gewarnt? So wie das klingt, ist das ein Verein von reaktionären Pfeffersäcken. Denen geht es doch nur um den eigenen Geldbeutel.«

»Eben drum«, antwortete Berndorf. Als Barbara anrief, hatte er sich gerade auf seiner Couch niedergelassen und das linke Bein auf den Schachtisch gelegt. »Außerdem habe ich Pfeiffle nicht gewarnt. Ich habe einen Deal mit ihm gemacht. Er ist der Einzige, mit dem ich das tun kann. Er weiß, was Sache ist und wieviel Geld auf dem Spiel steht. Und vor allem weiß er, was Geld ist. Die anderen wissen es nicht.«

Barbara grummelte. »Du redest wie ein zynischer Bankmanager. Hast du meine Party nicht vertragen?«

Berndorf meinte, es könnte auch der Rückflug von Berlin gewesen sein. »Da saßen solche nadelgestreiften Esel um mich herum. Vielleicht haben die was, was ansteckend ist.«

»Wir werden das weiter beobachten«, erklärte Barbara streng. »Wenn ich schon dabei bin: Was wird eigentlich aus eurem Alain-gegen-die-Mafia?«

»Schwierige Frage«, sagte Berndorf. »Von Rechts wegen ist er wegen versuchter Erpressung dran. Das würde irgendwas zwischen einem und zwei Jahren zur Bewährung geben. Aber danach käme noch das Disziplinarverfahren, und das bedeutet, dass ihn Rentz rausschmeißen lässt.«

»Das find ich nicht gerecht«, meinte Barbara. »Von den VHS-Honoraren seiner Claudia kann er nicht leben.«

»Wann ist die Welt schon gerecht?«, fragte Berndorf zurück. »Aber ich weiß gar nicht, ob wir Krauser vor Gericht stellen sollen. Wir müssten den Wirt der Trattoria als Zeugen vorladen, und damit wäre er als Kontaktperson zu uns verbrannt. Daran hab ich überhaupt kein Interesse.«

»Also?«

»Wir werden erklären, dass Krauser in besonderem Auftrag ermittelt hat. Und dann sehen wir zu, dass er befördert wird. Am besten in die Landespolizeidirektion nach Stuttgart.«

Dienstag, 1. Juni

In dem klaren Morgenlicht sah das Haus noch ärmlicher aus, als Tamar es in Erinnerung hatte. Zum dritten Mal drückte sie auf den Klingelknopf, ließ aber diesmal ihren Finger darauf. Es dauerte eine Weile, bis sich in der Sprechanlage eine Stimme meldete: »Wohl verrückt geworden?«

»Polizei«, sagte Tamar. »Wir hätten Sie gerne gesprochen.«

»Bin krank. Kommen Sie später«, krächzte die Stimme.

»Wir müssen jetzt mit Ihnen reden«, beharrte Tamar. »Öffnen Sie bitte, oder wir müssen leider die Tür aufbrechen. Das wollen Sie doch nicht.«

»Polizeistaat«, zischte es aus der Sprechanlage. Dann summte der Türöffner. Tamar und Kuttler traten ein und gingen die erste Halbtreppe zur Wohnung des Hausmeisters hinauf. Drei junge Bereitschaftspolizisten folgten ihnen. Der Hausmeister erwartete sie an der Tür. Er trug einen schmuddeligen, blauviolett gestreiften Bademantel und war unrasiert.

»Sie schon wieder«, sagte er. Eine steife Alkoholbrise wehte Tamar an. »Guten Morgen«, antwortete Tamar und krauste unwillkürlich die Nase, »ich habe hier einen Hausdurchsuchungsbefehl.« Sie zeigte ihm das Schriftstück. »Wir wollen uns Ihren Garten ansehen.« Das Gesicht des Hausmeisters fiel auseinander. Kuttler schob sich neben ihn.

»Ihnen ist wirklich nicht gut«, sagte er und fasste ihn fürsorglich am Arm. »Was ist denn so schlimm an diesem Garten?«

»Der Garten geht mich nichts an«, sagte der Hausmeister und sammelte sein Gesicht ein. »Das hat der Herr Hugler gemacht, den müssen Sie doch kennen. Er sei gut bekannt mit den leitenden Herren der Polizei, hat er immer gesagt. Und er hat sich um den Garten gekümmert. Das tut ihm gut, hat er gemeint, als Ausgleich, wissen Sie.«

Tamar betrachtete den Mann. Als sie das letzte Mal mit ihm gesprochen hatte, war er im Garten gewesen, wenn auch mehr mit der Bierflasche als mit dem Spaten beschäftigt.

»Dann lassen wir uns den Garten eben von dem Herrn Hugler zeigen«, sagte Tamar. »Er wird doch sicher da sein?«

»Doch, doch«, antwortete der Hausmeister, »aber er ist wohl gerade verreist. Also ich will sagen, im Moment ist er nicht da.«

»Schön«, sagte Kuttler, »dann zeigen also Sie uns den Garten.«

»Übrigens kenn ich den Weg«, meinte Tamar. »Aber ich hätte Sie doch auch gerne dabei.« Wieder glitt das Gesicht des Hausmeisters auseinander.

»Alles nicht so schlimm«, sagte Kuttler. »Wir gehen jetzt dahin, Sie müssen sich nicht einmal extra umziehen.«

Der Hausmeister atmete durch. Ein Dunstwolke hüllte Tamar und Kuttler ein. »Also gut«, sagte er und zog einen schweren Schlüsselbund aus der Tasche seines Bademantels, »aber es ist, wie ich es gesagt hab – das hat alles der Hugler angefangen. Ich weiß ja gar nicht, was man damit machen soll.« Tamar und Kuttler warfen sich einen ratlosen Blick zu.

Der Weg zum Garten führte über einen von Unkraut überwucherten Hof. Der Hausmeister schloss die Gartentür auf. »Sie sehen ja selbst«, sagte er resigniert.

Vor Tamars Augen erstreckte sich ein dicht bestandenes Feld von grünem Gewächs mit langstieligen, gefiederten Blättern. Kuttler bückte sich über eine der niedrigen Pflanzen und zerrieb ein Blatt. Er blickte zu dem Hausmeister auf. »*Holland's Hope,* würd' ich mal tippen. Aber Sie haben zu dicht gesät.«

Doch der Hausmeister zuckte nur mit den Schultern. »Ich weiß nicht, was Sie meinen. Ich hab damit nichts zu tun.«

»Na gut«, meinte Tamar, »das RD wird sich freuen. Unser Bier ist es nicht.« Sie wandte sich dem Hausmeister zu. »Hören Sie mir gut zu. So gut, wie Sie es mit ihrem verkaterten Gehirn können. Sie stecken ziemlich tief drin. Und wenn Sie wollen, dass wir Ihre Geschichte glauben, dann müssen Sie jetzt etwas anbieten.« Sie machte eine Pause und suchte in den rot geäderten Augen nach einem Anzeichen von Verständnis. »Sie müssen uns sagen, ob hier in letzter Zeit irgendjemand anderes ein Beet umgegraben hat. Oder den Teil von einem Beet.«

In den Augen des Hausmeisters glomm ein Funke auf. »Also, wenn Sie so fragen: da war etwas. Da hinten war es.« Er ging über einen halb überwachsenen Weg zum anderen Ende des Gartens, wo ein hochstämmiger Baum stand, krumm gegen den Westwind gelehnt. Tamar folgte dem Hausmeister. Vor etwas, das wieder wie ein Beet aussah, blieben sie stehen. Auch hier wuchsen die grünen Pflanzen mit den langstieligen gefiederten Blättern. Sie sahen kümmerlicher aus als im anderen Teil des Gartens. Vielleicht bekam ihnen der Schatten des Birnbaums nicht, dachte Tamar. Das Beet mochte gut zwei Meter lang sein und einen Meter breit.

Ein Windstoß fuhr durch den Baum. Tamar sah zu ihm hoch. Die Blätter waren braun gesprenkelt.

»Ein Birnbaum«, sagte der Hausmeister. »Aber er trägt nie.«

Über dem Tisch im Nebenzimmer der »Walser Post« lag das Schweigen von Männern, deren Hingabe an das Essen vor allem deshalb so groß war, weil es ihnen vorerst die Mühen der Konversation ersparte. Chefredakteur Dompfaff zerkaute ein Stück Zürcher Geschnetzeltes, schluckte es schließlich hinunter und spülte mit einem Schluck Großbottwarer Trollinger nach. Aufmunternd sah er um sich.

»Merkwürdige Geschichte, das«, sagte Dompfaff schließlich in die Stille. Niemand schien zu reagieren.

»Pfeiffle hat heute Morgen eine Pressekonferenz gegeben«, fuhr Dompfaff fort. »Von jetzt auf gleich. Mein Rathausreporter kam ganz erschüttert zurück.«

»Tritt Pfeiffle endlich zurück?«, fragte Kugler. »Zeit wäre es.«

»Er denkt nicht daran«, antwortete Dompfaff. »Wenn ich meine Leute richtig verstanden habe, zettelt er gerade einen Skandal an.« Kugler schnappte zu. »Und woher wissen Sie, dass Ihre Leute es richtig verstanden haben?« Beifall heischend blickte der Anwalt zu Welf.

»Wie Sie meinen«, sagte Dompfaff beleidigt und wandte sich wieder dem Zürcher Geschnetzelten zu.

»Sie sprachen von einem Skandal«, hakte Kaufferle nach.

»Das allerdings«, antwortete Dompfaff und ließ die Gabel sinken. »Ein niedlicher kleiner Skandal. Komisch. Ich hatte immer gedacht, der Baudezernent sitzt fest im Sattel.«

Wirklich, ein Wichtigtuer, dachte Kugler. Kaufferle hatte Kartoffelgratin auf der Gabel und betrachtete es zweifelnd.

»Der Aushub, der beim Bau der neuen Startbahn in Echterdingen anfällt, wird doch nach Lettenbühl gebracht?«, fragte Dompfaff in die Runde. »Offenbar sind der Arbeitsgemeinschaft, die das besorgt, Sonderkonditionen eingeräumt worden, die von der Gebührensatzung nicht abgedeckt sind.«

Welf war plötzlich hellwach. »Was für Beträge sind da im Spiel?«

»Pfeiffle behauptet, es gehe um einige Millionen.«

»Dann steckt auch die Landesregierung drin«, meinte Welf. »An der AG ist schließlich nicht nur Gföllner beteiligt.«

Dompfaff nickte und lächelte überlegen. »Das sagt Pfeiffle auch.«

Berndorf kletterte erleichtert aus dem Streifenwagen, der ihn nach Wiesbrunn gebracht hatte. Erleichtert, weil er den Wagen verlassen durfte. Erleichtert aber auch, weil er zum ersten Mal wieder in einem Auto gesessen hatte, ohne drei Tode zu sterben. Dankbar nickte er dem Fahrer zu, der gar nicht erst versucht hatte, ihm ein Gespräch aufzudrängen.

Vor dem zweigeschossigen Haus kam ihm Tamar entgegen. »Da hinten ist es.« Sie durchquerten das Haus und gingen über den verwahrlosten Hof. »Kuttler hat den Hausmeister zur Vernehmung mitgenommen«, erklärte Tamar.

Sie kamen in den Garten, kommentarlos registrierte Berndorf die Hanfplantage. Am Ende des Gartens, unter einem Birnbaum, war eine Grube ausgehoben. Abseits des Hügels mit dem ausgegrabenen Erdreich standen drei Bereitschaftspolizisten und rauchten mit blassen Gesichtern. Tamar und Berndorf blieben vor der Grube stehen. Unter ihnen lag, halb verwest, was irgendjemand unter dem Baum vergraben hatte.

»Ich weiß nicht, was das ist ...«, sagte Tamar. »Ich dachte, ich könnte hier den Gerichtsschreiber finden.« Ihr Gesicht war blass.

Berndorf schwieg. Der Verwesungsprozess war zu weit fortgeschritten, als dass der Tote in der Grube Hartmut Sander hätte sein können. Außerdem stand der Hanf, unter dem man ihn begraben hatte, zu hoch. Ein Teil der Leiche war freigelegt. Aus dem klumpigen Stoffrest eines Ärmel ragte eine nahezu skelettierte Hand.

»Schauen Sie genau hin. Ein Kettchen am Handgelenk«, fuhr Tamar fort. »Wenn ich mir nicht das Denken verboten hätte, würde ich denken, es ist Hugler. Blochers notorischer Hugler. Man hat ihn in der Szene schon lange nicht mehr gesehen.«

Berndorf nickte. »Denken sollte nie verboten sein. Und für einen Rauschgiftschnüffler ist es wirklich ein schönes Grab.«

Zum Dessert gab es Fruchtsalat, den Welf stehen lassen wollte, weil er den Konservierungssüßstoff verabscheute. Aber Kaufferle hatte ihm mit einem dieser kurzen Blicke signalisiert, dass sie sich noch sprechen müssten. So löffelte er verdrossen Ananas- und Kiwischeiben, bestellte danach noch einen Espresso und wartete, bis Kaufferle den seinen ausgetrunken hatte.

Auf der Straße sagte Kaufferle, es sei ein so schöner Nachmittag, und ob Welf ihn in die Bank begleiten wolle? »Ich bin dort mit jemandem verabredet, der Sie kennen lernen will.«

Er verstehe nicht, sagte Welf.

»Nie verstehen Sie«, antwortete Kaufferle. »Dabei gibt es gar keinen Grund zu Besorgnis. Es läuft doch alles. Auch dieses Projekt am Ostbahnhof.« Sie gingen die Platzgasse hoch, dem Stadthaus entgegen, das weiß, rund und postmodern im frühen Nachmittagslicht schimmerte.

»Es gibt nur ein Problem«, fuhr Kaufferle fort. »Ihr Eigenkapital reicht nicht aus. Und es ist ein Irrglaube, Sie könnten mit einem Schlag große Kasse machen. Das geht nicht. Jetzt erst recht nicht, wenn es stimmt, was dieser Dompfaff erzählt. Dann nämlich wird bei der Stadt das große Nachrechnen ausbrechen.« Kaufferle brach ab.

Sie standen auf dem freien Platz vor dem Münster, es war wirklich ein schöner Nachmittag geworden, Touristen fotografierten das Münsterportal, junge Frauen sonnten sich, in einer Ecke kickten junge Burschen und benutzten einen der Münsterpfeiler als Torwand.

»Aber es gibt kein Problem, das sich nicht lösen ließe«, fuhr Kaufferle fort. Plötzlich klang seine Stimme weich, verbindlich und werbend. »Es ist ganz einfach. Sie nehmen einen finanzkräftigen Partner mit ins Boot.«

Ein Trick ist das, dachte Welf. Ihr wollt mich austricksen.

»Sie werden mir noch dankbar sein«, sagte Kaufferle. »Es ist kein Trick dabei. Kommen Sie.«

Sie gingen zu dem Bankgebäude an der Ecke des Münsterplatzes, das vor einigen Jahren neu gebaut worden war und das so sehr nach nichts aussah, dass es fast schon wieder Stil hatte. Von der Schalterhalle führte eine Treppe zu Kaufferles Büro. Im Vorzimmer begrüßte sie eine schmale dunkelhaarige Sekretärin und blickte Kaufferle warnend aus großen Haftschalen-Augen an.

»Ihr Besuch wartet schon, Herr Direktor«, sagte sie. Welf wusste, dass Kaufferle und seine Sekretärin privat seit Jahren auf Du waren. Alle wussten es. Kaufferle öffnete die Tür zu seinem Büro und ließ Welf vorangehen.

Der Raum war angenehm dunkel, denn die Jalousien waren heruntergelassen. Aus einem der Sessel, die um einen niedrigen Couchtisch platziert waren, erhob sich ein schlanker, mittelgroßer Mann. Er hatte sorgfältig geföhnte graue Haare.

»Ich darf Sie mit Carlo Lettner bekannt machen«, sagte Kaufferle. »Er ist Architekt wie Sie. Und der Deutschland-Repräsentant der Edim SA, Mailand.« Mechanisch schüttelte Welf die dargebotene Hand.

»Ich freue mich, Sie kennen zu lernen«, sagte Lettner. »Wir haben schon viel von Ihnen gehört, und ich darf Ihnen sagen, dass wir beeindruckt sind. Natürlich vor allem von Ihrer Arbeit als Architekt.« Er machte eine Pause und zeigte ein sorgfältig restauriertes Gebiss. »Beeindruckt sind wir aber auch von Ihren anderen – wie soll ich es sagen – von Ihren anderen Problemlösungen.«

Blocher sah von seinem Schreibtisch hoch. Durch die Mansardenfenster des kleinen Büros fiel das Licht auf sein Gesicht mit den massigen, hängenden Backen und gab ihm das Aussehen eines verirrten Bullenbeißers, für den schon lange keiner mehr ein Schweineohr oder einen Hundekuchen übrig gehabt hat.

»Ach, Sie!«, sagte er. »Das trifft sich gut.« Er runzelte die Stirn. »Wollte Ihnen nämlich noch was sagen. Es freut mich, dass Sie wieder an Bord sind.«

»Danke«, antwortete Berndorf überrascht und wies auf den Besucherstuhl. Ob er sich setzen dürfe?

»Aber bitte«, sagte Blocher, »es ist mir eine Ehre.«

Übertreib es nicht, dachte Berndorf. Er setzte sich, zog die Plastiktüte mit dem kleinen Goldkettchen hervor und legte es vor Blocher auf den Tisch.

»Sagt Ihnen das etwas? Wir haben es bei jemandem gefunden, der zu Ihrer Kundschaft gehören könnte.«

Blochers Gesicht wurde starr. »Sagen Sie mir, wo Sie das herhaben.«

Berndorf schwieg und sah ihn nur an.

»Also gut.« Blocher setzte sich aufrecht. »Einer unserer Informanten hat so etwas. ›Grün II‹ ist der Deckname. Aber das ist jetzt sowieso alles Unsinn. Der Mann heißt Hugler.«

»Ist es der, der sich in die Niederlande abgesetzt hat?«, fragte Berndorf.

Blocher sah ihn argwöhnisch an. »Na schön. Ja. Wir glaubten, Hugler sei dort. Offenbar stimmt es nicht. Sonst hätten Sie dieses Ding da nicht.«

»Er hat Geld mitgenommen?«, setzte Berndorf nach. »Geld, mit dem ein Scheingeschäft angebaggert werden sollte?«

»50 000 Mark«, antwortete Blocher müde. »Es ist weg. Er hat uns reingelegt. Ich hab geschworen, ihm jeden Knochen einzeln zu brechen, wenn ich ihn erwische.«

»Das brauchen Sie nicht mehr«, sagte Berndorf.

Unter den Bäumen auf dem Karlsplatz picknickten türkische Familien. Am Freiluftschach stand sich wieder das alte Ehepaar gegenüber. Ein Mensch im Rollstuhl sah ihnen zu.

Welf ging vom Firmenparkplatz zum Eingang. Glas und Stahl funkelten in der Sonne. Vor der Tür wandte er sich um und warf noch einmal einen Blick auf den kleinen Park. Trotz des frühsommerlichen Nachmittags war der Mensch in dem Rollstuhl in eine Decke gehüllt und hatte eine Wollmütze über Kopf und Ohren gezogen. Auch das Gesicht sah merkwürdig aus, wie aus Plastik, ohne Augenbrauen. Wo hatte er so etwas schon gesehen? Welf schüttelte den Kopf und betrat das Verwaltungsgebäude seines Unternehmens.

Dann fiel es ihm ein. Das Gesicht hatte ihn an den Rennfahrer erinnert, dessen Wagen vor Jahren in Flammen aufgegangen war. Dem hatte es auch die Brauen weggebrannt.

Er grüßte seine Mitarbeiter. Die Frau am Empfang gab ihm ein Zeichen. »Besuch für Sie«, teilte sie halblaut mit. »Sie sagten, sie seien von der Polizei und ließen sich nicht wegschicken.«

»Das war auch gar nicht notwendig«, sagte Welf knapp und lächelte sie an. »Wir schicken niemanden weg, schon gar nicht Herrschaften von der Polizei.«

Dann ging er die Treppe hoch und atmete tief durch. Das Angebot der Italiener hatte sich nicht einmal schlecht angehört. Vielleicht würde er mit ihrer Hilfe an italienische Aufträge kommen. Und Lettner hatte sogar angeboten, einen Teil der Beteiligung »informell« einzubringen, also schwarz und bar auf die Hand. Er würde damit Judith auszahlen können.

Fast hatte Lettners Angebot geklungen, als wisse er, wie dringend sein künftiger Partner solches Geld brauchte. Woher wusste er es? Plötzlich wurde Welf klar, dass ein Schatten über dem Angebot Lettners lag.

Judiths Platz war verlassen, sie hatte noch einen Tag freigenommen. Die beiden Besucher standen vor der Stellwand mit den Plänen für den Appartementbau am Donauufer. Als ob sie seinen Blick im Rücken gespürt hätte, drehte sich die Frau um und sah ihm in die Augen. Eine Welle von Abneigung schlug in ihm hoch.

»Guten Tag«, sagte er höflich. »Wir kennen uns ja schon.« Auch der Mann mit dem Stock hatte sich umgedreht. Alter Mann, dachte Welf, geh Rente mümmeln!

Berndorf gab den Gruß zurück und lächelte. »Wir haben ein paar Fragen an Sie. Eigentlich nur eine.«

Die Kommissarin sah Welf in die Augen. Er blickte weg. Kugler hatte ihm erzählt, im Neuen Bau heiße es, diese Polizistin sei andersrum.

Welf ging den Besuchern in sein Büro voran, und Tamar legte ihm einen Satz Bilder auf den Schreibtisch. Es waren Polizeifotos, und sie zeigten Rodek.

»Kennen Sie diesen Mann?«, fragte Tamar. Welf überlegte.

»Ich glaube, ich weiß, wer das ist«, sagte er schließlich. »Es ist einer von den Angeklagten aus diesem Brandstifterprozess.« Er schaute zu Berndorf auf. »Ein Freund von mir hat mir von dem Fall erzählt, Rechtsanwalt Kugler, einer der Verteidiger. Ich glaube mich zu erinnern, dass in seinen Akten ein Polizeifoto von diesem Mann war.«

»Er hat Ihnen die Akten gezeigt?« Tamars Stimme klang skeptisch.

»Ich bin ja selbst Bauunternehmer, verstehen Sie? Mich hat natürlich interessiert, was mit dieser Baustelle gewesen ist. Allein schon, weil einem so etwas ja selbst passieren kann.«

»Von früher kennen Sie Stefan Rodek nicht?«, fragte Berndorf.

»Ob dieser Mann so heißt, weiß ich nicht mehr. Der Name sagt mir auch sonst nichts.«

»Sie treiben Sport? Oder haben es früher getan?«

Welf blickte ihn verwundert an. »Tennis. Golf habe ich bleiben lassen, seit man dort Bankfuzzis und Zeitungsschreiber trifft. Früher mal bin ich die langen Strecken gelaufen.«

»Nie im Boxring gestanden?«

Welf runzelte die Stirn. »Boxen wäre natürlich eine Herausforderung gewesen. Aber die Augen waren nicht gut genug, und meine Handgelenke zu schmal.« Er sah von Berndorf zu Tamar, blickte aber sofort wieder weg. »Aber wenn es Sie interessiert, zeige ich Ihnen gerne meine Trophäensammlung. In irgendeinem Koffer müssten noch ein paar Pokale von den Tennis-Bezirksmeisterschaften sein, je unbedeutender der Titel, desto scheußlicher der Pokal.« Er lächelte. »Wenn es denn der Wahrheitsfindung dient, suche ich Ihnen auch meine Urkunden von den Bundesjugendspielen heraus.«

Berndorf ließ das Lächeln unerwidert. »Ich frage, Herr Welf, weil wir nachprüfen müssen, ob es eine Verbindung zwischen Ihnen und Herrn Rodek gibt. Es liegt auch in Ihrem Interesse, dass wir diese Frage zweifelsfrei beantworten können. Nach den uns vorliegenden Hinweisen ist Rodek der Mann, der die Explosion am Ostbahnhof ausgelöst hat.«

Das Lächeln auf Welfs Gesicht verwischte sich. »Würden Sie mir wohl sagen, wie er das gemacht hat?«

»Mit einem Handy«, antwortete Tamar. »Er hat es einem Mann im Hauptbahnhof abgenommen und dann in der Wohnung zurückgelassen, nachdem er den Mieter betrunken gemacht und die Gashähne aufgedreht hat. Von außerhalb hat er dann das Handy angerufen.«

»Und die elektrische Spannung im Handy reicht aus, um die Explosion auszulösen?«, fragte Welf.

»Er hat ein präpariertes Kabel zu Hilfe genommen«, erklärte Tamar. »Der Vibrationsmelder des Handys hat dann einen Kurzschluss ausgelöst.«

Welf dachte nach. »Ich begreife so langsam«, sagte er schließlich. »Sie unterstellen mir, dass ich der Auftraggeber war.«

»Wir unterstellen Ihnen nichts«, antwortete Berndorf. »Wir wissen bisher ja auch gar nichts über Rodeks Motive. Es kann sich auch um eine Abrechnung im Milieu gehandelt haben.«

Welf zögerte. Dann wies er einladend auf den Besprechungstisch. »Wollen Sie sich nicht setzen? Ich gebe Ihnen gerne Auskunft, soweit mir das möglich ist. Wenn Sie es wünschen, können Sie auch Einblick in meine Unterlagen nehmen, vor allem, was das Projekt am Ostbahnhof betrifft. Dabei erwarte ich natürlich Vertraulichkeit.« Er suchte Berndorfs Blick. »Ich will ja auch, dass diese Sache aufgeklärt wird.«

Berndorf nickte. »Vielleicht kommen wir auf Ihr Angebot zurück. Für den Augenblick genügt mir Ihr Aussage, dass Sie Rodek nicht kennen.«

Tamar schloss ihren Wagen auf. Berndorf atmete tief durch und öffnete die Beifahrertür. Bevor er einstieg, warf er noch einen Blick auf den kleinen Park. Das Schach spielende Ehepaar war mit etwas beschäftigt, was aus der Ferne nach einer klassischen spanischen Partie aussah, und noch immer sah ihnen der Mann im Rollstuhl zu. Plötzlich erinnerte sich Berndorf, wann er diesen Mann schon einmal gesehen hatte. Nachdenklich zwängte er sich auf den Beifahrersitz. Aus irgendeinem Grund hatte er vergessen, an seine Angst zu denken.

»Sehr staatstragend, was uns Herr Welf da vorgeführt hatte«, sagte Tamar, als sie den Motor angelassen hatte. »Wir sollten es als vorbildliches Beispiel in eine Broschüre aufnehmen: ›Wie ich unserer Polizei helfen kann‹«.

Berndorf war nicht nach einer Antwort zumute.

»Trotzdem verstehe ich nicht«, fuhr Tamar fort, während sie den Wagen aus der Parklücke rangierte, »warum wir ihn nicht einfach festnehmen. Nachweisbar kennt er Rodek, schließlich haben wir die Aussage von Vera Vochezer.« Sie gab Gas. »Natürlich hat dieser Kerl den Anschlag am Ostbahnhof in Auftrag gegeben, von allem anderen abgesehen, was wir ihm sonst noch nachweisen werden.«

Berndorf hatte die Augen geschlossen. Langsam öffnete er sie wieder. Der Wagen hielt vor der Ampel am Justizhochhaus. »Das ist es eben«, sagte er. »›Was wir ihm sonst noch nachweisen werden‹: So sehr viel ist das im Augenblick nicht. Beachten Sie bitte die Bereitwilligkeit, mit der er von sich aus seine geschäftlichen Papiere zur Einsichtnahme anbot. Es bedeutet, dass wir dort keinen Hinweis auf Rodek finden werden.«

»Dann ist mir aber nicht klar, warum wir ihn überhaupt aufgesucht haben.«

Berndorf schwieg. »Vera Vochezer steht weiter unter Polizeischutz?«, fragte er schließlich.

»Ich werde es nachprüfen«, antwortete Tamar. »Übrigens habe ich noch etwas anderes vor.« Sie wartete, bis Berndorf zu ihr herübersah. »Erinnern Sie sich daran, wie Sie gestern die Fesseln der Judith Norden mit der Schere aufschneiden wollten?«

»Ich erinnere mich vor allem daran, dass ich mich ziemlich dumm dabei angestellt habe.«

»Das meine ich jetzt nicht«, sagte Tamar. »Ist Ihnen an den Händen dieser Frau Norden nichts aufgefallen?«

»Ach so«, machte Berndorf. »Sie meinen, da hat jemand hart gearbeitet. Vielleicht mit einem Spaten oder mit einer Kelle.«

»My dear Watson«, sagte Tamar und ließ die Kupplung kommen. Die Ampel hatte auf Gelb geschaltet.

Als sie ins Büro kamen, saß Kuttler vor seinem PC und tippte einen Bericht. »Gut, dass Sie kommen, Chef«, sagte er. »Da war ein ziemlich dringender Anruf von einem Biberacher Kollegen.« Er reichte Berndorf einen Zettel. »Diese Vera Vochezer ist verschwunden. Das ist die Durchwahl des Kollegen. Er ist ziemlich aufgelöst.«

Berndorf fluchte leise, nahm den Zettel und ging in sein Büro. Noch im Stehen wählte er die Biberacher Nummer. Der Leiter der Biberacher Kriminalpolizei war erst vor kurzem von Stuttgart nach Oberschwaben versetzt worden.

Er meldete sich, und kaum, dass Berndorf seinen Namen genannt hatte, begann er auch schon mit den Entschuldigungen. »Ich verstehe das alles nicht«, sagte er. »Das ist eine tüchtige, zuverlässige Beamtin, die ich dorthin geschickt habe, und sie hat sich mit der Schutzperson auch sehr gut verstanden, manchmal gibt es da ja Spannungen, Unverträglichkeiten, was weiß ich. Und jetzt das!«

Berndorf wollte wissen, seit wann Vera vermisst werde.
»Seit gestern Abend. Unsere Kollegin berichtet, sie habe gegen 20.30 Uhr zusammen mit dem Ehemann der Schutzperson nach den Pferden gesehen, auch um sich zu vergewissern, dass sich niemand Verdächtiges auf dem Hof aufhalte. Als sie dann zurückgekommen seien, sei die Schutzperson nicht mehr da gewesen. Sie habe angenommen, sie sei auf ihr Zimmer gegangen. Aber dann habe der Ehemann festgestellt, dass der Wagen fehlt.« Die Stimme unterbrach sich. Ob dem wohl aufgefallen ist, dachte Berndorf, dass das alles ein wenig merkwürdig klingt? »Die Beamtin hat uns sofort verständigt und das Kennzeichen durchgegeben. Der Wagen ist inzwischen auf dem Parkplatz des Bahnhofs Laupheim gefunden worden. Möglicherweise ist die Schutzperson spontan zu einer Freundin gefahren. Vom zeitlichen Ablauf her hätte sie den Zug nach Ulm erreichen können, der in Laupheim um 21.37 Uhr abfährt. Leider ist um diese Zeit kein Schalter mehr besetzt, sodass wir nicht nachfragen konnten.«

Spontan zu einer Freundin! Du solltest auch besser spontan nach Stuttgart zurück, ging es Berndorf durch den Kopf.

»Wo ist ihre Kollegin jetzt? Ich würde gerne mit ihr sprechen, wenn Sie einverstanden sind.«

»Sie ist noch in Gauggenried.« Die Stimme klang etwas unsicher. »Sie wollte dort bleiben für den Fall, dass die Schutzperson von ihrer – äh – Freundin zurückkommt. Ja. Reden können Sie selbstverständlich mit ihr, ich werde ihr Bescheid sagen. Sie heißt übrigens Wenger, Sylvie.«

Berndorf legte auf, ging um seinen Schreibtisch und zog die unterste Schublade auf. Sie war leer. Du wirst senil, dachte er. Die Walther P5 konnte nicht in der Schublade sein, weil er sie selbst herausgenommen hatte, an dem Tag, an dem er auf dem Schießstand gewesen war und später den Unfall gehabt hatte. Er kehrte in das Büro von Tamar und Kuttler zurück. Tamar telefonierte, offenbar mit Staatsanwalt Desarts, denn es ging um einen Hausdurchsuchungsbefehl, den sie mit einer Stimme einforderte, die nach ausgefahrenen Krallen klang.

Kuttler saß vor seinem Computer und hatte einen Bericht in das Korrekturprogramm gegeben. Das Korrekturprogramm kannte das Wort »Aufenthaltserlaubnis« nicht und schlug vor, stattdessen den Begriff »Aufbahrungsraum« zu nehmen.

»Irgendwann werde ich alles tun, was dieses Programm vorschlägt«, meinte Kuttler. »Mal gucken, was dann passiert.«

»Das ist der Bericht darüber, wie ihr Huglers Leiche gefunden habt?«, fragte Berndorf. »Was hat denn die Vernehmung des Hausmeisters gebracht?«

»Nichts«, antwortete Kuttler fröhlich. »Er sagt, die Haschischplantage habe der Hugler angelegt, und auf Vorhalt, dass das nicht sein kann, weil der Hugler schon seit Herbst weg ist, hat er die Jalousien runter gelassen.« Er lächelte verlegen. »Dann hab ich ihm gesagt, dass er wegen Mordes dran ist, wenn er so weitermacht. So hat er zugegeben, dass er das Zeug ausgesät hat. Der Hugler habe das schon vor einem Jahr gemacht, bevor er sich abgesetzt habe. Da habe er es von ihm gelernt.«

»Und das Grab?«

»Der Hausmeister behauptet, im vergangenen Herbst sei unter dem Birnbaum ein Beet frisch umgegraben gewesen. Aber er habe gedacht, der Hugler habe das gemacht. Noch vor seiner Abreise.« Plötzlich schnitt er eine Grimasse. »Und dann hab ich etwas gemacht, von dem ich nicht weiß, ob es richtig war.« Berndorf schaute ihn aufmunternd an. »Ja?«

»Ich habe Desarts gebeten, einen Haftbefehl gegen ihn zu beantragen, und der ist dann auch erlassen worden. Das ist auf der einen Seite blöd, weil ich ziemlich sicher bin, dass der Hausmeister es nicht war. Auf der anderen Seite ist es auch wieder nicht so ganz blöd, weil das RD jetzt nicht an ihn heran kann. Die zerlegen ihn doch in seine Einzelteile.«

Berndorf nickte. »Kein Einwand«, sagte er dann. »Trotzdem habe ich noch eine Bitte an Sie. Diese Vera Vochezer könnte sich in Ulm aufhalten. Möglicherweise ist sie gestern Abend kurz vor 22 Uhr mit dem Zug von Laupheim angekommen. Könnten Sie den Schaffner ausfindig machen und ihn fragen?« Er gab eine kurze Beschreibung von Vera. »Und dann sollten Sie in Pensionen und Hotels nach ihr fragen. Vera ist Ulmerin, sie kennt sich also gut genug aus, um sich etwas auszusuchen, das zu ihr passt. Fragen Sie also zuerst in den Häusern, die nicht zu teuer sind, aber auch keine Absteige.«

»Vielleicht auch im Frauenhaus?«, warf Kuttler ein.

»Auch da«, meinte Berndorf. »Obwohl ich glaube, dass sie sich im Frauenhaus geniert.«

»Was redet ihr von Frauenhäusern?«, mischte sich Tamar ein. Sie hatte das Gespräch mit Desarts beendet, und zwar siegreich, wie es schien.

Berndorf erklärte es ihr. »Außerdem brauche ich von einem von euch die Pistole. Meine ist doch sichergestellt.«

Tamar sah ihn mit großen erstaunten Augen an. Dann schloss sie eine Schublade auf und holte ihre Dienstpistole aus dem Halfter. »Sie hat einen sehr leichtgängigen Druckpunkt«, sagte sie und zog das Magazin heraus. Es war voll, und sie drückte es wieder in die Waffe.

»Aber ich weiß nicht, was ich davon halten soll«, meinte sie dann. Berndorf nahm sonst nie eine Waffe mit. »Sagen Sie uns, was Sie vorhaben? Und warum Sie allein hingehen wollen?«

»Ich fahre aufs Land«, antwortete Berndorf. »Und die Waffe nehme ich mit, falls mir Rodek über den Weg läuft.«

»Ich bekomme da auch so ein Gefühl«, sagte Tamar. »Und ich weiß, dass es mir nicht gefällt. Ich will mitfahren. Außerdem muss ich es. Sie brauchen jemanden, der Sie fährt.«

Berndorf schüttelte den Kopf. »Das ist ein Job für mich allein. Außerdem habe ich es satt, gefahren zu werden.« Er sah Tamar an. »Und Sie haben genug zu tun, Ihre Hausdurchsuchung vorzubereiten. Vor allem, weil Sie die bayerischen Kollegen dazu brauchen.« Er nahm die Pistole samt Halfter von Tamars Schreibtisch und stopfte sie sich in seine Jackentasche.

Tamar schüttelte den Kopf. »Bis Sie die Knarre da wieder herausgewurstelt haben, sind Sie im Ernstfall dreimal tot.«

»Wenn es so weit ist, leg ich sie mir schon zurecht«, antwortete Berndorf und wandte sich zur Tür. Auf halbem Weg blieb er stehen. »Sie sollten das Technische Hilfswerk anrufen, damit die Ihnen den Keller leer pumpen.«

Dann ging er. Als er die Tür hinter sich geschlossen hatte, sahen sich Tamar und Kuttler nachdenklich an.

»Warum nimmt er eigentlich kein Pferd und reitet in den oberschwäbischen Abend?«, fragte Kuttler.

»Kuttler, halt's Maul«, sagte Tamar und riss ihren Blick von dem Ding los, das auf dem linken Nasenflügel ihres Kollegen erblüht war. »Was schreibst du da eigentlich?«

»Einen Bericht über eine Anfrage beim Arbeitsamt«, antwortete Kuttler. »Weil ihr mich ja bei den wichtigen Sachen nicht mittun lasst, hab ich beim Arbeitsamt nachgefragt, welche polnischen, ukrainischen, weiß- oder sonstwasrussischen Arbeitskräfte auf einer bestimmten Baustelle gemeldet sind. Mit irgendwas muss ich meine Dienstzeit ja rumkriegen.«

»Und was für welche sind es nun?«

»Keine. Es sind überhaupt keine gemeldet.«

»Und was geht das dich an?«

»Nichts, Chefin«, sagte Kuttler fröhlich. »Es ist nur so, ich hab einen Bausparvertrag laufen. Sie glauben ja nicht, was für schöne Häuser Sie mit dem Beamtenheimstättenwerk bauen können. Und da will ich mich jetzt einfach ein bisschen schlau machen.«

»Kuttler«, sagte Tamar drohend, »verarsch mich nicht.«

»Sie sollten sich mal vom Kollegen Tautka einladen lassen«, schlug Kuttler vor. »Vielleicht nicht gerade in die Sauna. Nur so. Und sich sein Haus anschauen. Dann wissen Sie, was ich meine.«

Der Wagen, den ihm die Autovermietung gegeben hatte, war ein weinroter Audi, eines der Fahrzeuge, in denen sonst die Leute mit der Lichthupe auf der linken Fahrspur unterwegs sind. Es wunderte ihn, dass es solche Autos überhaupt mit Automatik gab. Er war eingestiegen, hatte sich den Sitz und den Rückspiegel zurechtgerückt und den Wagen gestartet, als ob es die selbstverständlichste Sache der Welt sei. Er hatte es getan, obwohl und während die Panik in ihm zeterte und sein Herz bis zum Hals klopfen ließ.

Auf der Neuen Straße staute sich der Verkehr zurück. Als er sich schließlich eingefädelt hatte, hing er hinter einem Lastwagen mit einem wummernden Motor, der Berndorfs Audi in stinkendblaue Dieselwolken einhüllte.

Für einen Augenblick dachte Berndorf, er müsse auf der Stelle den Motor abstellen und sich ins Freie retten. Aber links und rechts ragten nur die grau betonierten Seitenmauern einer Unterführung hoch. Nach drei Ewigkeiten schaltete die Ampel auf Grün, Berndorf drückte sich auf die Überholspur und schoss an dem Lastwagen vorbei.

Nun fahr ich schon so wie sonst die Leute mit einem solchen Auto, dachte er. Er beschleunigte, und plötzlich spürte er, wie ihm der kalte Schweiß auf der Stirn trocknete.

Es war später Nachmittag. Die Bundesstraße war frei, als habe es nie die Lastwagen mit Erdaushub gegeben. Berndorf stellte das Radio an, im Regionalprogramm kamen Nachrichten.

»In der Affäre um die Anlieferungen auf die Ulmer Erd-Deponie hat jetzt ein Sprecher der Staatskanzlei erklärt, die Landesregierung oder das Büro des Ministerpräsidenten hätten in keiner Weise Einfluss auf die Vertragsbedingungen genommen. Wie ein Ulmer Kommunalpolitiker behauptet hat, werden für den Aushub, der beim Ausbau des Stuttgarter Flughafens anfällt, Gebühren verlangt, die angeblich bei weitem nicht kostendeckend sind. Die für Wirtschaftsstraftaten zuständige Schwerpunkt-Staatsanwaltschaft Stuttgart hat inzwischen ein Ermittlungsverfahren eingeleitet.«

Bei der Ausfahrt Laupheim verließ Berndorf die Schnellstraße. Der Anblick der Wälder und sanften Hügel löste seine Anspannung. Es geht ja doch wieder, dachte er aufatmend, als er den Wagen gelassen seinem Ziel entgegensteuerte.

In Gauggenried parkte er den Audi bei der Kirche und ging

dann zu Vochezers Anwesen. Das linke Bein stützte er noch immer mit dem Stock ab, aber es brauchte nur noch wenig Entlastung. Der Hof lag still im frühen Abendlicht. Auf sein Klingeln öffnete eine junge Frau in Jeans und kariertem Hemd. Sie hatte ein rundes Gesicht mit einer kecken Nase und rotblondes, am Hinterkopf zusammengestecktes Haar. Sie schaute ihn aus grünblauen Augen an, als ob es außer Zweifel stehe, dass zwar sie hier etwas zu suchen habe, nicht aber er.

Berndorf stellte sich vor.

»Ach ja«, sagte die Rotblonde. »Mein Chef hat angerufen und gesagt, dass Sie kommen.« Sie reichte ihm eine kleine und feste Hand. »Ich bin Sylvie Wenger, und mir ist es passiert, dass Vera verschwunden ist.« Unvermittelt übergoss eine leichte Röte ihr Gesicht und verschwand wieder. »Ich bin dageblieben, falls sie wiederkommt. Und es ist ja auch Einiges zu tun.« So, dachte Berndorf. Dann fragte er, wo sie miteinander reden könnten. Sylvie Wenger nickte in Richtung der Scheune. »Im Verkaufsraum«, sagte sie und ging voran. Sie hatte ausladende Hüften und bewegte sich wie eine Frau, die es gern hat, wenn man ihr zuschaut. Auf halbem Weg lief ihr eine vierfarbige Katze maunzend zwischen die Füße. Sie ging anmutig in die Knie, den Rücken gerade haltend, nahm die Katze auf den Arm und kraulte sie am Hals. Dann richtete sie sich wieder auf und drehte sich, die Katze noch immer im Arm, zu Berndorf um. »Ich hab nie eine haben dürfen«, sagte sie entschuldigend. Die Katze hatte die Augen geschlossen und schnurrte.

Der Verkaufsraum war ein fensterloser, abgeteilter Raum der früheren Scheune, nur undeutlich durch eine herabhängende Lampe mit Metallschirm erleuchtet. In der Mitte stand ein Holztisch mit einer Waage, auf der noch mit Gewichten gewogen wurde. Holzkisten voller Salatköpfe und Gemüse füllten die Regale an den Wänden. Ein hohes Regal hinter dem Verkaufstisch war mit Flaschen voll gestellt. Die Preise für Apfel- und Birnensaft, für Most und selbst gebrannten Obstschnaps waren auf einer Schiefertafel notiert.

Sylvie Wenger hatte die Katze wieder auf den Boden gesetzt.

»Ich hätte gerne von Ihnen gehört, wie das gestern war«, sagte Berndorf. »Als Vera Vochezer verschwunden ist.«

Die Rothaarige sah ihn etwas unwillig an. »Ich dachte, Sie wüssten es schon. Ich bin mit Wilhelm noch auf die Koppel gegangen, um die Pferde zu holen. Vochezers haben vier, keine eigenen, sondern nur zur Pension. Das muss gegen halb acht gewesen sein, ich meine, dass wir zur Koppel gegangen sind.« Sie überlegte, dann zuckte sie mit den Achseln. »Als wir zurückkamen, war sie weg. Ich dachte zuerst, sie ist in das Dorf. Da hätte ich natürlich mitgehen müssen. Aber Vera hat darauf bestanden, dass ich nicht als Polizistin auftrat, sondern als ihre Cousine. Und da kann ich doch nicht auf Schritt und Tritt hinter ihr herlaufen.«

Das musst du auch nicht, wenn du deinen Job richtig machst, dachte Berndorf. »Inzwischen wissen wir ja, dass sie nicht ins Dorf gegangen ist, sondern sie ist nach Laupheim zum Bahnhof gefahren«, sagte er ruhig. »Das sieht nach einer Männergeschichte aus, nicht wahr?«

Sylvie Wenger zog die Augenbrauen zusammen. »Wenn Sie es so sehen«, antwortete sie zögernd. »Sie hat sich allerdings in der Zeit, in der ich hier bin, nichts anmerken lassen. Natürlich bin ich mit ihr noch nicht so vertraut geworden.«

»Ich spreche nicht von Vera«, antwortete Berndorf. »Ich spreche von Ihnen. Nur kümmert mich das nicht, und wenn Ihr Chef über die Geschichte nicht stolpert, habe ich keinen Anlass, ihn zu schubsen. Vorausgesetzt, Sie sind kooperativ.«

Die Frau sah ihm in die Augen. »Ich weiß nicht, wie Sie so etwas von mir denken können. Da war nichts.« Berndorf gab den ungerührten Blick zurück.

»Es war wirklich nichts.« Plötzlich wandte sie sich ab. »Die beiden hatten doch schon lange nichts mehr miteinander. Da kann es ihr doch egal sein, mein Gott, Wilhelm kann es sich ja nicht aus den Rippen schwitzen.« Plötzlich schniefte sie. »Dass wir es im Pferdestall gemacht haben, war natürlich nicht so gut. Und dass sie es hat sehen müssen. Aber soll ich vielleicht mit ihm in ihr Ehebett gehen?«

Berndorf sah sich um. Am Verkaufstisch standen zwei Holzstühle. Er nahm einen davon und ging damit in eine dunkle Nische zwischen zwei Regalen, seitlich vom Eingang.

»Haben Sie ein Kopftuch, oder können Sie eines von Vera nehmen?«, fragte er dann. »Ich möchte, dass sie es sich umbinden. Dann setzen Sie sich an den Verkaufstisch, aber so, dass das Licht nicht auf Ihr Gesicht fällt.«

Sylvie Wenger sah etwas ratlos zu ihm hin. »Sicher hab ich ein Kopftuch. Aber erklären Sie mir, was wir dann hier tun?«

»Wir werden warten«, antwortete Berndorf. Die Rotblonde ging das Kopftuch holen, und Berndorf kramte Tamars Dienstpistole aus seiner Jackentasche und steckte sie griffbereit zwischen die Salatköpfe in dem Regal neben ihm. Den Stock hatte er an das Regalbrett gehängt. Wenig später kam Sylvie Wenger zurück. Sie hatte ein blau-rot gemustertes Kopftuch umgebunden, nicht so, wie es die alten Bäuerinnen tragen, sondern hinten geknüpft. In der Hand hielt sie eine Handtasche und eine Brille mit großen Gläsern. Sie setzte die Brille auf. »Gut so?«, fragte sie dann. Berndorf nickte. Sie nahm den anderen Stuhl, zog ihn zurück und setzte sich. »Ich nehme an, wenn jemand kommt und fragt, ob ich Vera bin, soll ich *Ja* sagen.«

»Richtig«, antwortete Berndorf. »Es kann dann aber einen plötzlichen Angriff geben. Sie müssen darauf vorbereitet sein.« Beide schwiegen. Sylvie Wenger sah um sich, dann stand sie auf, nahm zwei Plastiksiebe, die auf dem Tisch standen, füllte eines davon mit Kartoffeln und begann, sie zu schälen. Die Brille hatte sie sich in die Stirn geschoben.

»Noch eine Frage«, sagte sie plötzlich. »Wie gefährlich ist dieser Einsatz?« Sie warf einen Blick zu ihm hin, der beiläufig genug sein Bein streifte.

»Wir werden damit fertig werden.«

»Schön zu wissen«, meinte die Polizistin, öffnete die Handtasche und holte eine Pistole heraus. Dann zog sie die Schublade des Verkaufstisches auf und legte die Waffe hinein.

Zeit verging. Berndorf lehnte sich gegen die Scheunenwand. Das Licht der Deckenlampe fiel auf den Fußboden und erhellte eine kreisrunde Fläche. Berndorf atmete den erdigen Geruch. Durch die Stille drang das Schrappen des Schälmessers. Die Katze war auf eines der Regalbretter gesprungen, zwischen zwei Holzkisten mit Kopfsalat und Möhren, und sammelte ihre Pfoten unter sich ein.

Zeit verging. Berndorf sah sich die Katze an. Die Katze sah Berndorf an. So hat sie schon Lichtenberg angeschaut, dachte er. *Er wunderte sich, dass den Katzen gerade an der Stelle zwei Löcher in den Pelz geschnitten wären, wo sie zwei Augen hätten.*

Draußen auf dem Hof knirschte Kies.

Die Katze richtete sich auf. Unvermittelt sprang sie federnd auf den Boden und verschwand durch die Tür.

Berndorf überlegte. Denkt sie, Vera kommt zurück? Die Frau am Tisch schob sich die Brille über die Augen.

Ein kreischendes Jaulen zerriss die Stille. Die Katze schoss durch die Tür, hielt abrupt inne und begann, sich zu putzen.

Das war nicht Vera, dachte Berndorf. Da ist dir irgendjemand anderes auf den Schwanz getreten.

Schritte näherten sich. Die Katze horchte auf, dann lief sie zu dem Regal neben der Tür und sprang ohne Ansatz auf das zweitoberste Brett.

Die Schritte hörten vor dem Verkaufsraum auf. So, als ob jemand zögernd stehen geblieben sei. Berndorf stand leise auf und griff nach der Pistole. Langsam wurde das angelehnte Tor geöffnet. Eine groß gewachsene Gestalt trat in den Raum. Es war ein Mann, und es schien, als versuche er, mit vorgestrecktem Kopf durch das Halbdunkel zu spähen. Die Katze hob den Kopf und fixierte den Besucher mit smaragdgrünen Augen.

»Guten Abend auch«, sagte der Mann.

»Guten Abend«, antwortete die Frau.

Der Mann näherte sich dem Verkaufstisch. »Sie haben doch selbst gebrannte Obstschnäpse? Ein Geschäftsfreund hat die mir empfohlen.«

Die Frau wies auf das Regal hinter ihr. Der Mann ging um den Tisch herum.

Mist, dachte Berndorf. Ich will in diesem Halbdunkel nicht schießen müssen. Sonst was werd ich treffen. Aber nicht diesen Kerl. Auch die Polizistin war aufgestanden. Ihre Hand tastete nach der Schublade.

»Was ist mit Ihrer Brille?«, fragte der Mann. »Vielleicht habe ich Sie deswegen nicht gleich erkannt. Sie sind doch Vera, Vera Vochezer nicht wahr?«

»Wenn das hier der Vochezer-Hof ist, werd ich es ja wohl sein müssen«, gab sie zurück.

»Ich glaube, wir kennen uns von früher«, sagte der Mann. Auf die Flaschen mit dem Zwetschgenwasser und dem Birnengeist hatte er keinen Blick geworfen. In dem Regal neben Berndorf hatte sich die Katze aufgerichtet. Ihr Fell war gesträubt, und ihr Schwanz schlug mit eckigen, ausladenden Bewegungen.

Der Mann trat einen Schritt auf die Frau zu. Es war Juni, aber er trug Handschuhe.

»Stopp«, sagte Berndorf. »Polizei. Es ist eine Waffe auf Sie gerichtet. Nehmen Sie die Hände hoch. Gehen Sie von der Frau zurück. Gehen Sie langsam.«

Der Mann hatte sich zu Berndorf gewandt. Langsam hob er die Hände und ging zwei Schritte zurück. Dann ließ er die Arme fallen, drehte sich zum Tor und wollte losrennen.

Berndorf griff mit der linken Hand hinter sich und packte seinen Stock. Die Polizistin zerrte an der Schublade, in der ihre Pistole lag. Die Schublade klemmte. Buschig flog etwas durch die Luft. Mit einem gewaltigen Satz hatte sich die Katze von dem Regal gelöst, den flüchtenden Mann angesprungen und sich an seinem linken Oberarm festgekrallt. Für einen Augenblick wurde der Schritt des Mannes unsicher, im Weiterlaufen versuchte er, die Katze von sich zu schleudern. Berndorf stieß mit dem Stock zu.

Der Mann flog nach vorn, als hätte man ihm die Beine weggerissen. Er versuchte noch, den Sturz mit den Händen aufzufangen, schrie auf, rollte zur Seite und hielt wimmernd die rechte Hand hoch.

Neben seinem Kopf stand die Katze merkwürdig quer und mit hoch gekrümmtem Buckel. Ihr Schwanz zuckte mit kurzen peitschenden Bewegungen.

Wie er da liegt, sieht er noch größer aus, dachte Berndorf. Irgendwo habe ich das schon einmal gelesen.

Der Mann hatte ein schmales, scharf geschnittenes Gesicht. Aber es war schmerzverzerrt, und bei seinem Sturz hatte er die Brille verloren, sodass man plötzlich sah, dass er eng stehende und ängstliche Augen hatte.

»Ist das dieser Rodek?«, fragte Sylvie Wenger. Sie stand neben ihm und sah auf ihn hinunter, mit einem Blick, der nicht nur neugierig war, sondern auf eine eigentümliche Weise enttäuscht. »Nach dem Fahndungsfoto, das wir von Ihnen bekommen haben, habe ich ihn mir anders vorgestellt.«

»Das ist nicht Rodek«, sagte Berndorf. »Was da liegt, ist der angesehene Architekt und Unternehmer Jörg Welf. Diese Vochezer'schen Obstschnäpse müssen wirklich berühmt sein.« Er lächelte schmallippig. »Herr Welf ist eigens der Schnäpse wegen aus Ulm hierher gekommen. Jedenfalls wird er uns das erzählen. Ganz sicher wird er das tun.« Er begann, Tamars Pistole in seiner Tasche zu verstauen. Dann sah er Sylvie an. »Vielleicht sollten Sie jetzt Ihre Kampfkatze da aufräumen. Und Ihre Kollegen verständigen. Sie sollen ihn in die Chirurgische Ambulanz bringen, damit man sich dort sein Handgelenk ansieht. Es hält nicht viel aus, hat er mir gesagt.«

Mittwoch, 2. Juni

Sie ging die graue Straße entlang. Es war die Straße, die sie schon immer gekannt hatte. Aber diesmal sah sie durch die Häuser hindurch, als wären die Mauern aus Glas. Die Wohnungen waren leer. Es waren keine Menschen darin. Keine, die noch lebten.

Dann brach der Traum ab. Sie wachte mit trockenem Mund auf. Das kam von dem Joint, den sie sich am Abend zuvor gedreht hatte. Das Gras hatte sie von einer Freundin, die auf dem Land eine Kunstgalerie mit philippinischem Silberschmuck und indianischen Wandbehängen betrieb. Der Joint half gegen Kopfweh und war auch gut fürs Einschlafen.

Judith Norden stand benommen auf, ging in ihre kleine Küche und holte aus dem Kühlschrank eine Flasche Mineralwasser. Sie schraubte sie auf und trank einen Schluck.

Judith fröstelte. Sie zog den Morgenmantel über. Blöder Traum, dachte sie. Kein Mensch kann durch Mauern schauen. Niemand kann das. Der Joint war schuld.

Sie setzte Teewasser auf und schaltete das Radio ein. Im Regionalfunk schrummte eine Blaskapelle, dann brach sie ab, und das Radio düdelte. »Auf der Autobahn AS hat sich in Fahrtrichtung Ulm ein Stau von acht Kilometer Länge gebildet.« Die Blaskapelle durfte weiterscheppern. Noch immer schlich graues Unbehagen durch Judiths Kopf. Der Joint hatte es sogar schlimmer gemacht.

Dann fiel es ihr ein. Sie hatte gestern Welf in seinem Büro zu erreichen versucht. Die Frau in der Telefonzentrale, mit der sie ab und an Kaffee trinken ging, hatte ihr gesagt, dass er weggefahren war. Wohin, wusste niemand. Kurz vorher waren diese zwei Leute von der Polizei im Büro gewesen, der hinkende Mann und seine aufgetigerte Assistentin.

»So viele tausend Stunden/und niemals heilen meine Wunden« schluchzte eine Männerstimme.

Vermutlich waren die Bullen wegen der Geschichte am Ostbahnhof gekommen. Das war sowieso eine besonders blöde Idee von Rodek gewesen, dachte sie. Der Berliner Hausbesitzer, der einen seiner Neger so etwas hatte machen lassen, war wegen Mordes eingebuchtet worden.

Sie goss den Tee auf. Der Sänger hörte auf zu schluchzen. Eine andere Männerstimme begann, das Wetter anzusagen. Es würde schön werden, schöner als sonst in diesem Sommer.

Plötzlich wurde ihr klar, dass Rodek seine Idee vermutlich überhaupt nicht blöd gefunden hatte. Er hatte Welf so in die Zange nehmen wollen, dass dieser niemals mehr herauskommen würde. Bei klarem Lichte betrachtet, konnte man das Rodek nicht einmal übel nehmen. Sie selbst schon gar nicht. Schließlich war sie so etwas wie seine Erbin. Dass er etwas unfreiwillig zum Erblasser geworden war, kümmerte niemanden. Erstens war das nicht der einzige Erbfall mit Nachhilfe. Und zweitens konnte niemand durch Mauern sehen.

Du drehst dich im Kreis, dachte sie.

»Die Ulmer Polizei sucht nach dem 32-jährigen Stefan Rodek«, hörte sie plötzlich die Stimme im Radio sagen. »Nach den bisherigen Ermittlungen der Polizei ist Rodek dringend verdächtig, eine Gasexplosion in einem Wohnhaus in der Nähe des Ulmer Ostbahnhofs herbeigeführt zu haben. Bei der Explosion ist am Abend des 26. Mai ein 35-jähriger Gelegenheitsarbeiter getötet worden. Rodek ist 1,92 Meter groß, dunkelhaarig und von sportlicher Figur. Vorsicht! Rodek ist ausgebildeter Karatekämpfer und gilt als gefährlich.« Der Ansager gab die Telefonnummer durch, unter der die Polizei Hinweise – »auch vertraulich« – entgegennahm.

Na, denn telefoniert mal schön, dachte Judith und schenkte

sich eine Tasse Tee ein. Sie blies über die heiße Tasse. Wie war das? Die Polizei suchte Rodek, und sie war bei Welf gewesen. Was konnte das anderes bedeuten, als dass sie die Verbindung zwischen diesen beiden herausgefunden hatte? Schließlich gab es da ja noch immer das Mädchen, die Vera sonst was, was immer mit der gewesen war. Vermutlich hatten Welf und Rodek das gleiche Spiel mit ihr getrieben.

»In der Affäre um die Ulmer Erd-Deponie haben die Oppositionsparteien im Landtag gestern einen Untersuchungsausschuss gefordert. Der Ulmer Baudezernent Klotzbach hat dagegen alle Vorwürfe zurückgewiesen. Die Sonderkonditionen für die Arbeitsgemeinschaft Flughafen seien den zuständigen Gremien des Ulmer Gemeinderats bekannt gewesen. Dabei sei von keiner Seite Widerspruch erhoben worden.«

Judith stellte das Radio ab und schaute auf die Uhr. Es war erst kurz vor sieben. Die Alfa-Werkstatt öffnete um halb acht. Die Mechaniker hatten den Spider abgeholt. Aber so schnell würden sie ihn nicht wieder zum Laufen bringen. Dabei lag es nur am Zündverteiler, wie der kleine Polizist gesagt hatte, damals, als sie nachts unterwegs gewesen war.

Komisch, dass sie dem Kleinen wieder begegnet war. »So sieht man sich wieder«, hatte er gesagt. Oder etwas in der Art. Sie hatte nicht genau darauf geachtet, weil sie sich kaum mehr auf den Beinen hatte halten können. Das war nach der Geiselnahme gewesen, als der Kleine sie ins Krankenhaus brachte.

Sie musste sich setzen. Die Erinnerung an die Nacht, als sie von den beiden Beamten angehalten worden war, wurde ihr plötzlich gegenwärtig wie ein Schlag in die Magengrube. Sie versuchte, tief durchzuatmen. Die beiden Polizisten hatten ihren Wagen sehr genau angesehen, aus Langeweile oder aus Anmache. Sie würden sich an die Plastikwanne und an das Werkzeug erinnern. Natürlich erinnerten sie sich daran. Sie hatte irgendetwas von einer Freundin gesagt, bei der sie das Dachgeschoss ausbauen wollte. Der kleine Polizist würde es noch wissen. Und jetzt wusste er, dass sie gelogen hatte.

Der Nebel in ihrem Kopf war weggeblasen. Niemand konnte durch Mauern sehen. Trotzdem durfte sie nicht in dieser Wohnung bleiben. Die Werkstatt musste ihr einen anderen Wagen geben. Gleich um halb acht würde sie anrufen.

Sie überlegte. Nein, dachte sie. Wenn sie Welf in die Mangel nehmen, hält er nicht lange durch. Der nicht. Er war die schwächste Stelle. Sie ging in ihr Schlafzimmer zurück und zog sich hastig an. Ohne groß zu überlegen griff sie sich dunkle Jeans, dazu einen leichten dunklen Pullover und eine Lederjacke. Im Spiegel sah sie, dass das blaue Auge, das ihr Rodek geschlagen hatte, ins Gelbliche zu schimmern begann. Es sah verboten aus. Schon dafür, dachte sie, hatte er die Mauer verdient. Sie ging ins Bad und legte etwas Puder auf.

Das Ergebnis war unbefriedigend. Im Geschäft hatten sie einmal eine Kollegin gehabt, die jeden zweiten Montag auch so ins Büro gekommen war, blau und grün geschlagen, aber alles sorgsam mit Puder kaschiert, dass es einen Hund hätte jammern können. Judith hatte sich schließlich gar nicht mehr zu fragen getraut, was denn am Wochenende nun wieder gewesen war. Irgendwann war die Kollegin so mürbe gewesen, dass sie ins Frauenhaus ging.

Egal, dachte sie. Sie steckte ihre Papiere ein, dazu Rodeks Brieftasche. Wenigstens hatte sie jetzt etwas Geld. Außerdem sollte der Hinkende die Brieftasche nicht ausgerechnet bei ihr in der Wohnung finden. Sie warf einen letzten Blick in die beiden Zimmer, dann ging sie noch einmal zurück und nahm aus der Tonschale auf dem Bücherbord den Schlüssel für das Bootshaus. Man konnte nie wissen. Dann zog sie die Tür zu und schloss ab. Es war kurz vor halb acht. Wenn sie sich beeilte, würde sie den Vierer-Bus um 7.33 Uhr bekommen.

Es würde ein schöner Tag werden. Marie-Luise hatte die Schiebetüren zum Atrium geöffnet, eine Brise frischer, noch kühler Luft drang herein und roch nach Sommer und Freibad.

Georgie spielte mit dem Löffel in seinem Müsli herum und warf von Zeit zu Zeit einen Blick zu ihr hin, der fragend und ratlos schien. Er spürt, dass etwas nicht in Ordnung ist, dachte sie. In der Nacht hatte Jörg angerufen. Er sei im Neuen Bau, sagte er, und werde heute Nacht nicht heimkommen. Aber sie solle sich keine Sorgen machen, Rechtsanwalt Simpfendörfer werde sich um alles kümmern.

»Du kommst nicht heim? Heißt das, sie haben dich festgenommen?«, hatte sie gefragt.

»Ein Missverständnis«, hatte er geantwortet. »Es wird sich alles aufklären. Simpfendörfer wird den Rechtsanwalt Eisholm aus München zuziehen. Das ist ein absoluter Profi.«

Was redet er nur, hatte sie gedacht. In den schlaflosen Stunden der Nacht, die auf den Anruf gefolgt waren, hatte sie versucht, ihre Gedanken auf die Reihe zu bringen. Am Ende war sie in einen Halbschlaf verfallen, mit wirren Träumen.

Noch vor dem Frühstück hatte sie Simpfendörfer angerufen und mit allem Nachdruck, den sie noch aufbringen konnte, Auskunft verlangt. Simpfendörfer war dazu verpflichtet, denn er war schon immer der Anwalt ihrer Familie gewesen. Aber sie hatte nur Gewäsch zu hören bekommen. Nein, es bestehe kein Grund zur Sorge. Nein, er kenne die genauen Vorwürfe auch nicht. Möglich, dass es mit der Explosion in dem Abbruchhaus zusammenhänge. Ja, sein Kollege Eisholm aus München sei ein Spezialist für solche Verfahren, spätestens am Abend werde es einen Termin beim Haftrichter geben. Nein, die Polizei werde die Presse nicht verständigen, das habe man ihm ausdrücklich versprochen.

Schließlich hatte Marie-Luise wortlos aufgelegt. Also wollte die Polizei Jörg tatsächlich hinter Gitter bringen. Trotz Simpfendörfers Versprechungen würden die ersten Journalisten vermutlich am Nachmittag anrufen. Ulm hatte einen schmutzigen kleinen Skandal. Aber warum eigentlich nicht? Wenn Jörg eingesperrt wurde wegen irgendwelcher Machenschaften – was ging das denn sie an? Jörgs Frau war sie ohnehin nur noch auf dem Papier. Und für Georgie bedeutete ein Skandal nichts. Dass der Vater nicht mehr da sein würde, um mit ihm zu spielen: ja, gewiss, das würde auch ihr Leid tun.

Woher wusste sie eigentlich, dass es ein *kleiner* schmutziger

Skandal war? In dem Abbruchhaus am Ostbahnhof hatte es einen Toten gegeben. Plötzlich sah sie die Zeitung mit den backsteingroßen Überschriften vor sich. *Weiß er, dass sein Vater ein Mörder ist?* könnte da stehen, und dazu ein Bild von Georgie, wie er zutraulich auf den Journalisten zuläuft, mit dem Teleobjektiv aufgenommen. Niemals, dachte sie.

Das Telefon klingelte. »Papa«, sagte Georgie und hob erwartungsvoll den Kopf. Marie-Luise legte ihm beruhigend die Hand auf den Arm, während das Telefon weiter läutete. Dann schaltete sich der automatische Anrufbeantworter ein.

»Marie-Luise? So melde dich doch!« Scharf und drängend klang Ellinors Stimme durch den Zimmerlautsprecher. »Ich weiß, dass du da sein musst. Jörg braucht dich jetzt. Jörg ist dein Mann. Hast du das ganz vergessen?«

»Oma«, sagte Georgie, zog seinen Arm unter ihrer Hand vor, wand sich blitzschnell unter der Kindersicherung hindurch aus seinem Stuhl und lief zum Telefon.

Das ertrage ich noch weniger als die Journalisten, dachte Marie-Luise. Dennoch stand sie auf und ging zum Telefon, das ihr Georgie entgegenhielt.

»Ja, Mutter«, sagte sie müde.

Tamar verließ die Westumgehung und fuhr zum Weißen Eselsberg hoch. »Irgendetwas ist merkwürdig«, sagte Kuttler. »Dieser Gerichtsschreiber ist doch schon seit einiger Zeit verschwunden. Seit mindestens drei Wochen.«

»Ja?«, machte Tamar und schaltete in den dritten Gang.

»Aber dieser Frau, die mit dem Maurerwerkzeug unterwegs war, hat Orrie erst am Freitagabend den Zündverteiler repariert. Ich meine, wenn sie wirklich diesen Gerichtsschreiber eingemauert hat, dann doch nicht erst am Freitag.«

Ein Bus der Linie 4 kam ihnen entgegen. Tamar nahm dem Fuß vom Gaspedal und hielt nach den Hausnummern Ausschau.

»Vermutlich hast du Recht«, antwortete sie. »Vermutlich hat alles seine Richtigkeit, und diese Frau fährt die Maurerkelle nur spazieren, weil sie nicht dazu kommt, sie aufzuräumen. Was weiß ich! Aber nachschauen müssen wir trotzdem. Erstens vermissen wir jemanden, der früher einmal mit dem Bauunternehmer Welf zu tun gehabt hat. Zweitens gibt es diesen Neubau, in dem merkwürdige Dinge vorgehen. Drittens fährt diese Assistentin nachts mit Maurerwerkzeug einer unserer Streifen in die Arme: Also wenn wir uns da nicht diesen Neubau zeigen lassen, wäre uns wirklich nicht mehr zu helfen. Wir sind hier doch nicht in Belgien.«

»Ja, Chefin«, meinte Kuttler ergeben. »Trotzdem muss ich um neun zu dieser Bank, in der die Vochezer früher gearbeitet hat.«

»Moment«, sagte Tamar, »hier muss es sein.« Sie parkte den Wagen rückwärts ein. »Heißt das, du hast sie noch nicht gefunden?«

»Was sonst soll es heißen?«, gab Kuttler zurück. »Jedenfalls ist sie in keinem Hotel, in keiner Pension und auch nicht im Frauenhaus abgestiegen.«

Sie stiegen aus. »Die im Frauenhaus waren übrigens durchaus kooperativ, ich hab mich gewundert.«

»Ach?«, sagte Tamar. »Hast du Angst gehabt, sie schneiden dir was ab?«

»Was Männer angeht, könntest du dir auch mal ein paar neue Klischees zulegen«, meinte Kuttler würdig.

Tamar hatte das Namensschild mit der Aufschrift »judith norden« entdeckt und hielt den Finger auf dem Klingelknopf. Nichts rührte sich.

Der Geschäftsführer hatte Judith zunächst ein pinkfarbenes Coupé angeboten, offenkundig in der Erwartung, sie würde ihm vor Entzücken um den speckigen Hals fallen.

»Nein«, hatte sie erklärt, »ich hab keine Lust, mich von allen specknackigen Dummköpfen anhupen zu lassen.«

Schließlich hatte sich ein schwarzer Viertürer gefunden, der so aussah, wie alle anderen schwarzen viertürigen Autos auch. Er war genau das, was Judith haben wollte.

Sie nahm die Auffahrt zur Adenauerbrücke und bog von dort nach Neu-Ulm ab. Links und rechts der Straße sah sie noch das angeschwemmte Treibholz, von der unheimlichen Macht des Wassers zurückgelassen. Die Parkplätze in der Innenstadt waren geräumt. Sie stellte den Wagen ab und ging den Weg zur Uferpromenade hinab. Dort wandte sie sich nach links.

Die Donau schoss lehmfarben und strudelnd an ihr vorbei. Judith stapfte über den Sand, den die Flut auf den Weg gespült hatte. Noch bevor sie die Baustellenfahrzeuge sah, hörte sie die Dieselmotoren. Judith blieb hinter einer Weide stehen.

Irgendwer war dabei, den Keller des Neubaus auszupumpen. Neben den Männern in der blauen Arbeitskluft standen Polizisten. Die Arbeiter gehörten zu dem polnischen Subunternehmer, der für Welf arbeitete. Von ferne erkannte sie den Kapo der Kolonne, der neben einer großen schlanken Frau stand, die über irgendwelche Papiere gebeugt war. Die Papiere waren auf der Motorhaube eines Streifenwagens ausgebreitet. Die Frau war die Polizistin, die ihr die Fesseln aufgeschnitten hatte. Wenn das die Pläne für den Neubau sind, dachte sie in plötzlich aufflammendem Ärger, dann soll diese Kuh nicht so tun, als ob sie sie lesen könnte. Abrupt wandte sie sich ab und ging den Weg zurück. Sie rannte nicht, sondern ging bedächtig, wie eine Spaziergängerin, die umgekehrt war, weil ihr das krumm und nackt angeschwemmte Geäst zu lästig wurde. Aber während sie ging, kroch Panik in ihr hoch.

Die Mauer wird ihnen nicht auffallen. Sie steht, wo eine Mauer stehen muss. Dass der Kellerraum um einen unmerklichen halben Meter kürzer ist als auf dem Plan eingetragen, hat nichts zu bedeuten. Niemand wird sich daran stören.

Als sie ihren Wagen erreicht hatte, zitterte sie so, dass sie die Tür nicht mit der Fernbedienung öffnen konnte, sondern sie von Hand aufschließen musste. Sie ließ sich auf den Fahrersitz sinken und versuchte, tief durchzuatmen.

»Polizisten schon alles gesehen«, sagte der Kapo. Er hieß Tadeusz und betrachtete Tamar durch eine Drahtbrille, die ihm das Aussehen eines verkleideten polnischen Professors für Baugeschichte gab. Vielleicht war er das auch wirklich, dachte Tamar. »Trotzdem ich euch alles zeigen und erklären«, fuhr er fort und wies höflich auf die mit Schutt und Schlamm zugeschwemmte Eingangshalle. »Ich hole Gummistiefel.«

Einer der Neu-Ulmer Polizisten wandte sich an Tamar und meinte, er müsse ja ein Protokoll aufsetzen und deshalb sei es besser, wenn er sie begleiten würde. Der Mann war lang und dünn und sah Tamar mit einem Blick vorsichtiger Beflissenheit an. Ein Namensschild wies ihn als den PHM Kubitschek aus. »Ich möchte oben beginnen, in der Wohnung, in der die Geiseln waren«, sagte Tamar. »Wir sollten auf alle Veränderungen achten, die gegenüber den ursprünglichen Plänen vorgenommen wurden.« Der Kapo kehrte zurück und brachte Gummistiefel und einen Schutzhelm, die so aussahen, als seien sie fast nicht benutzt worden. Tamar setzte den Helm auf und schlüpfte in die Stiefel. Die Pläne des Neubaus hatte sie zusammengefaltet, um sie mitzunehmen.

Gemeinsam stiegen sie das Treppenhaus bis in die oberste Etage hoch, vorbei an den Trümmern, die der Einsatz der bayerischen Kommandoeinheit hinterlassen hatte. Die Tür der Wohnung, in der die Geiseln gefangen gewesen waren, hing nur noch schief und zersplittert in den Angeln. Der Zugang war durch zwei schräg gestellte Bretter versperrt, die an den Türholmen festgenagelt waren. Ein Amtssiegel bestätigte, dass hier der Freistaat Bayern gewaltet hatte. Kubitschek löste das Amtssiegel und – mit Hilfe eines mitgebrachten Nageleisens – auch die Bretter.

In der Wohnung waren die Jalousien heruntergelassen, die Fenster zum Teil eingeschlagen. Als sie das Licht einschalteten, fiel ihr Blick auf Glasscherben, Essensreste und die Markierungen, die die Spurensicherung hinterlassen hatte.

Tamar machte sich daran, die Wohnung nach verborgenen Hohl- oder Zwischenräumen zu untersuchen.

»Wenn Sie sagen, wonach suchen, ich kann helfen vielleicht«, meinte der Kapo. Tamar dankte und meinte, er solle sie aufmerksam machen, wenn etwas verändert worden sei.

»Ich glaube nicht, dass da was ist«, mischte sich Kubitschek ein. »Wir haben einmal auch so einen Einsatz gehabt. Einen Langhaarigen haben wir da gesucht, ich glaub, er hat mit Pornos gehandelt. Oder etwas in der Art. Und wissen Sie, wo er gesteckt hat?« Tamar warf ihm einen warnenden Blick zu. Kubitschek begriff nicht. »Ich seh schon, Sie kommen nicht darauf. In einem Bienenstand. Nur muss er dort einen falschen Griff getan haben. Als wir ihn gefunden haben, war er schon ganz verschwollen.«

»Zu schade, dass die bayerische Polizei nicht öfter auf Bienen zurückgreifen kann«, antwortete Tamar honigsüß. »Man hätte sie hier einsetzen müssen, und die Geiselnehmer hätten nicht mehr in den Lastenaufzug gepasst.«

Der Kapo Tadeusz hatte ihnen zugehört. Tamar überlegte, was er wohl über die deutsche Polizei denken mochte.

Sie gingen in die nächste Wohnung. Hier waren weder Fliesen verlegt noch die Wände verputzt. Die Räume waren großzügig geschnitten. Nichts sah danach aus, als sei es nachträglich verändert worden. Dennoch klappte Tamar einen Zollstock auf und begann, überall dort die Abmessungen nachzuprüfen, wo sich Vorsprünge und Einbauten befanden.

»Also ich glaub nicht, dass Sie da was finden«, sagte Kubitschek.

Tamar sah ihn kalt an.

»Ich mein ja bloß«, entschuldigte er sich.

Das Ulmer Arbeitsamt war zu Beginn der 80er-Jahre gebaut worden, und der Architekt hatte nicht ohne Erfolg versucht, die Behörde des Kummers und des Mangels gefällig mit roten Klinkern zu verkleiden. Und statt endloser Flure hatte er überschaubare, sechseckige Innenräume entworfen, um die herum die einzelnen Büros und Sprechzimmer gruppiert waren.

Vera wartete nun schon eine Dreiviertelstunde. Die Stellenangebote, die sie sich im elektronischen Informationsdienst hatte ausdrucken lassen, kannte sie inzwischen auswendig.

Viele Angebote waren es nicht, obwohl Vera den Computer aller Arbeitsamtsbezirke in der Republik hatte abfragen lassen. Noch am Morgen war sie zuversichtlich gewesen, dass sie etwas finden würde, und sei es im fernsten Mecklenburg. Wer bereit war, einen Ortswechsel auf sich zu nehmen, der würde ganz bestimmt etwas finden. Jedenfalls hatten die Leute im Fernsehen das immer behauptet.

Erst jetzt wurde ihr klar, dass es auch in Mecklenburg oder sonst wo in den entferntesten Winkeln Deutschlands jede Menge Frauen gab, die händeringend einen Job suchten. Und viele davon waren jung, kamen frisch von der Ausbildung und hatten keine kostbaren Lebensjahre damit verbracht, in einem alten Stadel Kartoffeln und Schnaps zu verkaufen.

Neben ihr saß eine dickliche Frau mit einem nörgelnden Kind. Warum ist dieses Kind nicht in der Schule, überlegte Vera. Vielleicht muss die Mutter es immer dabeihaben, als Lebensinhalt, als Schutz vor den Behörden, dass man ihr nichts tut und nichts von ihr verlangt, was sie wegen des Kindes dann doch nicht leisten kann. Hör auf, wies sie sich zurecht. Du bist auf dem besten Weg, eine böse alte Frau zu werden.

Ein jüngerer Mann näherte sich vom Treppenaufgang und sah sich suchend um. Er war unauffällig angezogen, und auf seiner Nase blühte ein rötlicher Pickel.

Das kommt vom Kantinenessen, dachte Vera.

Der Mann erwiderte ihren Blick und lächelte unvermutet. Er kam auf sie zu und nahm neben ihr Platz.

»Sie müssen erst eine Nummer ziehen«, sagte die dickliche junge Mutter.

»Danke«, sagte der Mann, »aber ich bin wegen etwas anderem hier.« Er beugte sich zu Vera. »Sie sind Vera Vochezer, nicht wahr?«, fragte er halblaut.

»Ich weiß nicht, warum Sie das wissen müssen«, antwortete sie.

»Entschuldigung«, sagte er. »Kuttler ist mein Name.« Er

zeigte ihr einen Ausweis. »Ich habe Sie gesucht. Es ist nichts, das Sie beunruhigen müsste. Wir wollen nur wissen, dass Sie okay sind.«

Vera stand auf und betrachtete Kuttler mit verhaltenem Ärger. Dann nickte sie mit dem Kopf in Richtung einer kleinen Fensternische und ging voraus. Kuttler folgte ihr. In der Nische wandte sie sich ihm zu.

»Wie haben Sie mich gefunden?«

»Ihre Freundin hat es mir gesagt«, antwortete Kuttler. »Die Freundin, bei der Sie wohnen. Ich habe in der Bank gefragt, ob sich wer an Sie erinnert. Sie hat sich sofort gemeldet.«

»Das war nicht recht von ihr.«

»Sie dürfen ihr keinen Vorwurf machen. Ich habe ihr erklärt, dass es sehr wichtig ist. Und zwar vor allem in Ihrem Interesse. Ihre Freundin hat Ihnen sicher gesagt, dass schon einmal jemand nach Ihnen gefragt hat. Wir wissen nicht sicher, wer diese andere Frau ist. Aber es ist besser, wenn wir in der Nähe sind, falls jemand zu Ihnen Kontakt aufnehmen will.«

Vera betrachtete ihn kühl. »Ich finde es sehr nett von Ihnen und Ihren Kollegen«, sagte sie schließlich, »dass Sie sich so um mein Wohlergehen bemühen. Aber wahrscheinlich ginge es mir sehr viel besser, wenn mich die Polizei ganz einfach in Ruhe gelassen hätte.«

Kuttler schwieg. Ein Klingelzeichen schrillte in das Schweigen. Vera sah hoch. »Entschuldigung, aber jetzt ist gerade meine Nummer aufgerufen worden.«

Tamar und die beiden Männer waren alle Stockwerke abgegangen. Im Erdgeschoss wartete Kubitscheks Kollege Rösner auf sie. »Falls Sie noch in den Keller müssen«, sagte Rösner, »bräuchten wir Stablampen. Da ist ein Kurzschluss drin, vermutlich vom Hochwasser.«

»Vermutlich ist das so«, sagte Tamar. »Und – haben Sie für uns Stablampen?«

»Natürlich haben wir das«, sagte Kubitschek. »Hol sie uns halt aus dem Wagen.«

Rösner sah ihn hasserfüllt an und wandte sich zum Gehen. »Außerdem ist da unten noch so viel Schlamm und Dreck, da kann kein Mensch gehen. Diese Polen hier labern herum, das gehe nicht so schnell mit dem Ausräumen.«

Tamar sah ihn aufmerksam an.

»Ja«, sagte Rösner. »Freiwillig tun die Leute keinen Handgriff zu viel, so ist das heutzutage.«

Als er die Lampen gebracht hatte, folgten Tamar und Kubitschek vorsichtig dem Kapo, der sie die Treppe zum Keller hinabführte. Die Stufen waren glitschig von Schlamm und Sand. Ein Geruch nach Moder und Kläranlage lag in der Luft. Plötzlich verirrten sich die Lichtkegel der Stablampen in eine weite Halle, tasteten sich an Stützpfeilern entlang und entdeckten ganze Haufen angeschwemmten Abfalls, Stapel von Hohlblocksteinen, eine umgestürzte Schubkarre und geklumpten Zement.

Rösner war ihnen gefolgt. »Wenn ich das recht verstanden habe, suchen Sie eine Leiche, die einer da eingemauert hat«, sagte er. »Also ich, ich hätt' den nicht eingemauert. Ich hätt' den da in den Boden einbetoniert, und keine Polizei wär mir jemals dahintergekommen.«

Man müsste wirklich erst den Dreck ausräumen lassen, dachte Tamar. Und dann war es sehr die Frage, ob man den Boden würde untersuchen können, und ob irgendein Richter einem das genehmigt. Der Lichtkegel wanderte an den glatten Betonwänden entlang. Nirgends ein verdächtiger Vorsprung.

Eine Seitentür führte zu weiteren Kellerräumen. Auf dem Boden dümpelte noch tückisch schimmerndes Wasser. Licht fiel auf Vorsprünge, die Kabelschächte sein konnten oder Stützpfeiler oder auch etwas ganz anderes.

»Da kann sonst was begraben sein«, sagte hinter ihr Rösner. »Das finden wir nicht.«

»Vielleicht haben Sie Recht«, antwortete Tamar müde. Sie wandte sich an den Kapo. »Es tut mir Leid, aber sagen Sie bitte Ihren Kollegen, dass der ganze Keller ausgeräumt werden muss. Und dann müssen wir hier unten Licht haben.«

»Bitte sehr«, antwortete der Kapo. »Wir machen so schnell, wie geht.«

Sie gingen in die Tiefgarage zurück. Der Lichtschein von Tamars Lampe erfasste einen dunklen Durchlass. Sie durchquerten die Garage und kamen in einen lang gestreckten, durch ein schmales Oberlicht dürftig erhellten Raum. Auch hier war der Boden von Schlamm und Schwemmgut überzogen.

Der Lichtkegel von Tamars Lampe glitt über glatte Betonmauern. Plötzlich brach die Bewegung ab. Der Lichtkegel blieb auf einer Mauerwand stehen. Eine Wand mit Fugen.

»Ein Trockenraum ist das«, sagte Kubitschek neben ihr. »Oder auch ein Fahrradkeller. Bei uns im Wohnblock ist auch ein Fahrradkeller neben der Tiefgarage. Und was die Leute da nicht alles abstellen.«

Der Kapo blieb stehen. Aus den Augenwinkeln sah Tamar, dass er den Kopf schüttelte.

»Ich möchte wissen«, sagte sie, »wieso hier Mauerwerk ist und keine Betonwand. Dahinter ist doch nichts, oder?«

»Das ich mich auch fragen«, meinte der Kapo. »Diese Mauer, wie soll ich sagen, normal ist die gar nicht da.«

»Könnten Sie mir das alles erklären, Berndorf? So dass es ein dummer Mensch aus Stuttgart auch versteht.« Die Stimme von Ministerialdirektor Rentz kroch leise und tückisch durchs Telefon. »Sie wollten diese Ulmer Querelen, diese Intrigen sauber und ordentlich aufklären, eine nach der anderen. Und was haben Sie in Wirklichkeit getan? Sagen Sie es mir.«

»Meine Arbeit«, antwortete Berndorf. »Ich habe meine Arbeit gemacht. Fertig bin ich damit nicht, das ist wahr.«

»Offenbar lesen Sie keine Zeitungen«, sagte Rentz. »Rauf und runter wird da diese Geschichte mit dem Flughafenaushub durch die Spalten gezerrt, dabei geht das, was an Schmutz über die Familie des Ministerpräsidenten ausgeschüttet wird, ganz gewiss auf keine Deponie mehr. Sie wissen selbst, wie übel diesem Ulmer Unternehmer mitgespielt worden ist, dem armen Mann wurde erst das Firmengelände abgefackelt und dann noch nachgesagt, er habe die Mafia am Hals. Der Mann hat Anspruch auf Aufklärung. Und jetzt? Jetzt steckt dieser Mensch noch tiefer drin als zuvor.«

»Die Geschäfte des Herrn Gföllner gehen mich nichts an«, antwortete Berndorf kühl. »Und das wissen Sie auch.«

»Was ich mit Sicherheit weiß, ist, dass das jemand gefingert hat«, gab Rentz zurück. »Kaum, dass Sie die Ermittlungen wieder aufgenommen haben, geben diese Ulmer Kommunalpolitiker merkwürdige Pressekonferenzen, als ob sie nicht selbst ihre Finger ganz tief drin gehabt hätten. Wieso passiert so etwas? Ich will es Ihnen sagen. Weil Sie es so gedreht haben. Es ist Ihre Masche.«

»Sie überschätzen meine Möglichkeiten.«

»Reden Sie nicht so gespreizt«, fuhr ihn Rentz an. »Sagen Sie mir lieber, was Sie positiv, vorzeigbar, konkret erreicht haben.«

»Wir werden einen Haftbefehl gegen einen anderen Ulmer Unternehmer beantragen«, sagte Berndorf. »Welf heißt der Mann, Jörg Welf. Wir sind überzeugt, dass er einen Brandanschlag auf eine italienische Baustelle in Auftrag gegeben hat, und zwar mit der Absicht, Gföllner als den Drahtzieher erscheinen zu lassen und so aus dem Geschäft zu drängen. Wir gehen davon aus, dass mit dem Verbrechen mindestens zwei Morde in Verbindung stehen.«

Rentz schwieg. Berndorf wartete.

»Sie sind sicher, dass Sie das auch beweisen können? So, dass es ein Urteil trägt?«

»Ach Gott«, antwortete Berndorf. »Mit Urteilen hab ich so meine Erfahrungen.«

»Vermurksen Sie es nicht«, sagte Rentz und legte auf.

Berndorf betrachtete noch einen Augenblick den Hörer, so als ob er sich vergewissern müsse, dass sich keine ekelhaften Rückstände daran gebildet hatten. Dann wandte er sich wieder dem »Tagblatt« zu. Auf der Aufschlagseite des Lokalteils reckten Ulmer Kommunalpolitiker ihre Köpfe dem Betrachter entgegen, beschwörend die einen, besorgt die anderen, einer mit erhobenem Zeigefinger, einem hing die Fliege gesträubt und schief am Kinn. In der sechsten Spalte unterbrach ein Fahndungsaufruf der Polizei das kommunalpolitische Breitwand-Aufgebot, ein scharf geschnittenes Gesicht drängte sich in den Blick, das Gesicht eines Mannes, der nicht dazugehört und den niemand gerufen haben will, wenn er denn plötzlich doch auftauchen sollte in der Runde derer, die dazugehören.

Wieder summte das Telefon. Diesmal war es Kuttler. Er hatte Vera Vochezer gefunden. Leider lege sie durchaus keinen Wert mehr auf Polizeischutz, von wem auch immer. »Irgendwie muss da was mit der Biberacher Kollegin schief gelaufen sein.« Berndorf ging nicht darauf ein. Es sei gut, sagte er, Kuttler solle dann eben versuchen, aus der Ferne ein Auge auf Vera zu halten. »Ich glaube zwar nicht, dass noch eine Gefahr besteht. Welf ist bei uns, und Rodek wird sich nach der Veröffentlichung des Fahndungsfotos kaum in der Stadt sehen lassen. Trotzdem müssen wir wissen, ob jemand mit ihr Kontakt aufzunehmen versucht.«

Es sei recht, meinte Kuttler. »Der Teufel ist ein Eichhörnchen.« Berndorf legte auf. Er überlegte, ob er sich einen Kaffee holen solle. Die Nacht war kurz gewesen, auch wenn das Verhör Welfs nicht viel gebracht hatte und bald abgebrochen worden war. Sein Bein schmerzte, und mit Missvergnügen dachte er an die Berichte, die er noch zu schreiben hatte. Außerdem hatte sich Tamar noch nicht gemeldet. Wenn er ehrlich war, glaubte er nicht daran, dass sie Sanders Leiche in dem Neubau finden würde. Es wäre – zu glatt, dachte er plötzlich.

Das Telefon klingelte. »Könnten Sie wohl zu mir herüberkommen?«, fragte Desarts. »Am besten jetzt gleich. Ich habe hier Rechtsanwalt Eisholm, der den Herrn Welf vertritt. Er hätte gerne unter sechs Augen mit uns gesprochen.«

»In einer Viertelstunde?«, fragte Berndorf. Wenn Eisholm pfiff, musste er nicht das Hundchen sein.

Berndorf ging über den Münsterplatz und durch die Platzgasse zum Hochhaus, in dem die Staatsanwaltschaft untergebracht war. Vor dem kleinen Café am Ende der Platzgasse entschied er, dass Staranwalt Eisholm Zeit genug habe, um für die Dauer eines Espresso auf ihn zu warten. Am Tresen saß der Gerichtsreporter Frentzel und las das eigene Blatt. Als Berndorf eintrat, ließ er die Zeitung sinken und nahm über seine Brillengläser hinweg den Kommissar ins Visier. Berndorf bestellte einen Espresso. »Ich vermute, Sie nehmen mit Erstaunen zur Kenntnis, was Sie gestern alles in diese Zeitung hineingeschrieben haben«, bemerkte er höflich.

»Mit Erstaunen und Freude, ja«, antwortete Frentzel. »Das Staunen ist es, das den Menschen Gott näher bringt. Oder so ähnlich. Falls ich das gerade erfunden haben sollte, schenke ich es Ihnen.«

»Danke«, sagte Berndorf artig.

»Sie könnten mir auch was schenken«, fuhr Frentzel fort. »Ein aufmunterndes Wort für einen alten zerzausten Gerichtsreporter. Oder einen klitzekleinen Stein aus dem bunten Garten der Polizeidirektion.«

Berndorf sah ihn nachdenklich an. »›Das Große bleibt groß nicht, und klein nicht das Kleine.‹ Ist nicht von mir, sondern von Brecht. Vielleicht richtet Sie das auf, wenn Sie nachher in Ihre Konferenz müssen.«

Frentzel verzog das Gesicht. »Mit Brecht kann unser Chefredakteur nichts anfangen. Etwas Habhafteres haben Sie nicht? In der Stadt heißt es, Sie hätten den Bauunternehmer Welf festgenommen.«

Berndorf trank seinen Espresso aus und bezahlte. »Tut mir Leid. No comment. Wer da festgenommen worden ist, und wer sich da von einem Münchner Prominentenanwalt vertreten lässt, müssen Sie schon selbst herausfinden.«

Desarts und Eisholm, die am Tisch mit der Bonbonniere saßen, erhoben sich, als Berndorf hereinkam. Die Männer schüttelten sich die Hand, und Eisholm versenkte einen tiefen

Krähenblick in Berndorfs Augen, als hätte er eine Partie Turnierschach mit ihm zu bestreiten und müsse schon jetzt seine Schwachstellen erkennen.

»Herr Eisholm hat um ein vertrauliches Gespräch gebeten«, sagte Desarts. »Er will wissen, welche strittigen Punkte von seiten seines Mandanten geklärt werden könnten.«

Berndorf nickte und schwieg.

»Wenn ich das richtig sehe«, sagte Eisholm, »erfolgte die Festnahme meines Mandanten während eines Besuches von ihm bei einer früheren Bekannten, das heißt bei einer Frau, die er für diese Bekannte hielt. Dabei muss es zu einer Szene gekommen sein, die Sie als tätlichen Angriff interpretiert haben. Herr Welf sagte mir nun, ihm sei der Vorfall völlig unverständlich. Die Frau habe ein Kopftuch und eine entstellende Brille getragen, und er habe sich ihr nur genähert, um zu erkennen, ob sie es auch wirklich sei.«

»Warum hat er dann versucht, davonzulaufen?«, wollte Berndorf wissen.

»Ich bitte Sie!« Eisholms Stimme klang händeringend. »Ein ländliches Anwesen, halb im Dunkel, plötzlich taucht ein Mann mit einem Revolver aus dem Zwielicht auf – wer kein Polizist ist, lieber Kommissar Berndorf, der kann es sehr gut verstehen, wenn da jemand in nackter Panik davonläuft.«

»Hat Ihr Mandant Ihnen gesagt, welcher Art die Beziehung zu seiner – wie Sie es nennen – früheren Bekannten gewesen ist?« Eisholm legte einen schmerzlichen Ausdruck in seinen Blick. »Ja doch. Es wird von unserer Seite durchaus eingeräumt, dass es da eine ungute Geschichte gegeben hat. Mein Mandant stellt das zwar etwas anders dar, als es in der Aussage dieser« – er schaute in sein Notizbuch – »Frau Vochezer niedergelegt ist. Aber – und ich bitte Sie, dies zu beachten – mein Mandant bestätigt, dass es hier einen Vorfall gegeben hat, für den er sich heute schämt. Unschön, in der Tat. Eben deswegen hat er die vermeintliche Frau Vochezer aufgesucht, um zu klären, ob sich hier im Nachhinein etwas in Ordnung bringen lässt.«

Berndorf betrachtete den Anwalt ungläubig. Die Krähenaugen gaben den Blick vergnügt zurück, als wollten sie sagen, es gebe noch ganz andere Ausreden zwischen Himmel und Erde, als ein Polizist sich träumen lässt.

»Wir denken, dass er sie aus einem ganz anderen Grund aufgesucht hat«, sagte Berndorf langsam. »Er hat sie aufgesucht, um sie daran zu hindern, dass sie uns oder sonst jemand von der Verbindung berichtet, die zwischen ihm und Stefan Rodek besteht. Stefan Rodek ist dringend verdächtig, mehrere Menschen ermordet zu haben. Einer davon ist getötet worden, als Rodek eine Gasexplosion herbeigeführt hat, und zwar in einem Haus, das Ihrem Mandanten gehört und das er abreißen lassen wollte. Außerdem wissen wir, dass Rodek einen Brandanschlag auf die Baustelle einer italienischen Firma organisiert hat. Dabei ist ein weiterer Mensch schwer verletzt worden.«

Eisholm blickte ihn ruhig an. »In dieser Sache ist Rodek aber freigesprochen worden, nicht wahr?«

Berndorf nickte. »Inzwischen haben wir neues Beweismaterial. Zwingende Beweise. Zumindest, was die Explosion am Ostbahnhof betrifft.«

»Das glaubten Sie doch auch beim ersten Mal?«, fragte Eisholm freundlich. »Sie erzählen mir doch nicht, dass Sie in ein Verfahren gehen ohne Beweise, die Ihnen als zwingend erscheinen? Aber lassen wir das. Es ist für uns nämlich überhaupt nicht wichtig.« Er machte eine Pause. Berndorf wartete.

»Ihre ganze Theorie, lieber Kommissar Berndorf, beruht auf einem kleinen, aber folgenschweren Irrtum.« Er beugte sich vor und fasste Berndorf ins Auge. »Mein Mandant leugnet in keiner Weise, dass er als junger Mensch mit Rodek bekannt und auf eine vielleicht nicht ganz standesgemäße Weise befreundet gewesen ist. Wenn er sich früher dazu anders geäußert haben sollte, so lässt sich das leicht erklären. Diese Beziehung ist ihm peinlich gewesen. Ich kann sogar einen Schritt weiter gehen. Als Rodek in Ulm aufgetaucht ist, war mein Mandant außerordentlich besorgt. Er fühlte sich bedroht. Genauer: er befürchtete, erpresst zu werden. Auch er hält es für durchaus möglich, dass Rodek die Gasexplosion in diesem Abbruchhaus herbeigeführt hat – insofern zollt er Ihrer Ermittlungsarbeit ausdrücklich Respekt.«

Eisholm deutete eine leichte Verbeugung an. »Nur – er ist überzeugt, dass Rodek dieses Verbrechen begangen hat, um ihn unter Druck zu setzen. Es ist auch nicht auszuschließen, dass Rodek dabei die Unterstützung einer gewissen Judith Norden gehabt hat, der Assistentin meines Mandanten.«

Er zwinkerte kurz mit den Augen. »Ich deutete vorhin an, dass mein Mandant in der Wahl seiner privaten Partner nicht immer gut beraten ist. Er hat zu dieser Assistentin eine Beziehung gehabt, und diese dann auf eine vielleicht nicht sehr zart fühlende Weise abgebrochen. Mit verletzten Frauenherzen ist nicht zu spaßen. Das wissen wir doch alle.«

Befriedigt lehnte sich Eisholm zurück und verschränkte die Arme vor der Brust.

Berndorf warf einen Blick auf Desarts. Der Staatsanwalt schien beeindruckt. Und erleichtert.

Das würde euch so passen, dachte Berndorf.

Auf Desarts Schreibtisch klingelte das Telefon. Der Staatsanwalt stand widerstrebend auf, ging zu seinem Schreibtisch und nahm den Hörer ab.

»Für Sie, Berndorf«, sagte er dann.

Der Kommissar erhob sich und nahm den Hörer entgegen. Am anderen Ende der Leitung war Tamar. »Wir haben einen Toten gefunden.« Sie sprach ruhig und sachlich. »Die Leiche war hinter einer Mauer verborgen, am Ende eines Kellerraums. Als mir der Kapo sagte, dass an dieser Stelle gar keine Mauer vorgesehen war, habe ich ein Loch hineinbrechen lassen. Hinter der Mauer war ein Hohlraum, der knapp einen Meter hoch aufgefüllt war. Was drunterlag, war mit einer Schicht Beton abgedeckt.«

Berndorf hörte schweigend zu. Über den Dächern stand die Mittagssonne, und zwischen den Stores und dem Fenster summte eine dicke Fliege.

»Diese Betondecke war nicht plan, sondern hatte sich an einigen Stellen abgesenkt. Ich habe den Beton aufbrechen lassen. Das Erste, was wir gefunden haben, war ein abgetrenntes männliches Genital. Auch das, was sonst noch dazugehört hat, haben wir nur stückweise bergen können.«

»Es ist vielleicht nicht der richtige Moment«, sagte Berndorf. »Trotzdem Glückwunsch.« Dann legte er auf und sah Eisholm an. »Welfs Erklärung wird nicht reichen. Jetzt nicht mehr.«

Eisholms Gesicht blieb unbeeindruckt. Nur die Augenbrauen hoben sich leicht.

»Wir haben in einem von Welf errichteten Neubau eine Leiche gefunden«, fuhr Berndorf fort. »Eine männliche Leiche. Sie war hinter einer sorgfältig hochgezogenen Mauer verborgen.«

»Wer der Tote ist, wissen Sie nicht?«

»Nein, das wissen wir noch nicht«, antwortete Berndorf. »Er ist ein wenig schwierig zu identifizieren. Ich will sagen, man muss ihn erst zusammensetzen.«

»Bitte?!«

»Tut mir Leid«, sagte Berndorf. »Aber irgendjemand hat den Toten in Stücke zerlegt. Vielleicht, um ihn besser transportieren zu können. Ich weiß es nicht. Möglich, dass es sich bei dem Toten um den Justizangestellten Hartmut Sander handelt. Der Mann ist seit einiger Zeit verschwunden. Außerdem wusste er, was zwischen Welf, Rodek und Vera Vochezer vorgefallen ist. Er war der junge Mann, den Welf und Rodek hinauswarfen, bevor sie das Mädchen Vera vergewaltigten.«

»Das ist alles sehr merkwürdig«, meinte Eisholm. »Ich bezweifle zwar nachdrücklichst, dass dieser Tote etwas mit meinem Mandanten zu tun hat. Aber ich sehe ein, dass Sie ihn dazu befragen müssen.« Er erhob sich. »Herr Welf steht Ihnen heute Nachmittag zur Verfügung. Am Abend sehen wir weiter.«

Das Zimmer war winzig, mit schrägen Wänden, und aus dem kleinen Mansardenfenster sah man auf die Brandmauern einer Lagerhalle. Die Wände waren mit einem Muster aus gelben Sonnenblumen tapeziert, nebenan lärmten die beiden Kinder der dicken Italienerin, ein Junge und ein Mädchen, und es klang, als ob sich der Junge geradeso aufführte, wie er das von seinem Vater gelernt hatte. Die italienische Mamma war freundlich und mitfühlend und hatte Judith gleich einen Umschlag für die blaugelbe Wange aufgedrängt, mit essigsaurer Tonerde vermutlich, Judith konnte den Geruch fast nicht ertragen. Aber sie wollte sich nicht zickig aufführen.

Es war so weit gekommen, dass sie ihrem blauen Auge dankbar sein musste. Die Leiterin des Frauenhauses hatte lange gezögert, als sie Judith gesehen hatte; eigentlich hätten sie kein Zimmer frei, hatte sie gemeint, und Judith sehe so aus, als ob sie sich auch eine Pension oder ein Hotel leisten könne.

»Er hat das ganze Konto abgeräumt«, hatte sie leise geantwortet. »Und als nichts mehr drauf war, hat er mich geschlagen. Das macht er immer so.« Und vorsichtig hatte sie nach der Schwellung unter ihrem Auge getastet.

Die Leiterin hatte ihr dann das Zimmer unter dem Dach gegeben, das eigentlich für Praktikantinnen bestimmt war. Und Judith hatte sich als Sabine Holzschuh eingetragen; nein, Papiere habe sie keine, der Kerl habe sie ihr abgenommen, sie werde morgen deshalb gleich zur Polizei gehen.

Nun lag sie da und presste das feuchte Tuch gegen ihre Wange. Jetzt nützt das wahrscheinlich gar nichts mehr, dachte sie. Aber was sonst sollte sie tun? Vermutlich wurde sie bereits von der Polizei gesucht. Also konnte sie weder in ihre Wohnung noch ins Büro. Wahrscheinlich war sie hier noch am besten aufgehoben. Aber für wie lange? Auf einem Bord über dem durchgelegenen Bett stand ein Transistorradio, eines von denen, wie sie schon lange nicht mehr hergestellt wurden. Sie schaltete es ein und suchte unter dem Krächzen und Rauschen das Regionalprogramm heraus. Aber es kam nur Blasmusik.

Kovacz nickte Berndorf zu. »Wenn Sie es sich denn antun wollen.« Der Gerichtsmediziner ging ihm in die Leichenkammer voran. »Sie wissen ja, dass man ihn stückweise angeliefert hat. Eine – wie soll ich sagen – Gesamtschau kann ich Ihnen erst morgen liefern.«

Der Wärter der Leichenkammer kam auf sie zu, ein untersetzter Mann mit dem wissenden Blick der Menschen, die den geheimen Sinn von was auch immer erkannt haben. Auf ein Zeichen von Kovacz zog er ein Kühlfach auf. Auf dem Rollbrett lag ein einzelner Kopf.

Es war der ausgeblutete Kopf eines dunkelhaarigen Mannes. Der Rigor mortis hatte kräftige, gesunde Zähne freigelegt. Die Augen begannen, in die Verwesung zu schrumpfen. Niemand hatte sie ihm zugedrückt.

»Alter 30 Jahre oder etwas darüber«, sagte Kovacz. »Nach erstem Überblick guter Gesundheitszustand, als er noch ganz war, hatte er einen trainierten, athletischen Körper und war etwas über 1,90 Meter groß.«

»Der Mann war Amateurboxer«, antwortete Berndorf.

Ein Zitherduo klimperte etwas, das nach »Drittem Mann« klang. Dann beendete der Ansager den »Nachmittag der bayerisch-schwäbischen Volksmusik« und kündigte Nachrichten aus der Region an. Judith Norden setzte sich auf und legte den Umschlag mit der Tonerde zur Seite.

In einer Pressekonferenz hatte der Ulmer Oberbürgermeister dem Baudezernenten Klotzbach die Zuständigkeit für das Tiefbauamt entzogen.

»Dies ist im gegenseitigen Einvernehmen mit Herrn Klotzbach geschehen«, wurde der Oberbürgermeister im O-Ton eingeblendet. »Der Baudezernent will damit gewährleisten, dass die Vorwürfe um den Betrieb der Erd-Deponie ohne Rücksicht auf einzelne Personen aufgeklärt werden können.«

Am deutschen Bodenseeufer bereiteten sich die Anwohner auf ein neues Hochwasser vor, denn für den Abend war ein Föhnsturm zu erwarten.

Was soll das alles, dachte sie.

»Einen grausigen Fund haben Polizeibeamte in einem Neubau am bayerischen Donauufer gemacht. Hinter einer Kellermauer entdeckten sie die verstümmelte Leiche eines Mannes. Wie soeben von einem Sprecher der Ulmer Polizeidirektion bestätigt wurde, handelt es sich bei dem Toten um den 32-jährigen Stefan Rodek, der wegen Mordes und anderer schwerer Straftaten gesucht wurde.« Der Sprecher kündigte eine Direktschaltung zum Neuen Bau an, wo ein Reporter den Kriminalhauptkommissar Berndorf vor das Mikrofon bekommen hatte.

»Immer weitere Kreise zieht der Fall um die Gasexplosion am Ostbahnhof, bei dem vor einigen Wochen ein Mensch getötet worden ist«, sagte der Reporter. »Die Explosion ist nach den bisherigen Ermittlungen vorsätzlich herbeigeführt worden. Als dringend tatverdächtig galt zuletzt ein 32-jähriger Mann. Jetzt ist dessen verstümmelte Leiche in einem Neubau gefunden worden. Wie viel Tote wird es noch geben, Herr Berndorf, bis die Polizei diesen Fall nun auch wirklich aufgeklärt hat?« Das kann nicht sein, dachte Judith. Ein Bluff. Die Polizei lügt. Durch Mauern kann man nicht sehen.

Eine angespannte Stimme klang durch das Radio. »Woher wissen Sie, dass dies ein einziger Fall ist und nicht mehrere?«

»Das liegt doch auf der Hand«, erwiderte der Reporter.

»Dann sind Sie klüger als ich. Ich werde der Direktion vorschlagen, dass Sie die Ermittlungen übernehmen.«

»Ein Späßchen«, sagte der Reporter. »Ich glaube nicht, dass unsere Hörer es lustig finden. Was können Sie uns im Ernst über den Stand der Ermittlungen sagen?«

»Im Ernst, bitte sehr«, antwortete Berndorf. »Wir sind von der jüngsten Entwicklung ebenso überrascht worden wie Sie. Es ist richtig, dass wir eine ganze Reihe unserer Arbeitshypothesen überprüfen müssen.«

Der Reporter wollte wissen, ob es Verdächtige gebe. »Wie es heißt, wird zur Zeit der Bauunternehmer vernommen, dem das Haus gehört, das bei der Explosion zerstört wurde. Merkwürdigerweise baut er auch den Appartementblock am Donauufer, in dessen Rohbau die Leiche gefunden wurde.«

»Zu Gerüchten äußere ich mich nicht.« Berndorfs Stimme drehte wieder ins Eisige. »Wenn es zutreffen sollte, dass wir jemanden vernehmen, würden Sie dazu kein Wort von mir hören. Sagen kann ich Ihnen aber, dass wir nach einer Frau suchen, auf deren Aussage wir dringend angewiesen sind. Es handelt sich um die 34-jährige Judith Norden...«

Judith Norden schloss die Augen. Berndorf gab ihre Beschreibung durch. »Frau Norden ist knapp 1,70 Meter groß, schlank, hat dunkles, kurz geschnittenes Haar. Ihre rechte Wange ist als Folge eines Schlags verfärbt.«

Sie stellte das Radio ab. Sie überlegte, ob sie zur Polizei gehen sollte und erklären, sie hätte Rodek in Notwehr getötet. So war es ja auch gewesen. Er hatte sie vergewaltigt, und sie hatte ihn dabei getötet. Kein Gericht durfte sie deshalb verurteilen.

Dann fiel ihr wieder ein, dass die Polizei Jörg bereits in der Mangel hatte. Das bedeutete, dass er seine Version zuerst loswerden konnte. Sie konnte es sich an einer Hand abzählen, was er der Polizei vorlügen würde. Rodek und sie, die schlimme, die intrigante Judith Norden, hätten alles geplant und inszeniert. Vielleicht würde er auch behaupten, sie hätten ihn erpresst. Eigentlich brauchte er nur die Wahrheit zu sagen mit der einzigen Ausnahme, dass alles in ihrem oder in Rodeks Kopf entstanden sei. Er selbst hatte ja keine Hand gerührt, kein einziges Mal. Ein Unternehmer und Sohn aus gutem Hause hat das nicht nötig. Er hat seine Geschöpfe dafür.

Sie stand auf, zog ihre Jacke an und vergewisserte sich, dass sie nichts hatte liegen lassen. Hier konnte sie nicht bleiben. Die Heimleiterin war von Anfang an misstrauisch gewesen. Falls Sie die Sendung gehört hatte, hing sie vermutlich schon am Telefon, um die Polizei zu verständigen.

Sie ging die Treppe hinunter. Aus der Gemeinschaftsküche hörte sie die Leiterin. Sie verhandelte etwas mit einer anderen Frau, schwesterlich klang es nicht.

Solveig war 18 Jahre alt, eine ernsthafte junge Frau, die sich auf das Abitur vorbereitete. Sie wollte den Numerus clausus für das Medizinstudium schaffen und später einmal Kinderärztin werden. Ein- oder zweimal in der Woche half sie der Familie Welf aus und betreute Georgie. Sie war stolz darauf, dass die Mutter ihr das Kind anvertraute.

Am Nachmittag hatte Marie-Luise Welf angerufen. Sie müsse kurz in die Stadt, ob Solveig für ein oder zwei Stunden herüberkommen könne? Solveigs Mutter hatte sich noch einzumischen versucht; es wäre im Augenblick wohl besser, meinte sie, ein wenig Distanz zu den Welfs zu halten. Aber Solveig ließ sich von ihrer Mutter in solchen Dingen nichts mehr sagen. Sie hatte das Arbeitsheft Biologie mitgenommen und war über die Straße zum Welf'schen Haus gegangen.

Marie-Luise Welf hatte ihr kurz die Hand gedrückt und war dann mit ihrem Smart in die Stadt gefahren. Sie hatte eine voll gepackte Vuitton-Tasche bei sich. Keiner der beiden Frauen war der schwarze Wagen aufgefallen, der einige Meter oberhalb des Welf'schen Hauses geparkt war.

Georgie war quengelig und mochte nichts spielen. Irgendetwas war anders als sonst, und er spürte es. Vermutlich hatte es mit dem Ärger zu tun, dachte Solveig, den der Architekt Welf hatte. Solveigs Eltern hatten beim Frühstück darüber gesprochen. Vielleicht war Welf sogar ein Mörder. Oder jedenfalls jemand, der einen anderen Menschen hatte umbringen lassen. Solveig würde es nicht wundern. Sie hielt Welf für einen Menschen, der eine Brille trug, um sich dahinter zu verstecken. Außerdem hatte er eine widerliche Art, an ihr vorbeizugehen und sie dabei zu streifen.

Es klingelte. »Mama«, sagte Georgie und lief zur Tür. Solveig öffnete. Vor ihr stand die Frau mit den kurzen schwarzen Haaren, die sie schon einmal mit Welf zusammen in der Stadt gesehen hatte. Die Frau nahm Georgie auf den Arm, bevor sich der Junge abwenden konnte.

»Hallo, Georgie, da bin ich wieder. Das ist nett, dass Sie auf ihn aufpassen«, sagte die Frau. »Marie-Luise ist in die Stadt gefahren, ich weiß, denn Sie hat mich zu Ihnen geschickt.« Sie lächelte flüchtig. »Jetzt hat sich aber etwas Neues ergeben. Georgies Papa möchte ihn sehen, und ich soll ihn bringen.«

Solveig betrachtete die Frau misstrauisch. Die Frau hatte sich an der Wange gestoßen, oder sie war geschlagen worden. Die Stelle war notdürftig unter Puder verborgen. »Sie haben sich gestoßen?«, fragte sie. »Sie sollten sich einen Umschlag machen. Am besten mit essigsaurer Tonerde.«

»Ja«, sagte die Frau hastig. »Ich bin gegen die Tür gelaufen, zu dumm. Aber das mit der essigsauren Tonerde ist sicher ein guter Vorschlag.« Sie sah sich suchend um, hielt aber Georgie fest an sich gedrückt. »Ich sollte jetzt aber fahren, Marie-Luise hat gemeint, ich solle den Van nehmen, des Kindersitzes wegen.« Ihr Blick irrte zu Solveig zurück. »Der Schlüssel hängt, glaube ich, in der Garderobe.«

»Es geht nur mit dem Van«, sagte Solveig streng. »Ohne ein Auto mit Kindersitz würde ich Ihnen Georgie gar nicht mitgeben.« Sie drehte sich um und blickte suchend zur Garderobe. »Wir gehen jetzt deinen Papa besuchen«, sagte die Frau zu Georgie. »Weißt du, er freut sich so auf seinen kleinen Jungen.« Solveig hatte den Schlüssel für den Van entdeckt. Er lag in einer Keramikschale auf dem Handschuhschrank. »Hier«, sagte sie. Die Frau nahm den Schlüssel und bat noch um Georgies Anorak. »Es ist ja ein bisschen sommerlich geworden, aber heute Abend soll es schon wieder schlechter werden.«

Solveig nahm den Anorak von der Garderobe und begleitete Georgie und die Frau in die Garage. Georgie fuhr gern Auto und kletterte bereitwillig in den Kindersitz. Solveig schloss die Kindersicherung. Die Frau stieg ein und öffnete mit der Fernbedienung das Garagentor. Dann fuhr sie los, ohne den Sicherheitsgurt anzulegen.

Solveig sah ihr nach. Dann schloss sie das Garagentor, nahm ihr Biologie-Arbeitsbuch und ging über die Straße zum Haus ihrer Eltern. Vielleicht ist es ganz gut, dass ich noch etwas arbeiten kann, dachte sie dann. Trotzdem hatte sie das Gefühl, als habe sie etwas falsch gemacht.

Berndorf hatte seinen Schreibtischstuhl so gedreht, dass er aus dem Fenster sehen konnte. Auf der anderen Seite des Schreibtisches saß Kuttler, und am Türrahmen lehnte Tamar.

»Das Interview war okay«, sagte sie. »Wir müssen nicht jedem Menschen Honig ums Maul schmieren, nur weil er uns ein Mikrofon vorhält.« Es war jetzt einfach nicht der Zeitpunkt, dachte sie, ihm seinen arroganten Tonfall vorzuhalten.

»Nett, dass Sie das sagen«, antwortete Berndorf. »Natürlich hab ich mich mal wieder im Ton vergriffen. Aber das ist nicht das Problem.«

»Sondern?« Das war Kuttler.

»Wir verlieren schon wieder«, sagte Berndorf. »Ich spüre es in meinem kaputten Bein. Ich hatte mal einen Vorgesetzten, einen von der Kriegsgeneration, der hatte einen Granatsplitter im Rücken, den man nicht operieren konnte. Und der Granatsplitter hat ihn immer gejuckt, wenn er einen Kunden laufen lassen musste. Wir haben uns immer darüber lustig gemacht.« Er verzog das Gesicht. »Nun geht es mir auch schon so.«

Im Zimmer nebenan klingelte das Telefon. Tamar ging zu ihrem Schreibtisch und nahm den Hörer ab. Sie meldete sich, und aus der Entfernung klang es, als breche eine Sturzflut von Klagen über sie herein.

»Und warum verlieren wir?«, fragte Kuttler.

»Weil Welf nun erst recht die Möglichkeit hat, alles auf Rodek zu schieben. Oder auf seine gewesene Geliebte. Ich hoffe nur, dass wir diese Frau Norden zu Gesicht bekommen, bevor auch die tot und begraben oder eingemauert ist.«

»Sie sind zu pessimistisch«, sagte Kuttler. »Wir haben doch noch längst nicht alles ausgewertet. Tamar hat bei dem Toten unter den Steinen einen Laptop gefunden.« Berndorf blickte hoch. »Wir wissen nicht, wem dieses Gerät gehört oder gehört hat, und wir wissen auch nicht, was es enthält. Aber heute Abend werden wir es wissen. Der Laptop ist zwar ein bisschen kaputt. Deckel und Bildschirm sind eingedrückt. Aber er war in eine Plastiktüte eingewickelt und so vor der Nässe geschützt. Durchaus möglich also, dass die Festplatte intakt geblieben ist. Sagt jedenfalls Kollege Schmoltze vom OK. Er will sich das Gerät heute Abend ansehen.« Schmoltze, vor kurzem dem Dezernat »Organisierte Kriminalität« zugeteilt, war als Computerfreak bekannt.

»Macht er Überstunden für uns?«

»Na ja«, antwortete Kuttler, »morgen hat er keine Zeit, weil er einen Einsatz bei dieser Baufirma Gföllner hat.«

Schau an, dachte Berndorf. Rentz wird im Viereck springen.

Das Telefon summte. Berndorf hob ab und meldete sich. Am anderen Ende der Leitung war Kovacz.

»Ihr ulmischer Muhammad Ali hat einen interessanten Tod gehabt«, sagte er zur Begrüßung.

»Erklären Sie es mir?«

»Ein Tod mit sozusagen ganz eigenem Reiz.« Kovacz machte eine Pause. Jetzt soll ich das Hundchen machen, das ihn auf Hinterpfoten um seine Pointe bittet, dachte Berndorf und schwieg beharrlich. Im anderen Zimmer sah er Tamar am Telefon. Sie wirkte bedrückt.

»Sie mögen doch Gedichte?«, plauderte Kovacz ungehemmt. »Es gibt eines von Conrad Ferdinand Meyer, das von einer antiken Statue handelt. Sie wird von Gärtnern bei einer römischen Villa gefunden, und ein junges Mädchen und ein Gelehrter streiten sich darum, wen die Statue darstelle. Amor, so meint das Mädchen, aber dem Gelehrten fällt auf, dass die Statue eine erloschene Fackel trägt. ›Dieser schöne Jüngling ist der Tod‹, sagt er und beendet Debatte und Gedicht.«

»Schön«, sagte Berndorf. »Und wer, bitte, ist in unserem Fall der schöne Jüngling?«

»Sie haben doch sonst einen Sinn für Allegorisches«, sagte Kovacz streng. »Ich wollte Ihnen nur verdeutlichen, wie nah verwandt die Lust und der Tod sind. Kennen Sie nicht den petit mort bei der Liebe? Unser Boxer jedenfalls hat dabei auch seinen richtigen Tod erlebt. Will sagen, er hatte eine ziemlich leere Samenblase. Und auch die Anhaftungen an dem Gerät, das ihm post mortem abgetrennt wurde, deuten darauf hin, dass er vor seinem Tod Verkehr gehabt hat.«

»Mit einer Frau?«

»Aber sicher doch. Warum fragen Sie?«

Berndorf ging nicht darauf ein. »Wodurch ist der Tod herbeigeführt worden?«

»Durch einen sauberen Messerstich ins Herz, der schräg von unten in den Brustkorb geführt wurde. Sehr schön angesetzt und präzis ausgeführt.«

»Wissen wir etwas über den Täter? Kann es eine Frau getan haben, oder muss es ein Mann gewesen sein?«

»Es kann durchaus eine Frau gewesen sein. Klassische Missionarsstellung, stelle ich mir vor, im Augenblick des Orgasmus rammt ihm die Frau das Messer unter der untersten Rippe hindurch in den Brustkorb. Ich sagte ja, der Mann ist auf interessante Weise umgekommen.«

Pathologenhumor, dachte Berndorf, bedankte sich und legte auf. Berndorf drehte seinen Stuhl zum Fenster und versuchte, sich ein Gesicht in Erinnerung zu rufen. Kurze dunkle Haare, eine Stupsnase, ein aufmerksamer, wacher weiblicher Clown. Er zuckte die Achseln.

»Diese Judith Norden«, sagte eine Stimme in seinem Rücken, »die haben wir wohl unterschätzt.« Tamar hatte ihr Telefonat beendet und war in Berndorfs Büro zurückgekehrt. »Diese Frau hat sich nämlich den kleinen Jungen der Familie Welf geschnappt. Georgie heißt der Junge. Es ist ein Mongie.«

Kuttler schaute strafend zu ihr hoch.

»Entschuldigung«, berichtigte sie sich, »es ist ein Kind mit Downsyndrom. Die Mutter hat gerade angerufen. Sie war hier gewesen, hatte ihrem Mann frische Unterwäsche und Rasierzeug gebracht, und als sie wieder nach Hause kam, war das Kind weg. Eine Frau hat das Kind einer Schülerin aus der Nachbarschaft abgenommen, die den Jungen hüten sollte. Die Frau ist mit dem Van der Welfs weggefahren. Der Beschreibung nach, die die Schülerin gegeben hat, handelt es sich bei der Frau zweifelsfrei um Judith Norden.«

Berndorf starrte Tamar an. Es war ein müder, ratloser, hilfloser Blick. »Frau Welf hätte nicht hierher kommen müssen. Wir werden ihren Mann nach Hause schicken. Wie es aussieht, kommen wir derzeit nicht an ihn heran.«

Er zog das Telefon zu sich her, wählte eine Dienstnummer und bat, Jörg Welf zu ihm zu bringen. Dann sah er seine beiden Kollegen an. »Ich will mit ihm allein reden.«

Wenig später brachte ein uniformierter Beamter Jörg Welf in Berndorfs Büro. Welf trug ein frisches Hemd, war aber unrasiert. Seinen rechten Arm trug er in einer Schlinge. Er sah Berndorf abwartend an und sagte nur: »Ja?«

Berndorf wies auf den Besucherstuhl. Welf schüttelte den Kopf: »Sagen Sie mir, was Sie von mir wollen. Und dann würde ich gerne gehen. Oder mit meinem Anwalt reden.«

»Sie können gleich gehen«, antwortete Berndorf. »Sie wissen, dass der Tote in Ihrem Neubau Stefan Rodek ist?«

Welf schüttelte kurz den Kopf. Eigentlich war es mehr ein ärgerliches Zucken, wie von einem unerwarteten Schlag oder Stich. »Nein, das hat man mir nicht gesagt.«

»Ihr Anwalt sagt, Sie seien mit Rodek befreundet gewesen.«

»Ich war mit ihm bekannt. Früher.«

»Sie haben mir das einmal anders gesagt.«

»Ich wollte nicht daran erinnert werden.« Plötzlich zog er den Besucherstuhl zu sich her und setzte sich.

»Es interessiert Sie nicht, wie er zu Tode gekommen ist?«

»Sie werden es mir sagen.«

»Später«, antwortete Berndorf. »Ich muss Sie von etwas anderem in Kenntnis setzen. Ihre Assistentin Judith ist mit Ihrem Sohn weggefahren. Hat das Ihr Einverständnis?«

»Sind Sie verrückt? Wie kommt Judith zu so etwas? Und warum soll ich mein Einverständnis dazu gegeben haben?« Welf nahm sich die Brille ab, legte sie vor sich auf den Tisch und rieb sich die Augen. Dann schaute er kurzsichtig zu Berndorf hoch. »Verstehe ich das richtig: Sie sitzen hier und erzählen mir einfach so, dass Judith – dass diese Frau meinen Sohn entführt hat?«

»Ich weiß nicht, ob man es so nennen kann oder muss.«

»Es ist ein bisschen viel, was Sie mir zumuten, wissen Sie das? Sie brechen mir den rechten Arm, beschuldigen mich ich weiß nicht welcher Verbrechen, und während Sie dies tun, lässt es die Polizei zu, dass mein Sohn entführt wird.«

»Ich verstehe, dass Sie das so darstellen«, antwortete Berndorf. »Wir bringen Sie jetzt zu Ihrer Frau. Oder wollen Sie in Ihr Büro?« Welf schüttelte den Kopf.

»Nur eines noch. Haben Sie eine Vorstellung, wohin Frau Norden mit Ihrem Sohn gefahren sein könnte? Hat Sie Angehörige, Freunde, zu denen sie gefahren sein könnte.«

Welf schüttelte wieder den Kopf. »Nein«, sagte er. »Tut mir Leid. Ich habe keine Ahnung.«

»Absurd«, sagte der Mann am anderen Ende der Leitung. »Judith ist nicht einfach, weiß Gott nicht. Sie ist launisch, jähzornig, und wenn ihr einer zu dumm kommt, kann sie zur Furie werden. Aber berechnend ist sie nicht. Dass sie an einer Entführung beteiligt sein soll, glaube ich Ihnen nicht.«

Berndorf, Tamar und Kuttler hatten in der vergangenen Stunde versucht, einiges über die Lebensumstände von Judith Norden herauszufinden.

Das Ergebnis war eher dürftig. Sie war in Siegen geboren, aber in Marburg aufgewachsen. Sie hatte keine Geschwister, und von ihren Eltern lebte nur noch die Mutter, die aber keinen Kontakt mehr mit der Tochter hatte. Jedenfalls behauptete sie das. Dass die Polizei wegen Judith bei ihr anrief, hatte sie als höchst empörend empfunden, vor allem der Störung der eigenen Privatsphäre wegen.

Immerhin war ihr der Name eines Architekten eingefallen, mit dem ihre Tochter einige Zeit verlobt gewesen war. Der Mann war beim Hochbauamt der Stadt Frankfurt beschäftigt, und nach einigen Mühen war es Berndorf gelungen, ihn aus einer Besprechung heraus ans Telefon holen zu lassen.

»Und was passiert, wenn sie jähzornig wird?«, hakte er nach.

»Dass Sie sich eine Platzwunde einfangen«, antwortete der Mann unfroh. »Sie glauben ja gar nicht, welchen Effekt ein Aschenbecher machen kann, der Ihnen an die Stirn gedonnert wird. Aber das ist nicht das Schlimmste.«

»Sondern?«

»Die kalte Wut. Die Entschlossenheit, mit der sie Ihnen die Koffer vor die Tür stellt. Dabei kann ich vermutlich froh sein, dass es bei uns nicht länger gedauert hat.«

Da liegst du wohl nicht falsch, dachte Berndorf. »Und warum hat sie Ihnen die Koffer vor die Tür gestellt?«

»Sie wollte nicht, dass ich nach Frankfurt gehe. Wir lebten damals in Karlsruhe und arbeiteten beide in einem Architektenteam, das mit neuen, ökologischen Bauweisen experimentiert hat. Ich habe dann gemerkt, dass das vorerst keine rechte Zukunft hat, und habe mich hierher beworben.«

Berndorf musste an den Welf'schen Glas- und Stahlpalast denken. Und an einen Satz, der dort gefallen war: *Irgendwann werde ich mir ein Lehmhaus bauen.*

»Wie ist das Verhältnis von Frau Norden zu Kindern?«

Der Mann am anderen Ende der Leitung zögerte. »Fragen Sie jetzt, ob wir Kinder haben wollten? Das war nie ein Thema.«

»Das wollte ich nicht wissen«, sagte Berndorf. »Kann sie mit Kindern umgehen? Manche Erwachsene sind da schrecklich steif und befangen.«

»Das ist sie nun ganz und gar nicht«, antwortete der Mann. »Sie hat sogar ein ausgesprochenes Händchen für Kinder. Als wir ein Heim für behinderte Kinder planen sollten, hat sie darauf bestanden, dass sie vorher ein Praktikum in einer solchen Einrichtung macht. Sie wollte wissen, was die Kinder wirklich brauchen. Ich habe sie nie so begeistert und bei der Sache erlebt.«

»Und – ist ihr Entwurf gebaut worden?«

»Nein«, sagte der Mann. »Man hat dann etwas aus Stahl und Glas hingestellt, ausbruchssicher und leicht zu reinigen.«

Markert, der Chef der Schutzpolizei, stand hinter seinem Schreibtisch auf und kam auf Berndorf zu. Die beiden Männer begrüßten sich mit Handschlag. »Wie geht's?«, fragte Markert und warf einen Blick auf Berndorfs Krückstock.

»Es geht. Abends wird es schlimmer.«

»Tut mir Leid«, meinte Markert. »Und gute Nachrichten hab ich für dich auch nicht. Wir haben keine Spur von dem Van mit dem Kind.« Er ging zu der Straßenkarte, die die Rückwand hinter seinem Schreibtisch ausfüllte. »Wir haben auf alle Ausfallstraßen Streifenwagen geschickt. Aber um die Tageszeit, als die Frau das Kind geholt hat, braucht man nur ein paar Minuten, um auf die Autobahn zu kommen.« Berndorf war ihm gefolgt. Im Maßstab 1:20 000 zeigte die Straßenkarte den Ulmer Raum, und die nördlich anschließende Alb sowie die angrenzenden Gebiete Oberschwabens und des bayerischen Regierungsbezirks Schwaben. Von der Wohnung der Welfs war man in weniger als einer Minute auf der Westumgehung und damit in weniger als fünf Minuten auf der Autobahn.

Oder auf der Bundesstraße 30. Die B 30 führt an den Bodensee. Berndorf überlegte. Irgendetwas sollte ihm das sagen. Eisblau, meergrün, weiß.

So flieget er hin eine Meil' und zwei,
er hört in den Lüften der Schneegans Schrei ...

Unversehens setzten sich die Farben zusammen, flossen in das Acrylbild einer Landschaft mit See und Schneebergen.

Das Bild hing in einem Büro. »Eine Hommage an Langenargen. Wir haben ein Bootshaus dort. Mein Vater war passionierter Segler.« Welf hatte es gesagt. Das war vor ein paar Wochen gewesen. Berndorf nahm das Telefonbuch von Markerts Schreibtisch, suchte die Privatnummer der Welfs heraus.

Fast unmittelbar nach dem Klingelzeichen wurde der Hörer abgenommen. »Ja?« Welfs Stimme klang scharf und gepresst. Berndorf nannte seinen Namen.

»Kann es sein, dass Frau Norden mit Ihrem Sohn zum Bootshaus in Langenargen gefahren ist?«

Am anderen Ende der Leitung machte sich Schweigen breit.

»Heißt das, hier haben Sie sie nicht gefunden?«, kam schließlich die Gegenfrage.

»Wir müssen alle Möglichkeiten prüfen. Noch einmal. Kann sie in Langenargen sein?«

»Woher soll ich das wissen?« Welf schien zu überlegen. »Auszuschließen ist es nicht.«

»War sie schon einmal dort gewesen?«

»Ja, war sie.« Es klang zögerlich.

»Hat sie einen Schlüssel für das Haus?«

Wieder Schweigen.

»Das ist möglich, ja«, antwortete Welf. Offenbar hatte er begriffen, dass er wenigstens das Nötigste einräumen musste.

»Sie sagten mir, dass Sie selbst kein Segler sind. Wie ist das mit Frau Norden?« Diesmal kam die Antwort prompt. »Soviel ich weiß, hat sie den Segelschein für den Bodensee.«

Als Nächstes rief Berndorf die Zentrale an und ließ sich mit dem Leiter der Polizeidirektion Friedrichshafen, Nikodemus Schweitzer, verbinden. Er kannte ihn von der Führungsakademie; Schweitzer gehörte zu den Beamten, die den Grundsatz der Verhältnismäßigkeit der Mittel ernst nahmen und es verabscheuten, wenn die Polizei mit geballter Macht auftrat.

Berndorf schilderte ihm den Entführungsfall. »Wir können weder abschätzen, was diese Frau mit dem Kind vorhat, noch wissen wir, in welcher Verfassung sie sich überhaupt befindet. Eigentlich wissen wir überhaupt nichts von ihr, außer, dass sie in ein Tötungsdelikt verwickelt scheint.«

»Wir klären ab, ob die Frau und das Kind in dem Bootshaus sind«, sagte Schweitzer. »Wenn ja, sichern wir das Gelände, machen aber keinen Zugriff, solange du nicht hier bist.«

»Danke«, sagte Berndorf. »Noch was. Die Frau kann mit einem Segelboot umgehen. Kannst du die Leute von der Wasserschutzpolizei verständigen, dass die ein Boot hinschicken?«

»Das wird schwierig«, antwortete Schweitzer. »Wir haben Sturmwarnung. Und wir haben jede Menge Schwemmholz im See, ganze Felder.«

Es war Abend geworden. Über den Hügeln hingen dunkle Wolken. Bei Waldsee führte die Straße über eine Bergkuppe, von der aus man sehen konnte, wie im Süden die Wolkendecke aufriss und ein breites Lichtband freigab, das die Alpen vom Allgäu bis zum Säntis blau und transparent illuminierte.

»Wow«, sagte Tamar und nahm den Fuß vom Gaspedal. »So hab ich das noch nie gesehen.«

Ein BMW mit gleißenden Xenon-Scheinwerfern schloss auf. »Saukerl«, sagte Tamar und beschleunigte wieder.

Berndorf saß schweigend neben ihr. Vor einer halben Stunde hatte Schweitzer angerufen. Der Van mit der Ulmer Nummer war in Langenargen auf einem Parkplatz vor der abgesperrten Uferstraße gefunden worden. Der Wagen war leer.

»Aber eine Nachbarin hat gesehen, wie eine Frau ein Kind zum Haus der Welfs getragen hat und eilig mit ihm hineingegangen ist«, hatte Schweitzer weiter berichtet. »Tragen musste sie es, weil die Uferstraße überflutet ist. Die Nachbarin will die Frau schon öfters gesehen haben.« Inzwischen hatte die Polizei die Umgebung abgesperrt. Auf dem See wartete ein Boot der Wasserschutzpolizei.

Sie fuhren die Straße hinunter, die ins Schussental und weiter nach Ravensburg führte. Die Landschaft öffnete sich. Die blassblaue, durchscheinende Front der Berge war jetzt von einem rötlichen Licht übergossen.

»Sagen Sie mal, Chef«, fragte Tamar, »hat Ihnen Kovacz eigentlich etwas über die Verletzungen Rodeks gesagt?«

»Rodek hat einen Messerstich abbekommen, der präzis ins Herz gegangen ist«, antwortete Berndorf. »Passiert ist das post coitum, wie Kovacz mir ausgebreitet hat.«

»Was soll ich dazu sagen?«, meinte Tamar dunkel. »Aber ich will etwas anderes wissen. Weist die Leiche denn keine anderen Verletzungen auf, beispielsweise von einem Schuss?«

Berndorf warf ihr einen nachdenklichen Blick zu. »Ich habe nicht danach gefragt. Kovacz hätte es mir vermutlich gesagt.«

»Ich werde ihn morgen noch einmal fragen«, sagte Tamar abschließend.

Berndorf nickte kurz. Diese Ermittlungen musste er ihr überlassen.

Judith saß am Küchentisch und rauchte eine Zigarette. Sie hatte mit dem Jungen auf dem Arm durch kniehohes Wasser waten müssen, bis sie verfroren und völlig zerschlagen das Haus erreicht hatte. Wenigstens hatte sie in einem der Schlafzimmer Jeans und Wollsocken gefunden, die ihr passten. Ob sie Marie-Luise gehörten oder einem von Welfs Spielzeugen?

Georgie drückte sich quengelnd am Tisch herum. Er hatte Durst, aber der Orangensaft, den Judith im Kühlschrank gefunden hatte, schmeckte ihm nicht. Zum Abendessen hatte sie ihm Zwieback und eine Tafel Schokolade gegeben. Ernährungsbewusst war das sicher nicht. Aber in den Vorräten hatte sie nichts anderes gefunden. Sie hatte es auch aufgegeben, Georgie auf seinem Kinderstuhl sitzen zu lassen. Trotz der Sicherung hatte er sich herausgewunden. Ein erheblicher Teil der Schokolade war in seinem Gesicht verteilt.

Sie war schon heute Morgen am Rande dessen angelangt, was sie ertragen konnte. Nun hatte sie sich noch dieses Kind aufgeladen. Sie drückte die Zigarette aus, stand auf, nahm Georgie bei der Hand und ging mit ihm ins Bad und wischte die Schokolade ab. Dann brachte sie ihn in das Kinderzimmer, wo sie in einem Schrank einen Schlafanzug für ihn fand. Aber er wollte sich nicht von ihr ausziehen lassen.

»Mama«, sagte er. »Nicht du.«

Judith lächelte ihn an. Dann erklärte sie ihm, dass sich von ihr aus Kinder überhaupt nicht auszuziehen bräuchten und einfach so ins Bett krabbeln dürften. »Aber wenn nachher deine Mama kommt, dann will sie doch, dass du den schönen Schlafanzug anhast.«

Georgie starrte sie misstrauisch an. »Nicht du«, wiederholte er. »Mach was du willst«, sagte Judith. Sie löschte das Licht im Kinderzimmer bis auf eine kleine Leuchte am Kinderbett und trat ans Fenster. Die Jalousien waren geschlossen, aber es war ihr klar, dass der Lichtschein draußen zu sehen gewesen war. Sie löste die Sicherung der Jalousie und zog sie vorsichtig so weit hoch, dass sie hinausspähen konnte. Das Kinderzimmer lag einer Ufervilla gegenüber, auf deren Fensterfront ein letzter Schimmer der untergehenden Sonne fiel. Sie beugte sich zu dem Spalt zwischen dem Ende der Jalousie und dem Sims hinunter und beobachtete das Nachbarhaus.

In einem der Fenster sah sie zwei winzige Lichtflecke. Sie hätte wetten können, dass sie zu einem Fernglas gehörten.

Sie ging in das Wohnzimmer, von dessen Fenstern aus man einen weiten Ausblick auf den See hatte. Auch hier zog sie die Jalousie einige Zentimeter hoch und spähte hinaus.

»Was machst du?«, wollte Georgie wissen. Er war ihr gefolgt und stand neben ihr.

Sie bückte sich und hob ihn hoch. In der Abenddämmerung hatte sich das grüne Wellengekräusel schwarzblau verfärbt, mit kleinen weißen tückischen Gischtkronen. Am fernen Schweizer Ufer blinkte orange die Sturmwarnung. Das Wasser in dem kleinen Privathafen, den die Welfs mit den Nachbarn aus der Villa teilten, schlug Wellen bis zu dem an Land gezogenen und vertäuten Segelboot. Auf dem See sah Judith nur noch ein Boot. Es lag, groß und graublau wie alle Boote der Wasserschutzpolizei, weit draußen.

Judith setzte Georgie wieder ab und ließ die Jalousie herunter. Sie ging in die Küche zurück und überlegte, ob sie dem Jungen einen Pfefferminztee kochen solle. Wenn sie genug Zucker dazutat, mochte er ihn vielleicht. Sie setzte Wasser auf. Dann sah sie sich nach dem Jungen um. Er war verschwunden.

Nicht auch das noch, dachte sie. Sie schaute im Kinderzimmer nach, das auf der anderen Seite des Flurs unmittelbar gegenüber der Küche lag. Georgie war auf sein Bett geklettert und in seinen Kleidern eingeschlafen. Sie deckte ihn zu und schloss das Seitengitter des Betts.

Die Tür zum Kinderzimmer ließ sie offen. Sie zog die Gummistiefel an und ging in das Erdgeschoss. Einige Fingerbreit hoch stand Wasser auf dem Boden. Über den Flur erreichte sie die Werkstatt, deren Wände noch immer mit Segelzeug voll gehängt waren. Sie ging zur Werkbank und zog eine der Schubladen voller Kartons heraus. Judith griff dahinter und holte die Beretta hervor, die sie Rodek in einem Straßburger Waffengeschäft besorgt hatte. Sie überprüfte das Magazin. Es war voll. Dann ging sie zu dem Schlauchboot, das auf einem Fahrgestell an der Wand gegenüber der Werkbank lag. Es stammte aus Bundeswehrbeständen und hatte einen Zweitakt-Außenbordmotor. Rodek hatte es besorgt, weil es ihn ärgerte, dass sie besser mit dem Segelboot umgehen konnte als er. Mit einer Druckluftflasche pumpte sie das Schlauchboot auf und füllte aus einem Kanister den Tank des Außenborders nach. Die Werkstatt hatte ein Tor zur Slipanlage. Wenn es so weit war, brauchte sie das Schlauchboot nur auf den Rollen herauszuziehen. Das Wasser draußen war hoch genug. Bei der Ausfahrt allerdings würde sie aufpassen müssen. Die Mauern der Mole waren überflutet.

Das kleine Büro, das zum Dezernat »Organisierte Kriminalität« gehörte, war nur von einer Schreibtischlampe und dem bläulichen Schein eines Computers ausgeleuchtet. Der Kriminalbeamte Schmoltze war ein jüngerer, etwas dicklicher Mann mit schütterem, gleichwohl lockigem Haar, das er sich mit einem Anflug von Verwegenheit in die Stirn gekämmt hatte. Er hatte den demolierten Laptop sorgfältig auseinandergebaut und die ihm tauglich erscheinenden Teile an seinen Computer angeschlossen. Dann gab er eine Reihe von Befehlen ein und lehnte sich in seinem Schreibtischstuhl zurück.

»Jetzt werden wir ja sehen«, sagte er zu Kuttler.

Auf dem Bildschirm des Computers tauchte eine Reihe von Zahlen und Befehlen auf. Schmoltze drückte eine Funktionstaste. Die Geräte arbeiteten. Plötzlich erschien das Logo eines US-Unternehmens auf dem Bildschirm, dann der Vermerk: »Dieses System wurde lizensiert für Hartmut Sander«.

»Glückwunsch«, sagte Kuttler.

»Danke«, sagte Schmoltze. »Nie verzagen. Schmoltze fragen. Was willst du eigentlich finden?«

»Briefe«, sagte Kuttler. »Aufzeichnungen. Privates eben. Alles, was zum Beispiel mit einem Jörg Welf zu tun hat. Vielleicht kannst du den Namen als Suchbegriff nehmen.«

»Suchen wir doch einfach einmal unter ›Daten/privat‹«, sagte Schmoltze und gab einen Befehl ein. Auf dem Bildschirm erschien ein Verzeichnis von Dateien. Kuttler beugte sich über Schmoltzes Schulter und sah das Verzeichnis durch. Der Name Welf tauchte nirgends auf.

Judith hatte sich vergewissert, dass sie den richtigen Schlüssel zum Werkstatttor eingesteckt hatte. Die Pistole hatte sie in der rechten Jackentasche verstaut. Sie löschte das Licht in der Werkstatt und wollte zurück zur Treppe und nach oben in die Wohnung gehen.

Draußen, auf der überfluteten Einfahrt, patschten schwere Schritte. Jemand näherte sich der Eingangstür des Bootshauses. Judith holte die Beretta aus ihrer Jacke und entsicherte sie. Auf Zehenspitzen, die Pistole in der Hand, ging sie zur Tür.

Der Mann hatte den Eingang erreicht. Die Klingel hallte durch das Treppenhaus. Judith rührte sich nicht. Von Georgie war nichts zu hören.

Der Mann drückte erneut auf den Klingelknopf. Der Idiot weckt mir noch das Kind, dachte Judith.

»Frau Norden, ich bin Kommissar Berndorf von der Ulmer Polizei«, sagte eine Stimme, die laut genug war, um durch die Tür zu dringen. »Ich höre Sie, und Sie hören mich. Ich möchte mit Ihnen reden. Ich bin nicht bewaffnet, und Sie wissen, dass ich behindert bin. Es droht Ihnen also keinerlei Gefahr.«

Judith beugte sich zu dem Spion an der Tür und schaute durch. Sie erkannte den Mann. Er trug einen leichten grauen Anzug und stützte sich auf einen Stock.

»Mama«, weinte Georgie. Nun war er doch wieder wach geworden. Du kannst hier nicht länger herumstehen, dachte Judith. Die anderen Polizisten könnten versuchen, von außen in die Wohnräume einzudringen.

»Ziehen Sie Ihre Jacke aus und werfen Sie den Stock weg«,

befahl sie durch die geschlossene Tür. Berndorf hängte seinen Krückstock an das Geländer, das am Aufgang zur Tür angebracht war. Dann trat er einen Schritt zurück, zog sein Jackett aus und legte es ebenfalls über das Geländer. Zum Schluss drehte er sich einmal mit erhobenen Händen um sich selbst, wie um zu zeigen, dass er nirgends eine Waffe bei sich hatte. In der Brusttasche steckte sein Handy.

»Werfen Sie den Stock weg.« Er gehorchte.

Judith öffnete mit der linken Hand die Tür und trat zur Seite. In der rechten Hand hielt sie die Pistole. Berndorf trat ein, Judith stieß die Tür hinter ihm zu, die Waffe auf ihn gerichtet. »Das brauchen Sie nicht«, sagte Berndorf. »Ich will nur mit Ihnen reden, und dann gehe ich wieder.«

»Gehen Sie nach oben«, antwortete Judith. »Gehen Sie mir voran. Wenn Sie einen Trick versuchen, schieße ich Ihnen das Bein weg, das noch nicht verkrüppelt ist.«

Sie folgte Berndorf die Treppe hinauf und dirigierte ihn in die Küche. Georgie mährte in seinem Gitterbett. Berndorf fragte, ob er sich an den Küchentisch setzen dürfe. Judith wies ihm einen Platz an. Dann verlangte sie sein Handy. Er legte es auf den Tisch und schob es ihr zu. Sie steckte es ein.

»Bleiben Sie hier sitzen. Ich muss nach dem Kind schauen. Aber ich werde Sie im Auge behalten.«

Sie ging zum Kinderzimmer, ließ aber die Küchentür offen. Noch immer hielt sie den Pistole in der Hand. Georgie war halb am Weinen und halb am Einschlafen.

»Siehst du«, sagte Judith leise und tröstend, »dein Papa und deine Mama sind noch nicht da. Aber sie kommen bald. Du musst nur einschlafen, dann sind sie ganz schnell da.«

Sie lehnte die Tür des Kinderzimmers an und ging in die Küche zurück.

»Wir können warten, bis er eingeschlafen ist«, sagte Berndorf.

»Womit warten?«, antwortete Judith. Sie sah ihn abschätzig an. Dann setzte sie sich ihm gegenüber an den Küchentisch. Die Pistole legte sie in Griffweite vor sich auf den Tisch.

Berndorf schwieg. Von draußen hörte man das Rauschen des Sees und den Wind, der auf die Jalousien drückte.

»Sie wollten doch mit mir reden?«

»Entschuldigung«, sagte Berndorf. »Ich habe gerade überlegt, ob ich Sie um eine Tasse Tee bitten soll. Sie hatten mir versprochen, dass ich beim nächsten Besuch wieder eine bekomme.«

»Wir spielen hier nicht das Lied vom Tod, und Sie sind nicht gekommen, um Tee zu trinken. Also?«

»Sie wissen, dass wir Stefan Rodek gefunden haben?«

»Was stellen Sie solche Fragen?«, antwortete Judith müde. »Sie haben nicht Rodek gefunden, sondern seine Leiche. Es kam in den Nachrichten.«

»Was bedeutet Ihnen sein Tod?«

Sie schüttelte den Kopf. »Nächste Frage.« Sie holte sich eine der Zigaretten aus der Packung, die auf dem Tisch lag, und zündete sie sich an. Ihre Hand zitterte nicht. Vielleicht ist es das, was sie mir zeigen will, dachte Berndorf.

»Haben Sie die aus Frankreich?«, fragte er. »Filterlose Gauloises bekommt man hier gar nicht mehr.«

»Ein entwöhnter Raucher, wie?« Judith blies ihm spöttisch einen Rauchkringel über den Tisch entgegen. Sie hielt die Zigarette in der linken Hand. Die rechte lag auf dem Tisch, neben der Pistole.

»Jein«, antwortete Berndorf. »Mir sind Ihre Zigaretten schon aufgefallen, als wir das erste Mal miteinander gesprochen haben. Und sie sind mir in Erinnerung geblieben, weil ich nach jemand suche, der in Frankreich gewesen ist. Und der eine Postkarte in Straßburg aufgegeben hat. Eine Karte, die Rodek geschrieben hat.«

Judith ließ die Zigarette für einen Augenblick sinken. »Sehr aufmerksam. Und? Was geht mich das alles an?«

»Das müssen Sie wissen. Allerdings glaube ich, dass Sie mit Rodek doch einiges zu tun gehabt haben.« Er versuchte, ihr in die Augen zu sehen. Unbeeindruckt gab sie den Blick zurück. Aber ihr Gesicht sah angespannt aus und blass.

»Welf behauptet übrigens«, fuhr er fort, »dass Sie und Rodek versucht hätten, ihn zu erpressen. Sein Anwalt wird versuchen, ihn damit herauszupauken. Es ist ein erstklassiger Anwalt, die Familie kann es sich ja leisten.«

»So, kann sie das?« Judith drückte ihre Zigarette mit einer ärgerlichen Bewegung aus. »Soll ich Ihnen etwas sagen? Jörg war noch vor einigen Wochen so gut wie pleite. Am Ende. Fertig. Dass er sich nicht halten würde, konnte letztes Jahr schon jeder wissen, der ein paar Zahlen addiert hat. Die Sporthalle sollte das retten.«

»Seinem Auftreten hat man es nicht angemerkt.«

»Fassade«, antwortete Judith, und plötzlich schien sich die Anspannung in ihrem Gesicht zu lösen. »Der ganze Mann ist so wie seine Architektur. Effekt, Blendwerk. Erker, Glas, Stahl, Marmor. Gefällige Draufsicht. Architektur, in der sich die Dame im Pelzmantel spiegeln kann. Postmoderne Zuckerbäckerei. Schaut man hinter die Fassade, ist nichts. Keine Idee. Kein Mumm. Kein Selbstvertrauen. Hätte er es gehabt, dann wäre er nicht nach Ulm zurückgekehrt, in den wärmenden Dunstkreis der Beziehungen, die ihm seine Mutter knüpft. Und, vor allem, er hätte nicht die anämische Tochter eines kleinen Bauunternehmers geheiratet, um auf diese Weise ins Geschäft zu kommen.«

Sie schüttelte die nächste Zigarette aus der Schachtel, behielt sie aber unangezündet in der Hand. »Natürlich ist auch diese Rechnung nicht aufgegangen. Die Karten in dieser Stadt sind verteilt, und jedem ist sein Stück am Kuchen zugewiesen. Zuerst einmal kommt der Herr Gföllner und holt sich seinen Anteil. Und von dem, was dann noch übrig bleibt, kriegt vielleicht auch das kleine Baugeschäft am Karlsplatz etwas ab. Nur – der eingeheiratete Chef von Hauns Klitsche kriegt keinen größeren Anteil, nur weil er Architekt ist und sich bei den Rotariern herumdrückt und seine Mutter den Vorsitz und das große Wort beim Literarisch-musikalischen Damentreff führt. Der eingeheiratete Chef kann überhaupt strampeln, wie er will, an den Spielregeln ändert er doch nichts. Und die erste und wichtigste Spielregel bestimmt, dass denen gegeben wird, die schon haben.«

»Und Sie? Warum haben Sie sich das angetan?«

Judith zündete nun doch die Zigarette an. »Haben Sie eine Vorstellung, welche Chancen eine junge Architektin hat, ohne Ressourcen, Beziehungen und ohne das Glück, bei einem größeren Wettbewerb beachtet zu werden?« Sie inhalierte und betrachtete den Kommissar beim Ausatmen mit einem Blick, in dem Berndorf so etwas wie Verachtung spürte. »Sie sind Beamter. Sie sind abgesichert. Sie wissen nicht, was es bedeutet, wenn man um einen Job kämpfen muss.«

»Erzählen Sie mir trotzdem, wie Sie nach Ulm gekommen sind? Wenn Sie mögen.«

Judith zuckte mit den Achseln. »Ich kannte Jörg vom Studium. Später, als ich gerade dabei war, ein paar Scherben zusammenzukehren, privat und beruflich, kam ein Angebot von ihm. Ich hab mir eingebildet, wir könnten uns ganz gut ergänzen. Ich würde die Ideen einbringen, und er würde sie verkaufen. Dann brach die Konjunktur ein, und eigentlich war alles vorbei. Bis eines Tages Rodek auf der Bildfläche erschien.«

Die Anspannung kehrte in ihr Gesicht zurück. Sie klopfte die Asche ab. »Es war hier am See, als ich Rodek zum ersten Mal gesehen habe. Ich war mit Welf für zwei Tage hierher gefahren – seiner Frau hatte er erzählt, er sei auf einer Internationalen Architektentagung in Lindau –, und während der Fahrt sagte er mir plötzlich, ich solle nicht ärgerlich sein, aber ein alter Freund von ihm werde auch kommen.«

Sie unterbrach sich und stierte auf den Tisch.

»Sag mal«, fragte Schmoltze, »kannst du das zeitlich eingrenzen, was du suchst?«

Kuttler überlegte. »Dieser Hartmut Sander wird seit gut zwei Wochen vermisst. Wenn sein Verschwinden etwas mit den Briefen oder Notizen zu tun hat, die da drin sein könnten, dann werden die nicht viel älter sein.« Logisch ist das eigentlich nicht, dachte er. Das Material, das ein Erpresser verwendet, ist selten aktuell, sondern bezieht sich auf Dinge, die zurückliegen. Die eben nicht jeder wissen kann.

Schmoltze gab einen Befehl ein, und auf dem Bildschirm puzzelte sich das Verzeichnis der Dateien neu zusammen. Fast auf den ersten Blick sprang Kuttler ein Name ins Gesicht. »Da ist eine Datei ›Vera Brief‹. Ruf mir die auf.«

Auf dem Bildschirm erschien die Vorlage eines Geschäftsbriefes, korrekt adressiert an Herrn Architekt Jörg Welf, jedoch mit dem Vermerk »persönlich«. Ein Absender war nicht angegeben. Kuttler begann zu lesen:

Sehr geehrter Herr Welf,
Sie kennen mich nicht, wie sollten Sie auch. Sie sind eine bedeutende Persönlichkeit in dieser Stadt, ich bin es durchaus nicht, und es wäre vollkommen unbillig von mir, wenn ich von Ihnen verlangen sollte, sich an mich zu erinnern, zumal die Erinnerung Ihnen möglicherweise keine angenehme sein würde, zumindest hoffe ich das für Sie. Heute haben Sie Umgang mit anderen bedeutenden und vor allem angesehenen Menschen in dieser Stadt. Wer denkt da schon gerne zurück an Zeiten, in denen man aus jugendlichem Leichtsinn oder Unbekümmertheit noch ganz anderen Umgang gehabt hat – einen Umgang, an den man vielleicht auch deshalb nicht gerne erinnert werden will, weil er ein merkwürdiges Licht auf aktuelle Vorkommnisse werfen könnte? Auf Beziehungen und Querverbindungen vielleicht, die besser verborgen blieben?

Für heute möchte ich es dabei bewenden lassen. Seien Sie versichert, dass ich unser Gespräch über das, was vergangen ist und doch nicht vergehen will, fortsetzen werde.

Mit freundlichen Grüßen Ihr Unbedeutend.

Kuttler und Schmoltze sahen sich an. »Bingo«, sagte Kuttler.

»Welf holte Rodek am Stadtbahnhof in Friedrichshafen ab«, fuhr Judith fort. »Wir warteten auf dem Bahnsteig, und dann sprang er aus dem Zug, ein großer Kerl, federnd, athletisch, breitschultriger als Welf, aber es waren nicht die breiten Schultern. Es war der ganze Mann, tough, einer, der mit der Schulter durch die geschlossene Tür geht, ein Scheißkerl von einem Macho eben. Das Merkwürdigste aber war, was mit Welf geschah. Er regredierte. Plötzlich war er nur noch der bewundernde kleine Bruder, und das trifft es noch nicht einmal. Vielleicht sollte ich sagen, Welf war das Mädchen. Das Mädchen aus gutem Hause, das sich heimlich mit seinem Lover aus der Unterstadt trifft.«

»Und Sie haben da nicht gestört?«

Judith verzog das Gesicht. »Ich war das Medium. Noch in der gleichen Nacht habe ich mit beiden geschlafen. Das heißt, sie haben es mit mir gemacht. Ich war das Hilfsmittel, das es ihnen ermöglicht hat, miteinander zu ficken. Mit anderen Frauen haben sie das auch so gemacht, schon früher.«

Ich weiß, dachte Berndorf. »Sie sagten vorhin, Welf sei am Ende gewesen. Bis Rodek auf der Bildfläche erschienen sei. Was hat sich dann geändert?« Unversehens wurde Judiths Gesicht eisig. Die kalte Wut, dachte Berndorf. »Wie komme ich dazu, Ihnen überhaupt irgendetwas zu erzählen? Was haben Sie denn mir anzubieten?«

»Nichts«, sagte Berndorf. »Sie müssen mir auch nichts erzählen. Sie können sich damit abfinden, was Welfs Anwalt erzählen wird.«

»Scheiße«, antwortete Judith. »Diese Lügengeschichten verpflichten mich zu nichts.« Mit gerunzelter Stirn betrachtete sie die Fingernägel ihrer rechten Hand, deren Zeige- und Mittelfinger gelb vom Zigarettenrauch waren. Eine heftige Bö schlug gegen die heruntergelassene Jalousie.

»Wollen Sie wissen, wie es wirklich war? Hier an diesem Tisch hat alles angefangen. Rodek saß da, wo Sie jetzt sitzen, und hörte sich Welfs Klagen an, dass er abgeblockt werde und ausgetrickst, dass er gegen eine Betonwand laufe, mit Filz ausgepolstert, und dass überall der Gföllner seine Finger drinstecken habe. Eine Weile lang hat Rodek nur zugehört. Und plötzlich hat er ihm in aller Ruhe gesagt, er soll mit der Heulerei aufhören und sich entscheiden, ob er zum Konkursrichter gehen will oder aber dem Gföllner an den Kragen.«

Judith unterbrach sich. »Ich muss was trinken. Aber keinen Tee.« Sie stand auf und schob sich die Beretta in den Hosenbund. Dann ging sie zum Kühlschrank. »Wollen Sie auch was? Das Bier hier ist eine üble Plempe. Aber wir könnten diese Witwe da nehmen.«

Sie kehrte mit einer Flasche Veuve Clicquot und zwei Pappbechern zurück und öffnete das Drahtgeflecht der Sektflasche. Mit einem trockenen Plopp löste sich der Korken, und sie schenkte ein.

»Ich sag jetzt nicht Santé«, meinte sie und schob den Pappbecher über den Tisch. Berndorf nahm einen Schluck. Aus dem Pappbecher kann man es ertragen, dachte er.

»Rodek sagt also zu Welf, er soll sich endlich wehren wie ein Mann«, fuhr sie fort. »Und dann will er wissen, wo die Schwachstellen von Gföllner sind. Aber Welf fällt nichts ein. Und ich sage, es stimmt ja nicht, dass der Gföllner nicht auch schon mal den Kürzeren gezogen hat, zum Beispiel bei dem Projekt in Wiesbrunn. Und Rodek will wissen, was das für ein Projekt war, und ich sage ihm, dass es ein läppisches Feuerwehrhaus war, aber dass Gföllner von einer italienischen Baufirma unterboten worden sei.«

Sie trank ihren Becher aus und goss nach. »Und wie ich das mit den Italienern sage, ist Stefan hin und weg. Er hasst Italiener, vermutlich weil sein Vater einer war, ich weiß es nicht genau, man durfte ihn nicht danach fragen. Ihr wisst ja gar nicht, was da abgeht, sagt er, das ist die Mafia, die da ins Geschäft drängt. Und als Erstes, sagt er hier an diesem Tisch, hetzen wir jetzt dem Gföllner die Mafia auf den Hals.«

Sie griff wieder nach dem Becher, ließ dann aber die Hand sinken. »Es war absolut verrückt, aber Welf war fasziniert. Rodek hatte Kontakt zu Skinheads, die ihn gerne angeheuert hätten. Ihm selber waren die Glatzen im Kopf zu blöd, erklärte er uns, aber für eine Aktion gegen die Italiener genau die richtigen Leute. Und so ist es dann auch gelaufen.«

»War eingeplant, dass da Leute hätten ums Leben kommen können?«

Judith schüttelte unwirsch den Kopf. »Sind ja nicht. Außerdem war es nicht meine Idee.«

Berndorf war nicht zufrieden. »Ich habe Sie so verstanden, dass der Anschlag Gföllner angelastet werden sollte. Aber die Sache erschien von Anfang an als eine Aktion von fremdenfeindlichen Skinheads.«

»So sollte sie auf den ersten Blick auch aussehen. Aber nicht auf den zweiten. Rodek hatte vor, Hinweise zu platzieren. Er wollte den Kanister mit dem Dieselöl auf dem Gföllner-Bauhof verstecken und dann der Polizei einen Tipp geben. An dem Kanister hätte man Erdspuren von der Baustelle gefunden.«

»Wissen Sie, wo dieser Kanister abgeblieben ist?«

Judith verzog ihr Gesicht zu einem Lächeln, das fast anmutig erschien. »Hier. Unten in der Bootswerkstatt. Rodek hat den Kanister noch in der Nacht zu mir gebracht. Aber weil ich das Ding nicht im Haus behalten wollte, hab ich es hierher mitgenommen. Übrigens wäre das nicht Rodeks einziger Trick gewesen. Er hätte den Skinheads Geld für eine große Sause zugesteckt und ihnen gesagt, das sei die Erfolgsprämie von Gföllner. Rodek rechnete damit, dass die Mafia sich einen der Skinheads greift und das mit der Erfolgsprämie aus ihm herausprügelt.«

»Wo hätte er das Geld hergehabt?«

»Komisch, dass Sie das fragen. Welf hätte es kaum übrig gehabt. Aber Rodek hatte einige Wochen, nachdem er hier erschien, plötzlich Geld.« Abrupt hörte sie zu reden auf.

»Wie viel Geld? Einige Tausender? Fünfzig vielleicht?«

»Ich weiß nicht«, antwortete Judith ausweichend. Berndorf sah ihr an, dass sie log, hakte aber nicht nach. Es war nicht notwendig. Das Geld hatte Rodek vom Polizeispitzel Hugler, dem Toten unter der Haschischplantage. Er brauchte auch nicht zu fragen, warum Rodeks schöner Plan zunächst nicht aufgegangen war. Der eine Skinhead hatte es zu plump angestellt, als er sich das Dieselöl besorgte, und der andere hatte sich zu früh betrunken. Und Rodek war in Haft gekommen, ehe er seine falschen Fährten legen konnte.

Tief in seinem Kopf ringelte sich eine tückische Frage. Wenn die Polizei so tüchtig war – wieso hatte Gföllner dann doch die Mafia auf den Hals bekommen? Die Antwort lag auf der Hand. Es waren seine eigenen Ermittlungen gewesen, die die Mafia auf den Plan gerufen hatte. Er selbst hatte Rodeks Falle zum Zuschnappen gebracht.

»Und Rodek hat dann Veihle umgebracht«, nahm er den Faden wieder auf. »Weil Veihle ein Versager war, oder weil er ihn als Zeugen beseitigen wollte, was weiß ich. Vielleicht wollte er auch, dass es wie ein Racheakt der Mafia aussieht, um sie noch mehr zu provozieren.« Mögen alle diese Toten in Frieden ruhen, dachte er. Aber was war mit Hartmut Sander?

»Da ist der zweite Brief«, sagte Schmoltze, »geschrieben zwei Tage nach dem ersten.« Auf dem Bildschirm erschien der Briefkopf. Wieder war Welf der Empfänger, wiederum war kein Absender angegeben. Kuttler beugte sich vor und las:

Sehr geehrter Herr Welf, Sie werden sich sicher schon gefragt haben, wann ich mich wieder bei Ihnen melde. Aber seien Sie unbesorgt! Ich vergesse Sie nicht. Nehmen Sie fürs Erste meinen herzlichen Glückwunsch zum Freispruch Ihres Freundes entgegen. Oder wollen Sie Herrn Stefan Rodek nicht mehr so gerne als Ihren Freund apostrophiert haben? Ich könnte es verstehen. Gleichwohl sind Sie jetzt einer Sorge ledig. Sie werden Herrn Rodek weder eine private Haftentschädigung zahlen müssen, noch droht Ihnen die Gefahr, er werde sich unverhofft in der Rolle des Kronzeugen gefallen wollen.

So dürfen Sie diesen Tag unbesorgt begehen, und nichts soll Ihre Freude trüben. Damit das auch so bleibt, sollten Sie allerdings Vorsorge treffen. Sie haben teures Geld gespart. Ich meine, Sie sollten einen bescheidenen Teil davon zur Seite legen. Es gibt noch andere Freunde, die sich über eine kleine Aner-

kennung freuen werden. Und Freunde sind diejenigen, die zu schweigen verstehen.
Mit freundlichen Grüßen Ihr Unbedeutend.

»Ein Stil ist das«, sagte Schmoltze, »wie aus einem viktorianischen Schauerroman.«

Kuttler sah ihn zweifelnd an. »Hast du schon einmal einen gelesen?«

»Wie käm ich dazu? Du siehst ja, was das für ein Stil ist.«

Berndorf trank einen Schluck aus dem Pappbecher. Es geht auf das Ende zu, dachte er. »Wann ist das Problem mit Hartmut Sander akut geworden?«

Ein wachsamer, ablehnender Ausdruck trat in Judiths Gesicht. »Fragen Sie Welf.« Sie schenkte sich noch einmal den Plastikbecher voll. »Das heißt – etwas weiß ich darüber. Sander ist dieser Gerichtsschreiber, und er kennt eine der Geschichten, bei denen Welf und Rodek eine Frau fertig gemacht haben.« Sie zuckte mit den Schultern. »Er wusste also, dass es eine Verbindung zwischen ihnen gibt. Nachdem die Polizei Rodek wegen des Brandanschlags verhaftet hatte und vor Gericht brachte, wäre es für Welf das Ende gewesen, wenn diese Verbindung zwischen ihnen bekannt geworden wäre. Ich glaube, dieser Mensch hat Welf zu erpressen versucht.«

»Hat er ihm geschrieben?«

»Weiß ich nicht. So was in der Art wird es gewesen sein.«

»Sander war ein vorsichtiger Mann. Wenn er sich wirklich als Erpresser versucht hat, dann ist er nicht offen aufgetreten. Wer ist ihm auf die Spur gekommen?«

Judith warf ihm einen raschen Blick zu. »Sie haben Recht. Der kleine Scheißkerl hat anonyme Briefe geschrieben.« Sie schüttelte den Kopf. »Es war zu blöd. Der Mensch war Protokollführer in Rodeks Verhandlung und hat geglaubt, der hätte ihn nicht erkannt.« Sie sah Berndorf fragend an. »Kennen Sie eigentlich die Geschichte mit diesem Sander?«

»Erzählen Sie sie mir?«

»Der Mensch war bei der Frau, als Welf und Rodek kamen und sie durchziehen wollten. Sie warfen ihn hinaus. Das ist elf oder zwölf Jahre her. Als nun die Gerichtsverhandlung war, kam Rodek dieser Gerichtsschreiber von Anfang an merkwürdig vor. So, als ob er ihn kennen müsste. Nun sitzt der Protokollführer am Richtertisch oberhalb der Angeklagten, also ziemlich nahe bei ihnen – aber das wissen Sie ja besser als ich. Irgendwann in der Verhandlung wird eine Aussage aus einem Polizeiprotokoll verlesen, und Rodek dreht sich wütend zu seinem Anwalt um und will ihm sagen, dass das alles erlogen sei. Und wie er sich umdreht, fährt der Protokollführer zusammen, als würde er schon wieder weggeschickt, und Rodek weiß plötzlich, woher er diesen Menschen kennt.«

»Und wie hat man ihn verschwinden lassen?«

Judiths Gesicht verschloss sich. »Ich habe Ihnen gesagt, was ich weiß. Alles andere müssen Sie Welf fragen.«

Berndorf betrachtete sie. »Sander kannte sowohl Welf als auch Rodek, da haben Sie ganz Recht«, sagte er langsam. »Und weil er Welf zu erpressen versucht hat, musste er verschwinden. Nur war da ein Problem. Außerhalb des Gerichts hätte Sander weder Welf noch Rodek an sich herangelassen. Er war ja ein gebranntes Kind. Man brauchte deshalb eine dritte Person, einen Lockvogel, um an ihn heranzukommen.«

»Sie erwarten nicht, dass ich Ihnen dazu etwas sage.« Sie legte die Hand auf die Waffe. »Wir haben genug geredet.«

»Wie Sie meinen. Dabei haben wir noch nicht einmal über die Explosion am Ostbahnhof gesprochen, und auch nicht über Rodeks Tod.« Berndorf stand mühsam auf. »Ich hätte gern einen Blick auf den See geworfen«, sagte er unvermittelt. Judith betrachtete ihn argwöhnisch. Dann stand auch sie auf und ging ihm ins Wohnzimmer voran, die Waffe in der rechten Hand. Am Fenster zog sie die Jalousie ein Stück weit hoch. Draußen war es finster, ein böiger Wind zerrte an den Weiden, die am Ufer standen, und trieb wild aufgetürmte Wellen ans Land. Draußen auf dem dunklen Gewässer sah sie die Positionslichter des Polizeibootes.

»Sie haben Recht«, sagte er. »Genug geredet. Wir müssen zur Sache kommen. Ich will das Kind, und ich sollte Sie festnehmen.« Judith trat einen Schritt zur Seite und hob die Pistole.

»Leider habe ich ein Handikap«, fuhr er fort. »Ich kann Sie nicht überwältigen, und ich kann Sie zu nichts zwingen. Also muss ich mich mit Ihnen einigen.« Er machte eine Pause. »Und wie sieht es bei Ihnen aus? Sie wollen mir das Kind nicht geben, und Sie wollen sich nicht festnehmen lassen. Was aber wollen Sie sonst? Wohin wollen Sie? Auf der Straße warten meine Kollegen auf sie, und draußen auf dem See auch. Davon abgesehen – welche Zukunft rechnen Sie sich aus, mit Haftbefehl gesucht und einem behinderten Kind als einzigem Pfand?«

Er humpelte in die Küche zurück und setzte sich wieder. Judith folgte ihm, blieb dann aber stehen, an den Türrahmen gelehnt. »Sie haben Rodek getötet, und die Umstände sind nach dem Ergebnis der Obduktion so eindeutig wie die Verfassung, in der wir Sie nach der Geiselnahme aufgefunden haben. Ich nehme an, dass Sie den Bluterguss in Ihrem Gesicht Rodek zu verdanken haben, und was immer sich wirklich abgespielt hat, so werden Sie doch das Gericht überzeugen können, dass Sie aus Notwehr gehandelt haben.« Berndorf warf einen Blick auf die Zigarettenschachtel, zwang sich dann aber, nicht um eine Gauloises zu bitten. »Ein Teil von dem, was sonst noch war, ist Peanuts. Die Postkarte aus Straßburg zum Beispiel. Oder Ihr Versuch, Vera Vochezers Adresse ausfindig zu machen. Das mit Hartmut Sander aber ist Mord.«

Er schaute zu ihr hoch, aber ihr Gesicht zeigte keine Regung. »Egal. Was zählt, ist das Kind. Ich will, dass es den Eltern zurückgegeben wird. Jetzt. Ich biete Ihnen an, einen Fluchtwagen zu besorgen. Ich stelle mich Ihnen zum Austausch gegen das Kind als Geisel zur Verfügung.« Er machte eine kurze Pause. »Ein besseres Angebot bekommen Sie nicht mehr.«

»Kein Auto«, antwortete Judith. »Und warum soll ein alter

Behinderter eine bessere Geisel sein als ein junger?« Unvermittelt lächelte sie. »Können Sie wenigstens schwimmen?«

»Ich denke schon.« Berndorf begann, sich unbehaglich zu fühlen.

»Okay«, meinte Judith. »Die Welfs kriegen ihren kleinen Mongie wieder. Ich will nur eines als Gegenleistung. Sie ziehen die Polizisten rund um das Haus ab. Und Sie schicken dieses Polizeiboot da draußen weg. Bei dem Sturm, der aufzieht, sollten die sowieso anderes zu tun haben. Und wenn das geschehen ist, werden Sie mir helfen, ein Schlauchboot ins Wasser zu bringen. Sie werden mich sogar ein Stück weit begleiten.« Wieder zeigte sie ihr kurzes, kleinzähniges Lächeln. »Angst brauchen Sie keine zu haben. Wenn Sie es nicht sehr dumm anstellen, werden Sie nicht ertrinken.«

Miteinander reden ist nie ein Fehler, dachte Schweitzer. Der Sturm nahm ihm fast den Atem und sprühte ihn mit Gischt ein. Er stand in einem Hauseingang und starrte in die Dunkelheit hinüber zu dem Haus mit den heruntergelassenen Jalousien. Spärlicher Lichtschein drang durch die Ritzen. Er wandte sich zu der Ulmer Kommissarin und schrie ihr ins Ohr. »Die reden gewaltig lange.«

»Hauptsache, die Frau dreht nicht hohl«, schrie Tamar zurück. Sie steckte in einer ausgeliehenen Lederjacke der Friedrichshafener Polizei und hatte den Kragen zum Schutz vor dem Sprühregen hochgeschlagen.

Schweitzers Funksprechgerät krächzte. Er meldete sich. »Für Sie«, sagte er zu Tamar. »Es ist Berndorf.«

Tamar nahm das Gerät und drehte sich zu der Haustür, um den Wind besser abzuschirmen.

»Sind Sie okay?«, fragte sie.

»Es ist alles okay«, antwortete Berndorf. »Das Kind schläft gerade. Sie werden es noch in der Nacht holen können. Wir werden Sie über Handy verständigen, wenn es so weit ist.«

Tamar runzelte die Stirn. Auf welchen Deal hatte sich Berndorf eingelassen?

»Es ist eine Bedingung dabei«, fuhr er fort. »Alle Polizei muss abgezogen werden, auch das Polizeiboot draußen.«

»Kein Fluchtwagen?«

»Kein Fluchtwagen.«

»Und das Kind kann noch in der Nacht abgeholt werden. Heißt das, dass jetzt Sie die Geisel sind? Und dass diese Verrückte mit Ihnen über den See abhauen will? Weiß sie nicht, was auf dem See los ist?«

»Wir müssen alle warten, bis der Sturm abflaut. Sorgen Sie dafür, dass die Kollegen abgezogen werden.«

»Sie sind der Chef«, antwortete Tamar.

Judith und Berndorf standen im dunklen Wohnzimmer und beobachteten den See. Brecher schlugen donnernd über die Mauern und fluteten am Haus vorbei auf die Uferstraße. Gischt schlug bis zu den Fenstern des Wohnzimmers hoch. Unter dem dunklen Nachthimmel tanzten draußen auf dem See die Positionslichter des Polizeiboots, senkten sich und schwangen sich wieder hoch.

Dann verschoben sich die Lichter. Das Boot drehte ab, nahm Fahrt auf und schob sich den Wellen entgegen nach Osten. Die Positionslichter versickerten in der Dunkelheit.

»Wenigstens das hat geklappt«, sagte Judith und wandte sich Berndorf zu. »Aber noch können wir nicht weg.« Sie gähnte. »Das wird eine lange Nacht. Den Tee kochen Sie.«

Der Sturm hatte abgeflaut. Regenschauer streiften die Sichtscheibe der Kommandobrücke, unzufrieden und ärgerlich schnappten die Wellen nach der Hafenmole. Das Licht der Instrumententafel schimmerte durch das Halbdunkel. Im Schiffsrumpf vibrierten die Dieselmotoren. »Mir ist die Einsatzlage nicht ganz klar«, sagte der Schiffsführer. »Sollen wir jetzt wieder an das Haus heran oder nicht?«

»Wir sollten so nah heran, dass wir eingreifen können«, antwortete Tamar. »Und so weit wegbleiben, dass sich diese Frau nicht gestört fühlt.« Vor einer halben Stunde, als der Wellengang das zuließ, war sie an der Langenargener Schiffslände von der Besatzung des Polizeiboots an Bord genommen worden. Sie wollte von dort aus, falls das notwendig werden sollte, die Suche nach Berndorf koordinieren, wie sie Schweitzer erklärt hatte.

»Das nennen Sie einen klaren Auftrag?«, fragte der Schiffsführer.

Judith drückte die Zigarette aus. Der Aschenbecher war voll. Es ging auf Mitternacht zu. Von draußen hörte Berndorf nur noch den Regen. Georgie schlief wieder, nachdem ihn Berndorf vor einer Stunde auf die Toilette hatte bringen müssen.

»Also los«, sagte Judith. Berndorf ging zur Treppe, die von den Wohnräumen hinunterführte, und stieg hinab. Im Flur stand knöcheltief Wasser. Judith folgte ihm. »Gehen Sie zur zweiten Tür links, öffnen Sie und machen Sie das Licht an«, befahl sie, unten angelangt. »Der Lichtschalter ist links.«

Berndorf öffnete die Tür und fand den Schalter. Neonröhren flammten auf und erleuchteten die Werkstatt, in deren Mitte das aufgeblasene Schlauchboot lag. Nässe stieg an seinen Hosenbeinen hoch. »Da drüben ist ein Spind«, sagte Judith. »Holen Sie das Ölzeug heraus und legen sie es auf das Boot. Dann gehen Sie wieder zurück zum Spind.«

Als er es getan hatte, ging Judith zu dem Boot, suchte sich eine Jacke heraus und zog sie an, die Beretta abwechselnd in der linken und dann wieder in der rechten Hand haltend. Sie zögerte kurz, dann warf sie auch Berndorf eine signalfarbene Jacke zu. »Sie werden sie brauchen.«

Als Berndorf die Jacke angezogen hatte, trat Judith zum Werkstatttor und schob es ein Stück weit auf. Vorsichtig spähte sie hinaus. »Versuchen wir es.« Sie nickte Berndorf zu.

Er nahm das Boot am Bug und watete damit hinaus. Vor ihm lag eine weite Wasserfläche mit unruhigem Wellengang. Das Schlauchboot schwang seitlich vom Fahrgestell weg, fast wäre es Berndorf aus der Hand gerissen worden. Judith trat von der anderen Seite heran und hielt das Boot fest.

»Klettern Sie schon rein«, befahl sie. Berndorf schob sich rücklings auf die Wandung des Schlauchbootes, schwang mühsam sein linkes Bein in das Boot und zog das rechte nach. Das Boot schaukelte heftig. Irgendwie schaffte er es, nicht ins Wasser zu fallen, und setzte sich neben den Steuerungshebel.

Judith hatte die Pistole weggesteckt und hielt ein Paddel in der Hand. Sie packte das Boot am Bug und zog es einige Meter vom Haus weg. Das Wasser reichte ihr fast bis zur Hüfte. Dann schwang sie sich hinein und verhinderte mit kurzen Paddelschlägen, dass das Boot abdrehte.

»Können Sie wenigstens den Motor starten?«

Berndorf schob sich auf das Sitzbrett am Heck. Der Außenbordmotor musste mit einem Handstarter angelassen werden. Berndorf riss das Zugseil zu sich her, aber das Schwungrad folgte nur kraftlos. Erst beim dritten Versuch zündete der Motor.

»Machen Sie Platz!« Berndorf setzte sich auf die linke Wandung, und Judith übernahm den Steuergriff. »Weiter nach vorn!« Berndorf rutschte zum Bug. Das Schlauchboot nahm vorsichtig Fahrt auf. Judith suchte den Weg durch die Hafeneinfahrt, kam aber zu weit nach links. Das Boot setzte auf der überfluteten Hafenmauer auf und sackte steuerbord ab. Berndorf verlor das Gleichgewicht, fast wäre er ins Wasser gekippt, im letzten Augenblick griff er nach dem Tau, das oberhalb der Wandung um das Boot gezogen war, und stemmte sich daran zurück. Eine Welle schlug über sie herein und warf sie zur Seite. Judith drehte den Motor voll auf, das Schlauchboot kam frei und schwappte über harte, bretternde Wellen, langsam gewannen sie Abstand vom Ufer. Berndorf löste seine rechte Hand von dem Tau, etwas Klammes blieb an seinen Fingern. Es war ein Stück Tuch, und er steckte es in seine Hosentasche. Am Ufer verschwanden die Lichter. Judith steuerte das Boot nach Westen. Sie hatte das Gas zurückgenommen. Holz trieb an ihnen vorbei, Äste, manchmal ganze Stämme, unberechenbar. Eine tückische Masse, von Gott weiß wo hergeschwemmt. Das Ufer war nur noch als ferner, dunkler, bewaldeter Streifen zu ahnen. Ab und zu sah er ein Licht.

Mit gedrosselten Motoren lief das Boot der Wasserschutzpolizei auf westnordwestlichem Kurs. Durch das Infrarotglas suchte Tamar die Uferlinie ab. Sie sah geisterhaft fließende Wellen und dahinter dicht geschlossen Bäume und Sträucher, die im Wasser zu stehen schienen. Kein Schlauchboot, nirgends. Vor einer knappen halbe Stunde hatte Schweitzer durchgegeben, dass zwei Personen mit einem Schlauchboot vom Bootshaus weggefahren seien. Wenig später war das Kind schlafend im Bootshaus gefunden worden.

»Hier ist nichts«, sagte sie zu dem Schiffsführer. »Könnten Sie nicht aufdrehen und etwas näher ans Ufer heran?«

»Aufdrehen, ja?«, fragte der Schiffsführer. »Wissen Sie eigentlich, was hier alles im Wasser treibt? Und was so ein Baumstamm anrichten kann?«

Ein Lichtschein breitete sich am Horizont aus. Berndorf nahm an, dass sie sich Friedrichshafen näherten. An manchen Stellen hatte sich das Treibholz zu kleinen schwimmenden Inseln verfangen. Judith drehte das Boot nach rechts. »Hier«, schrie sie ihm zu und deutete zum Ufer. Aus ihrer Jacke holte sie die Pistole heraus und richtete sie auf Berndorf. Berndorf überlegte einen Augenblick, ob er es darauf ankommen lassen solle. Wenn er sich nach vorne warf, würde die Erschütterung vielleicht ausreichen, um Judith aus dem Gleichgewicht zu bringen. Aber dann sah er, dass sie sich mit beiden Füßen sicher an den Innenseiten der Bootswände abgestützt hatte.

Sie würde ihr Gleichgewicht behalten, und sie würde auf jeden Fall schießen. Entweder traf sie ihn oder das Boot. Ins Wasser musste er so oder so.

Langsam zog er die Jacke aus, dann die Schuhe. Er zögerte noch einen Augenblick und sah zu der Frau. Ihr Gesicht war nicht zu erkennen. Er schwang seine Beine über die Wandung und ließ sich ins Wasser gleiten.

Das Boot neben ihm drehte weg, eine eiskalte Welle schwappte ihm über den Kopf, er schluckte Wasser, kam heftig rudernd nach oben, wollte nach Luft schnappen, hart schlug etwas gegen seinen Kopf, wieder schluckte er Wasser, das alles kann nicht sein, dachte er, *im Dienst ertrunken*, rasend peinlich, er erwischte die nächste Welle seitlich, so dass sie ihn hochtrug, spuckte Wasser, sah wieder eine Welle über sich und stieß ein schwarzes Stück Balken von sich, schwamm mit der Welle hoch und kam allmählich zu Atem. Träge drehte sich der Balken und verschwand im nachtschwarzen Wasser.

Keuchend versuchte er, sich zu orientieren. Zunächst sah er nur den schwarzen Himmel und die Wellen, die immer von neuem auf ihn zukamen mit immer neuem Treibholz. Das ist kein Schwimmen, dachte er. Der Lichtschein der Stadt geriet ihm ins Blickfeld, viel zu weit weg, als dass er jemals dorthin kommen würde, näher war der dunkle waldige Streifen zu seiner Rechten, er versuchte, so mit den Wellen zu schwimmen, dass sie ihn dorthin trieben, die Kälte begann zu schmerzen, zuerst in den Händen, das Treibholz wurde dichter, klamm hingen Hose und Hemd an ihm, es war lächerlich in den Hosen zu schwimmen, rechts vorne erkannte er einen dunklen Fleck in der Nacht, der Fleck tanzte auf den Wellen, eine Boje? Er versuchte, darauf zuzuschwimmen, aber er hatte keine Kraft mehr in den Armen und sein linkes Bein hing an ihm wie Blei, immer mehr Äste und Gezweig kamen ihm in die Quere, die Boje tanzte und kam keinen Meter näher, diesmal ist es wirklich das Ende, dachte er. Eine Welle schlug über ihm zusammen, die er zu spät gesehen hatte, die Luft blieb ihm weg. Blind fasste er durch die Gischt nach dem Griff der Boje, sie schwebte einen Tangoschritt weg von ihm in die Nacht und wurde von einer Welle zurückgeworfen, mit letzter Anstrengung schlug seine Hand durch das Wasser und erwischte ein glattes glitschiges Stück Holz, seine Hand rutschte ab, er packte noch einmal zu und spürte den Ansatz eines Astes, der Ast und der ganze Stamm drehten sich nach unten, als er sich daran hochzuziehen versuchte, die Beine sackten unter ihm weg, mit beiden Armen klammerte er sich an den Stamm und versuchte, wieder Atem zu schöpfen.

Vorsichtig schob sich das Polizeiboot durch Wasser, Gezweig und Äste. Durch das Infrarotglas sah Tamar kleine Wellen, über die sich immer wieder ein zerknittertes Muster schob. Als ob auf dem See ganze Matten von Schwemmholz dümpelten. Steuerbords tanzte eine Boje auf dem Wasser. »Näher können wir nicht ran«, sagte der Schiffsführer. »Wir ...«

»Moment«, unterbrach ihn Tamar. »Machen Sie die Suchscheinwerfer an.«

Da vorne war eine Boje, dachte Berndorf, da muss eine Untiefe sein, es ist nicht mehr tief genug, dass Schiffe fahren könnten, das Ufer kann also nicht mehr so weit sein. Er versuchte, danach Ausschau zu halten, aber zwischen den Wellenkämmen sah er nur einen dunklen Streifen, immerhin konnte er erkennen, dass dort Wald war, vielleicht auch Weiden, die im Wasser standen, Scheinwerferlicht strich darüberhin und ließ die Weidenbäume ganz nahe aussehen, wieso war hier Scheinwerferlicht? Es gibt keine Leuchttürme an diesem Teil des Ufers. Nach Luft schnappend wandte Berndorf den Kopf, lange würde er sich hier nicht mehr halten können, das Ufer schien so nahe und für ihn doch so unerreichbar weit, der Lichtschein tastete sich suchend über das dunkle, aufgewühlte Wasser und setzte sich an der Boje fest und blendete Berndorf.

»Das war knapp«, sagte Schweitzer. Er saß rittlings auf einem umgedrehten Stuhl der Polizeidirektion Friedrichshafen und sah Berndorf zu, der gerade aus einem Steingutbecher einen heißen Tee schlürfte, den ihm ein hilfsbereiter Polizist aus der Wache mit einem kräftigen Schuss Kirschgeist versetzt hatte. Berndorf steckte in einem blaugrünen Trainingsanzug mit der Aufschrift »Wasserschutzpolizei Baden-Württemberg«, und sein halb getrocknetes Haar war akkurat gescheitelt.

Berndorf blickte zu Schweitzer hoch, sagte aber nichts.

Dass das knapp war, wissen wir selber, dachte Tamar.

»Ich begreife noch immer nicht, wie du in dem Treibholz hast schwimmen können.«

»Schön, dass du das Schwimmen nennst«, meinte Berndorf.
»Geritten bis du nicht. Das war ein anderer und der hatte es noch kälter.«
Berndorf fühlte nach der Beule, die ihm einer der schwimmenden Baumstämme beigebracht hatte, und verzog das Gesicht.
Und du wardst nicht die Speise der stummen Brut?
Der hungrigen Hecht' in der kalten Flut?
Uhland? Schwab? Lausige Lyrik jedenfalls.
»Sie haben dich vor dem Eriskircher Ried gefunden«, fuhr Schweitzer fort. »Dort geht die Flachwasserzone ziemlich weit hinaus. Der Schiffsführer konnte nicht schneller an das Schlauchboot heran, das müsst ihr verstehen.«
»Mir war es tief genug«, knurrte Berndorf. »Aber du musst die Kollegen nicht entschuldigen. Gewiss nicht. Ich werde einen Freundeskreis der Wasserschutzpolizei ins Leben rufen. Und wenn es sein muss, werde ich auf den Wochenmärkten Reden halten und Spenden sammeln, auf dass sie immerfort wärmende Trainingsanzüge und Schnapsflaschen bereithaben für die schiffbrüchigen Schlauchbootfahrer.«
Der arme alte Mann, dachte Tamar. Es war zu viel für ihn. Wir werden ihn in die Registratur tun müssen.
»Dieses Weib ist weg?«
»Ja«, antwortete Schweitzer. »Leider. Vermutlich ist sie vor dem Friedrichshafener Fähreparkplatz an Land gegangen.«
»Und jetzt willst du mir sagen, dass sie die Fähre in die Schweiz genommen hat?«
»Das nicht. Die ist heute Abend nicht mehr ausgelaufen. Außerdem hätten wir die Schweizer Kollegen gebeten, sie festzuhalten. Auf dem kleinen Dienstweg geht das.«
»Was ist mit der Bahn?«
»Sie hätte den Regionalzug nach Lindau nehmen können. Der Bundesgrenzschutz hat deshalb den Zug überprüft. Negativ.« Berndorf trank seinen Tee aus und blickte zu den Radiatoren der Zentralheizung, auf denen seine nasse Hose vor sich hin troff. Er stand auf, ging zu den Heizrippen und griff in

eine der Hosentaschen. »Das war die falsche«, sagte er und holte aus der anderen einen weißen Tuchfetzen. »Hier!« Er hob es hoch und breitete den Fetzen zierlich mit Daumen und Zeigefinger der beiden Hände zur Besichtigung aus.

»Ein Damentaschentuch«, meinte Tamar.

»Nein«, sagte Berndorf. »Eben nicht für Damen. Ein Einstecktuch. Ein ungewöhnlich albernes Requisit aus Zeiten, von denen Sie – danken Sie Gott dafür! – nichts mehr mitbekommen haben. Der wohlgekleidete Herr trug es zu Krawatte und Nyltest-Hemd. Dass ein junger Mann sich heute so etwas antut, verstehe, wer mag.« Er drehte das Tuch um und betrachtete es. »Wenn diese Stickerei hier nicht ›HS‹ heißen soll, fresse ich den Rettungsring auf.« Er hielt das Tuch Tamar hin.

Das Tuch war nass und zerdrückt. Aber die Stickerei war deutlich zu erkennen. »Es ist sozusagen Sanders Visitenkarte«, fuhr Berndorf fort. »Es muss aus der Brusttasche gerutscht sein und hat sich in dem Tau verfangen, das sich oben auf dem Schlauchboot befindet. Passiert ist das, als sie Sanders Leiche irgendwo vor Langenargen im See versenkt haben.«

»Und warum ist ihnen das Tuch nicht aufgefallen?«

»Das Tuch hing dort, wo das Tau durch eine der Halterungen läuft. Das Tau wird dabei durch eine Plastikschürze geschützt. Sie werden gedacht haben, dass es zu der Schürze gehört.«

»Und diese *sie* – das sind Rodek, Judith und Welf?«

»Vermutlich nur Rodek und Judith«, antwortete Berndorf. »Das ist keine Arbeit für den Firmenchef. Er wird steif und fest behaupten, dass er von all dem nichts gewusst hat. Dass er das Opfer finsterer Machenschaften ist. Und weil es sein Sohn ist, den diese Frau entführt hat, wird man ihm womöglich auch noch glauben.« Er äugte verdrossen in den Steingutbecher. »Habt ihr mir noch einen Schluck Tee mit Kirschgeist oder von mir aus und zur Not einen Kirsch ohne Tee?«

Donnerstag, 3. Juni

Die Fluten schlugen über ihm zusammen. Schwarze, erdrückende Wassermassen. Hoch über der schwarzen Flut tutete Baden-Württembergs Wasserschutzpolizei durch das Sturmgebraus. In letzter Not griff Berndorf nach schwarzem, glattem Schwemmholz.

»Guten Morgen«, klang eine unverschämt klare Stimme durch das Telefon. »Ich fürchtete schon, du wärst schon wieder sonst wo bei irgendwelchen fürchterlichen Leichen.«

»Es hat nicht viel gefehlt«, brachte Berndorf heraus, »und ich wäre selbst eine fürchterliche Leiche. Aufgedunsen. Und demnächst von hungrigen Hechten angefressen.
Es stocket sein Herz, es sträubt sich sein Haar,
dicht hinter ihm grinst noch die grause Gefahr.
So ungefähr geht's mir.«

»Was redest du da? Und mit was für einer Stimme?«

»Deutsches Gedichtgut. Gustav Schwab. Der Reiter und der Bodensee. Und die Stimme ist eine verschnupfte. Eine, die gestern zu viel Wasser abbekommen hat. Eher im als auf dem Bodensee.« Energisch verlangte Barbara nähere Auskunft. Berndorf bemühte sich, alles in der gehörigen Reihenfolge zu berichten. »Die Welfs haben ihr Kind zurück, sie werden sich den Fotografen stellen können, die Familie des prominenten Ulmer Architekten und Unternehmers nun wieder glücklich vereint, wer redet noch von Mördern? Der eine ist tot und in der Pathologie, die andere ertrunken oder vielleicht doch über alle sieben Schweizer Berge ...«

»Das alles kann nicht dein Ernst sein«, unterbrach ihn Barbara.

»Ist es auch nicht«, erwiderte Berndorf. »Ein wenig werden wir das allseitige Glück noch stören müssen, das ist wahr, Kuttler hat die Briefe gefunden, die Sander an Welf geschrieben hat, das heißt, es sind die elektronischen Kopien davon, Welf wird da noch einige Fragen beantworten müssen...«

»Sander hat Welf erpresst?«

»Ich glaube, er wollte mehr«, antwortete Berndorf. »Er wollte seine ganz private, persönliche Rache. Welf sollte keine Ruhe mehr haben, und um ihm die Hölle heiß zu machen, hat er sich den Anschein eines Erpressers gegeben.«

»Und das hat ihm das Leben gekostet?«

»Das hat ihm das Leben gekostet. Wir werden heute Morgen zu Welf gehen und ihm die Ausdrucke der Briefe zeigen«, sagte Berndorf müde. »Er wird sie lesen und die Brille abnehmen und uns treuherzig in die Augen schauen und erklären, jawohl, solche Briefe habe er bekommen, er habe uns doch die ganze Zeit gesagt, dass er erpresst werde, ob wir uns nicht erinnern könnten? Nur sei er die ganze Zeit überzeugt gewesen, dass Rodek und Judith die Drahtzieher gewesen seien, und deswegen habe er auch angenommen, dass sie diese Briefe geschrieben hätten. Nun sei wirklich ein Gerichtsschreiber der Erpresser gewesen, wird er fragen, wie war noch einmal der Name? Tut mir Leid, der Name sagt mir nichts, aber dass ein Justizbediensteter sich an solchen Intrigen beteiligt, das sei schon sehr bedauerlich, wird er sagen, kein Wunder, dass die Leute kein Vertrauen mehr zur Justiz haben.«

»Und das wirst du dir anhören?«

»Das werde ich mir anhören müssen. Und dann werde ich ihm erzählen, dass dieser Gerichtsschreiber umgebracht worden ist. Dass seine Leiche von seinem, Welfs Bootshaus aus im See versenkt worden ist, und dass wir das beweisen können. Dass Taucher nach der Leiche suchen werden. Und dann werde ich ihn fragen, aus welchem Grund wohl Rodek und Judith diesen Hartmut Schreiber umgebracht haben? Warum sie das

Werkzeug kaputtgemacht haben, mit dem sie ihm die Daumenschrauben hätten anlegen können?«

»Ich nehme an, das wird er nicht beantworten wollen.«

»Er wird es nicht beantworten *können*. Ich weiß nicht, wie die Staatsanwaltschaft das sehen wird. Ich weiß auch nicht, was sich Eisholm einfallen lassen wird. Aber der Einzige, der ein Motiv hatte, Sander umbringen zu lassen, war Jörg Welf.«

Der Morgen war klar, die Sonne stieg ungetrübt über dem Donautal hoch, die jungen Frauen schwebten leicht und luftig und verheißungsvoll durch die Straßen, die Cafetiers stellten Stühle und Tische ins Freie, und im Donaufreibad machten sich Arbeiter daran, den Schlamm und das Schwemmholz des Hochwassers von der Liegewiese zu räumen.

Kommissar Berndorf zog die Jalousie seines Schlafzimmers hoch und schniefte verdrossen durch die verstopfte Nase.

Im Innenhof des Neuen Baus sammelten sich die Beamten, die für eine Hausdurchsuchung eingeteilt waren, um den Anweisungen von Staatsanwalt Desarts zuzuhören.

In einer kleinen Pension in der Ulmer Neustadt packte Vera Vochezer ihr Gepäck. Sie würde am späten Vormittag mit dem Zug nach Stuttgart fahren und sich beim Landesverband Landwirtschaftlicher Absatzgenossenschaften vorstellen, der eine Kontoristin suchte.

In seiner Mansardenwohnung am Karlsplatz legte Antonio Casaroli behutsam die Verbände über die schmerzenden Hautstellen, ehe er sich langsam und mit Mühe anzog. Der Matchsack mit dem, was ihm ein Landsmann vor einigen Tagen aus Italien gebracht hatte, hing griffbereit in der Garderobe. Gestern hatte der Landsmann angerufen und gesagt, die Sache hätte sich erledigt. Der andere würde zahlen. Aber es gibt Dinge, die man nicht bezahlen kann. Nicht mit Geld. Er würde dafür sorgen, dass es auf die richtige Weise geschah.

Heute war es so weit. Es war ein guter Tag, um es zu tun.

Auf dem Gelände der Firma Gföllner schraubten Arbeiter eine provisorische Werkhalle aus Fertigteilen zusammen, und der Juniorchef Mark Gföllner war dabei, mit dem Bagger die letzten verkohlten Reste der alten Halle zusammenzuschieben.

Im Atriumhaus hoch über dem Donautal machte Marie-Luise Welf Frühstück, während Georgie sich an sie drückte. Er war noch müde, nachdem er erst nach Mitternacht von der Polizei nach Hause gebracht worden war. Trotzdem hatte er nicht länger schlafen wollen und schien heute besonders anhänglich. Jörg Welf las die Zeitung und trank eine Tasse Tee. Im Radio kamen Regionalnachrichten.

»Ein glückliches Ende hat die Entführung eines vierjährigen Buben aus Ulm genommen. Das Kind wurde gestern am späten Abend in Langenargen am Bodensee von Polizeibeamten wohlbehalten in einem Bootshaus gefunden. Nach der Entführerin, der 34-jährigen Judith Norden wird weiter gefahndet. Wie die Polizei mitteilt, hat die Frau ein Boot an sich gebracht und ist trotz eines Föhnsturms in Richtung Friedrichshafen entkommen. Bisher fehlt jede Spur von ihr.«

Marie-Luise war an die Esszimmertür gekommen und dort stehen geblieben. »Hast du das gehört?«, fragte Welf. »Dass diese Frau verrückt ist, wird jetzt ja wohl endlich auch die Polizei begreifen.«

»Ja?«, fragte Marie-Luise mechanisch.

»Ich bitte dich!«, sagte Welf. »Jetzt ist es doch klar, woher diese ganzen irrsinnigen Aktionen kommen. Und was damit bezweckt wurde. Diese Frau wollte alles an sich bringen. Und alles aus dem Weg schaffen, was ihr dabei hinderlich war. Geisteskrank ist die doch. Eine Besessene.«

»Ich weiß nur, dass du es mit ihr gemacht hast«, stellte Marie-Luise fest. »Im Bootshaus. Und dass sie Georgie nicht mitgenommen hätte, wenn zwischen euch nichts gewesen wäre.«

»Du tust mir Unrecht«, sagte Welf. »Ausgerechnet jetzt, wo jedermann sehen kann, wer die Schuldige ist.« Er legte die Zeitung zur Seite. »Ausgerechnet jetzt, wo ein Lichtstreifen am Horizont ist. Wo wir das Unternehmen retten können. Die Firma, die deine Zukunft sichert und die Georgies. Wo wir seriöse, kapitalstarke Partner finden können.«

»Von welchen Partnern redest du?« Marie-Luises Stimme war plötzlich sehr wach.

»Die Edim SA, eine italienische Baufirma aus Mailand, will 40 Prozent übernehmen. Kaufferle hat es vermittelt.«

»Italiener also«, sagte Marie-Luise gedehnt.

Dieser ulmische Dünkel, dachte Jörg Welf. Diese blöde Kuh ist imstande und macht alles kaputt.

»Sie sind dir also dahinter gekommen, dass du diesen Anschlag in Auftrag gegeben hast«, fuhr sie fort. »Bei dem dieser arme Mensch halb verbrannt ist. Du hast das gemacht oder dein merkwürdiger Freund, von dem du nie etwas erzählt hast. Du wirst deine Gründe haben.«

»Ich habe gute und vernünftige Gründe, einen seriösen Partner mit ins Boot zu nehmen.«

»Es ist nicht dein Boot«, antwortete Marie-Luise. »Es ist noch immer meins ...«

Klatschend und splitternd krachte hinter ihr eine Flasche auf den Küchenboden. Marie-Luise stürzte in die Küche. Georgie stand neben der Anrichte und hielt erschrocken die Arme vors Gesicht. Eine große Lache Milch breitete sich auf dem Küchenboden aus.

»Halb so schlimm«, tröstete Marie-Luise. »Du brauchst nicht weinen. Es ist meine Schuld.«

Jörg folgte ihr bis zur Küchentür. »Höre, wir müssen vernünftig über das alles reden. Es ist wirklich eine einzigartige ...«

»Sei endlich still«, sagte Marie-Luise leise und kalt, »halt endlich einmal dein gottverdammtes Maul und mach, dass du zu deinen Huren kommst, und lass mich meine Arbeit tun!«

Vera gab ihr Gepäck in der Rezeption ab und sagte, sie würde es später holen, wenn sie zum Bahnhof müsse. Dann ging sie in die Stadt, musste aber in mehreren Geschäften fragen, bis sie fand, was sie suchte.

In dem Mietshaus am Karlsplatz stieg Casaroli langsam die Treppen hinab, den Matchsack geschultert. Jeder Tritt schmerzte. Wenigstens musste er nicht mehr im Rollstuhl leben. Es war ein Wunder, und bewirkt hatte es die »Weinende Jungfrau von Syrakus«. Seine Mutter wusste es. Sie hatte eine Wallfahrt dorthin unternommen.

Es war kurz nach neun, die Polizeifahrzeuge passierten die Einfahrt auf das Firmengelände und umkreisten den lang gestreckten Verwaltungsbau, der als einziger auf Gföllners Gelände den Brand überstanden hatte. Arbeiter sahen von ihrem Vesper hoch, und der Bagger schob und scharrte durch den Brandschutt. Staatsanwalt Desarts stieg aus einem weinroten Opel und strebte mit kleinen zielstrebigen Schritten dem Verwaltungsbau zu, gefolgt von der Kriminalkommissarin Tamar Wegenast, die nicht nur größer war als er, sondern zwei Schritte brauchte, wo Desarts drei machte.

Ein Mann in einem grauen Hausmeistermantel kam ihm entgegen, aber Desarts wedelte ihn mit einem amtlichen Papier zur Seite und ging geradewegs auf das Büro Gföllners zu. Der Bagger stoppte das wütende Scharren, fuhr einen Halbkreis, und ein großer stämmiger Mensch stieg herunter.

Desarts stieß die Tür auf und trat in das Büro. Tamar folgte ihm. Gföllner saß hinter seinem Schreibtisch und sah ihnen entgegen. »Herr Gföllner?«, fragte Desarts und fuhr, ohne eine Antwort abzuwarten, fort: »Ich bin Staatsanwalt Desarts mit einem Durchsuchungsbefehl des Amtsgerichts Ulm.« Er ging auf den Schreibtisch zu und legte Gföllner das Schriftstück auf den Tisch.

»Ich habe meine Firma nicht angezündet«, sagte Gföllner. »Das hat die Mafia gemacht. Sie sollten bei der Mafia eine

Hausdurchsuchung machen. Nicht bei Leuten, die ihre Steuern zahlen.«

»Wir sind nicht zu Ihnen gekommen, weil Sie Ihre Steuern gezahlt haben«, sagte Desarts. »Wir ermitteln, weil Sie Bestechungsgelder gezahlt haben.«

»Ach!«, sagte Gföllner und wuchtete sich hoch. Seine Gesichtsfarbe wechselte in fleckiges Weiß. Er hob die rechte Hand und deutete auf Desarts. »Bestechung. Sagen Sie das doch noch mal. Sie wissen doch gar nicht, von was Sie reden. Haben Sie schon einmal versucht, von der Stadt einen Auftrag zu bekommen? Als Bauunternehmer oder als Gärtnermeister, als Spengler oder mit sonst einem Handwerk? Haben Sie das schon einmal versucht? Nein, natürlich nicht. Wissen Sie, wer da alles die Hand aufhebt? Wer einem die Pistole auf die Brust setzt und Provision dazu sagt? Da eine Gratifikation erbittet und dort ein Vermittlungshonorar empfiehlt. Wer eine Reparatur im Haus gemacht haben will, wer eine neue Garage braucht, wem man das Dach ausbauen soll, die Bäder mit Marmor fliesen oder im Ferienhäuschen ein paar Mauern einziehen ...« Tamar betrachtete Gföllner. Dies also war ein einflussreicher, ein mit Maßen mächtiger Mann in dieser Stadt. Sein anklagend auf Desarts gerichteter Zeigefinger zitterte und zuckte. Desarts stutzte. »Sie können uns das alles detailliert belegen«, sagte er schließlich. »Wir sind sehr an Ihren Aussagen interessiert. Wir verlangen nicht, dass Sie sich selbst belasten. Einstweilen lassen Sie uns bitte unsere Arbeit tun.«

»Bitte«, sagte Gföllner und setzte sich wieder. »Tun Sie Ihre Arbeit. Überziehen Sie die Leute, die kein Staat vor der Mafia schützt, mit ihren Paragraphen.«

Tamar trat auf ihn zu. Gföllner blickte zu ihr hoch. »Ich hätte gerne Ihren Sohn gesprochen«, sagte sie. Gföllner schüttelte verständnislos den Kopf. Dann wies er nach draußen. Tamar drehte sich um. Ein großer stämmiger Mensch trat ins Zimmer, er hatte die gleichen krausen Haare wie sein Vater, aber die breiten Schultern und die geduckte Haltung gaben ihm das Aussehen und die Statur eines Rugby-Spielers. Tamar erinnerte sich daran, wie ein kleiner und schmächtiger Mensch versucht hatte, vor ihr diese Körperhaltung nachzuspielen. So klein und schmächtig Pfarrer Johannes Rübsam auch war – er hatte es ganz gut getroffen, dachte sie.

Sie trat auf den Mann zu. »Markus Gföllner?« Der Mann mit der Rugby-Statur nickte, und Tamar fasste ihn am linken Oberarm und drückte zu. Markus Gföllner schrie auf und griff mit der rechten Hand nach ihrem Handgelenk, traute sich aber nicht, ihre Hand loszureißen. »Sind Sie verrückt?«, brachte er heraus und starrte sie aus schmerzdunklen Augen an.

»Sie hätten mit der Wunde zu einem richtigen Arzt gehen sollen«, sagte Tamar, »es ist eine Schusswunde, nicht wahr? Der Kurpfuscher, bei dem Sie waren, hat sie nicht richtig gesäubert. Aber wir bringen Sie jetzt zu einem ordentlichen Arzt. Er wird sich die Wunde ansehen, und er wird sie sachgerecht behandeln. Und Sie werden mir erklären, wie Sie zu dieser Wunde gekommen sind. Erzählen Sie mir nicht, dass es ein Jagdunfall war. Das würde ich Ihnen nicht glauben.«

Vor vier Monaten war die Syrlinstraße über Wochen hinweg gesperrt gewesen, weil die Stadtwerke eine Gasleitung verlegt hatten. Dann war die Straßendecke wieder geschlossen worden, aber vor zwei Monaten hatte das Tiefbauamt begonnen, einen neuen Straßenbelag aufzubringen. Das hatte drei Wochen gedauert. An diesem Morgen nun war ein Bagger der Telekom aufgezogen, um Glasfaserkabel zu verlegen. Der Bagger kantete die Straßendecke auf, erwischte mit einem Schaufelzahn einen Flansch der Gasleitung und riss sie auf.

Gas strömte aus, der Baggerführer klingelte einen Nachbarn heraus und rief bei den Stadtwerken an, die eilends die Hauptventile schließen ließen und einen Trupp Techniker schickten. Um den Technikern Platz zu machen, stieß der Baggerfahrer zurück und blockierte die Syrlinstraße.

Im Stau befand sich auch ein blauer Audi mit den Kriminalbeamten Kuttler und Berndorf. »So hab ich mir das immer vorgestellt«, sagte Berndorf. »Du hast einen Fall, rennst dir die Hacken ab, um ein Fitzelchen Wahrheit herauszufinden, und wenn du es endlich hast und einen Schlussstrich machen willst, reißen die Bagger der Telekom die Straße auf, und du steckst im Stau.« Er holte ein Taschentuch heraus und putzte sich die Nase.

»Soll ich das Blaulicht aufs Dach setzen und versuchen, über den Gehsteig zurückstoßen?«, fragte Kuttler.

»Und dabei rücklings die Telefonzelle da hinten rammen? Nein danke«, meinte Berndorf. »Lassen wir Justitia ein bisschen warten. Sie ist es ja gewöhnt.« Er nieste.

»Gesundheit«, sagte Kuttler mechanisch und betrachtete den Gehsteig. Eine Frau ging vorbei, eine Plastiktüte in der Hand. »Moment.« Kuttler wandte sich dem Kommissar zu. »Können Sie mir wohl sagen, was Vera Vochezer hier zu tun hat?«

Berndorf sah hoch. Sein Blick suchte nach der Frau, aber sie war bereits von einem Müllcontainer verdeckt. »Ich steig aus und geh ihr nach«, sagte er. »Und Sie versuchen vielleicht doch den Trick mit dem Rückwärtsfahren.« Er öffnete die Tür und quälte sich etwas mühsam aus dem Wagen. Kuttler hatte das Fenster geöffnet und setzte das Blaulicht auf das Dach.

Vom Gehsteig aus konnte Berndorf die Frau sehen. Vera ging mit festen, ruhigen Schritten auf den Karlsplatz zu. Berndorf versuchte, ihr zu folgen. Er nahm seinen Stock zu Hilfe, aber Vera war trotzdem etwas zu schnell für ihn.

Auf der Bank vor dem Freiluftschach saß der Mann mit dem Gesicht, in dem die Augenbrauen fehlten. Wieder trug er eine tief heruntergezogene Wollmütze und Handschuhe. Vera hatte ihn schon gestern hier gesehen, als sie das Haus mit den Erkern aus Stahl und Glas beobachtet hatte.

Sie überquerte die Straße und blieb vor der Glasfront stehen, die sich über einem Sockel aus Marmor erhob. Aus der Plastiktüte holte sie die Spraydose, die sie gekauft hatte, schraubte den Deckel ab und begann, langsam und bedächtig große karmesinrote Striche auf die Glasfront zu sprühen – erst von unten nach oben, dann schräg nach unten und wieder schräg nach oben, und zuletzt gerade nach unten. Es wurde etwas krakelig. Sie beschloss, den nächsten Buchstaben oval und zügig, aus einer Bewegung heraus, aufzubringen. Dann würde sie zwei knappe scharfe Striche auf das Oval setzen.

Hinter ihr kamen zwei Frauen aus dem Gebäude gelaufen und schrien auf sie ein. Vera drehte sich um und richtete die Spraydose auf die Frauen. Kreischend wichen sie zurück.

Schwierig war der nächste Buchstabe. Vera sprühte eine gerade Linie nach oben, schlug dann einen Halbkreis und schloss mit einem Schrägstrich ab. Das Nächste war wieder ein gerader Strich von unten nach oben, dem sich ein diesmal großer Halbkreis anschloss.

Auf der Straße hielt ein Wagen. Vera warf einen Blick zur Seite. Der Wagen war ein Taxi. Jemand stieg aus, die Wagentür schlug zu, und eine Stimme schrie: »Sind Sie verrückt geworden?« Es war die Stimme eines Mannes, Vera glaubte, sie zu erkennen. Der nächste Buchstabe war eine rechteckige linke Klammer, unten von rechts nach links, dann nach oben, und dort wieder nach rechts. Sie setzte den Mittelstrich. Dann war der Mann hinter ihr und packte sie an der Schulter. Vera riss sich los, drehte sich blitzschnell um und sprühte dem Mann eine Ladung Karmesinrot ins Gesicht.

Der nächste Buchstabe war wieder ein gerader Strich mit kleinem Halbkreis und abschließendem Schrägstrich.

Vera trat zurück und betrachtete die Inschrift. Man konnte es gut lesen, und die Wahrheit war es auch. Hinter ihr schrien noch immer Leute. Sie drehte sich um. Welf stand zwei oder drei Meter von ihr entfernt und versuchte, sich die Farbe vom Gesicht zu wischen. Er stellte sich nicht sehr geschickt an, weil er einen Arm in der Schlinge trug. Eine Frau versuchte, ihm zu helfen und verschmierte sich dabei selbst.

Immer wollen die Frauen helfen, dachte Vera. Kein Wunder, dass es ihnen dann die Bluse versaut.

Von der Grünanlage her kam der Mann mit der Wollmütze über die Straße. Er ging schleppend und trug einen Matchsack in der linken Hand. Dann blieb er stehen, griff mit der rechten Hand in den Sack und holte einen kurzen dicken Stock hervor. Der Mann wird ihn schlagen, dachte Vera. Auch recht. Ich bin also nicht die Einzige.

Der Mann ließ den Matchsack fallen, hob den Stock hoch und richtete ihn auf Welf. Erst jetzt sah Vera, dass es doch kein Stock war. Es war ein Jagdgewehr mit zwei kurzen Läufen. Sie waren so kurz, dass sie jemand abgesägt haben musste. Die Frau, die sich um Welf bemühte, kreischte auf und rannte davon.

Plötzlich hatte Vera das Gefühl, als falle sie zusammen. Was ich gemacht habe, zählt nicht. Ein bisschen karmesinrote Farbe, nichts weiter. Der Mann stand noch immer vor Welf und zielte auf ihn. Vera hatte das Gefühl, als sei die Zeit stehen geblieben.

Berndorf hatte lange genug zugesehen. Er trat neben Antonio Casaroli und drückte die Lupara nach unten. »Das da ist mein Wolf.« Dann nahm er das Gewehr an sich. Das ging so leicht, als ob er es aus den Händen eines Kindes nehme.

Mit quietschenden Reifen hielt Kuttlers Audi vor dem Firmenportal. Berndorf legte eine Hand auf Casarolis Arm und sagte, er solle nach Hause gehen. Dann schaute er zu Vera. »Haben Sie gehört? Gehen auch Sie. Was hier zu tun ist, geht nur noch Herrn Welf und uns etwas an. Gehen Sie weg von hier.«

Das Augenlid des Kriminalrats Englin zuckte kurz. »Sie meinen, dieser Fall, oder alle diese Fälle seien jetzt geklärt?«

»Soweit ich es beurteilen kann: ja«, antwortete Berndorf. »Desarts hat mir jedenfalls zugesagt, dass er Haftbefehl gegen Welf beantragen wird.«

»Mir ist die Natur dieses Falls nicht ganz klar«, wandte Englin ein. Er sagte es so nachdenklich, dass sein Augenlid das Zucken vergaß. »Ich meine, hier gehen Beziehungstaten und anderes ziemlich wild durcheinander, Leidenschaft und Habgier, das ist alles nicht so richtig sauber getrennt.«

»Vermutlich lässt sich das nie so ganz sauber einsortieren«, meinte Berndorf und tastete nach seinem Nasenspray. »Lassen Sie es mich vereinfacht schildern. Welf ist irgendwann Mitte letzten Jahres praktisch pleite, an die Wand gedrückt von dem lokalen Beziehungs- und Vergabesystem. Vom Ulmer Filz.« Er warf einen Blick auf Tautka, doch keines von dessen Augen war auf ihn gerichtet. »Sein alter Freund Rodek greift ein. Rodek begibt sich in den Krieg, und als Erstes besorgt er sich eine Kriegskasse. Wie es sich fügt, hat sein Zimmernachbar Hugler 50 000 Mark auf der Hand, Lockgeld für ein Scheingeschäft und ausgehändigt vom Kollegen Blocher.«

Er schaute zu Blocher, doch der hielt den Blick auf den dunklen Eichentisch gesenkt, als sei dort zwischen den Fugen ein Haschischdeal im Gange.

»Hugler ist das erste Opfer«, fuhr Berndorf fort. »Als er sich nach Holland absetzen will, bringt ihn Rodek um und vergräbt ihn in der Hanfplantage. Das zweite Opfer wird der italienische Bauarbeiter Casaroli. Rodek organisiert mit Skinheads, die ihn bewundern, den Brandanschlag auf die Baustelle der Edim in Wiesbrunn. Sein Plan ist, später Beweisstücke auf dem Gelände der Baufirma Gföllner zu deponieren, um Gföllner zu diskreditieren und ihm womöglich die Mafia auf den Hals zu hetzen. Das geht zunächst schief, weil wir sehr bald die Spur der Skinheads gefunden haben und einer von ihnen, Veihle, Rodeks Namen im Verhör preisgibt. Dass Veihle damit sein eigenes Todesurteil gesprochen hatte, haben wir damals nicht erkannt und nicht bedacht. Rodek hat ihn nach dem Freispruch erdrosselt und die Leiche vor dem Justizgebäude abgelegt, um die Sache als Racheakt der Mafia erscheinen zu lassen. Außerdem hat er ihm 2000 Mark aus dem Hugler-Geld in die Jacke gesteckt, damit wir glauben sollten, Veihle sei für den Brandanschlag bezahlt worden.«

Er blickte noch einmal zu Blocher hinüber. Der sah noch immer in den Ritzen nach Ordnung. »Waren die Nummern der Geldscheine, die Sie Hugler gegeben haben, eigentlich notiert?«

Blocher brummte etwas, das nach »musserstmalnachsehn« klang. Berndorf zog den Nasenspray heraus, verschaffte sich Erleichterung und fuhr fort.

»Dann aber ist die Geschichte gekippt. Zum einen kannte der Justizbedienstete Hartmut Sander, der in der Verhandlung gegen Rodek Protokollführer war, sowohl Rodek als auch Welf von früher. Er ahnte die Wahrheit und begann, Welf unter Druck zu setzen. Das hat ihm das Leben gekostet. Wie er zu Tode gekommen ist, wissen wir nicht genau. Aber wir wissen, dass seine Leiche von Welfs Bootshaus aus im Bodensee versenkt worden ist. Die Taucher werden nach dem Toten suchen, sobald das Treibholz es zulässt.«

Er machte eine Pause und sah sich um. Im Hintergrund öffnete sich die Tür, Tamar und Kuttler kamen leise in den Konferenzraum und setzten sich auf die Stühle, die an der Wand neben der Tür standen. Englins Augenlid zuckte zweimal strafend, was Kuttler mit einem entschuldigenden Lächeln beantwortete. Tamars Gesicht blieb steinern.

»Die Rechnung von Welf und Rodek ist lange Zeit aufgegangen«, fuhr Berndorf fort. »Eines Tages aber war es Rodek plötzlich leid, den Bravo zu spielen, den Söldner, der die Schmutzarbeit erledigen muss. Er begann zu begreifen oder hatte es vielleicht sogar von Anfang an darauf angelegt, dass Welf in seiner Hand war. Welf, der Zauberlehrling, verlor die Kontrolle über das Geschehen, und Rodek begann, den weiteren Ablauf zu diktieren. Die Gasexplosion am Ostbahnhof ist der Beleg dafür. Rodek ist hier auf eine Weise vorgegangen, die Welf in allergrößte Schwierigkeiten bringen konnte.«

»Ist er deswegen umgebracht worden?«, fragte Englin.

»Möglich«, antwortete Berndorf. »Obwohl ich hier eher an eine Beziehungstat glaube. Wir haben es bei Welf, Rodek und Judith Norden mit einem sehr merkwürdigen Dreiecksverhältnis zu tun.«

Er zögerte. Genauer musste er es nicht erklären. »Ohnehin

können wir diesen ganzen Bereich nicht abklären, solange wir Judith Norden nicht festnehmen können. Und danach sieht es nicht aus, denn nach einer Mitteilung der thurgauischen Kantonspolizei ist das leere Schlauchboot heute früh in der Nähe von Münsterlingen am Schweizer Ufer gefunden worden. Frau Norden ist also in der Schweiz oder auf dem Weg nach Frankreich. Vielleicht auch ertrunken.«

Englin blickte zweifelnd. »Das mag alles so gewesen sein. Aber was, konkret, können wir Herrn Welf nachweisen?«

»Das meiste, so hoffe ich doch. Welf wird zwar versuchen, alles auf Rodek und Judith Norden abzuschieben. Er verteidigt sich ja damit, dass er von den beiden erpresst worden sei. Aber erstens wussten die beiden, dass bei Welf nicht mehr viel zu holen war. Und zweitens brachte sowohl der Mord an Sander wie auch der Brandanschlag in Wiesbrunn nur einem Mann einen Nutzen: eben Welf.«

Englin schwieg. »Motive. Ich hatte nach Beweisen gefragt. Ich wäre wirklich froh, wenn wir diese ganzen Akten schließen könnten.«

»So weit sind wir noch nicht.« Aus dem Hintergrund hatte Tamar das Wort ergriffen. Englin blickte ärgerlich hoch.

»Ich muss Sie und die Kollegen noch von den ersten Ergebnissen der Hausdurchsuchung unterrichten, die Staatsanwalt Desarts heute Morgen in den Räumen der Firma Gföllner vorgenommen hat.« Einige der Dezernatsleiter hatten sich zu Tamar umgedreht, Tautkas Augen irrten ausdruckslos durch den Raum, als folgten sie zwei Fliegen gleichzeitig, und Blocher hatte sich schnaufend in seinem Stuhl aufgesetzt.

»Desarts sucht nach Beweismaterial, um zu klären, ob Gföllner Bedienstete der Stadtverwaltung oder auch Kommunalpolitiker bestochen hat. Natürlich ist es noch zu früh, um irgendetwas über die Ergebnisse zu sagen. Wir haben in diesem Zusammenhang aber eine andere Straftat aufgeklärt. Wegen versuchten Mordes habe ich den Juniorchef der Firma, Markus Gföllner festgenommen. Nach einer Gegenüberstellung hat er eingeräumt, dass er der Fahrer ist, der mit einem

Lastwagen das Auto unseres Kollegen Berndorf gerammt und diesen schwer verletzt hat.«

So, als ob er zum ersten Mal von dessen Unfall gehört hätte, sandte Englin ein sinnloses, aber Anteil nehmendes Kopfnicken in Richtung Berndorf. Blocher runzelte die Stirn. Eines von Tautkas Augen wanderte tastend zu Tamar.

»Sehr schön«, sagte Englin. »Sehr beruhigend.«

»Das ist es nicht«, widersprach Tamar. »Markus Gföllner konnte nicht stundenlang mit laufendem Motor vor der Stelle warten, an der er Berndorfs Wagen rammen konnte. Er hatte einen Komplizen, der ihn telefonisch verständigte, wann Berndorf eintreffen würde. Einen Komplizen, der ihn anrief, als Berndorf den Neuen Bau verlassen hat.«

Berndorf lehnte sich zurück und verschränkte die Arme. Englins Augenlid zuckte. In Blochers Gesicht arbeitete es. »Was soll das? Sie wollen etwas andeuten. Mir gefällt das nicht. Wir sollten unter Kollegen nicht in Andeutungen sprechen. Aufrecht und gerade sollten wir sprechen.«

»Verstehe ich das richtig?«, fragte Englin. »Sie beschuldigen einen Kollegen hier aus der Direktion?«

»Sie verstehen mich richtig«, antwortete Tamar, stand auf, ging um den Konferenztisch und legte die Hand auf Tautkas Schulter. »Kollege Tautka, ich nehme Sie fest.«

Eines der Augen von Tautka irrte zu Englin. »Sagen Sie der Kollegin, dass sie diesen Unfug bleiben lassen soll. Wir sind hier nicht in einem Laienspiel.«

Englins Gesicht lief rot an. »Kollegin Wegenast«, sagte er, »wollen Sie uns das bitte erklären?« Tamar schwieg.

»Vielleicht kann ich behilflich sein«, sagte Kuttler und erhob sich von seinem Stuhl. »Markus Gföllner hat eingeräumt, dass die Firma seines Vaters illegale Arbeiter beschäftigt hat. Das ist nur möglich gewesen, weil das Unternehmen keine Besuche des Dezernats Wirtschaftskriminalität zu befürchten hatte. So wenig wie die Deponie Lettenbühl. Dafür sind erhebliche Zahlungen an Hauptkommissar Tautka geleistet worden.«

»Nachdem Berndorf hier im Haus angekündigt hat, er wolle sich die Firma Gföllner näher ansehen, liefen die Drähte heiß«, ergriff Tamar wieder das Wort. »Tautka warnte Gföllner, dass alles auffliegen könnte. Markus Gföllner behauptet sogar, die Sache mit dem Unfall sei Tautkas Idee gewesen. Und er habe ihn auch angerufen, als Berndorf nach Hause gefahren sei.«

»Alles Lüge«, sagte Tautka. Seine Stimme klang wie immer. Ruhig und kalt.

»Kommen Sie«, sagte Tamar.

Tonio, der Wirt des kleinen italienischen Cafés am Ausgang der Gasse, die zum Justizgebäude führt, hatte längst aufgestuhlt und war dabei, das letzte Geschirr abzuwaschen, eine Tätigkeit, die er immer wieder unterbrach, um flehentlich zur Uhr zu blicken. Seine drei letzten Besucher sahen es mit herzloser Rohheit.

»Nie wieder«, sagte Berndorf und schniefte, »nie wieder werde ich einen Schnaps trinken. Das heißt, von heute Abend an. Von heute Abend an niemals keinen nicht mehr. Keinen Schnaps, keinen Grappa, keinen Whisky. Keusch wie die Bernhardiner werde ich leben.«

»Aber nicht heute Abend?«, fragte Kuttler. »Sag ich doch. Tonio, noch drei Whisky.« Tonio murmelte etwas, das bitterlich nach Polizeistunde, Lizenz, fortgeschrittener Zeit und den allgemeinen gesetzlichen Vorschriften zum Schutz der Allgemeinheit vor den Gefahren der Trunksucht klang.

»Tonio, das oberste Gebot eines deutschen Bürgers ist es«, sagte Tamar streng, »seine Polizei zu lieben, ihr treu zu sein und ihr jeden Wunsch von den Augen abzulesen.«

Tonio rief mehrere Marien an und brachte drei Whisky. Seit anderthalb Jahren hatte er einen deutschen Pass.

»Mud in your eyes«, sagte Berndorf und hob sein Glas.

»Das passt jetzt überhaupt nicht«, sagte Tamar.

»Ich würde sogar sagen, jetzt passt das überhaupt nicht«, echote Kuttler.

»Doch«, sagte Berndorf. »Ich werde euch verlassen. Ich werde nicht mehr trinken, ich meine, keinen Whisky und keinen Grappa und keinen Kirsch mehr, und auch keinen von Kastners gebenedeiten Zwetschgenwässern, sondern nur noch Mineralwasser trinken und Malventee wie bei der Evangelischen Akademie, und damit muss ich auch dem Polizistendasein Valet sagen, ein schönes Wort, warum hört man das nicht mehr? Also Valet will ich sagen, denn, wie der Weise sagt, es schadet bei *manchen Untersuchungen nicht, sie erst bei einem Räuschchen durchzudenken und dabei aufzuschreiben.* Aber da ich fürderhin, auch so ein Wort, keines mehr haben werde, kein Räuschchen mehr, lohnt es das Polizistenleben mitnichten und neffen. Die Räuschchen, meine Lieben, werdet ihr haben, und wenn ihr alles schön aufgeschrieben habt, kommt ihr zu mir und ich werde euch – vielleicht – sagen, was ihr durcheinandergebracht habt. Ich …« – er unterbrach sich und zog ein zerfleddertes Lichtenberg-Taschenbuch aus seinem Jackett – »also ich habe meinen Job getan. So, wie es Georg Christoph Lichtenberg in seinem Wort zum heutigen Tage sagt.« Er schlug den Band an einer Stelle auf, die mit einem herausgerissenen Streifen Zeitungspapier markiert war, und las vor:

»Ich habe einmal in Stade eine Ruhe mit einem heimlichen Lächeln in dem Gesicht eines Kerls erblickt, der seine Schweine glücklich in eine Schwemme gebracht hatte, worein sie sonst ungern gingen, desgleichen ich nachher nie wieder gesehen habe. – Tonio, zahlen!«

Der Mond stand eiern wie ein Rugby-Ball über der Stadt, als drei Gestalten nicht ganz sicheren Schrittes am Justizgebäude vorbeizogen. Die Löwen der Justitia blickten hungrig ins fahle Nachtlicht, aber in dieser Nacht lag nirgends eine Leiche zum Fraß.

Deutscher Krimi-Preis ...

... für »*Schwemmholz*«, den zweiten Roman von Ulrich Ritzel. Aber zuvor hatte der Autor schon einen Aufsehen erregenden Erstling (»*Der Schatten des Schwans*«) und auch danach hat er Berndorf und Tamar auf neue Ermittlungen geschickt: in die Jahre der RAF-Hysterie und an die terroristischen Ränder unserer Zeit *(»Die schwarzen Ränder der Glut«).*

Hoffnung für den deutschen Kriminalroman.«
Thomas Wörtche, Die Woche

»Kein Zweifel: Von diesem Autor möchte man mehr lesen!«
Michaela Grom, DIE ZEIT

*»Die reine Freunde für alle, die einen der besten
deutschen Krimis des Jahres lesen wollen.«*
Hans-Peter Junker, Stern

Ulrich Ritzel
Der Schatten
des Schwans
Roman
304 S., geb.,
Kommissar Berndorfs
erster Fall
ISBN 3-909081-86-X

Ulrich Ritzel
Die schwarzen Ränder
der Glut
Roman
416 S., geb., mit einem
Verzeichnis aller handelnden
Personen im Schutzumschlag
ISBN 3-909081-90-8

Libelle Verlag
(in Ihrer Lieblingsbuchhandlung wahrscheinlich vorrätig ...)